LES VIES
DE BO

Noël Arnaud est né le 15 décembre 1919 à Paris. Après des études de droit, il publie ses premiers textes en 1938 dans la revue néo-dada, *Les Réverbères*. En 1940, il se rallie aux positions poétiques et politiques d'André Breton puis crée, en 1941, avec Jean-François Chabrun, le groupe surréaliste de *La Main à Plume* qui publie, de 1941 à 1944, une quarantaine de textes dont *Poésie et Vérité* de Paul Eluard. Durant cette même période, Noël Arnaud agit au sein des organisations de résistance armée. En 1950, il est membre du Collège de Pataphysique et Conférent majeur de l'« Ordre de la Grande Gidouille ». En 1960, il crée, avec dix autres écrivains dont Raymond Queneau, François Le Lionnais, l'« Ouvroir de Littérature Potentielle » (Oulipo).

Ami de Boris Vian, il est chargé de la publication de la plupart de ses écrits et devient son biographe. Co-fondateur puis président de la « Société des Amis d'Alfred Jarry » et de l'« Association des Amis de Valentin Brû », il est, depuis 1984, président de l'Oulipo.

Noël Arnaud est l'auteur de recueils de poèmes : *Semis sur le ciel* (1940), *Huit Poèmes pour Cécile* (1941), *Poèmes Algol* (1968), *La Mémoire du présent* (1997) etc. et de nombreux essais : *La Langue verte et la cuite* (1968), *Souvenirs d'un vieux oulipien* (1979), *Vers une sexualisation de l'alphabet* (1996)... Il a également collaboré à des revues tels que *Le Magazine littéraire*, *Europe*, *Plein chant*, *Autrement*.

NOËL ARNAUD

Les Vies parallèles de Boris Vian

Nouvelle édition augmentée
de nombreux textes inédits

CHRISTIAN BOURGOIS ÉDITEUR

© Ursula Vian, Noël Arnaud, 1970
© Union Générale d'Éditions, 1976
© Christian Bourgois éditeur, 1981

Avertissement à la 5ᵉ édition

Cette édition des *Vies parallèles de Boris Vian* se voudrait définitive, si quelque chose au monde pouvait être définitif.
Plus modestement, nous espérons que cette présente et cinquième édition servira quelque temps aux lecteurs de Boris Vian, qui – pour paraphraser Vian lui-même – ayant aimé l'œuvre, s'étant intéressés d'abord à l'œuvre, ressentent le goût de connaître l'homme qui l'a faite. Au demeurant, cette biographie multiple contient, depuis l'origine, assez de notes intimes, de réflexions de Vian sur ses écrits et leur incitation pour qu'elle aide – nous le croyons ferme – à mieux comprendre l'œuvre car c'est, en fin de compte comme au principe, l'œuvre qui, pour nous et désormais, fonde Vian, quelque significative qu'apparaisse sa vie en son temps et peut-être éclairante de l'éternelle jeunesse en face des dogmes et des tabous : Vian existe aujourd'hui en littérature et par elle seule.
Cet avertissement se doit d'être bref : il serait en effet paradoxal d'additionner les préfaces à un livre qui, à sa première édition, se défendait du besoin d'être préfacé. Nous maintenons notre préface à l'édition précédente parce que nous la jugeons suffisante et n'avons rien à y changer. Nous avions déjà dans ladite précédente remplacé bon nombre des textes inédits des éditions antérieures, devenus publics, par d'autres textes restés inédits. Depuis, divers recueils ont révélé de nombreux textes jusque-là impubliés sauf, pour quelques-uns, dans notre ouvrage. Nous nous sommes donc astreint à réduire ou supprimer ici tout ce qui, ces dernières années, a cessé d'être inédit et notre effort s'est porté sur l'inclusion d'une part égale et, nous semble-t-il, supérieure

de textes encore celés dans les archives de Vian ou qu'on ne découvre qu'en de vieux journaux ou magazines inaccessibles.

Autre innovation de cette édition par rapport à la quatrième : l'iconographie s'y montre mieux soignée, les images étant reproduites sur un papier de bonne qualité. C'est en tout cas notre vœu. Que saint Jean-Porte-Latine, patron des imprimeurs, nous exauce !

Noël ARNAUD.

Préface de la 4ᵉ édition

En quoi la présente édition – qui n'est pas une simple réimpression – se distingue-t-elle de l'édition antérieure ? Le lecteur est en droit de se le demander.

Nous nous sommes efforcé, cela va sans dire, de redresser les erreurs qui pouvaient encore entacher notre texte. Mais le souci dominant – qui était déjà le nôtre en 1966 (pour les deux premières éditions dues aux soins de Jean-Jacques Pauvert), puis en 1970 (pour l'édition 10/18) – a été de conserver dans *les Vies parallèles* – et sauf exceptions rarissimes – des écrits de Boris Vian que le lecteur ne trouve nulle part ailleurs, et ceux-là seulement. C'est ainsi que dans l'édition de 1970 une large place (quelque 75 pages) était réservée à *Tête de Méduse*, *Série blême* et *le Chasseur français*, trois pièces alors inédites. Il y aurait eu inconvenance à maintenir dans l'édition actuelle pareille abondance de citations de ces trois œuvres qu'on peut aujourd'hui se procurer (et que beaucoup des lecteurs des *Vies parallèles* possèdent) soit sous le titre *Théâtre inédit*, aux Éditions Christian Bourgois, soit dans la collection « 10/18 », sous le titre *Théâtre 2*. Nous avons agi de même en d'autres chapitres de notre ouvrage, mais l'occasion fréquente s'est offerte de compenser ces suppressions par des textes de Boris Vian, inconnus jusqu'ici et également significatifs.

Pourquoi cette quatrième édition ? Raison essentielle : voici un certain temps déjà que l'édition précédente est épuisée ; des lecteurs qui goûtent l'extrême bonheur de découvrir à l'heure présente Boris Vian, des étudiants, des enseignants, des gens de tout métier et de tout âge souhaitaient que ce livre redevienne disponible. Pourtant, depuis l'édition initiale, l'outil biographique n'est plus le seul ni assurément le principal moyen d'approche de Boris Vian et si, pour y avoir nous-même sacrifié, nous ne nions pas que tel fait de l'existence d'un auteur comme lui peut aider à mieux comprendre un de ses écrits, il eût été navrant qu'une connaissance plus exacte des événements de sa vie conduise à obnubiler son œuvre (aurait-elle atteint le « best-selleriat »), non plus cette fois pour cause d'ignorance ou de déformation malveillante de ses actes (ce à quoi *les Vies parallèles* – précédées de la thèse de David Noakes en 1963 – tendaient à remédier), mais à l'inverse par une sorte de séduction hypnotique que le souvenir de l'homme exercerait. Ce danger n'était pas imaginaire ; il est désormais écarté. En quelques années et en tous pays, les travaux sur l'œuvre de Boris Vian se sont multipliés, recourant à toutes les disciplines, aux méthodes critiques les plus récentes. La tendance n'a cessé de s'affirmer et des études de haute qualité ont vu le jour ces derniers temps ou sont annoncées.

Les Vies parallèles, quant à elles, auront joué, nous l'espérons, et continueront peut-être de jouer le rôle qui leur était, dès l'origine, imparti : sous un tissu biographique sécrété par des textes de Boris Vian lui-même et qui par conséquent valent au-delà du niveau premier de l'anecdote, proposer des matériaux utiles aux recherches de tout ordre. Ce qui est neuf, ce qui marque vraiment la distance entre la troisième et la quatrième édition de ce livre n'est pas de notre fait : ce sont ces études nombreuses, riches, audacieuses, parfois austères, parfois guillerettes, que nous appelions de nos vœux et qui sont nées ou s'accomplissent. Quand on nourrit, comme il est du reste sain et profitable, quelques doutes sur les mérites de son propre travail, il est bien agréable de pouvoir, moins par humilité que pour garder l'œil frais, applaudir au travail des autres.

Noël ARNAUD,
janvier 1976.

Les Vies parallèles de Boris Vian

Le titre : *les Vies parallèles de Boris Vian* donné à cette réunion de textes de Boris Vian et de documents le concernant protégera le lecteur d'une préface qui, dans un tel ouvrage, ne serait qu'une déclaration d'intention ou un mode d'emploi.

Chaque chapitre rend compte d'une des multiples activités de Boris Vian, prise à son début et décrite jusqu'à sa terminaison. Les dons – ou le génie – de Boris Vian se sont exercés, et ce dès les commencements, sur plusieurs registres à la fois. C'est pourquoi un sommaire horizontal ou, plus précisément, un tableau synoptique des activités de Boris Vian eût été le meilleur guide à l'entrée de ce livre. Quoique traditionnelle, la table des matières en fera l'office si on consent à la lire dans son ordre, certes, qui est chronologique, mais sans refuser de l'éclairer par le titre général de l'ouvrage qui implique que nombre de chapitres se côtoient autant qu'ils se suivent.

La place conquise sur cette préface inutile nous offre toute latitude de remercier, dès la première page, tous ceux qui nous ont aidé dans notre travail. Ferait-on la part la plus généreuse à notre propre connaissance de l'œuvre de Boris Vian et de certains moments de sa vie, on comprendra que, pour remplir notre tâche essentielle qui consistait à rassembler et ordonner dans un temps fort court (les éditeurs ont de ces exigences auxquelles ils savent se soustraire eux-mêmes gaillardement) cette large documentation, il nous a fallu rencontrer chez tous ceux que nous avons sollicités une compréhension vraiment exceptionnelle et le souci de servir avec autant d'exactitude que de ferveur la mémoire de Boris Vian. Notre gratitude, et la gratitude de nos lecteurs si nous n'avons pas trop mésusé des matériaux confiés à notre discrétion, doit aller à Mme Paul Vian, mère de Boris, et à Claude Abadie, Alexandre Astruc, Freddie Baume, Jacques Bens, Jean Boullet, Denis Bourgeois, Jacques Canetti, Stanley Chapman, Claude Dejacques, Yves Deneu, Henri False, Alain Goraguer, Maurice Gournelle, Louis Hazan, Pierre Kast, Colette Lacroix, Claude Léon, Jean Linard, Jacques Prévert, Raymond Queneau, Henri Salvador et Jean Suyeux qui, cités ou non au fil de l'ouvrage, nous ont procuré des renseignements ou des documents du plus haut intérêt.

La presque totalité des textes de Boris Vian publiés dans ces pages est inédite. Ils paraissent avec l'autorisation d'Ursula Vian-Kubler, cela va sans dire ; mais ce que nous voulons dire – parce qu'elle ne lit pas par-dessus notre épaule – c'est la profonde estime que nous portons à Ursula, pour son courage, son admirable lucidité, le soin insigne qu'elle prend à respecter la volonté et l'esprit de Boris Vian. Il importait qu'une fois au moins cela fût dit, par nous et pour nous et au nom de tous les familiers de Boris, et aussi de ceux, plus lointains mais si nombreux, qui ont fait appel à Ursula afin de mieux comprendre et de mieux connaître Boris Vian.

J'exprime enfin mes affectueux remerciements à Michelle Léglise-Vian dont l'amitié m'aura été, tout au long de ce travail comme elle l'est en dehors de lui, si précieuse.

Il nous reste, pour terminer, à mettre en garde les lecteurs trop indulgents (il en est) qui, au vu de la table des matières, s'imagineraient que nous avons épuisé le sujet. D'abord – et ce n'est ni clause de style ni fausse modestie ou retraite stratégique – pareille ambition ne fut jamais la nôtre. Ensuite, l'eussions-nous eue, que, de toute évidence, le compte n'y serait pas. Il est plus franc de déclarer que, loin de vouloir édifier un essai sur Boris Vian ou procéder à une analyse critique de ses œuvres, nous nous sommes écarté délibérément de ces voies séduisantes pour nous imposer de tendre sur le vaste cercle (ou le « métier » ou le « tambour » si on tient à accentuer la métaphore tapissière) que constituent les productions de Boris en tous domaines, le canevas d'une biographie de Boris Vian tissé de ses propres réflexions sur la vie, la sienne et celle des autres, et marqué par des témoignages et des documents sûrs, de telle sorte que, fixé solidement sur l'œuvre elle-même et circonscrit par elle, ce canevas puisse servir utilement à toute étude ultérieure, littéraire ou esthétique, historique ou psychologique. Cette étude, ces études restent à faire comme le canevas est à remplir. D'autres – nous le savons – s'y emploieront, s'y emploient déjà. Certains, même, nous ont fait le dangereux honneur d'attendre la publication de nos recherches personnelles avant de poursuivre ou d'achever leurs travaux. Nous osons croire que leur confiance et leur patience n'auront pas été vaines : plusieurs des textes de Boris Vian révélés ici jettent sur ses écrits et sur son comportement une lumière que la plus subtile analyse ne saurait remplacer.

Notre espoir – et peut-être cette fois notre ambition – est qu'ils veuillent bien considérer – et avec eux tous nos lecteurs – qu'en donnant ici assez souvent des informations neuves sur sa vie, son œuvre et ses préoccupations, et en rejetant tout ce qui nous semblait controuvé ou suspect de complaisance, seul nous a mû le souci de présenter une image vraie de Boris Vian, vraie dans son infinie diversité, et plus belle que la légende.

DÉPARTEMENT
de Seine et Oise
ARRONDISSEMENT
de Versailles

Numéro de l'Acte :
25

REPUBLIQUE FRANÇAISE
LIBERTÉ — ÉGALITÉ — FRATERNITÉ

MAIRIE d e **VILLE D'AVRAY**

EXTRAIT DU REGISTRE DES ACTES DE NAISSANCE

Le Dix Mars mil neuf cent vingt
à six heures trente , est né à Ville d'Avray
VIAN Boris Paul
du sexe masculin
de Paul Georges Vian,
profession de Fabricant de bronzes
et de Yvonne Fernande Louise Alice Ravenez, son épouse
profession sans profession
domiciliés à Ville d'Avray, 4I Rue de Versailles

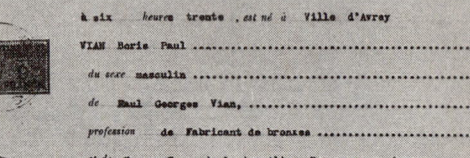

POUR EXTRAIT CONFORME :

A Ville d'Avray , le vingt six Avril
mil neuf cent quarante
Le Maire,

L'enfance

Que les bureaux de l'état civil de Versailles nous pardonnent, mais ce document officiel contient une inexactitude.

À la naissance de Boris Vian, son père Paul Vian (né à Paris dans le 3e arrondissement le 4 mars 1897) n'est pas fabricant de bronzes d'art. Mieux encore, à aucun moment de son existence, Paul Vian n'exerça la profession de fabricant de bronzes d'art.

Quand il rencontre, en 1914 et en tout bien tout honneur, sa future épouse Yvonne Ravenez (née le 5 avril 1889 à Neuilly-sur-Seine), quand ils se marient le 3 décembre 1917, le bronze s'est converti en or et Paul Vian jouit de la très agréable dignité de rentier. Au fort de la crise économique consécutive au krach de Wall Street, la majeure partie de cet or, converti à son tour en actions et obligations, disparaîtra au cours de manipulations boursières sur les Hévéas de Cochinchine qu'il eut le tort de confier, s'y croyant inapte, à des prestidigitateurs qui surent expertement escamoter sa fortune.

Contraint de subvenir aux besoins d'une famille qui comptait, outre sa femme Yvonne surnommée plus tard affectueusement la Mère Pouche, Lélio Vian né le 17 octobre 1918, Boris né le 10 mars 1920, Alain né le 24 septembre 1921, et Ninon née le 15 septembre 1924, Paul Vian ne put réintégrer l'entreprise de bronzes d'art pour la simple raison qu'elle avait depuis longtemps changé de mains. De rentier, il devint en 1933 placier en produits pharmaceutiques, chargé de faire connaître et apprécier les médicaments homéopathiques du laboratoire de l'abbé Chaupitre (on est prié d'observer que Boris Vian n'était pas encore en âge d'inventer ça). À la veille de la guerre, il abandonnait l'édifiant abbé Chaupitre pour embrasser la profession de démarcheur d'une agence immobilière de l'avenue de l'Opéra, profession qui fut la sienne jusqu'à sa mort le 22 novembre 1944. Paul Vian mourut, tué d'une balle de revolver, dans la cuisine de sa maison de Ville-d'Avray où il était venu surprendre des visiteurs nocturnes, nourris sans doute d'illusions sur la fortune réelle de la famille et qui ne furent jamais identifiés.

Boris Vian était né dans un magnifique hôtel particulier loué par Paul Vian rue de Versailles sur les étangs de Ville-d'Avray. Peu de temps après, Paul Vian achète la villa « Les Fauvettes », rue Pradier, toujours à Ville-d'Avray. Il devient le voisin et bientôt l'ami de Jean Rostand, futur dédicataire de *Vercoquin et le Plancton* et introducteur de Boris auprès de Raymond Queneau. Le fils de Jean Rostand, François, participera à toutes les réjouissances organisées par les Vian, et il y en eut de toutes sortes et fort animées. En 1929, la déconfiture des Hévéas de Cochinchine met Paul Vian dans la nécessité de réduire son train de vie : il loue la villa proprement dite aux Menuhin – dont le jeune Yehudi allait rendre le nom fameux – et il s'installe avec femme et enfants dans le logement du portier, après l'avoir complété d'un étage. Quand les fils auront grandi, il construira, au fond de la partie de jardin qu'il se sera réservée, une salle de bal reliée à la maison par un système de sonorisation. C'est dans cette annexe champêtre que se dérouleront les surprises-parties décrites dans *Vercoquin* ; c'est là aussi que les Vian tenteront, mais en vain, de faire interpréter par Tonton Mouton (Maurice Rostand, frère de Jean) *Il pleut, il pleut, bergère*. Un diplomate sud-américain, M. de Ambrosis-Martin, succédera aux Menuhin dans la villa ; sa nombreuse et remuante progéniture donnera le coup de grâce au mobilier et aux aménagements intérieurs, si bien qu'à la mort de Paul Vian la belle villa, dépréciée, se vendra à bas prix et son contenu, dispersé aux enchères, moins que rien. Boris sauvera du commissaire-priseur quelques meubles sans valeur qu'il rapportera chez les parents de sa première femme, 98, rue du Faubourg-Poissonnière, et qui le suivront au 6 *bis*, cité Véron, quand il s'y installera avec Ursula en 1952. Un fauteuil en rotin, dernier vestige de Ville-d'Avray, servira d'élément fondamental dans la construction de la

Boris Vian (le premier en partant de la droite), sa sœur Ninon et ses frères Lélio et Alain.

« sedia » au creux de laquelle Sa Magnificence le baron Jean Mollet, vice-curateur du Collège de Pataphysique, apparaîtra triomphalement le 13 octobre 1961, porté par quatre optimates du collège depuis le rez-de-chaussée de l'immeuble jusqu'à la terrasse où se fêtait l'accession d'Ursula Vian à la chaire de Régente d'orchestique.

La décadence des Vian ne ressembla jamais à la chute de la maison Usher. Paul Vian avait du ressort, de l'entrain, un esprit agile et mille dons de société qui le consolaient des déboires que la Société avec un grand S déversait sur sa tête, une tête qu'il portait haut (1,90 m). Outre qu'il avait tâté du bronze étant enfant, dans l'atelier paternel, ses activités de bricoleur s'étendaient à la menuiserie, à l'électricité, etc., et il se livrait en amateur distingué à des traductions de l'anglais et de l'allemand, langues qu'il possédait parfaitement en dépit de son échec à la seconde partie du baccalauréat. Ce grand bourgeois ruiné, condamné à de tristes besognes mercenaires, ne s'était pas mué en prolétaire en faux col, aigri et revanchard, mais plutôt en aristocrate fin de race contemplant les agitations du monde avec un scepticisme enjoué. Il conservait les goûts – et le charme – d'un dilettante ; il devait les léguer à son fils Boris qui les arbora fièrement à sa boutonnière en dandy provocant, mais sut aussi les ordonner en un véritable corps de doctrine au milieu d'une société où les loisirs eux-mêmes devenaient prétexte à l'intervention des « spécialistes » encadrés par la troupe et bénis par le Saint-Père. Disons tout de suite, pour ne plus y revenir, que Boris Vian fut élevé dans le complet mépris de la Trinité sociale : Armée, Église, Argent, et que cette éducation lui parut excellente.

Au comble de sa richesse, Paul Vian avait confié à une institutrice privée, dispensant son enseignement dans la demeure seigneuriale, le soin d'apprendre à lire et à écrire à ses enfants. Elle réussit fort bien dans sa tâche puisque Boris Vian sut lire couramment dès l'âge de 5 ans. On ne s'étonnera donc pas, en arrivant à notre chapitre du romancier, que Boris eût absorbé la littérature française des origines à Guy de Maupassant (au moins) pour son huitième anniversaire. Les études de Boris continuèrent pour les petites classes au lycée de Sèvres, puis au lycée Hoche à Versailles, non pas comme le pensait David Noakes[1] à partir de la Seconde, mais à partir de la Troisième (année scolaire 1932-1933), enfin au lycée Condorcet à Paris, proche de la gare Saint-Lazare qui dessert Ville-d'Avray ; études classiques, section A : latin, grec, allemand. C'est en amateur comme son père, et de surcroît, qu'il acquit la langue anglaise, s'y perfectionna ensuite avec l'aide de sa première femme Michelle, pour y briller au point de devenir un des plus habiles et rapides traducteurs de livres anglais. Boris Vian passa son baccalauréat latin-grec à l'âge de 15 ans avec dispense, l'année même où une fièvre typhoïde très grave dont les séquelles durèrent de janvier à mars avait aggravé des difficultés cardiaques survenues trois ans auparavant à la suite d'une angine infectieuse. À 17 ans, il obtenait son baccalauréat de philosophie et mathématiques.

D'une écriture encore bien un peu puérile qui nous incline à le dater des tout débuts de la production des *Cent Sonnets*,

---

[1]. David Noakes, *Boris Vian*, collection « Classiques du XXe siècle », Éditions universitaires, 1964.

Les parents de Boris Vian à Landemer.

recueil inédit[1], un poème, enclos dans une série de sept pièces réunies sous le titre *Le Ballot*, fait le bilan des études secondaires de Boris :

LE LYCÉE

Il grandit sans changer beaucoup, mais sa paresse
Le rendait très rapide à finir ses devoirs.
C'est une solution que l'on peut concevoir...
À la mathématique, il montrait peu d'adresse.

---

1. Inédit au moment de la cinquième édition du présent ouvrage. A, depuis, cessé de l'être. Voir la Bibliographie.

**Ceci le décida. Pourquoi chercher sans cesse
À cultiver tout droit la branche du savoir
Où l'on paraît briller ? Il dit un « au revoir »
Aux lettres, puis tâta de l'équation traîtresse.**

**Et ça marcha très bien. Toujours avant-dernier
Il ne se frappait plus, se sachant prisonnier
De l'engrenage obscur des différentielles.**

**Il fut reçu sans mal à son bachot Philo
Qu'il avait préparé, rechute vénielle,
Par-dessus le marché, puis coiffa le calot.**

Dans *Trouble dans les Andains*, son premier roman, Boris Vian s'est dépeint lycéen sous les traits d'Antioche Tambrétambre ; quoique ce livre ne soit pas, mais vraiment pas autobiographique, le lecteur y apprendra beaucoup de choses sur Boris à 13 ans, puis à 15, sur son gant droit, la poche gauche de son veston, son peigne et son mouchoir.

Boris Vian gardait de sa jeunesse le souvenir de vacances perpétuelles. Les jardins de Ville-d'Avray, les bois tout près, les jeux en plein air, un père qui était un bon copain, gentil et drôle, une petite sœur, les deux frères et surtout Alain toujours plein d'idées farfelues, boute-en-train, volontiers clown, demain complice et émule de Boris à Saint-Germain-des-Prés, les camarades d'école, les voisins charmants, tout ce monde qui rivalisait d'ingéniosité pour rendre l'existence gaie, légère, et douce, une bourgeoisie qui cédera bientôt devant celle des « marchands de soupe » que Boris détestera d'autant plus qu'il avait connu l'autre dans les derniers feux de son intelligence frivole, soit, et suicidaire peut-être, mais si fine et scintillante. Et il y avait les vraies vacances, les grandes, passées à Landemer, en Normandie, dans une maison de rêve que Boris reconstituera dans *l'Arrache-Cœur* (1953).

En novembre 1951, réveillant sa jeunesse en quelques pages secrètes, Boris écrira :

... Je fais pas exprès, mais je vois Évreux ; ça vous trahit drôlement, les mots. Évreux, Nationale 185, on faisait la route tous les ans dans la voiture pour aller en vacances en Normandie ; la vraie Normandie, celle du haut, le Cotentin, Landemer, ça s'appelait. 17 habitants.

On avait des petites baraques là-bas, ils ont tout rasé, les Allemands. Et les péquenots du coin ont mis du leur. Y avait du meuble à barboter...

Ça faisait 18 ans exactement qu'on allait en vacances en famille, en Normandie, Landemer j'ai dit déjà. Et chaque année, ça nous a travaillés terrible à partir de 16, 17 ans parce que les copains, ailleurs ils se tapaient tous des distractions avec filles et tout. Nous les vacances c'était unique. C'était monacal. Un chouette merveilleux pays. Mais pas une copine. Pas un flirt. La maison, j'adorais la maison, tout en bois de Norvège verni à l'intérieur, vert à l'extérieur; la mer, un balcon tout autour d'où on la voyait, la colline en proscenium oblique de fougères couverte. À gauche l'hôtel Millet, l'autre colline; un V ouvert si on veut, avec la mer à moitié du V, c'était la vue côté mer; côté cambrousse, des arbres, mince c'est un coin formidable; jamais encore j'ai osé y retourner. J'ai les foies, ils ont tout rasé, moi je vais chialer comme un môme. J'écrirais des tonnes de quadrillé là-dessus; mais les filles, saloperie, il n'y en avait pas une. Rien ne dessale les gars et les filles comme les vacances ensemble. Ah là là t'avais bien besoin d'être dessalé? oui j'avais besoin...

Boris n'est plus un enfant; une page est tournée. Le chapitre de l'adolescence s'est ouvert sans qu'on y prenne garde.

L'adolescence

Mieux que personne, Boris Vian écrit pour nous ce chapitre, pour lui devrais-je dire, le 11 novembre 1951, un soir qu'il est triste et qu'il parcourt sa vie « à rebrousse-poil ». Saint-Jean-de-Monts lui revient en mémoire, Saint-Jean-de-Monts en 1939 : il y retournera sept ans plus tard pour y écrire *J'irai cracher sur vos tombes*.

... Des vacances qui m'ont marqué. Des vacances à Saint-Jean-de-Monts...

C'est les vacances de l'été 39 avant la guerre. Juste avant.

En été 39, j'ai râlé. Je venais d'être reçu à Centrale et j'avais ma Monette qui allait à Croix-de-Vie et mon ami Zizi à Saint-Jean-de-Monts tout près quasiment, et il m'a dit viens donc, on sera 7 jours seuls, mes parents arrivent plus tard.

Visions d'orgies. J'enlève le morceau. 10 jours je serai avec lui. Un monde. Et Monette tout près.

Un de mes souvenirs formidables. De liberté, au fond. On est dans le train avec Zizi. Des couchettes. Pas un chat. On a rigolé comme des cons. Une nuit gaie. On est arrivés à la halte, au diable. Jamais été sur l'Océan. L'air, formidable. On attend le tortillard. Il n'existe plus maintenant. Mais cette balade dans le tortillard à travers le marais vendéen c'est vague. Mais c'est une impression de paradis que j'ai encore. Les galettes de bouse, les tranchées d'eau dans la terre noire. Tout plat l'horizon gris océan ou pas, mais comme. Le plancher rugueux, terreux, du wagon, avec les têtes brillantes des clous usés.

C'est six heures du matin. Être debout à cette heure-là, ça fait toujours une espèce de joie de conquête.

L'arrivée. J'y ai rééét à Saint-Jean depuis, alors je dois mélanger les deux. Je sais le sable, les pins. D'emblée, une rencontre, Zizi il connaissait tout le pays. On s'amène jusqu'au bout du chemin de la mer, il avait la maison sur les dunes, je vois, bon Dieu, l'Océan, moi je les aime grises, les salées, Manche ou Atlantique ; l'autre d'en bas elle me plaît aussi mais elle sent rien ; en bas c'est la terre qui sent bon. Une petite maison à volets vert déteint. Un carré de jardin de sable, volets, sable chassé par le vent sur le carreau, on a pas la vitesse pour noter tout ça, moi je jouis positivement d'y repenser, à ce crissement du sable sur le carreau d'une maison de vacances. Côté mer, océan je veux dire, ça montait. Dieu, on était seuls là-dedans. Avec argent en poche, possible, immense, et cet air, aye, cet air de vacances. On a été faire des courses chez le petit épicemard, Pierrot, je crois, Zizi il avait été en surprise-party avec tous les gars du pays, pas que des mecs comme moi j'en voyais, aussi des crémiers, des bonniches, tout ça je savais que c'était aussi en viande mais j'avais pas l'occasion...

L'après-midi, dès, on organise une surprise-party. Le Zizi il prend son vélo, il part chercher un phono, il revient, se casse la gueule en se prenant une spartiate dans la pédale, deux dents en l'air, le museau en compote. Je le mets au pieu. En l'air le truc. On a quand même tous dîné là. Je râlais terrible ; c'est que ça s'annonçait vachement, j'avais déjà coincé une fille dans la cuisine et la main, tout de suite, dans son short, l'horreur, elle m'embrassait en ouvrant un four et en disant non à ma main ; c'est après celle-là que je me suis rincé la bouche à l'alcool... Elle ouvrait la bouche tellement grand.

Monette, tu parles si j'avais honte. Mais j'étais en rut quand même. L'alcool, c'était évidemment pour Monette. Mais j'aurais recommencé quand même. Il n'y aurait pas eu cet accident je faisais un enfant à la brune (elle était brune), et je dis je lui faisais un enfant parce que c'est comme ça que ça se serait passé. J'y connaissais rien, sauf en théorie, et c'est peu, la théorie. Ou alors on se serait juste touchés. Ça aussi, c'est un souvenir qui me

Boris Vian à 19 ans. Ville-d'Avray.

gênerait s'il était arrivé. J'aime mieux les filles que ça, quand même.

Monette je l'ai vue un ou deux jours après. J'ai été emmerdé par elle, pendant ces vacances. Elle avait un copain à bagnole, elle a cherché un peu à m'énervoter avec. On s'est asticotés. On était loin l'un de l'autre. J'ai fait force conneries avec une bande de joyeux frères. Je me forçais. Après j'ai rappliqué chez mes parents, en Normandie, retrouvé les frères. 8 jours et ça a été la guerre, septembre 1939.

Il va à rebrousse-poil, Boris, ne l'oublions pas. À cette heure-ci, il pense à juin 40 et de là il remonte loin dans sa prime jeunesse et il nous dit la vérité, toute la vérité sur les surprises-parties de Ville-d'Avray, et sur lui-même devant les femmes... à l'âge des folies :

En juin 40 j'étais fiancé à une fille, Monette D...[1] elle s'appelait. Je mets son nom en points parce que ça fait plus mystérieux. En fait elle habitait Vaucresson et c'est pas poétique. Elle me plaisait bien. Au début. Quand je l'ai rencontrée. C'était avant juin 40... J'ai dû la connaître par un gars de Versailles. Jacques L... Lui je mets pas son nom non plus parce que je sais pas s'il a pas été tué quelque part dans cette guerre. Bref. Il y avait des tas de surprises-parties chez moi – chez mes frères et moi – plus juste. Je flirtais à ce moment avec un grand gentil cheval blond Pierrette S... elle s'appelait, elle. C'est marrant, on retrouve tout très bien quand on y pense. Atmosphère. Je préparais Centrale. Feignant – un peu la trouille de ne pas être reçu, pas beaucoup la trouille parce que tout de même pas très dur ; carotteur parce que je faisais semblant de travailler, je savais qu'il faut avoir l'air de trouver ça dur pour donner du prix à la réussite et avoir une excuse si on loupe son coup... Je jouais un peu de trompette – comme un porc, je pense. (Je pense pas, je suis sûr, j'attends la contradiction polie. Mais merde, je me rappelle une soirée, je jouais à peine depuis 3 mois. Et j'ai été avec Peters, un vieux copain de classe. Dieu que c'est loin, ça, c'est de 27 ou 28 qu'il datait ce copain ; la 7e au lycée de Sèvres. J'ai été avec Peters faire un bal pour le R.P.F. – nom de Dieu, je jure qu'il m'est venu dans les pieds – c'est le P.S.F. que je veux dire, le roconel ; moi ça aurait été Staline, j'étais payé, j'aurais joué, tu penses au bout de 3 mois, la consécration, quoi, Armstrong n'avais qu'à se tenir. Et mal à la gueule au bout du bal ! Putain ! Je recommencerais quand même. Mais je suis perdu. J'ai dit Peters parce que ça m'est venu ; je sais maintenant pourquoi j'ai jamais voulu écrire mes histoires personnelles ; ça va faire 5 000 pages comme rien. Ce truc-là tout revient.)

   Au temps. Atmosphère, suite. La salle de bal au bout du jardin ; mes parents aimaient pas trop qu'on sorte ; pas trop de pognon d'abord ; et puis inquiets : Paris, tu

---

[1]. L'usage des seules initiales – auquel nous nous étions tenu dans les éditions précédentes – étant générateur de confusions, ainsi que nous en avons eu plusieurs témoignages, nous croyons devoir cette fois rétablir au moins les prénoms des personnages cités par Boris Vian.

penses quels dangers ! et les filles ! les dévoreuses ! les méchantes ! ils m'ont foutu la trouille dès l'âge de 13 ans avec la syphilis et le reste ; c'est quand même pas des choses à dire aux gosses à cet âge-là, c'est des coups à les rendre impuissants. Donc, aimant pas trop qu'on sorte (si je la suis hein cette idée-là) on avait construit pour nous une salle de bal au bout du jardin, adossée à deux mitoyens d'équerre. Voir *Vercoquin et le Plancton*, messieurs-dames, une œuvre de jeunesse où j'évoque plaisamment les surprises-parties de ce lieu. À vrai dire c'était salement chaste – de mon côté en tout cas. J'avais un peu de préjugés... Et la sacro-sainte peur de la vérole. Et les filles, il faut dire que ça n'en sait pas tellement toujours et puis je crois, ça me tient depuis si longtemps je peux bien le dire, je crois que je me retenais exprès pour une raison, je sais maintenant que c'est ça, je me doutais du goût que j'aurais pour la fille et je me doutais que si je piquais à ça, je lâchais Centrale et le reste ; et ça, je voulais faire Centrale, ça me paraissait chouette d'être ingénieur. *Quantum mutatus, sic*. Et autre raison, je savais pas où les tringler, les filles. Et autre raison, je suis un affreux sentimental. Je subodorais bien un peu la catastrophe. Alors je choisissais toujours pour flirter des filles avec qui je me disais que ça ne serait pas terrible si jamais je devais les épouser. Dieu quelle construction. Mais je laisse ça vient comme ça. N'importe quelle fille m'aurait eu, au fond. Je crois que j'avais un goût atroce (quand je compare à maintenant ça va de soi). J'aimais bien les petits nez droits, les signes particuliers néant, les jolies robes bourgeoises, pigez, genre crêpe mousse et tout ça, les qu'on remarque pas. J'aimais bien danser aussi, il fallait qu'elles dansent bien. Et de près. Ça j'adorais ça, je jure, le nez dans les cheveux, avec Arpège. Trouble délicieux. Slips spéciaux de sport. Masochisme intégral, sans aucun doute. Je manquais affreusement du vrai culot, et j'avais un affreux autre genre de culot, le culot du maître de maison permanent – deux surprises-parties par semaine pendant 4 ou 5 ans, ça vous colle un peu l'aisance du tôlier professionnel. Oh et pis quoi, j'avais 1 m 85, je dansais pas mal, je savais choisir les disques, je sais, j'ai jamais eu beaucoup de peine à leur faire accepter de se laisser serrer un peu, les petites. Mais je leur ai jamais rien fait de grave non plus. Dieu qu'on était gentils. Je regrette pas, ça me plaisait, c'est des jolis jours. Coucher tout de suite quand on est pas bien expert tous les deux, c'est généralement du décevant. On se serait fait mal. Et puis je sais pas, j'avais autre chose à faire. Ça me suffisait, de les tripoter. Tant qu'on a pas vraiment commencé, on peut se retenir assez longtemps. On fait des rêves. Des rêves où y a pas des jeunes filles. Il y a des grosses femmes, bien vagineuses et bien mamelles. Des où on fond comme un sucre. Et où on sait pas quoi faire parce qu'on est tout nu en public avec un gilet en laine trop court, qu'on tire, en se mettant le cul à l'air ; mais ça paraît moins important que le reste, le cul. Et puis à ce moment-là, quand même, j'étais pris pas mal par la boîte. Math. Spé. Il y avait du boulot pas trop, mais de la présence, et le train pour Paris 4 fois 20 minutes par jour, et les copains, et se lever tous les matins tôt. Une bande de copains, on était. Jean-Louis V... une figure de l'époque. Je l'ai revu. Zéro. Il est devenu militaire de carrière. À bien y penser, il était déjà ça ; le côté pète-sec nous asseyait. Mais je ne vais pas m'embarquer dans tout ça. C'est aux filles que j'en étais...

Pierrette, donc. Faut commencer. Avant elle, après tout, je ne me rappelle pas, je suis franc. Il me faut une base de départ. Pierrette. Grande, belle fille, rieuse, blonde. J'aime les blondes. Grandes. Elle était juste au bon niveau pour le joue à joue, mais elle sortait un peu ses fesses en dansant. Je me rappelle. Dans les glaces, ça me gênait, je me disais qu'on ne devait pas faire un joli couple. Ce que je pouvais m'en soucier de ce-qu'on-avait-l'air-de, c'est pas possible. Je ne me souciais que de ça, littéralement.

... Les filles, au fond, à ce moment-là, je les choisissais presque pour les autres, c'est bien vrai. C'est pour ça qu'elles devaient être insignifiantes. Pierrette, elle n'était pas insignifiante elle faisait un volume terrible. Bigre, je me la rappelle drôlement, Pierrette, au fond, j'ai bien eu le béguin pour elle, on s'est même écrit en vacances. J'étais en Normandie, elle à Sainte-Maxime ; ça doit me permettre de fixer la date. Ça devait être, attends un peu les vacances de 1938 oui je crois, j'avais 18 ans. C'est ça ? Je l'aimais quand même bien, tiens. Je sais aussi où je l'ai rencontrée, chez Jacqueline, la fille de mon prof de maths ; c'est-à-dire chez mon prof de maths de math-élém pour préciser. C'est ça, c'est bien la date. Ô, nom de Dieu, nom de Dieu qu'on était tous gentils à ce moment-là. Je m'attendris c'est terrible, je revois tout ça, c'est comme un jardin de vacances avec du soleil sur l'herbe et des tables en fer sous les arbres. Il y a des milliers de choses qui me reviennent dans le crâne, mais c'est difficile de choisir, c'est difficile à décrire tout ça. Je sais une chose, je ne courais jamais après les filles qui filaient dans les pièces où on éteignait tout ; celles qui y allaient j'aurais bien voulu en trouver des jolies. Mais elles ne me plaisaient pas ; embrasser une fille que je trouvais moche, même saoul et bien excité, et je me lavais la gueule à l'alcool à 90° toute la soirée, j'avais peur d'une maladie quand elles étaient moches, c'est terrible, ça c'est drôlement vrai, j'ai encore plein d'exemples ; au moins deux où j'ai fait le coup de l'alcool. Laideur et maladie ça allait ensemble. La vérole avec une jolie ça aurait sans doute passé pour une prime à tout acheteur. Mais la jolie, ça se méfie.

Bon, Pierrette. Quel défaut ? Peut-être déjà je la trouvais un peu forte. Pourtant, comme gabarit, on allait ensemble. Je sais très bien pourquoi je l'ai lâchée. Deux motifs. Le premier, c'est plutôt elle qui m'a lâché parce que je crois qu'elle voulait pas se laisser embrasser sans que ça soit pour le bon motif. Pourtant on s'entendait bien. On dansait toujours ensemble. Au fond je ne savais rien faire avec les filles que danser et la conversation standard. Et puis une autre raison. Elle remuait drôlement sur les disques de jazz ; maintenant on appelle ça danser bibope, ils me font rigoler, avant le déboîté il y avait autre chose, après il y a eu autre chose. Mais un jour qu'elle dansait avec un autre que moi, il lui remontait sa robe avec sa main, pas exprès, et on voyait le haut de son bas, ça faisait ridicule, je ne sais pas pourquoi, et ça m'en a détourné. Il me semble cependant que déjà il y avait Monette à côté de moi sur un divan, ça devait être chez Jacqueline. Pierrette, elle avait encore autre chose que je n'aimais pas bien, il lui venait des petites gouttes de sueur sur la lèvre supérieure quand elle remuait trop, ça m'embêtait.

27

... Ce qu'on est bêcheur, je n'étais pourtant pas parfait, non ! Mais c'est un truc dégueulasse que j'ai eu longtemps avec les filles, le truc de la restriction mentale ; sans blague, je savais quels détails me déplaisaient ; une le nez pas assez droit, l'autre la forme de tête pas agréable, la troisième des jambes trop grosses et je m'arrêtais toujours avec celles-là. Je sentais toujours qu'une chose m'empêcherait de marcher très longtemps ; mais par veulerie, j'essayais que ça ne soit pas moi qui aie l'air d'être responsable du lâchage. Le fait est que si elles continuaient je continuais aussi, restriction mentale ou pas ; ça m'a mené à un drôle de pastis. J'aurais pas pu être difficile du premier coup, non ? On est con...

Monette, je me rappelle donc que c'est Jacques L... le responsable. Il l'a amenée à la maison, mais je jure, je ne me rappelle plus du tout quand. Un beau jour pour les filles, il me semble, pourtant. Ou je confonds, je sais plus, un jour où il y a eu en même temps les 4 filles d'un docteur de banlieue, bien chouettes toutes les 4, de la jolie bourgeoise de choix.

Elle devait avoir une petite robe bleue assez simple. Elle était mignonne quand même. Maintenant, je reconnais qu'elle ne me ferait plus rien, mais elle avait le nez droit – condition essentielle à l'époque – d'assez jolies jambes, des escarpins vernis à talons hauts – j'aime ça. Un peu raide d'allure, mais on ne voit pas tout ; ça a dû être une de mes restrictions mentales puisque je me le rappelle très bien maintenant. Les cheveux blond roux châtain, une nuance assez agréable je crois, coiffée en page avec le petit rouleau sur la nuque. Oh je la revois un jour où elle avait été chez le coiffeur, je l'emmenais chez les L... rue Christophe-Colomb. Elle s'est amenée en manteau de fourrure, loutre je pense, avec une grosse double coque sur la tête, j'étais effondré, ça m'a gêné de me montrer avec elle ; ce que j'étais lâche. Non, pas lâche, surtout je ne l'aimais pas, quoi. Alors, tous les prétextes, je les ai enregistrés.

C'est une histoire con. Sans danger, mais con. Je l'ai cavalée très fort, sans jamais aller loin parce que j'étais d'un chaste. Pourtant à la longue, quand on a été fiancés je l'ai sévèrement pelotée. Mais maintenant ça me gêne d'y penser. Je revois ses bras un peu maigres, un petit peu poulet écorché. Ses bras me gênent. Pourquoi. Merde, pourquoi on m'avait fait peur avec les filles qu'on paye, jamais je n'aurais cavalé avec des petites comme ça. Je devais avoir des dispositions pour la trouille, quand même, mais comment faire. J'ai eu vingt ans à 14 ans, j'étais plus grand que tout le monde, si j'avais eu l'air de ne pas savoir je perdais la face. Au fond ça finissait par me travailler au crâne...

... J'arrive quand même à être furieux de me voir aussi con en 1939. À 19 ans ! Eh ben mon pote, il y en a des plus avancés.

Peut-être j'aurais dû naître bosco ou bigle ou tordu d'une façon – c'est pas un appel du pied, excuse, j'ai rien d'Apollon – mais quand un type naît grand, à peu près droit et quand ses parents le soignent, c'est tellement facile à ramasser des flirts qu'on s'en fout, au fond, on se contente du tiédasse. C'est emmerdant de ne pas avoir de gros gros problèmes pour les filles. J'en ai rencontré des qui ne marchaient pas, oui ; j'étais tellement sûr d'en trouver d'autres qui marcheraient que je ne me vexais même pas. T'appelles pas ça une larve ? Charogne !

... Dieu j'étais d'un timide à 20 ans, avec ma carcasse d'étiré, vraiment le bon jeune homme. De quoi il ne faut pas se sortir ! Et puis au fond, bien miteux. Ça, par la faute de mes parents. Mon père avait eu du pognon. Rentes. Pigez ? Il s'est mis à travailler à 36 ans ça lui plaisait pas, sûrement, et il a fait un moche boulot, mais il s'y est mis. Tiens, mon père, je l'aimais bien...

L'École centrale

BIZUTH

Et ce fut le concours pour une grande école
La ruée contenue de mille bons crétins
Vers deux cents places, se lever dans les matins
Lourds d'orages latents, et le cœur qui s'affole...

La verrière immense, houleuse casserole
Où cuisent des cerveaux nageant dans leurs destins
Les froncements de fronts, les appels clandestins
Les départs, en clamant une suite de Rolle...

Enfin, le mois d'attente inquiète et de leurre
Qui durera dix ans mais n'a duré qu'une heure
L'oral tant espéré, piteux et solennel

L'incompréhension des copains sans entrailles
Le bon cœur de bourreaux barbus à l'œil cruel
Et le jour du triomphe où croulent les murailles.

« Puisque cela te fait plaisir, j'aurai ma peau d'âne », avait dit Boris Vian à sa mère. Dans *l'Herbe rouge*, il écrira : « On roule la vie dans des peaux d'ânes. Comme on met dans des cachets les poudres amères pour vous les faire avaler sans peine. » Et dans un de ses premiers poèmes :

COLLES

À l'École, un gros homme à la mine flétrie,
Membre de l'Institut – c'était le directeur –
L'ignora, comme ceux dont – crime indicateur –
Le père n'était pas « quelqu'un dans l'industrie ».

Il n'en apprit pas moins la stéréométrie,
La construction des ponts ou des générateurs
Et l'art du militaire et du dessinateur
Pour gagner sa pitance et servir sa patrie.

Mais son crâne était vide et ses pieds étaient lourds
Quand il franchit la porte au bout de tant de jours
Ivre un peu de sentir son corps en équilibre.

Soigneusement lié reposait dans sa main
Fagot du feu rongeur où vont les âmes libres
Le rouleau de peau d'âne à piper les gamins.

Admis à l'École centrale des Arts et Manufactures dans un rang moyen, Boris entre en 1re année le 6 novembre 1939.

Je suis parti à Angoulême en novembre 1939. L'École centrale s'y trouvait repliée dans l'immeuble inachevé de la nouvelle bibliothèque municipale, rampe d'Aguesseau. Je me rappelle le voyage dans le train, avec Zizi et Pitou. Mes deux potes favoris. On bouffait du poulet à pleines pognes comme des porcs, en tapant la carte, pour scandaliser des adultes. Les adultes ils souriaient ravis parce qu'on déconnait comme des pas adultes. C'est dans ce train-là que j'ai appris à jouer à ce jeu qui s'appelait le roi de cœur, où il y a des figures à exécuter. Pas de plis, pas de cœurs, pas de dames, pas de rois de cœur, la générale qui est la somme de ces cinq conditions et la réussite. Six donnes par partie. J'ai connu dans ce train-là aussi un futur commensal dont l'apparent culot m'en imposa un peu ; en fait c'est lui qui me cherchait, il faisait un genre de roue rien de particulier là-dedans ; pardon. Ce n'est pas du Peyrefitte. Je suis pour dames seules. Essentiellement.
Angoulême. On a été logé chez l'habitant. J'avais

Boris Vian à l'École centrale.

la photo de Monette sur ma table de nuit. De profil. Elle avait l'arrière du crâne un peu plat sur la photo. Restriction mentale, une de plus. Je lui écrivis des lettres. Oh! Que chastes! Pas un mot plus haut que l'autre, je savais que sa sœur les lisait et sa mère aussi. J'ai toujours eu honte d'écrire des « je t'aime »; c'est bien un signe que je ne les aimais pas, maintenant

33

j'ai plus du tout honte... ça me gênait avec Monette ; ça m'a gêné ensuite avec M... Mais comment est-ce qu'on peut savoir que ces signes-là ça ne trompe pas, comment est-ce qu'à vingt ans on peut savoir qu'à trente on ne se sentira pas un vieux jeton ? Est-ce qu'ils vous expliquent ça, les parents ? Tu parles, de la frite, oui. Monette, d'ailleurs, mes lettres, elle s'en foutait et elle avait raison ; ça la posait les lettres, moi ça me posait d'en écrire : et puis quand on est con comme ça, on ne cherche pas de motifs, merde ! Elle les laissait traîner partout. Je donnerais dix balles pour en retrouver une de ces lettres, j'ai absolument pas idée de ce que je pouvais lui écrire, mais pas idée du tout du tout du tout.

La fin de l'année universitaire 1939-1940 coïncide avec la fin de l'armée française qui, après avoir lancé quelques stupides cocoricos sur la ligne Maginot où elle faisait sécher son linge, reflue en désordre sur toutes les routes de France, entraînant avec elle quelques millions de civils terrorisés.

En train de parler de ces choses anciennes, c'est plus vrai que si j'en avais parlé en leur temps quand elles sont arrivées. J'avais laissé tout en train à Angoulême. Je vais revenir à Angoulême, en 1940, où il y eut un mois de janvier et de février si froid et des humidités de mars qui nous firent tant boire, et les remparts très jolis, les bains à Bourgines dans la Charente ravissante aux nénuphars, et encore tant de désirs et d'incertitudes et la plus complète indifférence aux graves problèmes de l'heure qui n'étaient graves au fond que pour ceux qui en sont morts. Soit un assez faible pourcentage de la population, somme toute, mais il y a mon père dans le tas, alors je n'aime plus la guerre et ses suites. Jabès. Il faut demain que je parle de Jabès. C'est une de mes images de 1940, près de la fin, en juin. Dans sa chambre. Vraiment, tout le monde commençait à foutre le camp. C'est lui qui m'a fait comprendre. Il était atterré. Juif italien, tout petit, drôle, bon copain. J'aimais bien, Alfredo. Je l'aime bien encore. On ne se voit plus. On ne peut pas. Mais je l'aime bien. Sur son lit; il a dit des choses, quelles! je ne sais plus; je me rappelle, il logeait au-dessus de l'Océanic-bar où allaient boire les deux garçons de l'école ceux qui encollaient les planches à dessin. Alfred et Jules je crois. Atterré, Jabès m'a atterré. J'ai compris; foutus, allemands, etc. Compris rien du tout: juste compris que quelque chose cassait. La suite? C'est dans ma chambre à moi, chez Mme Truffandier; avec Bally. J'ai vidé une bouteille – ma dernière – de rhum du grand-père. On le sentait à l'autre bout de la chambre en débouchant. Bally, il est mort en 44 à la Libération, une balle en plein crâne le jour du défilé à la Concorde, par un tireur des toits. Il était gentil. L'après-midi j'ai foutu le camp d'Angoulême. Le 8 juin je crois sur ma bécane, avec Lebovich, Jacques, lui aussi, en bécane...

La deuxième année d'École centrale commence le 28 octobre 1940. L'École a réintégré ses locaux parisiens. La troisième et dernière année s'achèvera le 26 juin 1942. Boris Vian, 54e sur 72 (promotion 42 *b*), obtient sa peau d'âne (section « Métallurgie »).

Sa première œuvre écrite et publiée (fort proprement ronéotypée, et brochée sous couverture violette) s'intitulait *Physicochimie des Produits métallurgiques* (160 pages 21 x 27 abondamment illustrées de graphiques et dessins techniques). Œuvre en collaboration, qu'on nomme dans l'argot centralien un « bandoir » (transcription par les élèves du cours d'un professeur), elle avait été rédigée en seconde année, soit en 1941; les collaborateurs de Boris étaient ses camarades de promotion Demaux, Jabès et Jones. L'ouvrage s'orne d'un avant-propos en alexandrins (28 vers) et en vieux françoys : « Vivoient au temps jadis quatre escholiers modèles... » L'ouvrage porte en épigraphe cette citation d'Anatole France *(le Jardin d'Épicure)* : « ... un beau vers a fait plus de bien au monde que tous les chefs-d'œuvre de la métallurgie », suivie de ce décret signé « les Auteurs » : « Nonobstant, nous vous l'enseignerons. »

Des savants travaux de Boris Vian à l'École centrale plusieurs mémoires (manuscrits) ont atteint nos rivages :

- un projet de récupérateur pour un groupe évaporatoire (24 pages) ;
- un projet de poupée de tour (5 pages) ;
- un projet de pont métallique pour chemin de fer à voie unique (25 pages) ;
- un projet de restaurant ouvrier (11 pages) où l'on peut lire, surpris comme le correcteur le fut (annotation : « pas fameux »), que « l'aération des W.C. se fait par une grille perforée dans la cloison qui les sépare de la salle de bains, elle-même comportant une aération par le plafond » ;
- enfin quelques exercices de virtuosité aux compas et crayons de couleur.

D'Angoulême, de l'École centrale repliée nous provient l'œuvre littéraire (oh ! combien) la plus ancienne que Boris ait cru agréable de conserver : la *Chanson des Pistons*. Y défilent, sur l'air de « la Patrouille », ses camarades de promotion, présentés selon la pure tradition dite gaillarde des élèves de nos grandes écoles (lesquels, à 40 ans ou moins, mariés, cocus et pères de famille, s'indignent de *J'irai cracher sur vos tombes* et vouent son auteur à la potence).

> Zinzin le tueur est une mignonne
> Qui n'a ni foutre ni roustons
> Il est puceau de sa personne
> Il est râleur comme un Léon
> Pourtant dans la ville d'Angoulême
> Les putains le chérissent et l'aiment
> Ah Ah Ah Ah Ah
> Écoutez tous, bande de pékins
> Je vous présente la bisthurnin.

> Nous avons aussi une poupée
> Qui fait des tours dans les boxons
> Claude Leroy elle est nommée
> Elle est jolie comme Apollon
> Pour dix-huit sous je vous l'assure
> Elle retire sa ceinture.

> Quant à Mouki c'est un beau gosse
> Il est aussi con qu'il est grand
> Mais ce couplet est un peu rosse

> Mouki est un type épatant
> Quant à ses idées sur l'armée
> Écoutez-les, vous serez charmés.
>
> Pierrot est un copain à Claude
> Voilà pour sa définition
> Quant à ses mœurs, sachez qu'il rôde
> Autour des fortifications
> Il est un peu équilibriste
> Il fait tenir tout sur sa b...

Comme il y a vingt-trois couplets du même tonneau, il nous faut réduire le débit de la cannette. Racamier, Loisel, Michel, Harlé, le « maq Lorrain », Molins, Herpin (de Chval), Fabri, Thiéry, Pujol, Cenan, Phiphi (Perret), etc. sont célébrés. Retenons le couplet sur Spinart :

> Le beau Zizi, cette tourelle
> Naquit en l'an mil neuf cent vingt.
> Il a été fondu à Ruelle
> Au calibre de 420
> Ne croyez pas pourtant qu'il pèse
> Aux petites filles qu'il baise.

sur Bélime :

> Si nous parlions un peu d'Bélime
> C'est le costaud des robinets
> Il tripotaille un peu la rime
> Et connaît un certain succès
> Avec Deutsch il est en bisbille
> Pour des chameaux ou pour des billes.

sur Boris soi-même :

> Vous entendez un type qui gueule
> Vous retournez pas, c'est Bison
> Pourtant on croit avec sa gueule
> Qu'c'est l'plus sérieux d'la promotion
> On n'se trompe pas je vous l'assure
> C'est moi l'auteur et j'en suis sûr.

et enfin sur Pitou (Jean Lhespitaou, futur beau-frère de Boris) :

> **Petit Pitou a l'air tranquille**
> **Mais au fond c'est un vieux salaud**
> **On le rencontre dans la ville**
> **À la poursuite des chameaux**
> **Comme il a peur de la vérole**
> **Tout se réduit à des paroles.**

Une seconde *Chanson des Pistons* a résisté à la déroute de l'armée française et aux bombardements des stukas. Elle nous montre « Léon » autrement dit le colonel Léon Guillet, directeur de l'École, tranchant les cas de conscience de ses élèves. Quoique plus courte que la précédente (sept couplets au lieu de vingt-trois), son vocabulaire continûment verveux en interdit en France la lecture aux enfants de moins de 72 ans, à l'exception du premier couplet :

> **Tous les élèves de Piston**
> **Viennent de poser la question**
> **S'il fallait s'offrir un chamô**
> **Quel est celui qui s'rait l'plus chaud**
> **On soumit le cas à Léon**
>   **Qui répondit**
>   **Un, deux, trois,**
>   **Délibérons.**

et, par pure bienveillance, du quatrième :

> **Mais on attrapa la vérole**
> **En montant sur la môme Nicole**
> **On coulait tous comme des fontaines**
> **Pour n'avoir pas mis de mitaines**
> **Léon qui n'était pas content**
>   **Nous renvoya**
>   **Un, deux, trois**
>   **Chez nos parents.**

Que le lecteur se console de ces larges ablations : la seconde *Chanson des Pistons* traite, non plus individuellement, mais en troupe se ruant aux orifices, la promotion de Boris et décrit l'intimité fort peu hygiénique de quatre demoiselles de compagnie, inutilisables à l'heure présente, vu leur état déjà très avancé aux ultimes heures de la IIIe République. Sur quoi, écœuré, nous tournons la page de l'École centrale.

Michelle Léglise-Vian, Boris Vian et le Major, juillet 1940.

Capbreton

... J'étais resté à Angoulême au moment où on s'est barrés Lebovich et moi, où on a été ramassés sur la route par mes parents qui arrivaient de Bordeaux dare-dare dans la vieille grande énorme Packard 1935 – ils nous croisent, on les voit et gueule, ils ne nous voient pas et ont continué jusqu'à Angoulême – nous on s'est arrêtés sur le bord de la route parce qu'ils allaient revenir évidemment. Et on a cassé la graine pour s'alléger – on avait guère fait je crois qu'une trentaine de bornes pas plus. Ils sont revenus d'Angoulême donc nous on s'est fait repérer, et charger avec les bécanes sur le toit du véhicule ou derrière je ne sais plus. À Bordeaux, mon père avait une vieille maison jolie dans un grand jardin déjà rétréci bien sûr, vendu en partie, à Caudéran – vieille maison basse chartreuse pas d'étage pierre blanche, y vivait une vieille cousine salope jamais pu la faire filer parents bonnes poires, elle, elle louait les chambres à des réfugiés alsaciens ou lorrains et écoutait la radio allemande tous les soirs avec joie, hitlérienne à mort. Un tableau cette vieille. J'y vois plus, j'y vois plus elle disait et soudain tiens le facteur a dû mettre quelque chose dans la boîte, je crois – boîte à 300 mètres – œil de faucon, la salope. Le soir, y a eu quelques exercices bombatoires, ça tremblait un peu. Elle était ravie. On logeait tous les six et Lebovich dans une seule chambre par terre, il y avait à peu près un milliard de puces. Ce salaud de Lebo pas une ne le mord, et il se marre, nous on était comme vérolés. Quand même on se sentait pas chez soi, là... On est pas restés longtemps, on a repris la route pour Capbreton où mon parrain Ralph Lepointe, juge, il y était, s'occupait des réfugiés et nous avait dégotté un logis – plus on filait des fritz mieux ça valait...

Capbreton. C'était chouette. Des vraies vacances – et j'avais ma bécane, idéale pour ce pays (?) (une fois j'ai été à Bayonne avec Alain, quelle foutue montagne russe, bon sang) – mais jolie route. De Bordeaux à Cap ç'avait été chouette aussi, cette odeur de cette route noire et droite et ces pins formidable ce que ça sentait bon.

Capbreton, mer sympa, remuante et sable sable jaune. La petite maison était au bord du sable, on le traversait. Il y avait pas loin une plaque de pins et le vent sur le soleil. Emportais des livres prélevés chez Ralph, et lisais, tassé au coin d'un remblai de façon à avoir la gueule au soleil et au vent. Écrivais à ma chère *(sic)* fiancée Monette – elle était repliée à Toulouse – près de Toulouse plus exactement à Venerque ça existe il y a une église rouge en briques et une note du carillon est fausse, et une espèce de torrent creux et ordurophage passait au bout du jardin ou alors je me gourre c'était ailleurs, en tout cas je me rappelle « la » pêche que se réservait le père D... qu'il couvait du regard – car j'allai voir Monette à Venerque et on se promena dans les champs. Je suis sûr qu'il y a de l'eau, je revois de l'eau. La sœur était là aussi et la femme polonaise du frère noble et moi j'avais fait quinze heures de banquettes durocul et vu Lourdes et le gave de Pau qu'est d'une belle couleur d'entrailles de hareng.

Je sais pas si c'est avant ou après avoir été à Venerque. J'ai le souvenir d'une horrible expédition, de hangars d'avions, de trucs, de machines – ne fus-je pas mené avec elle de Toulouse place Saint-Sernin où créchait une relative quérir un laissez-passer ou something du genre ? – je sais pas si c'est après ou avant, mais ça branlait sévère dans le manche...

J'ai des images de cette période, des souvenirs – un accroc fait en bécane à un pantalon ça me brima fort surtout des vues de la plage la côte sauvage avec les bois blanchis et les vagues et la petite chienne Sukette. Pourquoi je me la rappelle maintenant, bonne petite chienne crétine glapissante, je l'aimais bien.

Des petits gosses espagnols, aussi, Fernand et l'autre,

qui faisaient tant rire le père, et ils bouffaient de l'ail comme des porcs.

Le 15 juin 1940, fuyant Paris, la famille Léglise est arrivée de son côté à Capbreton. Mme Léglise espère retrouver son mari – et le retrouvera – parmi les débris de l'armée française. Ses trois enfants l'accompagnent : le petit Jean-Alain, qui périra noyé le 27 juin, sa fille Michelle, qui deviendra Mme Boris Vian le 3 juillet 1941, et le frère de Michelle, Claude, qui sera Peter Gna dans différents récits de Boris.

Michelle prépare son bac philo ; elle devait le passer à Paris le 17 juin, mais l'entrée des troupes allemandes dans la capitale a fait annuler les épreuves ; elle les subira à Bayonne le 13 juillet. Des camarades de son âge lui prêtent des livres. Il y a beaucoup de monde à Capbreton, toute une jeunesse bientôt désœuvrée : on fraternise en face du redoutable bac, on se rend visite, on se rencontre à la baignade.

Le dimanche 21 juillet 1940, il y a sur la plage de Capbreton un accordéoniste pas ordinaire : Alain Vian, qui se fait appeler Jean-Loup parce qu'il se destine au théâtre. On fait cercle autour de lui. Claude Léglise, plus hardi que sa sœur, lie connaissance. Les jours suivants, on est copains.

Boris nous relate un peu différemment sa rencontre avec Michelle (Claude Léglise et Pierre L... ne faisant qu'un) :

C'est mon frère Alain l'entremetteur. Il avait eu des mots avec Pierre L... un jour à Saint-Lazare, en sortant de Condo, au sujet d'une pucelle quelconque. Se rappela la gueule du gars, non la querelle, et fraya tôt avec une bande de Capbretonois où figuraient diverses variétés de spécimens de la bourgeoisie repliée ou locale. Je me rappelle Elbaz Paul, un foncé hâbleur sympa grosso-modo – et une grande blonde baisable aussi con que les filles de généraux versaillais que j'avais connues jadis.
Bref Alain renoue avec Pierre L... Histoire curieuse. Le frère jeune de ce dernier vint à se noyer aussitôt sous la surveillance du 3e membre de la famille, Michelle. Les parents père chef météo et mère rivée au père par liens de l'esclavage étaient absents, occupant en principe une jolie maisonnette sur le Boudigau, propriété Candau je crois, amis locaux.
Michelle (calottée jusqu'à 20 ans si elle se maquillait)

c'est Alain qu'elle coursait tout d'abord. Moi, nescepas j'étais empêtré de ma fidélité.

Le 29 juillet, Michelle et Claude Léglise sont invités à une surprise-partie chez un des fils de famille réfugiés à Capbreton ; parmi les danseurs, Boris Vian et Jacques Loustalot, surnommé le Major.

De retour de Venerque je me joignis à la bande. C'étaient abondantes surprises-parties où je connus Jacques Loustalot devenu quasi immortel sous les traits du Major et où faisant en dansant du gringue à la dite Michelle sur l'air de Begin the biguine je gonflai sans doute mon slip de sorte que je me dis ma foi dans une de ces crises de franchise que j'ai au fond souvent avec moi, mais Vian tu es résolument polygame.

Le lendemain 30 juillet, dans leur villa «Esselam», les jeunes Léglise rendent la surprise-partie : Boris et le Major sont de la fête. Le 31, on recommence avec les mêmes.

La cristallisation chère à Stendhal et aux raffineries Say dut se produire de là-bas sans doute jusqu'à Paris plus tard. Mon frère Alain, malgré diverses étreintes, ne mordait pas à la fille. Elle était fascinée par son bagout je crois. Lui, il avait changé son nom en Jean-Loup ce qui fait plus cinéma et régalait l'assemblée de sa supériorité de comédien futur. C'est un gars plein d'abattage quand il veut, mais trop de couveuse l'a fait rester au sol et se conformer à l'idéal de médiocrité de la mère à nous quatre. Et d'un peu trouille.

Le 1er août, les Vian quittent Capbreton où les Léglise resteront jusqu'au 28 août, continuant de participer avec le Major aux surprises-parties qui se succèdent à un rythme frénétique dans toutes les villas où la jeunesse dorée se console comme elle peut – si tant est qu'elle y pense – d'un désastre qui n'est pas le sien, mais décidément celui des parents qui, à force de gagner la bataille de Verdun tous les jours depuis vingt ans, se retrouvent à genoux, défaits et lamentables, persuadés que c'est dans l'honneur et la dignité.

BALLADE DE L'AN QUARANTE

I

Or dansions sur la corde raide
François, mes joyeux compagnons,
Dans le duvet d'une vie tiède
Endormys comme bons couillons.
Sur la rue nous avions pignon,
Sur les genoulx, fille odorante...
Lors, rongeant un maigre quignon
Souvenons-nous de l'an quarante...

II

Prismes nos lames de Tolède...
Tout pour nos sénéchaulx mignons
Ira comme sur Déroulède,
S'il faut en croire l'opinion
De sainte Odile. Ha ! mon lorgnon !
Nostre victoire fulgurante,
Où es-tu ? Vouée aux trognons,
Souvenons-nous de l'an quarante...

III

Nostre élan nous menoit en Suède
Mais devant nous, le fanion
Du général qui nous précède
Penche plutost vers Avignon...
En une rare communion
De pensées, nostre masse errante
Fuit, chargée sur des camions.
Souvenons-nous de l'an quarante...

Envoy

Prince, nous sommes, par guignon
Tombés sur un ost, et, mourante
La France agite ses moignons...
Souvenons-nous de l'an quarante...

Le Major

C'est une affaire entendue : tous les romans de Boris Vian sont des romans à clés. L'ennui est que ces clés n'ouvrent parfois aucune serrure. Clés gratuites, sans utilité, à quoi bon en tenir un gros trousseau en main et se promener avec dans les romans de Boris Vian si c'est pour se trouver soudain devant une serrure sans clé, une serrure à chiffre qui exigerait, non pas toute cette ferraille, mais le secret, le code. D'où la plupart des exégètes ont conclu qu'il importait peu de posséder ou non les clés. Voire.

Quand Boris Vian donne à ses personnages imaginaires le nom de ses amis, ou de ses ennemis, il est bien vrai que cela tire rarement à conséquence. Pour l'intelligence des textes, on ne gagne rien à savoir que Claude Léon de *l'Automne à Pékin*, vieux camarade de Boris, existe bel et bien, comme Claude Abadie de *Vercoquin* ; que le docteur Schutz de *Et on tuera tous les affreux* est le diminutif de Schutzenberger, directeur de recherches au C.N.R.S., partenaire de Boris à la Maison des Sciences et à Saint-Germain-des-Prés ; que l'abbé Petitjean de *l'Automne à Pékin* est l'abbé Grosjean, concurrent victorieux de Boris pour le Prix de la Pléiade. Il faut aller chercher loin le prototype de Cynthia Spotlight de *Et on tuera tous les affreux* : c'était, paraît-il, Yvonne Ménard, danseuse-étoile des Folies-Bergère ; et Sunday Love aurait été Muriel Guillaumot, fille aînée de M. Guillaumot, président à la Cour d'assises. Nous n'en sommes pas plus avancés. Il est amusant, mais sans plus, de découvrir sous Corneille Leprince de *Vercoquin* le jeune François Rostand. On est content d'entendre sur les lèvres de Pippo de *l'Automne à Pékin* l'accent du jardinier des Rostand qui en avaient hérité des Vian après les revers de fortune de la famille. Pippo, que Boris aimait beaucoup, continuait de faire à l'occasion de petits travaux chez les Vian. Il accueillait souvent le père de Boris par ces mots : « Fatto la barba sto matino, padrone ? » que Boris répétait volontiers en guise de salut. Ainsi pourrait-on établir un volumineux Dictionnaire des Personnages de Boris Vian. On insinue que cet ouvrage ne serait pas d'un intérêt capital. Comme il se fera très certainement, nous attendrons pour juger. Quelque opinion qu'on se formera sur les mérites de ce décryptage systématique, nous ne pensons pas qu'on puisse négliger l'identification de Boris Vian à certains de ses personnages, tel Wolf de *l'Herbe rouge*, à moins de se satisfaire d'une compréhension toute superficielle de l'œuvre, ni rester indifférent à la présence en plusieurs romans et nouvelles d'un protagoniste aussi mirifique que le Major. Si l'on doit un jour, comme le souhaitait déjà David Noakes, déterminer les rapports précis entre Vian et tous les individus dont il a subi l'influence, le Major est certainement de tous ces individus-là le premier qui s'impose à notre examen.

Boris Vian n'a pas seulement raconté nombre d'aventures survenues au Major ; il a aimé et admiré le Major ; il a vu le monde à travers les yeux du Major, ou plutôt l'œil car le Major était borgne. « Boris était fasciné par la personnalité du Major ; pour lui c'était un modèle », affirme Claude Léon. Et Jean Suyeux nous dit : « Les objets vivants dans *Vercoquin*, dans *l'Automne à Pékin*, dans *l'Écume des jours*, c'est au Major que Boris les a empruntés. Le Major avait exactement ces sortes de relations avec les objets. Il jouait avec son œil de verre de toutes les façons. Couramment, il le faisait sauter d'un preste coup d'index, à la grande frayeur des dames, et l'avalait. À ce régime, vous vous doutez bien que le Major égarait souvent son œil de verre ; cela lui coûtait 1 500 francs à chaque fois. "Chic alors, je le vois et il me regarde", s'esclaffe le Major un matin en retrouvant son œil de verre sur le paillasson. »

Boris Vian avait rencontré le Major dans les surprises-parties de Capbreton en juillet 1940. Le Major s'appelait Jacques Loustalot ; il était le fils de Marcel Loustalot, maire de Saint-Martin-de-Seignanx, localité voisine d'Hossegor et donc de Capbreton. Jacques Loustalot mourra à Paris le 7 janvier 1948, à 23 ans ; quand Boris fait sa connaissance, il est donc âgé de 15 ans : aussi grand que Boris – comme on peut le voir sur la photo de Capbreton – il en paraissait 20. D'agréable visage malgré son infirmité (due, prétendait-il, à une tentative de suicide vers l'âge de 10 ans), d'une politesse raffinée, généreux et même prodigue (il allumait une cigarette et jetait le briquet), excellent danseur, aimant le jazz, déjà solide buveur, esprit déconcertant et, en toutes circonstances, d'un comportement insolite, Jacques Loustalot, qui se présentait comme « le bienheureux Major retour des Indes » conquit Boris dès le premier jour. Il deviendra son ami inséparable, son double, son miroir, le familier de Ville-d'Avray, le compagnon de Saint-Germain-des-Prés.

Pendant les quatre années de l'Occupation, le Major saisira toutes les occasions pour « monter » à Paris et retrouver les Vian. « Je suis un de ces êtres familiers et bien méconnus qui subissent des parties, qui en organisent, qui se promènent et qui s'ennuient... », écrit-il en décembre 1941 pour excuser son absence à une surprise-partie de Ville-d'Avray. Il poursuit : « Ce sera tout de même une réunion où la gaieté coulera à flots et où l'ennui sera foulé aux pieds, où les hommes bons et joyeux goûteront au huitième ciel. » Le Major est l'un des héros, et presque le thaumaturge, de *Trouble dans les Andains*.

En 1943, l'année même où Boris achève son premier roman, le Major fête ses 18 ans et son père, las des « belles couillonnades » auxquelles son fils se livre gaillardement à Paris (« les boissons, les gueuletons, les cinémas, les ronds à dépenser en conneries »), réussit à le pincer après un séjour dans la ville de perdition et le place dans un Chantier de Jeunesse, au camp de Corbiac, comme employé de bureau : « Je suis un peu noir. Oh pas trop ! mais un peu seulement. Je viens de boire avec des types huit vins blancs, quatre vermouths et deux pernods. C'est bon, ça fait plaisir. Et pis après, tout est bath et marrant. On voit tout sous un aspect différent... J'suis dans le camp de Corbiac. Mon père, il est "Major" (et c'est vrai !) du camp. Alors on parle de moi en disant "le fils du Major", et je suis vexé au-delà de toute expression... » Dans une autre lettre de mai 1943 : « ... Il arrive par moments à votre Major de prendre en lui-même un air dégoûté et de lancer quelques vertes boutades aux arbres, ou aux oiseaux, ou aux humains. Il l'a fait, et depuis ce temps-là, on l'appelle "le cinglé"... »

En juin 1943 : « Je suis garde-magasin à Corbiac. C'est beau, ça fait bien et on m'emmerde plus. C'est parfait... Je couche dans le magasin, une grande bâtisse de soixante mètres de long. J'ai ma chambre au bout. L'emmerdant, c'est qu'il y a des puces et des punaises... Y a pas de morpions. Je me souviens à ce propos d'une recette pour chasser les morpions, – qui est excellente, paraît-il. Tu prends de l'huile de ricin, et tu t'en frottes les endroits où t'as des poux. Bon. Les poux sont enduits d'huile. Ils aiment pas ça, les cochons. Mais ils sont forcés de l'avaler. Ça leur donne la chiasse. Alors pendant qu'ils vont chier, tu fous le camp... » Quelques jours plus tard, de Bayonne : « Cafard noir ce soir. Bu un peu, mais pas assez. Je suis parti hier soir de Corbiac et arrivé ce matin à Hossegor. Rien à boire ici. Cet après-midi, à Hossegor, un cinzano m'a rappelé un bon vieux temps. Le temps où l'on se tapait des martini-gin à glotte rabattue avec des bons vieux chichnoufs bien sympathiques. Le temps où les bons vieux cocktails "vous portaient au huitième ciel". Tu te souviens, Bison ?... »

Le Major parvient à s'extraire du camp de Corbiac. En mars 1944, il est à Vichy où son oncle se pavane en général. « Le lundi 7 mars, raconte le Major, d'un pas alerte, je franchis la porte du ministère de l'Intérieur. Quelque chose brusquement m'arrête dans ma course. Je crois bien que c'est tout d'abord du mou, puis du dur, et ensuite du mou – du bon mou et flasque : c'est le clou débordant de ma chaussure, le pavé débordant du sol et l'individu débordant de confusion – sous moi. J'ai culbuté de manière si bizarre, me suis raccroché des mains si singulièrement que je me trouve maintenant sur la croupe dodue et mafflue d'un petit être bavant et rouge comme une panugre. Calme comme une lentille – il faut dire que j'ai horreur, et que j'ai toujours eu horreur des gros derrières rotonds, à l'air insolent et grossier – je me relève, en injuriant gentiment et allégrement mon homme : "Alors, mon gros, c'est comme ça qu'on s'écrase, comme une merde ?..." Je viens de terminer quelque moment auparavant mon quatrième cocktail... du bon. Aussi je plaisante. Car j'adore plaisanter. On me prend du reste pour un pur et joyeux plaisantin – joyeux et honorable. Je relève tout de même le gros, époussette sa manche violée et continue sereinement mon chemin. L'ascenseur, plus loin, me conduit au cinquième étage, – au service des transmissions. Après quelques minutes de recherches, je frappe à une porte : "M. Mourmans, Ingénieur S.T.", lisible sur la plaque. Je frappe et j'entre. – "Bonjour, monsieur, je viens pour l'examen... vous savez, Jacques Loustalot, de Paris... mon oncle est général... Je sais et j'ai appris. Je connais les lois. Oui, la loi d'Ohm et de Kirchhoff – circuits dérivés – la loi des résistances, Q = CE, et des selfs d'induction et de déduction. Je vois la définition d'un volt, d'un coulomb et d'un Joule, avec – en plus – celle d'un Ampère, d'un Ohm, d'un mégohm, d'un mégavolt, d'un mégapériode et d'un mégaampère, suivi d'un décibel et d'une impédance réactante d'un condensateur, d'un courant de charge et de recharge d'un circuit oscillant, et d'un bloc convertisseur avec un peu de caractéristiques sur les constances de la triade. Je viens de me jeter derrière la cravate quatre cocktails et ce n'est pas une raison..." Mais je m'arrête brusquement. Le petit homme, assis sur sa chaise, avec son gros derrière dodu et mafflu, sa figure débordante de stupeur joyeuse et béate, la bouche entrefermée, me regarde. Je le regarde à mon tour, et m'aperçois – comme c'est curieux – que je le connais. Il a l'air bizarrement étonné et content à la fois – où l'ai-je vu ? – "Ah oui, c'est vous, monsieur ? Oui, bien sûr, c'est vous ! Je... hum... vous allez partir illico au laboratoire d'études – vous savez, après le pont, à un kilomètre et demi – il y a quatre cents récepteurs pour réseau d'alerte à dépanner... vous verrez, une rigolade, une plaisanterie. Ça se répare comme... heu... – il chuchote – ... comme une merde. Au revoir, monsieur le neveu du général..., au plaisir." »

Son emploi de « technicien des transmissions » lui laisse assez de loisirs, une fois surmontée l'épreuve des quatre cents récepteurs, pour venir plusieurs fois à Paris (où il possède un pied-à-terre rue Cœur-de-Vey chez sa mère qui vit séparée de son mari) et à Ville-d'Avray dans les semaines qui précèdent la défaite allemande et l'effondrement du régime de Vichy. Au demeurant, Vichy n'est pas sans lui procurer quelques menus agréments : « Je m'amuse bien – une vraie rigolade – quelques appareils sautent, des gars se retrouvent en caleçons, quelques morts graves de temps en temps et le Major sur ses pieds. Vive le Major ! Je vais essayer de me procurer de la dynamite au poste de maquisards le plus près de mon domicile – ça ira plus vite et j'aurai plus de temps de libre. Vive le Major ! »

Boris Vian entreprend d'écrire en vers la Geste du Major. D'un recueil de poèmes – qui devait s'intituler *Un Seul Major Un Sol majeur* « par le Chantre espécial du Major » – il nous reste huit pièces manuscrites et une pièce dactylographiée. La plus ancienne, datée 12 mai 1944, a été reprise dans *Vercoquin et le Plancton* (« L'homme qui écrivait... »), ainsi que la pièce dactylographiée qui est un poème en quatre parties (« Chaussé d'escarpins verts... »). Les sept autres poèmes sont inédits. Celui-ci fut écrit le 27 juin 1944 :

« Il advint qu'étant en ceste bonne ville de Paris, nostre Major cuida mourir pour ce qu'ayant voulu descendre la venelle Lafayette, il pensa se veoir estouffé par la grande foule de gens qui montoient en cestuy chemin vers le lieudit Guare du Nord. »

Froissard, VII, 10, 5.

**Or, un beau soir, à six heures de relevée,
Notre aimable Major sortait de son bureau
Vêtu de son imper, coiffé de son chapeau,
Beau, jeune et florissant comme à l'accoutumée.**

**Fredonnant dans sa tête un chorus inouï
Diffusé le matin par une téhessèfe,
Il descendit, léger, pour boire un Saint-Estèphe
Au bar du coin, devant que de rentrer chez lui.**

**Il se trouvait alors dans la rue d'Hauteville
Et Place Lafayette était le bar du coin.
Il s'en irait à pied vers la Chaussée-d'Antin
Évitant du métro la foule peu civile.**

**Il étancha sa soif et paya son écot.
La foule déferlait lentement sur la place,
Et le Major, frissonnant d'horreur et d'audace,
Se lança d'un seul coup dans l'invincible flot.**

**Il atteignit, brisé, la station Poissonnière
Et là fut enlevé par un violent remous,
Heurté par des seins durs, coincé par des seins mous,
Par des thorax, des dos, des bras et des derrières...**

**Il partit, ballotté, porté par mille corps
Qui montaient tout le long de la rue Lafayette
Avec une puissance inlassable et muette,
Un piétinement sourd et l'odeur des gens morts...**

Et la foule montait tout le long de la rue,
Les mémères, des ronds mouillés sous leurs gros bras,
Les garçons frisottés, tentant des rires gras,
Les dactylos, découvrant haut leur viande nue.

Et puis le peuple impersonnel aux gestes lents
Aux yeux morts dans deux trous de leurs figures vides
Le peuple torturé par des renvois acides
À la chair sans couleur, aux poumons purulents...

Et, mouton du troupeau toujours mûr pour la tonte
Le Major entendait résonner comme un glas
Les souvenirs des haricots, du cervelas
Du gros rouge et du sauciflard qui vous remonte.

Puis cessant de lutter – vraiment, ils étaient trop –
Le Major arriva, sur le dos de la foule,
Gare du Nord, où le typhon redevint houle.
Alors, il descendit pour prendre le métro.

L'armée américaine a relevé l'armée allemande dans tous les établissements où l'on s'amuse. L'orchestre Claude Abadie et son trompette Boris Vian (voir notre chapitre du Musicien) font danser les vainqueurs un peu partout. Le Major accompagne Boris tel un garde du corps. Il lui arrive aussi de retourner dans sa famille. Il achète un uniforme américain à un officier ivre et va inspecter les G.I. en stage sur la Côte d'Argent. Cet uniforme lui allait à ravir et il ne craindra pas de l'arborer dans les boîtes de nuit de la capitale, si bien que plusieurs de ses amis de Saint-Germain-des-Prés croiront que son titre de Major lui vient de ce déguisement.

« Le grand chic après la Libération, raconte Claude Léon, était d'aller à des surprises-parties où on n'était pas invité. Aux surprises-parties avec orchestre, comme nous fournissions la musique, nous étions invités. Mais il y avait des surprises-parties sans orchestre, les surprises-parties à pick-up. Le Major se présentait et naturellement on voulait le foutre à la porte. Alors, en représailles, il se précipitait sur le pick-up, saisissait la boîte d'aiguilles (puisque nous étions au temps des disques à aiguilles) et l'avalait incontinent. Et le soir, ou le lendemain, ou quelques jours plus tard, on voyait des aiguilles de phono qui sortaient un peu partout par les jointures du Major. » Jean Suyeux se rappelle d'autres tours du Major : « Pour imposer le respect à ses hôtes improvisés, le Major faisait le coup de l'œil crevé. Il s'enfonçait une longue aiguille dans l'œil. L'assistance poussait des cris. Mais c'était son œil de verre, et l'effet tournait court. Il fallait alors employer les grands moyens : la mise à sac de l'appartement. Le Major était aidé par deux techniciens : Sygman (qui devait mourir à Shanghai où il avait pris la direction de la Compagnie des Tramways), et Papin, son grand ami, un homme à tête de vampire, qui parlait latin, connaissait le droit canon sur le bout du doigt et tout autant la stratégie militaire qu'il appliquait scientifiquement à la destruction des meubles dans les surprises-parties. » Une soirée glorieuse pour le Major fut celle de Livry-Gargan qui a marqué dans la mémoire de Claude Léon : « Nous devions jouer avec l'orchestre Claude Abadie pour l'association "Ceux-de-la-Résistance." Dès le début, nous avions eu des difficultés avec les organisateurs. Il fallait jouer les hymnes nationaux, anglais, américain, français, russe, peut-être chinois, et nous n'y avions pas mis le sérieux nécessaire. D'abord nous avions fait les mauvais esprits en demandant si l'hymne russe c'était bien *l'Internationale* ; on avait dû nous fournir les partitions, etc. Bref, mauvais départ. Nous commençons à jouer notre musique, et de bon cœur comme d'habitude car nous aimions beaucoup jouer dans cet orchestre Claude Abadie, contrairement aux autres musiciens qui n'ont qu'une idée en tête : en finir au plus vite et rentrer chez eux. Les organisateurs surgissent furieux : ce n'est pas du tout cela qu'ils veulent, notre musique est une musique de sauvages, etc. Et ainsi de suite toute la soirée : des incidents à chaque morceau. Enfin, à quatre heures du matin, le bal est terminé. Notre contrat prévoyait qu'on devait nous ramener à Paris dans une camionnette, une camionnette de pompiers. L'organisateur principal vient et nous dit : "Puisque vous avez été désagréables, eh bien je ne vous remmènerai pas dans la camionnette." On commence à s'engueuler. Boris intervient et distille de froides mais terribles vacheries à l'encontre du bonhomme qui prend mal la chose et se met à nous jeter à la face ses décorations et le fait qu'il avait été trépané pendant la guerre de 14. À ce moment le Major s'approche et d'un doigt expert arrache son œil de verre et s'écrie : "Et celui-là, pensez-vous que je l'ai fait sauter avec un bilboquet ? !" Immédiatement, l'ancien combattant et le Major tombent dans les bras l'un de l'autre, ce qui n'allait pas sans mal pour le Major qui tenait une bouteille de vin blanc. On aurait pu croire que l'affaire s'arrangerait, mais il y eut d'autres mots et finalement nous dûmes rentrer à Paris par nos propres moyens. Il neigeait et nous voilà partis pour la gare de Livry-Gargan, tenant le Major ivre mort sous les bras, Boris d'un côté avec sa trompette, moi de l'autre avec ma grosse caisse. Et tout à coup, sur ce long chemin, Boris constate effaré : "Nous avons perdu le Major." Et de fait nous ne tenions plus que les manches du pardessus du Major. Nous nous retournons et nous apercevons le Major étendu de tout son long dans la neige, endormi comme un enfant. Nous avons empaqueté notre Major et nous l'avons déposé au premier bistrot venu. Peut-être aurions-nous dû l'emmener à l'hôpital, mais un bistrot pour lui c'était plus sympathique. Arrivés à Paris, nous nous sommes aperçus que nous avions oublié de prendre l'adresse du bistrot. Tout l'après-midi, nous attendions des nouvelles. Nous nous téléphonions, Boris et moi, et nous téléphonions aux autres membres de l'orchestre. Nous étions très inquiets : personne n'avait de nouvelles du Major. Et cette attente a duré trois ou quatre jours, et brusquement le Major est apparu resplendissant, et enchanté de son aventure. Il parlait avec émotion d'une poule au riz, paraît-il inoubliable. Les gens du bistrot l'avaient gentiment recueilli, lui avaient donné un lit, l'avaient nourri et dorloté. Boris aimait beaucoup le Major. Il a été très affecté par sa mort, une mort digne de lui pourtant : enjamber un balcon et passer par la fenêtre, ça ne pouvait pas finir autrement pour le Major. »

En effet, dans des circonstances mal élucidées, le Major mourut « accidentellement » le 7 janvier 1948, à trois heures du matin. Il fut inhumé le 14 janvier au cimetière de Pantin-Parisien.

Il était dans les habitudes du Major de prendre congé de ses hôtes en sautant par la fenêtre ou en montant sur le toit de l'immeuble pour se laisser glisser le long de la façade au moyen d'une corde confectionnée avec les draps de lit de la maison. Il parlait aussi du suicide comme d'une idée pas plus bête qu'une autre. On ne saura jamais si le 7 janvier 1948 il voulut mourir ou simplement se donner encore une fois un peu d'exercice en vue de l'ultime voltige.

Toutes les histoires du Major que raconte Boris Vian sont

vraies, vraies dans cette irréalité où se mouvait tout naturellement le Major et qui était la réalité même de Boris Vian. Le Major n'a pas influencé Boris Vian seulement en lui fournissant des anecdotes, des mots, un « type » ; c'est tout un style de vie que Boris appréciait chez le Major et cette distance où il se tenait par rapport aux usages et aux pensers de nos contemporains. Ce jeune oisif, riche, aimable, intelligent et sensible, préféra se perdre dans son propre délire peuplé de jolies filles et de bons copains, plutôt que de se soumettre à un monde dont il avait mesuré l'absurdité atroce et morne.

Les divertissements de Ville-d'Avray

Les Vian sont de retour à Paris, venant de Capbreton, dans les premiers jours du mois d'août 1940 (ils ont quitté Capbreton le 1er août). Il convient donc de rectifier les souvenirs de Boris Vian. Quand dans une note datée du 11 février 1953 il écrit juillet, on doit lire août.

Y a pas eu moyen d'avoir de l'essence pour ramener la Pack à Paris. Aussi papa la vendit à un garagiste de Bayonne qui en ferait un gazogène et par Ralph on se fit rapatrier ferroviairement. Détestable voyage sans doute car je l'ai totalement oublié.
On est revenus à Ville-d'Avray vers début juillet 40... Mon ignorance de la chose politique a perduré à un point inimaginable jusqu'à 30 ans au moins. J'avais vraiment trop de choses à faire – Centrale, la trompette, les filles – pour m'occuper de tout ça. Je me rappelle seulement la terreur mêlée de respect technique que j'avais eue à Capbreton en voyant défiler des éléments teutons gris tellement motorisés et la fanfare sous ce casque qui fait la tête de mort.
À Paris, je me souviens du 1er juillet, je crois 40. Les Champs-Élysées vides – et, de l'Étoile à la Concorde, l'avenue déserte sous le soleil – rien, pas un bruit – il y avait encore très peu de monde là-haut.

Les surprises-parties ne tardent pas à reprendre à mesure que reviennent les camarades de Centrale, les amis d'Alain, les voisins, les copains du Hot Club de France.
Michelle Léglise rentre à Paris le 1er septembre : elle

57

revoit Alain au « Pam Pam », rendez-vous de la jeunesse délurée. Alain l'invite à Ville-d'Avray. La première fiancée de Boris, Monette, est là ; Boris et Monette se disputent : Monette prend la porte ; Boris reste avec Michelle. Alain s'efface et, semble-t-il, assez volontiers puisque, ayant invité Michelle à la générale d'une pièce au Théâtre de l'Œuvre et la générale étant reportée, c'est Boris et non Alain que Michelle trouve à l'attendre devant le théâtre. Boris emmène à son tour Michelle au « Pam Pam » et lui donne les paroles anglaises de *Blue Moon*. Dès lors, Michelle vient tous les jours chercher Boris à la sortie des cours de l'École centrale et le raccompagne à la gare Saint-Lazare ; en juin 1941 ce sont les fiançailles, en juillet 1941 ils se marient. Ils s'isolent un mois dans le studio du dessinateur Alain Saint-Ogan, au Hameau de Passy, puis ils habitent Ville-d'Avray. En août 1942 (Patrick est né le 12 avril) ils s'installent 98, rue du Faubourg-Poissonnière dans l'appartement des Léglise (le père a été arrêté et envoyé en Allemagne) :

L'appartement est en effet à mes beaux-parents ; pendant la guerre, je me suis un peu ruiné à le garder car le statut était fort mal défini, Michelle disait que nous étions chez nous, moi ne pouvant flanquer dehors mes b.p. puisque c'était leur appartement. Je n'avais qu'une pièce, en somme, arrangée par moi d'ailleurs, qui redevient, en ce moment, peu à peu, le salon aux meubles Empire-Lévitan de 25ᵉ ordre que j'ai connu. A disparu irrémédiablement sous 4 couches de peinture le papier infernalement rouge et or.

Toutes les fins de semaine et les jours de fête se passent à Ville-d'Avray (quand le couvre-feu ou le sabotage des voies ferrées n'y mettent pas obstacle).

SURPRISE-PARTY

Le pick-up graillonnait un blouze mélancolique
L'air était alourdi de poussière et d'odeurs
Quelques zazous dansaient tenant contre leurs cœurs
Des filles courtes au derrière spasmodique.

> Dans un placard, un couple amateur d'obstétrique
> Se livrait à des jeux pleins d'art et de candeur
> Un autre dans un coin tentait avec ardeur
> L'accouplement des amygdales, en musique.
>
> Des mains se rencontraient sous des jupes trop courtes
> Ivres, deux tourtereaux (si je disais : deux tourtes ?)
> Cherchaient partout un lit ; les lits étaient tous pleins...
>
> Laissez se baisouiller cette jeunesse heureuse
> Pourquoi les extirper de cet impur purin
> Si leur espoir se borne à frotter des muqueuses ?
>
> Extrait des **Cent Sonnets** (1941-1944) inédits.

À Ville-d'Avray les surprises-parties n'occupent pas tout le temps des Vian et de leurs amis.

Aujourd'hui lundi 26 mai de l'an de grâce 1941 les individus soussignés déclarent adhérer de plein cœur à la création d'une section volante, déchaînée, sociale et cosmique de la science aérotechnique à seules fins de créer des petits monstres volants genre sarigue qu'ils se plairont à exhiber dans les remous aériens du Parc de Saint-Cloud oùsqu'il y a des vaches ascendantes.

Les soussignés se réuniront donc un nombre donné de fois dans l'année en la grande salle de réunion du Cercle Legateux auquel ils adhèrent déjà ou adhéreront bientôt du cœur le plus joyeux et le plus essentiellement représentatif des tendances actuelles de la jeunesse moderne à s'intégrer au rang de l'oiseau par la fréquentation assidue des ascendances mentionnées ci-dessus.

Le Président-Directeur général de cette société de construction de modèles réduits est Boris Vian, rédacteur des statuts. Le vice-président est Zizi Spinart, le pilote d'essai Alfredo Jabès, le sommelier J. Lhespitaou (qui se mariera avec Ninon Vian), les récupérateurs P.-A. Bélime et J. Demaux, tous condisciples de Boris à l'École centrale. Le bureau se complète d'un aumônier, d'un mécanicien, d'un infirmier, d'un chef du protocole, d'un directeur des fêtes... et d'un porte-biroute. Ce n'était pas un cercle bidon que ce Cercle Legateux aux multiples branches d'activité.

N'y appartenait pas qui voulait, et tout intrus, tout resquilleur en eût été immédiatement éjecté car chaque membre devait produire sa carte, classiquement imprimée, avec un cadre du format standard où coller la photographie d'identité ; ses fonctions dans le cercle étaient indiquées et son adresse, et la carte ne prenait sa validité que signée du titulaire et du président. La présidente d'honneur du Cercle Legateux était Mlle Claude Queret, son président « A. Vian, dit Nana Viali » dont les initiales, non point N.V. mais A.V. étaient gravées au cœur du sceau du cercle. Pas fantomatique non plus la section volante du cercle. Les modèles réduits se fabriquaient et, qui mieux est, volaient. Ainsi « l'Affreux », à prononcer avec quatre R pour respecter l'accent d'Alfredo Jabès qui en fut avec Boris Vian l'audacieux constructeur et expérimentateur. Un des plans de « l'Affreux », de la main de Boris Vian, a été conservé. Alfredo Jabès, quoique juif, put échapper à la déportation grâce à des amitiés comme celle des Vian. Un jour de l'Occupation, se promenant aux Champs-Élysées avec Boris, Jabès aperçoit sur les murs une affiche de propagande nazie représentant un effroyable « youpin » tenant dans ses griffes notre boule ronde et s'en pourléchant les babines. « Oh ! s'écrie Jabès, devant les passants médusés, regarde : grand-papa ! » Boris eut beaucoup de mal à calmer les effusions de Jabès.

Le samedi 3 janvier 1942, de sa plus belle écriture, Boris commence à écrire.

MES MÉMOIRES

Le samedi 3, comme chacun sait, est le jour où Néron, alors Pape, délivra Mithridate qui languissait dans les cachots de Marie Stuart. On célèbre cette coutume comme il se doit.

C'est dans ces tristes circonstances que je naquis. Ma vie s'en trouva éternellement marquée comme vous le verrez par la suite. En effet, peu d'heures après ma venue au monde, j'avalai une grosse araignée qui butinait sur mon berceau.

Ce n'était pas tout : une heure après, ma nourrice, les deux seins en lambeaux, quittait ma chambre, en hurlant qu'elle en avait assez et que pour [mot illisible] je boufferais de la viande plus tard.

Deux jours après, le chien familier de la maison y devint eunuque, le chat y perdit la queue. Moi je pesais déjà vingt livres et je dormais à point nommé.

La viande me vint à temps sous la forme d'un jumeau que ma

Quoique la suite fasse déplorablement défaut, on ne doute pas que le jumeau dut passer, lui aussi, à la casserole – car cette autobiographie de Boris, la première que nous connaissions et qui en annonce mainte autre, d'un meilleur style mais d'une fantaisie analogue, ressemble fort à l'histoire d'un ogre, d'un ogre dont les restrictions alimentaires augmentaient furieusement la voracité.

Les mêmes obsessions inspireront à Boris, deux ans plus tard, l'un de ses *Cent sonnets* :

BALLADE PESSIMISTE

Au temps jadis, des gelinottes
Des pâtés, des filets mignons
Des coqs fricassés en cocotte
Avec du lard et des oignons
Des langues, tripes et rognons
Je consommais en abondance
Plats d'autrefois, mes compagnons
Il n'en est plus un seul en France.

De reines-claudes, de griottes
De pêches, poires et brugnons
L'été je remplissais ma hotte.
Je ramassais des champignons
Le soir sur un feu de pignons
Cuisait le chou dans sa fragrance
Du chou ! j'en voudrais le trognon
Il n'en est plus un seul en France.

De foin se garnissaient les bottes
Et l'on se moquait du guignon
La voiture ignorait la crotte
Et la société le grognon

> Duc, voleur, marquis, maquignon
> Des flacons tous tâtaient la panse
> Las ! De Bordeaux ou Bourguignon
> Il n'en est plus un seul en France.

> **Envoi**

> Prince, de Flandre en Avignon
> Cherchez un cœur plein d'espérance
> Vous pouvez mettre vos lorgnons
> Il n'en est plus un seul en France.

Voilà qu'il pleut. On remise les modèles réduits, et on se prend à caresser le « cadavre exquis ». Le Major est de la fête.

> **Dans la forêt de Brocéliande à la nuit**
> **Lors de la naissance d'Isaure, le Pendu**
> **Des marins**
> **Velus, pestilentiels et chancroïdes**
> **Se coiffent et s'entourent le pubis frontal**
> **Avec ahurissement.**

Nous laissons au lecteur la joie de découvrir ce qui est imputable au Major et ce qui revient à Boris, comme dans cet autre « cadavre exquis » dû à la même équipe :

> **Dans le cul d'une chienne chaude**
> **Le Major**
> **Rose**
> **Se promenait**
> **La moustache**
> **Recouverte de merdre.**

Un troisième « cadavre exquis » débute clairement par du Boris Vian :

> **Au beau mitan d'une conasse brenouze...**

... et la suite, soutenue par la même inspiration, est impubliable.

On abandonne les jeux surréalistes – qui tournent rapidement à la grivoiserie – pour se lancer dans la savante stratégie des échecs, laquelle autorise la participation des gens sérieux comme Jean Rostand, et la présence des dames. Boris Vian fonde le Club échiquéen « Monprince » (surnom de François Rostand). Il rédige le compte rendu des séances, en sa qualité de secrétaire général, et au hasard des rencontres se fait le plus souvent battre à plates coutures. Voici le procès-verbal de la première séance « tenue le 8 juin 1943 à 20 h 30 dans la salle de réunion, 29, rue Pradier, Ville-d'Avray (Seine-et-Oise) » devant les invités d'honneur Mme Rostand et J. Demaux :

COMMENTAIRE GÉNÉRAL
par B. VIAN
Secrétaire général du Club

La première journée du grand tournoi annuel du Club Échiquéen « Monprince », Président Mr Fournel, s'est déroulée le mardi 8 juin 1943 dans une atmosphère ardente et n'a pas réuni moins de 60% des membres du Club, attirés par l'éclat exceptionnel de cette rencontre d'ouverture. Après un habile tirage au sort effectué par le Secrétaire général, cinq parties extraordinaires furent jouées avec passion sous l'œil étonné des invités d'honneur, peu accoutumés à voir pareil acharnement de la part de personnalités assez calmes à l'ordinaire. D'ores et déjà, l'on se trouve en mesure d'affirmer que la lutte ne peut manquer d'être brûlante, car les résultats les plus surprenants sont venus à mainte reprise bouleverser les notions personnelles des joueurs sur leur potentiel réciproque. L'air de l'immense salle de réunion, éclairée *a giorno* par des lustres et des girandoles, frémissait étonnamment et les personnes les moins habituées à ces sortes de compétitions eussent perçu sans effort les vibrations cérébrales dont tremblait l'atmosphère. Certains joueurs surexcités réussirent des prouesses : C'est ainsi que le fameux Monprince réussit à vaincre après une lutte inouïe le Président lui-même, pourtant en grande forme puisqu'il battit peu après le Secrétaire général. L'épuisement nerveux de Monprince était tel que l'on dut lui baigner les tempes de sirop de limaces. À l'heure actuelle il est tout à fait remis.

Nous renvoyons, pour plus de détails techniques, au commentaire suivant établi par le maître stratège Dufou-Duroy. (On sait que sous ce pseudonyme astucieux se cache un de nos meilleurs spécialistes internationaux des échecs.)

COMMENTAIRE STRATÉGIQUE
par G. DUFOU-DUROY

L'exhilarante sensation de perfection que l'on éprouvait hier soir à voir les coups merveilleux se succéder et succéder aux splendides coups magnifiques* ne trouvait point dans la vodka sa source prime. Le premier isvotchik venu eût aisément discerné sous le vernis de force empâtant les traits burinés des énergiques et peu loquaces joueurs la faiblesse dissimulée et la peur attentive. Nous commenterons simplement la victoire du joueur Monprince sur le Petit Père Mr Fournel, notre Tsar à tous.

Cette partie, qui débuta de façon classique, tourna rapidement à l'avantage de l'un des joueurs. L'autre ne put résister à l'assaut et perdit. On se rendra compte de la difficulté des coups en se rappelant que le match dura vingt minutes seulement et que les pièces bougèrent au moins trois fois chacune. La technique à déployer pour faire tant remuer une sotnia de petites pièces telles vous apparaît aisément et ne nécessite aucun commentaire superflu.

RÉSULTATS

1 F. Rostand (blancs)	bat M. Fournel
2 J. Rostand (blancs)	bat L. Vian
3 M. Fournel (blancs)	bat B. Vian

---

* On se rappelle que G. Dufou-Duroy est de langue slave. Nous avons tenu à conserver à son langage sa saveur originale et reproduisons trait pour trait ses moindres onomatopées.

4 B. Vian (noirs)	bat J. Rostand
5 F. Rostand (noirs)	bat L. Vian

Vu : Le Secrétaire Général.

Nota : Le Commentaire du Maître Dufou-Duroy peut paraître un peu vague. En fait, le champion n'a pas assisté à la partie, qu'il décrit cependant avec une admirable verve et le sens critique que sa technique éblouissante lui permet de déployer en pareil cas.

On aura remarqué la belle victoire de Boris Vian contre Jean Rostand. Sourire sans doute de cette Fortune dont les joueurs d'échecs repoussent avec mépris les avances ! La fiche de Boris Vian (car chaque membre du Club avait sa fiche) fait état de huit défaites pour deux victoires.

Longtemps après la vente de la villa de Ville-d'Avray et la dispersion de la famille Vian, Boris continuera de s'adonner aux échecs. Il retournera avec Ursula à Ville-d'Avray, dans les années 50, pour se mesurer avec les Rostand. Il imaginera un échiquier à trois dimensions (plusieurs échiquiers superposés sur lesquels se jouait une même partie) dont quelqu'un détient peut-être le plan et la règle du jeu.

Un des divertissements qui rencontrait la faveur constante des Vian était incontestablement le jeu des « bouts rimés », et toute la famille s'y montrait de première force en face des Rostand qui d'ailleurs relevaient le gant avec beaucoup de panache, ainsi que le voulait la tradition familiale.

Boris Vian décidément ne répugnait pas aux besognes d'archiviste : il avait gardé toute la collection des bouts rimés, classés dans des sous-chemises par session (sous-chemises coupées dans les bons de commande résiduaires du laboratoire de l'abbé Chaupitre), l'ensemble étant enfermé dans un portefeuille à dos toilé noir de l'École centrale des Arts et Manufactures. Plusieurs des sous-chemises, mais non toutes, sont datées, les plus anciennes (au nombre de deux) de l'« Hiver 40-41 », la dernière du « 21 août 1943 », mais certains documents ne portant aucune indication chronologique peuvent être ou antérieurs à 40-41 (comme le croyait Boris qui fixait à 1939 le début de la production) ou postérieurs au 21 août 1943. En tout, on compte trente-six sous-chemises et quarante-trois poèmes de Boris Vian qui, compensant ainsi et au-delà son absence à quatre sessions sur trente-sept, s'est parfois livré à plusieurs exercices sur les mêmes rimes.

À ces jeux participèrent au cours des années : Paul Vian (père de Boris), Alain, Lélio et Boris Vian, Michelle Vian-Léglise, première femme de Boris, F. Monprince (autrement dit François Rostand), Jean Rostand, J. Lhespitaou (époux, depuis divorcé, de Ninon Vian), Roger Spinart (dit Zizi), André Martin (un voisin), Mme Léglise (mère de Michelle), Claude Léglise (Peter Gna), le musicien Jacques Besse (une fois), le fantaisiste Jean Carmet (une fois).

Sur les rimes suivantes : Auspice, Troupier, Frontispice, Soulier, Borda, Aristocratie, Concordat, Minutie, Faubourg, Habsbourg, proposées un soir de l'hiver 40-41, Boris Vian composa ce poème :

> Un jeune homme un beau jour consulta les auspices.
> Quel métier ferait-il ? Serait-il un troupier ?
> Son nom s'inscrirait-il plutôt au frontispice
> D'un bouquin poussiéreux ? Vendrait-il des souliers ?
> Étant jeune, il pensait préparer le Borda :
> Les marins sont un peu de l'aristocratie.
> Prêtre ? Il fallait compter avec le Concordat.
> Horloger ? Son travail manquait de minutie.
> Pour finir, il fréquenta dans le Faubourg
> La fille, et l'épousa, du dernier des Habsbourg.

Un autre jour, les mâles de la famille Vian sont seuls en piste : Paul, Lélio, Alain, Boris. On offre les rimes Tapir, Prunelle, Soupir, Rebelle, Shérif, Machine, Rétif, Échine, Museau, Roseau. Boris triche un peu avec le mot Shérif qu'il arabise en Chérif, ce qui l'entraîne immanquablement au paradis d'Allah ! Pour que nul n'en ignore, il intitule son poème

POÈME ARABE

> Nous nous baisions quand je vis l'ombre d'un tapir
> Passer, ma bien-aimée, dans ta noire prunelle.
> Je me levai. Sans qu'il puisse émettre un soupir

D'un coup de gandoura je tuai le rebelle.

L'aventure arriva sur les monts du Chérif.
Le monstre remuait, trémulante machine.
Ah ! criai-je, animal ! tu te montres rétif,
Et je sautai debout sur sa robuste échine.
Un cri plaintif alors sortit de son museau
Et mort il est tombé tout auprès des roseaux.
           Allah !

Sur les mêmes rimes, Paul Vian écrit un poème fort évocateur à tous égards et notamment de la liberté d'esprit qui régnait entre le père et ses enfants. Il témoigne aussi du talent de Paul Vian, capable de rivaliser (et dans ce cas, nous semble-t-il, à son net avantage) avec son fils Boris.

DÉSIRS

Comme un chat ronronnant je voudrais me tapir
Sur ton sein, cependant qu'au feu de ta prunelle
Mon être s'échauffant parmi les doux soupirs
Viendra peut-être à bout de ta beauté rebelle.
Insinuant, puis enfin raide ainsi qu'un sherif,
Je saurai, conducteur maître de sa machine,
Manier artistement le matériau rétif
Qui devra, devant moi, plier sa noble échine.

Et parfois comme un rat fourrageant du museau
J'écarterai du nez les touffes de roseau.

Une pittoresque figure de curé, ancêtre de l'abbé Petitjean, sort de la palette de Boris Vian travaillant sur les mots Tambour, Orties, Prairies, Toujours, Pépin, Cervelle, Caravelle, Patins, Tableau, Gâteau :

LE DÉFROQUÉ

L'abbé Jules voulut devenir un tambour
Et pour ce faire il jeta son froc aux orties.
Il fallait l'écouter jouer dans la prairie.
De tels artistes ! eh bien, l'on s'en souvient toujours.

> Lors il partit vers le palais du roi Pépin
> Et comme cet abbé n'avait pas de cervelle
> Il accepta d'aller sur une caravelle
> Convertir les Lapons perché sur des patins.
>
> Quand il partit, la Reine-Mère, un vieux tableau,
> Lui donna du raisin, du sucre et du gâteau.

Nous ne savons si Boris Vian connaissait alors *l'Abbé Jules*, l'impressionnant roman d'Octave Mirbeau[1]; dans sa boulimie de lecture, ce ne serait pas impossible. Assurément, son Abbé Jules condense plusieurs traits du personnage de Mirbeau.

Ainsi coulaient les jours à Ville-d'Avray. Boris Vian n'en parlera jamais sans nostalgie. « J'étais merveilleusement inconscient. C'était bon. »

---

1. Réédité, avec une préface d'Hubert Juin, dans la collection « 10/18 », 1977.

L'ingénieur

Le 2 janvier 1942, Boris Vian fait une invention géniale et ne craint pas de la qualifier telle dans un communiqué qu'il rédige aussitôt :

UNE INVENTION GÉNIALE

Le Petit Courrier de Fleury-sur-Andelle nous communique :
Une invention de la plus haute importance, etc.
Il s'agit d'un procédé extrêmement ingénieux permettant d'éviter l'éclusage, toujours si coûteux, dans l'utilisation des grands canaux.
Il consiste à arrêter le canal à environ 10 km (ou ce qu'on veut) de son aboutissement, et à transporter le navire au-delà sur chariot et rails.

Pour les lecteurs peu avertis des graves problèmes de la navigation laissés en suspens depuis des siècles, le communiqué est illustré d'une carte de France (muette) où se voit le tracé du fameux Grand Canal des Deux Mers, celui que chanta Charles Cros et qui devrait – si nous n'étions pas si fainéants – relier l'Atlantique à la Méditerranée à travers nos planturoux terroirs aquitains et languedociens, nous délivrant de la terrible sujétion d'Albion sur Gibraltar.
Muni de son diplôme de l'École centrale des Arts et Manufactures, dont la réputation n'est plus à faire, Boris, dès les premiers jours de juillet 1942, cherche de l'embauche. Il écrit et quelquefois se présente chez Rivière

et Lefaucheux, au Comptoir Linier, aux Établissements Léau (ventilateurs silencieux), chez De Dietrich, aux Ateliers et Chantiers de la Loire, au Service général du Contrôle économique (mais oui !), chez J. Acker et Cie (à propos de qui Boris note « c'est un c... », qualificatif que nous suspendons ponctuellement pour que cette estimable société puisse opter librement entre « coquelicot » et « champignon de couche »), enfin à l'A.F.N.O.R. (Association française de normalisation) où le reçoit M. Lhoste qui lui propose trois mois d'essai, au salaire de 4 000 francs, quand les autres entreprises évaluaient ses services de 3 000 à 3 500.

Le lundi 24 août 1942, Boris inscrit triomphalement sur ses tablettes :

AL BISON INTRAVIT IN AFNOR

Il y est affecté à la normalisation de la verrerie, et se crée de solides inimitiés dans la hiérarchie en corrigeant les fautes de français de ses supérieurs.

Vercoquin et le Plancton, aujourd'hui accessible aux plus paresseux, transpose à peine le climat d'absurdité organique et fonctionnelle qui régnait à l'A.F.N.O.R. Si l'on conçoit aisément la nécessité de normaliser les douilles des ampoules électriques, on admettra aussi qu'il est dans la nature de ces commissions et organismes para-administratifs (et les A.F.N.O.R. de toute espèce pullulent aujourd'hui) de justifier et de prolonger indéfiniment leur existence, en retardant les décisions utiles et en s'inventant toujours de nouveaux prétextes pour survivre. La science-fiction est venue récemment à la rescousse. Des centaines d'individus, pourvus de fauteuils moelleux et d'une multitude de hochets électroniques, perçoivent de confortables émoluments pour imaginer Paris en l'an 2000, Saint-Tropez en l'an 2000, Romorantin en l'an 2000, et ainsi de suite... il y a de quoi faire ! et si par la fatalité d'un calcul trop rapide – l'an 2000 était atteint, on passerait aussitôt à l'an 3000, puis à l'an 4000. Cette trouvaille (l'Administration projetant son délire morose sur l'avenir) eût enchanté Boris Vian, auteur d'un mémoire définitif sur Paris en l'an 2000, paru sous le titre *Paris le 15 décembre 1999*, dans le n° 17 (mars 1959) d'*Ailleurs*, revue mensuelle du Club Futopia, sa signature étant précédée de ses titres (en l'an 1999) d'Inspecteur général Commissaire de la Cité. Les groupes et sous-groupes de fictionnistes officiels se sont bien gardés de faire état des travaux de Boris Vian : c'eût été pour eux un millénaire de perdu, soit cinquante ans de dorlotement administratif sacrifiés. Dans une note inédite, écrite à l'encre violette, c'est-à-dire antérieure à 1954, Boris suggérait une méthode d'élucubration du Paris de l'an 2000 qui eût fait mieux qu'accélérer les travaux des bureaux : elle nous aurait sans doute épargné leur naissance même.

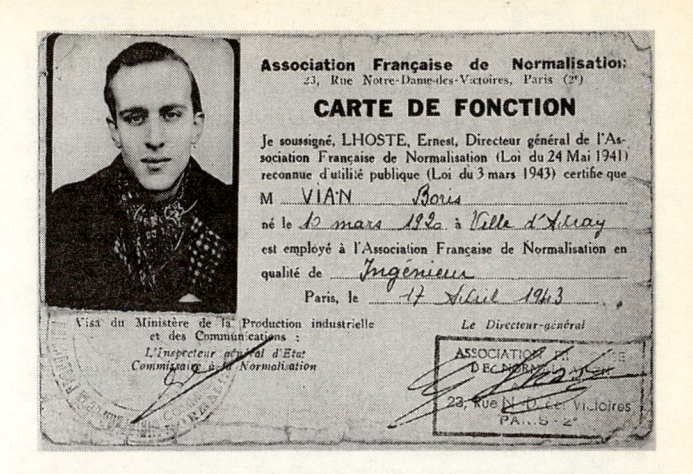

PRÉVISION DE L'AVENIR

Machine : fournit en données – donne prévision satisfaisante par extrapolation – mais plusieurs possibilités. Toutes les possibilités ? Non. Certaines. Ce sera peut-être ça, mais peut-être autre chose. On établit une organisation de Paris comme le P.M.U.

Dix ans avant, Boris Vian offrait déjà à l'A.F.N.O.R., en pleine mélasse subnazie, un moyen de se pérenniser en se lançant franchement dans la voie de la normalisation prévisionnelle.

Quand il nous montre, dans *Vercoquin*, l'A.F.N.O.R. occupée à normaliser les surprises-parties, nous savons bien aujourd'hui qu'il se contentait d'anticiper le contrôle et l'« animation » des loisirs de la jeunesse – et quasiment de ses ébats amoureux – par les C.R.S.

Il arrivera à Boris d'élever – en vers solidement chevillés – le dithyrambe du directeur général de l'A.F.N.O.R., M. E. Lhoste. Ce poème de circonstance grave sur le roc de la postérité les noms des collègues de Boris dont quelques-uns, à peine travestis, se croisent dans les chapitres de **Vercoquin et le Plancton**. Soucieux d'économiser le temps du lecteur, nous réduirons d'un bons tiers cet

HYMNE À MONSIEUR LHOSTE

> Tout ce qui est Afnormal est nôtre.
> X...

Ô Lhoste de céans, Grand Maître de l'A.F.N.O.R. !
....

Chacun trouve à son goût la norme des hublots
Pour le marin ; plus loin la norme des capots
Pour le chauffard, amateur de conduite aisée ;
La norme de l'éprouvette vulcanisée

Convient à l'usager du caoutchouc en balle ;
La norme de l'équerre aux ailes inégales
Satisfera l'esprit amoureux du tordu.
Mais je m'arrête là. L'hommage qui t'est dû

D'un catalogue sec ne peut se contenter...
Et puis je dois aussi tous les autres chanter :
Birlé, le plus ancien, dont l'âme fanatique
Doit aimer le néant, cette norme pratique.

Lepan-Drevdal au nom si complet qu'on en rêve,
Duval et ses adjoints qui travaillent sans trêve,
Puis tous les ingénieurs : De Tienda, Gougelot,
Hannoyer, Fabian, Vincent, Mulin, Blondot,

Barraud, Guillaume, Hindre, Hurst ainsi que Dumont,
Le Secrétaire général Vinant, Vian, Larion ;
J'en passe ; il faut pourtant que chacun se le dise :
Dans cet antre, du haut en bas, l'on normalise !

Et les duplicateurs, gémissant dans leur course
Font retentir d'échos la Place de la Bourse.
Ô Lhoste ! Ô Président ! que ce chant sans valeur
Te célèbre bien haut, paternel Directeur,
Et fasse résonner dans l'univers énorme
Le nom très vénéré du Maître de la Norme !

Boris établira aussi – et en vers alexandrins ! – sous la référence « B.N.C. (en clair : Bureau des normes du cheval) Pr 1 », un

> Projet de norme, relatif
> À l'emploi de l'alexandrin
> Dans tout poème laudatif
> Ou de caractère chagrin.

Un sonnet, intitulé *Six Étages*, rappelle aux ancêtres que, sous l'Occupation, seuls les habitants des étages supérieurs pouvaient se servir des ascenseurs,

Tandis qu'en bas, peinant sous le poids de leur corps,
  Regardant l'ascenseur, impalpable mirage,
Grimpent les sectateurs inférieurs de l'A.F.N.O.R.

Sa Norme des Injures, établie en mars 1944, était un autre élixir de longue vie, proposé généreusement à l'A.F.N.O.R. Le temps n'est pas éloigné où l'usage de l'injure – et pas seulement sa sanction judiciaire – sera codifié. Les tribunaux se posent souvent la question de savoir si l'expression « 'spèce de con » est une injure – et de quel poids –, une clause de style, un substitut oral de la ponctuation, une élégance de vocabulaire ou – à l'inverse – un embarras de langage, mais il est constant que leur opinion se fonde en définitive, moins sur la classification socio-professionnelle de l'insulteur que sur la qualité de la personne apostrophée. Selon que vous serez puissant ou misérable, vieille histoire..., mais la connerie aussi, aux yeux des magistrats, croît en proportion des dignités et fonctions dont elle se pavoise, puisque les tribunaux n'ont pas à décider de la « vérité » de l'injure (donc une injure est toujours exacte, sinon elle serait une diffamation !), mais de sa gravité, soit de la masse de connerie qu'elle mesure.

Projet de Norme Française	Documentation Gammes d'injures normalisées pour Français moyen	Pr Z 60-110 mars 1944

GÉNÉRALITÉS

I. Objet de la norme

La présente norme a pour objet de définir diverses gammes d'injures pouvant être expectorées facilement par un Français moyen (voir Norme G. 50-901 Cuirs et Peaux – Généralités – Français moyen) en colère et utilisable dans la plupart des circonstances usuelles de l'existence.

Pour chaque gamme, diverses listes de termes comportant des nombres croissants d'injures, choisis dans la série Renard R5, ont été retenues.

Au cas où ces valeurs se révéleraient trop faibles on s'efforcera de n'utiliser que des listes de termes choisies dans les gammes les plus voisines.

Une norme en préparation donnera la traduction en quatre langues européennes usuelles des termes faisant l'objet du texte ci-dessous avec leur prononciation phonétique.

II. Classification

Dix gammes portant les numéros G 1 à G 10 de 3 séries A, B, C, ont été retenues. Elles sont indiquées dans le tableau ci-dessous.

SPÉCIFICATION
1° Injuriés du sexe mâle

Type de l'injurié	Une personne de ranc social supérieur		Une personne de rang social inférieur		Un ecclésiastique		Un intellectuel		Un capitaine au long cours	Un homme de loi	Un agent ou un militaire
Caractéristiques	méprisé par le Français moyen	de valeur morale reconnue par le Français moyen	n'appartient pas à la mécanique	appartient à la mécanique (chauffeur, etc.)	même confession	confession ou religion différente	littéraire ou artistique	scientifique	catégorie unique		
Numéro de la gamme	G1	G2	G3	G4	G5	G6	G1	G7	G8	G9	G10
Type de la série	A B C	A B C	A B C D	A B C	A B C	A B C	A B C	A B C	A B C D	A B C	A B

2° Injuriés femelles – 3° Injuriés ecclésiastiques – 4° Injuriés du 3e sexe

Type de l'injurié	Tout individu ne rentrant pas dans la précédente classification	
Caractéristiques	dangereux (pouvant dresser contravention)	pas dangereux (ne pouvant pas ou hésitant à dresser contravention)
N° de la gamme	G10	G3 ou G8
Série	A	C ou D

NOTA. – 1. Il est recommandé aux Français moyens mutilés ou porteurs d'enfants en bas âge d'employer les gammes G3 et G8, Séries C ou D dans la plupart des circonstances.

2. Si l'injurié est bègue, il est recommandé de redoubler légèrement la première syllabe de chaque injure.

En établissant sa Norme des Injures, Boris Vian, une fois encore, se montrait un pionnier et, tout compte fait, un estimable citoyen soucieux de maintenir la Société sur la pente où elle s'est délibérément engagée, et, si possible, de stimuler son processus afin de jouir plus rapidement du bouquet final. Le manuscrit de la Norme des Injures, faite selon les modèles en usage à l'A.F.N.O.R., témoigne du soin avec lequel Boris s'acquittait de ses fonctions. Bien que la numération de la gamme des injures s'en trouve un peu faussée, nous avons respecté les « repentirs » de Boris. À l'origine, les ecclésiastiques étaient comptés parmi les injuriés du sexe mâle. Boris rectifia cette erreur en créant pour eux une catégorie spéciale, ce qui l'amena nécessairement à prévoir ensuite une quatrième catégorie embrassant les injuriés du troisième sexe.

Le 15 février 1946, Boris Vian démissionne de l'A.F.N.O.R. Non point, comme on l'a trop dit, pour se livrer exclusivement à la littérature. La raison de son départ était beaucoup plus prosaïque. Boris quittait l'A.F.N.O.R. pour entrer à l'Office Professionnel des Industries et des Commerces du Papier et du Carton, alors 154, boulevard Haussmann à Paris. L'A.F.N.O.R. payait mal (pour toute l'année 1945, et en francs « anciens », cela va sans dire, 114 995 francs), et les relations de Boris avec son directeur (à son avis qui fera loi « un sinistre emmerdeur ») tournaient à l'aigre. Boris s'était lié d'amitié avec Claude Léon (voir notre chapitre du Musicien), et Claude Léon, assistant à la Sorbonne aux premiers temps de leur rencontre, était entré à l'Office du papier « où il n'y avait strictement rien à foutre » en échange d'une rémunération convenable (20 000 francs de salaire brut mensuel, soit par an – assurances sociales, contribution nationale (ça existait) et impôt cédulaire déduits – un peu moins de 200 000 francs). Un jour, le directeur de l'Office, M. Delcroix, homme au demeurant fort aimable, dit à Claude Léon : « Je voudrais étoffer votre service. Vous ne connaîtriez pas un ingénieur capable de vous seconder ? » Me seconder à ne rien faire, pense Claude Léon, voilà qui conviendrait parfaitement à Boris. Boris se présente à Delcroix, Delcroix le trouve sympathique, l'engage aussitôt, Boris est désormais ingénieur à l'Office du Papier, branche Production-Distribution. On l'installe dans le bureau même de Claude Léon. Boris s'occupe de la mécanique et de la physique, Claude de la chimie. Occupations toutes théoriques, quoique leurs pouvoirs fussent assez étendus. Ils auraient pu arrêter une papeterie du jour au lendemain en décrétant qu'elle ne travaillait pas selon les règles officielles de l'industrie du papier. De cette autorité, ils n'usèrent jamais. Ils préféraient jouer avec les mots techniques en toute gratuité. Leur signification importait peu, mais la virginité de ce vocabulaire, les sonorités neuves, barbares de certains termes, les séduisaient. Vortrap, un jour c'était vortrap ! et tout était vortrap : passe-moi le vortrap, as-tu un vortrap... La magie du langage fleurissait la branche Production-Distribution de l'Office du Papier.

Après avoir découvert, avec le précieux concours de son collègue Claude Léon, que le tiroir inférieur droit d'un bureau doit toujours rester vide à seule fin de le laisser ouvert pour y poser le pied, ce qui est confortable et excellent pour la circulation, Boris Vian écrivit à l'Office du Papier beaucoup de choses et, parmi les œuvres majeures, termina *l'Écume des jours* et rédigea entièrement *l'Automne à Pékin*.

Des traces évidentes de la collaboration de l'Office subsistent dans ce dernier roman. Plusieurs épigraphes sont extraites de livres techniques traitant du papier, ainsi celle du « premier mouvement » tiré de l'ouvrage *le Papier* par René Escourrou, Armand Colin éditeur, ou celle qui suit, de l'ouvrage d'Yves Henry *Plantes à fibres* du même éditeur. D'autres épigraphes sembleraient étrangères au papier et à son Office. Elles le sont beaucoup moins qu'elles n'en ont l'air. Si peu qu'elles participent du papier, l'Office les contenait et proprement les recelait sans y prendre garde. Aux manuels techniques confiés par l'Office aux deux ingénieurs, Claude Léon avait ajouté bon nombre de livres de sa bibliothèque personnelle. Boris écrivait tandis que Claude lisait. Boris, pris du besoin d'épigraphe, lançait à Claude : « Sors m'en une. » Et Claude en « sortait une », au hasard, du livre qu'il avait sous les yeux. *Le Tabou de l'inceste*, de Lord Raglan (Payot, éditeur) fut mis à contribution deux ou trois fois. Et comme les lectures de Claude Léon à l'Office étaient éclectiques, les citations spontanées recueillies par Boris et qui figurent dans *l'Automne à Pékin* vont de *l'Histoire de l'Okrana* de Maurice Laporte au *Précis de Presti-*

digitation de Bruce Elliott en passant par les *Mémoires de Louis Rossel* ou *le Traité de Chauffage* de Marcel Véron.

On voit que le séjour de Boris Vian à l'Office du Papier aura été au moins aussi fructueux pour son œuvre que son séjour à l'A.F.N.O.R., cette inspiratrice de quelques-uns des meilleurs chapitres de *Vercoquin et le Plancton*.

Boris Vian devait rester à l'Office du Papier, transformé en juillet 1946 en section technique de la Fédération des syndicats de Producteurs de Papiers, Cartons et Celluloses, puis en Association Technique de l'Industrie Papetière, jusqu'à la fin du mois d'août 1947. Les deux derniers mois furent ceux du « préavis ». On pourrait croire que, les picaillons de *J'irai cracher sur vos tombes* commençant à tomber dru dans son escarcelle, Boris avait décidé de mettre un terme à ses fonctions papetières. Peut-être était-ce en effet dans ses intentions, mais l'Office, ou plutôt l'A.T.I.P. puisqu'on en était à l'AT.I.P., sut prévenir ses vœux en prononçant son licenciement. Le 26 juin 1947, le secrétaire général de l'A.T.I.P. lui écrivait : « Comme je dois m'absenter jusqu'à lundi, je tiens à vous prévenir qu'il va falloir nous séparer. »

On est ingénieur comme on naît ingénieur, et Boris Vian le restera toute sa vie dans son imagination romanesque et dans de multiples activités bien réelles. C'est en ingénieur qu'il aimera l'automobile ; en ingénieur qu'il réalisera dans la petite chambre du 8, boulevard de Clichy où il habitera en 1952, après avoir quitté sa première femme Michelle et l'appartement de ses beaux-parents 98, rue du Faubourg-Poissonnière, un lit monté sur quatre colonnes servant de bibliothèque et au-dessous duquel on pouvait installer tables et fauteuils, en ingénieur qu'il aménagera son appartement de la cité Véron où il élit domicile avec Ursula en 1953, construisant un faux étage intérieur, dessinant et fabriquant une bonne partie du mobilier dont, pour son propre usage, une chaise qui lui permit enfin de « savoir où mettre ses jambes ».

C'est en ingénieur enfin qu'il concevra sa roue élastique dont il déposa le brevet d'invention le 18 décembre 1953 et pour laquelle il entreprit des démarches aux États-Unis afin de s'en faire reconnaître la propriété.

Le musicien

LE STYLE DE BORIS VIAN À LA TROMPETTE

Un des plus proches amis de Boris Vian, Claude Léon, qui sera Dody ou Doddy en nombre de récits et, sous son nom légal, l'ermite salace de *l'Automne à Pékin*, se souvient de leur première rencontre. Paris était libéré depuis quinze jours à peine. Claude Léon jouait alors avec un orchestre d'amateurs dans une boîte de la rue de Clichy réservée à l'armée américaine, près de l'Apollo. Claude Abadie se trouvait là. Il connaissait Claude Léon qui avait tenu la batterie dans son orchestre au début de la guerre, puis Claude Léon avait été jeté dans un camp de concentration, en était sorti pour mener la vie clandestine et fabriquer des explosifs qui tenaient dans des boîtes d'allumettes. « Si tu veux, lui avait dit Claude Abadie, tu pourrais jouer avec nous. » Il avait trouvé pour son orchestre un engagement au Royal Villiers. C'est au Royal Villiers que le drummer Claude Léon rencontra le trompettiste Boris Vian. « J'ai joué avec Boris et, contrairement à ce que souhaitaient tous les musiciens avec qui j'avais joué auparavant, Boris voulait toujours que je joue plus fort. Il aimait que la batterie joue fort, il aimait l'accentuation du temps faible. Quant à lui, il avait une curieuse façon de jouer de la trompette. D'abord il jouait "sur le côté", il plaçait l'embouchure de l'instrument à la commissure des lèvres et je l'avais aussitôt remarqué parce que mon père, qui dans sa jeunesse avait appartenu à une fanfare, prétendait que dans les fanfares on jouait toujours "sur le côté". Or la première chose que je vis quand je m'installai à la batterie au Royal Villiers, c'est que Boris jouait les jambes écartées et la trompette sur le côté de la bouche. Peut-être n'est-ce pas d'une importance capitale, auditivement parlant (vous remarquerez mon restrictif "peut-être"). Plus frappant et de toute autre conséquence était le fait qu'il jouait comme Bix[1].

Des trompettistes qui jouent comme Bix, non pas des imitateurs, mais des gens inspirés par Bix, l'histoire du jazz nous en révèle fort peu. Boris avait ce style voluptueux, romantique, extrêmement fleuri, très éloigné du style un peu dur des grands maîtres de la trompette à cette époque. Boris reprenait volontiers le répertoire de Bix, et cela le remplissait de joie. Les vieux disques 78 tours de Bix avec un fort bruit de fond, que nous écoutions sur des phonos bricolés, dégageaient un charme désuet auquel Boris était très sensible. Et quand Boris jouait nous entendions vraiment le continuateur de Bix, avec beaucoup de swing qui était quand même la qualité essentielle. »

AMATEUR MARRON

Tous les musiciens de l'orchestre Claude Abadie, lui-même polytechnicien et banquier, étaient des amateurs et des amateurs qui n'entendaient pas devenir des professionnels ni même qu'on les prît pour tels. Alors que pour les amateurs, en musique comme en sport, l'ambition majeure est de parvenir à la professionnalité, Boris Vian et ses amis se faisaient gloire de leur amateurisme. « Nous sommes des amateurs, proclamait Boris, des amateurs

---

[1]. Il s'agit, bien entendu, de Bix Beiderbecke, le Romantique du jazz, né en 1903, mort en 1931, un des rares cornets blancs qui supportent la comparaison avec les grands trompettes noirs. On a dit de lui qu'il s'était inspiré du style d'Armstrong, de l'Armstrong des débuts de l'époque Swing, dans la mesure où il pratiquait une invention mélodique fondée sur le principe de l'ornementation. Il a transformé le staccato Dixieland en un legato soutenu et recherché les intonations lyriques et douces. Les enregistrements de Bix sont rares et tous de l'époque héroïque, de 1923 à 1930. (Note de N. A.).

Boris Vian, 1948.

"marrons", sans doute, mais des amateurs. » Pour bien marquer leur indépendance, Boris et les musiciens de l'orchestre Claude Abadie refusaient de porter la veste blanche ; ils jouaient en costume bleu marine, ce qui leur permettait lorsqu'ils travaillaient en alternance avec d'autres orchestres au cours d'une même soirée, de se mêler aux invités ou aux clients et de danser.

« Marrons », certes, ils l'étaient puisque ces amateurs se livraient à une activité qui se distinguait peu – vue du mirador syndical – de celle des professionnels et que leurs prestations étaient rémunérées de diverses manières : au cachet, au pourcentage ou en nature, et la nature dans l'immédiate après-guerre, c'était fondamentalement la « bouffe », laquelle valait de l'or.

« Au Royal Villiers, raconte Claude Léon, on a joué deux ou trois fois et puis on a fini par s'engueuler avec le patron. De tels incidents survenaient de temps en temps parce que nous avions une psychologie assez particulière : d'abord nous jouions pour notre plaisir ; ensuite nous étions tous, quant à la connaissance du jazz, au moins aussi forts que les patrons de bistrots ; enfin, les ressources de notre dialectique étaient inépuisables. Au Royal

Villiers, un soir, le patron refusa de nous payer le pourcentage minimum sous prétexte que la clientèle avait été clairsemée. Boris dit : "Puisqu'il ne veut pas nous payer, nous allons emporter quelques notes du piano." Ce qui fut dit fut fait : quelques minutes après notre départ, le patron retrouvait un piano auquel il manquait trois marteaux. Il eut l'inconvenance de s'en irriter et de se priver de nos services. »

L'AMÉRIQUE À PARIS

Après le Royal Villiers et son piano édenté, l'orchestre Claude Abadie fut engagé au Rainbow Corner, boulevard des Capucines. L'orchestre y faisait danser l'armée américaine, en échange de quoi l'armée américaine nourrissait l'orchestre. Boris découvrit là les mérites du doughnut, le beignet américain avec un trou au milieu. Parmi les émerveillements gastronomiques de Boris, dans les premiers temps de l'installation des troupes américaines en France, on ne peut passer sous silence les sandwiches de vingt centimètres d'épaisseur, comportant plusieurs couches de pain de mie, chester, jambon, tomate, œuf dur, salade et gelée de groseille. Doughnuts, omelettes, chocolat, café au lait à volonté, c'était la belle vie après quatre ans de famine. Et Boris et ses amis imposaient « leur musique ». Fallait-il vraiment imposer le jazz aux Américains ? Ils devaient en avoir le goût inné, et la science ? Erreur, répond Claude Léon. « Nous aussi, on croyait, mais avec Boris, et nous en avons parlé souvent, nous nous sommes vite aperçus que l'Amérique n'était pas du tout le pays de la connaissance encyclopédique du jazz. En fait de jazz, les Américains étaient d'une inculture totale. Et nous, nous avions une morale, notre morale consistait à refuser d'exécuter les morceaux qui ne nous plaisaient pas. Nos sacrés G.I. nous réclamaient toujours "Besame mucho" et autres grands saucissons de l'époque. Boris répliquait : "Non, nous ne jouerons pas Besame mucho, nous jouerons Duke Ellington" et finalement, ça s'arrangeait très bien et tout le monde était content : les soldats dansaient et nous, nous jouions "notre" musique. »

L'orchestre Claude Abadie quitte le Rainbow Corner pour une cantine de l'armée américaine située avenue Rapp. Comme au Rainbow Corner les prestations sont bihebdomadaires. Pour paiement : un repas et jus de fruit à discrétion. L'orchestre possédait un élément étonnant, le guitariste et chanteur Taymour Nawab, surnommé Timsey-Timsey (que Boris utilisera en de multiples circonstances, voir notre chapitre des Variétés amusantes). Timsey était de dix ou quinze ans l'aîné de Boris. Persan (d'autres disent Égyptien), très riche, il était venu en France faire des études : il y aura passé son temps à jouer de la guitare et à se saouler. Car ce merveilleux guitariste et chanteur était un buveur impénitent, capable d'entrer en compétition avec le Major soi-même. Perpétuellement ivre, il semait ses montres, ses bijoux, ses stylos dans tous les bars. « Il m'est arrivé de le voir, nous dit Claude Léon, assis sur un haut tabouret de bar, en train de jouer de la guitare, et tellement saoul qu'il basculait dangereusement et que Boris devait le retenir de l'épaule avec sa trompette, tout en jouant, pour empêcher notre Timsey-Timsey de s'écrouler. » Boris appréciait infiniment Taymour Nawab. L'évoquant aux premières heures du Tabou, dans *le Manuel de Saint-Germain-des-Prés*, il écrira :

Fort riche, toujours fauché et toujours vêtu de loques, il distribuait son argent autour de lui avec une générosité incroyable. Il avait une passion : la guitare. Il chantait, d'une voix grave et poignante, les blues, les ballades anglaises et américaines surtout. Quand le Tabou fermait, à deux heures, il partait, en espadrilles, à moitié noir, tirant sa guitare derrière lui avec une ficelle et il allait à l'Amiral. En remontant les Champs-Élysées, il lui arrivait fréquemment de grimper aux réverbères pour pousser une romance de là-haut, ou d'interpeller en musique les dames du trottoir. Il pouvait dépenser cinquante ou soixante mille francs à boire, en une soirée ; les voisins en profitaient.

De la cantine de l'avenue Rapp l'orchestre Claude Abadie émigre au Spécial Service Show. Entreprise toute différente, qui avait à charge d'organiser des sortes de tournées à Paris et dans la région parisienne. Le Spécial Service venait chercher les musiciens en camion place de l'Opéra, les transportait au lieu de leur exhibition, les reprenait à heure dite et les ramenait chez eux. Boris et sa trompette visitèrent ainsi les plus étranges endroits. Les médecins de l'hôpital psychiatrique de Villejuif avait imaginé que la musique de jazz pouvait être bénéfique à leurs pensionnaires. Plusieurs séances sans incident semblèrent confirmer leur thèse jusqu'au jour où elle se volatilisa en même temps qu'une bouteille de Coca-Cola violemment projetée à travers la salle en direction de l'orchestre.

Même après l'ouverture du Tabou, Boris resta fidèle à l'orchestre Claude Abadie pour toutes les manifestations extérieures. Claude Abadie ne fut pour rien dans la création du Tabou et dans ce qu'un ministre de la Ve – qui le fréquenta avec assiduité – nommerait son « développement ». Il menait une vie beaucoup plus ordonnée que celle de Boris. C'était un chef d'orchestre très estimable, et Boris disait de lui que s'il avait su jouer de la clarinette aussi bien qu'il dirigeait ses musiciens, son orchestre eût été parfait.

LA POLOGNE EN BELGIQUE

Avec Claude Abadie, Boris participa le samedi 17 novembre 1945 au premier tournoi international de jazz amateur organisé à Bruxelles par le Hot Club de Belgique. L'orchestre Claude Abadie y remporta presque tous les prix. Outre l'honneur, ce succès conférait à l'orchestre le droit de jouer toute la nuit et de percevoir une pologne considérable.

La « pologne », expression inventée par Boris et qui mérite de rester dans la langue comme elle a longtemps couru dans les milieux de musiciens marrons, c'était à la fin de la soirée le partage des bénéfices. D'où le verbe « pologner ». Quand Claude Abadie proposait une affaire, la question était « Ça pologne de combien ? » Donc, au souvenir de Claude Léon, la fameuse histoire belge polognait énormément. Une pologne fastueuse et en devises lourdes ! « Nous logions dans un bordel désaffecté du côté de la gare du Midi. On était arrivés le samedi après-midi, le concours avait lieu le samedi soir et on repartait le dimanche soir. Nous jouons et nous dansons toute la nuit et je me souviens toujours de Boris dansant avec une fille superbe et me disant à la fin de la danse : "Mon vieux, il n'y a rien à faire, je ne pourrai jamais baiser une fille qui a l'accent belge." Au petit matin, nous nous retrouvons avec notre pologne. La Belgique, c'était le paradis pour nous en ce temps-là : le chocolat, les bas nylon, le tabac, les tissus... Au bas de l'hôtel, il y avait un bistrot où l'on trouvait des petits pains au lait d'une forme spéciale. Boris en faisait une forte consommation. Ces petits pains au lait, il les avait baptisés les mains sales. C'était avant la pièce de Sartre, une prémonition sans doute ? Puis nous décidons d'aller dépenser notre argent. On va rue des Radis, centre commercial très actif à Bruxelles après la guerre. Et on s'est acheté toutes sortes de choses extravagantes, surtout des chaussettes à rayures horizontales comme en portent les joueurs de football. Autre résultat hautement bénéfique de ce concours d'orchestre : un Belge est venu nous dire : "J'ai une brasserie. Votre orchestre me plaît. Voulez-vous venir jouer pour les deux réveillons ? Vous serez bien payés." On a dit : d'accord. Vous pensez, encore une belle pologne.

« À Noël et au Jour de l'An, nous étions revenus à Bruxelles. Effectivement, la pologne était belle. Comme toujours en Belgique, il nous fallait consommer tout notre argent en une journée. Kara, un musicien de l'orchestre, connaissait un négociant en tissus. C'était un trésor que ce magasin. Nous n'avions pas vu ça depuis notre enfance. Nous avons acheté des kilomètrages de tissus. Nous rentrons à l'hôtel et on se dit : c'est pas tout ça, mais maintenant il faut rapporter le tissu à Paris. Comment faire ? On commence par démonter la grosse caisse et par mettre du tissu dedans. Boris nous interrompt : "Ce n'est pas sérieux. Il faut trouver une planche flexible." Nous trouvons une planche flexible, nous enroulons le tissu autour de la planche, nous replions la planche, nous l'adaptons à l'intérieur de la grosse caisse dont elle épouse la forme. Puis nous mettons du tissu dans la caisse claire, dans le petit tambour, etc. Enfin, on a inséré du tissu dans la contrebasse, par les ouïes, centimètre par centimètre. Moi, en plus, avant de prendre le train j'achète un paquet d'endives, haute spécialité belge. Nous voici dans le train, Boris et moi partagions le même compartiment de wagon-lit. Nous avions juché la grosse caisse dans le haut du wagon. Arrêt à la douane : "Vous n'avez rien à déclarer ? – Si, un paquet d'endives. – Qu'est-ce que c'est que des endives ?", me demande le douanier. Je lui montre le paquet, il me rétorque : "Dans le Nord, on appelle ça des chicorées." Il voit la grosse caisse et, jovial, il tape deux bons coups dessus boum-boum. Alors Boris, tout gentil, lui fait "Musicien sans doute !"[1]. Nous arrivons à la gare du Nord avec nos instruments bourrés de tissu. La grosse caisse pesait trente kilos. À l'époque, il y avait des douaniers sur les quais pour rafler ceux qui n'avaient pas été pris dans le train, mais nous sommes passés sans encombre, et vers sept heures du matin nous étions chez Boris, rue du Faubourg-Poissonnière et nous avons extrait des kilomètres de tissu de nos instruments. De la grosse caisse, ce fut aisé, mais par les ouïes de la contrebasse l'opération fut extraordinairement laborieuse. »

IL N'Y A PLUS DE JAZZ EN FRANCE

Qu'on veuille bien se souvenir, ceux qui en ont l'âge et que les autres daignent ramer un peu à contre-courant.

Quand l'armée française (toujours la première du monde) se retrouve, au seuil de l'été 40, en villégiature dans les stations pyrénéennes, le jazz est encore mal dégagé des falsifications sirupeuses à la Paul Whiteman

---

1. Les endives relèveraient d'une initiative de Claude Abadie, et non de Claude Léon. Après la première édition des *Vies parallèles*, Claude Abadie voulut bien nous écrire, et nous lui fîmes promesse de rétablir la vérité historique dès que l'occasion s'en présenterait. Cette occasion nous est donnée aujourd'hui. Voici donc le témoignage de Claude Abadie : « Je voudrais, pour votre propre édification, rectifier une erreur due à un défaut de mémoire de Claude Léon : lorsque nous revenions de Bruxelles avec les instruments bourrés de tissus, et avec trois kilos d'endives qui nous permettaient d'avoir « quelque chose à déclarer », ce n'est pas des endives que j'ai déclarées, mais, à la suite d'un lapsus d'ordre obsessionnel : « du tissu d'endives »... À quoi le douanier a répondu : « On dit des chicons. »

et à la Jack Hylton. Moins de dix ans se sont écoulés depuis qu'un petit groupe d'amateurs a fondé le Jazz Club Universitaire (Diratz, Auxenfants, Hugues Panassié, Jacques Bureau, Pierre Gazères) d'où est né le Hot Club de France. Jusqu'en 1935, le Hot Club vit difficilement (indifférence du public, mépris des critiques). Louis Armstrong vient en France en 1934 ; le Hot Club ne peut le produire à Paris : les salles y sont trop coûteuses, l'affluence trop aléatoire ; le concert a lieu à Nancy où Jacques Bureau, qui y fait son service militaire, dispose d'appuis bénévoles. Ces circonstances aideront à comprendre le rôle joué dans le développement du jazz en France par la seconde génération des amateurs : Claude Abadie, Claude Léon, Boris Vian...

La première collection française de disques de jazz ne paraît qu'en 1932 chez Brunswick sous la direction de Jacques Canetti ; le fameux Quintette du Hot Club de France ne voit le jour qu'en 1935, les premiers disques sous marque « Swing » ne sortent qu'en 1937, les enregistrements du grand trompette Tommy Ladnier, réalisés à l'instigation d'Hugues Panassié, ne sont accessibles que depuis 1938. Claude Abadie, Claude Léon, Boris Vian, puis Hubert Fol, Raymond Fol, Claude Luter et André Reweliotty appartiennent bien à la seconde escouade des pionniers ; ils partent mieux armés certes que leurs aînés, mais le territoire est vaste, ses limites indécises et l'horizon ne s'éclaire pas encore des feux du be-bop. Et soudain, à peine engagés sur cette piste incertaine, les voici coupés de leurs arrières, isolés, cernés. L'occupant nazi proscrit le jazz noir, musique décadente et corruptrice, art de dégénérés (opinion que partagent 98% des Français), et bientôt le blocus, l'entrée en guerre des États-Unis interrompent le ravitaillement en disques américains. Il faudra que nos pionniers vivent, dans un monde hostile, sur leurs propres ressources. Leur « Revival » à eux, c'est tout simplement ne pas crever. Toutes les sources taries, ils constitueront leur Dixieland, autrement dit, les premiers en France, ils reprendront le jazz des Noirs de la Nouvelle-Orléans, comme l'avait fait aux États-Unis à la fin du XIXe siècle le musicien blanc « Papa » Jack Laine.

En 1941, à Lyon, où s'est repliée l'École polytechnique, Claude Abadie, un de ses élèves, champion de tennis et clarinettiste, crée le Quintette du Hot Club 41 que préside Colette Lacroix, future « caviste » de Saint-Germain-des-Prés. En octobre 1941, Claude Abadie revient à Paris, fréquente le quartier Latin, rencontre Claude Léon, reconstitue un orchestre. Cet orchestre participe en 1942, à la Salle Pleyel, au concours de musiciens de jazz amateurs organisé par le magazine *Vedettes* que rédige-en-chef un homme qui saura gravir tous les échelons de la hiérarchie histrionesque, A.-M. Julien. C'est d'ailleurs A.-M. Julien qui, aux dires du pigiste de service dans son propre journal, présente les orchestres et les solistes « de sa chaude voix sonore » et « avec son entrain habituel ». Le jury, composé de Django Reinhardt, Michel Warlop, Hubert Rostaing, Noël Chiboust, etc., remet la Grande Coupe du Hot Club de France à l'orchestre Claude Abadie. Ce succès fait de l'orchestre Claude Abadie le premier en qualité, mais aussi (encore un soupçon d'histoire dans ce chapitre qui en regorge) le premier en date des orchestres de jazz amateurs dignes de rivaliser avec les professionnels. Et quand les professionnels plongeront toujours plus bas dans la « musique de danse » (il faut bien vivre et le bifteck vaut une fortune en ces années de disette), l'orchestre Claude Abadie sera là pour maintenir le jazz en France.

En mars 1942, Claude Abadie joue en trio : son batteur se nomme Alain Vian. Abadie entre dans le repaire de Ville-d'Avray où Boris Vian pratique la trompette et Lélio Vian la guitare[1]. Dans les semaines qui suivent (on répète à raison de deux fois par semaine), les trois frères Vian sont intégrés dans l'orchestre Claude Abadie qui

---

1. Dans un projet de prière d'insérer pour l'**Écume des jours**, assez répandue chez les vianophiles, Boris Vian écrivait : « En 1941, le 18 avril exactement, je rencontrai le fameux Claude Abadie, actuel directeur de la Compagnie de Suez... » Quoique tout le prière d'insérer soit d'un ton hautement fantaisiste (« Ma mère enceinte des œuvres de Paul Claudel... À 7 ans, j'entrais à l'École centrale... »), David Noakes, dans son ouvrage déjà cité, a pris l'affirmation de Boris sur sa rencontre avec Claude Abadie au pied de la lettre, ou plutôt du chiffre. Or en avril 1941, Claude Abadie ne se trouvait pas à Paris, mais à Lyon où il terminait sa dernière année de Polytechnique. C'est, à quelques jours près, un an plus tard, en mars 1942, qu'il fit la connaissance de Boris Vian. Ajoutons que Claude Abadie ne fut jamais directeur de la Compagnie de Suez. Dans les grandes années de l'orchestre, il était attaché de direction à la Banque de Paris et des Pays-Bas.

prend le nom d'orchestre Abadie-Vian, non sous la pression du nombre, mais pour faire plaisir à Michelle Vian qui vient de subir une grave opération.

L'orchestre Abadie-Vian (qui redevient l'orchestre Claude Abadie dès le lendemain, tout en conservant dans ses rangs la tribu des Vian) prend part le 3 janvier 1943 au 6ᵉ Tournoi des amateurs. Outre les frères Vian et Claude Abadie à la clarinette et à la direction de l'ensemble, l'orchestre utilise Jackie Daubois au piano et Édouard Lassal au violoncelle. Le style Bill Coleman, qui est celui de l'orchestre, déplaît-il à son rédacteur, ou l'orchestre est-il trop au-dessous du modèle ? *Jazz Hot* le juge décevant.

Il s'en faut de peu qu'il ne prenne sa revanche le 2 janvier 1944 au 7ᵉ Tournoi où il fait « une excellente impression ». Hélas, il se laisse aller à jouer une œuvre étrangère (!) : on le déclasse.

Le lundi 10 janvier 1944, rencontre historique. Boris note :

Vois Gruyer et son copain Claude Luter. Viennent entendre disques. Ils voudraient faire un club pour entendre disques. Lui en ai prêté 5 (Mezz).

Parfaitement, vous avez bien lu : Milton Mezz Mezzrow, qui deviendra la bête noire de Boris au cours de son interminable et savoureuse polémique avec Hugues Panassié. Après la scission du Hot Club de France, Boris se justifiera devant lui-même de son ancienne faiblesse pour Mezzrow :

On aime un musicien *a priori* pour une raison ou une autre. Et on cherche ensuite à confirmer ceci. Ex. : Panassié m'avait influencé jusqu'à me faire aimer (en paroles) Mezzrow.

Le 17 janvier 1944, Boris voit Tony Proteau et revoit Luter.

Le 22 janvier, enregistrement chez Bronty, 101, avenue Raymond-Poincaré :

Dans un appartement au poil. Bleu et jaune. Avec un célesta et un enregistreur impeccable. Claude Luter, Gruyer, Colson, Johnny, Judes et moi et un nommé Marti... Mais ces vaches-là ils ont pas de répertoire.

Le 29 janvier, l'orchestre Claude Abadie – qui continue d'arborer son titre de « vainqueur du Tournoi 1942 » – participe en attraction à un concert à « L'Étincelle », rue Mansart, où se produisent Hubert Rostaing et Eddie Barclay. Boris se juge sans indulgence :

Passés après Hubert Rostaing. Gênant. Foiré le premier.

En attraction encore, on le retrouve le 25 mars 1944 au Festival de Jazz qui se tient à la Salle Chopin-Pleyel avec Christian Bellest en vedette.
En ce mois de mars 1944, l'organe du Hot Club de France *Jazz Hot* ouvre une enquête sur la situation du jazz. Boris y répond par un poème de Bison Ravi, on ne peut plus désolé, qui obtiendra le deuxième prix (les jazoteurs ont la manie des compétitions), la palme d'or revenant à un « Ludion Podagre » auteur d'une fort sérieuse étude en prose technicienne.

RÉFÉRENDUM EN FORME DE BALLADE

    Combien j'ai douce souvenance
    Des concerts de jazz de jadis
    Hawkins! tu nous mettais en transe...
    Kaiser Marshall, balais brandis
    Frôlant à gestes arrondis
    L'airain vibrant sous la cadence...
    Quatre printemps ont reverdi
    Il n'y a plus de jazz en France

    Alors, on aimait l'ambiance
    Et pas de rester assourdi
    Par ces chorus en dissonance
    Qui vous laissent tout étourdis.
    Nos vieux thèmes sont enlaidis

**Par des faiseurs pleins de jactance
Molinetti s'est enhardi
Il n'y a plus de jazz en France**

**Weatherford, Briggs, et le Florence
Coleman, Wells, et toi, pardi
Le Duke à la jeune prestance
Sans vous, tout s'est abâtardi
Ça gueule et ça cherche midi
À quatorze heures. Sans défense
Le hot se traînasse, affadi
Il n'y a plus de jazz en France**

Envoi

**Prince Ladnier, tu gis, raidi
Sous terre, et ton indifférence
A figé nos sangs refroidis
Il n'y a plus de jazz en France.**

Le 8e Tournoi des amateurs, le 24 décembre 1944, voit le succès de l'orchestre Paul Vernon. La plupart des spectateurs donnaient Claude Abadie gagnant.

Paris est libéré depuis quatre mois. Sous l'influence de Boris Vian et de Claude Léon, l'orchestre a définitivement adopté le style Nouvelle-Orléans. Claude Luter – dont l'évolution est analogue – assiste aux répétitions. Le temps des « Lorientais » approche doucement.

Le 20 janvier 1945, à quinze heures, Boris Vian et Claude Abadie enregistrent au Palais de la Radio. Le soir même l'orchestre jette la consternation au Gala de Ceux-de-la-Résistance, à Livry-Gargan (voir notre chapitre du Major).

Le 25 février 1945, Claude Abadie et son orchestre s'exhibent à l'École normale de Musique.

En mars 1945, au cours des trois « Nuits du Jazz » qui se déroulent au Coliséum avec les plus grandes vedettes du jazz français, tous professionnels, l'orchestre amateur de Claude Abadie « fut, rapporte la presse spécialisée, une révélation » et « tint fort honorablement sa place parmi les chevronnés ».

Le 18 mars, l'orchestre est à la Salle Pleyel et se fait

remarquer par ses interprétations Nouvelle-Orléans. Il est à la Salle Chopin le 4 novembre.

Le 17 novembre 1945, c'est le triomphe de Bruxelles (déjà relaté à travers les souvenirs pittoresques de Claude Léon) : l'orchestre enlève quatre coupes, un prix et le titre de champion international.

Les réveillons de Noël et du Jour de l'An (qui polognaient tant et habillèrent de neuf tous les musiciens et leurs épouses) se passent au Zénith, taverne-restaurant du 57, avenue de la Toison-d'Or à Bruxelles. La vedette du spectacle est Léo Campion, dont la belle-fille Anne, qui l'est aussi sans trait d'union, créera l'une des bobby-soxers de *J'irai cracher sur vos tombes* au Théâtre Verlaine.

Posons un instant notre plume sévère et laissons-nous porter sur l'aile du lyrisme. L'orchestre Claude Abadie, ses musiciens, son trompette Boris Vian sont maintenant célèbres, partout fêtés, sollicités. Et toujours aussi simples, dirait Léo Campion. C'est que leur amateurisme est inébranlable et que la foi les possède contagieuse ou non, ils s'en moquent. Frank Ténot les décrivait ainsi, peinture garantie d'époque :

« Les têtes des danseurs ne les intéressent pas, ni les tableaux du salon. Ils ne regardent pas autour d'eux, mais le chef Abadie... Ils joueront jusqu'à ce que le dernier des invités soit parti. Et demain, dimanche, on les attend à Bécon-les-Bruyères au mariage d'un vague copain. Ils joueront encore. Puis le soir, ils s'installeront chez Gérard, qui fête ses 16 ans. Les danseurs, déjà fatigués, leur demanderont des « slows ». Alors ils attaqueront « Tin roof be blues ». Tout cela leur est égal : ce qu'ils veulent, c'est jouer. Qu'importe le local, les gueules des types. Qu'importe si les zazous crasseux se vautrent sur les divans avec des filles trop chatouilleuses, qu'importe que leur seul cachet soit une coupe d'acide mousseux ou un sandwich à la pâte de sardine. Que ce soient des G.I. à l'éternel chewing-gum, qui les emmèneront dans deux jeeps boueuses vers un lointain camp pour animer leur club, ou le président d'un vague hot club provincial qui les attend sur le quai de la gare pour les conduire au théâtre municipal, ils sont les vedettes d'un festival « swing ». Les huit gars seront toujours là, instruments emballés dans de vieilles valises et prêts à attaquer. Et ils songent tous à leur prochaine sortie, pendant les heures de la semaine. L'un est en train de travailler à son ministère, l'autre à sa banque, le troisième manipulant à la faculté, le quatrième écrivant un nouveau chapitre de son roman, un autre dans des équations d'ingénieur... Et, si durant la matinée dansante des Centraux, un « piston » les observe de son œil ahuri et scandalisé, ils ne le remarquent même pas. Leur musique s'élève, fraîche, joyeuse, scandée et truffée de trouvailles émouvantes. Ils s'écoutent, ils sont heureux de jouer, pour eux, pour la musique. C'est leur vie... »

Le 9e Tournoi des amateurs, en mars 1946, à la Salle Pleyel, homologue le succès de Bruxelles : l'orchestre remporte le Grand Prix. Pour affirmer leur privilège de plus vieil orchestre amateur, les musiciens de Claude Abadie, coiffés de casquettes d'orphéonistes, portent tous de longues barbes blanches et se font annoncer sous le nom de « Professeur Dupiton et ses joyeuses mandolines ».

Les concerts à l'École normale de Musique se succèdent. L'orchestre contribue aussi, régulièrement, aux Jam-Sessions dansantes du Jazz Club Universitaire, au club « Votre Beauté », 27, rue de la Michodière. Il joue souvent à la Maison des Centraux. Qui voudra dresser la nomenclature complète de ces prestations fera comme nous : il consultera les périodiques de ces belles années. Nous ne pouvons retenir ici que les manifestations majeures.

Boris Vian se produit quelquefois seul ou à la tête de petites formations. Ainsi le 7 octobre 1944, à la Salle Patenôtre de Rambouillet, il dirigeait le « Swingtette du Hot Club de France » dans un spectacle qui réunissait Georges Ulmer, Lisette Jambel, Armand Mestral, etc., « au profit des FFI » ; le 4 novembre 1945 il tenait sa partie dans un concert privé, à Passy, tandis que Michel de Villers était au saxo-alto et Renaud de Clères à la batterie ; il joue de temps à autre avec Eddie Barclay. Ce sont là petites escapades, occasions saisies au vol. Sa maison, son affaire, reste l'orchestre Claude Abadie.

Le 22 juin 1946, l'orchestre consent, fâcheuse indulgence, à animer le Bal du Génie Maritime, au Pré-Catelan : on le force à se mettre en habit (des habits qu'il faut louer) et on traite les musiciens comme des domestiques. Exception, mais de taille, à la règle du complet bleu marine et du brassage des classes. Une autre fois, Boris avait subi une amère vexation : il jouait avec l'orchestre dans la propriété des Rothschild, à Boulogne, occupée par les Américains, et on avait interdit aux musiciens de se promener dans le parc : « On ne les fait pas payer, ils pourraient au moins nous laisser respirer. » Boris détestait ce genre de brimades ; toute la soirée il fait la tête... pour apprendre enfin que le parc, complètement miné par les Allemands, n'avait pas encore été nettoyé : tout aurait pu sauter sur une note de trompette un peu trop stridente. On connaît encore un autre abandon du complet bleu marine, mais en faveur d'une tenue plus seyante : c'était au Bal de l'Internat ; Boris et les musiciens figuraient dans un ballet intitulé « Ali Baba et les quarante violeurs » ; ils étaient aux trois quarts nus et enduits de mercurochrome ; Boris dit : « Ils auraient pu appeler ça Ali Baba et les quarante vianleurs. »

En janvier 1947, c'est la Grande Nuit du Jazz chez les Pharmaciens, pour célébrer le cinquantenaire de l'Amicale des Étudiants. Colette Lacroix en sort enthousiasmée. Il est vrai qu'en plus de Claude Abadie et de Jackie Vermont et leurs orchestres, toutes les étoiles du jazz français scintillaient au programme, et – comble de faveur – Don Byas (malheureusement trop absorbée « dans ses rêves à couleur de gin », couleur assez terne au fond, Colette Lacroix devait avoir goûté force Alexandra) et les solistes noirs de Don Redman.

Le 26 janvier, l'orchestre est au Mans : il donne un concert à quatorze heures quarante-cinq, et fait danser le beau monde de vingt-deux heures à l'aube. Dénombrons le personnel : Claude Abadie est à la clarinette, Boris Vian au cornet, Hubert Fol au saxo-alto, Teymour Nawab au banjo et à la guitare, Georges d'Halluin à la contrebasse, Claude Léon à la batterie, Raymond Fol au piano, Raymond Jeanet au trombone.

Entre deux exhibitions, Boris reçoit une révélation majeure, celle de Miles Davis, au cours d'un déjeuner chez Frank Ténot le 16 février 1947. Il note spontanément :

Un trompette formidable, avec Charlie Parker, c'est Miles Davis.

Le 18 avril, concert au Continental. Le Major porte habit et moustache.

Le 21 avril, l'orchestre remplace celui de Claude Luter aux Lorientais.

Le 14 août 1948 s'ouvre le Festival européen de Jazz « pour la première fois en Belgique ». Programme chargé : Grande Nuit du Jazz au Casino de Knokke, le samedi 14 août ; concert au Théâtre royal d'Ostende, le dimanche 15 août, suivi d'un bal : nouvelles exhibitions suivies de bal les lundi 16 et mardi 17 août.

Boris Vian, qui depuis le 13 octobre 1947 tient la chronique du jazz à *Combat*, est l'envoyé spécial de ce journal au Festival. Dans l'orchestre, Guy Longnon l'a remplacé au cornet. Boris a reçu de son médecin le premier avertissement sérieux : il doit se ménager et, pour commencer, s'interdire les fatigues d'une participation continue à un orchestre : répétitions, déplacements, engagements précis. Les journalistes rigolent comme d'habitude (c'est un si bon plaisantin, ce Boris) quand il leur dit : « Chaque souffle dans ma trompette abrège mes jours. » Il a quitté l'orchestre Claude Abadie et ne conserve que ses activités à Saint-Germain-des-Prés ; activités sans contrainte : il lui est loisible d'emboucher la trompinette deux minutes et de la lâcher tout le reste de la soirée ou même – ce qui lui arrive souvent – de s'abstenir de jouer. En dehors des caves, il accepte quelques opérations de prestige tel le Gala de « La Costière » (association des anciens artistes de l'Odéon) le 5 juin 1948 qu'il anime avec l'« orchestre de Saint-Germain-des-Prés » ou encore la Grande Nuit de Paris le 30 juin 1948 qu'organise, pour la plus grande gloire du négoce de luxe et « au bénéfice de l'U.N.A.C. » un comité de princesses, duchesses, comtesses, baronnes placé sous la houlette démocratique de Mme Vincent Auriol. « Rien que des NOMS... le Monde et le Goût, géniale alliance d'un soir à la gloire du Bon Ton », claironne l'impayable programme où cohabitent Martine Carol, Jean Marais, l'abbé Maillet et ses p'tits chanteurs, le Cadre Noir de Saumur et la revue des Folies-Bergère, cinq éléphants des Indes habillés « New Look » par Pierre Balmain, Jacques Fath et leurs consœurs et frères, une dizaine de stars dont Rita Hayworth et Ingrid Bergman, seize chevaux, quelques nains, six tigres, Yves Montand, Pierre Fresnay, Carmen Amaya, etc., et enfin – mais pour cinq minutes seulement – « Boris Vian et les déchaînés du Club Saint-Germain-des-Prés ». Il arrive encore à Boris de se croire assez solide pour multiplier ses interventions au cours d'une même nuit. À Nancy, en 1950, à la Nuit des Beaux-Arts, Boris Vian et son orchestre jouent de vingt-trois heures trente à zéro heure quinze, puis de une heure quarante-cinq à deux heures, puis – avec Bill Coleman – de deux heures quinze à deux heures trente, puis – avec Pierre Braslavsky – de trois heures quinze à l'aube.

En fait, alors que prolifèrent dans les journaux à sensation les photographies qui le montrent soufflant éperdument dans une trompette, la carrière du trompettiste Boris Vian se termine. Il tentera une ou deux fois de la reprendre. Avec Jean-Claude Fohrenbach, saxo-ténor émérite du Club Saint-Germain, il monte un orchestre en 1950. Claude Abadie les rencontre à Rouen dans un concert. « Puisque tu veux recommencer à jouer de façon régulière, rejoins donc ma formation », dit-il à Boris. Boris accepte. L'orchestre Claude Abadie, lui aussi tout près de sa fin, se compose alors de Guy Longnon (1er trompette), Boris Vian (2e trompette), Jean-Claude Fohrenbach (saxo-ténor), Benny Vasseur (trombone), Raymond Fol (piano), Alf Masselier (contrebasse), Claude Abadie (clarinette), Claude Léon (batterie). Une seule prestation importante marquera la brève existence de cet ensemble de haute qualité : un concert à Chartres en 1951. Après quoi, Boris fera cadeau de sa trompette au fils de Claude Léon. Depuis de longs mois cette trompette n'était plus qu'un symbole, le sceptre de Boris, roi de Saint-Germain-des-Prés. Et maintenant son royaume est envahi par les barbares : il abdique.

Son action en faveur du jazz se poursuivra désormais dans sa célèbre « revue de presse » de *Jazz Hot*, dans ses chroniques, plus tard chez Philips par le choix et l'édition des meilleurs enregistrements.

Lors de la querelle du be-bop qui provoqua le 3 octobre

1947 la scission du Hot Club de France, Boris soutint la faction majoritaire menée par Charles Delaunay. Bien que son goût personnel l'inclinât vers les formes « anciennes » du jazz (Nouvelle-Orléans, Dixieland, Chicago...), celles-là mêmes que préconisait Hugues Panassié, il fut de ceux qui refusèrent de figer le jazz à un point donné de son évolution. Il semble toutefois qu'il ait suivi avec une certaine défiance les tout derniers développements du jazz moderne et que son admiration pour les individualités novatrices ne l'aveuglait pas sur les risques d'une dissolution dans un univers sonore privé de toute expression spontanée.

Une dizaine de disques avaient été enregistrés par l'orchestre Claude Abadie, avec Boris Vian à la trompette, dans les studios de Pathé-Marconi pour la marque « Swing ». Un seul de ces disques fut pressé et commercialisé en juillet 1946. Il reproduit « Jazz me blues » et « Tin roof be Blues » (référence Swing 212). Présenté aux États-Unis par Charles Delaunay, il fit une grande impression sur la critique américaine et eut les honneurs de la radiodiffusion. Disque précieux dont nous ne saurions trop recommander aux amateurs la jalouse conservation.

Peu de temps après la mort de Boris, Henri Salvador me disait : il était amoureux du jazz, il ne vivait que par le jazz, il entendait jazz, il s'exprimait en jazz.

Le figurant

Les lecteurs des *Fourmis* connaissent la nouvelle qui a pour titre « Le Figurant ».

On sait moins que l'anecdote contée dans la nouvelle a été vécue par Boris Vian, et que sa première apparition à l'écran date de l'aventure du Figurant, dans le film *Madame et son flirt* de Jean de Marguenat, terminé en juillet 1945.

Boris travaillait à l'A.F.N.O.R ; son ami Claude Léon était ingénieur à l'Office du Papier. Un jour Boris téléphone à Claude Léon : « Peux-tu avoir deux jours de congé ? » – « Pourquoi ? » – « On va figurer dans un film ; on a besoin d'un orchestre. »

Les deux jours de congé sont aisément obtenus. « On se présente au studio de Neuilly, raconte Claude Léon. On y tournait *Madame et son flirt*, avec Gisèle Pascal (qui est Gisèle Descartes dans la nouvelle) et un comédien venu du cirque, Robert Dhéry (qui est Robert Montlhéry). Robert Dhéry nous faisait bien rire parce que dans une séquence qui se passait dans une boîte de nuit il devait danser avec Gisèle Pascal et on nous avait dit qu'il ne savait pas danser, mais nous avons cessé de rire quand nous nous sommes aperçus que Dhéry était capable de danser sans savoir, simplement parce que, formé à l'école du cirque, il pouvait reconstituer avec une extrême précision tous les mouvements. Nous autres, nous devions figurer un orchestre. Il y avait Boris, il y avait son frère Alain qui s'était blessé à la main et portait un volumineux bandage qu'il camouflait soigneusement derrière un autre musicien en faisant semblant de jouer du saxophone alors qu'il n'en avait jamais joué de sa vie. Il y avait Georges d'Halluin (dit Zozo), le

Boris Vian dans « La Joconde » d'Henri Gruel, 1957.

frère de l'éditeur : il y avait Paul Vernon, il y avait moi à la batterie. Contrairement à tous les autres orchestres qui s'exhibent dans les films, nous, nous aimions jouer ! On jouait partout et tout le temps, et les comédiens, les techniciens, les machinistes s'amusaient beaucoup : ils venaient nous voir, ils dansaient. On jouait dans les cintres, derrière les décors ; quand on nous expulsait du plateau, on nous retrouvait dans les loges. Notre séquence aurait dû représenter une journée ou deux de tournage : nous sommes restés une semaine ; les gens s'étaient habitués à nous, ils s'amusaient bien, sauf le metteur en scène qui devenait fou, mais comme il était déjà sérieusement entamé au départ, ça ne gênait personne. Et nous avions des conversations délirantes, délirantes pour les autres, pas pour nous car ce n'était que notre conversation privée avec Boris qui se poursuivait comme dans toutes les circonstances. Quand l'assistant apportait les bouts d'essais au chef opérateur, Boris et moi nous affirmions : « C'est trop contrasté, ou c'est trop exposé, ou c'est surexposé. Jamais il ne s'en sortira. » Alors on nous regardait d'un drôle d'air. À la fin d'une séance, un gars s'est approché de nous et nous a dit : « Qu'est-ce que vous faites après ? » – « Nous, on retourne au bureau. » – « Au bureau ? » – « Eh, oui ! au bureau ! » Nous avons tout de suite compris que nous tenions un sujet en or. Et nous avons passé un après-midi avec ce brave garçon pour lui expliquer qu'un figurant c'est une chose qui n'existe pas, un mythe, et je vous jure qu'il finissait par se demander s'il ne rêvait pas, s'il existait bien lui-même ; il finissait par douter de sa propre existence. Vous voyez que la nouvelle « Le Figurant » raconte une histoire vraie. Et appréciez jusqu'à quelle profondeur on pouvait aller avec Boris quand on tombait sur des sujets d'élite : se mettre en cause soi-même, c'est tout de même un problème important de la philosophie, hein ! C'était une bien grande joie pour Boris d'être arrivé à ce résultat au milieu de l'indescriptible désordre que nous avions créé dans le studio. Boris pouvait ainsi parler des heures sans la moindre solution de continuité – ça marchait tout seul – avec beaucoup de flegme, de sang-froid, de sérieux. Et pour rire ! »

Les casseurs de Colombes

Le mercredi 21 mai 1947, Boris Vian passe son permis de conduire.

Nos jeunes lecteurs qui ont piloté en secret un camion 5 tonnes dès l'âge de 14 ans et abattu officiellement leur premier platane sur Alfa-Romeo à l'aube de leur dix-huitième année pourraient s'étonner de la tardive vocation de Boris. Attendre l'âge de 27 ans pour acquérir le droit de tenir un volant, voilà qui s'accorde mal à l'image qu'on se fait de Boris Vian.

Quelques explications historiques s'imposent. Durant les quatre années de l'occupation allemande, l'usage des véhicules automobiles à pétrole était réservé à l'armée victorieuse, à nos compatriotes agissant en auxiliaires des troupes et de la police nazies et à de très rares citoyens français honnêtes dont la profession nécessitait l'emploi d'un véhicule à quatre roues un peu plus rapide qu'un char à bœufs et le plus souvent d'ailleurs transformé en « gazogène » faute de carburant liquide. Jusqu'en 1947, l'essence – comme la viande et le tabac, les chaussures en cuir et le vin de table – resta « contingentée ». La production automobile française était encore faible, suffisant à peine aux besoins prioritaires de l'armée (ce n'était plus la même, c'était la française), des administrations publiques, du corps médical, des mandataires aux Halles (c'était les mêmes), et des danseuses des Folies-Bergère remarquées par les ministres. Enfin, l'administration des Domaines décida de bazarder les ultimes rebuts des voitures récupérées sur l'armée allemande. Dans les tas de ferraille, certains fanatiques, dont Boris Vian, crurent apercevoir quelques semblants d'automobiles et s'en portèrent acquéreurs pour des sommes minimes. Trop confiant sans doute en ses dons et connaissances mécaniques, ou trop pressé, Boris choisit mal sa voiture, une BMW 6 cylindres, qui lui joua tous les tours dont est capable une automobile désireuse de prendre sa retraite. Elle eut au moins l'insigne mérite de le contraindre à passer son permis de conduire et de le lancer ainsi dans une activité qui le passionnera, celle de dresseur d'automobiles rétives.

À la BMW et à ses défaillances systématiques, Boris dut une autre joie : la rencontre et la fréquentation des casseurs de Colombes.

La BMW tombait sans cesse en panne. Achetée pour quelque 10 000 francs aux Domaines, son prix réel atteignit rapidement dans les 20 000 francs sans pour autant se porter mieux. À mesure que la gloire de Boris montait grâce à *J'irai cracher sur vos tombes*, montaient aussi les notes des garagistes. Las de se faire exploiter, Boris décida un jour de procéder lui-même aux réparations. Par Gabriel Pomerand et Frédéric Rossif, il avait fait la connaissance d'un habitué de Saint-Germain-des-Prés, Maurice Gournelle, qui avait installé pour son plaisir un petit atelier de mécanique à Colombes. Bricoleur comme Boris et comme Boris passionné de technique appliquée, Maurice Gournelle n'avait alors aucun souci d'argent, ses parents, commerçants aisés, subvenant à ses plus folles dépenses. Dans son atelier de Colombes, fort bien outillé, Gournelle tentait de matérialiser tous les signaux électriques en mouvements mécaniques ou inversement et construisait des petites machines automatiques à des fins parfaitement gratuites. C'est dans l'atelier de Colombes que la BMW vécut ses meilleurs jours, se faisant vicieusement tripoter tous les organes par les doigts experts de Boris et de Gournelle. Un jour vint cependant où Boris dut choisir entre son goût de la mécanique, que seule pouvait satisfaire à plein une voiture fréquemment inutilisable, et son désir non moins fort de pratiquer la conduite automobile, ce qui suppose un véhicule en état de marche.

Boris s'était procuré une denrée rare : des pneus Firestone d'origine canadienne. Quoique destinés à des voitures pesant le double de la sienne, il les avait adaptés à sa BMW. Au cours d'un voyage en Allemagne avec Jean-François Devay en novembre 1948, la BMW s'était offert un nombre incal-

Boris Vian dans sa Morgan.

culable de pannes. Les arbres des roues pétaient à qui mieux mieux. Boris pensait que le diamètre des roues avait été agrandi par les pneus Firestone : « J'impose à ces arbres un couple de torsion, d'où cisaillement de l'acier. » À son retour d'Allemagne Boris décide de se débarrasser de la BMW. Il la propose à un camarade de Colombes, Peiny, garagiste dilettante qui n'avait acheté son garage que pour disposer d'un appartement. Boris conduit la BMW devant le garage ; Peiny prend le volant, essaie de faire entrer la voiture en marche arrière : un arbre de roue rafistolé en Allemagne casse aussitôt. « C'est la première fois, s'exclame Boris, que j'ai de la veine avec cette voiture : enfin elle casse dans un garage. »

L'ami Peiny pense aussi que c'est une veine : il refuse de se charger d'une opération qui lui créera des ennuis avec le client assez crédule pour acheter un pareil tacot. Il préfère aider Boris à couillonner un de ses confrères à qui il téléphone en recommandant la voiture. Boris et Gournelle démontent l'arbre de roue et ressoudent les pièces à l'autogène. Et c'est le départ de la BMW pour son dernier voyage. Toutes les précautions sont prises. Boris qui n'a plus aucune confiance dans sa voiture, au surplus démunie de freins, monte dans la traction-avant de Gournelle et prend la tête du cortège ; derrière lui, Gournelle dans la BMW prête à s'effondrer. Disposition habile : si par suite d'un arrêt

105

brusque de la traction, la BMW sans frein la percute à l'arrière, les assurances paieront et Boris et Gournelle se partageront la somme versée par les deux compagnies puisqu'ils sont tous deux assurés (l'assurance alors n'était pas obligatoire). C'est ainsi que la BMW arriva place Péreire à l'entrée d'une impasse où nichait le revendeur alléché par Peiny. L'impasse est encombrée, Gournelle laisse la voiture au coin de la place, Boris voit le revendeur, le revendeur voit de loin la BMW bien propre, l'affaire est conclue : en échange de la carte grise, Boris reçoit le chèque. Le lendemain le revendeur, au comble de la fureur, téléphone : « Dites donc, vous m'avez possédé. Vous l'avez amenée en remorque cette bagnole. Quand j'ai voulu la rentrer, l'arbre de roue était cassé ! C'est une ruine que vous m'avez vendue !... » Boris venait de réussir un exploit peu banal : rouler un vendeur de voitures d'occasion. La morale était sauve.

La BMW cassée et casée, Boris restera quelques mois sans voiture. Il empruntera la traction-avant de Gournelle en plusieurs circonstances (accueil de Duke Ellington, transport de l'orchestre Claude Abadie, etc.) et se montrera toujours d'une générosité sans ostentation, rendant la voiture après avoir changé un pneu ou rempli le réservoir d'essence ou opéré à ses frais telle ou telle amélioration.

Enfin il achète à Peiny une Panhard X 77 panoramique, avec conduite au milieu, 6 cylindres, moteur sans soupape. Le grand luxe. Et hautes performances de Boris sur la Nationale 7... jusqu'à Lyon où il s'arrête pile devant l'agence Panhard, la boîte de vitesses détruite. Télégramme à Gournelle : « Saloperie de bagnole. En panne à Lyon. Viens me chercher. » Gournelle prévient Peiny qui, tout contrit, prend sa Pégase Amilcar et descend sur Lyon avec Gournelle. Les dégâts sont sérieux. La remise en état demande plusieurs jours, lesquels se passent – avec les nuits – aux frais de Peiny dans les meilleures « boîtes » de Lyon et de Mâcon, dans les restaurants les plus réputés où Boris assouvit son appétit d'ogre et sa soif de connaissances gastronomiques. La vente de la Panhard n'avait pas été conclue : le voyage de Lyon constituait son banc d'essai. Malgré l'incident mécanique qu'il vient de subir, Boris tient à sa Panhard. Il veut l'acheter à Peiny, et Peiny, aussi généreux que pouvait l'être Boris, la lui vend... vingt sous, le franc symbolique.

Huit mois plus tard, Boris fera une nouvelle excellente affaire en revendant sa Panhard quarante sous à Peiny, qui la mettra à la casse.

Peiny avait embauché un mécanicien, Thomas, natif d'un Ménilmuche encore protégé de l'invasion péquenaude. Il y avait aussi Vassard, peintre de carrosserie et un fabricant de batteries, Paul Bodemer. Ils formaient avec quelques comparses une section importante des casseurs de Colombes : l'équipe de Charlebourg.

Une fois par semaine, Boris se présentait le matin vers neuf heures chez Peiny, les bras chargés de jambonneaux, de saucissons, de petits pâtés. Peiny, pour compléter le menu, envoyait chercher dans une poissonnerie de Courbevoie des huîtres, des langoustes, du bouquet (Boris adorait les crevettes arrosées de martini). Et, sur le coup de dix heures du matin, commençait un festin qui durait jusqu'au soir et se prolongeait fort avant dans la nuit. Malheur à l'automobiliste inconscient qui prétendait ce jour-là obtenir de l'essence du garage Peiny ! Quant aux réparations, il n'en était pas question : tout le personnel du garage festoyait avec Boris. Il est arrivé à Maurice Gournelle de remonter les 90 kilos de Boris faubourg Poissonnière à dos d'homme, après les beuveries de Colombes.

La fine équipe de Charlebourg comportait des champions du quatre-cent-vingt-et-un. Les enjeux ne manquaient pas de piquant : on jouait la moitié de la chevelure du menuisier ou sa moustache et il fallait qu'il s'exécute sur-le-champ.

Une putain de Montmartre, qui avait rompu son bail avec son souteneur, s'était réfugiée auprès d'une de ses camarades, grande amie des « casseurs ». Les barbeaux de Barbès voulurent la récupérer. Ils y renoncèrent devant Peiny et ses 95 kilos, après que l'un d'eux, envoyé en reconnaissance, eut été sous les yeux émerveillés de Boris, rejeté de « la Carlingue », un bar du boulevard du Général-de-Gaulle, à Colombes, où les casseurs tenaient volontiers leurs assises.

Dans le garage de Peiny, toujours à peu près vide, ou dans les carrières de Sannois pendant la belle saison, Boris, excellent tireur et qui possédait un 7,65 Herstal, se livrait à des exercices de tir.

Gournelle avait fait l'installation du Club Saint-Germain sous les directives de Freddy Chauvelot (voir notre chapitre

107

de Saint-Germain-des-Prés) : le bar, les vieux volets furent posés par lui, les tabourets scellés par Boris. Nommé secrétaire du Club, Gournelle avait engagé comme « videurs » deux tourneurs de Colombes, les frères Georges et René Antigny, catcheurs de 115 kilos chacun et grands amis de Boris Vian. Boris, qui pourtant savait se tenir à table, restait pétrifié d'admiration devant l'appétit de Georges Antigny. Il est, un soir, chez Georges Antigny ; on sert le pot-au-feu, Georges met un morceau de viande dans son assiette et frappe la table de trois formidables coups de poing. « Qu'est-ce qu'il t'arrive », demande Boris. – « Ben quoi, répond Georges, j'veux qu'y ait beaucoup d'gras, alors faut que j'voie si quand j'tape sur la table ça vibre ! »

Boris se plaisait parmi les « Casseurs de Colombes ». Ils furent de ses rares amis qui n'attendirent rien de lui, rien que de le voir rire. Et il riait d'un rire franc, ouvert, sans fausse honte, lui qui ailleurs ne voulut jamais que sourire. Ils étaient si gentils les casseurs de Colombes que peut-être ils se forçaient un peu. Ils se surpassaient dans leurs propres numéros, ils rivalisaient de verve et d'imagination pour rendre Boris heureux.

Thomas, Vassard, Bodemer, c'étaient des maîtres du langage, le beau langage vert, vivant, riche, créateur.

Boris avait formé le projet d'enregistrer au magnétophone les propos de l'équipe de Charlebourg, et d'écrire avec leurs mots, leurs images, leurs aventures, avec ses souvenirs à lui aussi de son passage parmi eux, de sa familiarité avec les « casseurs » de voitures, un roman qu'il annonça sous le titre : *les Casseurs de Colombes*, titre qui parut longtemps mystérieux et que je décrypte aujourd'hui d'autant plus volontiers qu'il évoque les belles heures passées par Boris à Colombes, près de Paris.

Le roman ne fut jamais écrit. L'équipe de Charlebourg se dispersa trop tôt. Thomas, ancien petit mac, ancien tôlard, le plus doué d'entre eux, ami délicieux, disparut un jour sans laisser d'adresse. Boris fit tout pour le retrouver. Vainement.

De Thomas, de son langage, peu d'exemples ont été conservés :

– le side-car à deux places sur le tasse-broque (avoir des lunettes sur le nez) ;

– se faire faire la marche des paveurs derrière un grillage (en latin : *fellare*) ;
– mes couilles tapaient contre ma cuisse comme un drapeau dans la tempête ;
– (pour signifier un refus) : je préfère me poignarder le faubourg avec un concombre de six livres.

Du roman que Boris Vian voulait écrire, il n'y eut qu'un début d'ébauche, que voici. On y remarquera l'apparition de Paul Merdebo, alias Paul Bodemer, mais le personnage central qui devait être Thomas est encore et restera à jamais dans la coulisse.

Mollement bercé par l'harmonieuse progression de l'autobus 43 le long de l'avenue des Ternes, ainsi nommée parce que tous ses promeneurs y ont la gueule pâle et neutre, Ivan Doublezon s'exerçait à penser. Sa profession d'écrivain ne lui en laissait guère le loisir. Il pensait donc assez vite, afin de compenser le manque de fréquence de ses réflexions. Cette vitesse l'obligeait à conserver à sa méditation un caractère superficiel et même sommaire, pour ne pas désobliger des confrères moins favorisés en ce qui concerne l'abondance des conclusions.

Le territoire indépendant de Colombes, vers lequel Ivan dirigeait sa démarche, s'étend à l'ouest de Neuilly.

(quelques détails topo)

Du pont de Neuilly, l'on peut pour s'y rendre emprunter deux voies motorisées : la ligne 162 et la ligne 176.

(détails)

Ivan choisissait la première, bien qu'elle le forçât à s'avancer très loin le long de l'embarcadère couvert d'où s'élancent vers l'inconnu les hardis banlieusards. Il descendait à l'arrêt sis juste après le pont de Charlebourg, charmant dos d'âne couvrant de son ombre altière un système ferroviaire complexe et laid.

Le 43 roulait, Ivan méditait, le pont de Neuilly s'approchait, des 162 partaient, d'autres arrivaient, la terre tournait, des Chinois se battaient, un vieux monsieur se grattait juste en face d'Ivan.

– Pourquoi, pensait Ivan (car il pensait toujours). Pourquoi Colombes s'appelle-t-il (ou elle) Colombes. Pourquoi pas Pintades, ou même Autruches ? Pourquoi ?

Il pensait interrogateur, ce matin-là.

— Voyons, se dit-il, étudions méthodiquement ce pourquoi ?

Et d'abord, pourquoi est-ce que je me demande pourquoi ?

Il transpira. Pas longtemps.

— Pourquoi pas ? conclut-il, et, rasséréné de ce côté, il aborda la suite de l'énigme.

D'ailleurs Colombes s'appelle-t-il (ou elle) Colombes ? Ne serait-ce pas plutôt qu'on l'appelle Colombes.

Mais il se rendit vite compte qu'il s'égarait sur une voie sans issue, celle de la mise en question de la grammaire, des modes réfléchis, du langage, et du verbe, en général, donc de Dieu, et il ricana pour bien montrer qu'il entendait rester maître de tout ça. Une dame, impressionnée, changea de place ; elle poussa même l'émotivité jusqu'à descendre un arrêt trop tôt.

De toute façon, qu'on l'appelle ou que ça s'appelle Colombes, il y avait Colombes. Hypocritement, il essaya une diversion.

— Qu'est-ce que ça peut me faire ?

Diversion idiote. Ça lui faisait quelque chose, puisqu'il y allait. Diversion utile cependant, car presque aussitôt, une autre question se posa quasiment toute seule.

— Pourquoi est-ce que j'y vais ?

Pas compliqué. Parce qu'il avait promis d'y revenir en s'en allant la fois d'avant. Et par conséquent, de fil en aiguille, parce qu'il y était allé une fois. La première. La seule qui compte.

Il rougit rétrospectivement au souvenir de la naïveté dont il avait fait preuve à l'époque. Entraîné par un ami à l'achat d'une voiture d'occasion, il s'était laissé, sans rien oser faire, acculer à de somptuaires dépenses par l'astuce des carrossiers, des casseurs et des garagistes de Colombes. Pour tout dire, on l'avait plumé comme un pigeon.

Le mot flamba devant ses yeux.

— Un pigeon ! dit-il. J'étais un pigeon.

Il s'arrêta de penser. L'analogie constituait une raison tout à fait satisfaisante pour se rendre à Colombes, et une raison largement suffisante de se sentir en paix avec soi-même. Les volatiles s'attirent ; la réponse était là.

À la seconde même où son esprit cessait de fonctionner, le 43 s'arrêta avenue de Neuilly, après s'être ébroué un brin en gravissant le faux trottoir de garage où subsistent les vestiges métalliques de tramways très anciens. Appliquant désormais ses réflexes à la progression en avant dénommée marche, Ivan sauta à terre et d'une allure énergique et élégante à la fois (l'énergie se manifestait par une certaine rigueur dans le port de la tête, l'élégance, par une façon personnelle d'attaquer le sol de la pointe du pied), il se dirigea vers le rond bleu et blanc, d'où naissait, toutes les cinq minutes, un 162 vert et blanc. – Le père, obligatoirement, était donc jaune en grande partie.

II

Pour aller, par le 162, du pont de Neuilly à l'arrêt-qui-est-juste-après-le-pont-de-Charlebourg et dont on ne se rappelle jamais le nom[1], il faut donner quatre tickets au receveur, qui vous les composte le plus aimablement du monde. Alors, on part ; la machine s'ébranle. On regarde avec un peu d'émotion cette rive de la Seine que l'on ne reverra peut-être jamais plus, on évoque le glorieux passé : Bérézina, Pont d'Arcole, Pont des Soupirs, Pont d'Avignon, etc., et on s'engage sur le pont de Neuilly en laissant à sa droite la station-service Solex et à sa gauche, deviné par-delà les immeubles en bordure de l'avenue, le bloc bizarre où vit Raymond Queneau, rue Casimir-Pinel. Et puis, une fois sur le pont, la magie de l'aventure vous touche en plein cervelet du bout de sa baguette idoine, le vent grisant du large vous enveloppe de ses effluves vivifiants, l'imposante masse verte des îles fait mousser en vous, à peine atténuée, la passion dévorante qui saisissait les Cook, Magellan, Hornblower ou le Captain Cap à la vue des îles. Terres ignorées sur lesquelles ils s'efforçaient de planter un drapeau généralement affreux dans le but de développer le sens esthétique des indigènes qui repartaient du rivage complètement dépouillés de leurs bananes et de leurs femmes, mais ravis, par comparaison, de leur sort et de leurs idoles. Terres lointaines, terres

---

1. Rien de plus faux. C'est... (Note de l'éditeur.)

bénies, pleines de mystères; est-ce un temple héllénique, au bout de celle-ci? Qui sait; l'autobus passe et vous laisse le regret provoqué par toute observation scientifique incomplète; mais déjà d'autres paysages se déroulent devant vous, d'autres espoirs s'allument; voici que s'approche le rond-point de la Défense, dont l'herbe à demi chauve et les abords lépreux disent le rôle historique; évitant de percuter le Cairn central, le 162 vire avec élégance et s'engage sur le boulevard ombragé qui mène à Colombes; naturellement, on peut aussi se rendre à Colombes en passant par la porte de Champerret, où le 163, un trolleybus celui-ci, vous traîne silencieusement jusqu'au boulevard Charles-de-Gaulle, épine dorsale du Corps des Casseurs; mais où est le sport, je vous le demande, lorsqu'on est relié à l'élément immobile, en l'espèce un double câble d'alimentation, par une perche rigide; toute la liberté du machiniste s'envole; ce n'est plus de son plein gré qu'il suit cette ligne jalonnée d'arrêts facultatifs, points mystérieux au droit desquels l'élévation d'un doigt suffit à catalyser l'arrêt du monstre, alors qu'on peut gueuler comme un putois partout ailleurs sans obtenir d'autre réponse qu'un coup d'accélérateur qui vous déchire l'âme. Justement on passe devant chez Popaul; Paul Merdebo, électricité générale, et cela me rappelle une histoire d'autobus. Popaul. Il a été machiniste à la T.C.R.P. pas très longtemps je crois. Un jour, en effet, une lettre arrive chez lui de Lille ou d'Amiens, lui annonçant la mort d'une tante éloignée. Popaul se rend comme de coutume à son travail mais il pense : La famille, c'est la famille, il faut se rendre à l'enterrement. Par quel chemin? Par route, naturellement; voyons – d'abord la route de Pontoise... Popaul, à son volant, s'absorbe dans le choix des voies les plus adéquates, et, trop absorbé

Sur cette phrase inachevée se termine la onzième et dernière page du manuscrit de Boris Vian. Pour être complet, nous donnons ci-dessous quelques fragments informes, des notes hâtives, des idées jetées en vrac qui se rapportent aux Casseurs et que nous avons retrouvées, dispersées en divers dossiers mais affectées du signe des « Casseurs » par Boris lui-même :

Arrivée à la gare Saint-Lazare : – « Porteur ! Portez-moi, s'il vous plaît. »

....

Un des personnages (beau, grand gars bien balancé) fera partie d'un club de joueurs de billes.

....

Le côté déprimant des temps modernes est la fâcheuse nécessité qu'ils impliquent de la nullité des temps anciens.

....

Un petit vieux aux gestes vifs est beaucoup plus comique qu'un petit vieux du type académicien gâteux, à condition qu'il soit habillé très étriqué (manches trop courtes, etc.).

....

Considérations quelque part sur les jours des mouchoirs. Maman dit dommage mouchoirs américains aient jours mécaniques. Question : mécaniques ou pas, c'est des trous. Faut-il des trous ou n'en faut-il pas. Le problème n'est-il que celui de la main-d'œuvre ou des trous. Un trou se justifie-t-il parce qu'il est fait à la main ?

....

J'aime à dormir les volets ouverts parce que ça m'empêche de dormir et que je déteste dormir.

Quelques autres notes, bien datées celles-là, du 16 décembre 1949, des tranches de vie exemptes de toute préparation romanesque :

Renard mort au bout d'un jour appuyer sur le ventre. Ça pue.

Chasse. 3 000 balles de cartouches. 4 000 de repas. 15 lapins.

Marchand de bananes vient acheter son essence au garage. 8 tournées chaque fois.
Marchand de trucs fait pousser bagnole depuis le pont de Charlebourg pour prendre l'essence ici.

Enfin, du 1er janvier 1950 :

Vassard. Son casque de motocycliste. On prétend que

c'est pour éviter de se faire mal quand il a bu. Mauvais joueur. On va lui envoyer la règle du 421 sans affranchir pour qu'il paye 30 balles. Mais le facteur ? Il est dans la combine.

L'AUSTIN, LA MORGAN

De la BMW décrépite et de la superbe Panhard des débuts jusqu'à l'Austin-Healey avec laquelle il fit la tournée des casinos (au temps de ses exhibitions sur scène) et à la Morgan de la fin, les voitures tinrent une grande place dans la vie de Boris Vian, les siennes et celles qu'il empruntait à ses amis.

Gournelle avait fait l'acquisition d'une Ford américaine 21 CV, cabriolet décapotable, de 1932. Boris adorait cette voiture et s'en servait volontiers jusqu'au jour où descendant le boulevard des Filles-du-Calvaire, encore pavé de bois, et contraint de freiner brutalement, il fit un tête-à-queue qui l'en dégoûta à jamais. La Ford fut achetée – et achevée – par Louis, du « Fiacre », qui, à cette occasion, passa son permis de conduire.

L'Austin-Healey ne marchait pas fort, mais elle était de couleur blanche et Boris tenait beaucoup à la couleur blanche pour les voitures comme si elle symbolisait la pureté de la mécanique. Bien qu'il n'existât pas de carrosserie blanche sur les Morgan, Boris finit par se rendre aux raisons de Claude Léon et abandonna son Austin-Healey blanche pour une Morgan bleue. La Morgan, c'était de l'avant-garde, et Boris se souvenait des Morgan 3 roues : quand on évitait un trou avec la roue avant on était sûr d'écoper avec la roue arrière. La Morgan de Boris eut quatre roues et certains dispositifs techniques qui l'enchantaient : par exemple, tous les 100 kilomètres, il fallait appuyer sur une pédale pour envoyer un coup de graisse. Ce qui eût été un inconvénient pour tout autre devenait pour lui un agrément supplémentaire tant il aimait les mécaniques subtiles.

Il aimait aussi les courses automobiles et tous les ans, avec Claude Léon, il se rendait aux principaux grands prix. Il n'allait jamais dans les tribunes. Non par goût du sang (il exécrait au contraire ceux qui recherchaient et guettaient l'accident), mais pour mieux apprécier la tenue des voitures et les qualités des pilotes, il se postait aux endroits stratégiques. À Reims, il vit Gonzalès griller sa voiture et jeter son casque de rage. Au Mans, il suivit les 24 Heures sans se reposer un instant, en imperméable, en casquette sous une pluie battante. À Rouen, au Grand Prix de l'Automobile-Club de France, il se tenait au virage du Nouveau Monde, le plus intéressant du circuit. Cette année-là, avant que ne commence la course automobile, on donnait le départ du Tour de France. Boris professait une haine farouche de la bicyclette. Il y avait une foule énorme, venue pour le vélo, et non pour l'automobile. Boris et Claude Léon saucissonnaient sans préjugés, étendus sur l'herbe. Ostensiblement, ils tournent le dos à la piste. Leur mépris est si évident que les Normands commencent à murmurer : « Qu'est-ce que c'est que ces deux sagouins ? Ils se foutent de nous. » Et le ton monte chez les amoureux de la pédale. Boris et Claude Léon se refusent à regarder les grands champions cyclistes. Le public s'énerve, menace. Boris n'y tient plus : « C'est moche, c'est dégueulasse votre vélo ! » Boris et Claude Léon faillirent se faire lapider. Circonstance aggravante : ils étaient complètement déshydratés et il n'y avait plus rien à boire.

LA BRASIER

De toutes les voitures qui charmèrent l'existence de Boris, aucune n'exigea de lui plus d'efforts pour se laisser conquérir, aucune en un mot ne lui fut plus chère que la Brasier 1911.

C'est au Club Saint-Germain qu'un soir Boris dit à Gournelle : « On me propose une Brasier. Qu'en penses-tu ? » Elle coûtait 40 000 francs. Son propriétaire était un vieil homme de 80 ans. Le samedi 6 mai 1950, avec le fidèle Peiny, ils vont voir la voiture remisée à Antony. C'est une merveille de mécanique ancienne parfaitement conservée ; merveille aussi de confort : dans de petits casiers, on trouvait du fil de fer, des vis, toutes sortes de pièces de rechange ; sur le côté du véhicule, de petites nourrices à eau avec robinets, une cuvette pour se laver les mains, une trousse avec des cure-ongles, des savonnettes, etc. Avant de se séparer de son trésor, le vieil homme présente une requête :

qu'on l'autorise à conduire une dernière fois sa voiture. Ses enfants s'y opposent. Boris intercède, ils se laissent convaincre. Le vieil homme remercie avec effusion. Il se met au volant, Boris à ses côtés, et ce fut une promenade émouvante à 10 à l'heure autour du pâté de maisons... Tout allait bien. Le moteur tournait rond. Déjà conquis sans l'avoir essayée, Boris n'hésite plus : la Brasier est à lui. Il part. Deux cent cinquante mètres et c'est une panne d'embrayage. On répare, on repart. Nouvelle panne : les tuyaux de caoutchouc des réservoirs à essence fuient et des réservoirs à essence il y en avait un peu partout dans cette Brasier 1911 née en un temps où les pompes ne se dressaient pas tous les 2 kilomètres. La réparation est longue ; il faut trouver les trous, les colmater avec du chaterton. Enfin, on remet la Brasier en marche. Pas pour longtemps. Cette fois, c'est une panne d'allumage. On y remédie non sans mal. On reprend la route. Un pneu crève. On se réinstalle au volant. Un deuxième pneu crève. Et les quatre roues devaient y passer ! Partis d'Antony à quatre heures de l'après-midi, Boris Vian et Maurice Gournelle arrivèrent rue Saint-Benoît, au Club Saint-Germain, à onze heures du soir. Mais ce fut un triomphe ! La Brasier rayonnant de tous ses cuivres, et les deux automédons noirs de cambouis et chavirant de fatigue !

Célèbre dans tout Saint-Germain-des-Prés, vedette à Saint-Tropez, la Brasier parcourut des milliers de kilomètres à 45 de moyenne.

Chez les Casseurs de Colombes, Boris rencontra un vieux sellier de 75 ans, qui avait travaillé sur les Brasier à la grande époque. Il lui fit refaire tout l'intérieur de la voiture en cuir rouge. « Combien je vous dois ? lui demande Boris. – Mais rien, monsieur, rien, c'est pour le plaisir. »

La banquette arrière droite de la Brasier dissimulait un pot de chambre, et ce pot de chambre était amovible. Quand on le retirait, on voyait le sol. L'idée de Boris était de faire conduire la voiture par Gournelle. Lui serait assis, cul nu mais les jambes enveloppées d'une couverture, sur le vide laissé par le pot de chambre. Le lieu de l'action était fixé : carrefour Champs-Élysées-Clemenceau. Gournelle arrête la voiture devant un agent de la circulation et lui demande un renseignement. Pendant ce temps, Boris se soulage. La voiture redémarre lentement, et quand elle a dépassé le flic, celui-ci peut voir par terre, à quelque trente centimètres de ses godillots, la carte de visite posée par Boris.

Sous le règne de l'Austin-Healey, puis de la Morgan, Boris continua d'entretenir la Brasier comme une vieille maîtresse. Il lui rendait visite, régulièrement, au garage Peiny, à Colombes, puis à la vente du garage Peiny, dans le boxe qu'il avait loué pour elle à Bois-Colombes, rue Pierre-Joigneaux.

Elle devait lui survivre quelque temps. Remisée en plein air dans un enclos mal gardé de banlieue, recouverte d'une bâche, elle succomba sous les intempéries et les tortures des garnements et disparut dépouillée par les amateurs de vieilles lanternes et de boulons décorés.

Saint-Germain-des-Prés

« Prince d'un petit royaume dont trois cafés et une église marquent les frontières », en a-t-on usé de cette formule, heureuse et commode, pour qualifier Boris Vian ! Royaume souterrain, prince en bras de chemise, ayant pour sceptre une trompette, règne étonnamment court, quatre années, de 1947 à 1950.

Saint-Germain-des-Prés existait avant l'avènement de Boris Vian. Saint-Germain-des-Prés existe après lui, mais « ce n'est plus pareil ». Nul prince n'y règne désormais et les joyeux seigneurs de la Cour ont depuis longtemps regagné leurs terres (la Rive droite, Passy...).

Deux noms symbolisèrent le Saint-Germain-des-Prés d'après-guerre : Jean-Paul Sartre, Boris Vian. Dans son *Manuel de Saint-Germain-des-Prés*, écrit en 1950, Boris souhaitait qu'on « foute un peu la paix » à Sartre « parce que c'est un chic type », et aussi un écrivain, un dramaturge et un philosophe dont l'activité n'avait rigoureusement aucun rapport avec les chemises à carreaux, les caves ou les cheveux longs. Boris Vian ne parle pour ainsi dire pas de Boris Vian dans les 238 pages de son *Manuel* qui se divise en cinq parties : Géographie, les Faits et les Mythes, Florilège et Personnalités, les Rues, Posologie et Mode d'emploi, le tout cuirassé d'une préface où Boris s'explique sur la virulence avec laquelle il attaque ceux qu'il nomme les « pisse-copie », savoir ceux qui, dans la presse à sensation, ont « méconnu et trahi » Saint-Germain-des-Prés, alors qu'ils « en vivaient et en profitaient ».

Au principe du *Manuel*, on trouve une offre faite à Boris, le 3 octobre 1949, par Henri Pelletier, de rédiger le texte d'un *Guide vert* de Saint-Germain-des-Prés. Six jours après, le 8 octobre, Boris établit la maquette de l'ouvrage.

À l'apparition de *l'Herbe rouge* aux Éditions Toutain, en juin 1950, on apprend que l'idée semée par Henri Pelletier a germé dans le cerveau de Boris. Parmi les ouvrages à paraître du même auteur, *l'Herbe rouge* prévoit l'imminence du *Manuel*. En octobre 1950, Toutain sort son second Vian, qui sera aussi la dernière production de sa maison : *l'Équarrissage pour tous* suivi du *Dernier des Métiers*, et complété d'une page publicitaire annonçant – comme paru... et en vente ! – le *Manuel de Saint-Germain-des-Prés*.

Les Guides verts, 12, rue de la Chaussée-d'Antin, et les Éditions Toutain (ceci dit pour réduire un peu le mystère qui entoure le nom de Toutain) constituaient une seule et même entreprise, ou, si l'on préfère, les Guides verts étaient édités par Toutain, éditeur spécialisé dans les guides, cartes et plans. Boris parvint à étendre au roman et au théâtre, aux siens du moins, les ambitions de Toutain sans réussir, bien au contraire, à lui éviter la déconfiture. *L'Équarrissage pour tous* connaîtra une diffusion quasi nulle. Quant au *Manuel de Saint-Germain-des-Prés*, Boris en corrigera les premières épreuves, mais le livre ne sera pas imprimé. La notice publicitaire, prématurément insérée dans *l'Équarrissage pour tous*, a le mérite de nous donner la description physique de cet objet, à jamais virtuel tant il est évident que nous sommes à jamais privés de la presque totalité des portraits dessinés sur le vif des vedettes de Saint-Germain-des-Prés, ces portraits étant, sauf deux ou trois, irrémédiablement perdus, certains des dessinateurs pressentis ayant disparu et les personnalités à croquer, quand elles ne sont pas mortes, ne ressemblant plus guère à leur personnage d'il y a cinq ou six lustres. Quant aux lieux de leurs exploits, à ces messieurs-dames, ils sont, à l'exception du Flore, de Lipp et des Deux Magots, méconnaissables ; on peut même, pour beaucoup, parler de destruction pure et simple. Jacques Baratier avait intitulé *Paris, ton décor fout le camp...* le premier scénario du film qui deviendra *Désordre* (1951) où Boris joue mélancoliquement de la trompette le long des quais de la Seine. Baratier ne savait pas si bien dire. L'annonce du *Manuel* reste assez vague sur ce point, mais une feuille volante de la main de Boris et dans le manuscrit même du *Manuel* diverses indications marginales nous en persuadent :

Boris Vian et Miles Davis.

l'ouvrage aurait comporté les dessins des façades du Bar vert, du Tabou, du Club Saint-Germain, du Montana, du Flore, des Deux Magots, de la Grenouille, du Vieux Colombier, des Trois Canettes, du Royal Saint-Germain, de la Rhumerie martiniquaise, du Civet, des Assassins, de Cheramy, de la Rose Rouge, du Petit Saint-Benoît et de la brasserie Lipp. Les lecteurs de *l'Équarrissage*, qui eux aussi, tout comme le *Manuel*, se renfermèrent dans une virtualité propre à prévenir la cohue, étaient invités à se précipiter dare-dare chez leur libraire habituel :

Dans la même collection :

Boris Vian. Manuel de Saint-Germain-des-Prés.

Une véritable histoire cursive du Saint-Germain que l'on connaît : ce n'est ni le sempiternel déballage de petits morceaux de bravoure ni le coup d'encensoir subventionné par le Syndicat d'Initiative. Boris Vian – qui ne le dit pas – a joué un rôle de premier plan dans le développement des caves de Saint-Germain, hantées par les belles filles folles et les vedettes du monde entier. Il en a tiré une moisson d'anecdotes et de souvenirs parfois croustillants qui font de ce manuel, illustré de cent dessins dus notamment aux meilleurs humoristes français, le véritable « cathéchisme du Germano-pratin ».

Un volume de 300 pages in-16 double-couronne illustré de 100 dessins, caricatures et reproductions de Barberousse, Christian Bérard, Jean Boullet, Corbassière, Dropy, Gus, Maurice Henry, Max Jacob, Mose, Penney, Mario Tauzin, etc., et comportant un plan original du quartier par Mario Tauzin... 390 F. Éditions Toutain, 12, rue de la Chaussée-d'Antin, Paris. En vente chez votre libraire.

Pour rédiger la troisième partie du livre : « Florilège et Personnalités », Boris avait lancé une vaste enquête au moyen d'un questionnaire ronéotypé à en-tête du *Guide vert*. Au dossier du *Manuel* sont conservées plusieurs des réponses à l'enquête. Voici, à titre d'exemple, celle de Juliette Gréco :

Mademoiselle Juliette Gréco,
Voulez-vous être assez aimable de répondre au questionnaire ci-dessous. Les renseignements que vous voudrez bien nous fournir serviront de documents pour le *Manuel de Saint-Germain-des-Prés* à paraître prochainement. Auteur : Boris Vian. Illustrateurs : Dropy, Gus, Mose, Soro, etc.

Adresse : **60, rue de Seine.**
Âge : **22.**
Couleur des yeux : **bruns.**
Poids : **58 kg.**
Tour de hanche : **90 cm.**
Signes particuliers : **j'en ai pas.**
Lieu de naissance : **Montpellier.**
Taille : **1,65 m.**
Tour de poitrine : **90 cm.**
Cheveux : **bruns.**
Marié : **non non.**
Tarif pour la nuit :

Anciens métiers : **?...**
Métier exercé actuellement : **chanteuse, comédienne.**
Métier souhaité : **médecin.**
Quand avez-vous pour la première fois éprouvé l'angoisse existentialiste : **en naissant.**
Type de femme (ou d'homme, ou des deux) préféré : **/**
Avez-vous lu la Nausée ? : **oui.**
L'Être et le Néant ?
Avez-vous lu ou entendu un poème d'Anne-Marie Cazalis ? **Et comment !**
Selon vous, qui est Sartre ? **un ami.**
Selon vous, qui est Simone de Beauvoir ? : **Une amie d'un ami.**
Quelle est votre boisson préférée ? **café.**
Avez-vous jamais vu Saint-Germain-des-Prés à 8 h du matin ? : **oui.**
Respirez-vous à votre aise dans une cave ? : **oui.**
Respirez-vous à votre aise dans la rue ? : **non.**
Sinon, où respirez-vous à votre aise ? : **dans mon lit.**
Comment définissez-vous Saint-Germain-des-Prés ? : **Lieu de rencontre.**
Claude Luter est-il un orchestre bibope ? : **oh ! non.**
Quel mot proposeriez-vous pour définir un habitant de Saint-Germain-des-Prés ? **des gens comme les autres, si vous y tenez les Sartreux.**
Que pensez-vous du Coca-Cola ? : **pouah !**

En fait, hormis les renseignements d'état-civil et, pour les dames, leur tour de hanche et de poitrine, Boris tira peu de choses de son enquête. Il semble d'ailleurs qu'elle visait surtout à couper l'herbe sous le pied de tout autre (et il y en avait quelques-uns déjà) qui aurait eu la velléité d'écrire un guide de Saint-Germain. Si les résultats de l'enquête par questionnaire sont assez décevants, les questions posées appelant nécessairement des réponses fantaisistes, en revanche les recherches personnelles de Boris en vue d'écrire l'histoire du quartier et de chacun de ses bistrots furent menées très consciencieusement. Boris ne se contenta pas de compiler les souvenirs épars des vieux germanopratins, il tint à interroger lui-même aussi bien les témoins survivants des « débuts » du quartier que les chefs des jeunes hordes conquérantes d'après-guerre, à confronter leurs dires, à étudier les causes des plus récentes convulsions locales après analyse de toutes les couches sédimentaires du terrain. Comme toujours, sur un sujet que d'aucuns diraient frivole qui croient plus importante l'élection de Jean Dutourd à l'Académie française que l'élection de Miss Vice au Tabou, il accomplit son travail avec sérieux et probité.

On croyait le *Manuel de Saint-Germain-des-Prés* anéanti. Au Collège de Pataphysique qui se préoccupait de sa bibliographie, Boris signalait en 1959 : Ai perdu épreuves et texte. Et longtemps l'ouvrage déjoua le flair des plus fins limiers. Il a été finalement retrouvé ; nous avons pu en établir le texte complet.

Les Éditions du Chêne l'ont joliment imprimé en 1974, avec une préface où nous contons la genèse de l'ouvrage et avec une documentation photographique, nombreuse et rare, rassemblée par d'Déé et qui se substitue aux dessins originellement prévus sans altérer en rien les intentions de Boris. Le lecteur jugera du ton du *Manuel* sur cet extrait découpé dans le premier chapitre :

CONDITIONS GÉOGRAPHIQUES

Pluies.
À peu de chose près, le climat de Saint-Germain-des-Prés est celui du sixième arrondissement – mais c'est ce peu de chose qui fait la différence : un rien de plus clément dans la température, un air plus tonique et plus sain. Il pleut parfois à Saint-Germain-des-Prés ; mais le ciel y est moins pesant qu'ailleurs et les gouttes de pluie se dissolvent dans l'atmosphère avant de prendre contact avec le sol. Si certains persistent à croire qu'il s'y produit, malgré tout, des précipitations atmosphériques, nous pouvons affirmer qu'ils ne sont pas du quartier : il pleut peut-être à Saint-Germain-des-Prés, mais seulement sur ceux qui n'y vivent pas. La douceur de la température fit, pendant un temps, bannir de Saint-Germain la cravate et le veston – des savants croient cependant qu'une nouvelle période glaciaire est proche, car depuis peu, les indigènes recommencent à se couvrir de ces articles dont ils tempèrent l'austérité par un choix judicieux de couleurs frappantes et une crasse de bon aloi, introdui-

sant ainsi dans leur aspect une certaine chaleur humaine. Odeur humaine aussi, affirment divers commentateurs ; il nous est malaisé d'en juger car le séjour prolongé que nous dûmes effectuer dans l'île pour nos recherches et l'accoutumance résultante diminuèrent considérablement nos facultés olfactives.

Vents

Les vents dominants du quartier sont des alizés doux mêlés de zéphirs ondulatoires à fréquence élevée dont l'étude nous entraînerait trop loin. Ce sont eux qui font avancer la voiture d'Yves Corbassière lorsqu'il arrive à hisser la grand'voile.

Brouillards

Les abords de la Seine sont parfois baignés d'un brouillard mauve, léger, sans comparaison possible avec le brouillard épais de Londres (que les Anglais appellent soupe de pois en anglais, en raison de sa couleur verte). On récolte l'hiver ce brouillard mauve de Saint-Germain et on le vend en bouteilles clissées d'osier chez les bons antiquaires ; Jacques Damiot et Hagnauer s'en sont fait une spécialité. L'hiver 1948 fut une année spécialement réussie. Fin mars, on grappille encore un brouillard rosé du matin, tardif, dont la saveur fondue est très digeste ; mais il est de goût moins rare.

Au premier manuscrit du *Manuel* que nous eûmes sous les yeux, il manquait les quelques pages essentielles sur la naissance du Tabou. Ainsi nous avons fait appel à des témoignages autres que ceux de Boris lui-même, par nécessité et pour le plaisir de voir si tout cela finirait par servir l'histoire de Saint-Germain-des-Prés ou si décidément l'entreprise, gâchée par les « pisse-copie », était aussi malaisée que si l'on voulait raconter la vie quotidienne de Gengis Khan. Boris, au chapitre des Faits et des Mythes de son *Manuel*, réfute à peu près tous les articles et documents publiés durant son règne. L'historien futur, s'il entend refaire l'histoire à partir de l'actualité saisie sur le vif, est condamné d'avance au rôle de tinette ou à se taire. Certes un prince ne sait pas toujours ce qui se passe dans son royaume. Boris reconnaît lui-même que certains territoires échappaient à son contrôle :

la Rhumerie martiniquaise, par exemple, et nulle part il ne mentionne ce bistrot qui, dans le début des années 50, conservait encore la haute tradition de la truanderie germanopratine, l'étonnant « Moineau » de la rue du Four où se réfugièrent quelques-uns des troglodytes de fondation, tel le peintre Camille Bryen, la jeune génération lettriste (en rupture d'Isou, trop sobre et couche-tôt) et deux ou trois optimates du Collège de Pataphysique alors fortement mêlés à la vie nocturne et alcoolique du « petit royaume » déchu. Il est vrai que Boris évoque surtout les caves (et Moineau n'en était pas une) et leur frénésie, alors que chez Moineau, à la fin, l'avachissement était fort bien porté chez les fillettes de 15 ans qui préféraient laisser leurs rêves s'éthérer sur les moleskines au son des guitares molles plutôt que de s'agiter sous l'effet de la trompette. Quand Moineau émigra de la rue du Four à la rue Guénégaud et se transforma en cabaret-restaurant, le Saint-Germain-des-Prés de Boris Vian, abandonné par son prince depuis quatre ou cinq ans, passa en rampant sous le rideau de fer pour s'enfermer définitivement dans la légende.

Les résidences du prince Boris furent deux cavernes : le Tabou et le Club Saint-Germain-des-Prés.

Au 33 de la rue Dauphine, il y avait un petit bistrot comme les autres, le Tabou, que deux Toulousains prirent en main en 1945. La femme ayant jadis poussé la chansonnette, le couple tente de créer un caf'conc'. Les affaires vont mal. On ferme le caf'conc', et le bistrot, ramené à ses modestes origines, vivote tant bien que mal quand un jour, un jour béni, les Messageries de la Presse s'installent rue Christine, à deux pas du Tabou que les autorités assimilent aussitôt à une œuvre sociale propre à entretenir l'énergie des travailleurs du papier-journal. Le Tabou obtient l'autorisation de nuit et très vite les noctambules de Saint-Germain, expulsés des bars après minuit, prennent l'habitude de venir y guetter l'aube et le premier métro. Un approvisionnement régulier en croissants frais, denrée rare, une réserve mystérieuse de vrai café ajoutent au charme du Tabou. À la fin de 1946, les peintres Camille Bryen et Wols, les écrivains Raymond Queneau, Jean-Paul Sartre, Albert Camus, etc., fréquentent le Tabou. Conseillé par Toursky, poète de la revue marseillaise *les Cahiers du Sud*, de passage à Paris et qui a créé un club sélect à Marseille, Bernard Lucas, barman du Bar Vert, propose aux propriétaires du Tabou d'utiliser la cave du bistrot pour y installer un club. Le 11 avril 1947, Bernard Lucas inaugure le Tabou-Club. La fameuse cave de Saint-Germain est née, mais on y danse au son d'un pick-up et quand en juin 1947 Lucas reprend le Bar Vert et que la direction du Club du Tabou est confiée à Frédéric Chauvelot, l'un de ses fondateurs, celui-ci décide de remplacer le vénérable pick-up par un orchestre en chair, en os, en cuivre et en cordes, l'orchestre Boris Vian recruté parmi les plus valeureux musiciens de l'orchestre Claude Abadie (voir notre chapitre du Musicien). Amateurs dans l'orchestre de jazz amateur Claude Abadie, Boris Vian et ses amis restent au Tabou des amateurs ; ils y sont même plus amateurs qu'il n'est permis de l'être puisqu'ils se reposent de leurs fatigues de musiciens de l'orchestre amateur Claude Abadie en jouant en amateurs au Tabou.

Boris n'était pas un novice en matière de cave. Sa première descente dans la cave de l'Hôtel des Lorientais, rue des Carmes, datait du 5 octobre 1946 ; il l'avait effectuée, en cordée avec le Major et Jean d'Halluin, afin d'y entendre son ami Claude Luter et ses musiciens qui avaient découvert les avantages d'une cave pour faire du bruit sans ameuter tout le quartier. Boris était retourné souvent chez les Lorientais. Une série de photographies, qui devaient constituer les lettres de noblesse de l'orchestre Claude Luter, nous montrent parmi ses auditeurs le 27 janvier 1947 : Jean-Paul Sartre, Raymond Queneau, Lefèvre-Pontalis, Claude Abadie, etc., entraînés là par Boris et visiblement au comble de la jubilation. À partir du 8 février 1947, Boris se rend presque tous les jours, en fin d'après-midi, aux Lorientais.

Quand, en juin 1947, il devient le trompette du Tabou, Boris est donc exercé à la vie souterraine et il y a pris goût, un goût qu'il partage avec la troupe du Bar Vert (Alexandre Astruc, Juliette Gréco, Anne-Marie Cazalis...) et toute une jeunesse privée pendant quatre ans de jazz, de danse, d'alcool et de gaieté franche. On s'amuse au Tabou, ni plus ni moins qu'on s'amusait à Montparnasse dans les années 20, à ceci près que le jitterbug et le boogie-woogie[1]

---

1. Le boogie-woogie désignait à l'origine un style pianistique. Le mot subit une extension abusive, au même titre que le mot « existentialiste » appliqué à la clientèle du Tabou. Au Tabou, on dansait le jitterbug, récem-

se sont substitués au tango et au paso-doble et qu'on joue du jazz – et du bon – au lieu de musique argentine. Cette jeune clientèle du Tabou n'accourt pas encore de Saint-Flour ou de l'Oklahoma, attirée par le renom de scandale du Tabou. Au départ, c'est un cercle d'amis, mais très tôt la presse, toujours en quête d'une « jeunesse d'après-guerre » pour en dire le plus de mal possible, en découvre des spécimens de choix dans la cave du Tabou, et commencent alors à sortir des rotatives les kilomètres de papier où sont décrites les gigantesques bacchanales menées par des éphèbes crasseux imbus d'existentialisme. Le *Manuel de Saint-Germain-des-Prés* mérite d'être lu, ne fût-ce que pour le choix d'extraits de presse réunis par Boris : on jugera jusqu'où pouvaient aller les plumitifs chargés de jeter l'alarme dans les chaumières et d'offrir de la « morale » au peuple à défaut de brioche. Le scandale de *J'irai cracher sur vos tombes* dont le traducteur-auteur est justement le trompette du Tabou, rejaillit sur le Club, et tout à son profit. On n'est pas loin de croire qu'on peut voir au Tabou « en vrai » les scènes imaginaires du roman. La réputation du Tabou est maintenant bien établie, sa « faune » est photographiée sur toutes les coutures du pantalon de Juliette Gréco, d'Anne-Marie Cazalis ou de Colette Lacroix, trois parmi les plus assidues et sémillantes troglodytes. Pendant ce temps, Boris joue de la trompette ou de la trompinette. Alain Vian, qui tient la batterie, l'abandonne parfois pour dire un de ses « Poèmes soyeux de Nicolas Vergencèdre » que Boris n'aurait pas reniés (voir notre chapitre des Variétés amusantes). Ce sont *les Érections* :

> Chaque érecteur va aux burnes
> Ce beau matin de Jouillet, pour roter...
> etc.

ou *la Guerre* :

> L'autre jour, en Organdie,
> Mon caporal m'a dit :
> – « Tu vois cet Elment, là-bas,

---

ment importé d'Amérique, et le swing qui se pratiquait déjà sous l'Occupation.

Près du quotebeau
Approche-toi fortement
Et reçois-le d'un grand coup de compostier »
Moi, j'ai confiance dans les armes,
Je suis sans scrupules
Et j'ai obéi malicieusement.
Mais j'ai raté l'Elment
Qui est parti avec mes oneilles
Et tout ce qu'il y avait au milieu.
Mon foie est comme un entremets
Mon publis est tout sali,
Et mon compostier est tordu.
Mon caporal m'a dit :
– « Tu es mort. On va t'enterrer
Et c'est ta femme qui aura une
Deuxième Proie de la Lésion, Tonnerre ! »

ou *Jadisse* :

Autrefois, me dit ma grand-mère,
Quelle délicate époque !
On cachait des feuilles de roses
Entre les pages de Victor Mégot.
Aujourd'hui, on planque un tampax-souvenir
À la page soixante-neuf
De « J'irai maculer vos caveaux ».
Autrefois, me dit ma grand-mère,
Quelle époque délicate !
Pour témoigner sa courtoisie,
On disait : – Souffrez que je vous baise ! »
Aujourd'hui, tout le monde baise
Et personne n'en souffre...

Gabriel Pomerand déclame ses poèmes lettristes. François Chevais déroule son *Ruban sonore*. Gabriel Arnaud chante *le Cheval de cirque* :

C'était un cheval de cirque
Un petit cheval amoureux
L'écuyère le tenait entre ses cuisses
Il en était vraiment très heureux...

Marc Doelnitz, acteur, mime, revuiste, imitateur, « toujours en mouvement, nous dit Boris, léger comme un papillon (et tout aussi volage), roux comme un Anglais (et tout aussi buveur), frais comme un Bacchus (et tout aussi déchaîné) », et de surcroît authentique baron balte, « connaissait intimement toutes les duchesses de Paris et les gens du "beau monde" dont il se payait la tête en les imitant de la façon la plus incroyable » : il amenait ses victimes à pied d'œuvre... au Tabou. Il fut l'organisateur des nuits les plus folles... et les plus scientifiquement étudiées pour déclencher la verve des « pisse-copie » et la fureur des pisse-froid.

Tout ce qui porte un nom à Paris, ou veut s'en faire un, se croit tenu désormais de se montrer dans la cave, somme toute exiguë, où l'on s'entasse, où l'on sue, où l'on se trémousse, où ça hurle. Le 6 octobre 1947, Maurice Chevalier rend visite à Boris Vian au Tabou. Le 25 octobre, le Club du Faubourg ouvre un débat sur le Tabou. Le 22 novembre, la Radiodiffusion française transmet une soirée au Tabou. « Tous les soirs, on brûlait des douzaines de flashes dans la cave aux murs suintants de la rue Dauphine. » Et chaque matin la presse offrait à ses lecteurs les turpitudes de la jeunesse pervertie par l'existentialisme ! Les vrais initiés du Tabou – qui savent à quoi s'en tenir sur les rapports de l'existentialisme et du boogie-woogie – décident d'en rajouter. Ozeus Pottar, de son vrai nom Jean Suyeux (voir nos chapitres du Major et du Cinéma) finit, écrit Boris dans la notice qu'il lui consacre dans le *Manuel*, **par acquérir une certaine puissance occulte en accumulant des travaux séparément minimes, mais dirigés tous dans le sens de la crétinisation majeure... Son esprit (inspiré et complété, semble-t-il, par le mystérieux Marco Schutzenberger dont les diplômes et les activités décourageraient un digest) s'attacha principalement à l'élaboration et à la diffusion par tous les moyens possibles de nouvelles aberrantes dont le caractère échappait généralement à tout contrôle. C'est ainsi qu'il fit, pendant un temps, visiter aux touristes la « Chambre des Existentialistes ». Au Montana, dans la chambre d'Anne-Marie Cazalis, on pouvait ainsi voir cette dernière se reposer, la figure enduite d'un masque de beauté au jaune d'œuf, à côté de Gréco tout habillée dans un lit, et d'Astruc, à la table, qui écrivait, la tête enfouie dans un sac de pommes de terre ; il jurait ses grands dieux qu'il ne pouvait travailler que de cette façon.

Ne quittons pas encore le Tabou. Ou plutôt revenons-y, une dernière fois, mais avec les yeux de Boris :

De l'extérieur, un bistrot terne, couleur chocolat vieilli ; Tabou en lettres jaunes sur la façade. Maintenant, il y a une lumière clignotante et les lettres sont beaucoup plus grosses. À l'époque, il n'y avait pas besoin de ça. On entrait par la porte vitrée et on poussait un rideau et c'était déjà la cohue ; vingt personnes entouraient le grand maître de l'escalier, celui qui distribuait et contrôlait les cartes. Le contrôle franchi – il en fallait des relations !... on descendait un tortueux escalier de pierre (on se cognait la tête à tous les coups à partir de 1,75m) et on aboutissait au long boyau voûté, comme une station de métro en beaucoup plus petit et en beaucoup plus sale, que prolongeait en face une estrade organisée en forme de paillote et de l'autre côté un bar de chêne et un petit réduit dénommé vestiaire. Il fallait du temps pour distinguer tout cela : le brouillard des cigarettes était quasi londonien et le vacarme si intense que, par réaction, on n'y voyait plus rien. Des deux côtés, de longues et dures banquettes, des tables, et des tabourets horriblement peu rembourrés. Impossible de se frayer un chemin au milieu de la cohue qui engluait la piste de « danse » *(sic)*. Là-bas, sous le toit de roseaux de la paillote, cinq, six, huit, ou quinze types soufflaient dans des tubes en métal, cognaient sur des peaux ou achevaient de mutiler un piano échappé de quelque camp de représailles. Des chemises, à carreaux ou sans, dans ou sur le pantalon, des souliers de toile caoutchoutée, modèle basket (mode importée du Lorientais) et aussi beaucoup de gens normaux. Tous les soirs, en permanence, dix célébrités et trente personnes très connues. Des couturiers, des mannequins, cinquante ou soixante photographes, des journalistes, des pisse-copie, des étudiants, des musiciens, des Américains, des Suédois, des Anglais, des Brésiliens, une tour des Miracles ou une cour de Babel, au choix. Derrière le bar s'affairait Paul. Mme Junger officiait à la caisse et les deux garçons, Jacques et Georges, se frayaient un chemin dans la masse à la force du poignet. Parfois la musique s'arrêtait pour boire un coup ; alors, comme des diables sortis d'un bénitier, surgissaient d'un peu partout des poètes de tout poil : de poil blond et frisé, comme Hugues Allendal, de poil brun et hirsute, tel Pomerand, noir et raide façon Gabriel Arnaud, jaune et fin genre Alain Quercy, hérissé style Auboyneau, angélique à la Radiguet. Les consignes variaient suivant les exécutants ; pour Pomerand, on criait : Koum Kell Kerr ! ou Biminiva ! pour Arnaud, c'était un tintamarre infernal ; on hurlait : À poil Gabriel, Aux ch... Gabriel, on le couvrait d'injures et il ne commençait son numéro que dans ces conditions...

On a compris que l'initial petit cercle d'amis s'est considérablement élargi. Les agences de tourisme ont inscrit Saint-Germain-des-Prés et ses caves dans le programme des lieux pittoresques de la capitale dont la visite s'impose. Boris Vian et ses comparses ont, sans le savoir, bien travaillé pour la Patrie et son alimentation en devises lourdes. Le Tabou est devenu une « affaire », à ce point florissante que les propriétaires du bistrot rendent la vie impossible à Frédéric Chauvelot qui abandonne le Tabou et descend dans une cave de la rue Saint-Benoît pour y « monter » le Club Saint-Germain-des-Prés, entraînant derrière lui Boris Vian et les plus fougueux cavistes du Tabou, hormis Alain Vian qui en demeure, un temps encore, un bon bout de temps (jusqu'en mai 1950), l'animateur apprécié.

La guerre des caves est déclarée. Presque luxueuse, sur velin glacé, illustrée de six portraits en pied (et en pleine page) abominablement torchés par un certain Pierre Guenoun, une plaquette paraît, consacrée au Tabou sous le titre aguicheur : *Tabou, Texte souvenir sur la naissance d'une cave existentialiste*. L'auteur : Nicolas Vergencèdre, à l'état-civil Alain Vian. Impitoyable (car il a la rigolade vacharde), Alain Vian évoque, d'une plume trempée dans l'acide sulfurique, les particularités marquantes des habitués d'hier et des derniers fidèles : « Romana Créquo [Juliette Gréco] : fille d'un pasteur turc et d'une pantalonnière de Pantin, ses yeux prirent un éclat fiévreux quand elle comprit qu'elle était la réincarnation d'une louve. Commença ses études au

Petit Séminal et les termina au Grand. Au demeurant, passe pour une des plus jolies filles de Paris... ; Bouriche Vlan [Boris Vian] : Boucher littéraire, gagna la coupe des "Glavioteurs du IXe", en maculant douze sépulcres à la minute. Écrit des choses mignardes que boude le public, et en vend de mauvaises qu'il n'a pas écrites. Contribua, aidé de son jeune olifant, à restaurer dans la célèbre cave le "Jouitterburg" (danse lascive des châteaux rhénans), le "Bougie Denoël" (sans style) et le "Branle Chicago" particulièrement aimé des filles pubères », Victor-Gabriel Paumerance [Pomerand], « le rongeur d'os sales », François de la Table de Chevet [François Chevais], « le vert solitaire », etc.

La brochure se termine sur un après-propos de Bouriche Vlan, qui n'est pas de la meilleure encre d'Alain Vian, décidément moins à l'aise dans la parodie que dans ses numéros personnels. Quelques-uns des agréments de la capitale y sont énumérés pour amener cette conclusion péremptoire : « ... tout ça, c'est de la couille en barre à côté du Tabou. »

Mais le vrai motif de cet effort publicitaire – qui, à lui seul, dénonce la déchéance du Tabou– nous le trouvons dans l'« avis » qui précède l'après-propos. On y lit : « La réussite transcendante du Mouvement Caveau a incité plusieurs transfuges à infester le quartier de simili-sépulcres... Mais ces seconds tirages du Tabou, manquant de radio-activité, ne sauraient avoir la fraîcheur et l'étincelle conférées par les morts. Pour pallier cette insuffisance microbienne, on se contente d'y vendre le champagne ordinaire à des prix supérieurs et d'essayer d'y flatter la fausse aristocratie en fermant la porte aux aventuriers de la Poésie, etc. »

Les deux frères Vian ne sont plus dans le même camp, ou, pour mieux dire, Alain voudrait se convaincre que son camp reste celui de l'orthodoxie, de la pureté primitive, alors que Boris, clairvoyant et désabusé, sait le vrai Tabou mort et que rien ne le remplace.

Ouvert le 11 juin 1948, le Club Saint-Germain-des-Prés ne retrouva jamais, au témoignage de Boris, l'atmosphère du Tabou. « Il venait déjà trop de monde à Saint-Germain-des-Prés. » Les séquelles de la guerre s'estompaient, à l'exception de la montée des prix qui se poursuivait sans relâche, contraignant la direction du Club à vendre les consommations à des prix qui décourageaient la clientèle jeune. Les musiciens, les chanteurs qui se produisent au Club sont de plus en plus des professionnels. Tout cela coûte cher. Le Club Saint-Germain-des-Prés est condamné à être « chic », et il le sera. Les musiciens américains de jazz multiplient leurs visites en France. Le 19 juillet 1948, Duke Ellington est accueilli au Club par Boris Vian. Le lendemain 20 juillet, après son premier concert, nouvelle réception au Club. Le 21 juillet, Duke Ellington est conduit par Boris Vian au cocktail Gallimard ; à minuit il dîne avec les Vian chez Carrère, à trois heures du matin ils sont « chez Florence », à quatre heures du matin à « la Cloche d'Or », enfin à six heures et demie du matin Boris ramène le Duke à l'hôtel Claridge. Ces quatre jours de la vie de Boris Vian, Prince de Saint-Germain-des-Prés, donnent une idée des obligations de sa charge. Et tous les grands musiciens noirs, de passage à Paris, seront, comme le Duke, les hôtes du Club Saint-Germain-des-Prés et de Boris Vian : Charlie Parker, Miles Davis, Max Roach, Kenny Clarke, etc. Marc Doelnitz n'a rien perdu de son ardeur ; il anime les « Nuits » du Club : Nuit 1925, Nuit de l'Innocence, Nuit du Cinéma... L'orchestre du Club Saint-Germain-des-Prés, que dirige Jean-Claude Fohrenbach, est un des meilleurs du jazz français : on entend Maurice Vander au piano, Benny Vasseur au trombone, Guy Longnon à la trompette, Robert Barnet à la batterie, Totol Masselier à la contrebasse ; Boris Vian lancera parmi eux ses derniers coups de trompette (voir notre chapitre du Musicien). En alternance avec la formation de Jean-Claude Fohrenbach, le Club présentera durant quelques mois un excellent ensemble bop mené par Hubert Fol.

Peu à peu, Boris Vian cesse d'animer le Club, il en est devenu un client, client privilégié, citoyen d'honneur que les rares troglodytes survivants de l'époque héroïque saluent avec affection, tandis que la nouvelle clientèle, massivement vautrée sur les banquettes, ignore jusqu'à son nom. On rencontre aussi Boris au Club du Vieux Colombier, créé en décembre 1948 par l'infatigable Marc Doelnitz et qui est le fief de Claude Luter ; au Club de la Rose Rouge, rue de Rennes, fondé par Nico, à qui il fournira des sketches d'une mordacité inégalable (voir notre chapitre des Variétés amusantes). Mais tous ces lieux vivent de leur vie propre et ne relèvent plus de sa souveraineté. En janvier 1952, séparé de sa femme Michelle, installé sommairement dans le minuscule studio que lui loue la mère Schrantz au 8, boulevard de Clichy, démuni de ressources, harcelé par son percepteur pour une masse d'impôts en retard, Boris accepte une dernière fonction à Saint-Germain-des-Prés. À ses amis et connaissances, il envoie une carte qui « tient lieu d'invitation (personnelle) » les informant que « Boris Vian serait heureux de [les] recevoir le... à partir de 22 heures à la Discothèque, 83, rue de Seine (angle boulevard Saint-Germain). On y écoute des disques intéressants dans une ambiance sympathique (on peut apporter ses disques) ». Mais le cœur n'y est plus, Boris le sait et se le dit :

J'étais à la Discothèque – une boîte de Saint-Germain, on m'a demandé de m'en occuper, je sonde un peu la chose (et je me sonde moi et au bout de huit jours on dirait bien que ça me fait suer)...

Boris Vian a déposé sans fracas sa couronne de Prince de Saint-Germain-des-Prés. Il se détache lentement de ce quartier qu'il a illuminé de son esprit et de son talent et qui lui doit son faste, sa durable fortune et mieux peut-être – en dépit du souci de vérité de Boris – sa légende.

Quand, en mai 1950, il écrit le *Manuel de Saint-Germain-des-Prés*, Boris Vian scelle d'une dalle ouvragée d'anecdotes croustillantes, mais mouillée de nostalgie, un des beaux passages de son existence.

J'irai cracher sur vos tombes

Le 5 août 1946, Boris Vian quitte Paris pour Saint-Jean-de-Monts en Vendée. Il y passera ses vacances avec Michelle, en compagnie d'André Reweliotty et de Georges d'Halluin, dit Zozo, musicien de l'orchestre Claude Abadie et frère de Jean d'Halluin, directeur des Éditions du Scorpion.

Les « congés payés », arrachés dix ans plus tôt au patronat par les grèves et les occupations d'usines, se réduisent encore à quinze jours. Boris sera de retour à Paris le 20 août. Entre-temps, il aura écrit *J'irai cracher sur vos tombes*.

Que racontait donc ce roman, appelé à une si étonnante carrière ? Robert Kanters, un de ses premiers lecteurs, en exposait le contenu en quelques lignes dans *Spectateur* du 26 novembre 1946 : « Le narrateur est un métis qui n'a plus aucun des caractères physiques du nègre et peut se faire passer pour blanc. Il lui faut venger son frère qui a péri des mauvais traitements des Blancs. Il choisira donc de coucher avec deux belles filles, blanches et riches, et de leur révéler qu'il est de couleur avant de les tuer. Cela réussit plus ou moins bien, et le héros est descendu par la police après une poursuite cinématographique. Le récit est court, nerveux, vivant, truffé de scènes d'alcoolisme, d'érotisme et de sadisme. »

Le prière d'insérer – signé pudiquement « L'Éditeur » – est un petit chef-d'œuvre d'épicerie publicitaire, avec le recours aux écrivains américains les plus célèbres (ça ne coûte rien) et l'appui – non sollicité – d'Henry Miller dont le nom seul – en cette France dégoulinante d'eau bénite – soulève le cœur des délicats qui s'empressent d'y fourrer

Décor de Jean Boullet pour « J'irai cracher sur vos tombes ».

leur nez car ils aiment aller à confesse et recevoir des pénitences :

Tous les ans 20 000 Noirs se transforment en Blancs. C'est ce qui ressort d'un récent article d'Herbert Asbury du «Colliers».

Il ne s'agit pas, bien entendu, de nègres 100 %, mais de métis à qui leur teint particulièrement clair permet de vivre parmi les Blancs sans être remarqués. Vernon Sullivan est un de ces Noirs et le drame de son héros, Lee Anderson, est né de ce malentendu racial, sur lequel les récents lynchages viennent, une fois de plus, d'attirer l'attention du monde civilisé.

J'irai cracher sur vos tombes, le premier roman de ce jeune auteur que nul Éditeur Américain n'osa publier, dénonce en des pages d'une violence inouïe et dont le style est égal à celui des grands prédécesseurs que sont Caldwell, Faulkner et Cain, l'injuste suspicion réservée aux noirs dans certaines régions des États-Unis.

Contrairement aux auteurs d'outre-Atlantique ses héros sont jeunes, beaux et vivent comme la plupart des jeunes des États du Sud.

On n'y retrouve pas l'alcoolique, l'idiot, le fou, la mère castratrice, chers à tous les névrosés.

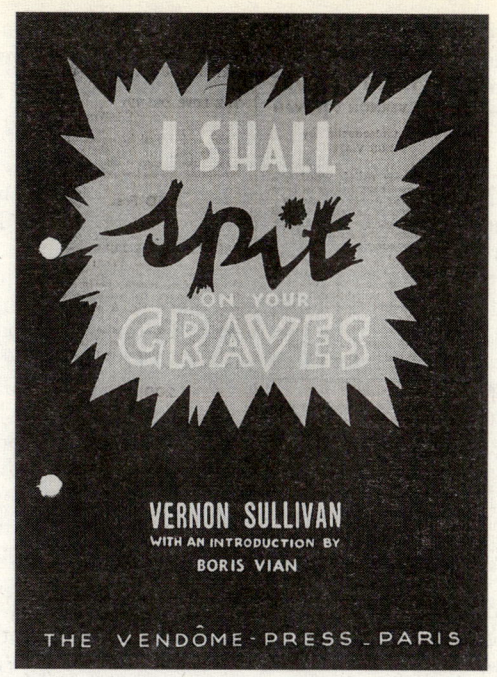

Couverture de l'édition anglaise de « J'irai cracher sur vos tombes ».

Cette conception de la vie des adolescents américains est une peinture âpre, empreinte d'un érotisme cruel et total, qui fera sans doute autant de scandale que les pages les plus osées de Miller.

Un roman comme on n'en a jamais écrit.

Sous la forme d'une note manuscrite de la main de Vian, hâtivement écrite sur une feuille de papier d'écolier, mais néanmoins lisible, on possède la toute première esquisse de *J'irai cracher* :

Deviens amoureux de deux sœurs. L'aînée biche à fond mais réussis d'abord avec la plus jeune – puis l'aînée se démerde pour que je couche avec elle par erreur, mais moins agréable que sa sœur car elle est plus velue. La jeune le sait, coucherie avec les deux, et avec elle on supprime l'autre après bonne petite séance, et puis je lui dis que j'ai du sang noir et je la monte et je la fais monter par mon demi-frère, qui est tout noir, lui, et la police vient nous attaquer.

On sait comment l'idée de ce roman vint à Boris Vian. Jean d'Halluin éditait des ouvrages qui se vendaient mal comme *Ferragus, Prince des Dévorants*, de Balzac. La littérature américaine, à résonances revendicatrices et fortement pimentée de sexualité, faisait en revanche la fortune des éditeurs. Jean d'Halluin souhaitait rétablir ses finances par la publication d'un best-seller. Il s'ouvre de son projet à Boris, sollicite son avis sur le choix d'un roman américain qu'il pourrait à son tour lancer sur le marché. Boris lui rétorque : « Un best-seller ? Donne-moi dix jours et je t'en fabrique un. » C'est sur ce pari – et sur une recette éprouvée – que Boris devait écrire *J'irai cracher sur vos tombes*. Le coup ne pouvait réussir qu'en flattant l'appétit du public pour les auteurs américains. Boris écrivit donc un roman américain. Sous cet angle, il est bien vrai que son ouvrage ne fut jamais qu'une « traduction ».

Boris traduisit ce qu'un auteur américain aurait pu écrire. Ce romancier américain, il le fit naître sous le nom de Vernon Sullivan. Vernon, à cause de Paul Vernon, aujourd'hui chirurgien-dentiste, alors étudiant en pharmacie, et musicien « marron » de l'orchestre Claude Abadie ; Sullivan, à cause de Joe Sullivan, pianiste de jazz, un des meilleurs du style Chicago.

Quant à l'accusation de tromperie sur la marchandise, de fraude commerciale *(sic)*, il est plaisant de penser qu'on la porta contre Boris Vian, dans un pays où l'on apprend aux collégiens, pour leur montrer la finesse de l'esprit français, qu'un grand écrivain nommé Prosper Mérimée conquit la gloire et accéda aux honneurs officiels après avoir mystifié ses contemporains par la publication d'un *Théâtre de Clara Gazul, comédienne espagnole*, prétendument traduit, qu'il avait écrit – la locution s'impose – de toutes pièces, et – dangereux récidiviste – par une autre « traduction », celle de *la Guzla, choix de poésies illyriques recueillies dans la Dalmatie, la Bosnie, la Croatie et l'Herzégovine*, attribuées au barde Hyacinthe Maglanovitch, cette dernière « escroquerie » dont fut victime tout le monde savant de France, d'Allemagne, d'Angleterre, de Russie s'étant poursuivie de 1827 à 1842, jusqu'aux aveux du coupable. Et ce n'est qu'un exemple entre mille d'une activité qui remonte aux premiers âges de l'écriture et qui s'épanouit en plusieurs branches : la parodie, le pastiche, la supposition d'auteur, l'apocryphe, etc., toutes fagotées par Quérard sous la rubrique générale de « supercherie littéraire ».

Les desseins de Boris Vian écrivant *J'irai cracher sur vos tombes* étaient en effet de deux ordres. Il tentait avec Jean d'Halluin une opération commerciale dont il escomptait quelques menus bénéfices, ceux que les éditeurs consentent aux auteurs, de la plus mauvaise grâce du monde, sous la forme d'un pourcentage habituellement fixé à 10 % du prix de vente des livres. Qui aurait le front d'en blâmer Boris Vian, alors que MM. Paul Bourget et Henry Bordeaux ont vécu somptueusement de leur plume avec des ouvrages d'une totale ineptie qui, sur le plan de la technique pure, sont très inférieurs à *J'irai cracher sur vos tombes* ?

Boris Vian perpétrait aussi un canular[1] avec ce que comporte toujours un canular – quoi qu'on dise – de parti pris critique, de bombes à retardement contre une quelconque convention. Encore que divers exégètes, sympathiques mais peu soucieux de chronologie, aient soutenu cette thèse, il est inexact de prétendre que Boris voulait, avec *J'irai cracher sur vos tombes*, se venger de l'insuccès de ses propres romans. C'est inexact pour la simple raison qu'au moment où il écrit *J'irai cracher sur vos tombes*, en août 1946, aucun roman signé de son nom n'a encore paru : *Vercoquin et le Plancton* sera mis en vente en janvier 1947, *l'Écume des jours* en avril. Plus tard, deux ans plus tard, à l'heure du procès, Boris constatera, non sans amertume, que *J'irai cracher...* bat les records de vente, tandis que ses vrais romans restent ignorés. Mais au principe du roman de Vernon Sullivan la mystification est exempte de tout ferment de revanche personnelle. Les visées de Boris sont tout autres : amateur passionné de littérature américaine, et de la meilleure, il assiste à la dégradation rapide du goût des lecteurs sous la marée des produits de pacotille, haussés au

---

1. « Si on ne peut plus s'amuser !... », s'exclamera Boris Vian comme on lui faisait reproche du livre maudit. « On ne s'est jamais autant marré », témoigne Claude Léon qui eut la primeur du manuscrit.

rang des chefs-d'œuvre par la puissance de la publicité. Démontrer que le public se délecte de bas morceaux, démontrer qu'une pareille littérature se fabrique industriellement et que c'est pitié d'être aussi crédule et aussi perverti (esthétiquement parlant), voilà ce qu'il a en tête[1]. Cette démonstration, il la fait pour Jean d'Halluin d'abord. Et Jean d'Halluin aurait pu en rester le seul et unique témoin. Michelle Vian – à qui est dû le titre définitif du roman intitulé originellement, de façon quasi romantique, *J'irai danser sur vos tombes* – déconseillera jusqu'au bout à Boris l'aveu de paternité. Hélas ! le mystificateur ne sait pas se contenir, il a hâte de jouir des effets de son entreprise. C'est là le paradoxe de la mystification : elle ne devient une mystification qu'à la condition de se dévoiler, et dévoilée elle perd ses charmes subtils pour tomber dans la gaudriole. C'est aussi son point faible par où elle se révèle une des formes de la polémique. L'escroc s'efforce de dissimuler indéfiniment son jeu. Le mystificateur n'est pleinement satisfait que lorsque ses victimes choient dans le ridicule. On admire les mystificateurs restés anonymes : on les regarde comme des héros de la mystification ; peut-être ne sont-ils des héros que pour être morts trop tôt, avant d'avoir cédé à la tentation du scandale.

Scandale, le mot est lâché. *J'irai cracher sur vos tombes* fera scandale, mais n'allons pas si vite et commençons par détruire une légende. Le scandale ne viendra pas d'emblée. Certes, Boris Vian et Jean d'Halluin y comptent bien, ne fût-ce que pour assurer le succès commercial du livre, mais les premiers échos sont plutôt décevants. Le 26 novembre 1946, le journal *Franc-Tireur* publie en « bonnes feuilles » un extrait du roman sorti des presses le 8 novembre. Il agrémente ses « bonnes feuilles » d'une présentation provocante, visiblement inspirée par Jean d'Halluin : on y parle de « pages terribles », propres à « terrifier » le public. Les trompettes de la renommée restent muettes. Les comptes rendus sont rares, cursifs et, somme toute, assez ternes. En

---

1. Robert Kanters qui, prudent, voulait attendre, pour se prononcer, la publication du texte original qualifiait fort justement *J'irai cracher sur vos tombes* de « roman de série ». Il observait dans le même article de *Spectateur* (26 novembre 1946) qu'« à la faveur de la mode, on traduit pour l'instant à peu près n'importe quoi, comme si la mention "traduit de l'américain" était une marque de fabrique magique ».

février 1947, quatre mois après son lancement, le roman n'est encore qu'« un petit succès » pour le critique de la revue *Esprit*. Enfin, l'heure tant attendue sonne : le 7 février 1947, Jean d'Halluin est avisé que le Parquet ouvre une information sur plainte du Cartel d'action sociale et morale que dirige l'architecte Daniel Parker, un de ces trop nombreux individus qui se mandatent eux-mêmes pour empoisonner le monde. Le Cartel estime que le roman de Vernon Sullivan peut inciter les adolescents à des actes de débauche et il invoque la loi du 29 juillet 1939 relative à la famille française ! (Les familles enregistreront avec satisfaction que durant l'interdiction de *J'irai cracher sur vos tombes*, soit pendant plus de vingt ans, âge tendre, aucun de leurs adolescents ne s'est livré à un acte de débauche.)

Déjà, en vertu de la même loi et sous l'action du même Cartel, les éditeurs d'Henry Miller (Gaston Gallimard pour *Printemps noir*, Denoël pour *Tropique du Cancer*, Girodias pour *Tropique du Capricorne*) font l'objet de poursuites et la presse s'agite beaucoup à propos « des menaces qui pèsent sur la liberté d'expression ». L'excellent Baudelaire vient sans cesse à la rescousse. L'ambiance est favorable. Henry Miller fait le lit de Vernon Sullivan, Daniel Parker a réussi un coup de maître : *J'irai cracher sur vos tombes* qui s'écoulait gentiment se vend du jour au lendemain par brouettées de mille. Jean d'Halluin multiplie les tirages. Il a raison. En avril 1947, nouveau tonnerre publicitaire : un représentant de commerce, Edmond Rougé, après avoir étranglé son amie Anne-Marie Masson, dans un hôtel de la rue du Départ, près de la gare Montparnasse, abandonne près du cadavre le roman de Vernon Sullivan ouvert à la page où le héros tue sa maîtresse. Les journalistes bavent de satisfaction ; les gros titres flamboient : le roman qui tue ! Des montagnes de *J'irai cracher sur vos tombes* sont englouties par des pères de famille saisis par la débauche : le crime du représentant de commerce, un adulte marié, donne tort à Daniel Parker, qui croyait le livre réservé aux adolescents ; les individus majeurs découvrent avec joie qu'ils peuvent le lire, eux aussi. Et ils ne s'en privent pas.

Dans *Point de vue*, Boris Vian répond aux « audacieux représentants de la presse française... dans ce qu'elle a de plus brillant », dont l'un vient de le traiter d'assassin par procuration, tandis qu'un autre attribue *J'irai cracher sur vos tombes* à Kafka, donnant une belle démonstration de « la culture de rigueur en ces jours de baccalauréat obligatoire et d'UNESCO ». Boris observe d'abord que, au fil de ce raisonnement, *le Nœud de vipères* est le bréviaire des empoisonneurs, *l'Immoraliste* la clé des affaires de mœurs et le Roller-Catch la source des innombrables crimes commis sur patins à roulettes. Comme le souhaite l'aimable rédacteur de *Point de vue*, Boris élève le débat. La responsabilité de l'écrivain ?

On se plaît donc à la clamer sur les toits, cette responsabilité. Ceux qui s'y emploient sont ou bien les gens les plus doux de la terre (Sartre et compagnie) ou bien les journalistes, ravis de se croire quelque chose. Or un auteur est le type même de l'irresponsable. C'est lui qui accomplit les volte-face les plus brillantes (Aragon, Gide, etc.), qui prête l'oreille à ses moindres désordres moraux ou physiologiques, qui s'empresse d'en faire un plat et de charger ce plat de tartines, d'invoquer le « drame » de l'écrivain, de grossir, en somme, son petit remue-ménage intime. Petit ? Même pas : pareil à celui des autres. Malheureusement, il se trouve que tous ces remue-ménage sont analogues. Seuls interviennent dans l'efficacité de l'auteur (si elle peut être réelle, j'entends cause de mouvement pour des êtres normaux, ce que je ne crois pas) son style, sa technique, son métier, et surtout son imagination. Mais ce sont des éléments inertes par eux-mêmes, et le responsable du mouvement est bien le lecteur, à moins qu'il ne s'agisse d'un jésuite.

Depuis le 22 février 1947, Boris Vian s'apprête à en découdre avec Daniel Parker. Ce jour-là, il décide de se procurer le « texte anglais de *J'irai cracher* ». Il s'agit de parfaire la mystification en lui donnant une base authentiquement américaine et de se préparer à affronter la Justice en brandissant une preuve formelle de sa qualité de simple et honnête traducteur.

Non content de bétonner la mystification de *J'irai cracher*, Boris entend doter Vernon Sullivan d'une œuvre abondante. C'est exactement le 23 février 1947 qu'il conçoit *les Morts ont tous la même peau*. Ce jour-là, il note :

Type employé comme gars pour mettre dehors les clients saouls, marié à une blanche, bébé d'un an. Un jour son frère arrivera à le retrouver et lui reprochera de l'avoir laissé tomber (il rentre chez lui pour trouver son frère, et sa femme part prévenir les gens qui l'emploient qu'il est noir et fout le camp avec le gosse et un autre type. Ils tuent le gosse, elle persuadée par l'autre type). Il la poursuit et la descend et la fout par la fenêtre et on le traque sur les toits.

Le 30 mars 1947, à l'Escorial, accompagné de Michelle, il rencontre Colette Lacroix et Milton Rosenthal, un Américain, collaborateur des *Temps modernes*, auteur tout désigné de la version originale anglo-américaine de *J'irai cracher sur vos tombes*. (En définitive, l'ami Milton ne fera qu'aider Boris à traduire le Sullivan, mais il s'essaiera très tôt à traduire en américain du vrai Vian.) À l'Escorial, Boris glisse à Michelle ce billet :

Bibi tu vas me dire pourquoi Colette elle a pris la chemise de Milton, c'est pas des façons.

Les conseils d'un avocat s'imposent ; Boris choisit Me G... à qui le 16 mai 1947 il recommande :

Peut rappeler les faits dans article *Samedi-Soir* et s'insurger contre le fait qu'on dit que c'est moi qui ai écrit ce livre.

Le 18 mai, il entend réunir

Tous les moyens possibles de prouver que ce n'est pas moi qui ai écrit. Voir dans la comptabilité du Scorpion s'il y a quelque chose. Écrire à Sullivan en lui demandant d'envoyer une lettre.

Le 20 mai, il s'envole vers les hautes régions de la sociologie :

Intérêt de Sulli[van] et Miller, c'est que les Américains ne connaissent qu'une position et sont tyrannisés par les femmes.

Le 26 juin, il revient sur terre avec la réalité rugueuse à étreindre :

**Apporter à G... les coupures de journaux.
Certificat médical comme quoi c'est très mauvais pour moi les émotions.**

Le 28 juin :

**Mercredi amener tout à G...
Penser aux témoins – Colette – le Major – Alain.**

Le 4 juillet, Boris se présente devant le commissaire Gabaston, à la 1re section des Renseignements généraux, et, le soir même, se rend chez Me G...

Le 6 juillet, il résume les dépositions de Colette Lacroix, de Jacques Loustalot et d'Alain Vian et réunit les articles de presse relatifs au livre.

Le 26 juillet, nouveau rendez-vous chez Me G...

Boris Vian a tenu sa promesse : *J'irai cracher sur vos tombes* fabriqué en dix jours devient un best-seller dont les poursuites accélèrent la course. Ce sont les poursuites qui s'arrêteront les premières, stoppées, classées en application de la loi d'amnistie. La loi du 16 août 1947 brisait l'élan de Daniel Parker en mettant à l'abri de toutes les poursuites les publications parues avant le 16 janvier 1947[1]. Boris pres-

---

1. Cette précision n'est pas superflue. Elle devrait, une bonne fois, redresser l'erreur commise par plusieurs bibliographes qui ont cru pouvoir dater de janvier 1947 l'apparition de *J'irai cracher sur vos tombes*. Cette erreur trouve curieusement sa source dans les pièces officielles du procès. Les citations à comparaître devant le Tribunal de Première Instance indiquent que Boris Vian est « prévenu d'avoir à Paris le 16 janvier 1947 procuré le livre, etc. » Il semble que Boris ne s'y retrouvait plus très bien lui-même. Or les citations à comparaître ne relèvent pas de la première plainte déposée par Daniel Parker et qui fut classée en vertu de la loi du 16 août 1947, sans que Boris ait eu à en répondre devant un tribunal. Elles appartiennent à la procédure engagée en août 1948 lors de la réédition de l'ouvrage et sous le prétexte de cette réédition (voir la suite de notre histoire). Comme les publications parues avant le 16 janvier 1947 ne pouvaient donner lieu à poursuites, la deuxième plainte du Cartel d'action sociale et morale n'était recevable que si Boris Vian se voyait accuser d'avoir fourni un ouvrage « répréhensible » après le 16 janvier 1947. D'où la formule perfide employée dans les citations à comparaître. Elle signifie que les éditions de *J'irai cracher sur vos tombes*, faites avant le 16 janvier

sent-il que l'affaire va rebondir ? Le 25 octobre, il reprend contact avec Me G... ; il le revoit le 6 novembre et, une nouvelle fois, le 30 décembre.

Le 2 janvier 1948, il passe à onze heures chez d'Halluin prendre le Sullivan en anglais.

Toutes ces précautions ne sont pas vaines.

Le Cartel n'a pas désarmé. À la faveur d'une réédition du livre, il dépose une nouvelle plainte en août 1948. L'instruction commence et va son petit bonhomme de chemin. Pour donner plus de consistance au mystérieux Vernon Sullivan, dont l'existence est depuis longtemps mise en doute, « The Vendome Press » imprime le 27 avril 1948 et jette sur le marché en juillet, avec relance publicitaire en octobre, la version anglaise de *J'irai cracher sur vos tombes*, sous le titre *I Shall Spit on Your Graves* (en vente aux Éditions du Scorpion). Le 24 novembre 1948, Boris Vian, convoqué par le juge d'instruction Baurès, passe aux aveux. Il se reconnaît l'auteur de *J'irai cracher sur vos tombes*, et du même coup, de sa version anglaise. Aveu officiel car depuis belle lurette Tout-Paris avait identifié l'auteur avec le traducteur. Mieux encore : en août 1947, les Vian passaient leurs vacances au Cap d'Antibes chez Hélène et Michel-Bokanowski, futur ministre de l'Industrie ; parmi les invités, Wybot, alors directeur de la D.S.T. ; un jour, Wybot jette brutalement à Boris : « Naturellement, c'est vous Vernon Sullivan ! » et Boris, succombant sous la technique de pointe du Chef suprême de la suprême Police : « Oui, c'est moi. » C'était le premier aveu de Boris sur la personnalité de Vernon Sullivan. Au même moment, on cambriolait son appartement faubourg Poissonnière !

Dès lors, la Justice, remise en selle, arrivera cahin-caha jusqu'à la place de Grève, une boîte de suédoises à la main. Boris risquait deux ans de prison et 300 000 francs d'amende, ce qui impliquait nécessairement l'interdiction du livre si l'outrage aux bonnes mœurs était retenu.

Boris s'est assuré désormais le concours d'un avocat chevronné, Me Georges Izard.

Le jugement condamnant Boris Vian à 100 000 francs d'amende pour outrage aux bonnes mœurs fut rendu le

---

1947, n'étaient pas mises en cause et que la prévention visait les rééditions postérieures à cette date.

13 mai 1950 par le Tribunal de Première Instance de la Seine, jugeant en Police Correctionnelle, après une plaidoirie brillante – elles le sont toutes, mais celle-ci fut de surcroît substantielle et habile – de Me Georges Izard en faveur de Boris Vian. Seuls quelques rares privilégiés eurent la chance ce jour-là de goûter le talent de Me Georges Izard. Le procès se plaidait en effet à huis clos, tant sans doute on pouvait craindre que le satyre Boris Vian ne se livrât sur une assistance surchauffée par sa flatteuse réputation à l'assouvissement, en plein prétoire, de ses désirs lubriques.

D'appel en appel, de remise en remise, l'affaire – grossie d'une instance visant un autre roman de Vernon Sullivan, traduit par Boris Vian, *les Morts ont tous la même peau* – devait se prolonger jusqu'en octobre 1953, date à laquelle la 10e Chambre de la Cour d'appel prononça une condamnation à quinze jours de prison... pour constater sur-le-champ que cette peine était amnistiée. L'amnistie effaçait la condamnation et légalement il ne pouvait en rester aucune trace. Méfiant et circonspect, Boris demandait en décembre 1953 un extrait de son casier judiciaire : il le recevait le 13 décembre 1953, vierge de toute condamnation. Ainsi se terminait dans le néant pénal le célèbre procès de *J'irai cracher sur vos tombes*.

L'OR DE VERNON SULLIVAN

Et maintenant passons à la caisse.

On a beaucoup dit – et ni Jean d'Halluin ni Boris Vian n'avaient intérêt à le démentir (les préoccupations fiscales cédant devant les nécessités de la réclame) – que *J'irai cracher sur vos tombes* atteignit des tirages fabuleux. Daniel Parker, de son côté, trouvait argument dans cette diffusion diluvienne : il en ressortait, à l'évidence, que le roman maudit était glissé, par des mains corruptrices, dans les cartables de tous nos chers bambins des écoles maternelles avec le goûter de quatre heures : 500 000 exemplaires, tel est le chiffre coquet que les historiens d'aujourd'hui retiennent volontiers. On a même lu un million dans un article écrit sans doute à la terrasse d'un café de la Canebière. La presse du temps, quand il lui arrivait d'évaluer le tirage, et tout en criant à l'énormité, se maintenait bien en deçà de ces chiffres, mais on sait que la distance a pour effet curieux de grossir les événements : voyez la prise de la Bastille ou la bataille de Roncevaux ; trois pelés et un tondu, vus à travers deux siècles ou douze, font des multitudes.

Examinons donc le bilan détaillé des ventes de tous les livres de Boris Vian édités à l'enseigne du Scorpion. Au total, ce bilan fut, sans conteste, pour Boris, sur le plan financier, excellent.

L'A.F.N.O.R., rappelons-le, avait rémunéré son ingénieur, au cours de la dernière année pleine d'émargement (1945), 114 995 francs, et l'industrie papetière lui laissait espérer en 1947, à raison de 16 348 francs nets par mois, un revenu de 196 176 francs. En quatre ans, le Scorpion honorera le romancier de 4 499 335 francs, multipliant en gros par six les revenus annuels de Boris, ou par cinq si l'on fait intervenir les dévaluations successives subies par notre franc bien-aimé en chute perpétuelle. Indéniablement, la littérature nourrissait son homme, mais, à y regarder de près, l'écrivain Boris Vian, abandonné à lui-même, privé du secours de Vernon Sullivan, eût été réduit à la soupe populaire.

Quand, le 3 juillet 1949, une simple décision ministérielle prononce l'interdiction de *J'irai cracher sur vos tombes*, avant tout jugement et selon une procédure d'urgence que justifiait assurément l'élévation dangereuse de la température relevée dans les slips par les spécialistes en thermométrie de la Préfecture de Police, 122 797 exemplaires du roman sont sortis du stock des Éditions du Scorpion (dont 386 exemplaires de presse et 12 279 exemplaires dits « de passe » par les éditeurs, et de « passe-passe » par les auteurs représentant 10 % des ventes sur lesquels l'auteur ne touche pas un fifrelin). Boris Vian aura donc perçu ses droits d'auteur sur 110 132 exemplaires de l'édition courante, vendus d'abord 120 francs (24 406 exemplaires), puis 150 francs (60 855 exemplaires), enfin 165 francs (24 871 exemplaires), soit, sur la base de 15 % du prix de vente (contrat royal), une somme de 2 424 102 francs. L'édition de luxe, illustrée par Jean Boullet et tirée à 960 exemplaires dont dix hors commerce, n'excitera guère les amateurs, portés sans doute à faire leur petit cinéma tout seuls : on en vendra 279 exemplaires (deux à 5 000 francs, sept à 2 500 francs et 270 à 1 500 francs) ; ils rapporteront à Boris 42 350 francs (les droits sur cette édition étant ramenés à 10 %).

Les Morts ont tous la même peau auraient dû rassurer la brigade des mœurs. On ne recense plus que 42 649 sadiques assassins sur lesquels 38 165 paient leur dîme à Boris (déduction faite de 233 services de presse et de 4 261 exemplaires de passe). Autrement dit, seul un sur trois des lecteurs de *J'irai cracher sur vos tombes* s'intéresse au second roman de Vernon Sullivan. *Les Morts* – avec 21 313 exemplaires à 150 francs et 16 852 exemplaires à 165 francs – donnent à Boris 896 630 francs.

Avec *Et on tuera tous les affreux*, les cochons se rendorment par bauges massives. Daniel Parker aussi retrouve le calme, ou cherche ailleurs des toniques : il néglige de dénoncer ce livre (le meilleur peut-être des Sullivan, avec la nouvelle *les Chiens, le désir et la mort*, qui complétait *les Morts ont tous la même peau*). Les libraires ne dispersent pas plus de 24 679 exemplaires des *Affreux* (auxquels s'ajoutent, en sortie de stock, 225 services de presse et 2 761 « passe »). Boris en tire 666 333 francs + 4 850 francs correspondant à ses droits de 10 % sur 97 exemplaires sur Alfa vendus 500 francs quand les exemplaires ordinaires sont uniformément à 180 francs.

Elles se rendent pas compte – qui paraît en 1950 – consomme la ruine de Vernon Sullivan. D'ailleurs, Vernon Sullivan n'existe plus, Boris a mangé le morceau. Les ventes sont dérisoires : 6 831 exemplaires. On a rogné même sur les services de presse (126) et la « passe », du même coup, descend à 770 exemplaires. Ce dernier Sullivan, au prix de 210 francs l'exemplaire, s'inscrit au crédit de Boris tout juste pour 215 176 francs.

Quant à l'édition du texte anglais « authentique » de *J'irai cracher sur vos tombes (I Shall Spit on Your Graves)*, autant dire que c'est, financièrement, un coup pour rien et même, pour d'Halluin, une mauvaise affaire. Boris, en tout cas, ne reçoit que 49 680 francs, la moitié des droits, l'autre moitié allant, supposons-nous, à son aide traducteur Milton Rosenthal.

Boris aura tenu avec soin les comptes de *J'irai cracher sur vos tombes*.

Le lundi 17 mars 1947, son crédit aux Éditions du Scorpion est de 336 400 francs. Entendons par là que le Scorpion lui doit cette somme.

Le 31 mars, après un versement de 25 000 francs, son crédit est ramené à 311 400 francs, mais c'est toujours sur cette base intangible de 336 400 francs qu'il développera ses comptes jusqu'au 23 juin 1947, notant scrupuleusement chaque versement du Scorpion, mais omettant une rentrée intéressante de 50 000 francs qui lui vient le 8 avril 1947 sous la forme d'une avance consentie par Gallimard sur *l'Écume des jours*.

En fait, c'est son compte avec le Scorpion, et uniquement celui-là, que Boris suit jour après jour.

Il se retrouve le 23 juin avec 41 000 francs, c'est peu, mais il spécule sur un nouveau tirage (qui se fera, se fait) de 25 000 *J'irai cracher*. Il en attend 450 000 francs, puis il modère ses espérances et se contente de jouer sur une prévision de 15 000 exemplaires, prometteurs de 270 000 francs.

Les comptes repartent de plus belle le 1er juillet. Le 7, d'Halluin règle 30 000 francs, le 18, 5 000 francs. Entre-temps, le tirage supplémentaire de 25 000 exemplaires est intervenu ; le crédit de Boris, tombé à son niveau le plus bas (6 400 francs), remonte aussitôt : 6 400 + 450 000 = 456 400 francs. Le 1er août, d'Halluin se fend de 125 000 francs, le 1er septembre de 25 000, le 13 septembre de 25 600, le 18 septembre de 50 000, le 30 septembre de 50 000. Le pactole a pris un cours torrentiel.

(Saluons au passage cet éditeur – spécimen unique – qui rétribue son auteur au fur et à mesure des ventes, tous les quinze jours, voire à la semaine. On recommanderait à nos grandes maisons d'édition de s'adjoindre Jean d'Halluin comme conseiller technique. Il est constant que l'éditeur ne paye l'écrivain que sur bordereau semestriel, quand ce n'est pas sur bordereau annuel, prétexte pris que les entreprises de diffusion et de messageries ont besoin de ce long délai pour connaître le chiffre des ventes d'un ouvrage. Comment donc s'y prenait le modeste Jean d'Halluin, dépourvu de machine I.B.M. ? Vite, qu'il nous livre son secret !)

Le 1er octobre 1947, d'Halluin ne doit plus que 178 000 francs. Le 10 novembre, après deux versements de 50 000 francs, Boris dispose, encore de 78 000 francs. Il s'interroge sur un tirage de 5 000 exemplaires, qu'il incluait dans ses comptes personnels pour 90 000 francs, et pose un gros point d'interrogation sur les résultats financiers de *l'Automne à Pékin*.

Le 11 juin 1949, quelques jours avant l'interdiction du best-seller, interdiction qu'il sait imminente, il se lance dans une récapitulation, on ne peut plus théorique, de ses ressources en provenance du Scorpion (gains acquis et à venir) :

Cracher 200 000	540 000
30 000 à 120 (18 F)	
170 000 à 150 (22,50 F)	3 800 000
	4 340 000
Morts ? 40 000 ?	900 000
Affreux ? 40 000 ?	900 000
	6 140 000

Cette récapitulation, d'une imprécision désarmante auprès des comptes si méticuleux tenus depuis plus de deux ans, montre que le mirage de *J'irai cracher* et, en général, des Sullivan commence à enivrer Boris lui-même. Il conserve néanmoins assez de sang-froid pour lester de quatre points d'interrogation les tirages des *Morts ont tous la même peau* et de *On tuera tous les affreux*. Son estimation se révélera d'ailleurs à peu près exacte pour *les Morts*, excessive en revanche pour *les Affreux*. Fait symptomatique, il néglige cette fois absolument les recettes de *l'Automne à Pékin* et se garde de toute prévision concernant *les Fourmis* qui paraîtront le 5 juillet 1949.

Avec *Elles se rendent pas compte*, Vernon Sullivan et Boris Vian seront réellement « identifiés ». Ce dernier Sullivan, restreint à 6 831 exemplaires (exemplaires de « passe » et « presse » ôtés), rejoint dans la disette les deux Boris Vian parus aux Éditions du Scorpion.

Honneur aux découvreurs de *l'Automne à Pékin* ! Ils ne seront pas plus de 5 277 (avec, peut-être, quelques-uns des 123 services de presse et des 600 « passe »). Ils laisseront à Boris 94 986 francs.

Les Fourmis sortiront du stock au nombre de 4 968 pour la vente (augmentés de 202 services de presse et 570 « passe »). À 210 francs l'exemplaire au lieu de

180 francs pour *l'Automne à Pékin*, elles procurent à Boris 104 328 francs.

On observera, non sans une amère satisfaction, que les contrats des Vernon Sullivan accordaient à l'auteur 15 % de droits et les contrats des Boris Vian 10 % seulement.

Clôturons ce chapitre comptable avec une récapitulation, année par année, des sommes réellement versées à Boris Vian par les Éditions du Scorpion :

1946	27 000
1947	916 688
1948	935 000
1949	1 257 700
1950	1 205 795
	4 342 183

et une petite somme de 15 000 francs se définissant comme 1/2 droits sur *les Fourmis* (droits de cession à la presse, croyons-nous).

Au total, à la fin de 1950, Boris avait reçu du Scorpion 4 357 183 francs, sur quoi les Boris Vian entraient pour moins de 200 000 francs. Le total des ventes ayant produit, en droits d'auteur, 4 499 335 francs, le « crédit » de Boris aux Éditions du Scorpion se réduisait, au 30 novembre 1950, à 4 499 335 francs − 4 357 183 francs = 142 152 francs.

Boris avait alors gaillardement claqué tous ses revenus du Scorpion. Les quelques sous restants seront loin de suffire à le libérer de ses impôts impayés des années d'opulence. Longtemps le fisc le pourchassera et cherchera, notamment du côté du Scorpion, à récupérer un peu de cet argent dont il fait si bon usage. Le 29 novembre 1951, une saisie-arrêt de 21 000 francs sera pratiquée sur le dernier « crédit » de Boris chez d'Halluin.

L'auteur américain Vernon Sullivan ne nourrissait plus l'auteur français Boris Vian qui, le 4 décembre 1948, déclarait en toute franchise à *Samedi-Soir* qui lui demandait pourquoi il écrivait les Vernon Sullivan : « Ça permet de bouffer ! »

Le gouvernement français n'agissait pas autrement, qui quémandait sans cesse les dollars de Washington et les gaspillait avec allégresse. Une différence toutefois, à l'honneur, sinon à l'avantage, de Boris Vian : lui, il s'était créé lui-même son Amérique.

LES NŒUDS VOLANTS DE LA CRITIQUE

Sur *J'irai cracher sur vos tombes,* sur les Vernon Sullivan, Boris s'est expliqué cent fois. Dans sa postface aux *Morts ont tous la même peau,* il dira leur fait aux « critiques par la bande », ceux qui se cherchent dans les livres qu'ils lisent, « alors que le lecteur cherche le livre ». Et ce sera la conclusion, – fameuse : « Critiques, vous êtes des veaux ! Si vous voulez parler de vous, faites des confessions publiques et entrez à l'Armée du Salut. Mais foutez la paix au peuple avec vos idées transcendantes et tâchez de servir à quelque chose. Un peu de critique objective, s'il vous plaît. Il serait temps. Vous êtes en danger. »

La lettre qu'on va lire maintenant nous avait échappé quand nous préparions la première édition des *Vies parallèles.* Elle fonde si solidement notre argumentation qu'elle est la bienvenue, non pour nous glorifier de notre perspicacité (on voudra bien nous croire), mais parce que nous entendons ici ne rien inventer, pas même nos interprétations des actes ou des desseins de Boris. Et puis cette lettre – qui donne le chiffre du tirage de *J'irai cracher sur vos tombes* à l'aube de 1948, et ce chiffre est, nous le savons, exact à ce stade de la diffusion du livre – jette idéalement le pont entre « l'Or de Vernon Sullivan » et l'histoire de la pièce à laquelle nous allons tantôt nous appliquer.

Monsieur,

Je viens de prendre connaissance d'un petit article me concernant, paru sous votre signature dans *Paris-Presse* du 18-19 janvier 1948. Je regrette d'avoir à rectifier certaines de vos affirmations et je compte sur votre courtoisie pour l'insertion de cette réponse.

1. Tout d'abord, vous auriez pu vérifier les chiffres de tirage de J'irai cracher sur vos tombes. Ce n'est pas cent mille, loin de là ; le chiffre exact est à peine supérieur à la moitié ; faites le calcul vous-même et vous verrez que cela représente beaucoup moins de papier que celui qu'on

gâche tous les trois mois pour des élections ou des changements de monnaie – ou tous les jours pour des journaux du soir.

2. Que j'aie du talent ou que je n'en aie pas c'est une affaire qui regarde les critiques littéraires. Mais que ceux qui en jugent aient au moins l'honnêteté de lire les livres que je signe ; vous me direz que vous ignorez leurs titres, et cela prouve que les critiques suivent les mots d'ordre du public au lieu de chercher à se renseigner eux-mêmes pour guider le public en question.

3. « L'équivoque employée », comme vous dites, n'est pas nouvelle. On m'a parlé d'un certain Mérimée, d'un certain Mac Pherson, d'un certain Pierre Louys ; je ne vois pas en quoi la qualité bien supérieure de leurs œuvres justifie plus que dans mon modeste cas un simple et identique procédé qui n'a rien de l'escroquerie, mais tient visiblement du canular.

4. Les lettres américaines seraient mal fondées à se plaindre d'une caricature un peu trop poussée pour qu'un honnête homme s'y laisse prendre. Encore une fois, *J'irai cracher sur vos tombes* (je l'ai dit et redit publiquement) ne relève pas de la littérature, mais du divertissement. Les Américains ont généralement le sens de l'humour qui manque à bien des Français.

5. Quant aux Noirs, permettez-moi de vous dire que vous êtes entièrement dans l'erreur en affirmant qu'ils se plaignent aussi. Je ne vous citerai pour exemple que l'article (écrit, je le sais, par un Blanc) consacré à Sullivan dans le numéro 1 de *Présence Africaine*, revue noire s'il en fut. J'ai d'autres références mais je n'aime pas en général à me servir du nom de mes amis comme couverture, surtout quand je ne sens pas le besoin d'une couverture.

6. Enfin, pour juger la pièce (que j'ai signée) tirée de ce roman, l'honnêteté la plus élémentaire aurait dû vous conseiller de la lire avant de vous plaindre de sa « lubricité ». Soyez sûr que je me rends parfaitement compte de ce que j'écris : à ce titre je me permets de vous signaler que la « lubricité » en question vous décevra sans le moindre doute. Avant que la Société des Auteurs prenne « la mesure de salubrité » que vous réclamez avec une

insistance de mauvais goût, attendez donc qu'elle en ait lu le texte.

En conclusion, je regrette que vous vous soyiez cru forcé d'employer à mon égard, le terme d'*escroquerie* qui me paraît légèrement exagéré. J'ai lu quelque part, il n'y a pas longtemps, que la Société des Gens de Lettres était également une escroquerie ; sachez que je n'en ai pas cru un traître mot ; mais puis-je attendre cette objectivité de la part des lecteurs de journaux quotidiens ? Respectueusement à vous.

Boris Vian

LA PIÈCE

Daniel Parker en était à repasser à la meule son coutelas ébréché par l'amnistie de 1947 que Boris Vian lançait un nouveau pétard.

En avril 1947, la presse toujours friande de nouvelles qui peuvent faire battre les cœurs dans les pantalons, buccine la création prochaine au Théâtre Verlaine de *J'irai cracher sur vos tombes*, pièce de Boris Vian. Cette fois, Boris néglige de se cacher derrière l'hypothétique Vernon Sullivan. Il dédaigne même de s'en dire « inspiré ».

Aujourd'hui encore on peut se demander pourquoi Boris Vian signait de son nom une œuvre qui, sans être aussi mauvaise qu'on l'a dit, pouvait paraître étrangère à sa personnalité telle qu'elle s'exprimait aussi bien dans ses romans *Vercoquin et le Plancton*, *l'Écume des jours*, *l'Automne à Pékin*, désormais tous trois publiés, que dans une œuvre dramatique, écrite à la même époque, *l'Équarrissage pour tous*. Erreur de jugement sur la qualité de son travail ? C'est peu probable comme on le verra ci-dessous. Goût de la provocation ? C'est possible. Désir d'exploiter à fond le filon dont Daniel Parker avait révélé la haute teneur en métal ? Explication plausible, quoique partiellement satisfaisante, « Vernon Sullivan traduit (ou adapté) par Boris Vian » valant le même pesant d'or que Boris seul. On peut prêter à Boris Vian une autre vue. Si la revendication antiraciste n'est pas absente – il s'en faut – du roman, elle y est dominée, et pour ainsi dire étouffée par la sexualité. Du moins, le public –

excellemment représenté par Daniel Parker – donne sa prédilection aux épisodes érotiques ; le nègre blanc n'est nègre, aux yeux des lecteurs et des lectrices bien davantage, que par la puissance génésique attribuée à sa race. Boris qui, de toute façon, ne peut au théâtre, sauf à risquer l'interdiction immédiate, donner libre cours aux instincts de ses personnages, mettra l'accent sur la condition des Noirs aux États-Unis. Le thème, avouons-le, est à la mode : *la Putain respectueuse* de Jean-Paul Sartre vient récemment de le développer à la scène. Reconnaissons aussi que les préoccupations politiques et sociales de Boris – à cette époque surtout de sa vie – sont assez floues, mais s'il en est une, une seule, qui prenne en lui quelque assise, c'est bien celle – d'origine esthétique – qui le porte à considérer comme une injustice le sort fait en Amérique, dans l'organisation des concerts, dans la critique et dans l'histoire du jazz, aux musiciens noirs dont il ne cesse d'affirmer la primauté. Lui serait-elle venue à l'esprit, il n'adopte pas la thèse selon laquelle la misère et l'esclavage ont extrait de l'âme noire des trésors que le bien-être et la liberté auraient laissé enfouis. Son opinion est simple, d'aucuns diraient naïve. Les difficultés, les vexations que subissent quotidiennement aux États-Unis les musiciens noirs, la méconnaissance de leur talent, Boris sait qu'elles sont la conséquence d'une inégalité qui frappe toute la race et trouve son fondement légal dans la politique de ségrégation. Cette politique lui répugne. Vernon Sullivan l'avait dénoncée. Boris Vian reprendra le réquisitoire à son compte et – tempérés les cris d'orgasme des jeunes Blanches trombinées par Lee – on l'entendra mieux. Peut-être prépare-t-il aussi un terrain de repli pour le cas prévisible où Daniel Parker reprendrait l'offensive. En insistant dans la pièce sur le plaidoyer antiraciste, il gagnera plus aisément à sa cause pour la défense du roman les plumes humanitaires qui se refuseraient à cautionner la pornographie, mais ne resteront pas insensibles à l'appel d'un jeune écrivain qu'on voudrait faire taire parce qu'il est le porte-parole d'une race opprimée. Nous n'excluons pas de notre hypothèse cette part de calcul. Elle ne diminue en rien la sincérité de Boris Vian. Entendons-nous bien : Boris Vian aurait pu se dispenser d'être sincère : en matière d'art « la sincérité, qui est à peine une explication, n'est jamais une excuse » (Remy de Gourmont), mais nous commettrions pis qu'une iniquité : une inexactitude si nous devions voiler, par on ne sait quelle pudeur qu'il n'eut jamais lui-même sur ce point, ou passer sous silence, par une sorte de perversion de la rigueur objective, la sincérité absolue de Boris Vian – ami de Don Redman, de Duke Ellington, de Miles Davis, de Charlie Parker – quand il crie sa haine du racisme, quand il incite les Noirs à la révolte et à la vengeance.

Il semble que déjà (nous verrons que cette volonté fut la sienne sans conteste par la suite) Boris Vian entend choisir dans Vernon Sullivan, dans *J'irai cracher sur vos tombes* une part qu'en aucun cas il n'aurait à renier. De ce qui est encore une mystification, mais pour peu de temps, et il le pressent, Boris retient ce qui pourra subsister au-delà de la mystification.

Par un contrat signé le 1er décembre 1947 avec George Vallis, Boris Vian, traducteur du roman *J'irai cracher sur vos tombes* de Vernon Sullivan, s'engageait à adapter ledit roman pour créer une pièce de théâtre dont le titre resterait celui du roman.

On observera que Vernon Sullivan n'était pas absent des termes du contrat. Ce contrat subit les avatars qui sont de règle pour toutes les conventions signées allégrement dans le monde du spectacle : cessions, annulations, rétrocessions...

En janvier 1948, Boris Vian fait une lecture privée de sa pièce au Théâtre Daunou. Les journaux attribuent aussitôt les principaux rôles à Yves Montand et Gaby Andreu. D'autres complètent la distribution avec Martine Carol qui venait de se faire repêcher dans la Seine et de révéler ses talents dans *la Route au Tabac*. Un exalté – qui a dû s'aventurer un soir rue Christine – ne craint pas de donner la vedette à Gréco. Quelques égrillards entrevoient dans leurs songes Josette Daydé, Simone Sylvestre, Dora Doll. Ils seront frustrés, autant que leur confrères portés sur Martine ou Gaby : toutes ces dames déclineront l'honneur de se faire violer par le nègre. Quant à la salle où se dérouleront les partouzes, il est question un moment, un bon moment, du Théâtre Pigalle.

Enfin, dans les premiers jours d'avril, on annonce la création de *J'irai cracher sur vos tombes*, pièce de Boris Vian, au Théâtre Verlaine, 66, rue Rochechouart, à Paris, dans une mise en scène de Pasquali, des costumes et un décor de Jean

Boullet et dans le rôle de Lee Anderson, le nègre blanc, un jeune comédien, Daniel Ivernel. L'information, cette fois, est exacte. La représentation générale est fixée au 22 avril. Les répétitions ont donné lieu à divers incidents, que la presse rapporte avec complaisance. Pire encore, la traditionnelle représentation des « couturières », qui précède la « générale », a été annulée, à la dernière minute, à la suite, dit-on, d'une altercation entre Boris Vian et Daniel Ivernel. On insinue que la générale pourrait bien être annulée, elle aussi ; on tient les lecteurs en haleine. La Régie autonome des Transports parisiens participe, selon ses moyens, à la campagne publicitaire. De même que le mot putain, qui n'est pourtant pas franglais, avait été interdit sur les affiches apposées dans l'enceinte (comment ose-t-on écrire ce mot-là ?) du Métropolitain annonçant la pièce de Jean-Paul Sartre *la Putain respectueuse* devenue pour les citoyens disgraciés qui se véhiculent sous terre *la P... respectueuse*, de même la Compagnie, trop souvent accusée de favoriser les contacts intersexuels, décrète l'interdiction du pronom personnel de la première personne du singulier avec élision de la voyelle e (j), le verbe neutre « aller » au futur (irai), le verbe « cracher » à l'infinitif présent, la préposition « sur », l'adjectif possessif « vôtre » au pluriel (vos), le substantif féminin « tombes ». Cette série de prohibitions, d'un haut intérêt pour l'histoire de la langue française, conduisait à proscrire intégralement de la vue des voyageurs la phrase *J'irai cracher sur vos tombes*, jugée attentatoire. Attentatoire à quoi ? Nul ne le saura jamais ; peut-être à la bonne marche des locomotrices. Restaient autorisés dans le langage métropolitain, par pure mansuétude on suppose, le pronom personnel féminin « la », le substantif féminin « pièce », le prénom masculin « Boris » quoique d'origine russe (ce qui laisse penser à une défaillance des censeurs du Métro car les ministres communistes étaient déjà exclus du gouvernement), et le nom patronymique « Vian ». Les usagers du Métro apprirent donc un beau jour qu'on jouait au Théâtre Verlaine « la pièce de Boris Vian ».

Carole, second enfant de Boris Vian, naît le 16 avril 1948, six jours avant la générale qui ne sera ni annulée ni retardée, sinon d'un quart d'heure en raison de l'effondrement d'un décor. Les machinistes multiplient les prouesses afin d'alimenter la chronique : jeux de lumière mal réglés, phonographe qui déraille, portes mal fermées, rideau trop tôt levé... Ce dernier incident allume l'imagination des critiques : unanimes, ils se plaindront le lendemain que le rideau tombe toujours trop tôt... avant que les jolies filles en proie au nègre ne soient tout à fait à poil. Aux premiers rangs des voyeurs déçus, on distingue tous ceux qui depuis dix-huit mois vocifèrent contre les romanciers dépravés, contre la littérature érotique, contre les pourrisseurs de notre belle jeunesse, contre le « pornographe » Boris Vian. Et parmi les cochons qui s'en retournent la queue basse, Thierry Maulnier n'est pas le moins geignard : « Le rideau s'abaisse toujours malencontreusement au moment où cela deviendrait intéressant. » Une abondante brochette d'obsédés sexuels. Il était clair comme la lune que nos moralistes ne portaient intérêt qu'à la fesse. Canular au second degré, la pièce de Boris Vian les enfermait tous dans son piège. Et pourtant Boris lui-même les avait avertis que *J'irai cracher sur vos tombes* n'était pas faite pour les pédezouilles visitant le Gay Paris. Dans le programme du Théâtre Verlaine, il écrivait ceci :

Que des gens aient vu dans le titre de cette pièce une provocation, voilà qui peut paraître surprenant.

Cracher à la figure de quelqu'un est, sans doute, répréhensible (à moins que cette personne ne vous ait prié de le faire) ; mais nul ne saurait contester que les actions de cracher sur une tombe ou de cracher à côté d'elle (c'est-à-dire par terre tout simplement) reviennent exactement au même pour l'utilisateur interne de la tombe ; c'est lui que cela regarde, car les utilisateurs externes seraient mal venus de se plaindre : ils ne sont qu'une catégorie, entre autres, de parasites...

... Et de quelle histoire s'agit-il ? Eh bien, tout le monde connaît la vie misérable des pauvres Blancs du Sud des États-Unis. James Agee, Erskine Caldwell et bien d'autres nous l'ont décrite longuement dans des œuvres où le poignant le dispute à l'émouvant, où le sensuel l'emporte à grand-peine sur l'érotique, etc., etc. Les pauvres Blancs, en gros, s'ennuient. Aussi de temps en temps, comme il y a des nègres aux États-Unis (heureux hasard), ils se prennent un nègre (appelons-le Danny par exemple) et se le pendent pour la distraction ; souvent, afin de corser le spectacle, on l'enduit de poix ou de goudron et on allume.

Or, il se trouve que Danny a un frère, Lee Anderson : Lee est un métis d'une catégorie particulière : il présente toutes les apparences d'un Blanc.

Quand on veut se venger des Blancs, c'est très commode d'être pris pour un des leurs : ça vous permet de choisir des victimes représentatives. C'est ce que ce modeste spectacle essaie d'illustrer. Il y a quatre rôles féminins parce que c'est très agréable de voir de jolies filles comme Anne Campion, Danielle Godet, Vera Norman et Jacqueline Pierreux (par ordre alphabétique pour ne pas me faire arracher les yeux), même si on en étripe une fraction à la fin ; parce qu'on sait bien qu'au théâtre elles ne meurent pas pour de vrai.

En masse compacte, les critiques dramatiques enfoncent la pièce : trop lente, trop verbeuse, mal bâtie, et toujours ce rideau qui tombe trop tôt, ou la lumière qui s'éteint quand le nègre va dégainer son arme et la fille rendre les siennes. Quelques nobles exceptions : *Paris-Normandie* constate que la pièce de Boris Vian devient avant tout un drame social et ethnique ; *Paru*, que l'auteur a changé la tonalité de son œuvre ; *le Monde illustré*, que l'auteur courageusement a sacrifié le côté libidineux qui avait fait la fortune de l'ouvrage pour s'attaquer à un grand problème, celui du racisme en Amérique. Dans *Combat*, Jacques Lemarchand, mais c'est un ami, enveloppe le roman comme la pièce dans les plis du drapeau noir de la révolte nègre, un drapeau qui pour être fièrement dressé n'en ondule pas moins sous une forte brise d'ironie : « Je connais bien Vernon Sullivan, l'auteur de *J'irai cracher sur vos tombes*. Nous nous sommes rencontrés jadis à l'université de Columbia, en troisième année de be-bop. (Cela ne nous rajeunit pas hein ! chère vieille chose noire !) Nous séchions les cours pour aller lire Racine aux w.-c. Puis, allongés sous les cèdres, et rêvant comme les jeunes gens rêvent, nous refaisions le monde. C'est à cette époque – comment ne m'en souviendrais-je pas ! – que Vernon Sullivan mit sur pied une théorie fort curieuse, ingénieuse, difficile d'accès, mais infiniment séduisante. Il avait étudié de fort près les rapports des nègres et des Blancs. Nous étions tous deux fort excités par la découverte de *la Case de l'Oncle Tom*, qui venait de paraître. Livre intéressant, méconnu, et qui fit naître dans l'esprit de Vernon Sullivan l'idée qu'il est fort mal aux Blancs de maltraiter les Noirs. De là à aborder la question raciale, il n'y avait qu'un pas. Je vis Vernon Sullivan le franchir. Et puis la vie nous sépara. Jusqu'au jour où j'appris qu'il avait confié à Boris Vian, mon ami et confrère, le soin de diffuser sa pensée en Europe, et par tous les moyens, même légaux. Boris Vian se mit au travail sur-le-champ. Il nous donna d'abord la traduction de *J'irai cracher sur vos tombes* (roman). On sait le succès qu'eut ce livre. La conscience française était enfin émue par ce problème de l'esclavage, duquel elle ne s'était encore jamais souciée avec sérieux. Le message de Vernon Sullivan atteignit sa destination, et la France, troublée, s'ébranla pour la bonne cause. Restait cette redoutable masse populaire, que le théâtre seul peut atteindre, grâce aux facilités qu'un État compréhensif, doublé d'un fisc indulgent, accorde à qui veut enseigner sur scène. Boris Vian n'hésita pas. Bravant les mesquines persécutions du métropolitain, il a écrit cette pièce que présente le Théâtre Verlaine. Et le Théâtre Verlaine, surmontant les incidents techniques et les défaillances de mémoire de ses acteurs, se fit un devoir d'offrir en grande hâte le message de Vernon Sullivan. C'est une pièce extrêmement bien jouée. Et convaincante... »

De toutes les scènes capables d'enlever la conviction, la scène III de l'acte I avait été la plus remarquée[1].

Lee vient d'apprendre par Jim la mort de son frère Danny : **« Ton frère Danny était dans la prison et tout allait bien, Lee... Mais le vieux Moran s'est aperçu que sa fille était enceinte... et il a fait une histoire terrible et il a ameuté tous les autres... et il a dit que dix ans de prison, c'était**

---

1. Bien que ronéotypé à plusieurs exemplaires (pour les comédiens, le metteur en scène, etc.), le texte de la pièce passait pour perdu. Par bonheur, deux copies, coup sur coup, réapparurent. Grâce à quoi la pièce a été publiée en 1974, ainsi que l'ultime scénario du film dont il est question plus loin, dans notre *Dossier de l'affaire J'irai cracher sur vos tombes* (Christian Bourgois, éd.) qui rassemble toute la documentation relative au roman et à son procès, et l'ensemble des informations sur les versions scéniques et cinématographiques, leur accueil, leurs conséquences.

pas assez pour un nègre qui a fait un enfant à une blanche... qu'il fallait le pendre... Alors, ils ont été à la prison, Lee, et ils ont démoli la porte... ils ont pris Danny, Lee, et ils l'ont enduit de goudron, et ils l'ont pendu... et ils ont allumé, Lee, et tout le monde regardait... Alors, c'est pour ça que je suis venu te prévenir, Lee... » Jim s'en va.

SCÈNE III
Lee, seul – puis Jérémie
Lee (terrassé)

Danny... mon Danny...

(Jérémie fait un léger bruit dans la salle de bains, Lee sursaute)

Qui est là ?

(La porte s'ouvre, Jérémie passe la tête)

Ah, c'est toi, Jérémie... Tiens range ça – (Jérémie le regarde, il lui tend une bouteille vide qu'il a aperçue sous le lit, et réexplose d'un coup)

Les salauds ! Les salauds... Je l'aurais tiré de là, Danny... je gagne de l'argent... je lui aurais payé sa caution, à Danny... (silence)**... j'ai foutu le camp... J'ai tout laissé pour ça...** (silence)

(il va à la porte de gauche, l'ouvre et regarde)

Jérémie... viens... il y a encore une caisse là-bas.

Mais je les aurai, bon sang, je les descendrai... leurs putains de bonne famille.

(il empoigne Jérémie qui se laisse secouer, épouvanté)

Et tout ça parce qu'on a la peau noire... mais oui, mon vieux Jerry... Tu as la peau noire, figure-toi... tu savais pas, hein ?... Alors comme tu as la peau noire, tu peux bien crever, ou ramasser les ordures de ces messieurs-dames... ou leur cirer leurs godasses... mais pas laver leur linge, Jerry... pas le linge... ça c'est réservé à ceux qui ont seulement la peau jaune... le jaune, tu comprends, c'est plus près du blanc... et puis on ne sait pas trop avec quoi c'est fabriqué le jaune... avec quoi il a fallu mélanger le blanc pour faire du jaune... et puis ils font un peu peur ? ? ? C'est des étrangers ! Une nation... une vieille civilisation... ? Des gens raffinés qui mangent

des œufs pourris... mais justement, c'est une preuve... c'est une invention ça, qu'est-ce que tu veux... Les Blancs aussi, ils ont fait des inventions formidables : l'esclavage par exemple... Tu as entendu parler ? Oh, ça n'a pas d'importance de réduire des Noirs en esclavage... des types tout juste bons à recevoir des coups de pied dans les fesses... des sauvages qui dansent tout nus dans la brousse en tapant sur des calebasses...

Mais qu'est-ce qu'on leur a demandé, aux Blancs, Jerry... Qui est-ce qui a été les chercher les Noirs ? Qui est-ce qui est venu les massacrer... brûler les villages... torturer tout le monde... voler, piller, emmener les jeunes gens et les jeunes filles dans des bateaux du diable où on crevait comme des bêtes pour que des salauds puissent s'engraisser sans rien faire avec le travail de ceux qui arrivaient vivants ? Ils étaient libres, les Noirs, Jerry... ils ne demandaient rien à personne... et ils se sont laissé faire... tu penses... pour croire que ça pouvait exister, il fallait être civilisé... Pourquoi tu as peur de moi Jerry... tu sais bien qu'on est pareils... ça ne compte pas la couleur... et j'en ai bavé autant que toi, depuis que je suis né dans ce pays de brutes et d'hypocrites...

Ils m'ont tué Danny, Jerry... tu comprends ? tu piges... Ils l'ont pendu... Juste au moment où j'allais le sortir de là... Je l'aurais fait sortir de prison, et puis on serait parti tous les trois... avec Tom... on aurait été en Europe, on aurait pu vivre... on aurait pu travailler... on peut travailler là-bas, Jerry, sans risquer de se faire tuer tous les jours parce qu'on n'a pas cédé le trottoir à un Blanc... et ils l'ont pendu, mon Danny... ils l'ont brûlé avec du goudron et ils n'ont même pas attendu qu'il soit mort pour le brûler... les salauds... les salauds... ils ne peuvent pas nous laisser vivre décemment... nous laisser gagner notre vie comme les autres... nous laisser aimer et nous marier comme les autres... ils se sentent mal à l'aise devant nous... alors ils se paient sur notre peau... Mais c'est eux qu'ils puniront en nous pendant aux arbres, Jerry... c'est eux qu'ils puniront... c'est eux qui seront punis. (silence)... Danny... (il sanglote)... Danny... mon petit... mon gosse... les vaches...

Nonobstant la déconvenue des amateurs de nus artistiques, le Théâtre Verlaine y allait de ses placards publicitaires affriolants : « La pièce la plus audacieuse de la saison ! » Comprenait qui voulait. Un jour, un seul, ce fut : « La pièce que les critiques n'ont pas vue. » Les critiques venus en foule pour voir d'effrayantes priapées étaient repartis sans avoir vu leurs phantasmes concrétisés : ils n'avaient donc pas vu la pièce. C'était vrai, bon à dire, mais sans effet sur le public. Celui-ci oublia vite le chemin de la rue Rochechouart. Le 13 juillet 1948, la pièce était retirée de l'affiche. Elle avait duré moins de trois mois. Boris Vian, dans un article de *l'Intransigeant*, à la veille de la générale, comptait sur trois mois de représentations. Il s'était trompé. De peu.

Le 24 août 1948, rendant compte des déplacements et villégiatures des personnalités bien parisiennes, *Cinémonde* publiait ces lignes : « Boris Vian, lui, est mort de fatigue : on a déjà vendu près de cent mille exemplaires de son chef-d'œuvre *J'irai cracher sur vos tombes*. La pièce qu'il en a tirée eut moins de représentations, il est vrai. Quand on demande à Boris Vian si on tirera un film de *J'irai cracher...*, il répond : "Ne me parlez pas de malheur". »

LE FILM

Ce malheur arriva. En 1953, à peine terminée l'action judiciaire menée contre lui depuis 1948 et comme pour reprendre la lutte, Boris Vian décide de bâtir un scénario sur les thèmes fondamentaux de *J'irai cracher sur vos tombes*, avec la collaboration de son ami Jacques Dopagne[1]. Les vicissitudes du procès, les réactions de la presse et particulièrement des « bons apôtres », la volonté d'affronter les problèmes qu'il faut bien appeler politiques dont il s'était jusque-là détourné (voir Traité de Civisme), tout cela concourt à entraîner Boris Vian dans la voie d'une réhabilitation totale de *J'irai cracher sur vos tombes*. Réhabilita-

---

[1]. À ne rien cacher, Boris avait, dès le 27 octobre 1948, préparé pour une société de films un synopsis de « transposition » (c'est son mot) de *J'irai cracher sur vos tombes*. L'affaire tourna court. Le dernier scénario de *J'irai cracher* qui répondit pleinement à ses vues fut terminé en décembre 1957.

tion devant le seul juge qu'il ne récusait pas, savoir lui-même Boris Vian. Réhabilitation aussi au sens de remise en état de marche et d'adaptation à la stratégie moderne de cette machine qui s'était révélée d'une efficacité certaine dans l'art de désorganiser et d'abêtir l'adversaire. Plusieurs fois remanié, le scénario du film prend, avec le maccarthysme aux États-Unis, la guerre d'Algérie, les fièvres raciales concomitantes ici et là-bas, les incidents du *Déserteur*, une actualité toujours plus aiguë. Pas seulement l'actualité qui s'inscrit d'elle-même dans le vieux cadre de *J'irai cracher...* et qu'on pourrait dire passive, mais surtout l'actualité vue, et vécue de son plein gré par Boris Vian.

C'est l'heure où Raymond Queneau écrit en préface à *L'Arrache-Cœur* (1953) : « Boris Vian va devenir Boris Vian. » Boris Vian veut que *J'irai cracher sur vos tombes*, oui, même cette œuvre-là, devienne une œuvre de Boris Vian. Le seul résultat de la transposition scénique avait été de montrer que *J'irai cracher...* contenait autre chose que du « sexe ». Résultat, au fond, négatif, obtenu au prix d'un échec. Aujourd'hui, Vernon Sullivan est bien mort, Boris Vian le croit. À mesure que se succèdent les versions du scénario, un nouveau public naît et grandit qui sait confusément que *J'irai cracher sur vos tombes* avait été un succès, mais de quelle nature ? Il n'est pas un spectateur du film sur dix qui pourrait le dire. Douze ans ont passé depuis la sortie du livre, dix ans, depuis le spectacle du Théâtre Verlaine. Il ne reste qu'un titre sous lequel il est possible de reconstruire une œuvre qui soit vraiment une œuvre de Boris Vian. C'est à quoi Boris s'emploie avec sérieux et conviction, entendons que l'idée d'un troisième canular est absente de son esprit, quand en 1958 des propositions lui sont faites par des sociétés cinématographiques. Plusieurs projets sont formés et se défont, des metteurs en scène désignés et qui renoncent. Les cessions de contrats, plus communes encore dans la jungle cinématographique que dans les milieux du théâtre, font tomber finalement le scénario entre les mains d'une société de production que Boris n'avait pas choisie, dont il apprit par la bande qu'elle devenait propriétaire de son œuvre et qui manifesta dès les premiers jours un mépris à peu près complet des intentions de l'auteur. Boris Vian craint le pire. Il conjure la société productrice de comprendre combien « dans les circonstances actuelles » (la guerre en

Algérie, le militarisme menaçant...) il serait grave de manquer ce film, de n'en faire qu'un de ces vulgaires « interdits aux moins de dix-huit ans » avec quoi l'Ordre entretient les aînés dans l'illusion qu'ils sont majeurs. Les producteurs qui tiennent un bon titre se moquent des exhortations de Boris : ils peuvent se passer de lui, ils vont jusqu'à le menacer d'embaucher un autre adaptateur s'il ne fournit pas la « suite dialoguée » dans le délai de rigueur. Ils brandissent le contrat racheté à l'insu de Boris ; ils en distillent les termes par lettres recommandées. Quant à la réalisation du film, Boris de toute façon en est exclu, et c'est alors qu'on pourra faire n'importe quoi. Boris a perdu la partie. Son seul recours sera de demander le retrait de son nom du générique. Il mourra, à l'avant-première du film, le 23 juin 1959, avant d'avoir pu élever cette ultime protestation.

J'irai cracher sur vos tombes n'aura jamais été son œuvre. Jusqu'au bout, le fantôme de Vernon Sullivan aura poursuivi Boris Vian de sa malédiction. Canular tragique, le roman *J'irai cracher sur vos tombes* détournera des vrais romans de Boris Vian, la pièce *J'irai cracher sur vos tombes* privera *L'Équarrissage pour tous,* pièce si neuve et si profondément originale et réellement audacieuse, de l'audience qu'elle méritait, le film *J'irai cracher sur vos tombes* précipitera la mort de Boris Vian en le trahissant dans sa suprême tentative pour s'approprier une œuvre qui a tout jamais lui échappe.

Il fallait donc que meure Boris Vian pour que disparût Vernon Sullivan. Histoire atroce et dérisoire – comme si Boris l'eût imaginée – d'un auteur de romans policiers mourant assassiné par l'un de ses personnages qui détruirait l'œuvre où son crime serait décrit et, du même coup, mettrait fin à sa vie fictive. À la minute de vérité, Vernon Sullivan refusera à Boris la possession de *J'irai cracher sur vos tombes* en livrant aux rôdeurs l'œuvre et sa propre défroque. L'œuvre est aujourd'hui dissipée dans l'anonymat et Vernon Sullivan, retourné à l'inconstance, laisse en paix Boris Vian.

Les variétés amusantes

Ce chapitre pourrait, à lui seul, constituer aisément un volume. Il s'agit de « variétés » dans l'acception qu'a pris ce mot au music-hall aussi bien qu'au sens de créations diverses, inclassables sous les rubriques du roman, du théâtre, du cinéma, de la poésie ou de la chanson et qui, néanmoins, participent de tous ces genres et les mélangent. Ce sont petites œuvres, si l'on veut, et fugitives, mais non mineures. Au reste, Boris Vian concevait mal les hiérarchies artistiques : on était maître en son art ou on n'était qu'un grouillot, mais pourquoi le peintre se tiendrait-il pour « supérieur » au musicien, le boxeur au trapéziste ? Il n'aurait pas déplu à Boris Vian de voir figurer dans ces pages de « variétés » un de ses tableaux. Car Boris fut aussi un peintre, un artiste peintre. Pendant une semaine, à partir du 8 juin 1946, il peignit sans interruption, à en perdre le boire et le manger, ce qui est le signe d'une passion violente et d'un ordre élevé. Et le 2 décembre 1946 il accrochait ses œuvres à la Galerie de la Pléiade dans l'exposition des « peintres écrivains d'Alfred de Musset à Boris Vian ».

Une émission radiophonique comme *Carte blanche à Boris Vian* (connue aussi sous le nom de « Radio-Massacre » et que Boris voulait intituler « Radio-Partouze ») a certainement compté dans sa vie, et donc dans son œuvre : d'abord il s'est, de toute évidence, beaucoup diverti à l'écrire et l'interpréter ; ensuite c'était tout de même du Boris Vian à haute tension branché sur cinq millions d'auditeurs. Quand on dit que Boris Vian « ne recherchait pas le succès », on trompe son monde. On finirait par nous le décrire en masochiste à la Paul Léautaud grognant dans son chenil et entretenant une réserve de poux à seule fin de mieux gratter ses plaies et de geindre que ça suppure. Boris Vian, qui fut certainement de tous les écrivains contemporains d'égal génie le plus vilipendé, le plus « interdit » et le moins compris, ne jouait pas à l'artiste maudit, confit de désespoir et crachotant ses rancœurs. Il a connu des succès retentissants, et il en a été très heureux ; il a subi des échecs et il en a souffert. Il méprisait le succès facile, et davantage encore la concession au succès : ce n'est pas là indifférence au succès, c'en est peut-être tout le contraire. On a aussi épilogué à tort et à travers, et sans en percevoir toute l'amertume, sur sa célèbre boutade : « On est toujours déguisé, alors autant se déguiser ; de cette façon on n'est plus déguisé. » En vérité Boris Vian souhaitait que Boris Vian réussisse, mais pas un Boris Vian tronqué, mutilé, défiguré, trahi, qui n'aurait plus ressemblé à Boris Vian. Voyez sa gêne, au fond, passé l'euphorie du mystificateur qui voit son affaire « prendre » comme une mayonnaise, devant le succès de Vernon Sullivan qui n'était pas lui, qui n'était pas son succès à lui, Boris Vian. Voyez son acharnement à se faire comprendre des critiques, à expliquer son théâtre, à justifier ses goûts pour tel style de jazz, à défendre sa version cinématographique de *J'irai cracher sur vos tombes*. Sans doute, à la fin de sa vie, ne nourrissait-il plus guère d'illusions sur ses chances de romancier (et là sa lucidité lui fit défaut) mais le champ de ses activités était vaste, ses dons innombrables et il n'avait prononcé aucun vœu de renoncement. La Pataphysique consciente à laquelle il se voua avec ferveur dans les sept dernières années de sa vie (ce qui n'est pas rien dans une existence si brève) lui permit de surmonter, non pas ses échecs (c'était déjà fait), mais mieux : la notion même d'échec. Je ne sais si la Pataphysique est – comme le voulait Remy de Gourmont – une belle chose pour les gens qui s'ennuient (d'où Jean Paulhan a conclu, par extrapolation abusive, que les travaux du Collège de Pataphysique suaient l'ennui) : il est indubitable que Boris Vian ne s'ennuya jamais au Collège et qu'il y connut au contraire quelques-unes de ses joies les plus libres et les plus riches, et qu'il y fortifia, en doctrine, son comportement devant le monde.

Ces précautions à l'usage du lecteur qui, le nez sur une contradiction, éprouverait scrupule à s'en détacher : d'une part les « variétés amusantes », ici présentées et choisies entre cent autres, quand bien même elles amusèrent un public qui ignorait *l'Écume des jours*, sont d'un Boris Vian qui s'exprimait en Boris Vian, sans complaisance ni restriction ; d'autre part, Boris Vian aurait souvent préféré faire autre chose.

... **Je les ai faits, ces sketches du 26 février et ils boument à la Rose rouge. Et les traductions aussi et tant de lignes sans intérêt. Lesquelles en ont ?... J'ai horreur de travailler en ce moment : j'ai plein de choses à vivre et le travail me ronge mon temps. En outre, il fait beau souvent et ça me met des roulettes dans les pattes.**

Note inédite du 7 mai 1952.

Nos recherches ont été vaines pour retrouver le texte de la plus ancienne émission radiophonique à laquelle Boris Vian participa, *les Petites Vacances*. Organisées par le Radio-Club de la Maison des Sciences qu'animait Jean Suyeux et qui comptait parmi ses adeptes quelques personnalités curieuses comme Paul Braffort et le Dr Schutzenberger, elle avait été enregistrée le 3 février 1947 au Club d'essai de la Radiodiffusion française, rue de l'Université. Boris Vian y jouait le rôle du Phoque Paulhan, un phoque qui mangeait les p'tits enfants ; Boris faisait « grr... grr... ».

Avec cette même équipe de la Maison des Sciences, Boris avait fondé la « Petite Chorale de Saint-Germain-des-Pieds » (exclusion faite de Gréco parce qu'elle manquait de voix). *La Java du coin d'la rue* (voir notre chapitre de la Chanson) appartenait au répertoire de cette chorale : Paul Braffort écrivait les musiques ; parmi les choristes, en plus des susnommés, on rencontrait Maxime Danain et Roger Bellanger. La Chorale prêta son concours à une émission radiophonique : un reportage sur un congrès de phonétique des sourds-muets, reportage entièrement silencieux, mais brusquement interrompu par un incident technique, c'est-à-dire par une intervention sonore, celle de la Petite Chorale de Saint-Germain-des-Pieds entonnant une des œuvres composées pour elle et par elle la *Chansons des Ponts de Paris*.

On réentendra Boris Vian chanteur dans une des toutes premières émissions de François Billetdoux, *les Bourgeois de Calais*, avec musique de Paul Braffort. Francis Blanche se souviendra, pour écrire *Malheur aux Barbus*, de certains mots : chichnouf, Babu, etc., dont bourgeonnait cette émission et qui étaient du vocabulaire usuel de Vian depuis l'École centrale, et surtout depuis sa rencontre avec Jacques Loustalot pour qui et, le plus souvent, par qui avait été inventé tout un vocabulaire pseudo-hindou destiné à justifier son titre de « bienheureux Major retour des Indes ».

Carte blanche à Boris Vian, diffusée le 21 octobre 1947 de vingt heures cinquante à vingt et une heures trente, fut la première grande émission radiophonique de portée nationale (et internationale grâce à la Suisse romande et à la Belgique !) confiée à Boris Vian. Et quasiment la seule, puisque aucune autre n'atteignit pareille durée. *Carte blanche* eut le don d'irriter bien du monde : les plus hargneux protestèrent contre le scandale (encore !) qui consistait à livrer les pures oreilles de la Nation aux propos pervers de l'auteur de *J'irai cracher sur vos tombes* (car on était en plein dedans). D'autres (ou les mêmes) anathématisaient cette « musique de sauvages » qu'on osait faire interpréter au micro par les dégénérés du « Tabou ». Avouons que Boris avait bien fait les choses : quelques bons comédiens et diennes : Pasquali, speaker n° 1 ; Yves Deniaud, speaker n° 2 ; Jean Claudio, speaker n° 3 ; Maurice Pierrat, speaker n° 4 ; Jeanne Fusier-Gir, speakerine n° 1 ; Jacqueline Groussard, speakerine n° 2 ; Marcel Levesque dans le rôle du professeur Mangemanche ; et aussi Jacques Loustalout (le Major) et l'orchestre du « Tabou » : Lélio Vian (guitare), Alain Vian (batterie), Taymour Nawab (chant), Jacques Gruyer (saxo), Raymond Fol (piano) et l'auteur Boris Vian à la trompette ; réalisateur Jean-Jacques Vierne.

De cette émission on nous pardonnera de ne donner que des extraits : c'est au profit d'autres « variétés », mieux faites pour être lues que cette émission conçue dans un style très radiophonique (en un temps où l'on croyait encore que la radio était un art, ayant ses lois et ses exigences et ses qualités propres). L'émission commençait par des bruits de galopade, des cris indistincts, un fracas énorme, puis le Major apparaissait tonitruant : « Macarelle ! fille de pute ! Fermez ça, bande de chichnoufs ! » Puis on apprend, après

« friture horrible et bruit de deux micros qui se battent », que Boris Vian a été nommé Directeur général de la Radiodiffusion française.

Bruit terrible. Paroles confuses.	Voix désespérée du speaker : **La ligne... ils nous prennent la ligne. Faites quelque chose. Faites quelque chose.**
Friture. Puis...	Boris Vian : **Allô, chers auditeurs, ici Boris Vian, Directeur général de la Radiodiffusion française. Grâce à la vaillance de quelques-uns de nos collaborateurs les plus dévoués, nous avons réussi à prendre la ligne, au prix de deux morts, tous les deux sont en traitement à l'hôpital Cochin, rassurez-vous. Ni fleurs, ni couronnes, mais du pain. Les minutes sont brèves. Voici donc comment, à partir d'aujourd'hui nous comptons organiser les programmes. Nous devons faire vite car nous sommes en butte à de puissantes rivalités : Wladimir Porché, ancien Directeur général de la Radiodiffusion française, le maréchal Pétain, Inspecteur honoraire de l'armée française d'occupation en Allemagne, Mathurin Régnier, poète, mort heureusement depuis, Agénor Pointu, gardien de la paix, qui m'a dressé conversation l'autre jour, Peter Cheyney, évêque de Westminster...**

Suivait un appel suppliant d'une speakerine aux paysans de France pour qu'ils livrent leur blé (ils le gardaient pour eux cette année-là et pour les cochons). Début d'orchestre, propos sucrés d'un speaker, son éjection, hurlements, puis

Orchestre : Air de « Miss Otis Regrets »	Speakerine 2 : **Voici donc notre journal avec Timsey-Timsey.** (L'orchestre attaque.) **Toutes les nouvelles du monde en deux cent vingt-cinq secondes.**

Speakerine 1 : **De Paris.**
Timsey : C'est M. Vincent Auriol, le Président,
Mesdames,
Qui a visité tantôt l'exposition, Mesdames. Il a regardé toutes les toiles et il a dit : « C'est affreux », Mesdames. Et il est tombé raide mort sous un Picasso.
Speakerine 1 : **Du Vatican.**
Timsey : Hier soir, la femme du Pape s'est révoltée, Messieurs, Elle a demandé le droit de divorcer, Messieurs,
Mais comme il lui faut pour ça, la permission du Saint-Père, Messieurs, il est bien probable qu'elle ne l'obtiendra jamais.
Speakerine 1 : Qu'est-ce que c'est ?

Bruit de boîtes de conserve.

Speaker 1 : C'est le Major qui dîne.

Speakerine 1 : **De Hollywood.**
Timsey : **Les Américains viennent de filmer Jeanne d'Arc, Grand-mère,**
Avec Orson Welles dans le rôle de Charles VII, Grand-père,
Mais comme pour plaire au public, il vaut mieux qu'ça s'termine bien, Mesdames,
À la fin du film, elle épouse Gary Cooper.

Nouveau message, d'un ton plus ferme, aux paysans. Puis l'Horloge parlante qui refuse de donner l'heure et menace de changer son numéro d'appel pour avoir la paix. Puis lecture d'un poème lettriste avec accompagnement de batterie.

Grands bruits à la porte.

Le Major : Je suis sûr qu'il n'a rien compris. Ce manque de sensibilité opiniâtre... Cette absence d'inquiétude métaphysique... (il rit) C'est positivement immonde...

Vian : Allez, ça ira très bien. La suite, la suite. Grouillez-vous, ils sont en train d'attaquer en force.

Speaker 2 : Mes chers auditeurs, nous avons ce soir à notre micro le Professeur Mangemanche, qui va commenter pour vous la digestion du chat, une réalisation de Raymond Queneau et Gaston Gallimard, avec la souris Azor et l'estomac du chat Ratapoil, qui nous ont été aimablement prêtés par la Société Protectrice des Animaux. Une seconde, le Professeur boit un verre d'eau.

Bruit de carafe et de verre d'eau goulûment absorbée.

Mangemanche : Chacun de vous possède une de ces créatures affectueuses que sont ces frères inférieurs aux nobles attitudes de Sphinx dont Baudelaire chantait la lucidité égoïste. Mais nous sommes peu renseignés sur les phénomènes complexes de la vie physiologique de ces animaux dont la trop grande habitude que nous en avons nous fait trop souvent ignorer, etcétéra etcétéra. La digestion du chat comporte deux phases principales.

a) La digestion du chat proprement dite : prenons la souris Azor, sans nous soucier de ses cris. Arrachons-lui les pattes, la queue et les oreilles, et donnons-la à notre brave Ratapoil. Celui-ci, que l'on a privé de nourriture depuis un mois pour le bon résultat de l'expérience, se jette sur sa proie.

Coins-coins de canards.

Miaulements sauvages. Coins-coins

terribles. Puis « glop » au milieu d'un silence complet. Léchage de babines. Descente dans l'estomac. Coins-coins satisfaits.

Cris dans le studio : **Azor ! Azor ! Oh la vilaine.**

Mangemanche : **Je ne comprends pas. Le cas est tellement rare...**

Mêmes bruits que plus haut, mais après descente second glop ! dans l'estomac Ding...

Speaker 2 : **Chers auditeurs, excusez-nous, mais la souris vient d'avaler le chat. Nous recommençons l'expérience.**

Mangemanche : **Bien, bien. Fort bien.**

Speaker en sourdine (voix genre retransmission théâtrale) : **Le chat engloutit actuellement le micro spécial en forme de souris préparé à cet effet par le Professeur Mangemanche. Nous allons maintenant brancher ce micro qui doit avoir atteint son estomac.**

Brusquement bruit de branchement. Bruit de machine, pompe.

Mangemanche : **Les bruits que vous entendez actuellement sont de deux espèces. Primo, contraction épizootique du pylore ; secundo, intersection de l'œsophage. Mais, en réalité ce phénomène est connu depuis la plus haute Antiquité et ne présente aucun intérêt. J'ai eu un chat qui, d'ailleurs, ne digérait pas les souris.**

Speakerine 2 : **C'est curieux, Professeur.**

Mangemanche : **C'est une affaire de goût. Je ne les digère pas non plus.**

Un silence. Toux légères et gênées.

Voix diverses : **Moi, non plus. Moi non plus.**

Le Major : **Moi, si.**

Mangemanche : **En tout état de cause et sans vouloir faire de reproche aux personnes qui m'ont, aimablement, je dois le dire, prié de participer à cette** émission, je suis forcé de bien vous faire remarquer que la digestion du chat n'est pas au programme du baccalauréat.

Speaker 2 : Écoutez, Professeur, terminez votre émission. On attend la ligne...

Mangemanche : Bon.

b) Digestion du chat au sens particulier du terme. Vous prenez un chat de six mois. Vous le plumez et vous l'écorchez, puis, vous l'estrapadouillez avec une fourchette et vous le coupez en quatre. Vous le faites revenir à lui dans du beurre bouillant, et vous lui mettez un bâillon, car il miaule très fort. Puis, vous laissez cuire cinq minutes...

Brouhaha.

Speakerine 1 : Mais Professeur, vous vous trompez... Dans le livre de cuisine de ma tante Agathe, nous mettons toujours trois gousses d'ail.
Croyez-moi, c'est une vieille recette de famille et...

Nouvel appel, cette fois menaçant, aux paysans de France. Contre-attaque de l'ancienne équipe, la bande à Porché.

Vian et son équipe gardent l'avantage et lancent une annonce publicitaire pour « le dentifrice Lacanine, le dentifrice qui ne sent rien », lequel offre aux cherzoditeurs un reportage sportif.

Un speaker volubile décrit une course d'automobiles ; les concurrents sont Alexandre Astruc, sur Dedion Bouton à Pression modèle 1905, Raymond Queneau sur Richard Brasier 1875 type Constitution modifié par Gallimard en 1907, Jean-Paul Sartre sur Léon-Bollé existentialiste à pont-arrière royal et embrayage par engagement, Albert Camus, Jean Cocteau sur Décauville surbaissée, etc. Boris Vian veut présenter sa minute poétique, mais un nouveau message aux Paysans lui coupe la parole.

Speakerine 1 : **Paysans ! Vous êtes une belle bande de salauds. Les cochons sont malades à force de manger du blé et nous n'avons même pas de maïs. À partir de demain, on ira vous fusiller sur place. À bon entendeur, salut !**
Speaker 3 : **Mes chers auditeurs, nous reprenons notre minute poétique, une présentation de Roux-Combaluzier, réalisée par Olivier Larronde, André Frédérique, Maurice Rostand, l'abbé Grosjean, Paul Claudel et Jacques-André Dugommier, le fils de ma concierge. Vous allez entendre une élaboration inédite du célèbre Nicolas Vergencèdre dont l'éloge n'est plus à faire, œuvre extraite de son dernier recueil, publié il y a un an.**

Speaker 2 (récitant) : L'élixir des Pères

Tapis à l'ombre des cavernes,
Les Pères préparent la liqueur
Connue sous le nom de Liqueur des
                              Pères
C'est bon la Liqueur des Pères.
C'est très bon. Et j'ai demandé
Aux Pères, car je suis retorpère,
Le secret de cet élixir.
Le Père Paillot m'a raconté
                     Ceci :
Sous les pentes broussailleuses
Où pousse le mirliflore
Et le barbeau à postiches,
Parmi le seznec sauvage
Et la gapette à liserés,
On trouve une autre panacée
Très difficile à saisir
Car elle saute de pierre en pierre :
C'est la brouette officinale.
Les Pères, en formation serrée
Donnent la chasse à la brouette

Qui réagit faiblement.
On la broie vigoureusement
Avec un rien de bonne humeur
Et de la fiente apprivoisée
Qu'on élève près des lieux saints.
On filtre le liquide obtenu
Dans un caleçon de bedeau
En tissu réglementaire.
Puis le Père Supérieur
Dégaine son tastevin,
Goûte et dit : « C'est affreux »,
Et renverse tout par terre.
Alors, pour sauver la face,
Les Pères vont chez Loiseau-Rousseau
Acheter de la Liqueur des Pères
Qu'ils revendent aussitôt,
Toute faite, et en bouteilles.

Nicolas Vergencèdre, auteur de ce poème tonique, était Alain Vian qui récitait ses œuvres au « Tabou », particulièrement *la Guerre* et *le Tour de France Cychrist* (voir notre chapitre de Saint-Germain-des-Prés).

Après un nouveau message aux paysans, intransmissible en raison de sa teneur et dont on invitait les auditeurs à rétablir le texte en se reportant aux œuvres de Louis-Ferdinand Céline, de violentes détonations se faisaient entendre : l'ancienne équipe reprenait l'assaut, le Major était fait prisonnier...

> Speaker 3 : Et voici maintenant, à la demande générale, la retransmission directe d'une cérémonie qui s'est déroulée ce matin dans Berlin pavoisé à l'occasion de la rentrée de Adolf Hitler, complètement remis de la grave maladie qui l'a tenu éloigné de ses fonctions pendant un temps malheureusement trop long. Le Führer a reçu un grand nombre de télégrammes de félicitations à l'occasion de son anniversaire. Nous allons vous donner lecture des principaux, pendant que la

fanfare massée en haut d'Unter den Linden va exécuter une entraînante marche militaire avant que le Führer n'apparaisse dans sa Cadillac particulière, pour se diriger vers le nouveau Capitole, conformément au plan Marshall.

Fanfare avec chœurs.
>Wenn die Soldaten
>Durch die Stadt marchieren
>Offnen die Mädchen
>Die Fenster und die Türen
>Ein Warum Ein Darum
>Darassabum Darassassa...
>
>   bis
>
>Ein Küss wenn es stimmt

Speakerine 2 : Voici le télégramme envoyé par le président Ramadier au Führer : Cher Führer, à l'occasion de votre cinquante-troisième anniversaire, je tiens à vous remercier encore des précieux enseignements que nous avons puisés en matière de ravitaillement dans l'expérience si intéressante et si fructueuse de votre organisation alimentaire, dont l'ingénieux système de tickets est devenu un modèle pour l'Europe tout entière.

Speaker 3 : Voici le télégramme envoyé par le roi George VI au Führer. Traduction de Marcel Duhamel et Hélène Bokanowski : Cher Führer, je n'ai rien à ajouter au télégramme du Président Ramadier que je viens d'entendre à la Radio. Nous aussi en Angleterre, nous avons profité de vos leçons, et nous avons tous cinquante-trois ans.

Speaker 2 : Du Président Truman, un message dans une traduction de Marcel Duhamel et Hélène Bokanowski... Mon cher Adolf... À l'occasion...

Bruits de foule s'amplifiant.

Speaker 1 : **Mes chers auditeurs, nous interrompons la lecture du message de félicitations du Président Truman pour nous mettre en communication avec notre reporter Jules Lambrique.**
Speaker sportif : **Mes chers auditeurs, le Führer vient d'apparaître debout dans sa Cadillac en haut de l'avenue. On applaudit à sa forte stature qui l'a fait surnommer par ses sujets l'homme d'acier. Sa grosse moustache et ses yeux pétillants de malice, à demi masqués par la visière de sa casquette plate ornée d'une étoile rouge, il sourit au peuple qui l'acclame aux cris de « Banzaï », « Banzaï », ce qui en allemand, se traduit par « Heil ». Derrière la Cadillac du Führer, le cortège officiel comporte un bataillon de Cosaques de Francfort, et un détachement de S.S. montés sur les petits chevaux nerveux de la Volga. La fanfare attaque le second morceau de son répertoire. Les acclamations du peuple montent. Nous vous donnons lecture des télégrammes suivants...**

Brouhaha.

Fanfare jouant toujours le même morceau.
Débranchement.
Bruits.

Speakerine 1 : **Paysans de France, puisque vous insistez lourdement, nous vous informons de la nomination de M. Jean Nocher au titre de Directeur général de la Radiodiffusion française, en remplacement de M. Boris Vian qui est appelé à d'autres fonctions.**
Speaker 3 : **Et, en attendant que la Police vienne chercher M. Boris Vian, ancien Directeur général de la Radiodiffusion française, nous allons faire une petite surprise-partie au cours de laquelle j'espère bien arriver à mes fins et violer Mlle Lamouche.**

Et l'émission se terminait en effet, après réapparition du Major, par une surprise-partie et dans un désordre inouï (quoique de plus en plus sonore) traversé par un cours de boogie-woogie en transcription lettriste. Enfin, l'ancienne équipe reprenait possession de la ligne et, après un arrêt brusque suivi d'une musique très forte qui s'arrêtait à son tour pour faire place à un silence de mort, on entendait deux ou trois grattements, et enfin la voix du speaker de la radio, rassurante : « Vous venez d'entendre *Carte blanche*... »

Au *Procès des Pontifes*, émission du Club d'essai (Paris-Inter) produite par Pierre Peyrou et Claude Roland-Manuel, Jean Cocteau est au banc des accusés le 28 janvier 1949 à vingt et une heures cinquante. François-Régis Bastide prononce le réquisitoire. Boris Vian assure la

DÉFENSE DE JEAN COCTEAU

Avant de plonger l'accusation dans la confusion qu'il lui a plu d'encourir, je crois de mon devoir de résumer ses chefs principaux ; car si j'ai eu le temps de saisir leur essence, étant donné ma longue pratique de la justice, je doute que l'auditeur honnête se puisse trouver au même point. Quand bien même, d'ailleurs, vous auriez tous compris, il entre dans mon plan de démoraliser l'adversaire par des griefs dont le manque de fondement ne pourra que renforcer l'efficacité.

Voici donc ce que Bastide reproche à Jean Cocteau :

D'une part, les clins d'œil systématiques au public. On peut même dire les clins d'yeux, car Cocteau se sert sûrement des deux.

D'autre part, la gratuité de sa morale : « Toutes les causes te sollicitent, tu as voulu ne te priver d'aucune, te glisser entre toutes et faire passer le traîneau. » Gâchant ainsi le métier de scandalisateur.

Enfin, sa sécheresse, et la part trop grande faite au mécanisme qui, chez lui, arrive à tuer la passion.

Allons, Bastide me rend la tâche aisée. Encore faut-il que je surveille mes arguments – car, selon mon ami Peyrou, « tous ceux qui parlent de Cocteau arrivent à se contredire ».

Se contredire !...

Mais qu'est-ce qu'un clin d'œil... sinon une autocontradiction ?

La contradiction systématique ? c'est donc cela qui vous gêne en lui ?

C'est une illusion.

Il ne peut y avoir de contradiction réelle que dans la simultanéité... dans la dualité, par conséquent...

Cocteau le disait bien lui-même dans la Noce massacrée... et le clin d'œil, la contradiction, relèvent d'un souci de vérité bien plus grand que celui de ceux qui regardent l'eau s'en aller tout droit, sans se demander quel mystérieux trajet en suivent, à chaque instant, les molécules. Écoutez... c'est Cocteau qui parle (*Noce Massacrée*, page 49) :

« La sincérité serrée de chaque minute, même lorsqu'elle offre une suite de contradictions apparentes, trace une ligne plus droite, plus profonde que toutes les lignes théoriques auxquelles on est souvent tenu de sacrifier le meilleur de soi » –

Clin d'œil au public ? non. Souci de sincérité.

Comment lui en tenir grief ? N'est-ce pas la plus belle honnêteté que celle qui consiste à douter de la sienne propre ?

Mais passons au second reproche : Cocteau a-t-il réellement gâché le métier de scandalisateur ?

Je ne le crois pas.

Car, donner tort à celui qui gâche un scandale, c'est considérer, alors, comme scandaleux le fait de ce gâchage... Celui qui gâche un scandale ne fait ainsi qu'en créer un autre...

De même la vérité du mensonge est l'acte de celui qui ment.

Et j'ose à peine réfuter la troisième accusation dont Cocteau se trouve aujourd'hui l'objet.

Je sais qu'elle est liée à tout un arsenal de reproches : Jean est plus mécanicien que poète, un poète est irresponsable, pas lui. C'est à voir : quand on est doué comme lui, on ne peut guère faire autrement. Cocteau en a trop fait ? Mais rappelez-vous cette devise qu'il prend pour sienne, encore dans la *Noce massacrée* : « Un peu trop, c'est juste assez pour moi ».

Je sais que c'est la part du hasard, l'arbitraire, ce que l'on appelle, dans un film comme la Belle et la Bête, la fausse poésie de Cocteau. Je sais que c'est tout ça qu'on lui jette à la figure, quand on ne sait plus quoi dire... mais quoi... Certes, Cocteau a envie qu'on l'aime... Certes, il fait ce qu'il faut pour cela ; au risque de se voir reprocher ses clins d'œil, sa froideur, ses artifices. Mais que m'importe. C'est cela que j'aime, moi, la fausse poésie, le faux lyrisme, la fausse morale...

Tout cela... parce que toute cette fausseté, c'est du vrai Cocteau...

La Bride sur le Cou, émission de large audience pendant laquelle l'invité du jour présentait ses chansons préférées, fut un soir de 1956 laissée à Boris Vian. Elle commençait ainsi :

L'auteur

Pardon, Monsieur, je suis bien à la radiodiffusion-télévision française ?

Huissier (aimable comme une porte de prison)

Ben vous le voyez bien ?

L'auteur

Hum..., le bureau de la censure, s'il vous plaît ?

Huissier

De la censure ? Quelle censure ?

L'auteur

Eh bien... la censure, quoi...

Huissier (définitif)

Il n'y a pas de censure à la R.T.F.

L'auteur

Il n'y a pas... ah ? Ah ! Bon ! Ça alors, c'est une fameuse nouvelle. Parce qu'on m'a confié une émission... oui... *La bride sur le cou*, ça s'appelle... et je me suis un peu laissé aller... alors j'avais peur... ah... je craignais... en somme... mais si vous me dites que... Pas de contrôle ! C'est parfait ! Quel progrès !

Huissier

Comment, quel progrès ?

L'auteur

Eh bien... quel progrès... voilà voilà voilà... quel progrès...
Enfin je vais pouvoir tout dire...

Huissier

Qu'est-ce que vous entendez par tout?

L'auteur

Tout : La politique... Suez, la Hongrie, l'Algérie, le rationnement du gasoil, les abus des mandataires aux Halles, tout quoi...

L'huissier (sec)

D'abord, une règle absolue : pas de politique à la radio...

L'auteur

Pas de politique? Mais alors... il y a un contrôle.

Huissier

Il n'y a pas besoin de contrôle puisqu'il n'y a pas de politique à la radio.

L'auteur (éberlué)

Ah... hum... euh... ah... oui... évidemment c'est clair.

Huissier

En France, tout ce qui touche à la politique est parfaitement clair : seuls les politiciens ont le droit de s'en mêler...

L'auteur

Oui... bon... bien... ça me limite un peu, quand même... Et la religion?

Huissier

Vous plaisantez? Une seule Saint-Barthélemy, ça ne vous a pas suffi? Pas de religion à la radio, sauf pour les religieux.

L'auteur

Oui... Ça laisse une certaine liberté dans d'autres domaines... Je saisis votre point de vue...

Huissier

Il vous reste des tas de sujets... La pêche à la sardine, la pêche au thon, la pêche à la morue, que sais-je?

L'auteur

La pêche à la baleine?

Huissier

Oh, là, attention! Vous attaquez Onassis? Ou quoi?

L'auteur

Mais non... La baleine aux yeux bleus... Celle de Jacques Prévert.

Huissier

Ah, oui... encore un écrivain. Vous avouerez que vous choisissez des drôles de sujets, vous autres.

L'auteur

Mais c'est vous qui l'avez choisi...

Huissier

Comment, c'est moi? Je vous parle de pêche, mais je m'en fous, moi, Monsieur. Je ne suis pas écrivain, je suis huissier.

L'auteur

Ben, moi je suis auteur.

Huissier

Alors créez. Vous êtes auteur, vous créez. C'est quand même pas à moi de vous le dire. Mais attention à votre vocabulaire.

L'auteur

Il y a des mots prohibés?

Huissier

Rien n'est prohibé, Monsieur, une fois pour toutes. Il y a simplement la différence entre le langage parlé et le langage écrit. C'est insensé qu'un professionnel ne sache pas faire la distinction.

L'auteur

J'ai le droit d'employer le langage parlé, alors, puisqu'on parle à la radio.

Huissier

Non, le langage écrit. Parce que vos textes sont lus avant d'être parlés.

L'auteur

Et on les édulcore ?

Huissier (excédé)

Monsieur, si vous insinuez encore des choses de ce genre, à mon grand regret, je vous interdirai l'accès des locaux.

Boris Vian a écrit des dizaines de sketches. Yves Robert et sa Compagnie de la Rose Rouge en interprétèrent à la perfection plusieurs séries, notamment en avril 1952, la « superproduction » *Cinémassacre*. Nous avons opté pour un sketch de 1955 où le moins averti de nos lecteurs sentira passer le souffle épique du *Goûter des Généraux*, en même temps qu'il y découvrira une première version, sensiblement différente, du sketch « La guerre en 1965 » appartenant à la revue *Dernière Heure* jouée à la Rose Rouge en 1955 et aujourd'hui publiée dans le recueil des **Petits Spectacles** (Christian Bourgois, éd., 1977).

Au lever du rideau	Le général chinois tricote. Le général anglais fait des essais musicaux avec un triangle devant un pupitre à musique. Le général allemand sert de dévidoir à la WAC qui lorgne le travail du Chinois.
WAC	**C'est joli, ce que vous faites là, général Pang !**
Pang	**C'est pour l'œuvre du petit mouchoir des veuves de guerre.**
WAC	**C'est d'un goût exquis.**
Struwelmann	**C'est assez oriental...** (il regarde sa montre)... **On va bientôt jouer ?**
WAC	**Attendez, ce n'est pas l'heure. Encore cinq minutes.**
Struwelmann	**Cette attente me ronge.**

Chesterfield	(Un dernier coup sur le triangle). **Pour une fois qu'on peut travailler sa musique... C'est drôle, que vous soyez impatient comme ça...**
Struwelmann	**Je n'ai pas tellement envie de jouer... mais j'ai le trac...**
Pang	**Zut ! j'ai laissé filer une maille !**
Chesterfield	(pose son triangle). **Permettez !** (il l'aide).
Pang	**Merci... ce tricot, ça finit par être exaspérant... Comment se fait-il qu'il y ait tant de veuves de guerre alors qu'il n'y a qu'une guerre ?**
Chesterfield	**C'est un mystère épais.**
WAC	**Les femmes ont toujours été plus résistantes que les hommes – c'est bien connu.**
Struwelmann	**En tout cas, elles se font rares...**
Chesterfield	**Qui ça ?**
Struwelmann	**Les femmes.**
Pang	**Mais... celle-ci me paraît charmante !...** (il désigne la WAC qui sourit, coquette).
Struwelmann	**Ah... non... l'uniforme, moi, ça me dégoûte...**
Chesterfield	**Personnellement, je préférerais un plombier...**
Struwelmann	**Un plombier ?**
Chesterfield	**Avec les pieds sales.**
Pang	(intéressé). **Avec les pieds sales ? c'est mieux ?**
Chesterfield	**Je préfère.**
WAC	(regarde sa montre). **Allez... C'est l'heure de travailler.** (Elle leur reprend l'écheveau et le tricot)

Pang	(ré/bahi). **Avec les pieds sales... C'est singulier...** (Struwelmann et Chesterfield s'asseyent).
WAC	**Installez-vous, mon général.** (Elle tire la chaise de Pang).
Pang	**Merci... Les pieds sales... Curieux.**
Chesterfield	**C'est si bizarre que ça ? Vous mangez bien des œufs pourris ?**
Pang	**L'âme occidentale restera toujours un mystère pour moi.** (Entre un radio-reporter qui monte son micro).
WAC	(excédée). **Messieurs, un peu d'attention...**
Chesterfield	**Écoutez... il ne nous est tout de même pas interdit d'avoir une conversation de salon...**
WAC	**Enfin, Messieurs, c'est la guerre !** (Ils se lèvent tous).
Struwelmann	**Bon... bon... c'est pas la peine de nous le rappeler tout le temps...**
WAC	(désigne la carte). **Avec ce qui vous reste à faire, je m'étonne que vous osiez penser à la gaudriole...**
Chesterfield	**La gaudriole !** (il hausse les épaules). **Un plombier, ce n'est pas la gaudriole, c'est le repos du guerrier.** (Les généraux commencent à jouer sur le commentaire).
Commentaire	**Aujourd'hui, 7 juillet 1965, dix-neuvième jour de la troisième guerre mondiale organisée par les services spécialisés de l'O.N.U. en accord avec les pays signataires du pacte universel de non-agression.** **Nous vous rappelons que c'est aujourd'hui que vont entrer en jeu les**

armes nouvelles mises au point par la Manufacture Française d'Armes et Cycles de Saint-Étienne.
On compte actuellement 859 millions de morts, chiffre officiel; selon le bureau Veritas, ce chiffre paraîtrait exagéré de deux cent mille au moins. Ce reportage vous est offert par les cercueils Dupont, le cercueil qui tient bon.

WAC	(aux généraux). **Allez! Jouez!** (Ils jouent aux dés).
Struwelmann	**C'est moi... je commence!**
Chesterfield	**Grand bien vous fasse...**
Struwelmann	**Je tire.** (Explosion avortée – tous se marrent).
Pang	**Mon cher ami, vous êtes irrésistible...**
Struwelmann	(rit). **Ah... que voulez-vous... ça arrive...**
Chesterfield	**Struwelmann, vous êtes fair-play... ça me play...** (Struwelmann minaude).
WAC	**Allons, allons... au jeu, mes généraux... au jeu...** (Ils jouent et s'arrêtent).
Chesterfield	**Tiens... ça m'en rappelle une bien bonne... c'est le petit Lestang qui me l'avait racontée...**
Pang	**Lestang?**
Chesterfield	**Oui... le général français qui était ici avec nous...**
Struwelmann	**Ah... celui qui est mort subitement...**
Pang	**Il avait soixante-dix-neuf ans...**
Chesterfield	**Pour un général... c'est jeune... Bref, vous savez ce qu'il disait...**
WAC	(excédée). **Vous jouez, oui ou non?**

Chesterfield	(sans écouter). **Quel est le pluriel d'un maréchal ?** **Des maraîchers !**
Pang	**Très drôle !** (Il ne rit pas).
Chesterfield	**Un maréchal, des maraîchers... un général, des générés !...**
Struwelmann	**Oh ! quelle pitié ! Eh bien heureusement que Lestang est mort !** **Ça promettait.**
WAC	(hurle). **Vous jouez, oui !** (ils tirent).
Struwelmann	**C'est encore à moi...** (Il va, tire).
WAC	(ravie). **17 millions...** (au micro) **... Au premier tour, l'Allemagne mène avec 17 millions de morts.**
Chesterfield	**On continue...**
Pang	**Je m'excuse très humblement... mais je crois que c'est à moi...**
Struwelmann	**Mais... parfait..., mon cher... Gut ! Gut !** (Pang tire, grosse explosion, la WAC marque et va au micro).
WAC	**Le général Pang atteint le total de 92 millions** (elle hoche la tête). **Ils ne foutent rien aujourd'hui...** (Ils jouent).
Pang	**Je m'excuse encore...**
Chesterfield	**Pas du tout. À moi.** (Sans enthousiasme, il tire – explosion).
WAC	(regarde). **92 millions – Rampeau !** (au micro) **... Rampeau dés en main – c'est le général Chesterfield qui joue...**
Chesterfield	(joue). **Damn ! Encore gagné !** (il va à la carte et appuie – un bras armé sort de la carte et l'abat. Il tombe).

Struwelmann	Ach ! Himmelskreuzdonnerwettersakrament ! Des coups fourrés !
Pang	Ça donne l'impression de se rapprocher.
Struwelmann	Oui... plutôt !
WAC	Allons, messieurs, allons !...
Pang	Un instant ! (à Struwelmann) ... On continue ?
Struwelmann	Ça, on joue ou on signe.
Pang	Il faut peut-être penser à la prochaine ? et c'est embêtant, de jouer avec un mort...
WAC	(micro). Avec un souci de l'avenir qui les honore, les deux derniers généraux discutent actuellement les conditions d'un armistice.
Struwelmann	On signe ou on joue ?
Pang	Allez... on signe !
WAC	Ouf, mes auditeurs, la guerre est virtuellement terminée on va enfin pouvoir aller déjeuner. (Elle sort).
Struwelmann	**Bonne chose de faite !** (Joyeux, il appuie par mégarde sur les boutons – explosion finale, lumière clignotante, fumée – Disparaissent – La carte marque Tilt).
Perroquet	(jaillit sur la table). **Pour un jeu de cons, c'est un jeu de cons !**

Boris Vian a beaucoup tourné autour de ce divertissement guerrier. Le 16 janvier 1955, il imaginait :

Sketch. 4 types dos à dos dans un bunker. Appuient sur des boutons. Des cartes s'éclairent devant eux. Jouent synchro au sifflet. – Vous avez joué avant votre tour, mon vieux, vous venez de me bousiller trois divisions de Pakistanais. À la fin viennent des infirmiers en blanc. – Allez les enfants, c'est l'heure de la douche. Un visiteur est là. – C'est des vrais ! assure l'infirmier.

Le romancier

Cinq romans et un recueil de nouvelles de Boris Vian ont été publiés de son vivant (voir la Bibliographie) : *Vercoquin et le Plancton, l'Écume des jours, l'Automne à Pékin, les Fourmis, l'Herbe rouge, l'Arrache-Cœur*, tous réédités.

Un roman pleinement achevé, restait inédit[1] : *Trouble dans les Andains*. La présence dans ce roman d'Antioche Tambrétambre et du Major, héros de *Vercoquin*, ne doit pas nous égarer : *Trouble dans les Andains* n'est ni une ébauche ni une première version de *Vercoquin* ; c'est une œuvre d'inspiration et de facture toutes différentes, fort bien construite, alertement menée. Écrit pendant l'hiver 1942-1943 (le manuscrit n'est pas daté et l'indication « mai 1943 » portée sur le texte dactylographié est la date d'achèvement de la copie par Michelle Vian), ce roman fut édité tardivement (en 1966).

Œuvre de jeunesse certes, mais cela ne signifie rien quand il s'agit de Boris Vian. Toutes les œuvres de Boris Vian sont des œuvres de jeunesse, d'une merveilleuse jeunesse qui n'a pas fini de chatouiller les orteils des momies (en vain : les momies ne rient pas, mais c'est si bon d'imaginer qu'elles rient). Boris Vian est mort jeune, et d'abord il a vécu jeune, il a chanté jeune, et la jeunesse – qui est aujourd'hui son public – ne s'y est pas trompée. Vos pères, mes chers amis, quand ils avaient votre âge, étaient déjà bien vieux puisqu'ils n'ont pas compris Boris Vian.

---

1. Et l'était encore lors de la première édition des *Vies parallèles*.

Cela dit, les marchands d'automobiles qui ne durent pas trois mois, de films idiots, de sucettes insipides, les constructeurs de camps de concentration, les ministres qui veulent faire croire qu'ils ont créé le monde ne cessent de flatter la jeunesse qui épouse à leurs yeux le profil d'une courbe statistique mesurant le volume des affaires. On nous laissera donc rappeler d'un mot que la jeunesse de Boris Vian, sa vie, fut rayonnante, féroce, insolente, lucide, généreuse, tendre et violemment hostile à l'imbécillité et à la médiocrité de tout âge, de tout sexe et de toute couleur.

Enfin, Boris Vian ne s'est jamais posé en enfant prodige. À 6 ans et 1/2 il ne fut pas conduit par sa mère devant les micros de la radio-diffusion pour exprimer en musique à la sortie de l'école maternelle les émotions incomparables qui lui comprimaient la vessie, et il n'écrivit pas son premier roman pour nous transmettre les pensées profondes que lui inspirait son certificat d'études.

... J'avais attendu d'avoir 23 ans pour écrire. Hein, les jeunes. C'est de l'abnégation. Ensuite, j'ai essayé de raconter aux gens des histoires qu'ils n'avaient jamais lues. Connerie pure, double connerie : ils n'aiment que ce qu'ils connaissent déjà ; mais moi j'y prends pas plaisir, à ce que je connais, en littérature. Au fond, je me les racontais les histoires. J'aurais aimé les lire dans des livres d'autres. Mais maintenant, vous me direz, j'écris pourtant des trucs que je connais ; et ben, d'accord et chiche que vous n'appellerez pas ça de la littérature ; je dis vous au pluriel – y aura bien quelques personnes pour le lire, soyez décents, quoi. Et même si non. J'ai bien le droit de m'adresser à des gens qui n'entendent pas ? Bref, enfin, je n'ai pas raconté mes amours dans un premier roman, mon éducation dans un second, ma chaude-pisse dans un troisième, ma vie militaire dans un quatrième ; j'ai parlé que de trucs dont j'ignore véritablement tout. C'est ça, la vraie honnêteté intellectuelle. On ne peut pas trahir son sujet quand on n'a pas de sujet – ou quand il n'est pas réel.

Trouble dans les Andains est-il le premier roman de Boris Vian ? Composé, terminé, c'est probable, mais pro-

Couverture du manuscrit, 1948.

jeté, imaginé ? Certainement pas. Le 31 janvier 1942, entre des notes de cours de l'École centrale, on lit :

Projet de roman. Fiancée à un 1er. Lettres. Il la quitte. Elle trouve un autre. Celui-ci lit les lettres. Voit l'ancien fiancé avec femme. Se dit : l'a trouvée supérieure. S'éprend d'elle, etc.

Voilà qui eût été aux antipodes de *Trouble dans les Andains* et de *Vercoquin*, de leur fantaisie échevelée. Boris aurait débuté par un roman psychologique, et tout porte à croire qu'un cocu, un de plus dans notre littérature, serait né. Boris, très judicieusement, préféra le maintenir en réserve de la République des Lettres.

La première œuvre de Boris dont Michelle Léglise-Vian se souvient était un conte « à la manière d'Andersen », d'une parfaite extravagance. Nous connaissons un conte – c'est peut-être celui-là, c'est presque sûrement celui-là – écrit pour Michelle et qui s'intitule *Conte de fées à l'usage des moyennes personnes*. Y sont narrées par le menu les aventures d'un chevalier qui part, comme pour la Croisade, à la recherche d'un kilo de sucre. Sa quête est longue (le conte aussi). Il chevauche un noir palefroi (qui, bien entendu, parle comme vous et moi). Il traverse d'étranges pays et beaucoup d'avanies, rencontre de bonnes fées, des mauvaises, des princesses qui se montrent nues, et au pays des Lunes Bleues son ami Barthélemy et une dénommée Cheval sa femme, laquelle, après que Joseph (le prince-chevalier) lui aura glissé un os de gigot sous la jupe, sera tellement rajeunie d'un coup de baguette magique de Barthélemy qu'elle lui fera pipi sur les genoux, ce qui provoquera le divorce des deux époux et permettra à Barthélemy d'accompagner désormais Joseph et son palefroi parleur. Quantité d'animaux, tous très causants et facétieux, leur joueront des tours, tels le scarabée et le chat Azor :

On entendit un mugissement affreux et il sortit un scarabée qui avait une patte tout abîmée.
– Sacré bande de nom de Zeus de corniauds ! dit le scarabée. Ça m'est tombé sur la gueule et ça fait un mal de chien !

Barthélemy lui fit respectueusement observer que c'était à la patte qu'il avait mal, et reçut un coup d'élytre à assommer un bœuf.

– Y avait pas d'offense! dit-il aussitôt en se frottant les côtes (dans les moments pénibles, son origine roturière lui revenait en masse, et son langage s'en ressentait).

– Non, ajouta Joseph, nous ne l'avons pas fait exprès.

– Eh ben! vous auriez pu faire exprès de le foutre à côté, reprit le scarabée qui décidément était de mauvais poil. Cependant, quelques minutes après il les invita à prendre du porto dans sa demeure.

Le palefroi dit qu'il préférait un bon picotin de bitume, mais Joseph lui dit tout bas que ça ne se faisait pas, alors il ajouta que certainement il avait dit ça en pensant à autre chose, et que le madère était une chose délicieuse.

– Spèce de noix! dit le scarabée, c'est pas du madère, c'est du malaga!

Pourtant il les emmena et leur donna à chacun un gâteau tellement sec que ni l'un ni l'autre ni l'autre (ils étaient trois) ne put l'avaler.

– Il était bon, mon muscat, hein? dit le scarabée avec un ricanement de satisfaction.

– Fameux! dit Barthélemy. Je vais vous offrir de mon cognac. Tournez-vous.

Alors il lui balança un coup de trottinet dans le figne si fort que le scarabée eut les fesses portées au rouge cerise naissant.

– Pas mal! dit-il, mais il y a pas d'huile!

Joseph commençait à croire que le scarabée était un peu excentrique, alors il s'y mit aussi.

– Vous voulez du Zan? Et il lui lança dans la mâchoire un coup de poing terrible. Seulement il tapa sur l'armoire et se cassa deux doigts.

– Un peu de porto? dit le scarabée aimablement. C'est souverain pour les engelures. Et Joseph ingurgita un nouveau gâteau aussi sec que le premier. Il n'osait plus refuser, il commençait à avoir peur de l'armoire.

Alors le scarabée fit quelques pas dans la pièce et dit : On va danser!

Il appuya sur une lame de parquet et il en sortit un grincement effroyable.

— Vous, dit-il au palefroi, vous appuierez là-dessus. Vous, dit-il à Joseph, vous regarderez. Vous, dit-il à Barthélemy, vous regarderez aussi. Moi, je regarderai.

C'était très amusant, mais, comme le fit remarquer le palefroi, qui danserait ?

— Spèce de mufle ! dit le scarabée. Appuyez, on vous demande rien d'autre.

On entendit alors de grands coups à la porte.

— Va ouvrir, dit Joseph à Barthélemy. Celui-ci obéit, et il entra dans la pièce une vieille lucarne.

— Bonjour ! fit aimablement Barthélemy. La lucarne ne répondit pas.

(Elle est sourde de naissance, chuchota le scarabée. On va la faire danser, ça sera marrant.)

Il devenait vraiment grossier. Joseph, Barthélemy et le palefroi prirent congé en prétextant un violent mal de tête et le scarabée leur souhaita mille prospérités.

Soudain, au détour d'un chemin, ils rencontrèrent Azor. C'était un vieux chat édenté que Joseph avait connu autrefois. Il avait un havresac lourdement chargé et chantait à tue-tête une chanson gaillarde.

— Eh bien ! dit le palefroi. Comment vont les amours !

— Ça biche, dit Azor. Tu veux du Zan ?

— Non, merci, dit le palefroi qui se rappelait Joseph. Tu vas te faire mal aux doigts.

— Ah ? fit Azor. Et il les quitta l'air inquiet. Il faut dire qu'il avait onze kilos de Zan dans son sac. En passant sur un petit pont, il fut ravi au ciel dans un nuage d'encens.

Des trolls capturent nos héros et gavent de boules de gomme le palefroi enchaîné ; ils s'évadent, trouvent du sel en faisant s'évaporer l'eau de mer, l'échangent contre du sucre, mais le sucre est empoisonné. Ils construisent une pinasse, se lancent sur les flots, abordent à une île, y découvrent un trésor de doublons et de castagnettes, sont pris par des sauvages qui les mettent à bouillir dans la marmite, parviennent à s'enfuir et cinglent vers les mers de Chine.

Trois minutes après, la pinasse était à deux lieues de la côte.

– Qu'est-ce qu'on fait ? dit Joseph.

– On va se grimer et revenir, dit Barthélemy. Mais le palefroi ne voulut absolument pas prêter sa casquette. Alors on lui fit des moustaches avec du bouchon brûlé, et Joseph et Barthélemy se déguisèrent en Chinois.

Ils revinrent au port et furent accueillis par des salves de coups de canons chinois. Puis une jonque s'avança vers eux. En les voyant le capitaine parut surpris.

– Excusez-nous, dit-il en chinois, on vous avait pris pour d'autres.

Barthélemy, qui parlait un peu le chinois, lui répondit en chinois qu'il valait mieux recevoir des coups de canon que rien du tout, ce qui était le comble de la politesse chinoise et ravit d'aise le mandarin à bouton d'acné assis sous un dais à l'avant de la jonque.

Alors ils débarquèrent et furent reçus avec beaucoup d'honneurs et conduits sur un sampan jusqu'à la cour de l'Empereur du Milieu (le roi des Apaches en somme). Ils emportaient leur coffre, ce qui leur permit d'acheter des tas de kilos de sucre. Ils reprirent la mer un mois après, s'en furent dans une île déserte où ils se construisirent une maison, et vécurent heureux jusqu'au jour où ils commencèrent de s'ennuyer et partirent pour de nouvelles aventures, mais c'est encore loin.

Si donc, à défaut du manuscrit de *les Redresseurs de Tores* pour lequel Boris Vian signa un contrat en octobre 1954 avec les Éditions de Paris et dont peut-être il n'écrivit pas la moindre ligne[1], *Trouble dans les Andains* restait l'unique roman publiable, de nombreux débuts de romans, outre *les Casseurs de Colombes*, présenté ici, et une multitude de « sujets » de romans sont conservés dans les dossiers de Boris Vian.

Boris jetait une idée sur le papier : cette idée pouvait devenir un roman, un ballet, un opéra, ou tout simplement

---

[1]. *Les Redresseurs de Tores* devait être un roman de la « Série blonde ». Les bénéfices en auraient été versés au voiturin à phynances du Collège de Pataphysique.

une chanson. Il était constant que Boris entreprît successivement, voire simultanément, l'adaptation d'un même sujet aux divers modes possibles d'expression. Le titre originel changeait parfois en cours de route ; ainsi *l'Herbe rouge*, appelée d'abord *les Images mortes*, fut un temps *la Tête vide* pour se muer en *le Ciel crevé* que Boris faillit adopter. Le thème variait peu d'une version à l'autre et les personnages ne subissaient que d'infimes modifications dans leur nombre ou dans leur comportement ou qualités spécifiques.

On n'en glosera que davantage sur la note ci-dessous. Nous avons là – indiqué expressément de la main de Boris – un sujet de roman. Chacun y reconnaîtra d'emblée le thème de la pièce *les Bâtisseurs d'Empire*.

LES ASSIÉGÉS

Une grande maison où vit une famille. Tout se passera dans la maison. Un jour, le père reçoit une lettre et la famille, qui vivait au rez-de-chaussée, monte un étage. Les enfants, qui sont encore jeunes, entendent leurs parents, qu'ils voient terrorisés, parler de la lettre et de « ils » à cause de qui on est forcé de changer d'étage. Et ainsi de suite, ils monteront tous les étages ; le plafond sera de plus en plus bas et les meubles de plus en plus pauvres. Il y aura des déménagements furtifs dans la nuit, après des conciliabules à la porte. Jamais l'enfant – celui qui raconte l'histoire – ne sort de l'appartement, ils vivent dedans avec des livres, des meubles, des souvenirs et des choses ; il rencontrera parfois, dans sa chambre, une jeune fille qui partira chaque fois qu'il sera endormi.

Un absent, d'importance : le Schmürz, qui occupe dans le drame une place à la fois essentielle et inexplicable ; ou plutôt ce qui tiendrait lieu de Schmürz dans le roman serait – étrange métamorphose – la jeune fille que l'enfant rencontre parfois dans sa chambre.

Quant au *bruit* qui, dans la pièce, force à changer d'étage, à fuir vers le haut jusqu'au plongeon final, c'est dans le roman un murmure confus, un *bruit* de paroles qu'entendent les enfants et qu'ils ne comprennent pas.

Autre intérêt de cette note : elle montre que même dans son théâtre, apparemment affranchi – à la différence des romans – de tout élement autobiographique, Boris Vian pouvait transposer une réalité vécue, en l'espèce l'émotion certainement très vive que lui fit éprouver dans son enfance l'échange du somptueux hôtel de la rue de Versailles à Ville-d'Avray contre la villa plus modeste de la rue Pradier, puis dans son adolescence l'abandon de la villa de la rue Pradier pour les anciens communs qu'il fallut rehausser afin d'y loger toute la famille enfin, à la mort de Paul Vian, la vente – dans des conditions déplorables – de la propriété de Ville-d'Avray qui contraignit la famille à s'installer dans un banal appartement parisien.

Ce sont, à l'évidence, ces tribulations familiales que Boris voulait conter dans *les Assiégés*. Ce sont elles qui forment, mieux que la trame, la structure même des *Bâtisseurs d'Empire*. Les allusions de Zénobie aux six pièces de son enfance, aux arbres devant les fenêtres, aux années avec douze mois de mai, aux dimanches soir où elle dansait, etc., ne laissent aucun doute sur les sources autobiographiques de la pièce et sur leur identité avec celles du roman. On cache à Zénobie, bien qu'elle ait seize ans, la signification du Bruit. L'enfant des *Assiégés* ne peut pénétrer la cause des déménagements : les revers de fortune, les coups de Bourse malheureux sont choses inintelligibles. Dans les deux cas, la famille fait mine de dominer l'événement : elle veut sauver la face.

La courte exposition de ce qu'auraient été *les Assiégés* nous livre une des clés de l'art romanesque de Boris Vian : « celui qui raconte l'histoire » est, en effet, l'enfant, et toute l'aventure, *réelle,* est vue par les yeux de l'enfance ; elle est donc *imaginée*. La « projection de la réalité en atmosphère biaise et chauffée sur un plan de référence irrégulièrement ondulé et présentant de la distorsion », dont nous parle Boris Vian dans sa préface de *l'Écume des jours*, c'est bien la vision poétique de l'univers quotidien, que l'enfance possède naturellement, avec ses angoisses et ses cocasseries, c'est le pays des merveilles. Et cette jeune fille que seul voit l'enfant n'est-elle pas le substitut diurne de son rêve, la permanence de l'imaginaire ?

Quand bien même Boris Vian aurait agrandi aux dimensions d'une nation ou d'une race ou de l'univers les aberrations d'une famille, il ne nous déplairait pas que le Schmürz des *Bâtisseurs*, vêtu de loques et laid à voir, soit l'autre face de la jeune fille du roman, pareillement témoin muet, et seule « réalité », incomprise et bafouée par les adultes occupés à accumuler les décombres.

De sa vocation tardive d'écrivain ou de ce que *Vercoquin* fut écrit « pour amuser une bande de copains », on inférerait à tort que la carrière de romancier de Boris Vian était accessoire et que l'accueil fait à ses livres le laissait indifférent.

Tout au contraire, son travail de romancier fut, avec son activité de musicien, la vraie passion de Boris Vian et de son échec il souffrit autant que de son renoncement forcé à la trompette.

Au commencement de 1947, la publicité s'empare de Boris Vian. Pourtant, le 24 janvier 1947, ce n'est pas *J'irai cracher sur vos tombes* qu'il cherche à faire valoir. Il s'enjoint :

Amener trompette, *Vercoquin* et ma pomme à *Samedi-Soir* avec des histoires.

Que le Prix de la Pléiade – qui se décernait sur manuscrit – lui ait été refusé en juin 1946, Boris l'accepta mal et moins encore qu'on osât préférer à *l'Écume des jours* l'œuvre d'un curé.

J'AI PAS GAGNÉ LE PRIX DE LA PLÉIADE

**Nous étions partis presque-z-équipollents
Hélas ! tu m'as pourfendu et cuit, Paulhan.
Victime des pets d'un Marcel à relents
J'ai-z-été battu par l'Abbé Grosjean.
Qui m'a consolé, c'est Jacques Lemarchand
Mais mon chagrin, je le garde en le remâchant
Je pleure tout le temps
Que n'eau, Que n'eau.
Sartr'apprendra, qu'ils m'ont dit en rigolant,
À ne pas écrire des poésies mystère.**

> Alors je m'y mets.
> J'ai mal à ma rapière.
> Mais je ne le dirai jamais.
> Je vais faire une pensée
> Bouchez-vous le nez.
> Vous entendrez le bruit
> Je crois que ça suffira.

Écrivain rapide, doué et tout ce qu'on voudra (quoiqu'il eût horreur qu'on lui attribuât des « facilités »), Boris élaborait ses romans avec soin et ne regardait pas comme indigne de réfléchir sur son art.

Les lecteurs de *l'Herbe rouge* reconnaîtront dans les lignes qui suivent l'exemple de la meule que Boris met dans la bouche de M. Perle commençant à interroger Wolf. Pascal Pia observait que dans *l'Herbe rouge*, plus qu'en aucun autre roman, l'auteur se laissait aller à des commencements de confidences, et pour définir le comportement de romancier de Boris Vian il citait le propos de M. Perle sur la meule. Observation judicieuse, choix pertinent puisque l'image de la meule était venue sous la plume de Boris – et Pascal Pia l'ignorait – dans cette note critique inédite, qui est une « confidence » de l'auteur sur ses propres romans :

Je suis conscient que les débuts de mes romans présentent en général une sorte d'inconsistance comme de ce qui n'a pas de passé, et cela tient, je crois, à ce que je ne conçois pas qu'un roman, pour progresser, s'appuie sur autre chose que sa matière même, sauf pour ce qui est remplissage, partie inévitable étant donné les caractères physiologiques d'une lecture. C'est pour ces raisons que je ne conçois guère que l'on attaque un livre par le milieu, de même que je conçois mal les très longues œuvres, et c'est pour cette raison que je crois qu'on ne peut lire un livre que d'un trait car il n'est lui qu'à la dernière page. Un livre est comme ces matières que l'on utilise à la fabrication des meules : elles sont formées de cristaux durs réunis par un liant moins dur qui s'effrite plus vite que les cristaux et les laisse dépasser pour accomplir leur travail d'usure ; ce sont les cristaux qui agissent, mais le liant n'en est pas moins indispensable et sans lui rien ne subsisterait qu'un ensemble de pièces non dénuées d'éclat et de dureté, mais inorganisées, et en puissance : tels les recueils d'aphorismes.

L'une des originalités les mieux reconnues de *l'Automne à Pékin* tient dans les fameux « passages » qui conduisent le lecteur d'un chapitre à l'autre et dans lesquels Boris commente et projette sa fiction. Cette idée lui vient le 14 janvier 1947. *L'Automne à Pékin* est déjà, pour l'essentiel, écrit (et même totalement écrit, si nous en croyons Boris qui date de septembre-novembre 1946 son manuscrit). Quoique Atha soit à l'évidence l'archéologue Athanagore du roman, on dirait bien que Boris songe à appliquer la méthode, non à *l'Automne à Pékin*, mais à un autre livre :

Écrire un bouquin avec à la fin de chaque chapitre, des exercices comme dans les contes des 101 matins. « Que voulait dire Atha ? » – « Qu'entendez-vous par "ombre verticale" ? », etc.

Le 2 février 1947, un des tout premiers lecteurs de *l'Automne à Pékin*, encore celé aux profanes, Michelle, exprime une opinion que Boris ne tente pas de réfuter :

Mon bibi m'a dit ce soir à propos de *l'Automne à Pékin* : Je ne sais pas où tu vas, mais tu y vas tout droit.

Il n'y a pas que l'art, nous ferait dire Raymond Queneau, il y a aussi la rigolade, et quand la rigolade peut soutenir le commerce, c'est tout profit. Le 31 mars 1947, Boris imagine des bandes pour *l'Automne à Pékin*... et ne va pas plus loin que la première :

1. À ne pas mettre au soleil.

Le lendemain, 1er avril, nouvel effort. Il obtient la bande 2.

Le seul livre dont la bande soit mise dans le mauvais sens.

Et quant à faire, puisqu'il travaille dans les bandes, Boris en fabrique une pour *On est toujours trop bon avec les femmes* de Sally Mara que vont publier les Éditions du Scorpion :

**Roman irlandais traduit par Raymond Queneau.
Le roman que les Éditions du Scorpion ont hésité à publier.**

(Le Scorpion n'abandonne pas le ton provocateur, mais – entre nous – il ne renouvelle pas beaucoup ses effets. On se rappelle que, dans le prière d'insérer, *J'irai cracher sur vos tombes* était le roman « que nul éditeur américain n'osa publier ».)

Nullement « romancier d'occasion », Boris Vian n'estimait pas nécessaire d'ignorer l'œuvre des prédécesseurs pour innover. Cet ingénieur, ce scientifique, on pourrait supposer que ses acquisitions littéraires étaient superficielles et fragmentaires : on oublierait que l'orientation vers le « technique » ne se décidait pas encore au berceau et qu'il avait reçu une formation humaniste (section A : latin, grec, allemand) des plus solides. On peut le croire quand il nous dit, dans un commentaire (inédit) à une œuvre très particulière qu'il n'acheva jamais :

Zut, ça ressemble de moins en moins à *Adolphe*. Mais c'est une rage, *Adolphe* on va me dire. Ce n'est pas une rage, c'est un des seuls livres classiques que j'ai eu la veine de lire tard. On me l'a pas pourri à l'École ; ça m'a plu, formidable. Tandis que Racine, Corneille, les chnocks, même Molière, ils me barbent. À huit ans j'ai lu tout ça. Maupassant aussi. Je lisais tout. Je regrette pas. Je suis débarrassé. Et même maintenant, avec la pondération de l'âge mûr, je crois qu'à côté d'*Adolphe*, tout ça c'est de la rigolade. *Adolphe, le Docteur Faustroll, Un rude hiver* et *la Colonie pénitentiaire*. Et *Pylône*. C'est mes cinq grands. Avant, à treize, quatorze, j'aimais bien Rabelais. Encore maintenant.

Mais c'est sûrement censuré. Je voudrais le texte intégral.

Je vais pas vous parler de mes goûts littéraires, quand même. Si. J'en ai oublié un. *La Merveilleuse Visite*, de Wells. Deux. Aussi *la Chasse au Snark*. Maintenant c'est tout. Mais je ne pouvais pas leur faire ça...

Non, ce n'est pas tout. Il y eut aussi Gaston de Pawlowski, Paul d'Ivoi, les Harry Dickson de Jean Ray, tous les romanciers américains (en un temps où quand on disait *Sanctuaire* les gens vous regardaient effarés), Marcel Aymé qu'il tenait en haute estime (avec une prédilection pour *les Jumeaux du Diable*), Pierre Mac Orlan, le mal connu, dont *la Maison du Retour écœurant* sonne d'un écho familier aux lecteurs de Boris Vian, plus tard – mais l'un des premiers – la science-fiction.

« C'était à un concert du Jazz at the Philharmonic, raconte Claude Léon. Boris était aux premiers rangs d'orchestre. Il m'aperçoit au fond de la salle. Et, texto, il me jette : "Connais-tu la science-fiction ?" Je dis non. "Mon vieux, c'est formidable, viens à la maison, je vais te montrer ça." Le lendemain, j'étais chez lui. "Le problème, m'explique Boris, ce n'est plus d'aller dans la Lune. Jusqu'à présent, ce qui nous intéressait c'était de savoir comment on irait dans la Lune, dans Mars, etc. Maintenant le problème est résolu : on va dans la Lune. Ce qui compte, c'est ce qui se passe après." Je lui réponds : "Bon, mais pratiquement ?" "Pratiquement, me dit-il, regarde." Et il me montre une pile de livres : il y avait les *Chroniques martiennes* de Bradbury, le premier Asimov *Pebble in the Sky*, *The World of A* de Van Vogt, et des quantités d'autres, tous – bien entendu – dans le texte original. Il tenait tout cela de Pilotin qui possédait une bibliothèque de science-fiction d'ampleur cosmique. Pendant des mois, on a lu les romans six par six ; on se les repassait dans la fièvre et l'enthousiasme ; on lisait la revue des afficionados *Astounding S.F.* ; on ne faisait plus que cela ; on a épuisé le stock de Pilotin. Univers d'enchantement. Nous retrouvions l'émotion de notre enfance quand nous lisions les livres d'anticipation. Après, nous avons découvert Lovecraft, ce fut très agréable, mais d'un ordre de sensations un peu différent : une sorte de bombe privée. Et enfin Borges. »

Boris entre en relations avec Michel Pilotin en février 1950.

En octobre 1951, dans le n° 76 des *Temps modernes* (Pilotin signant de son nom de guerre des mondes : Stephen Spriel), ils publient ensemble l'article *Un nouveau genre littéraire : la Science-Fiction,* tenu par les spécialistes pour le véritable « manifeste » de la science-fiction en France.

Le mercredi 26 décembre 1951, à dix-neuf heures, c'est, chez Sophie Babet, au bar de « la Reliure », rue du Pré-aux-Clercs, avec la participation active de Raymond Queneau, la réunion de fondation du Club des Savanturiers, club hermétiquement clos dont les météorites seuls ont recueilli les secrets et qui se transformera, le 22 octobre 1953, au cours d'une réunion chez Me Bouthoul - et pour mieux disparaître – en Société d'Hyperthétique.

Pour le public de la Suisse romande, un des plus anciennement ouverts à la science-fiction (il est vrai qu'y réside, quoique citoyen français, Pierre Versins, pionnier de la S.-F., élargie par lui aux dimensions souples des « littératures conjecturales »), Boris, dans la gazette littéraire de la *Gazette de Lausanne* des 28-29 novembre 1953, dresse un bilan rapide mais triomphal du genre aux États-Unis, en U.R.S.S. et même en France. Sa conclusion exalte la qualité majeure de cette littérature classée un peu vite, et encore aujourd'hui, et même par nous (qu'on nous pardonne) dans la paralittérature, ce que Boris Vian ne saurait approuver :

Il faudrait surtout dire et redire que les auteurs de S.-F. sont des gens qui désirent raconter des histoires et non pas, comme nos jeunes romanciers de vingt ans, leur histoire – la pauvre qui n'a pas même commencé. Voici des années que l'imagination, cette essentielle qualité, fait défaut aux écrivains, de formation scolaire le plus souvent et qui se disent que tout sujet vaut une dissertation, fût-il le plus plat du monde, pourvu que l'on disserte bien. À cette conception rhétorique de la littérature, la S.-F. administre, avec sa brutalité, ses défauts, sa vigueur entraînante et son délire permanent,

la preuve que si Peau d'Âne vous est conté, on a vite fait de flanquer à la poubelle la torture métaphysique, s'exprimât-elle en mots d'un mètre arrachés au vocabulaire de Lalande, et qu'il ne faut pas confondre la création et le commentaire – ceci dit sans allusion voilée à feu César, qui n'a rigoureusement rien à faire ici.

Nous ne lésinerons pas sur le remplacement des inédits, qui ne le sont plus, donnés dans les premières éditions de notre ouvrage, par des inédits qui le sont encore et ont des chances de le rester quelque temps. Et puisque nos cheminements parallèles dans l'œuvre de Boris Vian nous ont conduit à parler de la science-fiction en ce chapitre du Romancier, voici un texte égaré dans un journal auvergnat, *La Liberté,* de Clermont-Ferrand, et qui nous avait échappé lors de la publication du recueil *Cinéma/Science-fiction*. Il date du 8 septembre 1952, aux premiers souffles d'une renaissance de la littérature scientifique d'anticipation en France ; nous devons sa découverte à l'infatigable obligeance de notre ami André Blavier :

LE MONDE FUTUR
de la « science-fiction »
est désespérément triste

On parle beaucoup de « science-fiction », ces temps-ci : bien que ces deux mots – sont-ils réellement anglais, après tout ? – se passent de traduction, nous préciserons qu'il s'agit de littérature scientifique d'anticipation, genre qui connaît une vogue considérable outre-Atlantique depuis une dizaine d'années et vient de gagner le continent. De le regagner, pourrait-on dire, en évoquant les Jules Verne, Robida, Maurice Renard qui en furent les précurseurs de langue française. Mais, tout comme M. Lecoq de Gaboriau nous est revenu sous les traits de Perry Mason ou de Philip Marlowe, de même, les capitaines Nemo ou les Michel Ardan de maintenant sont fortement américanisés et produits en série. Peu importe d'ailleurs ; tenue par des écrivains comme Raymond Queneau, Audiberti, et même Simone de Beauvoir, pour une des manifestations les plus intéressantes de la littérature populaire moderne, la science-fiction style U.S.A. va conquérir la France; il faut souligner tout de suite le côté passionnant de nombre de ces ouvrages et l'espèce d'emprise que l'on subit lorsqu'on plonge tête baissée dans la masse incroyable de nouvelles, de romans déjà parus de l'autre côté de l'eau.

Nous n'entreprendrons pas ici une classification détaillée qui permette à l'amateur éventuel de choisir : en l'absence de traduction – on les prépare, nous assure-t-on – ce serait là divertissement un peu stérile. Au reste, la première émotion passée, on se met vite au diapason, et l'on a tôt fait de découvrir maint fil conducteur. Nous voudrions nous borner ici à dégager les conclusions qui semblent surgir d'une fort importante fraction des récits d'anticipation. Il s'agit de ceux qui comportent une description du monde futur. Depuis Wells et son *Histoire des temps à venir* la mine est exploitée avec vigueur : citons, chez nous, les récents *Ravage* et *le Voyageur imprudent* de René Barjavel.

Les prévisions varient : tantôt on nous décrit un monde mort, immense désert peuplé de villes parfaites où d'innombrables robots continuent d'accomplir, jour et nuit, dans une lumière douce et froide, les tâches domestiques d'une population disparue; tantôt c'est une monstrueuse cité dans les entrailles de laquelle des esclaves humains, abrutis par un système mécanotechnique de répartition du travail, s'activent à des besognes dont ils ont oublié le sens; tantôt enfin, c'est une terre sauvage, revenue à l'état inorganisé des premiers âges. Mais à de rares et brillantes exceptions près, tous les auteurs semblent souffrir d'un mal commun : ils sont découragés par l'ampleur de leur propre vision. Ainsi, à côté d'un optimisme technique très réconfortant, ils nourrissent un pessimisme social apparemment désespéré.

Cela n'est-il pas singulier? Le champ laissé libre à l'imagination par les canons élastiques du genre ne permet-il donc point de tenter de concevoir un monde satisfaisant?

Il est vrai qu'il s'agit d'une besogne à laquelle Dieu le Père lui-même s'est attelé sans succès. L'empreinte laissée sur le monde par le christianisme et ses deux mille ans de propagande a sans doute assez de profondeur pour obliger inconsciemment l'écrivain à l'échec : il faut une certaine liberté d'esprit pour prétendre améliorer l'œuvre d'un être mal défini mais dont on vous répète à satiété qu'il est parfait par définition.

Ainsi, le « science-fictionist » le plus audacieux se borne en général à extrapoler telle ou telle tendance du système actuel.

Et le monde futur qui en résulte est désespérément triste.

Cela tient peut-être aussi au vieil adage : les peuples heureux n'ont pas d'histoire ; pour se donner le droit de raconter une histoire, l'auteur se sentirait obligé d'imaginer un peuple malheureux.

Cette raison-là doit être plus solide qu'on ne pense. Mais il faut, croyons-nous, chercher ailleurs encore les motifs du « cafard » de la science-fiction.

Il faut les chercher dans l'organisation sociale de l'Amérique actuelle.

Le temps n'est plus où l'on pouvait débuter comme groom à cinq dollars par semaine, pour finir propriétaire des plus grosses usines d'Amérique.

La rigidité d'un cadre social fondé sur une Constitution et une bible dont les exigences vont croissant, la puissance de plus en plus grande de l'argent, l'avidité d'un État-Moloch, commencent à démoraliser le public américain.

Les psychiatres et les psychanalystes prennent en main ceux qui en souffrent sans en découvrir les motifs.

Ceux qui « se rendent compte », c'est-à-dire l'élément intellectuel du pays, s'efforcent de dénoncer le mal.

Mais attention ! Quiconque trouve que tout n'est pas parfait outre-Atlantique risque immédiatement de se faire taxer de communiste ! La crise de totalitarisme actuelle des U.S.A. rend fort dangereuse toute incursion vers le domaine interdit du social.

Aussi, de plus en plus, les écrivains s'adonnent-ils à la construction de mondes imaginaires dont ils sont libres de construire les lois.

Théoriquement.

Mais dont, pratiquement, ils subissent les lois. Qui

sont, monstrueusement amplifiées, celles dont ils souffrent.

C'est pourquoi, dans leurs ouvrages, ils ne tentent pas d'améliorer : ils dénoncent.

Il est à remarquer qu'un art, déjà, est né outre-Atlantique de l'oppression. Le jazz, créé par les Noirs en grande partie pour s'évader d'un ensemble de brimades raciales.

Et l'on pourrait conclure – sans perdre de vue que les quelques notes présentes, forcément schématiques, simplifient beaucoup trop un problème infiniment plus complexe et plus général – que les écrivains américains, en la science-fiction, ont découvert une voie d'évasion qui doit les libérer à brève échéance de leur environnement oppressif, comme le jazz, d'abord musique du cafard, a fini par faire naître les Noirs à la liberté d'expression sur la scène mondiale.

Boris avait d'heureuses lectures, nous l'avons vu, et pourtant il se priva d'une satisfaction rare à laquelle tout semblait le vouer. Voici le témoignage de Claude Léon :
« Nous étions au Royal Villiers (voir notre chapitre du Musicien) et nous parlions de littérature. Je lui dis : "Connais-tu *Impressions d'Afrique* ?" Non, il ne connaissait pas, ni aucun livre de Raymond Roussel. Je lui dis : "C'est un livre admirable." Et le lendemain, je le lui apporte. J'ai peut-être commis l'erreur de lui apporter en même temps *Comment j'ai écrit certains de mes livres*. Je ne sais si c'est d'avoir eu la méthode de fabrication à côté du produit fini, mais le résultat fut désastreux : Raymond Roussel lui déplut, absolument et sans recours. Seule rupture, mais totale, entre Boris et moi sur le plan littéraire. Je n'ai jamais pu éclaircir ce mystère car c'en est un pour moi. Boris avait tout pour aimer Roussel, et c'est un fait : il détestait Roussel. Opinion radicale : "Roussel c'est de la merde", et c'était fini. Il avait horreur de Mozart, alors tout ce qu'il vomissait c'était du Mozart. Pareillement Roussel. »

Un autre refus de Boris, moins catégorique, mais curieux et – pour lui – regrettable : son allergie à Henri Michaux. Là, cependant, on le sent qui raisonne ses résistances, qu'il en débat parce qu'elles n'étaient peut-être pas spontanées et qu'il s'efforce à rompre un charme auquel il aurait d'abord cédé. Le 23 mars 1947, c'est fait, il se débarrasse d'Henri Michaux :

L'extraordinaire est intellectuel chez Michaux. Ça se passe à l'intérieur de lui. Ça n'a rien d'intéressant.

Édité en 1953, *l'Arrache-Cœur* est le dernier de ses romans que Boris Vian ait vu paraître. On en concluait qu'il s'était concrétisé le dernier. On en possède un manuscrit et une copie dactylographiée qui portent, tous deux, la date du 25 janvier 1951 ; c'est le texte de *l'Arrache-Cœur* sous le titre : *les Fillettes de la Reine. Tome 1 : Première manche. Jusqu'aux cages.*

À l'entrée de *l'Arrache-Cœur*, encore *Fillettes de la Reine*, et qu'il songeait appeler *Maman Gâteau*, Boris Vian avait inscrit cet avertissement :

Toute ressemblance avec des événements, des personnes ou des paysages réels est vivement souhaitée. Il n'y a pas de symboles et ce qui est raconté ici s'est effectivement passé.

Avant même la découverte du manuscrit et parce qu'on n'ignorait pas que le roman avait été présenté à Gallimard en 1951, pour tous, Clémentine, la mère abusive qui par excès d'amour devient la geôlière et le bourreau de ses enfants, c'était à la fois Mme Vian mère et Michelle Léglise-Vian, à doses variables selon les commentateurs, un peu de l'une, beaucoup de l'autre, ou le contraire. Les trumeaux faisaient la moyenne entre les quatre enfants des époux Vian-Ravenez (Bubu, Boris, Alain et Ninon) et les deux enfants, Patrick et Carole nés de Boris Vian et de Michelle Léglise. Sur cette arithmétique se fondait l'analogie et comme on datait le roman des années 1950 et 1951, en pleine tempête conjugale, on y apercevait en filigrane beaucoup des griefs que, supposait-on, Boris remâchait contre Michelle. Ou encore, par cette logique à retournement qui fait la force de l'historien, puisqu'on reconnaissait Michelle dans le roman, et tout à son désavantage, c'est que le roman datait des années 1950 et 1951.

Nous avions identifié la maison de *l'Arrache-Cœur* et la villa des vacances à Landemer. Et puis après ? Nous n'en déterminions pas avec certitude le prototype de Clémentine ou la part revenant à chacun de ces coprototypes, ce qui, du reste, importe très secondairement. Cela ne nous aidait pas non plus à situer le roman dans la chronologie des créations de Boris Vian, ce qui nous intéresse bien davantage. Envers et contre tous, Michelle Léglise-Vian affirmait que ce livre – de tous ceux de Boris le seul qu'elle lisait avec gêne et, à notre avis, pour quelques scènes bien précises, une attitude qui, en effet, tient d'elle – existait de « son temps » ; qu'elle l'avait lu manuscrit ; mieux : qu'elle l'avait elle-même dactylographié. On pensait qu'elle commettait là une erreur, malgré la sûreté de sa mémoire. Car toujours restaient ces trumeaux qui ne comptabilisaient pas toute la progéniture Vian-Ravenez, mais figuraient « presque » la progéniture Vian-Léglise, et puis, par-dessus tout, il y avait les dates – admises : 1950-1951, les années de la rupture avec Michelle.

Aujourd'hui, Michelle, je puis bien te dire que tu ne te trompais pas. Ce roman, tu l'as vu se faire. Si certains traits – au sens de pointes – te visent, *l'Arrache-Cœur* ne te doit guère autre chose, et assurément pas le moins du monde son thème fondamental. Il fut voulu, conçu par Boris, longtemps avant vos difficultés, alors qu'un seul enfant vous était né, Patrick, qui, à lui seul, tout de même, pouvait difficilement former des trumeaux.

Il arrivera à Boris en 1951, et par la suite, de marquer son désaccord avec Michelle sur certaines méthodes d'élevage des enfants. Jamais ses reproches ne reposeront sur une situation comparable à celle de *l'Arrache-Cœur*, nous dirons même qu'à tort ou à raison il protestera contre une situation, à ses yeux, à peu près inverse.

On peut se demander – et ce ne serait pas une question insolente – si Boris aimait ses enfants, comment il les aimait. Dans la nouvelle *les Pompiers*, il se met en scène avec son fils Patrick qui a sept ans ; ils s'amusent bien ensemble, comme deux gosses. Cette histoire des **Pompiers**, partie d'un gag noté le 3 avril 1948 :

Caserne de pompiers, qui répondent : « On viendra dimanche, on est très pris. »

plaisait fort à Boris qui, le 9 novembre 1949, la prend pour base d'un projet plus vaste (qui resta sans suite) :

Écrire un roman dans le ton des *Pompiers* sur aventures imaginaires de mézigue et du fiston.

Le 10 novembre 1951 (Patrick a 9 ans et 1/2, Carole 3 ans et 1/2) :

Maintenant je vais voir mon fils et ma fille. Je les aime bien. Ils sont gentils. Je crois qu'ils m'aiment bien aussi. Je ne veux pas qu'ils aient d'illusions... Écrire des lettres imaginaires à ma fille. Intituler ça : Vous ne me devez rien. Une jolie idée littéraire.

Le 2 décembre 1951 :

En partant de Locarno, j'ai acheté pour ma fille un Weihnachtkalender, c'est joli, il y a des petites portes, 24 sur une grande image, et les enfants ouvrent une porte par jour jusqu'à Noël, derrière on voit des jouets, des fleurs ou des gâteaux. Je suis revenu à Paris et j'ai porté le lendemain, jeudi dernier en 8, le calendrier à ma fille douce, ma Lala.

Le 31 janvier 1952 :

J'ai été voir mon petit chou mon petit Lala ma Carole que j'aime, elle s'est réveillée avec ses jolis yeux comme des prunes, elle m'a fait des sourires silencieux...

Le 26 février 1952 :

Hier, j'ai été tard voir les enfants. C'est le congé de Mardi gras, je les ai trouvés avec leur air de pas école, Patrick n'a pas le même air ces jours-là. J'ai l'impression ces temps-ci qu'il s'abandonne plus quand je vais le voir ; on est plus copains qu'avant ; ... ça m'ennuyait de le voir si physiquement timide avec moi. Maintenant il ne l'est presque plus assez. Il me rentre joyeusement dedans, le bougre...

J'ai couché ma Lala, elle riait. Et Pat, après. Il a fait le singe et m'a demandé du « Darzon », c'est comme ça que sa sœur appelait l'argent. Je lui ai donné cent cinquante francs. Je ne sais pas si je dois... Oui, je crois ; il le fiche en l'air joyeusement, c'est une salutaire habitude. Il n'achète guère que des illustrés. Il voulait que je le déshabille et que je le couche comme j'avais fait avec sa sœur...

Pat me montrait son cahier de dessins, plein d'Indiens et de camions à lait – il a fallu que je lui dessine quelques effarantes horreurs.

À supposer que Boris Vian ait terminé *l'Arrache-Cœur* en 1951 – et c'est vrai dans la mesure où cette année-là il en remet le manuscrit à un éditeur –, que pensait-il alors de sa mère ?

Ce que j'ai attendu pour qu'il vienne quelque chose. Mais on ne peut pas passer sa vie avec une mère trop affectueuse, à la sensiblerie, sans être comme du flan au lait, mou et blanc. Je ne veux pas dire des vacheries à ma mère, c'est pas sa faute si elle est ma mère, quand même...

Ça me fait quand même plaisir de dire que j'aimais bien mon père. Mais il a eu tort de ne jamais avoir une bonne engueulade avec ma mère...

Au fond, mes parents c'était l'économie qu'ils voyaient ; pas pour eux ; jamais ils n'ont fait attention à l'argent qu'ils avaient mais celui qu'ils n'avaient pas les empêchait de nous envoyer ailleurs [les vacances à Landemer], et jamais au fond ils n'auraient pu, mère poule maman, passer les vacances sans ses fils, ouyouyouye, c'est qu'il pouvait leur arriver tout à ces mecs de dix-huit ans, hein, ces tout petits. Ça encore plus que l'économie ; l'économie, ça les forçait, mais ça arrangeait bien le coup, de nous avoir sous l'œil. Une heure de retard sur l'horaire habituel avec ma mère et c'est le commissaire de police alerté. Elle m'a rendu un peu comme ça, c'est une des choses pour lesquelles je lui en veux...

Un peu de honte, le pognon arraché aux parents. Pas arraché, ils n'étaient pas durs. L'arrachement c'était pour moi de le demander. Est-ce qu'on peut faire autrement ? Il fallait. Il fallait sortir de ça, il fallait filer de la couveuse. Je sais pas, moi, je me sentais comme un rat dans un piège...

Très bien, à cette réserve près – capitale – que Clémentine est Clémentine et nulle autre mère, et *l'Arrache-Cœur* un roman, donc un *fait*, eût dit Vian, qui se suffit à lui-même et doit s'apprécier dans l'ignorance nécessaire de toute référence extérieure. Faut-il insister ? Oui, il le faut, ici surtout où nous posons les éléments d'une biographie et où, par conséquent, la tentation serait grande, sinon pour nous (et encore !), au moins pour quelques-uns de nos lecteurs, de nous contenter de la « vie » et de labourer l'œuvre, la retourner, et, du coup, la détruire à seule fin d'en arracher des morceaux de vie, alors qu'ils y sont méconnaissables, fondus au creuset de l'imaginaire.

Mais, justement, quand donc *l'Arrache-Cœur* émerge-t-il au monde de l'imaginaire ? Nous y venons. *L'Arrache-Cœur* naît, s'impose à l'esprit de Boris, alors que l'écriture de *l'Automne à Pékin* est toute fraîche et susceptible encore de ratures et de remaniements, avant même que ne soient publiés *Vercoquin* et *l'Écume des jours*. *L'Arrache-Cœur* est, devait être le troisième roman de Boris Vian, après *Vercoquin* et *l'Écume*, ou plutôt après *l'Écume* et *l'Automne* (*Vercoquin* étant, au jugement de Boris, antérieur, non certes renié mais préliminaire, à son œuvre de romancier). C'est dans cette succession que Boris prévoyait *l'Arrache-Cœur*. Quant à la date de conception du roman, nous la connaissons avec une exactitude rigoureuse. C'est le 16 janvier 1947 que Boris écrit :

Roman. **Mère et ses enfants, commence par les laisser libres parce que quand ils sont petits elle n'a besoin de rien pour les retenir. Ils reviennent naturellement. Au fur et à mesure que se développe leur personnalité elle les boucle de plus en plus et finira par les enfermer dans des cages.**

Un personnage de ce roman devrait être un type qui contrairement à son entourage, intéressé par les « gens », les peuples et le journalisme social, s'acharnerait sur un type et l'étudierait jusqu'à tout savoir de lui. Lui demander les choses les plus secrètes.

Le 23 mars 1947, Boris continue de former ce qu'il appelle maintenant le Roman III ou R 3 :

Il y avait à la place du soleil une flamme creuse à contour carré.
Elle était comme toutes les mères, elle n'avait pas de figure descriptible.
Elle les attache, quand ils sont tout petits, avec des cordes qui leur entrent dans la chair. On fait venir le docteur voir comment ça s'arrange.

Le mercredi 26 mars 1947, surgit l'une des plus terrifiques inventions de Boris, la Gloïre :

Pour R 3 : Bateau-poubelle et le type qui ramasse les ordures doit les pêcher avec sa bouche. Quand il croit que le contrôleur n'est pas là, il prend le filet.

Le 24 mai 1947 :

Pour mon roman III longs filaments partant des doigts de la mère – invisibles mais détectés en lumière U.V.
Le psychiatre s'acharnera sur un domestique.

Ce roman, « d'une fabuleuse nouveauté » (Pierre Kast), Gallimard le refusa. Ces quelques lignes d'une lettre à Ursula (1951) en disent long sur la déception ressentie par Boris :

... Tu me demandes pourquoi ils ne prennent pas le livre chez Gallimard ? Queneau l'aurait pris, je crois ; c'est surtout Lemarchand qui ne veut pas. Je l'ai vu hier. Ils sont terribles, tous ; il ne veut pas, parce qu'il me dit qu'il sait que je peux faire quelque chose de beaucoup mieux. C'est très gentil, mais tu te rends compte. Ils veulent me tuer, tous. Je ne peux pas leur en vouloir, je sais que c'est difficile à lire ; mais c'est le fond qui leur paraît « fabriqué ». C'est drôle, quand j'écris des blagues, ça a l'air sincère et quand j'écris pour de vrai, on croit que je blague...

Du second tome de *l'Arrache-Cœur*, nous ne connaissons, de la main de Vian, que le schéma :

LES FILLETTES DE LA REINE
Seconde manche

Dans la seconde manche, le père commence à compter – Réussira à se réinstaller avant qu'elle ait pu y faire quoi que ce soit et finira par les sortir de la cage, mais partiellement et maladroitement car seuls eux pourront vraiment. Seul un des trois – Citroën – trouvera comment ouvrir sa porte et il y reviendra tous les soirs mais il sera prudent, inquiet, trop scrupuleux, hypocrite, dissimulé et marqué.
Ils changeront d'endroits, naturellement, et passeront à la ville – ou plutôt, ce sera l'endroit qui changera – la mer reculera –, etc.

L'Arrache-Cœur, unique tome écrit des *Fillettes de la Reine*, précédé d'un avant-propos devenu classique de Raymond Queneau, finit par paraître aux Éditions Vrille. C'était un chef-d'œuvre : il n'eut aucun succès.
Découragé, harcelé par les nécessités quotidiennes, Boris Vian mit un terme à sa carrière de romancier.

Vous avouerai-je mon bel amy, que Pogo me laisse d'un froid hyperboréen ? Mais je sais de bons esprits qui s'y attachent. Et je les envie. En deux mots, ça me fait chier. Ça fait quatre mots. Pourquoi que tu lis pas Science and Sanity de Korzybski ? Là, tu vas bicher. Quant aux milieux zautorisés en France, si tu t'imagines, fillet, fillet, que je les fréquente, merdre ! Je bosse du matin au soir chez Philips et c'est suffisant pour m'éloigner de la littérature. Pas de romans en vue, c'est trop long à écrire et je n'ai pas besoin de m'exprimer. J'ai pas

de message à délivrer, et quand j'aurai le TAON, j'écrirai. Pour en revenir à Pogo (j'opère en ordre décousu) je ne crois pas que ça puisse charmer en traduction. C'est trop américain pour avoir une portée, et ça ridiculise des formes et non des principes, ce qui fait que c'est de piètre efficacité, je crois. Mais je me goure, sûrement.
... Désaristotise-toi.
Lis Korzybski merde !
Je t'embrace
Boris dit Ducon

Lettre à Jean Linard, 21 novembre 1957.

Le traducteur

Séduite par la remarquable traduction de *J'irai cracher sur vos tombes*, Hélène Bokanowski, fondatrice des éditions « Les Nourritures Terrestres », prit contact avec Boris Vian le 17 décembre 1946 et lui proposa de traduire *le Grand Horloger* de Kenneth Fearing. Ce fut le premier ouvrage important dont Boris assura la translation en langue française. Hélène Bokanowski aura donc été l'introductrice de Boris dans le métier de traducteur qui devait être un de ses gagne-pain, notamment de 1950 à 1955, période durant laquelle il connut de graves difficultés financières. (Voir à la Bibliographie la liste des travaux de traduction de Boris Vian.)

La traduction de *l'Histoire d'un soldat*, du général Omar Bradley (1952), fut une abominable corvée. Ursula revoit Boris, rivé à sa machine à écrire dix-huit heures par jour : elle lui massait les mains afin qu'il puisse poursuivre sa besogne. Pour en accepter une pareille, il fallait être vraiment dans la débine. Boris l'était.

Du 2 décembre 1951 :

J'ai sommeil. Je voulais écrire plus, mais j'ai tapé à la machine, atroce corvée, mal au dos.

Du 31 janvier 1952 :

J'écris tellement pour gagner un peu de pognon. Et tellement de conneries que j'ai plus le courage quand je reviens de toucher à tout ça.

Du 26 février 1952 :

Je vais me coucher. Demain, quoi ? Je sais que je les ferai ces sketches. Je sais que je la ferai, la traduction, ma francinette. Mais ce que ça va m'assommer.

Du 15 octobre 1952 :

J'écris tant de choses sans rien dedans, pour vivre, que ça me dégoûte de l'acte lui-même, malgré l'envie que j'ai souvent et les idées que je voudrais coincer au passage. Mais perdues irrémédiablement, comme des battements de cœur.

Pour prévenir une possible méprise, il convient cependant d'ajouter que si bon nombre des traductions de Boris ont été « alimentaires », il en est quelques-unes qu'il fit avec plaisir et sans en attendre profit (un profit toujours fort mince d'ailleurs dans ce métier-là). Ainsi les romans d'A.E. Van Vogt (entre autres) ont été choisis et leur traduction proposée par Boris Vian parce qu'il les aimait.

Il se sentit aussi en affinité – et cela vaudrait d'être approfondi – avec Strindberg dont il traduisit en 1952 *Mademoiselle Julie* et, en 1958, pour le T.N.P. *Erik XIV*.

Mademoiselle Julie fut représentée pour la première fois dans la traduction Vian au Théâtre Babylone en septembre 1952. Quelques critiques n'ayant pas trouvé à leur goût la traduction de Boris, il leur réplique dans *Paris-Théâtre* de novembre 1952 :

MADEMOISELLE JULIE

Il est superflu de présenter Mademoiselle Julie : l'admirable tragédie de Strindberg a été révélée depuis longtemps au public et un film en fut tiré voici peu, dont l'esprit fut, estimons-nous, singulièrement fidèle à l'atmosphère de la pièce. La traduction que l'on trouvera ici est entièrement nouvelle et diffère de celle que l'on connaissait en France. Je l'ai effectuée à la demande de Frank Sundström et de Jean-Marie Serreau qui considéraient injouable le texte français existant. De

« Le Grand Sommeil » de Raymond Chandler, paru en 1948 aux éditions Gallimard.

fait, il m'est apparu que celui-ci s'éloigne considérablement de l'original, et la confrontation que je fis révéla des libertés fort grandes prises par le traducteur de 1893, qui aboutissait à un regrettable affadissement. Du point de vue matériel, ma connaissance non parfaite du suédois fit que le processus suivant fut adopté : établissement du texte au long de l'excellente traduction anglaise avec, simultanément, un contrôle rigoureux, mot à mot, de l'original, et une vérification d'ensemble effectuée en compagnie de Frank Sundström. J'ai cru devoir réintroduire le mode amusant selon lequel la cuisinière Christine, et Julie parfois, s'adressent à Jean de façon impersonnelle, mode courant en Suède et qu'il fallait rendre, je crois, car, presque toute la pièce durant, chacun des personnages s'adresse ainsi de façon différente à chacun des deux autres et il en résulte un curieux effet de cloisonnement de leur univers.

Généralement bien accueillie (sinon par des spécialistes en suédois comme MM. Verdot et Morvan Lebesque[1]), cette traduction eut la chance d'être magnifiquement mise en valeur par les comédiens de premier plan que sont Éléonore Hirt, François Chaumette et Andrée Tainsy. Les extraits de presse qu'on lira après la pièce donnent une idée de leurs mérites, reconnus à l'unanimité de la presse parisienne.

B.V.

En juin 1957, à la faveur d'une reprise de *Mademoiselle Julie*, les Éditions de l'Arche publient la pièce dans leur collection « Répertoire pour un Théâtre populaire ». Boris revient sur le problème de la traduction, en termes apparemment beaucoup plus modérés, mais grésillants d'ironie :

On a bien voulu dans l'ensemble considérer cette version comme préférable à l'ancienne adaptation française. Nous sommes d'ailleurs de cet avis, mais nos quelques réflexions liminaires nous entraînent cependant à conclure qu'il sera bon, vers 1975, de prévoir une nouvelle francisation de Julie, qui le mérite, en fonction de l'évolution du langage dramatique français. Car l'intérêt d'une adaptation, c'est qu'elle ne donne pas satisfaction éternellement. Je veux dire, l'intérêt pour les adaptateurs ultérieurs...

Paru chez Gallimard, dans la collection « Le Manteau d'Arlequin » et représenté avec succès – un succès, selon nous, justifié – au Théâtre de l'Œuvre le 15 avril 1959,

---

1. Ce dernier, dans *Carrefour*, me reprocha d'avoir eu la patte un peu lourde. Assurément, il a lu Strindberg dans le texte. Que dira-t-il en apprenant que les seules répliques coupées par Sundström et moi-même, d'un commun accord, et qui se limitent d'ailleurs à deux lignes, sont celles où, crûment, Christine répond à Jean que si Julie est folle ce soir, c'est qu'elle a ses règles ?

dans une mise en scène de Georges Wilson, avec une musique de Georges Delerue, *le Client du Matin* de Brendan Behan semble avoir beaucoup moins intéressé Boris, à s'en tenir à ces quelques lignes d'une lettre à Jacques Bens, le 15 juin 1959 :

Moi j'ai pas d'opinion sur *le Client du Matin*. Je trouve juste que c'est chiant.

Manuscrit du « Plan de rénovation des Temps modernes », projet de chronique.

Le chroniqueur

Sur le plan qu'on peut voir ici, Boris Vian avait bâti une de ses « Chroniques du Menteur », destinée à la revue *les Temps modernes* et qui y parut en octobre 1946. *France-Dimanche,* toujours à la pointe de l'actualité, en instruisit ses lecteurs le 19 janvier 1947 ; cette subtile clientèle apprenait ainsi que Boris Vian, dans *les Temps modernes,* proposait de faire (pour la revue) des couvertures odorantes : pain brûlé, vomi, Catleya de Renoir, chien mouillé, entre-cuisse-de-nymphe, aisselles après l'orage et un tirage spécial au rouleau hygiénique numéroté pour lire aux cabinets, etc. Boris suggérait d'autres parfums : seringa, seringue, mer, forêt de pins, Marie-Rose, Marie-Trifouille, Marie-Salope (analogue au vieux goudron des bateaux). Ces judicieux conseils hélas ne furent pas écoutés.

Acceptée par Jean-Paul Sartre et le comité de rédaction de la revue le 12 mai 1946, la première « Chronique du Menteur » parut dans le n° 9 (juin 1946) des *Temps modernes.* Boris en fut très heureux. Il entretenait avec Jean-Paul Sartre, Simone de Beauvoir, Maurice Merleau-Ponty, Jacques-Laurent Bost et toute l'équipe des *Temps modernes* des relations amicales qui dataient des premiers jours de 1946. On rencontre Boris à une brillante réception chez Armand Salacrou, avec Michel Leiris, Jacques-Laurent Bost, Claude Gallimard, etc., le 10 février 1946. Pour la saint Patrick, le 17 mars 1946, Simone de Beauvoir assiste à une surprise-partie chez les Vian. Jean-Paul Sartre aura par Boris la révélation de Claude Luter et des Lorientais (voir notre chapitre de Saint-Germain-des-Prés) et des plus réputés musiciens noirs de jazz. Ils collaboreront ensemble au rarissime magazine *Jazz 47*. Boris conseillera Simone de Beauvoir pour la constitution de sa discothèque de jazz. C'est chez Boris qu'Albert Camus se montrera sous son plus mauvais jour, un jour qui ne devait cesser de s'assombrir (voir notre chapitre de l'Homme du monde). Bref, Boris Vian se sentira très à l'aise avec Jean-Paul Sartre qui le laissera pendant près de deux ans cabrioler dans les plates-bandes de la revue et s'en amusera tout le premier, restant sourd aux grognements de quelques lecteurs. Plus tard, les relations personnelles des deux écrivains se relâcheront (pour diverses raisons que nous tentons de démêler au chapitre du Citoyen), mais on n'oubliera pas que *les Temps modernes* avaient publié en juin 1946 la première nouvelle des *Fourmis* et en octobre 1946 un fragment important de *l'Écume des jours*.

On connaît cinq « Chroniques du Menteur » (n°s 9, 10, 13, 21 et 26 des *Temps modernes*), la sixième – qui mettait en scène Alexandre Astruc – ayant été retirée de son plein gré par Boris Vian. Des esprits retors supposent que des dissensions étaient nées au sein de l'équipe rédactionnelle au sujet de textes qui tranchaient nettement avec le contenu massivement austère de la revue, et que les intégristes finirent par investir Sartre et obtenir le retrait de Boris. Plusieurs témoins récusent cette interprétation. Boris Vian aurait renoncé de lui-même à poursuivre ses « Chroniques », jugeant qu'elles tournaient au procédé. Nous avons eu toutefois la bonne fortune de retrouver un texte inédit, d'une rare violence, qui, sous le titre de *Chronique du Menteur engagé,* décrit les diverses méthodes de destruction des militaires selon le grade. Cette chronique, datée de septembre 1948 (postérieure donc de près d'un an à la dernière chronique des *Temps modernes*), ne peut être publiée ici, non point à cause de son thème (on croira volontiers que nos vues sur les militaires ont quelque parenté avec celles de Boris), mais en raison de ses dimensions et de l'impossibilité d'y découper des morceaux sans nuire à la rigueur de l'exposé ; elle figure intégralement dans le volume 10/18 réunissant les *Textes et Chansons* de Boris Vian à voir rouge et à rire jaune et dans le volume *Chroniques du Menteur* (Christian Bourgois éd., 1974) où sont rassemblés les cinq chroniques acceptées, les deux chroniques refusées et un texte sur l'art d'accommoder les pauvres Blancs (ou plus précisément les Blancs pauvres) d'Amérique, destiné également aux *Temps modernes* et qui n'y parut point.

Boris Vian avait débuté dans la carrière de chroniqueur au commencement de l'année 1945.

Sous le pseudonyme de Hugo Hachebuisson (traduction littérale du Dr Hackenbush, du film des Marx Brothers *Soupe au Canard*), il collabore à un bulletin bimensuel *les Amis des Arts,* au fort relent de feuille de chou. Hugo Hachebuisson y tient rubrique de littérature, tandis que Michelle Vian rend compte du cinéma et Raymond Fol de la musique.

Le 12 mars 1945, Hugo Hachebuisson apprend à ses lecteurs qu'il a découvert sur les quais les *Sources d'Ubu Roi* de Charles Chassé. Le 1er avril, il s'enthousiasme pour *Loin de Rueil* de Raymond Queneau, pour *Parenthèse* de Jacques Lemarchand et pour le *Doctrinal de Lao Tseu*; analysant le n° 9 de la revue *l'Arbalète,* il se réjouit d'y trouver des fragments du roman de Dorothy Baker *Young man with a horn,* « vie romancée du plus grand des trompettes blancs de jazz, Bix Beiderbecke » (voir notre chapitre du Musicien), ce même roman qu'il traduira sous le titre de *le Jeune Homme à la trompette* dans la collection « La Méridienne », chez Gallimard, en 1951 ; le numéro de *l'Arbalète* contient aussi des pages d'Hemingway, de Damon Runyon, de Saroyan, de Gertrude Stein, d'Horace Mc Coy, de Faulkner, Caldwell, Richard Wright, tout ce qu'il faut pour plaire à Boris ; il y a même un Peter Cheyney *(Poison Ivy),* mais Boris n'en apprécie pas la traduction ; il conseille à ses lecteurs d'aller lire « dans le texte le meilleur des trois Cheyney parus en France (édités par l'Albatros) *Dames don't care* », ouvrage qui paraîtra en 1949 chez Gallimard (n° 22 de la Série Noire), traduit de l'anglais par Michelle et Boris Vian. Boris reproche à son futur « directeur » Marcel Duhamel « certaines négligences de traduction et, ce qui est plus grave, certaines incorrections de style ». Le 30 mai 1945, la lecture de *Poor Fool* d'Erskine Caldwell, paru chez Gallimard sous le titre *Un pauvre type,* lui « laisse une impression complexe ». C'est un des premiers ouvrages de Caldwell, et pour bien goûter Caldwell il vaut mieux ne pas commencer par le commencement. « Et, ajoute Boris, ceci n'est pas un paradoxe. À quatre points de vue au moins, il est préférable de rencontrer un auteur dans l'un de ses meilleurs livres : 1° On essaie de se procurer ses autres livres ; 2° Conservant un bon souvenir de cet auteur, on est enclin à plus d'indulgence pour ses erreurs possibles ; 3° On distingue avec plus de facilité les bons passages de ses moins bonnes œuvres ; 4° On suit avec plus d'objectivité l'évolution de son talent. »

Il semble que Boris Vian ait dépouillé assez volontiers le masque d'Hugo Hachebuisson et quitté sans regret son fauteuil de critique littéraire chez *les Amis des Arts*. Il montrait peu d'inclination pour cette activité que les ambitions « culturelles » du bulletin le forçaient à bétonner de didactisme. La vérité pourtant oblige à dire que le directeur des *Amis des Arts* payait ses collaborateurs avec un élastique et que Hugo Hachebuisson trouvait déplaisant d'être sorti de *Soupe au Canard* pour se voir privé des moyens de faire bouillir la sienne. C'est après une explication financière orageuse que Boris Vian prit congé des *Amis des Arts*.

Boris Vian s'est généralement tenu à l'écart des débats littéraires. Tout au long de sa vie, il dénigrera la Critique, l'Analyse (selon son vocabulaire) :

... On ne peut pas faire un article formidable sur ce qu'un autre a créé : ça reste de la critique. La critique c'est pas formidable. C'est de l'analyse. C'est un art d'égocentriste. C'est pas humain. Tous ces disséqueurs ils se regardent en transparence à travers les œuvres dont ils parlent ; quand ils ont bien tout démoli c'est clair comme de l'eau et ils se voient en entier et ils bichent.

La préface des œuvres de Genet par Sartre, c'est une histoire imaginaire de Sartre pédéraste...

... Et au fond, c'est drôle ; ils sont tous contre la littérature parce qu'ils ont peur. Ils veulent comprendre. Et ils ne comprennent qu'en pièces détachées. Alors ils cassent pour comprendre. Et il n'y a plus rien.

Note inédite du 2 décembre 1951.

Si nombreuses et variées qu'aient été ses collaborations à des périodiques, il est avéré que, mises à part les « Chroniques du Menteur » et peut-être très curieusement (car il n'y eut rien de plus alimentaire que ces travaux-là) certaines fantaisies parues dans *Constellation* et bien entendu sa participation aux *Cahiers* et *Dossiers* du Collège de Pataphysique, seuls ont vraiment intéressé Boris Vian ses chroniques de jazz et les rares et pertinents articles qu'il lui fut permis d'écrire en des feuilles éphémères sur le cinéma.

Plusieurs textes de Boris Vian sur le cinéma ont été réunis par René Chateau dans *l'Âge d'Or,* « revue de cinéma paraissant à l'improviste » (n° 1, juin 1964), et repris, avec beaucoup d'autres, dans *Cinéma/Science-fiction* (Christian Bourgois éd., 1978 et collection 10/18, 1980).

Non, décidément, nous allions un peu vite. Boris fut enchanté aussi de collaborer à un étonnant hebdomadaire *la Rue* où il eut toute licence de s'exprimer. Dirigé par Léo Sauvage, ce périodique – qui reprenait le titre du journal de Jules Vallès – vécut quelques mois de l'année 1946, le temps de réunir une remarquable équipe d'écrivains, chroniqueurs et dessinateurs rivalisant de talent et d'audace, ce qui généralement n'assure pas longue vie à un organe de presse. Au cocktail de *la Rue,* le 13 juillet 1946, Boris trinquait avec Raymond Queneau, Jacques Lemarchand, Maurice Nadeau, Georges Ribemont-Dessaignes, Mouloudji, Gérard Jarlot, Jean Genet, etc. et le clan du Bar vert : Astruc, Juliette Gréco, Anne-Marie Cazalis. L'article *Sartre et la merde,* paru dans le numéro du 12 juillet 1946, la veille du cocktail, n'est pas seulement une défense de Sartre contre les bas plumitifs avec lesquels Boris ne va pas tarder à se colleter pour son propre compte ; il entonne un éloge bien senti d'Alfred Jarry :

SARTRE ET LA MERDE

Ceux qui font profession d'écrire sur ce que les autres écrivent ne manquent jamais l'occasion de déplorer, à la parution de chaque nouvel ouvrage de Sartre, le goût fâcheux, disent-ils, de ce dernier pour une matière commune, en général malodorante, et peu considérée. Ils lui reprochent, conjointement, les histoires de vomi que l'on trouve, il est vrai, ça et là dans les œuvres du prêtre de Flore, comme l'a spirituellement baptisé La Fontaine dans une pièce de vers bien connue. Il nous paraît que ces exégètes superficiels commettent une erreur grossière en attribuant, par une extension abusive, à l'auteur, des préférences exclusivement latrinaires. Ils ne lui ont jamais reproché d'aimer le ciel bleu. Or, Sartre en parle quelquefois aussi. L'on pourrait multiplier de tels exemples, et ce serait idiot. Si ces plumitifs ne faisaient ainsi preuve que de mauvaise foi, on leur pardonnerait aisément. Mais ils paraissent méconnaître la nécessité organique de la défécation. Comme Julien Blanc, qui lui, en a mangé, et depuis ne peut s'empêcher de clamer en ses œuvres l'horreur – pauvre vieux ! – d'une telle expérience, Sartre n'aime pas la merde, et s'en débarrasse en l'exorcisant. Une méthode d'exorcisme classique est la composition littéraire : tout le monde se crève à vous le répéter depuis que le « sacré » a fait son introduction dans les lettres, et quoi de plus indiqué que le papier, consacré d'ailleurs par l'hygiène pour recevoir un tel produit. On ne peut qu'approuver Sartre de localiser la merde sur le papier, au lieu de la répandre, à tous les vents comme font les négligents (Claudel, Péguy, Romain Rolland), ou de la conserver par-devers soi, tels les égoïstes parmi lesquels on citerait en premier lieu Messieurs Émile Henriot, Pierre Emmanuel, et d'autres membres de l'Académie française. C'est malsain ; ils méritent une bonne purge. Le premier semble, cependant, irrémédiablement constipé. Quant au second, il a dû la prendre à plusieurs reprises, mais il ne sort, en grande quantité, qu'une matière blanchâtre, longue et filiforme, qu'il appelle des vers. Louons, Messieurs, louons Sartre ! Il est en psychanalyse un signe qui ne trompe pas : seuls les tarés, les refoulés, les enfifrés de toute espèce, ont peur de la merde. Les braves la manient à pleines mains, sans plus de gêne que s'il s'agissait d'une ordure quelconque, et s'empressent, l'ayant reconnue, d'en fumer leurs terres. Nous soupçonnons les dégoûtés à hauts cris de l'aimer secrètement. Ils en veulent à Sartre – comme ils en voulaient à Joyce – d'avoir dissipé le mystère. Ce sont les mêmes dont les pères ont enterré Jarry sous le fiel de Chassé et des polytechniciens de Rennes. Ils ont tordu le cou aux grands serpents d'airain, mais qu'ils prennent garde : le jour est proche où, dans un fracas de tonnerre, la statue de Jarry nu, en pleine érection, velu comme un demi-dieu, sortira de terre place Saint-Sulpice. Il tiendra le monde par le cou, pour lui fourrer le nez dans ce pot de chambre qu'il dissimule sous sa robe noire. Périssent les dégoûtés ! Ils ont nié l'évidence. Il y a de la merde sur tous les trottoirs : Sartre la voit et tâche à lui trouver un usage. Eux, levant les yeux au ciel, marchent dedans exprès et la gardent à leurs semelles.

Nota : **Je ne suis pas existentialiste. En effet, pour un existentialiste, l'existence précède l'essence. Pour moi, il n'y a pas d'essence.**
Va pour la merde, m'objectera-t-on, mais il reste le vomi que vous assimilez au résultat d'une excrétion parfaitement naturelle, alors qu'il est le produit d'un désordre physiologique. Voire. Ce vomi est un signe de pureté. Ce vomi est un signe d'innocence. Ce vomi est un signe de candeur et de révolte profonde devant l'ignoble. Que font les ivrognes ? Ils boivent et gardent tout. Que font les méchants ? Ils voient le mal et sourient. Que font les réprouvés, les âmes noires ? Ils ne reculent pas devant la lèpre universelle, et se frottent les mains au spectacle du vice étalé. Mais les bons ? Ils dégueulent.

Il était si inconvenant d'oublier *la Rue* que nous voici bien content de pouvoir, à la faveur d'un nouveau malaxage de notre livre, substituer à la Chronique du Menteur qui illustrait la précédente édition une chronique inédite, destinée peut-être à *la Rue,* mais plus sûrement à un supplément hebdomadaire humoristique au journal *Clartés* pour lequel Boris Vian avait établi un programme succulent où il invitait au passage à s'inspirer de *la Rue*[1].

Comment Boris Vian s'inscrit dans la riche et longue tradition (jugée encore par certains « marginale », on veut bien, elle n'en est pas moins la seule qui compte) que jalonnent les noms de Bonaventure des Périers, Rabelais, Cyrano de Bergerac, Alfred Jarry entre autres, ce texte a le mérite de nous le montrer et comment aussi, venant après les grands patacesseurs à l'instant nommés, Boris les prolonge et à la fois s'en distingue. La circonstance dans laquelle la chronique qui va venir nous fut confiée par son auteur prouve à elle seule qu'il était fort conscient d'appartenir à la lignée. Un soir de 1955, Boris portait une impressionnante chemise mauve et s'apprêtait à rejoindre les Trois Baudets où il chantait ; Jean-Hugues Sainmont, alors Provéditeur-Général adjoint et Rogateur du Collège de Pataphysique, était là, c'est dire que le rendez-vous – quoique intime (nous étions quatre) – entrait dans le cadre des rencontres pataphysiques et que l'âme de Jarry rembourrait les moleskines de la crémerie-restaurant. Boris venait de retrouver son manuscrit et il lui plaisait de le faire lire au Collège. Après lecture devant Boris et *omnium consensu,* J.-H. Sainmont nous en fit don sur-le-champ, entre une petite mare de Pernod 45 et, sauf erreur, une autre de Coca-Cola, sans écarter pour autant la possibilité d'une publication dans la revue du Collège. De même (petit fait historique qui nous remonte à la mémoire), c'est Sainmont qui nous fit remettre par Boris, un peu plus tard, l'exemplaire de luxe de *l'Automne à Pékin* réimprimé par les Éditions de Minuit (un des vingt-six exemplaires sur « papier ignoble » dont on devait se souvenir pour l'édition originale des *Bâtisseurs d'Empire*

---

1. Il ne faut pas confondre *Clartés* avec *Clarté* (au singulier), organe de l'Union des Étudiants communistes, qui devait, en novembre 1963, consacrer à Boris Vian un dossier d'une rare pertinence. *Clartés* était né le 20 juin 1945 et connut divers avatars. Il se disait à l'origine « l'hebdomadaire de combat pour la Résistance et la Démocratie » et se situait grosso modo sur la droite du parti socialiste ; il fut le porte-parole d'une formation très mêlée : l'Union démocratique et socialiste de la Résistance ; son directeur-fondateur était Me Georges Izard qui devint l'avocat de Boris Vian dans le procès de *J'irai cracher sur vos tombes* (en 1950 et 1953) et mourut en septembre 1973 membre de l'Académie française.

puis celle du *Goûter des Généraux*), avec mission – que nous remplîmes avec allégresse – d'en parler dans les *Cahiers du Collège de Pataphysique* (Cahier 25, 3 décervelage 84 E.P. = 1956). Quand on sait le rôle décisif de l'autobus 975 dans *l'Automne à Pékin,* le rappel ici du roman, dû à une infime concordance chronologique, peut n'apparaître point trop fortuit, sinon par l'effet heureux du hasard objectif.

Ainsi donc, nous devons au Collège et surtout à l'amitié que Boris lui portait et à son admiration pour Jarry de pouvoir publier ce texte qui autrement eût été sans doute à jamais perdu.

Dans la perspective que nous osions d'un doigt pudique entrouvrir, nous recommandons la lecture comparée de la *Cynégétique de l'Omnibus* d'Alfred Jarry à quoi Boris fait du reste explicitement référence (spéculation parue dans *la Revue blanche* du 15 décembre 1901 et publiée dans *la Chandelle verte,* textes rassemblés et présentés par Maurice Saillet, Livre de Poche, 1969) et de la chronique de Boris Vian consacrée à *l'Autobus* que nous livrons enfin :

Chronique scientifique

L'AUTOBUS

L'autobus est l'instrument par le truchement duquel s'effectue la matérialisation d'un curieux phénomène social mis en évidence depuis des temps reculés par les chercheurs fameux qui se sont penchés sur ces grands problèmes d'intérêt général dont l'humanité découvre la solution de temps en temps grâce aux efforts infatigables d'une pléiade de pionniers obscurs : phénomène connu sous le nom de transports en commun.

Depuis les fêtes de l'Erechtéion, rendues célèbres par les brillants reportages de Pierre Louys, jusqu'aux séances de réception à l'Académie Française, en passant par les rites bizarres des convulsionnaires de Saint-Médard et, plus près de nous, les soirs de match à Wagram, certains hommes ont éprouvé le besoin de se livrer ensemble à des vices insolites dont le moins curieux n'est certes pas celui qui consiste à prendre l'autobus.

Forme moderne d'une pratique stigmatisée par Jarry, la chasse à l'omnibus, celle de l'autobus n'est guère moins dangereuse : elle ne présente pas même l'excuse d'une certaine curiosité zoologique de la part du voyageur ; celui-ci alléguait autrefois l'intérêt qu'il y avait à observer les mouvements naturels de chevaux quasi en liberté du haut de l'impériale ; ce prétexte était valable à l'époque en raison de la raréfaction croissante des équins sous nos latitudes ; il ne saurait subsister de nos jours où les méthodes de guerre-éclair adoptées par l'armée française et qui firent en 1940 le beau travail que l'on sait mettent enfin en relief le rôle important dévolu à la cavalerie dans l'armée de demain. Nous profitons de l'occasion pour rassurer nos lecteurs sur les suites éventuelles d'une attaque du territoire à la bombe atomique : notre cavalerie effectuerait instantanément une contre-attaque de diversion suivie d'une charge au sabre, et tout serait dit. Dormez donc sur vos deux oreilles : ce n'est pas pour autre chose que le budget de la guerre plafonne actuellement aux environs de 200 milliards. Qui ne s'en réjouirait après les éclaircissements ci-dessus ? Mais revenons à nos moutons.

Le lecteur curieux, désireux de voir comment on peut en toute impunité se livrer au vice de l'autobus, ne manquera pas de repérer, le long des voies principales de notre capitale, des poteaux d'allure anodine et portant un assemblage grossièrement trapézoïdal de plaques peintes en blanc avec des lettres, ou en vert avec rien, de petits ronds blancs portant des chiffres, et de flèches. Il arrive maintenant que, utilisant les artifices modernes de camouflage, ces plaques arborent de rutilantes couleurs orange ou rouge : ainsi sur la « ligne 38 » comme on dit. (Car l'autobus s'écarte généralement peu d'un chemin habituel, sorte de courant de décharge nerveuse le long duquel il croit ne rien risquer et que l'on appelle ligne.) Autour de ces poteaux, des gens attendent. Ils veulent prendre l'autobus.

Ils se munissent à cet effet de petits morceaux de

papier mince ornés d'un numéro de couleur, qu'ils trouvent dans des boîtes accrochées au poteau en question. Puis, prenant un air hargneux et considérant leurs voisins d'un air soupçonneux, ils se rendent sur le trottoir et attendent.

Apercevant de loin un autobus, les imprudents s'élancent à sa rencontre en agitant les bras. Souvent, le monstre effrayé s'arrête en effet à ce spectacle de démence. Il arrive aussi que les gestes désordonnés des postulants font qu'il s'emballe et « brûle l'arrêt » selon l'expression usitée en pareil cas. Nous passerons sur les détails de la chasse, déjà traitée par d'autres observateurs scrupuleux et considérerons l'instant où le postulant réussit à s'installer sur le dos traînant de l'autobus ; les nombreuses observations que nous poursuivons depuis longtemps nous amènent à formuler quelques remarques :

1. Certaines personnes n'hésitent pas à se servir de numéros utilisés précédemment par d'autres vicieux, et qui de ce fait ont acquis une virulence excessive. Elles succombent en général avant d'arriver à leurs fins sous l'opprobre et la honte, bien qu'il arrive que le gardien de l'animal, abusé par leur apparente bonne foi, leur laisse l'accès du sanctuaire ; auquel cas l'autobus regimbe et s'éloigne aussitôt en poussant son cri rauque.
2. Il faut stigmatiser également l'attitude de ceux qui sont arrivés à grimper et qui narguent les malheureux retardataires : on assiste, alors seulement, à une division nette en deux blocs : ceux qui y sont et ceux qui n'y sont pas. Ceux qui y sont ricanent volontiers au nez de ceux qui n'y sont pas. Souvent, le gardien écœuré leur fait honte à tous en tournant avec rapidité une sorte de moulin à prières qu'il porte sur le ventre, mais ce geste trop de fois répété perd de plus en plus de son efficacité.
3. Nous dénoncerons également sans hésiter l'abus caractérisé que fait le gardien d'un aiguillon bruyant fixé à demeure sur l'autobus et auquel il se suspend avec brutalité après chaque arrêt, allant jusqu'à le manœuvrer à plusieurs reprises au risque de blesser l'autobus. Nous ne craignons pas d'affirmer, l'expé-

rience nous l'a montré, que l'autobus ne peut survivre longtemps à une pareille pratique. On cite certains spécimens qui ont atteint l'âge de 20 ans ; ce sont des cas exceptionnels.
4. Mais le point le plus important nous paraît être le suivant : c'est l'évidente inutilité de ce vice abject. En effet, sitôt montés dans l'autobus, les agités paraissent se calmer subitement : ils sont là, assis, un rictus triste aux lèvres, ou debout, serrés les uns contre les autres et les yeux levés au ciel, s'agrippant avec force à l'ossature de l'autobus et maugréant à chaque soubresaut. Or au bout d'un certain temps sitôt que, effrayé par un nouvel appel, l'autobus vient à s'arrêter, ils descendent. Ceci montre bien qu'il s'agit d'un vice triste et nous croyons avoir agi utilement en attirant l'attention du public sur les dangers de telles pratiques dans une société dite civilisée dont la prostitution vient notamment de disparaître grâce aux efforts méritoires d'une poignée de citoyens vertueux.

La collaboration – entièrement bénévole – de Boris Vian à la revue *Jazz Hot* laisse pantois par son ampleur, l'étendue et l'exactitude des informations, les connaissances techniques et le ton absolument neuf qui s'y affirme, en particulier dans la « revue de presse » où Boris passe au crible tout ce qui s'écrit sur le jazz dans tous les pays du monde, sans omettre les lettres des lecteurs auxquels il répond nommément avec une familiarité ou une virulence dont nous ne présentons ici qu'un seul échantillon, maintenant qu'un de nos vieux rêves, celui d'une anthologie des « revues de presse » de Boris dans *Jazz Hot*, s'est réalisé grâce à Lucien Malson :

Chevalier, de Chalon, me communique un charmant extrait d'une proclamation des autorités d'Allemagne orientale, rapportée par *le Figaro*. Le jazz « détruit la culture nationale, prépare à la guerre et conduit un grand nombre à l'idiotie ». Ma foi... la dernière... Il y a quelque chose là-dedans. Enfin un groupe de hardis défenseurs de la patrie qui signent – hardiment – tous illisible, sauf un certain Jean Chapisson (?), me fait parvenir un mot que je reproduis in extenso (ça fait de la copie (eh, Hodeir, écoute aussi).

Monsieur VIAN,

Monsieur HODEIR,

Vous nous EMMERDEZ.

Vous nous EMMERDEZ avec vos querelles de famille et vos histoires à la gomme.

Nous mettons 120 balles, soit 24 thunes, pour avoir des comptes rendus de jazz et non vos conneries.

Nous vous prions de bien vouloir nous croire vos... (suivent dix signatures indéchiffrables dont au moins quatre témoignent d'une certaine déficience culturelle, et la mention : ET PUBLIER (sic)-LA, CETTE LETTRE.

Ce que je m'empresse de faire comme vous le voyez, et prie mes chers correspondants de bien vouloir trouver ici ma réponse :

Soldats de la caserne Junot de Dijon,

Nul n'ignore que c'est la discipline, et non l'intelligence, encore moins l'orthographe, qui fait la force principale des armées.

Si vous aviez des choses au truc, soldats, vous auriez signé en clair – mais on n'exige plus d'un militaire qu'il soit brave : il suffit qu'il ait de bonnes jambes pour foutre le camp.

Puis-je vous faire remarquer, soldats, que vos cent vingt balles mensuels (à dix, ça ne fait jamais que 12 balles par tête de nœud), c'est nous, les contribuables, qui les payons ? Alors, soldats, fermez vos gueules et rentrez dans le rang.

Soldats, je suis content de vous. Grâce à vous, la tradition de stupidité du militaire vient de se voir fortement consolidée. Merci encore. Rompez.

Dans le numéro de Noël 1948 de *Jazz Hot,* Boris Vian publie un conte *En rond autour de minuit,* qui est aussi un recensement de ses préférences et de ses inimitiés en matière de jazz, et donc une sorte de conte critique ou (qu'on nous pardonne) de règlement de compte. À l'usage des non-initiés – menacés d'apoplexie au premier jeu de mot – nous avons truffé le texte d'appels de notes que les lecteurs savants peuvent négliger et qui renvoient à un index des noms cités, établi avec le concours d'un expert, Claude Léon.

À Ernest Borneman, insidieusement[1].

EN ROND AUTOUR DE MINUIT

> « Yodle... yodle... yodle... etc. »
> (Gillespie, *Œuvres*.)
> « Qu'est-ce que c'est que ce Bipope ? »
> (Paul Boubal, *Florilège poétique*.)

I

Le timbre de la porte d'entrée s'agitait de façon curieuse, comme une particule en plein mouvement brownien[2]... Je prêtai l'oreille... pas de doute... quelqu'un essayait de reproduire le solo de trompette de *One Bass Hit*[3]...

Tout mou et tout chaud, je sortis de mon lit, passai en vitesse un pantalon et un chandail, et j'allai ouvrir. Je me préparais à expliquer au quidam ma manière de voir... C'était peut-être un gendarme qui venait m'arrêter pour outrages aux mœurs par la voie des magazines de jazz...

J'ouvris. L'homme entra. Petit et sec, cinquante ans à vue de nez... un peu gras... une figure assez familière... familière eût-elle été sans la graisse. Il salua à la nazi.

– Heil Gillespie ! dit-il en claquant les talons deux fois sur un rythme serré comme les deux appels de cuivre de *Stay on it*[4]. (Ça, me dis-je, ça doit être dur à faire.)

– Heil Parker[5] ! répondis-je machinalement.

– Je me présente, dit-il, Gœbbels, délégué spécial à la Propagande de la Commission musicale de l'O.N.U., section des Orchestres de Jazz...

Gœbbels ?...

Ça me rappelait quelque chose. Je cherchai un peu.

– Vous étiez beaucoup plus maigre, dis-je. Et, en plus, je me figurais qu'on vous avait pendu.

– Et Ilse Koch ? dit-il avec un large sourire. On l'a pendue ?

— Heu...
— J'ai fait comme elle, avoua-t-il en baissant la tête et en rougissant. Je me suis fait faire un enfant en prison. Alors les Américains m'ont libéré. Et ensuite il y a eu l'histoire du couloir aérien. Alors, maintenant, on est plutôt bien avec les Américains. Surtout depuis qu'ils ont entendu le « Départ de l'Express Flèche Rouge » par l'orchestre de jazz des Cheminots de Moscou. De fil en aiguille, comme on nous a reclassés suivant les compétences, j'ai été mis à la propagande.
— Et Gœring? dis-je. Il n'est pas mort non plus?
— Il joue du bongo dans l'orchestre bop[6] de l'O.N.U., me dit Gœbbels.

Je m'aperçus que nous étions là, debout dans le vestibule.
— Vous voulez peut-être qu'on parle sérieusement? dis-je.

II

— Voilà pourquoi je suis venu vous voir, conclut Gœbbels pour résumer, vidant son verre d'élixir de marihuana.

Il prit un petit gâteau à l'opium.
— Mais, dis-je, je ne suis pas tellement qualifié pour vous aider...
— Au contraire, me dit Gœbbels. Personne ne vous prend au sérieux. C'est très commode. Vous ferez un merveilleux espion. Et puis, quoi, il faut souffrir pour Gillespie...

Il se leva et claqua les talons deux fois sur un rythme serré à l'instar des deux cris de trompette dans Stay on it.
— Tout pour le bop, dit-il en se rasseyant. Et maintenant, on parle affaires. Regardez ça, vous verrez le travail des autres...

Il me tendit un papier. C'était une circulaire de l'Association des Plombiers-Zingueurs de France, Je lus :

L'Association invite tous ses Membres à remplacer dès le 1ᵉʳ janvier 49 les fers à souder de toute nature, avec panne en laiton, par des fers spéciaux en panne acier[7].

Vivent les Plombiers-Zingueurs !... Vive Mezzrow[8] ! Vive la République !... Smrt fasizmu... Svoboda narodu !...

— C'est la contre-propagande, dis-je. Il fallait s'y attendre.

— C'est pas mal camouflé, hein ? me dit Gœbbels. Et vous avez remarqué la vacherie à la fin ?

— Mais qu'est-ce qu'on peut y faire ? dis-je.

Il rit (bop).

— C'est ce que vous allez voir, me dit-il. Habillez-vous et venez avec moi. On va déjeuner ensembliabliabliablia[9]... ensemble.

III

— L'ABC de la propagande, me confia Gœbbels lorsque nous fûmes installés dans le restaurant annamite de Hoanhson, c'est le noyautage de l'idiome. Regardez.

Il appela le garçon. Celui-ci vint.

— Vous m'apporterez une poule au riz-bop, dit Gœbbels.

Je ne voulus pas rester en reste.

— Pour moi, dis-je, du riz-bop, au curry-bop avec du pain bis-bop et du thé-lonius[10].

Le garçon s'évanouit. Gœbbels me serra la main en jubilant.

— Vous avez pigé. Je savais bien qu'avec vous ça irait tout seul. Vous voyez. Il s'en souviendra toute sa vie.

— Ça paraît relativement simple, avouai-je.

— Pour vous, dit Gœbbels, ça l'est parce que vous êtes piqué. Mais pour eux... les non-initiés... et les dixieland[11] – fans... vous vous rendez compte ?

Le garçon grouillait par terre, l'air très mal en point. Ça m'avait coupé l'appétit.

— Allons ailleurs, proposai-je. Dans un débit-bop de boissonny stitt[12].

— Boire un verre de Dexter Corton[13], approuva Gœbbels.

— Méfiez-vous, dis-je. Faut rester compréhensible.

Nous nous levâmes et sortîmes.

— Non, dit Gœbbels, vous n'avez pas la moindre notion de ce que c'est que la propagande. Est-ce que quelqu'un a jamais compris un mot à un article d'André Hodeir[14]? Non. Eh bien, il écrit des livres sur le jazz, et il les fait éditer chez Larousse, et il est généralement considéré dans les milieux compétents comme un critique de jazz. Ce n'est qu'un exemple.

– Quels autres moyens comptez-vous employer? demandai-je.

– Multiples, dit Gœbbels. Une ligne de chemin de fer directe reliera Paris-bop à Albi-bop. Daniel Parker[15] troquera son prénom contre celui de Charlie. Au lieu de chanter «Fais dodo Colas mon p'tit frère», on chantera «Fais dodo Marmarosa[16], Nicholas[17] Monk-it frère...» etc.

IV

Nous approchions du boulevard Saint-Germain et une librairie s'ouvrait à notre gauche.

– Venez, me dit Gœbbels.

– Les œuvres complètes de Léon Bopp, demanda Gœbbels.

– J'ai pas ça, dit le libraire. Voulez-vous «Autant en emporte le Vian» de Georges Mitchell[18]?

– Non, dit Gœbbels. Ne vous payez pas ma tête.

Nous sortîmes derechef.

– Il y a anguillepsie sous Roach[19], dit Gœbbels. Ça doit être la contre-propagande.

– Vous frappez pas pour le vent, dis-je. J'ai obtenu de l'Académie, avec qui je suis assez bien, qu'on remplace, isolément et en composition, la syllabe «van» par mon nom. Ça leur coûte pas cher, et moi j'ai besoin de publicité.

– C'est pas ça, dit Gœbbels. C'est de Margaret Mitchell ce bouquin-là. Pas de Georges. Mais regardez... Qui est-ce qui tourne le coin de la rue?

Je regardai et reconnus à sa silhouette caractéristique un Lorientais.

– Ça y est, dis-je. Il a fait la leçon au marchand.

– Hou!... dit Gœbbels. Ça ne va pa-pa-da[20] du tout.

Il regarde sa montre.

– On va le louper, dit-il. Il marche très vite et il est plus de Dizzy moins le Garner[21].

243

— Si on prenait un grand bi ? proposai-je, ça serait Rugolo[22] comme Tough[23].

Gœbbels me regarda furieux.

— Quoi ? me dit-il. Comme Tough ? Dave Tough ? Vous aussi, maintenant, vous trahissez ?

— J'y pensais papa Mutt Carey[24], dis-je.

Et je me mordis les lèvres conscient de ma gaffe.

Gœbbels devint blanc comme un Woody Herman[25] et sa main descendit vers la poche droite du veston verdâtre qui moulait ses formes élégantes.

— Pas si White, dis-je.

Il s'immobilisa.

— Lequel ? demanda-t-il à brûle-pourpoint. Georgia ou Sonny[26] ? Ça y est... Je ne me rappelais plus. J'y allai au culot.

— Georgia, dis-je.

Il tira à travers sa poche. Ça fit un bruit de carillon. Le téléphone sonnait depuis cinq minutes. Je m'extirpai péniblement d'un cauchemar poisseux et j'empoignai le récepteur dans le mauvais sens.

— Allô, grognai-je d'une voix engluée de sommeil. Ici Sleepy John Estes[27].

— Allô ? entendis-je. Dis donc... c'est Hodeir... Tu penses à nous... pour le Conte du numéro de Noël ?...

Je pensai fortement, non sans mal.

— Tout bien réfléchi, je crois que tu ferais mieux d'essayer, toi, dis-je.

— Allons... protesta Hodeir, jovial... ne renverse pas l'Erroll...

En rond autour de minuit : Round about Midnight, composition de Thelonius Monk.

  1. Ernest Borneman : ethnologue et auteur de romans policiers dont un sur les milieux du jazz. Dans ses célèbres « revues de presse » de *Jazz Hot,* Boris nomme constamment Borneman, à propos de tout et de rien, tête de turc familière qu'il traite d'ailleurs souvent avec une certaine tendresse.

  2. Allusion à la fois... au mouvement brownien et à Pete Brown, saxophoniste alto.

  3. *One bass Hit :* enregistrement célèbre de Dizzy Gillespie.

  4. *Stay on it :* autre enregistrement célèbre de Dizzy Gillespie.

  5. Charlie Parker : saxophoniste alto génial.

  6. Rebop ou Bebop ou Bop (tout court) : dénomination du jazz de l'école moderne tendance Gillespie-Parker.

7. Hugues Panassié : historien et critique de jazz et de rugby. Pour les uns le Pape du jazz et pour les autres le Torquemada.

8. Milton Mezz Mezzrow : clarinettiste à la technique incertaine considéré par Panassié comme un pur génie (! ?).

9. Court extrait d'un vocal classique de Dizzy Gillespie.

10. Thelonius Sphere Monk : pianiste et novateur de première grandeur.

11. Dixieland : style de jazz pratiqué par les musiciens blancs dans les années 20.

12. Sonny Stitt : saxophoniste.

13. Dexter Gordon : saxophoniste.

14. André Hodeir : critique, compositeur, musicien (et qui appartenait comme Boris au comité de rédaction de *Jazz Hot*).

15. Daniel Parker : membre (si l'on peut dire) d'une ligue de vertu (voir notre chapitre *J'irai cracher sur vos tombes*).

16. Dodo Marmarosa : pianiste.

17. Albert Nicholas : clarinettiste de la Nouvelle-Orléans.

18. Georges Mitchell : trompette de la Nouvelle-Orléans.

19. Max Roach : célèbre batteur moderne.

20. Rythme caractéristique sur la cymbale.

21. Erroll Garner : pianiste au style particulier : la main gauche toujours légèrement en retard !

22. Pete Rugolo : musicien et arrangeur.

23. Dave Tough : batteur célèbre des années 30.

24. Papa Mutt Carey : trompette de la Nouvelle-Orléans.

25. Woody Herman : chef d'orchestre clarinettiste.

26. Sonny White : pianiste.

27. Sleepy John Estes : chanteur de blues.

Le conférencier

Le 4 juin 1948, à quinze heures, Boris Vian entrait au Musée du Louvre.

Convié par l'Union centrale des Arts décoratifs et Mme Lise Deharme à s'exprimer sur «l'Objet et la Poésie» dans le cycle de conférences qu'elles organisaient du 28 mai au 2 juillet au Pavillon de Marsan, Boris Vian succédait à Maurice Merleau-Ponty, qui n'avait pas craint de parler de «l'Homme et l'Objet», et il précédait, dans leur ordre de présentation hebdomadaire devant la carafe, le Dr Jacques Lacan, Jean Cocteau, Max-Pol Fouchet et Roland Manuel. La conférence de Boris Vian s'intitulait *Approche discrète de l'objet*; elle a été publiée intégralement, sous le titre «Approche indirecte de l'objet» dans le *Dossier 12* des *Cahiers du Collège de Pataphysique,* publié en hommage à Boris Vian en l'an vulgaire 1960 (an 87 de l'E.P.).

Parmi les dons multiples qui lui avaient été accordés, Boris Vian possédait celui de l'éloquence. Il devait parler souvent en public, à Paris à la Maison des Centraux, à la Salle du Conservatoire, au Club du Faubourg, en province, à Berck, à La Rochelle et dans d'autres villes, du jazz comme de la littérature américaine ou du théâtre. Mais si grandes étaient ses facultés d'improvisation, si lourdement chargé son emploi du temps et si bien connus de lui les sujets à traiter, qu'il lui arrivait rarement de rédiger ses interventions. De la plupart d'entre elles ne subsistent que les plans, les notes préparatoires, deux ou trois phrases clés.

Une conférence qui aurait pu faire quelque bruit, si le

public mondain qui eut le privilège de l'entendre s'était pour une fois départi de son « bon ton » développait le thème de *l'Utilité de la littérature érotique.* Elle fut prononcée le 14 juin 1948, au Club Saint-James, à Paris, 58, avenue Montaigne en pleine offensive de Daniel Parker et de son Cartel d'Action Morale et Sociale contre l'auteur de *J'irai cracher sur vos tombes.* On la retrouvera, en entier, dans les *Écrits pornographiques* (Christian Bourgois éd., 1980) ; on nous en autorisera donc un simple résumé.

Boris tente d'abord de définir ce qu'est la littérature érotique. Il en élimine les œuvres du Marquis de Sade : on ne peut les classer dans la littérature érotique parce qu'on ne peut les classer dans la littérature ; peut-être sont-elles à ranger dans la rubrique : « philosophie érotique ».

Sur sa lancée, Boris exclut également de la catégorie le *Manuel* de Forberg ; *l'Histoire de l'Amour grec,* de Meier ; la Comtesse de Ségur, parce que c'est du sadisme sans consentement du partenaire ; Miller qui ne revendique pas l'appellation d'auteur érotique, mais le titre d'écrivain obscène. (« L'obscénité est extase », dit Miller), etc. Boris taxe enfin de pseudo-érotisme, en dépit de leurs sinistres cochonneries savamment distillées, les œuvres de Delly, de Max du Veuzit, de Gabriel Farnay, parce que toutes les manœuvres décrites ne sont que les préliminaires au mariage catholique et que les meilleurs clients des psychiatres et des prêtres sont les lectrices de Max du Veuzit... ou leur mari. Autres ennemis de la littérature érotique, les ouvrages médicaux qui découragent les jeunes gens et les jeunes filles d'user d'un appareil complexe, mais ingénieux, il y a aussi

les journaux et revues qui détournent vers l'actualité une attention qui, normalement, devrait s'orienter, à partir de l'âge de quatorze ans, vers l'utilisation rationnelle d'organes à destination précise. On loue la culture physique ? mais pourquoi ne pas louer une culture physique totale ? et je ne parle ici que des ennemis à forme littéraire ou imprimée... Mais tous ces ennemis vivants à forme humaine, les Daniel Parker, les scouts, les organisations de jeunesse, les associations de parents d'élèves, les producteurs de films américains, les gardiens de square, la police, les adjudants... J'en passe

et des meilleurs... Cependant la justice m'oblige à ajouter que certains de ces ennemis ne sont, eux aussi, que des pseudo-ennemis : et puisque j'ai nommé Daniel Parker, je dois reconnaître que peu de gens ont fait plus que lui pour la diffusion des ouvrages à caractère particulier...

La longue conférence de Boris – autant le dire tout de suite, et on l'a sans doute déjà pressenti – tend à démontrer qu'il n'y a pas de littérature érotique ou plus précisément que toute littérature peut être considérée comme érotique.

C'est toujours la même alternative qui joue : ou bien on comprend ce qu'on lit et on le portait déjà en soi : ou bien on ne comprend pas et où est le mal ? Quant à prétendre qu'un livre peut vous donner le désir de faire les choses que l'on y lit, c'est aller contre la vérité ; car si l'on veut bien se reporter aux temps de l'invention de toutes ces coutumes plaisantes de l'érotologie, on doit reconnaître qu'il y a bien quelqu'un qui en a eu l'idée le premier, et sans manuel... L'homme, que je sache, a précédé le livre.

... Eh, oui, la vérité est là... il n'y a de littérature érotique que dans l'esprit de l'érotomane ; et l'on ne saurait prétendre que la description... disons d'un arbre ou d'une maison soit moins érotique que celle d'un couple d'amoureux savants...

Mais avant de parvenir à cette conclusion, on se doute bien que Boris entendait régler leur compte à certains individus et institutions que, durant toute sa vie, il combattit par toutes les armes d'un esprit qui se voulut féroce autant qu'il était tendre, impitoyable quand il n'était que générosité. Le bonheur fut la grande affaire de Boris. Il n'hésita jamais à employer ce mot ; il ne le jugeait ni risible ni excessif. Comme son ami Jacques Prévert, il n'eut d'ennemis que les ennemis du bonheur.

Ceci est donc la justification de l'amour comme thème littéraire, et de l'érotisme par conséquent ; ceci, cette carence dans laquelle un État tient un sport que jusqu'à nouvel avis je m'entêterai à considérer comme plus rationnel que le judo et plus satisfaisant que la course à pied ou les barres parallèles, toutes activités dont il procède d'ailleurs, et avec lesquelles il a tant de points communs. Et puisque l'amour, qui est tout de même, je le répète, le centre d'intérêt de la majorité des gens sains, est barré et entravé par l'État, comment s'étonner que la forme actuelle du mouvement révolutionnaire soit la Littérature érotique?

... Au reste, il y a tant d'autres justifications de la littérature érotique que j'ose à peine insister : n'est-il pas reconnu que la guerre est le plus grand de tous les maux? N'admet-on pas qu'il soit répréhensible de tuer son prochain? N'est-il pas plus répréhensible de lui déverser des tonnes de bombes atomiques sur la poire et de le décortiquer à coups de radar et de poudre à éternuer? Ne nous a-t-on pas répété que supprimer la vie d'un insecte est une mauvaise action, et a fortiori, celle de millions d'individus? Mais que quelques imbéciles décident que le marché du canon et de l'uranium est un peu mou, et voilà que la littérature guerrière se met à donner à plein... car il y a une littérature guerrière, figurez-vous, elle est reconnue au grand jour, elle est imprimée par Berger-Levrault et Charles Lavauzelle, on vous apprend à nettoyer un canon de fusil et à démonter une mitrailleuse... elle est autorisée et encouragée... et quand un malheureux vient vous décrire avec quelques détails la courbure des reins de sa bien-aimée ou vous révéler quelques particularités intéressantes et tentantes de son anatomie primesautière! haro sur le baudet... on l'engueule, on l'attaque, on lui fait des procès et on saisit ses livres.

Oui, la guerre tout le monde est contre; mais les mémoires de guerre, c'est très bien vu, et si on a tué cent mille personnes, on est un héros... L'amour, tout le monde est pour... nous l'a-t-on assez répété le croissez et multipliez...? Moralité, on se fait fourrer au bloc toutes les fois qu'on a le malheur de détourner une toute petite mineure...

Bien qu'aussitôt il se calme («je m'égare, un bon révolutionnaire ne doit s'emporter que lorsque l'heure H est venue, jusque-là combattons l'ennemi par les moyens fielleux et perfides dont nous disposons»), on croira volontiers que cette belle envolée, au cœur même de sa conférence, contre l'imbécillité et l'ignominie bien tangibles intéressait beaucoup plus Boris Vian que le soutien d'une littérature érotique à laquelle finalement, pour la mieux protéger, il déniait toute existence.

Sa dernière conférence publique (car les conférences de travail chez Philips et Fontana ne manquaient pas), Boris Vian en régale, le 26 octobre 1958, et jusqu'à l'indigestion, les élèves de l'École des Beaux-Arts. Le thème : *Architecture et Science-Fiction.* À moins qu'un étudiant zélé n'ait eu la sagesse de recueillir le texte intégral de cette conférence (auquel cas nous lui offririons volontiers un verre), il n'en subsiste qu'un fragment, mais de poids, un résumé plutôt, communiqué par Boris lui-même au Collège de Pataphysique et publié dans le *Dossier 6.* En voici la fin, entrelardée des réflexions de Boris à l'intention de son correspondant, le Provéditeur-Éditeur Général de la revue Henri Robillot :

... Nous avions au départ un sujet, l'architecture et la science-fiction. Encore que cette dernière soit, aux mains des auteurs français, retombée au niveau de la fosse à caca tandis qu'elle s'élevait, en Amérique, à la hauteur d'une littérature (sept mètres trente exactement), et pourtant Cyrano et Jules Verne nous avaient-ils pas donné de l'avance ?, il faut s'en préoccuper. Savez-vous bien (ils l'ignoraient, et mon interrogation, si je la formulais, vous devrez la tenir pour rhétorique) qu'au cinq centième ouvrage de science-fiction que l'on déguste, on possède, infuse, une sorte de conscience de cette architecture dont se dégagent de communs éléments en dépit de la différence d'origine des auteurs ? L'architecture de S.-F. américaine, Messieurs, est de tours, de clochers, de vastes spirales ascendantes ; elle est, en bref, phallique ou plutôt phallogidouillesque. Il y a des raisons à cela ; d'abord, l'Américain moyen n'a pas eu, comme nous depuis 1889, la Tour Eiffel pour se rassurer ; il se sent peu membré et projette, ou darde, peut-être, à la verticale, des constructions qui le compensent. (Pour nous, l'architecture de S.-F. est généralement de ruines ; il y a là

derrière une solide confiance en l'avenir du combat considéré comme une activité normale.)

Monsieur, je vous avoue que leur parler d'architecture imaginaire, à ces coquebins qui ignoraient, à coup sûr, Gaudi et les escaliers inversés de Borges, ça me cassait les burettes, et je revins au transport.

En France, leur dis-je, l'architecture aurait pu avoir un avenir si l'on m'avait écouté lorsque j'ai inventé, vers 1943, les *Grandes Routes Graves*[1]. Et par elles, nous revenons à l'œuf. Vous le savez, tout transport mécanique autre que vertical est condamné à périr (vous pensez que je ne leur ai pas expliqué pourquoi – c'est un des quelques secrets que je me garde encore). Grosso modo, voici ce qu'est une Route Grave : vous construisez, à Paris et à Marseille, un support d'environ 40 kilomètres de haut ; vous les réunissez l'un au pied de l'autre par une voie carrossable portée par des X en béton (il y aurait d'autres procédés). Vous obtenez ainsi une pente de 5 % (la distance de Paris à Marseille étant de l'ordre de 800 kilomètres) dans les deux sens, que vous pouvez parcourir sous l'effet de la simple gravité. Or, vous conviendrez avec moi (ils en convinrent) qu'il est moins coûteux d'élever à 40 kilomètres en l'air un poids (que l'on équilibre d'ailleurs aisément de son contrepoids aqueux) que de lui faire parcourir, au moteur, 800 kilomètres.

En outre, poursuivis-je, voici d'autres avantages.

D'abord, la transformation en dièdres du sol approximativement plat de nos régions va multiplier la surface de culture.

Secundo, là-haut l'air sera bon.

Tertio, on pourra étudier un climat au départ, et le calculer.

Quarto, un côté au soleil et un à l'ombre, dans le sens Nord-Sud, ça vous permet des tas de combinaisons. Herbe d'un côté (ou vigne). Arbres de l'autre.

Circulation par œufs éjectables posés sur supports roulants, solides, autoguidés ou guidés à la main.

---

[1]. De son projet de *Grandes Routes Graves,* Boris avait entretenu ses lecteurs de l'hebdomadaire « Arts » en 1952 (numéro daté 31 juillet-6 août 1952).

Route bombée pour drainage et roulement des œufs, éjectés en cas d'accident, en dehors de la chaussée. De plus, accident impossible de face; tamponnage par l'arrière seul prévisible, avec soustraction des vitesses pour le calcul de la force vive...

Le problème du style

Grâce aux souvenirs et témoignages recueillis ici, aux quelques études qui les cimentent, et capitalement grâce aux notes et documents inédits, la personnalité de Boris Vian, les conditions de son travail, l'origine des matériaux dont il fit usage, ses techniques de création reçoivent, nous osons l'espérer, un nouvel éclairage. Reste le style, la syntaxe, le vocabulaire de Boris Vian, ils mériteraient une étude singulière et minutieuse. Le temps, la place et accessoirement (puisqu'elle s'acquiert) la compétence nous manquent. Et puis il faut laisser matière, et matière intéressante, à ceux qui exploreront après nous l'univers de Boris Vian, persuadé, comme ils doivent l'être, qu'en chacun des chapitres de nos *Vies parallèles* nous nous sommes borné à suggérer le sujet d'un livre entier.

Boris Vian s'est rarement exprimé sur le style. De ses lectures on serait tenté de tirer mainte déduction. Ici, la prudence s'impose : il est trivial de constater qu'on peut aimer un écrivain pour sa façon de voir autant que pour sa façon de dire et qu'à l'inverse la perfection de la langue ou l'originalité de l'écriture sauvent certains livres tout vides ou tout bêtes. Paul d'Ivoi ou les auteurs de *Fantômas* sont loin d'être des stylistes accomplis ou d'une puissance langagière qui absoudrait leur cacologie : on attend d'eux tout autre chose. Dans la marée des ouvrages de science-fiction, il en est beaucoup qui ne valent pas pipette en fait de style, mais les mieux écrits ne sont pas nécessairement les plus passionnants. Enfin, de multiples influences peuvent se conjuguer, divers affluents qui s'écoulaient entre des paysages dissemblables former un fleuve.

Rabelais, que Boris Vian désigne parmi ses maîtres lointains, expliquerait son goût des énumérations torrentielles (fréquentes dans les premiers romans et qui réapparaissent dans son théâtre et dans les œuvres consciemment pataphysiques), mais Céline aussi maniait ce tour superbement. Boris Vian lisait volontiers Céline et à haute voix, plusieurs l'attestent dont le témoignage est irrécusable, et qu'il était un lecteur enthousiaste de Céline dès 1940 et qu'il proclamait souvent : « C'est comme ça qu'on doit écrire. » Et cependant Boris Vian n'a pas écrit « comme ça ». Il va jusqu'à se défendre de subir l'influence de Céline, mais il ne nie pas, ou du moins il s'avoue à lui-même dans cette note intime du 11 novembre 1951, que les méthodes céliniennes d'écriture *l'aident;* qu'elles sont – si l'on veut – sous-jacentes à son expression propre.

... Je ne précise pas le passé ni le présent, c'est tout mêlé comme un métro, c'est vraiment de la littérature infecte. Dans le genre, Céline a fait bien mieux. C'est drôle je ne me sens pas influencé par Céline et pourtant ça me rapelle Céline. Je sais pourquoi. J'ai lu l'autre jour chez Dody un petit bouquin, une plaquette d'un nommé Yves Gandon, intitulé « De l'écriture artiste au style canaille ». Idiot, *le truc*. Style canaille ? J'ai rien d'une canaille. Et je parle comme ça absolument naturellement. Il ne peut pas appeler ça le style parlé, Gandon ? Ça lui ferait mal ? Ça le blesserait, Gandon ? Il n'a jamais parlé à personne de vivant, Gandon ? Et s'il faut écrire comme on parle pas, alors on écrit pas ses souvenirs. Si j'écris pas mes souvenirs comme je parle c'est pas des souvenirs. C'est vulgaire, il va dire. Moi je veux bien. Mais je suis pas d'accord. C'est juste plus rapide. C'est pas vulgaire parce que c'est écrit comme ça. C'est les gens qui sont vulgaires. C'est pas le style. Tu parles, d'ailleurs les gens vraiment vulgaires ils écrivent pas comme ça. Ils soignent vachement la fioriture. Ils écrivent avec des ampoules au cul. Et ils mettent que la baronne s'en alla du salon à cinq heures en disant au plaisir à l'aimable compagnie. Les critiques, ils me font marrer. Vulgaire. Maintenant que j'ai dit ça d'ailleurs ils oseront plus le dire. Mais j'oubliais qu'ils le diront pas parce qu'ils le liront pas. Quand même, ça vous sabote d'avoir eu déjà des livres imprimés ; on peut plus se figurer que ça existe encore d'écrire pour personne ou pour soi ou pour un ou deux types. On voit toujours le mec en train de vous lire. De vous flairer. De vous éplucher...

... Quelle mine de vieux souvenirs on a dans le crâne. J'ai rêvé d'un machin qui vous remettrait la mémoire à zéro comme un compteur de bagnole. À quoi ça me sert, tous ces souvenirs-là ? C'est pas parce que je vais les mettre sur le papier que je ne les aurai plus, au contraire. Ça me fait suer de me dire que c'est là dans un coin de mon ciboulot ; j'y pense jamais mais c'est aussi une restriction mentale. On oublie pas comme ça, on n'oublie rien de ce qu'on veut oublier ; c'est le reste qu'on oublie.

Et tu voudrais que j'organise tout ça, que ça soit littéraire, non tu rigoles ; ça sera comme ça, au moins moi ça m'aide.

Ça m'aide à quoi. Ça aussi ça m'est venu sous la plume, c'est peut-être un signe encore. Pourtant j'écris ça comme un devoir. Y a une pression terrible. J'ai besoin. Comme de oui. Ça se sent on va me dire. Quelle mélasse. Shitt et shitt et shitt ça sera écrit comme ça. Je maintiendrai mon point de vue peut-être, avec un énorme courage. Je reprendrai tout ça pour le mettre en français moyen. Mais il y aura quand même eu ce manuscrit. Eh ! tout le monde ne le saura peut-être pas, mais je vous dis que moi ça m'aide. Peut-être que Queneau ne le lira même pas. Si, Queneau le lira, parce que lui aussi je l'aime bien. Pour de vrai. C'est un vrai type. Mais je ne l'écris pas parce qu'il le lira...

Nous n'avancerons pas que tous les romans de Boris Vian ont commencé par un brouillon célinien. Cette hypothèse friserait l'absurdité, ou la mauvaise foi pour qui eut entre les mains les manuscrits de premier jet de plusieurs des œuvres essentielles. Il n'en est que plus symptomatique de retrouver dans *l'Herbe rouge,* dont nous signalions après Pascal Pia, le caractère « confidentiel », nombre de propos de Wolf, et dans *l'Arrache-Cœur* maints souvenirs d'enfance qui sont la stricte traduction en « français moyen » de notes intimes écrites par Boris au jour le jour en style parlé. Mais le « français moyen » de Boris Vian, si éloigné qu'il l'ait voulu de la matrice célinienne, n'était pas non plus le français de n'importe qui.

Le pédagogue

CONSEILS À UN FRANÇAIS
POUR SE PERFECTIONNER EN ANGLAIS

Boris Vian devait enseigner à Claude Léon une chose extraordinaire : c'est qu'il savait l'anglais sans savoir qu'il savait l'anglais. Il lui transmit une méthode qu'il tenait de sa femme Michelle. Michelle parlait très bien l'anglais, et elle continue. Le problème n'était d'ailleurs pas tellement de parler, mais de lire. « Nous étions de grands amateurs de littérature américaine, rappelle Claude Léon, et nous voulions la lire dans le texte sans attendre les traductions. Nous savions que la guerre nous avait retardés de quatre ou cinq ans dans la connaissance de cette littérature. Je ne possédais guère d'anglais que ce qu'on vous en apprend au lycée. Boris m'explique : "Pour t'apercevoir que tu peux lire couramment en anglais, tu prends un roman policier, et tu lis le roman policier. – Oui, avec un dictionnaire. – Pas du tout. Tu prends un roman policier, tu commences ; quand tu rencontres un mot que tu ne comprends pas, tu passes ce mot et quand tu arrives un peu plus loin à ce même mot que tu n'a pas compris la première fois, comme tu le retrouves dans un autre contexte, tu t'aperçois que tu l'as compris parce qu'alors c'est affaire d'intelligence et non de savoir ou de mémoire. Je te conseille d'expérimenter la méthode avec un roman simple : *A B C Murder* d'Agatha Christie." J'ai expérimenté la méthode et j'ai été convaincu. Ma femme – qui avait passé son baccalauréat avec un quart en anglais – a obtenu des résultats identiques. Boris aurait pu créer un

Institut, l'École A B C Murder, mais il trouvait qu'"École A B C" ça ne faisait pas sérieux et "École Murder" nous aurait attiré une clientèle un peu spéciale. »

À UN ANGLAIS SUR LES SUBTILITÉS COMPARÉES DE LA LANGUE ANGLAISE ET DE LA LANGUE FRANÇAISE

La correspondance de Boris Vian avec Stanley Chapman, qui comprend sept lettres, toutes remarquables, dont six sont en anglais, commença en 1955 à la suite du concours ouvert par le Collège de Pataphysique pour doter ses membres d'un uniforme. Président de la Commission de Vêture, Boris Vian eut connaissance de la réponse de Stanley Chapman qui dirigeait déjà avec compétence l'Annexe de la Rogation du Collège à Londres. Il le remercia de son projet et en profita pour solliciter son avis sur un « méprisable limerick » qu'il avait perpétré. Hormis le limerick, cette première lettre de Boris à Chapman est écrite en français. « Pas un instant je n'ai pensé le faire [vous répondre] en anglais : votre maîtrise de la langue du Père Ubu m'ôte toute audace. »

L'audace ne tarda pas à venir, puisqu'un mois après, jour pour jour, soit le 13 octobre 1955, Boris donnait en anglais, et dans un anglais de haute école calembouresque, cette suite de conseils de vocabulaire sur la fabrication d'un équivalent français du limerick avec quelques exemples d'expressions pittoresques :

Dear Chap-man
Call me a shitty baboon, or anything else, and I won't object.
Because I left your letter without a prompt answer.
But you really frighten me, dear old man-chap in a shape of a man-y-colored-penned-a.s.o.-proteiform-writer
(If I dare use this quasi-neologism)
What can I do
When I receive a letter that would deserve at least the shill of a cunt-emporary celebrity to answer it ? What can I do ?

Nothing–wich I did.

I learned in 10 minutes more than I learned during many arse–tonishingly boring skooll–years (your health, sir), about :

Clerihew, limerick.

"Limer", in french (a "lime" means a file) has a very lovely signification. It means : tuck without a result (I mean, a wet one)–(deriving, as it seems, from the normal and rational use of a file.)

But this is only a parenthesis to enrich your french vocal bullery.

Limer-ick (i.e., the risk or "limer" as to get a ick-up) is a french word, but I will keep eet a secret between you and me.

Inside aunt Aly, I don't intend to keep your former letter in the shade of my drawers, which are full, by the way.

I intend to communicate it to some friends, so as to raise your name to the status of a monument.

But since I began to write, I might as well throw myself to the water (comme on dit chez nous) and answer, at least partially, some of your most judicious and ludicrous remarks.

1. Frenchvocabulary speaking, I think that bout de joie is lovely but the real term is boute-joie (bouter means to push in ancient french. Joan of Arc always said she wanted to "bouter les Angloys hors de France") a boute-joie is a joy-ram or a happymaking rod or what you want or joy pusher or something.

2. There is at least one more : le cigare à moustaches which I find lovely.

3. Marcel Aymé and the kids use the word "bistouquette", quite prime and sunny.

4. There's a term commonly used in the north of France : la biroute, which is used, too, by the flyers to name these pieces of fabric thru which the wind engulfs itself, indicating where the wind blows from. Used in songs, very known word.

5. Sceptre is not used this way. You could, of course, give this meaning to any word in the shape of a prick, assuming that the context is clear.

6. The expression « clarinette baveuse » is sometimes used by musicians. « Faire un solo de clarinette baveuse » – to masturb. Revolting expression.
I'll try to find some more. But don't take it as a motive to go shake hands with the bishop (did you know that one?) (it is translated in French, approximately by the expression : « étrangler Popaul »)? Wonder (its musician's jive) if you heard about this one too (of a man well dressed) "sharp as a 'squitoe's peter", I like it.

About limericks

My first intention was of course to give the sauce meaning thru the use of the world relish. I see now how poor this first effort was and feel full of humility. No more limericks for me (for some time). Do you have Legman's encyclopedia?
Rereading your letter, I find an interrogation about « morpions ». It's crabs. Just plain old little pubic crabs, devouring our poor asses and balls. Ever got some? Nasty. Have to shave them (b) all (s) (les polls, I mean). I find, too, some questions about my books. Well, of course, I wrote it and it was translated in (bad) english. But i got no copies left. I'll try to find one (french) for you...

Pataphysically yours Boris Vian
VRAI BISON is good. My best used one is : Bison Ravi.

À UN JEUNE ADMIRATEUR SUR LA BALLADE, L'ART DE VIVRE ET LA GUITARE

D'étranges relations unirent durant de longues années Jean Linard et Boris Vian. Auteur de bandes dessinées d'un style et d'un contenu entièrement neufs (voir *Bizarre* n° 32-33 consacré à la Littérature illettrée), inventeur d'une écriture phonétique superbement impraticable (voir Cahier du Collège de Pataphysique, n° 25, an 84 = 1956), auteur de scénarios copieux qui se remarquent par une distribution somptueuse réunissant les plus illustres comédiens morts et vivants, esprit hétéroclite et fertile, Jean Linard détenait le secret de susciter la correspondance de Boris, et aussi son irritation mi-sincère, mi-feinte, toujours féconde et soigneusement entretenue pour la plus grande joie de Jean Linard et la sienne propre. « Tous les moyens m'étaient bons, avoue Jean Linard, pour provoquer des lettres assez gorgées de vigueur chez l'individu en question[1]. »

Cher maître

Vous méritez une certaine quantité de coudpiéokûs pour votre égocentrisme incroyable. De quel droit vous imaginez-vous qu'une humeur de ma part peut être due à votre présence ? Ignorez-vous que d'autres problèmes, et des plus élevés, me tracassent ? Et qui vous permet de rapporter à vous-même ces jeux de physionomie que tout créateur génial est forcé de subir sous la conduite de son démon intérieur ? Allez, monsieur, vous êtes un troudûcû et je parle thibétain pour ne pas vous vexer.

Espèce de khon, c'était bien la peine de m'envoyer un timbre pour m'obliger par l'idiotie de ta prose à te le réexpédier sur une enveloppe.

Je vous salue bien Boris.

Familier de Boris à Paris de 1948 à 1951, puis installé à Vesoul, Jean Linard réussit à imposer à son redoutable correspondant le rite des souhaits mutuels d'anniversaire.

à monsieur jean linard
en réponse à une lettre commentant le silence gardé par le soussigné au reçu d'une sorte de ballade traitant des sorcières au singulier et soi-disant écrite par ledit linard pour le 31ᵉ anniversaire de Boris Vian, de la compagnie de jésus.

---

1. Jean Linard est mort, dans un accident de motocyclette, en juillet 1980.

Monsieur

Que voulez-vous que répondît un écrivain adulé, encensé, parvenu, même, au faîte de la gloire si ce n'est à celui de la fortune, à un quidam de votre espèce, lequel, non content d'accabler le susdit des sarcasmes du plus mauvais goût, s'accorde périodiquement la liberté de lui écrire, et sur quel ton ! Outre, vous n'ignorez point que se trouvant plus ou moins demeuré en ce qui concerne la lecture musicale, le quidam dont il est question dans la première ligne et non celui à qui le discours s'adresse, n'a pu, certes, recueillir toutes les vibrations qui eussent été inhérentes à l'audition du morceau de sorcellerie, ce dernier se fût-il trouvé joué en présence de l'impétrant, ce qui n'eût d'ailleurs constitué que la moindre des politesses. Mais non, vous préférâtes, inondant les portées de vos graffiti sans envergure, remettre au parchemin le soin de traduire vos efforts pour une élévation vers le beau – efforts louables en tant qu'efforts mais du résultat desquels nous ne pouvons juger à fond, je le répète, pour les motifs ci-dessus esquissés. Que si vous aviez pris la peine (je prends bien, moi, celle de n'aller jamais vous voir !) de gravir les marches dont la succession constitue à mon talent un piédestal provisoire, car insuffisamment haut, vous vous fussiez trouvé à même, par le truchement des cordes harmoniques que vous taquinez – non sans une touche de prétention – d'exposer par le menu vos conceptions de la ballade ; et j'aurais, moi, pu juger sur preuves. Mais en l'absence d'une démonstration de ce genre – de celles, pourtant que se donnent le mal de prévoir les représentants en aspirateurs, et ceux-ci ont la modestie de ne pas trop croire à leur musique – je reste dans l'expectative la plus prudente et me borne à vous répéter que tout ce qui précède n'empêche point, malheureusement, que je vous estime encore, tant est grande ma vertu chrétienne, et que j'espère avoir de vos nouvelles si tant est qu'il vous intéresse de m'en donner.

À vous, du sentiment le plus valable, Boris Vian
Ce 31 mars 1951

P.S. J'ajoute une chose : à la base, il y a un peu de malveillance à rappeler à un pauvre trigintenaire la date à laquelle il vient de finir un pas sidéral de plus vers le total de son existence.

Le 2 avril 1951, le ton s'élève et franchit les cimes :

Mon excellent sire

La formation d'un jeune esprit – fût-il le vôtre – devrait, je le reconnais, requérir plus de soins de ma part et c'est à ce titre que je souscris au verdict implicite dans votre récente épître, j'entends celle du 31. Certes, j'aurais dû vous signaler le Grand Horloger ; d'autant qu'il s'agit là de la première traduction mise à mal par mes soins, ce qui donne un intérêt historique à cette publication. Mais diverses considérations me retiennent toujours sur le point de vous signaler mes productions d'un index d'orientateur : l'impact que risque de produire sur la mentalité des faibles le choc du Beau, n'est-il pas dangereux de le péter et de le répéter ? Voilà les cogitations qui m'étreignent lorsque, penché sur cette table de travail dont la surface chaotique est le miroir phydèle de mon âme complexe, je médite sur nos étranges relations, coupées des points lumineux d'exclamation de l'absence passagère et empreintes d'on ne sait quelle marque bizarre et lunaire qui doit tout son vague à l'état économique du monde actuel, lequel nous impose la visite entrecoupée, le logement distant, et la course aux feuilles d'un mètre par des moyens peu propres à faciliter les échanges intellectuels. Il n'importe, nous vaincrons parce que nous sommes les plus paresseux, et nous tiendrons parce que nous sommes les plus entêtés. Qu'importe, également, au regard de cette assurance nôtre, les variations éventuelles du milieu extérieur ? Un jour, vous avez un parapluie, le suivant non ; en quoi cela empêche-t-il Paul Claudel d'être un vieux con ? Les vérités fondamentales restent telles, et ne subissent pas le caprice de leur conditionnement ; c'est ce qui doit vous donner la force de tolérer que je ne sois pas encore le président des États-Unis Mondiaux; mais la chose viendra, vous le savez comme moi.

Voilà. Continuez de votre mieux, je veille sur vous d'un œil vigilant et empreint de bienveillance. Ne vous découragez pas, mangez des nouilles et évitez l'ennui – c'est tellement banal de le ressentir que je me demande comment, un temps de ma vie, j'ai pu sacrifier à cette coutume infâme. Il est vrai que les conditions économiques, fauteuses, seules, de la maladie que l'on nomme travail, sont plus faciles à combattre que les conditions mentales, lesquelles s'abritent souvent fort bien sous des masques objectifs. Ne vous y fiez plus.

Je vous en serre des douzaines
Boris Vian.

Cinq jours plus tard, Boris tance vertement Jean Linard au sujet d'une guitare dont ledit Jean Linard l'avait heureusement débarrassé et lui expose quelques idées fondamentales d'éthique sociale et d'économie politique :

Mon cher ami,

Ah, certes, le tour est beau, et vous paraissait sans doute bien combiné. Vous me délivrez, un jour, de façon anodine et peut-être même furtive, d'un exécrable et rebutant objet pendu au mur à seule fin de décoration (?); puis je respire, mon thorax velu s'épanche enfin en des épanouissements avides; je regarde mes doigts de gauche et je vois les traces infâmes de cordes-scies céder à une nouvelle et lisse et jeune peau striée de remplacement marquée à mes empreintes personnelles. Vous m'écrivez, sans m'en parler. L'idylle continue, en somme (ce ne sont pas les divagations fumeuses de votre cerveau effervescent et toutes ces pensées que vous me prêtez, comme si j'allais les accepter, qui peuvent y faire grand-chose).

Je reçois ces lettres, je les lis avec intérêt, j'y réponds d'un cœur sincère, et brusquement, comme une bombe, voici que vous venez me faire chier (et en écriture pseudo-phonétique, encore) avec une *guitare* que je vous aurais remise à fin de vente; mais je vous vois venir, mon petit, je vous vois venir. D'abord vous me dites que c'est pour un copain – je me frotte les paumes, tel Ponce Pilate aux croisades, et je pense : jamais je ne le connaîtrai. Voici maintenant, ignoble renégat, que vous lui fourguâtes la vôtre ? Bon. Donc la mienne est chez vous, ça va, je comprends. Parfait. Mais au moment où je tâche à me rassurer un peu, c'est maintenant un tissu de lamentations séniles (conçues à seule fin d'emmêler ma comprenette déjà pas trop fameuse en ce moment) d'où je crois pouvoir déduire d'une part que vous allez me la payer, d'autre part que vous ne pouvez pas me la payer immédiatement ? Alors, vous croyez que je suis trop idiot pour comprendre la résultante ? Que vous allez me rapporter cette ordure ?

Linard, je vous le dis tout net, j'ai tenté avec vous la franchise, la tendresse, les bons sentiments; mais rien ne s'accroche à votre cœur glissant comme un savon cadum mouillé de sperme. Linard, je serai ferme : à la première tentative que vous ferez de me rapporter cette guitare, je vous sonne. Et à coups de pompe dans les molaires, procédé que je répugne d'ordinaire à employer sinon avec les chevaux. Mais auriez-vous juré de me rendre fou ? Et ne me bassinez pas avec votre argent, vous me parlez tellement d'argent que vous finirez par me faire croire que moi, j'en ai. Mon pauvre ami, si j'en avais, j'aurais depuis longtemps une bonne guitare, comprenez-vous; mais une bonne guitare, ça vaut vingt-cinq billets et quoi que vous puissiez insinuer, je ne suis plus, depuis longtemps, de ces gens qui ont vingt-cinq billets.

Non, décidément, Linard, vous êtes un assez sale type. Vous me parlez de repas ? Ne pouvez-vous en parler avant et venir en prendre un ici ? C'est, je le regrette, la seule chose que je puisse vous offrir ! Mais naturellement vous aurez à cœur de m'en demander d'autres, de me demander par exemple, les qualités que vous opposez à mes défauts imaginés – ce qui est d'un humour facile, mais assez bas, tout au septième que vous habitiez. – D'ailleurs cette flèche du parthe elle-même ne me touche guère : moi, je vais avoir une chambre au huitième. Ah !

Et sur ce, je reste votre serviteur dévoué.

Résumé : 1° gardez cette ordure.

2º ne me faites pas chier avec ces histoires de pognon et gardez ledit pognon pour bouffer.
3º Je vous tiens malgré tout pour un brave homme.

Boris Vian.

UNE PÉDAGOGIE TERRORISTE

Boris Vian venait de quitter le 98, faubourg Poissonnière et s'était installé tant bien que mal dans un logement exigu au dernier étage du 8, boulevard de Clichy. C'est là qu'il fit la connaissance d'Yves Gibeau. Celui-ci, qui avait passé sa jeunesse dans les enfants de troupe, écrivait alors son roman *Allons enfants...*

Boris s'était pris d'affection pour Yves Gibeau, une affection inquiète et lucide. «C'est curieux, disait-il, il est révolté, mais seulement dans la mesure où les satisfactions petites-bourgeoises lui sont refusées.» Vision prophétique, puisque Yves Gibeau – qui exécrait l'armée – finit par épouser la fille d'un officier supérieur. Boris aurait voulu l'empêcher de glisser sur cette pente, et pour cela il employait la «terreur». Il suffisait qu'Yves Gibeau allume le chauffage pour que Boris l'accuse d'aimer le confort douillet du 16ᵉ arrondissement. Si Gibeau achetait un litre de vin du Postillon, Boris protestait : «Ah, ah! tu achètes du Postillon parce que tu es conditionné par la Société», et Yves Gibeau, qui posait à l'anarchiste, changeait aussitôt de marque.

Écrivain débutant, Yves Gibeau avait la hantise des répétitions. Il donnait ses manuscrits à lire à Boris, le chargeant de relever toutes les répétitions qui pouvaient se trouver dans la même page, voire dans le même chapitre. C'était de la paranoïa : deux fois le même mot dans le même chapitre et Gibeau s'effondrait. Alors Boris cherchait les synonymes, les équivalences, non sans se moquer de ce super-académisme chez un homme qui écrivait un livre sur les enfants de troupe. Yves Gibeau lisait tous les prix Goncourt, Boris l'interroge : «Mais enfin, pourquoi achètes-tu les prix Goncourt?» et Gibeau répond : «Tu comprends, c'est bien écrit, c'est bon d'avoir tout ça dans sa bibliothèque. » Il est vrai qu'il lisait aussi *Fantômas,* ce qui le réconciliait avec Boris.

Un jour, Gibeau arrive, très fier : « J'ai acheté un magnétophone ; une affaire formidable : un magnétophone à fil. » Boris le douche : « Eh bien, mon vieux, tu t'es fait posséder ; le magnétophone à fil c'est complètement démodé ; les enregistrements s'effacent d'eux-mêmes ; ça ne vaut rien du tout. »

Gibeau était tout triste, mais le magnétophone était là, autant s'en servir. Yves Gibeau invite Boris chez lui. « Tiens, on va enregistrer quelque chose », dit Boris, et il tire, au hasard, de la bibliothèque de Gibeau un des volumes de *la Petite Illustration,* le feuillette un instant et s'arrête sur *le Premier Couple,* une pièce jouée en 1921 avec Albert Lambert en peau de bête. Et cette pièce en un acte fut intégralement enregistrée. Il n'y avait qu'un seul exemplaire du texte et les « acteurs » (Boris, Yves Gibeau et Claude Léon) se repassaient le volume de réplique en réplique. Boris assurait le bruitage : une boîte d'allumettes expertement agitée simulait l'allumage du feu et la montée des premières flammes (on a compris que le drame se déroulait à l'âge de pierre). Peut-être reste-t-il quelque chose de cet enregistrement du *Premier Couple :* il est digne de figurer dans les archives de la Comédie-Française.

POUR UNE JUSTICE EXPÉDITIVE

Comme tous ceux qui fêtèrent leurs vingt ans durant la guerre et l'Occupation, Boris subit quotidiennement les conséquences aussi bien des prélèvements nazis sur la production française que des détournements énormes auxquels se livraient certains de nos compatriotes bien placés sur les trop rares marchandises qui échappaient au pillage allemand :

BALLADE DES MARCHÉS OBSCURS

À vous, messers les prouficteurs de guerre
Les mercantis, les vilains traffiquans
Les fabricans de gasteaux à la terre
Voleurs, pillards, tous effrontez croquans
J'aymerais voir au col de lourds carcans
Craignez qu'un jour le peuple vous punisse
Allez, feignez des regrets convaincans !
Et priant Dieu que la guerre finisse,
Priez Satan que dure cent cinq ans.

Grasse truande aux tres-laydes manières
Qui remplacez par des bijoux clinquans
Le bel esprict des dames de naguère,
Vous connaistrez des piques les piquans.
Recouvrez-les, ces corps lourds et choquans
De laine fine et de doulce pelisse
Impregnez-les de parfums suffocans
Mais priant Dieu que la guerre finisse,
Priez Satan que dure cent cinq ans.

Mourez de faim, nos enfants et nos meres
Roulez sur l'or taverniers fabriquans
De tord-boyaux à cinq louis le verre
Tombez, blessez, infirmes claudicans
Tombez toujours, nul emploi n'est vacant
Pour l'innocent que dégouste le vice
Et vous, volez, volez en vous moquant
Mais priant Dieu que la guerre finisse,
Priez Satan que dure cent cinq ans.

Envoy

Prince, vous estes riche en escroquant
Mais j'attendray longtemps l'heure propice
Pour vous crever ce ventre provocant
Donc, priant Dieu que la guerre finisse,
Priez Satan que dure cent cinq ans.

Longtemps après, mais remontant beaucoup plus haut que sa personnelle histoire, Vian écrit les chansons du spectacle d'Henri-François Rey : *la Bande à Bonnot* (1955), et pareillement il y fustige l'égoïsme et salue noblement le couteau vengeur toujours vibrant :

> **Dans sa révolte sans espoir**
> **Un pauvre gars**
> **Trouvait l'trépas**
> **Mais il laissait dans les mémoires**
> **Un souvenir qu'on n'oublie pas**
>
> **Plantant au cœur de l'égoïsme**
> **Un long couteau**
> **Qui y est encore**
> **Il proclamait que l'anarchisme**
> **Jamais jamais ne sera mort.**

SUR LE POT-AU-FEU

Durant les années qui suivirent la Libération, ce qu'on nommait alors « le ravitaillement » ne progressait qu'à pas menus par rapport à ce qu'on qualifiait de « pénurie » ou de disette sous l'occupation nazie. Boris Vian – nous l'avons déjà dit et tous les témoignages concordent – était doté d'un appétit féroce, et la musique – même créatrice de beignets américains, deux ou trois fois par semaine – ne lui suffisait pas : il lui fallait du consistant, et le consistant était rare. À Claude Léon, qui lui faisait part des difficultés du « ravitaillement », Boris dit un jour : « J'ai résolu le problème. Je prends un grand pot-au-feu, j'y mets de l'eau, des légumes crus, de la viande et je fais bouillir. Quand c'est cuit on en mange et puis on rajoute des légumes crus et de la viande dans l'eau restante et on continue toute la semaine. C'est le pot-au-feu hebdomadaire, en ce sens qu'il dure toute la semaine. »

SUR LE BŒUF-MODE

Il ne faut pas croire que Boris n'était pas un gourmet, ajoute Claude Léon. Ce soupçon ne nous effleure pas : seul un gourmet pouvait réinventer le « fond-de-sauce », secret de la haute cuisine. C'est Boris Vian qui initia

Claude Léon aux joies du « Gouffé », ce livre de cuisine des plus savants et des plus raffinés (*Le Livre de Cuisine* par Jules Gouffé, Hachette, 1867). Que Gouffé ait été « officier de bouche du Jockey-Club », voilà déjà qui réjouissait Boris. Par-dessus tout, il appréciait dans le « Gouffé » la précision des dosages. Alors que la plupart des ouvrages culinaires emploient des formules vagues (vous mettez un peu de ceci, un peu de cela), le Gouffé vous dit : vous mettez 3 grammes de sel, 18 grammes de cumin, un centilitre de madère, 1 kg 600 de macreuse, etc. Les recettes sont scientifiques. Le « Gouffé » flattait chez Boris l'ingénieur épris de calculs rigoureux.

Le ragoût de mouton traité à la Gouffé, et aussi la tarte aux pommes à la façon du maître eurent souvent les honneurs de la table des Vian, mais de tous les plats géniaux, inventés ou perfectionnés par Gouffé, le préféré de Boris était sans doute le bœuf-mode froid.

Au lunch de son mariage avec Ursula, ce fut un bœuf-mode à la Gouffé qu'on servit, un bœuf-mode grandiose présenté dans une profonde et large bassine, emplie à ras bord.

Boris n'imaginait pas de festins qui ne fussent inépuisables. La Fête, pour lui, fête de l'esprit ou des sens, devait toujours battre son plein. On retrouve dans tous ses livres ce rabelaisianisme qui confine au « potlatch ».

Et le Gouffé est le modèle, le moteur et le symbole de la frairie plantureuse et délicate. Nicolas de *l'Écume des jours* se prévaut d'une référence insurpassable : il est un « disciple de Gouffé »... et il porte un chandail à col roulé dont le jacquard dessine un saumon à la Chambord, tel qu'il apparaît à la page 607 du *Livre de Cuisine* de Gouffé. Dans *l'Automne à Pékin,* l'interne du Professeur Mangemanche lit « un bon livre » : *la Vie de Jules Gouffé* par Jacques Loustalot (le Major) et Nicolas (qui est évidemment le Nicolas de *l'Écume des jours*).

À L'USAGE DES 13-19

Les recommandations qui suivent trouveraient place aussi bien au chapitre du Directeur artistique. Le texte était en effet destiné au verso de la pochette d'un disque édité par la maison Philips. Dans la note intérieure de transmission de ce texte, Boris écrivait :

Ci-joint le texte pour la pochette du disque « Surprise-partie pour Adam et Ève ». Je vous suggère d'adopter pour le verso de la pochette une composition verticale en deux colonnes avec, en haut des « Conseils aux Nièces », un portrait ovale de l'oncle Gédéon Molle, et, en haut des « Conseils aux Neveux », un portrait ovale idem de la tante Amélie. Pour le titre du disque, je ne sais pas bien : peut-être « Surprise complètement Partie » ou « Un Drink chez les Croulants », ou « Tout le monde y sera », ou « Ça va chauffer », ou « Interdit aux Rhumatisants », ou « Roulez vos tapis », ou « Les parents ne seront pas là », bref enfin choisissez et si ça vous plaît pas on vous en enverra d'autres, en cent trente de largeur. Peut-être que « Half and Half » va, ou « Mi-fille mi-garçon », ou « La Mort du Capitaine », mais j'insiste pas pour le dernier, qu'est triste. Bref, c'est tout.

Votre petit pote
Boris.

P.S. – Il serait bon de mettre des signatures manuscrites de l'oncle et de la tante en bas de la composition, et des fleurettes romantiques.

Aucun des titres suggérés par Boris Vian ne fut retenu ; on leur préféra un titre singulièrement plat et qui devait vouer ce disque à un sort peu glorieux : *Pile ou Face* (disque Philips 07184). Parce que la valeur éducative des « Conseils » dépasse largement leur objet initial, nous les donnons en conclusion du présent chapitre sur Boris Vian « pédagogue ».

CONSEILS À MES NIÈCES

Premier conseil : la boisson.

D'abord, rappelez-vous ce qu'est une surprise-party : une réunion où personne n'est surpris et où personne n'est parti... en principe. J'entends « parti » au sens alcoolique du terme : sachez, mes chères nièces, qu'il est de mauvais ton pour une pucelle de boire plus que de raison. Ne dépassez donc pas la demi-bouteille de whisky. Et je précise : que ce soit du scotch. Le whisky américain (bourbon ou rye), comme le cognac, laisse le lendemain une forte migraine, et vous interdit en somme de faire deux surprises-parties de suite, ce qui est fâcheux. Le scotch s'adresse, naturellement, à celles d'entre vous qui ont des idées de gauche. Au cas où la droite vous attirerait plus, la vodka est un excellent produit qui, lui aussi, laisse peu de traces.

Ne prenez pas pour contradiction le fait de boire, en fonction de vos opinions politiques, le liquide de l'ennemi. C'est grâce à ces petits rééquilibrages à l'échelle individuelle que notre globe doit de n'avoir point encore sauté.

Deuxième conseil : la toilette.

Les blue-jeans sont la tenue la plus commode pour une de ces surprises-parties moyennes où tout le monde finit au poste de police. Si vous désirez vraiment vous singulariser, vous pouvez choisir une robe simple dans l'armoire de votre mère. Évitez les blue-jeans si vous avez plus de cent six de tour de hanches. Au cas où vous auriez l'intention de vous livrer à des danses animées (ces rocks et autres fariboles qui ne réussiront jamais à détrôner le cake-walk et le galop de nos pères, autrement sportifs), je ne saurais trop attirer votre attention sur la nécessité de porter un soutien-gorge extrêmement solide et surtout sans élastique dans le dos. Si la nature, en sa clémence, a évité de vous alourdir de ce côté, c'est tout avantage, mais prenez garde à ces deux dangers éternels, la force centrifuge et l'inertie.

Troisième conseil : le flirt.

Vous êtes venues à cette surprise-party pour flirter, ou, comme vous dites élégamment dans votre jargon moderne, pour vous « faire » untel ou untel. Sachez qu'ils sont venus exactement dans la même intention.

Aussi, bannissant toute hypocrisie, déclarez vos intentions sans circonlocutions sottes à l'objet visé. Cela lui évitera de perdre son temps, et il a un examen à préparer. Il serait juste, puisqu'elles votent, que les femmes prissent leurs responsabilités.

Votre grand-oncle Gédéon Molle

CONSEILS À MES NEVEUX

Premier conseil : l'esprit.

Vous le savez, mes chéris, l'esprit a toujours été la plus jolie parure d'un garçon et vous n'avez certes pas besoin de mesurer des kilomètres de tour de poitrine pour nous séduire, nous autres les femmes. Ce que nous trouvons le plus troublant chez un homme, c'est sa conversation. Peu importe ses biceps du moment qu'il est capable de nous soulever, dans notre robe d'organdi léger qui nous fait paraître papillons diaphanes, afin de nous faire franchir dans ses bras le seuil de la chaumière de rêve où, le lendemain du bal, après une demande en bonne et due forme, il va nous entraîner pour l'amour et pour la vie, pour le meilleur et pour le pire, pour la Patrie et pour la République.

Mais où en étais-je ? Manifestez votre esprit de façon discrète. Si votre cavalière, au hasard de la conversation, s'exclame par exemple : – Ce que l'on doit être bien dans les bras de Morphée... soupirez, d'un ton négligent : – Saviez-vous que c'est mon prénom ?

Vous aurez gagné la partie. À vous d'aiguiller votre partenaire de façon qu'elle vous force à déployer les ressources ailées de ce qui dort en votre jeune encéphale.

Deuxième conseil : l'argent.

Je vous parle en notre nom à toutes : l'argent, sachez-le, ne nous intéresse pas. Un appartement, quelques domestiques, une propriété à la campagne, une petite voiture élégante et des vacances à Capri ou Palma de Mallorca, et nous voilà satisfaites. Que votre Cadillac ou votre Jaguar ne vous donne pas de complexes : Dieu merci, nous savons faire la part des choses et ne souffrirons nullement de voir nos amies plus favorisées rouler en Bentley ou en Continental.

Évitez les sujets d'argent. Il nous suffit d'un coup d'œil pour nous apercevoir que votre chronomètre est signé Patek Philippe ou Ulysse Nardin, que votre complet a été coupé chez Bardot, que vos chaussures sont faites à vos mesures rue Marbeuf et que votre cravate porte le petit label de Sulka.

Parlez-nous d'amour : cela nous comblera.

Troisième conseil : le flirt.

Vous êtes venus à cette surprise-party pour flirter, ou, comme vous dites élégamment dans votre jargon moderne, pour vous « farcir » unetelle ou unetelle. Sachez qu'elles sont venues exactement dans la même intention. Aussi, fuyant toute franchise, déclarez exactement le contraire de vos intentions, avec de sottes circonlocutions, à l'objet visé. Les femmes adorent perdre leur temps et elles se fichent de leurs examens, qu'elles réussissent avec leur seul décolleté. Il serait juste, puisqu'elles ne vont jamais voter, de leur enlever leurs responsabilités.

Votre grand-tante Amélie de Lambineuse
P.C.C. Boris Vian.

L'homme du monde

L'ART D'ÊTRE UN GENDRE

Aucune relation directe ne nous est parvenue de l'entrevue de Boris Vian avec les filles de généraux versaillais (voir notre chapitre de Capbreton). Usa-t-il envers elles du baisemain ou, à la hussarde, de la claque sur les fesses ? nous ne saurions, faute d'un témoignage digne de foi (le sien), nous prononcer. De cette lointaine époque, il demeure, de la main de Boris, un récit coloré de ses visites protocolaires à la famille de sa première fiancée, Monette D... :

Dieu ! dire que j'étais fiancé ! Et agréé par les parents et tout ça. Drôles de parents, pas pires, bien sûr. Un signe, son père rédacteur d'un journal d'aéronautique que possédait son oncle, le riche de la famille – l'oncle de Monette, le frère de sa mère pour préciser, un gars à particule de mes deux avec une Polonaise pour épouse plus ou moins morganatique (qu'est-ce que ça veut dire ce mot-là c'est insensé ce qu'il me vient sous l'iridium). Toc ! Je me rappelle, un flash de plus, une pièce de théâtre vue avec la celle de l'oncle – de Michel Duran. Nous ne sommes pas mariés. Il y avait Michèle Alfa et sur scène une fille à poil. Audace ! Oh ! J'ai un souvenir vague de l'oncle, de sa bonne femme aussi, je crois que si j'avais été moins cul, elle m'aurait plus intéressé que sa nièce, elle a dû me prendre pour un empaffé terrible...

Le salon chinois de la mère D..., la maman de

Monette, une blonde au nez pointu toujours excitée, avec souvent un foulard sur la tête, pas mauvaise bougresse au fond.

Qu'est-ce que ça aurait bien pu donner si j'avais épousé Monette ? Je me demande ça quelquefois.

Je crois que je serais devenu plus con. Pas que je ne le sois pas, mais ma connerie actuelle me satisfait totalement... Une connerie qui finit bien.

Le père de Monette, il avait un accent toulousain à couper au quoi. Un truc original qui coupe. Sécateur. C'est pas original. Au couteau, tiens. Et deux surépaisseurs de nez. Un nez à joues, en quelque sorte. Lui, il ne me blairait pas tant. Un gendre futur ça doit avoir une auréole de capitaine d'industrie. On se marie pas si jeune, surtout, j'étais jeune, et elle à peu près pareil. Il vaut mieux une différence, du point de vue du père. Le père, il a pas envie de douiller, d'abord. Je crois que ses trois gonzesses l'abrutissaient bien ; j'ai pas parlé de la petite, la sœur, une brune aux seins en poire atroces, à douze ans elle avait une poitrine de Sénégalaise, c'est à mon frère Bubu qu'elle plaisait bien, pourtant lui mon aîné. Il avait raison. Oh, cette sœur, elle s'appelait Jacqueline, un poison. Excitée comme une sauterelle. Sa gueule me plaisait pas, l'air d'une moricaude – mauricaude, je veux dire, d'une fatma, mais d'une pas jolie, sans menton assez. Elle pigeait bien plus que sa sœur, elle devait se faire mettre la main aux fesses dix fois plus aisément, c'est normal, la plus jeune profite de l'aînée.

UNE TARTE PHILOSOPHIQUE

En 1945, les surprises-parties qu'organisaient les Vian dans leur appartement du faubourg Poissonnière avaient été baptisées « tartes-parties ». En effet, l'élément solide à consommer, c'était la tarte ; Michelle Vian faisait des tartes, Madeleine Léon faisait des tartes. Les tartes de Madeleine étaient à base de compote de pomme et de crème de marron, et cette composition originale plaisait beaucoup à Boris Vian.

Ursula Vian-Kubler et Boris Vian au tabac de la place Blanche, 1954.

Dans l'histoire des idées, la tarte-partie du jeudi 12 décembre 1946 s'inscrit en lettres rouges. Ce jour-là se trouvaient réunis, autour de Boris et de Michelle, Jean-Paul Sartre, Simone de Beauvoir, Albert Camus, Maurice Merleau-Ponty, Raymond Queneau, Lefèvre-Pontalis, Paule Allard, Jacques-Laurent Bost, Alexandre Astruc, Jacques Lemarchand, Le Major, Taymour Nawab, Jean d'Halluin, Claude Léon, etc.

Tandis que Boris surveille les tartes à la cuisine en compagnie de Simone de Beauvoir, une vive discussion s'élève dans la salle à manger entre Camus et Merleau-Ponty. Le ton s'élève et les propos verdissent. Les deux compagnons de tarte vont en venir aux mains, on s'interpose : il est trop tarte. Les excommunications majeures ont été prononcées de tarte et d'autre. Jacques Lemarchand et Lefèvre-Pontalis ne peuvent que hocher la poire en répétant tristement : « Ce divorce devait arriver ! ce divorce devait arriver ! » Camus est parti en claquant la porte. Sartre le poursuit dans la rue, tente de le calmer. C'est peine perdue : Camus refuse de revenir à sa tarte. Sartre renonce et rejoint la sienne. Boris, lui, nullement gêné, constate : « Enfin, il s'est passé quelque chose. »

La rupture était consommée, elle n'était pas seule dans ce cas : nombre de verres l'avaient précédée, d'une boisson traîtresse, célèbre spécialité de Boris Vian, un pseudo-Alexandra fait de vermouth, de gin et de lait Gloria. Comme le lait Gloria au contact du vermouth, la conversation de Camus avec Merleau-Ponty avait rapidement tourné à l'aigre. Et Claude Léon de conclure, vingt ans après, confondant d'ailleurs la querelle Camus-Merleau-Ponty et la querelle Sartre-Camus de beaucoup postérieure, confusion aussi amusante que symptomatique, mais que nous avons cru bon tout de même de rectifier : « Nous n'avions pas attaché une importance exceptionnelle à cette querelle. Les grands événements au niveau de la philosophie ne sont pas forcément de grands événements au niveau de la tarte-partie. »

LA STATUE DE JEAN-PAUL SARTRE

Boris Vian ne désespérait pas de réconcilier les deux adversaires au cours d'une cérémonie solennelle dont le héros eût été Jean-Paul Sartre, leur maître commun.

Pour les journalistes qui, beaucoup plus tard, l'encenseront quand un Prix Nobel en aura fait, à son corps défendant, un bon serviteur de la Patrie, Jean-Paul Sartre n'est alors qu'un personnage douteux – sous la plume des modérés, un monstre – chez les spadassins de la vertu nationale, un philosophe de barrière, le chef d'un gang d'éphèbes crasseux, l'Ahriman du Tabou (où il ne mit les pieds qu'une seule fois, et il avait les pieds propres).

On conçoit donc de quel éclat se fût entourée l'érection de la statue de Jean-Paul Sartre si le projet de Boris eût abouti. Projet qu'il étudia avec tout le sérieux requis en cette sorte d'entreprises : une note annexe montre qu'il avait engagé des démarches afin de s'assurer le concours (indispensable) des enfants des écoles.

Raymond Queneau, Merleau-Ponty, Lefèvre-Pontalis, Jacques Lemarchand, Paul Braffort, Jacques Prévert, Pierre Emmanuel, Paul Claudel, Gaston Gallimard, Paule Allard, Alexandre Astruc, Jacques-Laurent Bost, Maurice Nadeau, Raymond Las Vergnas, Jean Paulhan, Paul Éluard, Violette Leduc, Mouloudji, Colette Audry, Jean Genet, Albert Camus, Marc Beigbeder et quelques autres étaient donc les destinataires de la circulaire suivante :

Messieurs,

Le Comité pour l'érection permanente de statues aux Gens de lettres vivants, comité dont la composition est tenue rigoureusement secrète vu les dangers que comporte l'exécution de son programme, vous convie à assister à la mise en place de la statue de Jean-Paul Sartre le... à... en face de l'Institut sur le socle abandonné lâchement par...

Il y aura un petit concert de musique martiale comportant notamment l'exécution, en première audition, de la Marche existentialiste, par la clique. On compte également sur la participation gracieuse des gardiens de la paix à cet exercice qui n'est qu'un prologue : le comité se propose en effet d'élever dans un avenir très proche, des statues à MM. Alexandre Astruc, Aragon et Mme Triolet, Koestler, Paul Claudel, Pierre Emmanuel, Raymond Las Vergnas.

Les trois dernières seront recouvertes d'un blindage particulièrement soigné exécuté en ciment volcanique de la maison Lambert frères, en raison de la nature des projectiles qu'elles semblent appelées à recevoir.

Nous espérons pouvoir compter sur votre présence ainsi que sur celle de vos amis et vous prions d'agréer l'assurance de notre considération partielle (la portion résiduaire étant réservée aux amis susnommés).

N.-B. – Une tenue officielle est recommandée.

Description sommaire de la statue

La conception de l'œuvre est due à Edmond Cloche, bourrelier. Le philosophe y est représenté sous les traits d'un gracieux adolescent, assis sur un gros bloc de néant et tenant une lettre, allusion fine à l'œuvre la plus prisée de l'écrivain, le Mur. Ses disciples devaient primitivement l'entourer, mais le plâtre est cher, et on les a remplacés par un petit feston. L'exécution de l'ouvrage a été menée à bien par un groupe de sculpteurs célèbres parmi lesquels Paul Landowski, de l'Institut, Jules Lapipe, marchand de journaux, Maître Gastaldi, notaire, Gaston Gallimard, éditeur, et Raymonde Pigne, masseuse au Grand Neuf.

Participation aux frais

Nous ne vous demanderons aucune participation aux frais. Toutefois, si vous êtes célèbre, envoyez-nous un autographe d'acquiescement, nous le revendrons. Si vous désirez avoir une statue, indiquez-nous le piédestal désiré (déjà dégarni de préférence) et le poids de plâtre que vous estimez nécessaire.

LES COCKTAILS GALLIMARD

Quoique Gaston Gallimard s'abstînt encore de faire appel au personnel des cirques ambulants, du type Princesse Soraya, les réceptions qu'il donnait dans son hôtel de la rue de l'Université passaient déjà pour une des grandes attractions parisiennes.

Boris Vian, auteur-maison, traducteur-maison, ne pouvait manquer d'être invité à ce qu'on nomme bizarrement des « cocktails » alors que les seules boissons dont on prive la clientèle sont précisément les cocktails.

Le calendrier des cocktails Gallimard est aussi connu que celui des Fêtes légales et mobiles ou des garden-parties de l'Élysée. Quand on le rapproche de la chronologie des mondanités marquantes auxquelles Boris se rendit depuis son entrée dans la vie publique, on s'aperçoit qu'en effet il en fut un assidu, comme il l'expose – avec les motifs ! – dans cette note inédite du 10 novembre 1951 :

...Gallimard. Le bien-connu de la rue Sébastien-Bottin. Un jour de cocktail. J'étais prié de bien vouloir honorer ces réceptions de ma présence en considérant comme strictement personnelle cette invitation qui sera demandée à l'entrée. Je la sais pas par cœur. Je recopie. Parce que j'en ai une, là, sur mon bureau – table est plus juste – pour les jeudis 15 novembre, 13 décembre et 17 janvier. 17, rue de l'Université. Métro Bac. C'est sur la carte. Il a que des potes miteux, Gaston, à le crroire. « Métro » Bac... Et l'autobus, non ?
Il y avait un monde à crever, comme toujours. Et la ruée sur le buffet. C'est marrant. Infantiles, les gens de lettres ? Moi je me ruais comme ça quand j'avais quatorze ans. Et on se fourrait de la crème plein les pattes ; prétexte pour saisir la nappe et la cochonner en la pinçant entre ses doigts et en disant : quel beau tissu !
Chez Gaston, j'y vais le plus souvent. C'est une occasion de voir des potes ou des gens qu'on ne voit guère ; parce que les potes, il y en a pas tant. Lemarchand, j'aime bien le voir chez Gaston. Et des moins fréquents ; ou Gréco et Cazalis, Lise aussi, Deharme. Et Bouthoul.
... C'est la salle ronde avec les portes-fenêtres sur la jolie pelouse carrée et les ruines du Parthénon appelées aussi galerie de l'art brut. Que celui qui n'a jamais été dans une galerie et qui n'a pas les moyens de lui lancer des billets de mille jette la première pierre à Gaston. C'est les groupes et les discussions vachement pertinentes, et c'est très très marrant. Quand on aime ça. Et les petits fours au jardin et les petits fours au buffet et ceux qui sont pleins d'aisance et qui connaissent tout le monde. Et ceux qui sont timides et qui regardent

tout le monde en se découvrant moralement devant les plus vieux et les plus gâteux, c'est terrible, les cocktails de Gaston. J'aime bien y aller quand même, je répète. Surtout pour voir Merleau-Ponty en petit four.

Les voyages et les vacances

Tant Boris possédait son jazz sur le bout des doigts, personne ne s'étonnerait qu'il ait fait en Amérique plusieurs séjours studieux. Il connaissait bien la littérature américaine et sut l'imiter avec un naturel si parfait qu'on l'imagine volontiers s'abreuvant aux sources. Il parlait l'anglo-américain comme un qui l'avait pratiqué chez les autochtones. Ses traductions d'ouvrages américains, y compris celle des mémoires du glorieux général Bradley, passent pour excellentes et, quand on sait à quelle vitesse il les expédiait, on se dit qu'il y fallait une expérience consommée de la langue et des mœurs. Enfin, la préface de *l'Écume des jours*, datée Memphis 8 mars 1946, Davenport 10 mars 1946, confirmait péremptoirement l'installation de Boris Vian aux États-Unis pendant une période minimale de quarante-huit heures. En fait, il n'y mit jamais les pieds, et tout biographe doit s'en convaincre en dépit de cette indication laissée par Boris le 31 décembre 1953 (une saison choisie pour ce genre d'exploits) :

Traversé l'Atlantique à la nage.

Qu'il n'ait pas foulé un arpent de terre américaine, c'est bien là le surprenant. Si en 1946 le voyage d'Amérique n'était pas à la portée du premier Européen venu, dépourvu de passeport diplomatique et de frais de mission ministériels, il n'en allait plus de même en 1957, 1958 et 1959, surtout pour ceux qui exerçaient, comme lui, une profession (la chanson, le jazz, les variétés, le disque) reposant sur de larges et constants échanges avec l'Amérique.

Il ne semble pas que Boris se soit beaucoup échiné à se rendre aux États-Unis. Ce pays, qu'il aimait dans sa littérature, dans sa musique, ne l'attirait pas autrement, et littérature, musique on les lui apportait à domicile.

Au fond, il n'avait pas le tempérament pérégrinateur. Ce qui lui plaisait dans l'automobile, c'était la mécanique (la Brasier) ou la vitesse (la Morgan) : on peut en jouir au garage ou sur un autodrome. Et le moindre obstacle lui faisait rebrousser chemin, eût-il de longs jours préparé son voyage et arrimé soigneusement les bagages sur la voiture en vue d'une évasion de plusieurs semaines loin de la capitale. Ursula n'était pas trop contente quand Boris décidait, devant l'autoroute encombrée ou après une empoignade avec un flic, de rentrer aussitôt cité Véron et de renoncer aux vacances.

Quant au train, qu'il emprunta souvent comme tout un chacun, il avait fini par l'abhorrer : un sort fatal voulut que ses voisins de compartiment puassent toujours atrocement des pieds.

Le 10 février 1953, cette phobie ne le dominait pas encore. L'odeur du charbon éveillait au contraire le désir du voyage :

J'ai tant de travail à la traîne. Et j'ai la tête vide. J'ai besoin – ou je crois – d'un air de Bretagne, de vagues, de mer salée iodée, vent surtout, et vieille maison solide. La poussière d'ici me tue. Les poêles à charbon, avec la poussière. Le matin il y a un centimètre de poussière sur le bureau, cette poussière me martyrise. Chaque fois que je remets du charbon dans le poêle, le nuage qui s'élève, fort, épais, noir, et l'odeur de train – ça ça serait le bon côté. Il est là le poêle derrière mon cul il me crève je sue comme une vache je dis je répète à l'automne prochain on aura le gaz...

Tout ça va bouger. Ça ne peut pas ne pas bouger. Même s'il faut que ce soit moi qui fasse bouger tout ça. Mais c'est si bon de bâiller, de se mettre sur le lit, de feignasser. Et je voudrais voir les amis. Je suis horriblement sociable. J'aimerais aller retrouver Robillot et Hérisson à Courchevel-Méribel pour quelques jours.

Ursula Vian-Kubler et Boris Vian dans la « Richard Brasier 1911 ». Dans les environs de Saint-Tropez, 1953.

De la neige c'est bath c'est sans poussière. Et la poussière me gênerait si peu si on pouvait vivre tout nu. C'est ça la connerie.

Ah ! être transporté d'un coup de baguette magique de Paris au bord de la mer ou que la mer vienne, au commandement, dérouler ses vagues au pied de la Butte Montmartre ! Les rêves d'Alphonse Allais lui paraissaient des plus sages.

On remarque l'extrême brièveté des voyages, pourtant nombreux, que fit Boris. Le plus souvent, des aller et retour, quoiqu'il écrivit (note du 23 octobre 1949) :

L'aller et retour est un geste qui rappelle de trop près la masturbation.

Chroniqueur au quotidien *Combat* ou à l'hebdomadaire *Arts*, envoyé de ces journaux à Knokke-le-Zoute ou à Cannes ou à Deauville pour une manifestation de jazz ou de cinéma ou un prix de la Chanson, il ne s'éternisait pas dans ces villes en goguette et revenait à Paris au plus vite, par un train de nuit au besoin, aussitôt terminées les festivités, quoique rien ne l'y obligeât puisqu'il téléphonait ses articles.

Saint-Tropez, c'était autre chose : lieu de vacances et aussi de travail. Boris y avait ouvert à la Ponche et animait une annexe du Club Saint-Germain-des-Prés ; il louait à bail, depuis le 1er novembre 1949, à Mme Queviolo la maison du 3, rue d'Aumale : ses enfants, ses amis, les enfants de ses amis y vécurent d'heureux jours. À défaut du charmant petit port de pêche à jamais englouti sous les flots des « loisirs », mieux valait encore un Saint-Tropez duplicata estival de Saint-Germain plutôt que le Saint-Tropez tout venant d'aujourd'hui.

Le lecteur se lasserait à suivre le calendrier complet des déplacements de Boris. Voici quelques voyages dont subsistent des traces écrites, en dehors du journalisme ou en marge :

En août 1945, Boris, Michelle et Patrick devaient loger à Saint-Jean-de-Luz dans une maison inoccupée appartenant à la grand-mère du Major. Ils étaient arrivés par le train le 14 août ; le Major, qui avait quitté Paris le 11 août en automobile, aurait dû être à Saint-Jean-de-Luz pour les accueillir. Les Vian ne trouvèrent ni le Major ni les clés de la maison. Ils louèrent un deux-pièces-cuisine au 25, rue Gambetta. Le Major rejoignit Saint-Jean-de-Luz avec un retard de plusieurs jours et après de multiples aventures que Boris Vian a contées dans la nouvelle des *Fourmis* intitulée « L'Oie bleue », et de manière plus « réaliste » dans celle du *Loup-Garou* : « Les Remparts du Sud ».

À partir du 22 février 1947, Boris fait du reportage sportif à Saint-Gervais-les-Bains, Megève, Chamonix et juge les descendeuses, slalomeuses et autres porteuses de lattes qui se bouffent le nez. « En arrivant en bas, je savais que j'avais gagné, dit l'une. Personne n'est venu me serrer la main. Aucun esprit sportif. » Il enregistre les propos, exempts de toute aménité, de ces dames et demoiselles qui s'appelaient Fernande Bayette, Françoise Gignoux, Lucienne Couttet, Suzanne Thiollière et une ou deux autres trop mêlées à l'aventure pour que nous les nommions, même aujourd'hui.

Journées rapides, bien remplies pour Boris qui se livre nonobstant à quelques observations plus personnelles :

Il est absolument impossible de cracher sur les tombes à Saint-Gervais-les-Bains à partir d'avant neuf heures du soir.

Tous les chiens de Saint-Gervais-les-Bains sont des bonchien sauf le chien des Baskerville.

Noter la vapeur qui se met instantanément à monter du plancher de la terrasse du restaurant du téléférique vers Bettex et qui se traîne sur les planches comme le sable sur la plage quand il y a beaucoup de vent.

Il paraît qu'à Megève c'est plus marrant. C'est J... qui m'a dit ça. Elle m'a dit : Viens-y lundi, j'y serai.

Et, en effet, lundi 24 février 1947, Boris y est :

Nouvel Hôtel du Mont-Blanc. Chambre 3. Deux lits dedans. Sorti sitôt après. Rencontré (croisé) mari J... dans anorak bleu. Sais pas si m'a vu. Puis J... et une amie. Rendez-vous Isba à 7 heures. Mais loupé car entré écouter Salvador et Roger Lucchesi au Chamois bar sympa – ambiance. Bu 2 alexandra et 2 gin-fizz (puis Isba 1 gin-fizz). Dansé Chamois avec une Hollandaise merdre c'est la barbe. De là Isba. Rien, puis j'étais une heure en retard. Dîné Hôtel Mont-Blanc. Puis revenu Chamois et à 1 heure décidé danser avec une dénommée Ch... B... qui est au Chalet du Tour. Rentré à 3 heures. Réveillé le portier.

Le mardi 25 février :

Hôtels : les Cimes, le Soleil d'Or. Foyer Cinéma et Studio 34. Les traîneaux avec les petites cloches. Vers l'Isba par un petit sentier au coin de l'Étoile des Alpes (épicerie) et de la Floralie.

Et soudain les choses se corsent :

Il arrive un coup de téléphone du Scorpion qui me dit : Vas-y, reste, elle arrive – le mardi à 9 h 30. Et puis le Windsor. Son amie B... téléphone que je m'en

aille parce qu'elle vient demain avec son mari et que je dois comprendre. Tout ça, c'est très compliqué pour un pauvre bison.

Les bars : l'Équipe où chante Martha Lowe. Chamois : Salvador André et Lucchesi (Roger).

Le 25 à 8 h rerencontré Ch... B...

Rappelé d'Halluin au Casino vers 21 h 30.

Le mercredi 26 :

Il faut que je téléphone à Ch... B... au Chalet du Tour, de venir déjeuner avec moi à Megève.

Ou alors est-ce que je vais y déjeuner, moi? De toute façon, il faut que je lui téléphone. Et, auparavant, à mon Scorpion fidèle.

Qui m'a fait faire une belle connerie.

Le 22 mai 1947, en compagnie de Michelle et de Claude Léon, Boris est à Londres pour acheter des disques, s'habiller smart et rapporter du tabac à Lucien Coutaud et Taymour Nawab. Quelques impressions de voyage :

Un individu sur le bateau de Dieppe à Newhaven qui fumait une Craven par le mauvais bout.

Un corbeau noyé dans le port.

Drague à godets, le Goéland.

C'est pas étonnant que les Anglais aient tous la migraine parce que ça pue le crésyl.

Un peu avant Earlswod, du train, vu un bec de gaz planté au milieu d'un carrefour sans maisons.

Noter le parfait état de toutes les clôtures.

Port de Newhaven tout nu et tellement tranquille.

Dans les autobus on est très bien assis.

Au cours d'un voyage en Belgique en juillet-août 1949 :

Noter qu'à Knokke on ne dit pas une coupe de champagne mais un gobelet.

Du 2 décembre 1951 :

J'ai été à Monti della Trinita... Dans une pension, la

Peyola, dirigée par une vieille Schwester gentille, un peu comme ma tante si ma tante ne s'était pas laissé piétiner toute sa vie. Encore une provision d'images : le lac Majeur débordant, les torrents de la Suisse, diable, c'est mieux que les cartes postales, je les ai vus au petit matin, les eaux blanches et froides, j'aime regarder ça, l'eau qui dégringole sur les cailloux, attention, psychanalyste de service, à tes pièces. Des envies terribles de se fourrer les pieds dans l'eau...

À Locarno, les tramways et les trains sont mélangés dans la gare. J'ai un souvenir de voies... J'ai trouvé la ville jolie à cause des pavés secs... On a pris le funiculaire pour Monti... on a eu les oreilles qui faisaient bzzz et j'ai vu la madone, le couvent, je ne sais quoi del Sasso, ces curés ils se foutent dans tous les coins c'est un crime dieu Vian que vous êtes primaire dans vos haines d'analphabète anticlérical. La pension, c'était l'heure du déjeuner, sur la terrasse ; d'autres gens pas frappants, peu, il y a une chose que j'aime dans ce pays c'est les pierres étroites et minces dressées pour soutenir des poteaux de pin sur lesquels viennent s'entortiller les vignes. Ces pierres sont feuilletées, brillantes, c'est du gneiss je pense. Les montagnes en novembre, rousses avec chapeau de neige, et cascades, j'aime. Le lac, un peu de brume... Le lendemain de mon arrivée, on a été se promener sur le chemin de la montagne, on a joué avec l'eau d'une petite source, froide et jolie, tout était bien. Un ennui, les repas à heure fixe. Je ne peux pas supporter ces règles... On a été au cirque à Locarno, à neuf dans un énorme taxi Packard qui descendait les lacets en champion, et on a vu toute la troupe de Knie.

Le 4 janvier 1952, il part de Paris pour l'Alpe-d'Huez, passe par Grenoble et note le 11 janvier 1952 (il sera de retour à Paris le 15) :

Noter les somptueuses pissotières à une personne qui se trouvent à Grenoble coin cours Jean-Jaurès et boulevard ou avenue Alsace-Lorraine. En forme de tour creuse échauguette. On est debout sur un petit piédestal. La tôle de protection est cependant un peu basse, mais ça donne de la noblesse à celui qui officie.

Son souvenir de l'Alpe-d'Huez :

C'est si chouette, la neige, ce soleil bleu – merde c'est ciel que je voulais dire mais ça revient au même à cause de la neige.

Le 11 mai 1953, Boris se rend à Caen, en Brasier, pour veiller aux préparatifs du *Chevalier de Neige*. Brèves impressions :

**Vieillard m'inonde de larmes. Brasier ma première voiture.
Le maire m'accuse d'avoir volé sa voiture.
Type en 2 CV qui dit : Faut pas être pressé.**

Et le 7 juin 1953, après expérience et mûre réflexion, cette conclusion :

Dans une Brasier les voyages forment la jeunesse. Pas dans une 4 CV.

Ce voyage à Caen, en Brasier, lui donne le sujet d'une longue fantaisie écrite pour *Constellation* et qu'il signe d'un de ses pseudonymes favoris : Claude Vernier. En voici la fin :

Jo a un poste municipal et connaît fort bien le maire. Il me présente. Quelques phrases. On me demande si j'ai fait bon voyage.
– Jamais de pannes avec une Brasier ! dis-je négligemment.
Je vois s'aiguiser l'œil de monsieur le maire.
– Une Brasier ?
– Ma voiture... Voulez-vous la voir, monsieur le maire ?
Nous descendons le perron. Il regarde la voiture, me regarde et se rembrunit.
– Mais dites donc, jeune homme... vous êtes sûr que cette voiture est à vous ?
– Hum... dis-je décontenancé.
– C'est étrange, poursuit-il, soupçonneux. J'ai eu exactement la même... ma première voiture...

Je vous signale tout de suite que monsieur le maire a un mètre quatre-vingt-dix, une barbe pointue, et qu'il n'a pas l'air d'une mauviette.

— Hum... continue-t-il. Vous avez changé les roues...

— Rudge d'origine, dis-je. On les montait à la demande.

— Comment le savez-vous ?... Hum... oui... douze chevaux, n'est-ce pas... voyons... le compteur... le régulateur... Jeune homme, j'ai bonne envie de récupérer ma voiture !

Je tente une diversion.

— Ça ne va pas tellement vite, vous savez...

— Ah ! Ah ! Eh bien, j'aurais voulu vous voir le jour où j'ai fait un tête-à-queue... c'était du côté du Nord si je me souviens bien... Si elle ne vous plaît pas, d'ailleurs il était bien inutile de me la voler... Un seul inconvénient : les graisseurs goutte à goutte... Je me souviens qu'une fois j'avais oublié de les garnir... je me suis fait attraper par le mécanicien...

Je me vois sauvé.

— Monsieur le maire, cette précision me disculpe...

J'ouvre le capot, je démasque la pompe à huile.

— Voyez ! ce n'est pas le même système.

— Bon, admet-il enfin.

Le spectre du cul-de-basse-fosse où je me voyais déjà jeté s'éloigne. Je l'invite à essayer les coussins. Jo qui était un peu inquiet se rassérène.

Alors je frappe le grand coup.

— Monsieur le maire, que diriez-vous d'un tour d'honneur en Brasier le 26 juillet sur votre circuit de vitesse.

Quelques secondes après, je me ranime grâce aux bons offices de Jo qui me passe un linge humide sur le front. Nous sommes seuls. Dans l'excès de mon émotion, je me suis un peu évanoui... La Brasier a gagné ! Car le maire a dit oui, et je vais enfin pouvoir montrer aux ignares du Mans et d'ailleurs ce qu'est une automobile : le 26 juillet, à Caen, le record du circuit de vitesse aura vécu... il paraît en effet que plusieurs Ferrari et diverses Gordini sont engagées... Plus une minute à perdre... je vais régler mes soupapes...

Le cinéma

...Tantôt j'ai joué une heure et demie au billard électrique à tapettes qu'on commande soi-même, des flippers qu'ils disent, avec Pierre Kast. On va peut-être faire des films un jour ensemble. Un jour. Et peut-être. Je crois pas que ça me tente encore – techniquement, c'est pas assez au point. Quand ça sera aussi simple de filmer que de regarder je m'y mettrai – mais dépendre de trop de gens zut. Pas envie de commander aux gens...

26 février 1952.

PIERRE KAST

Tout ce que Boris Vian pensait du cinéma s'est, en quelque sorte, traduit d'une manière négative.

J'aimerais beaucoup – c'est un des plus grands regrets de ma vie – j'aimerais beaucoup entrer dans une salle de projection, avec un bon fauteuil et plusieurs dizaines d'heures devant moi, et regarder les vingt films que Boris rêvait de faire. Naturellement, c'est une chose qui n'arrivera jamais.

Boris Vian s'est pourtant intéressé au cinéma de manière active, et à plusieurs reprises. Il a composé des scénarios (certains ont même été tournés), il est apparu comme acteur dans différents films et il a écrit des commentaires de courts métrages.

Mais tout cela ne représente qu'une activité absolument mineure dans sa vie. Je veux dire que, par exemple, s'il a accepté de tourner avec moi, c'était parce qu'il sentait que cela m'amusait de tourner avec lui. Lui, cela l'ennuyait plutôt, parce qu'il avait beaucoup d'autres choses à faire. Il venait comme ça, en vitesse, et il repartait aussi vite qu'il le pouvait. Moi, j'aimais beaucoup l'utiliser, à cause de cette fantastique étrangeté dont il rayonnait. Quand il a tourné dans le film de Vadim, *les Liaisons dangereuses*, c'était du travail un peu plus professionnel : il avait une sorte de vrai rôle écrit, une composition, ce qui l'amusait un peu plus. Mais je suis persuadé qu'il était également très pressé, et qu'il devait regarder très souvent sa montre entre les prises de vues... Boris Vian acteur de cinéma dans *les Liaisons, le Bel Âge* ou *la Joconde*, c'est tout de même une part très secondaire de son expression.

Pour les scénarios, il en va un peu différemment.

Il y a deux genres de films qui sont considérés comme mineurs, en France, voire méprisés par les gens qui traitent le cinéma avec sérieux. Ces genres ne sont pas du tout acclimatés dans notre pays, où Boris Vian aurait aimé les introduire. Le premier, c'est la comédie musicale. La comédie musicale est, pour le cinéma américain, aussi importante que n'importe quel genre littéraire, par exemple, l'est pour la littérature. Les films de Gene Kelly et Stanley Donen donnent, du cinéma, une image absolument irremplaçable. Et je suis certain que Boris a cherché, à plusieurs reprises, ce que pourrait être l'équivalent français de la grande tradition de la comédie musicale américaine. Voilà pour le premier genre.

Le second, c'est le film de science-fiction. Son cas est plus grave, parce qu'on a fait beaucoup de confusions à ce sujet. C'est ainsi qu'on le confond souvent avec le film d'horreur. Personnellement, j'aime beaucoup aller voir, de temps en temps, un Frankenstein, ou un Dracula, ou encore *Hercule chez les vampires*. Mais les films de science-fiction sont fondamentalement différents. Ils possèdent une espèce de lyrisme, ou de sens épique fondamental, qui consiste à remplacer « Il était une fois... » par « Il sera une fois... », et qui est vraiment la base de départ de toute expression réellement poétique dans le monde moderne. Je crois que c'est un des genres que Boris Vian voulait illustrer au cinéma, et c'était, naturellement, impossible. Impossible, pourquoi ? Parce que, si on a l'inspiration d'une chanson, d'un poème ou d'un roman, on n'a pas l'inspiration d'un film, on a la commande d'un film, ce qui est tout à fait différent.

Il reste, enfin, les scénarios proprement dits que Boris a écrits avec l'espoir de les voir tourner un jour. De ces scénarios, je connais un certain nombre. J'ai même collaboré à quelques-uns d'entre eux. Il y a, notamment, un projet de comédie musicale, très inspiré par ce que Boris faisait alors avec Henri Salvador. Ce projet est resté complètement inédit. Il y a aussi d'autres scénarios, qui composent une sorte de fresque agressivement tendre de la société d'aujourd'hui. Je crois qu'on peut espérer qu'un jour ou l'autre, quelque part dans les sphères kafkaïennes où l'on décide qu'un film va se faire ou non, quelque chose bougera qui permettra à ces films d'être et de se manifester.

Propos recueillis par N.A. en 1962.

Les premiers films de Boris Vian, à la fois scénariste, réalisateur et acteur, dorment en quelque lieu secret s'ils ne sont pas détruits. Tournés à Ville-d'Avray, les dimanches sans surprise-partie, au moyen d'une caméra Pathé-Baby et souvent avec le concours du Major, ils se fondaient sur des thèmes de cinémathèque (l'Enfant volé, le Mari trompé, etc.), prétextes à gags. Le père, Paul Vian, les frères, les amis en formaient la distribution[1].

Un de ces films, réalisé en 1940, nous faisait assister à une cérémonie de mariage protestant. Les fiancés se présentent devant le pasteur. – Voulez-vous être mari et femme ? – Oui, répond la femme. Oui, répond le mari, qui fait un clin d'œil au pasteur. – Embrassez-vous. Le mari (qu'interprétait Alfredo Jabès) dédaigne sa femme, embrasse le pasteur (extasié) et s'en va avec lui, bras dessus bras dessous. (En 1947, Boris Vian envisageait de reprendre ce scénario édifiant avec Frédéric Rossif.)

Divers scénarios de cette époque nous sont parvenus : *la Photo envoyée, le Devin, la Semeuse d'amour, les Confessions du méchant Monsieur X* (appelé aussi *Un homme comme les autres*), etc.

À l'instigation d'A.-M. Julien (voir notre chapitre du Musicien) en quête de talents neufs, Boris écrira en 1942 deux scénarios, l'un pour Jean Marais, l'autre pour Micheline Presle. *Trop sérieux s'abstenir* qu'il destinait à Micheline Presle (histoire de collégiennes s'amusant à répondre aux annonces d'une agence matrimoniale) aurait bénéficié d'une distribution étincelante : Blanchette Brunoy, Jandeline, Odette Joyeux, Jacqueline Gauthier, Gaby Andreu, Pauline Carton, Jean Tissier, Bernard Blier, Roger Blin, Louis Jourdan, Saturnin Fabre, Jacques Charron, etc. Boris

---

1. Par une chance inavouable, nous avons, depuis que ces lignes furent écrites (été 1965) et publiées pour la première fois (février 1966), retrouvé deux bobines de films tournés à Ville-d'Avray sur Pathé-Baby. Ces deux bobines contiennent cinq séquences dont celle de l'Enfant volé et celle du Mari trompé que nous citions. Un jour peut-être ces films entreront à la Cinémathèque française.

ne regardait pas à la dépense. D'autres firent les comptes à sa place et le projet avorta. Le scénario écrit pour Jean Marais (et qui a échappé à nos recherches) subit le même sort.

Nullement découragé, Boris Vian continuera d'écrire pour le cinéma. Comme nous le dit Pierre Kast, les projets de films abondent dans ses archives, sans oublier que, selon sa méthode, beaucoup d'« idées » qui prirent forme de roman, de ballet ou de sketch ou d'opéra eurent leur version cinématographique plus ou moins élaborée. Tous ces projets sont restés lettre morte.

On lira dans ce chapitre deux scénarios de 1947. Cette année-là, Boris est, en matière de cinéma, au comble de l'euphorie. Il multiplie les projets de films, nous n'en finirions pas de les énumérer. Il y en eut de savoureux comme celui des *Œufs de Curés*, destinés à Jean Suyeux (octobre 1947). Retenons aussi, parce qu'elle est brève et puissante, cette idée, du 31 mars 1947, pour un film muet qu'un bruit, un seul, terrifiant, ponctuerait :

Scène où on voit un masseur se précipiter sur sa cliente, la pétrir, la mordre et tirer sur la peau qui revient en faisant flac.

Ou encore, du 1er février 1947, nous allions la rater, cette courte note, d'une amplitude infinie :

Titre pour film sur Jésus-Christ : Un pour douze, douze pour un.

Et c'est en 1947 que Boris, avec Michel Arnaud et Raymond Queneau, fonde une société de films, une sorte de coopérative de production de scénarios : ARQUEVIT d'ARnaud, QUEneau et VIan, avec un T adventif afin d'évoquer un bandeur d'arc, que Boris dessinera en manière de marque de fabrique : un bonhomme d'une nudité agressive et superbement armé de ses seuls avantages, beaucoup trop armé pour que nous puissions l'exhiber en pleine apothéose. Que nous sachions, un seul scénario est issu d'ARQUEVIT : il s'intitule *Zoneilles* ; le Collège de Pataphysique l'a publié en 1961 ; nous le recommandons à la Metro-Goldwin-Mayer : son succès est garanti.

La première séance d'ARQUEVIT eut lieu le 1er juin 1947 à quinze heures : la seconde, le 8 juin à quatorze heures ; la troisième, le 9 juin à dix-neuf heures ; la quatrième et dernière le 13 juin à dix-neuf heures. Boris s'institue le démarcheur d'ARQUEVIT : il rencontre des commanditaires, des techniciens du film, des agents de publicité ; il vante les produits d'ARQUEVIT, mais il essaie aussi de placer des adaptations de Raymond Queneau (cherchez bien, à ce moment-là il n'y en a pas tant) ; et le jeudi 14 août 1947, il jette fiévreusement sur le papier cette ébauche de communiqué :

Arnaud, Queneau, Vian vont faire des films d'amateurs. Rénovation film d'avant-garde. Fin du mois de septembre réaliseront leur premier film. Cette excellente idée a déjà failli leur être soufflée par quelques margoulins qui ont les narines larges, mais seuls les indépendants feront quelque chose de propre.

On dit ça. Et voilà où nous en sommes : *Zoneilles* attend toujours son premier tour de manivelle. Peu à peu, le bel optimisme de Boris se fanera, ses illusions tomberont. Il comprendra pourquoi *Zoneilles*, même *Zoneilles* qui n'exige pas de grands moyens, et mille autre films sont irréalisables. Lire l'entretien de Boris Vian et Pierre Kast avec André S. Labarthe dans *l'Écran* (janvier 1958).

L'idée de faire un film – comme auteur, je ne sais pas –, c'est une idée qui ne peut venir qu'à un martyr. Avoir envie de ce moyen d'expression-là, c'est vraiment avoir envie d'être martyrisé. Il y a une montagne à escalader constamment, qui est la montagne du préjugé, la montagne de la connerie, de l'intérêt mal compris. Tous les moyens d'expression peuvent donner lieu à des œuvres d'art, mais un moyen qui vous demanderait au départ d'avoir une pelle à vapeur de 700 millions, un marteau-pilon de 2 000 tonnes et un transatlantique pour transporter vos blocs de cailloux, cela limiterait singulièrement le domaine d'expression des gens.

Mais les films avec pelle à vapeur, transatlantique, vingt-cinq sous-marins atomiques ou 6 000 figurants à cheval ne sont pas nécessairement mauvais. Le misérabilisme – un temps si magnifié – ne fut jamais pour Boris un signe décisif de qualité. Les films de Stanley Donen – qu'il affectionnait et qu'un vaste public découvre enfin – ne plaident pas l'impécuniosité, et les westerns peuvent être riches ou pauvres, là n'est pas le critère. Boris savait aussi être bon public et regarder un film avec des yeux tout neufs, les yeux de Patrick le 9 novembre 1951 :

Hier, j'ai vu mon fils, je l'ai emmené au cinéma ; on a les mêmes goûts, c'était *Tomahawk*, un technicolor du tonnerre. Non, pas du tonnerre. C'est une formule toute faite. Mais un technicolor, quoi. Avec des Indiens, plein. Des Sioux, ils se font étriper à la fin ; mais on leur donne raison ; ça change, le cinéma américain, maintenant c'est les Indiens qui ont raison. Il ne doit plus en rester beaucoup pour que ça ait changé comme ça. Déjà dans *la Révolte des Dieux rouges*, Errol Flynn se faisait mettre deux sagettes dans le râble. Et tous les Amerlocs restaient sur le carreau. Un réconfort. Vaste.

La « filmographie » de Boris Vian se réduit presque exclusivement à ses apparitions comme acteur dans quelques films : *Madame et son Flirt* de Jean de Marguenat (1945), *Un amour de poche* (1957) et *le Bel Âge* (1960), tous deux de Pierre Kast, *Notre-Dame de Paris* (1956) de Jean Delannoy[1], *les Liaisons dangereuses* (1959) de Roger Vadim. Il est l'auteur de la version française des chansons de *l'Affaire Nina B.,* film de Robert Siodmak (1961). En dehors des films de Ville-d'Avray et d'un film tourné au cours d'une promenade à bicyclette (horreur !) sur les bords de la Marne avec Claude et Madeleine Léon, Boris Vian a participé aux courts métrages suivants :
– *La Chasse aux prêtres* réalisé par Jean Suyeux en 1946 avec Boris Vian dans le rôle d'un chasseur, Eugène Moineau dans celui d'un autre chasseur et le Major dans celui d'un prêtre (film disparu).

---

[1]. Boris a tourné durant trois jours dans *Notre-Dame de Paris* sur la base d'un cachet « net » de 19 878 francs par jour, les 8, 9 et 10 août 1956. Le 10 août, à 14 h 30, il s'enfuit à Saint-Tropez.

– Un film de 120 mètres réalisé par Jean Suyeux en 1947 sur des « thèmes vampiresques » avec le Major, et Boris Vian dans le rôle d'un prêtre vampire (copie perdue) ;

– Une séquence tournée par Jean Suyeux et Freddie Baume à la Galerie Maeght pendant l'exposition surréaliste de 1947 avec Boris Vian et Raymond Queneau : tournage interrompu à la demande des organisateurs de l'exposition (pellicule disparue) ;

– *Bouliran achète une piscine* (1947) de Jean Suyeux avec Boris Vian en terroriste s'exerçant au lancer du couteau sur des flics de carton (quelques mètres de pellicule ont été conservés) ;

– *Ulysse ou les mauvaises rencontres,* d'Alexandre Astruc, tourné en novembre 1948 au théâtre du Vieux Colombier : les costumes étaient de Jean Cocteau, Gréco jouait Circé, Marc Doelnitz Ulysse ; Boris Vian faisait l'un des lotophages et Christian Bérard interprétait (au naturel) Neptune ;

– *Saint-Germain-des-Prés,* de Jean Suyeux et Freddie Baume, tourné de 1946 à 1950 au Tabou, aux Lorientais, etc., avec les familliers des hauts et bas lieux de Saint-Germain (Queneau, Astruc, le Major...) : unique copie subtilisée par la police qui avait cru entrevoir une femme nue ;

– *Désordre,* de Jacques Baratier, chansons de Jacques Prévert et Raymond Queneau, musique de Claude Luter et Alain Vian, avec Boris Vian, Juliette Gréco, Orson Welles, Jean Cocteau, etc. (1951) ;

– *La Chasse à l'Homme,* de Pierre Kast (1952), Boris Vian y jouant le rôle de l'intellectuel, Geneviève Page celui de la jeune femme, Jean-François Mansard celui du jeune homme timide ;

– *Devoirs de vacances,* de Paul Paviot (1952), intitulé aussi « Saint-Tropez » ; commentaire de Boris Vian.

– *Morts en vitrine* (1957), réalisé par Raymond Vogel, produit par Marcel Degliame, musique de Georges Delerue ; commentaire de Boris Vian. Intitulé aussi « Chères Vieilles Choses ».

– *La Joconde,* de Henri Gruel et Jean Suyeux (1957), musique de Paul Braffort, commentaire de Boris Vian, qui paraît ici pour la première fois dans son intégralité :

LA JOCONDE

Histoire d'une Obsession   Texte de Boris Vian

Bobine 1

Gardien 18 m 40. 18 m 40.	Texte du gardien. Et cette dame de 450 ans provoque depuis sa naissance les passions et les crimes... au point que ses exploiteurs l'entourent maintenant d'une surveillance discrète...
Vers les 29 m. Note : que le mot « moutons » arrive juste avant les poissons. 2 m avant Tamiz Public 33 m 60.	Dans l'argot du milieu, on donne à ce genre d'indicateur le nom de « donneuses » ou de « moutons ».
G.P. Joconde 40 m 60. Fin G.P. Joconde 40 m 60.	Le musée qui vit des charmes de la Joconde accorde, comme les boîtes de nuit, une large place au strip-tease ; on n'en veut pour exemple que la Vénus de Milo ; mais dans cette vaste boîte de jour, c'est la plus banale des pensionnaires qui attire le plus de monde, et rien qu'en montrant sa figure. Ce peintre turc vient tous les matins depuis 27 ans : il a reproduit plus de 200 fois le sourire stupide et les mains croisées... est-ce pour les vendre à la sauvette au détour des ruelles obscures ?
Fin P.R. Tamiz Carni 44 m 60.	150 000 copies de ce genre sont exposées de par le globe. Les nations les plus avancées évaluent en chevaux-joconde la puissance de leur patrimoine artistique. À la rubrique des mouvements de denrées, les journaux signalent chaque jour d'importants transferts de Joconde. À pied, à cheval, en voiture, la Joconde parcourt l'univers.

Fin monde 50 m 20.
Fin avion 73 m 70.

Dans la maison modèle où ces dames passent leur vie au salon, cent mille touristes paient chaque année le prix de la jouissance artistique standard. Et beaucoup viennent la contempler sans se douter de ce qu'ils viennent voir : la Joconde, c'est un concept abstrait.

Fin Cartes Postales 87 m 50.

Je suis venu, j'ai vu, j'ai compris.

Entre la Joconde et moi, tout est fini.

Fin Tamiz 95 m 30.

Le voici débarrassé d'une obsession qui lui coûtait cher...

Mais la Joconde est partout. Elle marque au fer les oranges innocentes. Elle s'acoquine au tourisme italien.

Fin dessinateur 111 m.

Elle se glisse dans la gaine des femmes honnêtes.

Car elle fait vendre : des cigares, des apéritifs, des appareils de projection, des jarretelles, des bouquins...

Fin G.P. livre 120 m 70.

Une vache laitière primée, quinze chevaux de course, un élément de la pile atomique de Saclay portent son nom...

Fin G.P. Chanson 124 m 30.

Question publicité, la Joconde connaît la musique.

Fin Tamiz sandwich 144 m 30.

Mais pourquoi elle ? Pourquoi cette personne à la figure de lune ? au sourire d'entremetteuse, est-elle parvenue à cette réputation ? Qui êtes-vous Monna Lisa ?

Bobine 2

Fin Vinci 2 m 80.

Léonard de Vinci la voit entrer. Vous venez pour la place de femme de ménage ? demande-t-il.

Elle ne dit rien, elle sourit. Tiens, pense Léonard, enfin une qui se tait.

Vinci G.P.
13 m 10.
Tableau 24 m.

Et il la prend pour modèle.
Bruit du tableau.
En quatre ans, le tableau est fini...
Et le mystère commence.
Monna, seriez-vous Isabelle d'Este ?

Fin d'Isabelle
28 m 70.

Léonard, assure un critique, s'est payé la tête de la galerie. La Joconde est un homme... Vérifions sans préjugé cette hypothèse, avec le concours de quelques coiffures seyantes et typiquement masculines.

Hum... Le doute ne semble pas permis...

La Joconde est laide, d'accord, mais pas assez pour être un homme.

Fin des Jocondes
42 m.

Réduisons le problème à son élément essentiel. Qu'est-ce que la Joconde ? Un incertain sourire. D'où vient-il ? est-ce le sourire ravi d'une mélomane enchantée par le ténor caressant de Léonard ?

49 m 30.

Est-ce le sourire résigné d'une mère inconsolable ?

53 m.

Est-ce le sourire bouddhique d'une divinité d'Asie ?

57 m 70.

Est-ce le sourire charmant d'une bergère étrusque ?

61 m 80.

Réponse : C'est un sourire repu. Léonard de Vinci, inventeur des cocktails, savait ce qu'il faisait lorsqu'il les essayait sur ses modèles.

Fin Aphrodisiaque
66 m.

Éliminons brièvement une ultime possibilité : ce n'est pas un sourire professionnel. Monna Lisa, condamnée à faire le trottoir, y aurait perdu sa chemise. Elle était trop tarte. D'ailleurs toutes les Italiennes du XVIe siècle souriaient obliquement. Elles prenaient même des leçons chez le bon maître Angelo Firenzuola.

Souriez oblique... et croisez les mains. Le sourire, les mains croisées, toute la Joconde est là. Telle a été la réflexion de :

81 m 60.	Raphaël
85 m 30.	Corot
86 m 50.	Matisse
88 m 40.	Soutine
89 m 90.	Picasso
91 m 20.	et Léger.
Joconde en volet	
93 m 50.	La Joconde obsède les grands de ce monde.
	Chacun y va de son commentaire.
96 m 70.	Élisabeth : Enigmatic.
99 m 50.	Bonaparte : Le sphinx de l'Occident.
102 m 60.	Cambronne :
105 m 50.	Dali : Je suis elle. Elle est moi.
108 m 20.	G. Sand : Ce n'est pas une personne. C'est une idée fixe.
111 m 20.	Morse : Tit Tit Tit.
113 m 80.	Michelet : Cette toile attire, appelle, envahit, absorbe.
Fin Michelet	
116 m 70.	Prenez garde.

Michelet n'a pas parlé assez fort. Un jeune peintre, Luc Maspero, qui vit tout en haut d'un hôtel miteux du vieux Saint-Denis, essaie en vain de fixer sur sa toile le sourire qui l'a fasciné. Erreur funeste. Il est le premier à constater qu'on ne vient pas à bout de cette mégère par le sentiment. Désespéré, le cœur meurtri, Maspero

Fin hôtel 133 m 90.	se jette du quatrième étage, victime de sa lucidité. D'autres sont décidés à ne pas mourir sans avoir lutté. Le 22 août 1911, à sept heures du matin, le peintre en bâtiment Vicenzo Perrugia se glisse dans le Louvre désert.
164 m 20. Voix de l'huissier (Bruits de grilles) **168 m 80.**	Douze mois et demi de prison. Les trois cousins sont accusés de complicité.
Voix de l'huissier **172 m 20.**	Tout ce joli monde, au dépôt ! Le poète Guillaume Apollinaire est soupçonné de recel.
Voix de l'huissier **176 m 20.**	Fatale méprise. Après la défense passive inaugurée par Perrugia, l'attaque directe. Le 30 décembre 1956 à 16 h 15, le garçon de restaurant Hugo Unzaga Villegas projette à l'improviste un moellon sur Monna Lisa. Hélas ! il la rate et ne lui fait qu'une blessure d'un centimètre carré au bras. Inculpé de dégradation d'objet d'utilité publique.
Voix de l'huissier	Hôpital psychiatrique.

Bobine 3

Début 3 m.	Ces précurseurs sont partis d'un point de vue erroné. Objet abstrait, idée fixe, la Joconde ne peut être attaquée matériellement. Il faut en venir à bout par des voies détournées. C'est ainsi qu'est née dans un laboratoire secret la science nouvelle de la Jocondoclastie interne, ou destruction de la Joconde là où elle se trouve, c'est-à-dire dans le cerveau des

Voix de Margat	gens. Le professeur Jean Margat, qui a mis au point la Jocondoclastie, est très formel à ce sujet.
14 m 20.	Il faut manger la Joconde si on ne veut pas être mangé par elle. Ainsi se développe la Jocondophagie, ou absorption de la Joconde par voie buccale, tandis qu'un assistant du professeur Margat démontre divers modes de déjocondation.
69 m 70.	Le professeur Margat, poussant jusqu'à leurs conséquences dernières les principes de la Jocondoclastie, propose la superposition à l'année normale de 365 jours d'une fête permanente des Jocondoclastes dont il a établi une brève maquette... La fête foraine : **Bonimenteurs.**
100 m 50.	Ainsi peut-on espérer mettre fin à la tyrannie de cette redoutable commère, qui, quatre siècles et demi durant, a crétinisé l'espèce humaine.
142 m 40.	Attention à la Joconde ! À peine disparue elle repousse comme une patte de crabe... Il faut manger la Joconde si l'on ne veut pas être mangé par elle.

Pour Freddie Baume, Boris Vian avait conçu un scénario d'un réalisme à couper définitivement la pellicule à tous les « Voleurs de bicyclettes ».

ISIDORE LAPALETTE
TROUVE UN CLIENT
Film désopilant à sous-titres

SOUS-TITRES	IMAGES
0. De nos jours la peinture nourrit difficilement son homme.	1. Plan de Lapalette en train d'étaler de la peinture sur une croûte. Un hareng pendu au plafond.
	2. Plan (gros) de l'étiquette du tube : Terre de Sienne brûlée.
3. C'est trop cuit.	4. Lapalette crache comme un malheureux et lève les bras au ciel, accablé.
	5. Il va à la fenêtre et regarde au-dehors.
6. Le client est rare et il faut le ménager.	
	7. Plan extérieur. On voit un gros monsieur cossu qui regarde et se dirige vers la porte de Lapalette.
	8. Isidore se précipite et commence à mettre de l'ordre à sa façon et s'habille.
10. Avant tout, il faut faire bonne impression.	9. Plan de la sonnette.
	11. Isidore ouvre la porte et s'efface, obséquieux, devant le gros monsieur qui porte un carton.
	12. Plan de l'atelier. Isidore avance un fauteuil au monsieur. Visiblement il lui demande s'il veut voir quelques toiles.

13. Toiles. Très abstraites. Le client renifle et parle.

14. C'est de l'art très avancé.

15. Tous deux reniflent visiblement. Plan du hareng. Plan d'Isidore qui s'esclaffe et s'excuse en tapant sur ses cuisses comme si c'était gamin.

15 bis. Plan du hareng.

16. Toile. Une superbe femme nue. Mimique du monsieur qui demande à la voir.

17. Plan d'Isidore et du monsieur. Il hésite, se tortille, puis

20. Finalement l'appareil panoramique sur Isidore qui appelle à la cantonade. Il revient et parle.

21. Puisque vous y tenez, je vais vous présenter mon modèle.

22. Entre un modèle. Le client le regarde approbateur. Il parle.

23. Je suis moi-même un confrère. C'est pourquoi je me suis permis.

24. Le modèle minaude, charmé.

25. Alors, monsieur est aussi de la partie ? Monsieur est un artiste ?

26. Le client montre une série de planches du « Nu Esthétique ».

27. Plan d'Isidore furieux qui parle.

28. Un vulgaire photographe ? Sortez monsieur, vous avez abusé de moi...

29. Le client sort en embarquant le modèle.

310

29 bis. Lapalette est furieux et se croise les bras, indigné.

30. Cet imbécile m'a gâché ma matinée de travail.

31. Il choisit une grande toile et la dispose sur le chevalet. Travelling arrière montrant que, visiblement, l'atelier est vide.

32. Resonnette. Mine réjouie d'Isidore.

33. Celui-ci ne repartira pas sans une commande de vingt-cinq louis, ou je ne m'appelle plus Lapalette.

34. 2ᵉ client entre, vu de dos, avec Lapalette de face et obséquieux.

35. Plan du 2ᵉ client vu de face. Il tient un chapeau melon qui lui dissimule le nez et le bas du visage. Il parle.

36. On m'a parlé de vous, monsieur Lapalette. On m'a dit que vous réussissiez le portrait.

37. Lapalette s'incline, modeste.

38. Client parle.

39. Pouvez-vous me faire mon portrait ? (sous-titres de 40 secondes.)

40. Lapalette s'étonne.

41. Qu'est-ce que vous dites ? (20 secondes.)

42. Client parle.

43. Pouvez-vous me faire mon portraits ? (10 secondes.)

44. Lapalette s'empresse et exprime la facilité extrême de la chose, montre des Jocondes, etc.

45. Le client honteux baisse son chapeau et il a une biroute à la place du nez. Débandante.
46. Lapalette sursaute.

47. Qu'à cela ne tienne.

48. Lapalette le conduit derrière la toile et le prie de se déshabiller. Il parle.

49. Une pose mythologique avantagera monsieur et mettra son corps en valeur.

50. Le monsieur n'ose pas et paraît confus. Lapalette insiste.
51. Il se déshabille derrière la toile. Plan de la toile de face. Des dessous vaporeux viennent retomber sur le bord supérieur.
52. Le client sort en slip, bandant du nez comme un cerf en louchant. Lapalette parle.

52 bis. Elle est raide celle-là.

52 ter. Monsieur confus.

53. Je verrais assez monsieur en Cléopâtre.

54. Il lui fait prendre diverses poses dans la glace, basées sur le Nu Esthétique dont il sort à son tour une collection.
55. Plan de la toile. Une dame très habillée, l'air coquin, sort de derrière la toile.
56. Le nez suit avec concupiscence.
57. Lapalette le ramène à son devoir en lui redressant le nez et le client choisit une pose et s'installe sur la chose ad hoc. Lapalette parle.

58. Ne bougeons plus.

58 bis. Lapalette le vaporise avec du FLUIDE PÉTRIFIANT des Beaux-Arts.

59. Lapalette commence à peindre (prise au ralenti) l'oreille du modèle. Au moment où Lapalette dessine l'oreillifice le pinceau disparaît brutalement aspiré.
60. Plan du modèle qui se tient l'oreille en hurlant.
61. Lapalette se précipite. Plan de lui de dos luttant avec le modèle. Il arrache le pinceau. Il parle.

62. Je trouve cette plaisanterie parfaitement déplacée.

63. Il calotte le modèle à tour de bras. Le modèle fond en larmes.
64. Lapalette hausse les épaules et va à la toile. Il met l'œil au petit trou. (Plan : le voir de profil en gros plan coller son œil sur la toile.)
65. N'importe quel extérieur bizarre, de préférence un enterrement.
66. Lapalette va chercher du mercurochrome.
67. Plan étiquette mercurochrome.
68. Plan des mains de Lapalette badigeonnant, puis collant une croix de sparadrap.
69. Plan de l'oreille du modèle avec une croix de sparadrap, oreille repliée.
70. Peintre en train de peindre, vu de dos.
On voit les bords de la toile. Un type en deuil sort de derrière.

71. Lapalette se signe et continue à peindre. Il parle.

72. Ne perdons pas de temps, le président du conseil vient se faire tirer le portrait dans un quart d'heure.

73. Terminaison du tableau, à toute vitesse.
73 bis. Lapalette, fier de lui, présente la toile.
74. Plan du modèle qui parle.

75. Je ne peux pas remuer.

76. Plan du flacon, FLUIDE DÉPÉTRIFIANT des Beaux-Arts.
77. Le modèle se lève.
78. Plan du tableau d'Ingres, Jupiter tonnant.
79. Modèle furieux parle.

80. Vous m'avez défiguré !

81. Lapalette parle.

82. C'est le droit imprescriptible de tout artiste digne de ce nom que d'interpréter la nature des choses (comme dit Lucrèce).

83. Modèle parle.

84. Je vais vous foutre sur la gueule.

85. Terrible bagarre à régler sur place. Le modèle presse un tube dans la bouche du peintre, se relève et s'en va.

86. Terre de Sienne saignante.

87. Plan de Lapalette (il parle).

**88. Décidément, on
a tort de dire
que la peinture
ne nourrit pas
son homme.**

FAIM

UN MEKTON RAVISSANT

En 1947, Boris Vian se proposait de tourner, avec Jean Suyeux, une sombre aventure souterraine ayant pour décor naturel les caves de Saint-Germain-des-Prés. Nous avons donné à ce scénario le titre de *Un Mekton ravissant*, puisque c'est lui, ce mekton-là, le héros du film, mais rien ne dit que ce titre eût été celui de l'œuvre dans sa forme pelliculaire.

La distribution prévue par Jean Suyeux ne manquait pas de relief. Qu'on en juge : Boris Vian aurait été tour à tour, et même simultanément, Boris Vian-auteur-de-la-N.R.F., un des faux-monnayeurs pratiquant leur industrie dans la cave du Tabou, le chef des chercheurs d'yeux, un musicien de l'orchestre du Tabou ; Pottar, autrement dit Suyeux, aurait été tout naturellement le cinéaste ; Bellanger, l'opérateur ; Tarzan, que Boris présentait aux touristes crédules comme l'intellectuel du Tabou, le penseur, devait interpréter le rôle de l'Homme ; Anne-Marie Cazalis eût été Annie ; Juliette Gréco, Gréco en cage ; Gabriel Pomerand, semblable à lui-même dans ses activités au Flore et au Tabou, mais aussi un des « chercheurs d'œils » ; Dropy se serait montré Dropy au Flore et Dropy au Tabou, et un des faux-monnayeurs ; Christobine (une des égéries du Saint-Germain de ce temps-là) aurait joué le rôle de la femme qui attend au rendez-vous ; enfin, Raymond Queneau serait apparu en Raymond Queneau sous les lambris de Gallimard et en faux-monnayeur sous les voûtes du Tabou.

Dans sa banlieue, un mekton ravissant jubile sournoisement en gaffant une bafouille de son éditeur et une cartouze de sa souris qui radine sec de chez les

Amerloques pour le rancart qu'elle y a filé. Le même jour, tous les deux.

Pour ce faire, le mekton lit ses lettres aux chiottes avec une amère jubilation. Ne lui voir que la gueule, puis travelinguer sur la faïence.

Puis il sort avec une grande joie et se casse la gueule sur un bilaro. Et il rejoint sa piaule et s'habille. Prend beaucoup de sous et son manuscrit. Il sort prendre son train et vise son pote sur le quai. Dialogue légèrement explicatif où il est question des choses en suspens.

Il arrive à Paris gare Montparnasse, d'où on déduit qu'il habitait à Sèvres rive gauche. Et se précipitouze vers le Flore, il est trois heures de relevée environ.

S'attablant au Flore, il y buvize un coup puis deux et l'heure du rendez-vous éditorial approchant, il s'y trisse doublement.

Documentaire grivois sur la maison Gallimard avec réception du mekton par le gars Keunot.

Le mekton ravi reçoit son manuscrit à corriger et s'éloigne en sifflant un air gaillard.

Il s'attable dans un autre Flore qui n'est peut-être pas le même.

Il rebuvize avec d'autres. Et il paye, car il a gagné.

Ceci fait il va-t-à son rancart et elle n'est pas là, la putain, la salope. Il attend en buvizant.

Ayant attendu et buvizé, il s'en va un peu schlass.

Il a toujours son manuchcrit sous l'bras. Et il entre au Tabou et il est six heures du soir.

Le patron et la patronne disparaissent en le voyant, et il descend dans le Tabou, tout seul.

Or l'après-midi, au Tabou, on fait de la fausse monnaie avec des palettes de peinture et des morceaux de papier. (Voir un type par exemple barrer cinq sur un billet de 5 francs et mettre mille à la place.)

Il prend part à ce divertissement et s'en va vers le fond, où il pousse la grille et tombe dans celle des caves où les plongeurs cherchent des yeux de verre dans des huîtres spéciales à charnières.

Il les touche pour voir s'ils sont vrais (les gens) et

ils ne disparaissent pas. Par conséquent, il n'est pas saoul.

Il sort pour faire part de sa découverte à ses amis. Il a oublié son manuscrit sur le piano.

Il retrouve les copains et repasse à son rendez-vous où une fille l'attend. Mais ce n'est pas la bonne et il la chasse à grands coups de pied dans le cul. Elle disparaît complètement et il se fait très mal au pied sur le mur. D'où il conclut qu'il est saoul et qu'il a perdu son manuscrit, et il retourne au Tabou le chercher.

Il n'y a encore personne. Il descend et sur le piano, il y a une femme presque nue qui récite du poème lettriste avec la voix de Pomerand. Il l'invite à danser au son d'un orchestre de sambas qui joue en tapant sur des crânes et en sifflant dans des sifflets.

Pomerand arrive furieux, engueule la fille avec sa voix à lui, elle lui répond en lettriste et ils se couchent tous par terre pour mourir. Ils meurent, le type leur ferme les yeux. Le curé arrive, il dit des messes et chaque fois un mort disparaît. À la fin le curé l'entraîne en dansant vers la grille derrière laquelle le Major et Gréco rongent des carottes avec un grand bruit de mandibules.

Le type sort du Tabou, dégoûté, et tombe à plat ventre dans la rue. Des camarades l'entraînent et le portent chez Annie au Montana. Où on essaye de le dessaouler. Scène d'un réalisme horrible et systématique.

Annie demande tout le temps qu'est-ce qu'il a.

On lui explique que son manuscrit a été pris chez Gallimuche – et qu'il a bu.

Le type pâteux dit qu'il l'a perdu et qu'il s'en fout parce que la femme qu'il aime n'est pas venue au rendez-vous.

Il veut recommencer à boire et on ne peut pas le retenir.

Son copain arrive et il lui dit : garde-moi mon manuscrit, je vais le perdre, et il s'aperçoit qu'il l'a perdu. Au Tabou.

Le copain retourne avec lui au Tabou où ça bat son plein. Il retrouve à la fin le manuscrit aux mains de la caissière.

Il est à peu près dessaoulé et il sort avec son

manuscrit. Il va sur le Pont-Neuf et le fout dans la flotte. Il revient coucher chez quelqu'un et il s'apercevra qu'il s'est trompé de jour pour son rancart.

Alors il dit merdre et il entre au séminaire.

... Je ne sais si je vous comprends en ce qui concerne *Les Amants*. J'ai vu là le film le plus mauvais que j'aie vu depuis fort longtemps (excepté les Tripes au soleil, dix fois pire). La photo en « flou artistique » m'a paru d'un grotesque achevé et les scènes « intimes » d'une gênante laideur. Il paraît que dans les films porno le héros doit être affreux pour que le spectateur puisse s'identifier à lui. Malle doit connaître la recette...

Lettre à Jacques Bens, 8 mars 1959.

Si je peignais je voudrais que loin d'aller seulement jusqu'au bout de l'espace de la perspective classique, ce que j'écris fasse ce couloir étranglé où l'on s'engage et qui s'élargit après le goulet, et que l'on vît – si je peignais – le paysage masqué, par ce que j'écris, par l'opacité du bourrelet de l'étranglement ventru. Il faudrait que l'on pût avancer dans un tableau comme dans un livre et c'est ce que devrait permettre le cinéma. S'il a raté quelque chose, c'est ça pourquoi il ne fouille pas son terrain ? La grande misère du béton armé c'est d'être coffré d'éléments de bois standard et qui n'ont rien apporté. Alors que la folie se coffrerait aussi bien – et le cinéma recrée pour les photographier les plans auxquels sont habitués nos yeux.

Note inédite du 10 février 1953.

À l'entrée de la cité Véron. Collage offert à Boris Vian par Jacques Prévert.

Le poète

Outre les bouts-rimés qui appartenaient aux divertissements de Ville-d'Avray (genre éminemment noble, d'ailleurs, que seuls affectent de réprouver les chansonniers parce qu'ils en vivent et les poètes distingués parce qu'ils ignorent tristement les ressorts essentiels de la lyrique française), la production poétique de Boris Vian se concentre sur trois périodes très délimitées : de 1940 (ou 41) à 1944, un ample recueil de 112 pièces réunies sous le titre de *Cent Sonnets* et entrelardé de dessins de Peter Gna (Claude Léglise); en 1946-1948, deux séries de poèmes : ceux de *Barnum's Digest* illustrés par Jean Boullet et ceux de *Cantilènes en gelée* illustrés par Christiane Alanore; enfin, en 1952-1953, le cycle des poèmes formant le recueil posthume *Je voudrais pas crever*.

À n'en pas douter, l'idée d'une possible publication des *Cent Sonnets* a plus qu'effleuré Boris Vian. En sont preuves les corrections tardives apportées au manuscrit originel et la reprise ultérieure, sous le titre *Cent Infâmes Sonnets,* et dans une nouvelle classification, de 52 des poèmes constituant le recueil primitif. Celui-ci se divise en 11 sections. La première « Hors Cadre » est un fourre-tout d'où émerge cependant le sonnet *Autodéfense du calembour,* profession de foi que Boris ne renia jamais :

Pourquoi donc me vouer aux noires gémonies ?
Rien n'est fertilisant comme un sac de guano,
Fraises, pousseriez-vous sans le puant tonneau
Épendant sur vos pieds la matière bénie ?

Vil calembour ! dit-on. Mais suave harmonie
Pour l'oreille de qui n'aime point Giono.
Je fleurissais déjà quand le pâle moineau
Roucouleur emporta l'olive en Arménie.

Mais vous êtes jaloux. Vous autres, esprits forts,
Vous lisez du Claudel, paraît-il, sans efforts.
Allez, vilains forgeurs de pièces édifiantes,

Hannetons lourds de vos vers blancs, tous décampez !
Car de l'esprit volant je ne suis que la fiente,
Mais je tombe de haut tandis que vous rampez.

On trouve ensuite les sections : « Zazous » (nous en avons extrait, au chapitre de Ville-d'Avray, le sonnet *Surprise-party* dont *Vercoquin et le Plancton* n'est au fond qu'une large paraphrase) ; « Sansonnets » ; « En carte » ; « Tartelettes anodines » qui contient *Simple histoire de bègue* que Boris, aux journalistes avides de fouiller l'auteur de *J'irai cracher sur vos tombes*, citait comme un produit typique du génie de Saint-Germain-des-Prés !

Un brave homme de bègue, assez cu-cultivé,
Vivait de son ja-jardinet plein de fleurettes,
Plein de ca-calme et de repos, de violettes,
Et de pi-pissenlits. Rien ne fût arrivé

S'il n'eût été go-goberger au pied levé
Sa cousine Julie, fille fort coqué-quette,
L'emmené-ner aux champs, pour faire la dînette,
Sur son baudet qui ruait sur les pa-pavés.

Mais, dans les roseau-seaux, Pan vint se promener.
En le voyant-y-ant, l'âne brait. Étonné :
– Pan-Pan ! fait notre bègue, et le dieu tombe mort.

Le pauvre devint fou. Fou plus que lui n'y a.
Tous les matins dans sa cami-misole il sort,
Donner un biberon à ses bé-bégonias.

Vient, après les « Tartelettes anodines », la section « On m'a dit ça », puis la section « Détente » qui offre d'ébouriffantes variations sur le mot « pédéraste » :

COL BLEU

Dans le port, il était deux belles,
L'une blonde et l'autre, châtain,
Mais l'une et l'autre, un peu pu...diques
Un désir hantait leur cervelle :

Béatrice comme Isabelle
Voulaient être aimées d'un marin.
Le soir, auprès des tamarins
Rêvaient ces tendres jouvencelles...

Or, un jour, au loin se dessine,
Ramenant Éraste de Chine,
Une nef à la coque vaste.

Isabelle aussitôt s'élance,
Mais voit sur le port, en avance,
Sa copine occupée d'Éraste...

C'est le premier poème de la section, l'approche, le postulat. À partir de là, douze autres tableaux, douze stations (debout, couché, assis, les pieds au mur) peignent la passion du pédéraste, du mot « pédéraste » pour être juste (car maints sonnets de la section ne refusent ni la chasteté ni l'orthodoxie sexuelle) à tous les âges et sous toutes les latitudes. Nous ne pouvons que suggérer au lecteur la reconstitution de ces scènes historiques en s'appuyant sur le fondement, la chute (de reins) de chacun de ces sonnets brillamment calembourbeux :

(Hellade) ... **Avalant centipède et rostre.**
(La Roue) ... **Sur la place, saignant, le triste pendard reste.**
(Dans l'écu) ... **Le Suédois dans l'écu troubla la paix des races.**
(Helvégète) ... **De vouloir faire un troupier d'Érasme.**
(Triste Azor) ... **Il est mort sans laper des restes.**
(Julie) ... **Ma Julie du lampadaire Est.**
(Où chante le coq tôt) ... **C'est la ville des pédards, Este.**
(Génie Rural) ... **Puis étancha le pus du rustre.**

(Médicule) ... **Cet homme guérit tout d'après l'aspect des rates.**
(Atride) ... **Du sang noir qui souillait la longue épée d'Oreste.**
(1900) ... **La portière vernie des coupés des rastas.**
(Chameau Râ) ... **Remplaçant le soleil, on vit lampe aider astre.**

La section « Détente » nous met en grâce pour entendre « l'Évangile selon cinq sonnets » où l'on distingue le poème *Je croa-z-en-Dieu;* puis les « Proverbiales » que nous pouvons examiner d'un œil moins distant. Au titre « les Proverbiales » Boris Vian préféra, lors du remaniement « infamant » du recueil le titre de « Cruchonneries ». Il s'agit en effet de douze sonnets sur un thème quasi obsessionnel, celui de la cruche à l'eau, que Boris Vian développera, treize ans plus tard, de façon décisive et à la jubilation générale du Collège de Pataphysique (voir le chapitre de la Pataphysique). Comme pour les poèmes de « Détente », nous réduirons notre choix à un seul des sonnets du cycle, et pour les autres nous nous contenterons (le lecteur) des vers terminaux que voici :

(Chant clos) ... **La cruche a tant vu l'eau qu'à la fin c'est la casse.**
(Le pot de l'ours) ... **Tant vaut la cruche, Allah ! qu'à la fin je la casse.**
(Riz-pain-selle) ... **Tant va Lacruche aux lieux qu'à la fin y a la classe.**
(Force de l'oie) ... **Ton valet crocha l'oie d'un fil fin qui se casse.**
(Quand le gaz part) ... **Tant va la crue Chalot qu'à la fin, plus de gaz.**
(Chameau-traces) ... **Tant vaut le cru Chameau que si tu le fricasses.**
(La faim des haricots) ... **Tant vida cruche Alain que la faim le tracasse.**
(Mais ceci est une autruche-toire) ... **Tant va l'autruche à l'eau qu'elle feint la bécasse.**
(Gruelle aventure) ... **Tant va la grue là-haut qu'à la fin l'aile se casse.**

(Le fou triquait) ... **Tante au lac, ruche à l'eau, gale enfin ! quelle casse !**
(Le Poisson violant) ... **Tant viole cachalot que le dauphin trépasse.**

CE QUE L'ON APPELLE :
LE FAIRE À L'ELBROUZ

Le halo de la lune, en un ciel de printemps,
Éclairait la cabane endormie sur la route
Et le tanneur valaque, en mâchant une croûte,
Reprisait un vieux sac laissant passer le tan.

Le Caucase lointain, giflé par les autans,
Dressait ses verts sommets que l'isard peuple et broute.
Le Russe, ancien fuyard de l'armée en déroute[1]
Qui aidait le tanneur aux labeurs éreintants,

Vidait un carafon de vodka dans la cave,
Et, sur un vieux réchaud, se cuisait une rave.
Il trouvait la vie belle et chantait des chansons.

Et moi, je contemplais le ciel pur, en extase
Devant la symphonie de la neuve saison :
TAN, VALAQUE, RUSSE, HALO, CARAFON ET CAUCASE...

1. Il s'agit d'un Allemand naturalisé Russe qui s'était battu contre les Russes avec les Allemands quand les Allemands étaient entrés chez les Russes et qui était resté avec le Valaque, qui vivait au pied du Caucase, quand les Russes avaient chassé les Allemands.

Les *Cent Sonnets* s'achèvent sur la section « Déclinaison » et sur six sonnets « En forme de ballade » (dont le *Référendum en forme de ballade* qu'on peut lire à notre chapitre du Musicien). Tout laisse supposer que ces six sonnets, classés par Boris à la fin du recueil, ont été effectivement écrits les derniers. Aussi bien par leur forme que dans leur inspiration, ils diffèrent sensiblement des autres textes du recueil. La *Ballade de notre guerre* annonce les « chansons impossibles » et la célèbre « Lettre sur les truqueurs de la guerre » adressée par Boris Vian au Collège de Pataphysique (voir le chapitre idoine).

BALLADE DE NOTRE GUERRE

Ça dure un bout de temps déjà
Mais c'est raté, tout à refaire
Certains pour qui rien ne changea
Qui n'ont jamais voulu s'en faire
Et bâfrent comme père et mère
Vont trouver ça décourageant
Mais on pourra pas s'y soustraire
La guerre, c'est fait pour tuer les gens.

On ne trouve plus de Roja
Mais on n'est pas tous sous la terre
Il siérait que ça s'arrangeât
Allons, les gars, on est tous frères
Laissez vos fringues, vos moukères
Si l'appétit vient en mangeant
La mort vient en faisant la guerre
La guerre, c'est fait pour tuer les gens.

Déjà Satan nous corrigea
Mais tout bénin, molo, pépère...
On peut dire qu'il nous arrangea
On s'est tout juste un peu fait traire
Pas comme une vache, au contraire,
Elle, on lui prend pas son argent.
Malgré qu'on râle, faut se distraire,
La guerre, c'est fait pour tuer les gens...

Envoi

Prince, à force d'entendre braire,
Je trouve, ça devient rageant
Où sont nos charniers de naguère ?
La guerre, c'est fait pour tuer les gens.

Trois ou quatre ans d'intervalle entre deux crises, c'est peu pour un poète, tout juste le temps de renouveler son stock d'impressions vécues, c'est beaucoup pour Boris Vian qui, romancier, chroniqueur, dramaturge, auteur radiophonique, etc., produit une œuvre considérable de 1944 à 1948, mais toute en prose. Quand il sortira sa lyre du placard, il écrira en quelques semaines, presque simultanément, quoique sur des registres différents (à peine

Boris Vian et Raymond Queneau, tous deux porteurs des plaques majeures de l'ordre de la Grande Gidouille, 11 juin 1959.

différents), *Barnum's Digest* et *Cantilènes en gelée* (voir la Bibliographie).

Nous serions bien chagrin de priver nos lecteurs d'un poème dont un privilège insigne nous a fait le dépositaire : *Pendant le congrès* (du 7 juin 1947), qui constituerait de *Barnum's Digest* la pièce maîtresse si nous ne pouvions aujourd'hui les inviter à le lire dans les *Écrits pornographiques*. Pline de Cheval et Chaton l'Ancien y ramènent leur science dans l'exploration d'une des cavernes les plus dangereuses que l'homme ait eu l'idée saugrenue de sonder, quoiqu'il s'y avance toujours avec une prudence infinie, n'y entrant guère plus que de la longueur d'une main menue ou d'un bon gros doigt et s'en retirant assez vite tant il y fait chaud et humide.

À défaut de ce long poème didactique, nous offrions ici, précédemment, deux des rares inédits subsistants de *Barnum's Digest* et *Cantilènes en gelée*. Ces deux poèmes ont rejoint toutes les œuvres poétiques de Boris Vian, inédites ou non (hormis les *Cent Sonnets,* les bourrimés et le cycle du Major), dans le recueil *Cantilènes en gelée* (10/18, 1970), malencontreusement coupé en deux par artifice commercial en 1972, l'un des deux volumes ainsi créés comprenant *Barnum's Digest, Cantilènes en gelée,* les poèmes retrouvés se rattachant à l'une ou l'autre série et plusieurs poèmes indépendants, le second volume reprenant – et sous ce titre – *Je voudrais pas crever,* les Lettres au Collège de Pataphysique, une lettre à André Parinaud (« Un robot-poète ne nous fait pas peur ») et une lettre à Raymond Guérin sur la littérature dans ses rapports avec la publicité.

À la place de *Bonjour, chien* (du 9 février 1948) et de l'autre poème (sans titre et non daté), il ne déplaira pas au lecteur, pensons-nous, de découvrir un texte, assurément de date plus récente (quoique nous ne puissions la fixer avec précision), dont Boris aurait peut-être voulu faire une chanson, et qui, tel quel, privé de musique et encore loin de s'en soucier, est et restera un poème :

À tous les enfants qui sont partis le sac au dos
Par un brumeux matin d'avril
Je voudrais faire un monument
À tous les enfants qui ont pleuré le sac au dos
Les yeux baissés sur leur chagrin
Je voudrais faire un monument.

Pas de pierre, pas de béton, ni de bronze qui devient
    vert sous la morsure aiguë du temps
Un monument de leur souffrance
Un monument de leur terreur
Aussi de leur étonnement.

Voilà le monde parfumé, plein de rires, plein d'oiseaux bleus, soudain griffé d'un coup de feu
Un monde neuf où sur un corps qui va tomber grandit une tache de sang.

Mais à tous ceux qui sont restés les pieds au chaud sous leur bureau en calculant le rendement de la guerre qu'ils ont voulue

À tous les gras, tous les cocus
Qui ventripotent dans la vie
Et comptent et comptent leurs écus

À tous ceux-là je dresserai le monument qui leur convient
Avec la schlague avec le fouet avec mes pieds avec mes poings
Avec des mots qui colleront sur leurs faux plis sur leurs bajoues
Des marques de honte et de boue.

Boris Vian. À l'instant même je reçois une image. C'est Carole sa fille qui nous l'a envoyée. Elle est là, cette image, à Antibes près du poste de radio. C'est par ce poste qu'en plein soleil un beau jour nous avons appris comme on dit la mort de Boris.

De son vivant, de son merveilleux et lucide vivant, Boris parlait de la mort. Il la savait déjà beaucoup trop mêlée à sa vie.

Sa Vie ! Que dire de la vie d'un ami comme Boris ?

À URSULA

Sa date de naissance
Sa date de décès
Ce fut langage chiffré
Il connaissait la musique
Il savait la mécanique
Les mathématiques
Toutes les techniques
Et les autres avec
On disait qu'il n'en faisait qu'à sa tête

On avait beau dire
Il en faisait surtout à son cœur
Et son cœur lui en fit voir de toutes les couleurs
Son cœur révélateur
Il savait trop vivre
Il riait trop vrai
Il vivait trop fort
Son cœur l'a battu
Alors il s'est tu
Et il a quitté son amour
Il a quitté ses amis
Mais ne leur a pas faussé compagnie.

                                      Jacques Prévert.

La Pataphysique

L'homme le plus intelligent et le plus fin de ce temps, ainsi qualifiait Boris Vian le Transcendant Satrape Latis, un optimate du Collège de Pataphysique et des rares qui pussent en visiter de fond en comble, sans s'y égarer, la labyrinthique et déjà longue histoire. C'est à Latis encore qu'on doit l'éloge funèbre le plus juste de ton qui ait été décerné à Boris au lendemain de sa mort, dans le *Dossier 7* des *Cahiers du Collège de Pataphysique,* en quatre pages hâtivement ajoutées à ce numéro de la revue qui se voulait, en son principe, une guirlande offerte pour la délectation de tous en l'honneur du nouveau Vice-Curateur du Collège, le baron Jean Mollet, installé dans ses fonctions, « acclamé » selon la terminologie et les rites du Collège, quelques jours auparavant chez Boris Vian lui-même, cité Véron, au cours d'une cérémonie dont Boris avait réglé en personne tous les détails et qui fut une fête merveilleuse. Cette guirlande, tressée par René Clair, Marcel Duchamp, Max Ernst, Jean Ferry, Ionesco, Henri Jeanson, Michel Leiris, Joan Miro, Opach, Pascal Pia, Jacques Prévert, Raymond Queneau, Maurice Saillet et quelques autres Satrapes, Boris l'avait ornée d'un texte, tenu désormais pour canonique au Collège : la célèbre *Lettre sur les Truqueurs de la Guerre.*

Au Collège de Pataphysique, Boris voua donc ses derniers soins – et cette énergie-là, ces instants-là, quand son temps lui était si parcimonieusement compté, et ses forces, on ne les lui arrachait pas, on ne les lui volait pas, il en faisait offrande. Loin de lui paraître un « gaspillage », cette activité au profit et à la gloire du Collège était de celles – et peut-être la seule – qu'il estimât utile, le Collège s'étant fermement déclaré d'inutilité publique, et salutaire (nous ne disons pas salvatrice) dans la mesure où justement – pour rappeler un slogan qui fut souvent et à tort attribué à Boris, mais qu'en effet il prisait fort – « seul le Collège de Pataphysique n'entreprend pas de sauver le monde ». En mars 1959, comme se préparait l'élection du nouveau chef suprême du Collège, il proposait libéralement son concours : «... Il est évident qu'il faut une manifestation publique. Que pensez-vous de ma terrasse ? à l'air libre. On peut tenir à cinq cents. Mon appartement est à la disposition du Collège avec dépendances, accessoires, ceux qui y sont et ceux qui n'y sont pas. »

Sa correspondance avec le Collège de Pataphysique atteste que Boris ne voulut pas être, dans le Collège, un Satrape *honoris causa,* si on nous autorise à reprendre les mots d'Henri Bouché en tête de l'incomparable *Dossier 12* du Collège entièrement consacré, un an après sa disparition, à la mémoire de Boris et où se lisent d'amples extraits de ses lettres sur des points de doctrine parfois, et souvent sur des problèmes d'organisation, d'administration, de phynance, de vie quotidienne du Collège. Nous ne saurions trop recommander la lecture de ce *Dossier 12,* riche de textes inédits sans lesquels la connaissance de l'esprit de Boris, de son comportement, de ses écrits resterait gravement incomplète. Et pour cette lecture, nous devons hélas prier l'amateur de se rendre dans une bibliothèque publique et d'y attendre son tour car le *Dossier 12* est, depuis longtemps, épuisé. On se prend à déplorer qu'une tradition obstinée du Collège en interdise la réimpression.

En plus de la correspondance technique déjà mentionnée, le *Dossier 12* présente : de Boris Vian deux lettres en vers, l'une à Henri Robillot, l'autre à Raymond Queneau ; le texte complet de la conférence de 1948 *Approche discrète de l'objet* ; la nouvelle *les Pompiers* ; le livret de l'opéra *Arne Saknussemm* ; un fragment du *Traité de Civisme* ; quelques mots [en fait une multitude] sur *le Chevalier de Neige* ; le poème du *Docteur Schweitzer* ; un large extrait de l'émission radiophonique du 8 merdre 86 [25 mai 1959] sur *les Cahiers du Collège de 'Pataphysique*; de Jacques Prévert un collage-souvenir et une émouvante lettre à Boris mort; de Raymond Queneau un court mais lumineux article *Boris Vian Satrape mutant* où sont ces lignes :

« ... Et qui fut plus 'pataphysicien que lui ? Cela donnerait à penser que le Collège implique plus qu'il n'explique. Si le Collège n'avait pas été (supposition qui implique une *contradictio in nuncupatione*) 'pataphysique, Boris l'eût rendu tel et il y avait une certaine grâce de sa part en l'aimant tel, en l'animant tel, en le soutenant tel, de même qu'il mit de la bonté dans son usage des arts humains du son et de la parole... Boris fut toujours futur. Sa mort, c'est du passé. »

De Pascal Pia – qui mieux que quiconque et avant tous, hormis Queneau – sut lire et aimer les romans de Boris, une étude intitulée *Un univers en expansion* que les exégèses venues depuis n'ont point rendue caduque – et Pascal Pia sûrement le regretterait tout le premier; de Claude Ernoult, une subtile analyse des procédés pataphysiques de création des enfants dans les œuvres de Boris Vian (les trumeaux de *l'Arrache-Cœur,* les boy-scouts du *Dernier des Métiers,* Zénobie des *Bâtisseurs,* Patrick des *Pompiers,* Olive et Didiche de *l'Automne à Pékin,* etc.) et trouvant à la fois motivation et conclusion dans ces propos de Boris à qui le producteur de l'émission radiophinique du 25 mai 1959 demandait s'il n'avait pas eu quelque scrupule à laisser publier dans *les Cahiers du Collège* sa photographie de lui, enfant, de face et complètement nu :

C'est un état absolument temporaire... C'est pour l'instant une opinion personnelle; peut-être sera-t-elle adoptée par le Collège un jour; mais, pour moi, les enfants n'existent pas. Les enfants sont des états transitoires de l'adulte, des états intermédiaires qui sont par conséquent presque virtuels... Par conséquent la photo que l'on a publiée de moi, assis tout nu dans un petit fauteuil d'osier, est une photo d'un objet virtuel, puisqu'il a cessé d'exister depuis longtemps, c'est en

somme la photo d'un fantôme, si vous voulez... et la photo d'un fantôme ne saurait choquer personne.

Du Protodataire Aulique de la Rogation Quatrezoneilles – qui appartenait en 1950 à la Sous-Commission de la Cantonade – le récit de la rencontre de Boris Vian et du Collège de 'Pataphysique ; d'Arnold Kubler, père d'Ursula Vian, un bel article paru en allemand dans la presse de Zurich : *Boris Vian au fil du souvenir*, dont on nous laissera détacher ces trop courts paragraphes :

« ... Pour *Constellation* il écrivait des articles sur commande. « Travailler sur commande », cela lui allait bien. Il poursuivait également une enquête sur les devoirs personnels et les exigences concrètes qui se posent aux chauffeurs d'autobus parisiens et, pour acquérir toute la compétence désirable, il se soumit lui-même à cette épreuve... Il étonnait les gens par la rapidité de son travail, par la vitesse et la dextérité avec laquelle il conduisait sa voiture. « Ou bien la machine tient, ou bien elle lâche : si elle lâche c'est qu'elle ne vaut rien ! » On reconnaît bien tout l'esprit de Boris Vian dans ce raccourci. Le trait d'esprit est prestesse et concision. C'est dans de brèves reparties, spirituelles et audacieuses, que brillaient sa compétence et son goût de la construction logique ; ce qui n'empêche pas son œuvre d'être en même temps une lutte contre les cadres étroits de la logique. Un jour, à Paris, nous voulions descendre à quatre dans un ascenseur qui, selon les règlements, ne devait recevoir que trois personnes. Au moment d'entrer, l'un de nous tenta de nous rassurer avec de bonnes paroles, Boris Vian acquiesça, ajoutant pour conclure : « Et puis, à quatre ça ira plus vite. »

« ... Dans sa dédicace [de *l'Arrache-Cœur*] Boris Vian m'écrivit : « Pour mon cher confrère Arnold Kubler, l'auteur du plus beau de tous les oursons, avec mon affection et mon respect », sans mentionner aucunement ma qualité de beau-père. Je ne l'entendis prononcer qu'une fois le mot « beau-père » et je ne suis pas sûr qu'il n'y ait mis quelque tour ironique, soucieux d'éviter tout prétexte à plus d'intimité. Pas de sentimentalité. Ourson ? C'était un des gentils surnoms d'Ursula. Il était très aimable avec la mère d'Ursula. Un jour qu'elle lui faisait remarquer avec humour comme il était agréable d'habiter au sixième étage sans ascenseur – ce qui rendait l'accès difficile aux visiteurs – il sourit sans répliquer car il appréciait ce genre de remarques. « Je m'entendrai bien avec Arnold », répliqua-t-il au portrait qu'Ursula lui traçait de moi avant notre première rencontre. Ce genre de dispositions me convenait, et nous nous entendîmes.

« Un jour que je revenais de Port-Royal où j'avais visité une exposition de documents sur Pascal, il m'expliqua la règle à calcul que Pascal, encore enfant, avait inventée pour son père. Je le vis lire les plus récents ouvrages sur les mathématiques. Par son savoir et son talent il incarnait la langue française et même, pour nous, la France, idéalisée en Cité de l'esprit et du cœur.

« Au-dessus de son bureau, sur les rayonnages, il avait placé parmi les disques et les livres les plus récents le Saint-Nicolas en pain d'épice de Zurich que ma femme lui avait apporté ; il y avait aussi un oiseau de bois suédois finement sculpté et qui venait d'elle également. Boris aimait nos « Tirggel » qu'il mâchait légèrement entre ses belles dents pendant qu'il écrivait.

« Je me ferai Suisse, la Suisse est un pays raisonnable », disait-il parfois. Un jour que je lui montrais au buffet de la gare de Zurich des clients assis là depuis longtemps déjà : « Oui, je vois, me dit-il brièvement, les Suisses vont à la gare mais ils ne partent pas. »

« Il découvrait de temps à autre chez un antiquaire un cadeau adéquat pour nous : un livre avec des gravures de notre pays et des vers français au milieu desquels on pouvait remarquer force racines grecques. Qu'un Parisien vous tienne pour un bon dessinateur, voilà qui fait plaisir ; il me l'a procuré. Il reçut de nous un grand mouchoir rouge ancien, comme mon père en utilisait ; il s'en servit un temps ; il en laissait pendre une corne de sa poche de pantalon et cherchait par ce moyen à fonder un nouveau cénacle intellectuel. Mais cette fois les adhérents n'accrochèrent pas... »

De Luc Étienne, un témoignage sur l'invention du gidouillographe par Boris Vian et l'examen scientifique du procédé ; enfin de François Caradec, un travail gigantesque, modestement intitulé « Pour une bibliographie de

Boris Vian », sur lequel reposent et reposeront tous les essais ultérieurs.

Les ultimes semaines de son passage parmi nous, et comme s'il avait voulu prévenir le choc sinistre de *J'irai cracher sur vos tombes,* Boris les vécut dans une intense joie pataphysique.

Le 25 mai 1959, sur France 3, dans la série d'émissions radiophoniques consacrées par Marc Bernard aux « dix grandes revues littéraires », c'est l'émission sur la Pataphysique, son Collège et sa revue. Boris en a écrit les dialogues ; dans les œuvres des pataphysiciens conscients (Jarry d'abord) et des pataphysiciens inconscients (tels Anaïs Ségalat et l'Évêque de Worcester) il a découpé des morceaux d'anthologie ; il est l'animateur hors pair, y jouant son propre rôle satrapique, de ces ondes jaillissantes ; Henri Salvador lui donne excellemment la réplique et Béatrice Arnac interprète plusieurs chansons pataphysiques du meilleur goût dont l'immortelle *Chanson du Décervelage* restituée dans sa version primitive sur l'air de la *Valse des Pruneaux.* D'une absolue rigueur doctrinale, bâtie sur le granit des œuvres de Jarry, éclairée aux gloses les plus sévères venues sous les plumes hautement auto-autorisées des fondateurs du Collège, l'émission n'en laisse pas moins entendre, à tout instant, la voix très personnelle de Boris, pataphysicien né et praticien rompu à la Science des Solutions Imaginaires, par quoi se définit la Pataphysique qui est aussi la Science des Exceptions, ainsi que le voulait Jarry et que Boris nous l'expose :

Vian – **Écoutez. La Pataphysique est admirablement définie par Alfred Jarry dans les** Gestes et Opinions du Docteur Faustroll. **Je crois que cette émission donnera d'ailleurs les définitions mêmes de Jarry. Pour résumer les choses un peu simplement, on peut dire que la Pataphysique est à la Métaphysique ce que la Métaphysique est à la Physique. Un des principes fondamentaux de la Pataphysique est d'ailleurs celui de l'Équivalence. C'est peut-être ce qui vous explique ce refus que nous manifestons de ce qui est sérieux et de ce qui ne l'est pas ; puisque pour nous c'est exactement la même chose,** c'est pataphysique. Qu'on le veuille ou qu'on ne le veuille pas, on fait toujours de la pataphysique.

M. Bernard. – Oui, sans le savoir ?

V. – Sans le savoir. Il est évident que plus la Pataphysique est consciente, plus elle se double de Pataphysique inconsciente parce que le fait même de vouloir en faire est un acte hautement pataphysique ; et ce que l'on ignore lorsqu'on en fait volontairement est encore plus pataphysique peut-être. Si vous voulez qu'on donne un autre résumé, ou un autre principe, c'est l'intérêt que portent les pataphysiciens à l'exception plutôt qu'au cas général. Vous savez que Jarry considère les lois générales de la physique comme un ensemble d'exceptions non exceptionnelles et, par conséquent, sans aucun intérêt, l'exception exceptionnelle seule ayant un intérêt. D'ailleurs, puisque selon une autre formule, « la 'Pataphysique est la Science », vous savez qu'en Science il n'y a que l'exception qui fasse avancer ladite Science. Je n'ai pas besoin de vous rappeler les exemples de Fleming, de Pasteur et de tous ces illustres savants pour que vous constatiez que la majeure partie...

B. – Toute découverte se fait par hasard.

V. – Toute découverte se fait non seulement par hasard...

B. – C'est un faux pas... !

V. – Ce n'est pas un faux pas, c'est le moment où l'observateur remarque une anomalie. C'est l'anomalie qui fait découvrir... la découverte, si l'on peut employer ce pléonasme. C'est l'histoire de la culture de Penicillum notatum de Fleming qui, grâce à Dieu, et à Faustroll surtout...

B. – Oui...

V. – ... lui a fait prendre conscience...

B. – Il me semblait bien que Faustroll avait un rôle à jouer dans la découverte de la pénicilline, mais vous faites bien de m'éclairer là-dessus, je ne l'avais pas vu aussi nettement...

V. – Faustroll a naturellement son rôle...

B. – ... le père de toute découverte.

....

V. – Je me permets d'ajouter un dernier mot. Il n'y a pas besoin de s'attendre à des choses compliquées pour trouver la Pataphysique. Pour vous donner un détail personnel, je suis venu à la Pataphysique vers l'âge de huit ou neuf ans en lisant une pièce de Robert de Flers et de Caillavet qui s'appelle *la Belle Aventure,* c'est vraiment le dernier endroit où l'on peut s'attendre à en trouver quand on n'est pas pataphysicien ; mais elle contenait notamment cette réplique, qui était à la création dans la bouche de Victor Boucher et que je vous donne pour conclure ce petit entretien préalable ; je crois qu'elle peut initier tout le monde très aisément et très rapidement à la Pataphysique, c'est la suivante : « Je m'applique volontiers à penser aux choses auxquelles je pense que les autres ne penseront pas. »

Après qu'une Pré-Commission des Dix, composée des Satrapes Boris Vian, Jacques Prévert, Pascal Pia, Jean Ferry, des Régents Luc Étienne, Caradec et Noël Arnaud et des Provéditeurs Bouché, Barnier et Claude Ernoult en eut élaboré les procédures ; après qu'un Conventicule Quaternaire réunissant les Satrapes Boris Vian, René Clair, Raymond Queneau et Jean Ferry fut désigné par le Corps des Satrapes ; après que le Corps des Provéditeurs eut élu parmi les membres de ce Conventicule comme Unique Électeur le Satrape Raymond Queneau ; après que cet Unique Électeur eut voté au scrutin secret, dépouillé son vote et en eut transmis les résultats aux Provéditeurs, le Satrape Baron Jean Mollet, doyen d'âge du Corps des Satrapes, ami d'Alfred Jarry et de Guillaume Apollinaire, ancien secrétaire de rédaction du *Festin d'Ésope,* puis secrétaire des *Soirées de Paris,* fut proclamé Vice-Curateur du Collège de Pataphysique et Président par Intérim Perpétuel du Conseil Suprême des Grands Maîtres de l'Ordre de la Grande Gidouille, succédant à Feu Sa Magnificence le Dr I.L. Sandomir, fondateur du Collège. Nous étions en Palotin 86 de l'Ère Pataphysique, soit, au calendrier vulgaire, en avril 1959. En présence de Boris Vian, sur la terrasse de la cité Véron, deux Satrapes, Jacques Prévert et Ergé, ce dernier tenu bêtement dans le monde réel pour un chien, avaient (Ergé de sa griffe) signé leur bulletin de vote au Conventicule Quaternaire.

Le 11 merdre (28 mai 1959), au restaurant de l'Épi d'Or, 25, rue Jean-Jacques-Rousseau, au cœur des Halles, se tient à midi et demi le Banquet Pataphysique d'Allégeance au nouveau Vice-Curateur du Collège. Neuf optimates entourent le baron Jean Mollet ; une photographie vénérable montre à la droite du Baron Boris Vian, à sa gauche Michel Leiris (c'était au dessert ; à la gauche de Sa Magnificence, durant le repas, se tenait Jean Ferry). Heures incomparables ! le bœuf-mode (plat préféré de Boris) contribuait au faste de la cérémonie et un beaujolais « de première » maintenait à la plus haute température pataphysique les échanges des convives sur les points les plus ardus de doctrine ou de méthode, voire de technique appliquée puisqu'une nappe de l'Épi d'Or conserve les schémas de Boris en vue de la construction d'une machine à fabriquer les gidouilles. Sur cette nappe, Boris a écrit aussi ce vers virgilien :

Hâlé, pis d'or, de vache bronzée

et dessiné une tête terrifiquement médusante.

Le 11 juin 1959, douze jours avant la mort de Boris, sur la terrasse de la cité Véron, dite terrasse des Trois Satrapes, laquelle – ainsi que le signale opportunément le compte rendu officiel des festivités dans le *Dossier 7* – domine le Moulin Rouge, le boulevard de Clichy, Montmartre et les mondes, a lieu l'Acclamation solennelle de Sa Magnificence. Nommer simplement tous ceux qui vinrent rendre hommage au nouveau Chef du Collège et goûtèrent – avec le champagne Charles Heidsiek 1952 offert par Christian Heidsieck, un des plus anciens membres du Collège – l'exquise et tonifiante hospitalité de Boris et Ursula Vian, les nommer simplement occuperait deux pages de ce livre ; entre cent autres : Raymond Queneau, René Clair, Eugène Ionesco, Roger Grenier, Siné, Jacques Lemarchand, Pierre Kast, Marcel Degliame, Françoise Gilot, Alain Trutat, Henri Salvador. Un chœur de Jean Racine et Jacques Prévert, musique de Mendelssohn (« Tout l'Univers est plein de Sa Magnificence »), enregistré avec le concours des grandes orgues de la cathédrale de Reims, précède l'éloge du baron Jean Mollet prononcé par le Provéditeur Henri Bouché. Puis c'est la remise à Sa Magnificence de la Plaque Suprême de l'Ordre de la

Grande Gidouille : le Grand Conservateur de l'Ordre Raymond Queneau, assisté du Promoteur Insigne Boris Vian, épingle sur la poitrine du Baron la grand-plaque que lui présente le Conférent Majeur Noël Arnaud. Sa Magnificence signe ensuite les premiers actes de son magistère : les diplômes de la dernière promotion d'optimates et les diplômes de l'Ordre de la Grande Gidouille contresignés par le Grand Conservateur Raymond Queneau, le Promoteur Insigne Boris Vian, le Conférent Majeur Noël Arnaud et que l'Archisphragidophore Jean Ferry authentifie pour l'éternité en y apposant le Grand Sceau de l'Ordre. Pour ne point conclure trop abruptement cette évocation d'une fête éblouissante, laissons la plume au chroniqueur ému et fidèle du Collège *(Dossier 7)* :

« ... Au cours de la cérémonie, le Chef Suprême du Collège prononça nombre de paroles mémorables, depuis le simple (et pur) : "Cela suffit" accordé à la Radiophonie, et le suave "Vous aurez de quoi décorer vos chiottes" décerné à Henri Salvador en lui donnant son diplôme et qui désarçonna très légèrement ce charmant désarçonneur, – jusqu'au "Misereor superturbam" de Sa Magnificence qui, soucieuse de l'altération des acclamateurs, ordonna avec toute son autorité naturelle : "Il faut leur donner à boire"... Ce fut un autre grand moment, quand la Satrapesse et maîtresse de maison, dans la souple roseur de sa merveilleuse robe, traversa l'assistance qui l'applaudissait, pour aller offrir à Sa Magnificence la première flûte. Le T.S. Boris Vian, en sa qualité de Promoteur Insigne, ouvrait, avec quelle perfection intersèque, on le devine, le feu des toasts, qui pétilla dans la plus grande cordialité, se propagea et, de mille façons ingénieuses, manifesta l'attachement de tous au Collège et à son Chef octogénaire... Au moment enfin où Sa Magnificence le Vice-Curateur-Baron quitta la terrasse, désormais historique, de l'Immeuble des Trois Satrapes, la cataracte des Grandes Orgues à nouveau déferla et les échos montmartrois résonnèrent encore de la grande affirmation cosmique : Tout l'Univers est plein de Sa Magnificence. »

Ainsi Boris Vian fut-il, dans les derniers mois de sa vie, l'inspirateur et l'artisan de quelques-unes des manifestations qui portèrent le Collège à l'apogée de son existence visible. Aux dernières lignes de son éloge funèbre, Latis écrivait : «... Nous savons aussi de science irréfragable qu'il continuera son admirable rôle dans le Collège et avec lui. » Et de fait, pendant le magistère du baron Jean Mollet, l'influence de Boris Vian s'exerça longtemps dans le Collège au point que certains distinguent déjà dans l'histoire du Collège une «époque Boris Vian». Ils n'ont ni tout à fait tort ni tout à fait raison. En substituant en 1965 les *Subsidia Pataphysica* à ses *Cahiers* ou *Dossiers,* le Collège s'est très délibérément occulté, jugeant que ses défenses contre les «pressions de la rue», nous voulons dire des boutiques d'art et de littérature, risquaient d'être enlevées. Sans faire parler les morts, il est permis de supposer que Boris Vian n'eût point blâmé en son principe le repliement du Collège sur lui-même, le retour à l'étude sereine de la Pataphysique. Lors d'une de ces crises internes dont le Collège, en dépit de sa façade monolithique, n'est pas exempt (mais pour un pataphysicien tout est façade et rien que façade), Boris écrivait : «Il n'est plus possible que le Collège de Pataphysique cesse d'exister : cesserait-il qu'il continuerait en soi seul et en dehors de tout participant. » Extrême, cette éventualité n'est d'ailleurs nullement à exclure, et on pouvait la regarder en face au moment même où le Collège connaissait un record d'affluence.

Si Boris Vian a, sans conteste, imprimé sa marque étincelante sur tout un moment du Collège, il est juste aussi de dire que le Collège fut pour lui un puissant révélateur. Certains des thèmes qui hantaient Boris depuis longtemps, au Collège enfin il put les traiter et approfondir, non point pour la raison banale qu'il y trouvait une «tribune» (c'était bien son moindre souci), mais parce que la doctrine sans cesse appliquée et mise à l'épreuve, l'ensemble des travaux, l'ambiance studieuse, les formes institutionnelles du Collège étaient propices à ses recherches très particulières ; ajoutons que le Collège recevait alors sa principale impulsion d'un homme avec qui Boris sut parfaitement s'entendre, J.-H. Sainmont, prématurément disparu. Le Collège ouvrait à Boris une voie dont nous ne dirons même pas qu'il la cherchait, mais assurément qu'elle lui manquait.

Nous n'en voulons pour preuve que le problème essentiel de la cruche à l'eau, autour duquel et de laquelle il tournait vainement depuis son jeune âge. De la cruche à l'eau il avait épuisé les possibilités lyriques et contrapétiques au temps des *Cent Sonnets*. Et pourtant cette cruche lui restait sur l'estomac. Il voulait en finir avec elle, la détruire, en analysant mot à mot le proverbe, en examinant le sens et non plus le son. À maintes reprises il tentera de réduire en poussière cette cruche infernale. Le 20 décembre 1949, antérieurement donc – et de trois ans – à son entrée au Collège, nous le saisissons en train de fourbir ses armes, il est décidé à l'effort suprême ; il commence à écrire : « Tant va la cruche à l'eau qu'à la fin elle se casse » ; il torture la phrase, qui le lui rend bien ; il entreprend son découpage en fines tranches : elles se recollent comme des valves. Rien à faire, la cruche tient bon. Ce n'est que le 25 merdre 80 [11 juin 1953] qu'il s'en délivre : ce jour-là, le n° 11 des *Cahiers du Collège de Pataphysique* publie sa *Lettre au Provéditeur-Éditeur sur la Sagesse des Nations* qui règle définitivement le sort de la cruche[1].

Avec cette Lettre, Boris inaugure sa collaboration au Collège auquel il s'était agrégé le 8 juin 1952 en qualité d'équarrisseur de 1re classe ; une décision du Vice-Curateur, en date du 11 mai 1953, venait de l'intégrer au corps illustre des Satrapes dont il était, à 33 ans, et demeurera sans doute à jamais le benjamin. Remerciant Faustroll « ou à défaut quelque pataphysicien optime » de sa nomination, il signera son message :

Vian
équarrisseur
élevé
à
la
satraperie (ou pèterie ?)
avec joie.

---

1. On lira désormais cette lettre et les trois autres adressées au Collège de Pataphysique dans *Cantilènes en Gelée* (« 10/18 », 1970) et Christian Bourgois éd. 1976, ou dans *Je voudrais pas crever,* (« 10/18 », 1972) où elles sont imprimées à la suite des poèmes recueillis sous ce titre.

Dès lors, « son constant souci fut de participer à la vie effective de l'Institution et de travailler pour elle avec cette ingéniosité, cette vigilance et cette efficacité qu'il apportait à tout ce qu'il faisait » (H.B., *Dossier 12*). Puisque le *Dossier 12* est réouvert, puisons au témoignage de Quatrezoneilles sur la rencontre avec Boris Vian.

Le 13 avril 1950, la Sous-Commission de la Cantonade assiste à une représentation de *l'Équarrissage pour tous*. « J'ai éprouvé sans ombre, affirme Quatrezoneilles, le sentiment de l'intégrale jubilation. » Las ! le lendemain 14 avril 1950, face à la critique déchaînée qui l'accuse, entre autres forfaits, de « cracher sur des tombes encore fraîches » et de « ravaler au rang de pantins imbéciles et lâches tous les combattants », Boris – qui veut rassurer d'urgence le directeur des Noctambules dont il sent vaciller la très relative bonne volonté – publie dans *Combat* un article en quoi la Sous-Commission de la Cantonade renifle un relent de moralisme à la Romain Rolland. Le 22 haha 78 [25 octobre 1951], dans leur numéro 3-4 (le numéro 1 ayant paru le 6 avril 1950, à l'époque même des représentations de *l'Équarrissage*), *les Cahiers du Collège de Pataphysique* déplorent sans ambages la tentative de justification de Boris, mais ne dissimulent pas leur approbation totale de la pièce. Comme ce *Cahier 3-4* est (lui aussi !) épuisé définitivement, recopions les lignes qui opposent la pièce à l'article : « Heureusement il y a la pièce. Car pourquoi s'attarder aux commentaires d'un auteur qui se dit constructif, quand la pièce est tout, Faustroll merci, sauf une construction, quand elle prouve tout et le contraire de tout, quand elle "se passe, comme on dit, de commentaires" ? C'était du meilleur théâtre pataphysique. » Quatrezoneilles atteste que Boris Vian, quand il lut ces lignes, *l'Équarrissage* étant alors retiré de l'affiche, « voulut bien nous faire savoir combien il avait goûté la distinction. Telle fut d'ailleurs l'origine des rapports de Boris Vian et du Collège ». C'est par Henri Robillot, Provéditeur-Éditeur des Cahiers, et son « patron » à la Série Noire, que Boris apprit l'existence du Collège et de sa revue et qu'il y fut introduit.

Trois autres Lettres suivirent celle sur la Sagesse des Nations, toutes regorgeant de Pataphysique : dans le

Cahier 19 la *Lettre sur un problème quapital et quelques autres,* problème quapital ainsi énoncé :

Retirez le Q de la coquille : vous avez la couille et ceci constitue précisément une coquille.

dans le *Cahier 21,* la *Lettre sur quelques Équations Morales,* spéculation ébouriffante sur les possibilités de rajeunissement d'un vieux proverbe désuet. *À bon chat bon rat,* grâce à de nouvelles «égalités» allant de *À bon chapistron bon rapistron* jusqu'à *À bon chul bon rul,* à travers *À bon chieur bon rieur* et quantité d'autres ; dans le *Dossier 7* enfin, et déjà citée, la *Lettre sur les Truqueurs de la Guerre.*

En l'an 83 de l'Ère Pataphysique [1955], la Collection Euterpe et Polyhymnie, collection musicale du Collège, s'augmente d'un cinquième opus : *le Petit Lauriston,* berceuse pataphysique à récapitulation. Paroles et musique sont de Boris Vian. Nous avons pu découvrir la date de leur composition : c'était le 6 août 1953.

Le Récitant	**Un petit lauriston Que lui donnerez-vous ?**
Le Chœur	**Un sac de caca jau-neu Pour lui faire plaisi-reu O gué O gué Le joli lauriston**
	Un bout d'bois dans l'oneil-leu Des coups d'pied dans les couil-leu etc.

S'ensuivent neuf distiques. Boris évaluait à cinq ou six cents le nombre des distiques qu'on pouvait y ajouter.

Pour le jour vulgairement dit de l'Ascension – et qui est au calendrier pataphysique la Fête du Moutardier du Pape – de 1955, une imposante délégation du Collège se rend en pèlerinage aux lieux saints de la Pataphysique, près de Corbeil, à l'écluse du Coudray. Là, dans la moitié de la remise, sommairement aménagée, de l'Auberge du Coudray, Jarry vécut une bonne part de son temps des années 1900 à 1905, se livrant au canotage, à la natation et réussissant des pêches miraculeuses. Boris aurait aimé que le Collège, en cette pieuse occasion, organisât un concours de pêche, quoique, précisait-il, « je ne pêche que sans hameçon pour ne pas étriper les poiscailles, que je tiens en estime, vu qu'ils causent peu ». Auberge, remise, et jusqu'aux cabinets d'aisance sont encore debout, aujourd'hui « rénovés », mais en 1955 à peine effleurés par le pinceau du progrès. Le banquet scientifique, à l'Auberge du Coudray, l'ancien Café Dunou tant fréquenté par Jarry, fut présidé par Boris Vian. Il « s'était muni de son cor à gidouille enveloppante, pièce de collection rarissime et dont il ne dédaigna point de tirer des sonneries puissantes qui ébranlèrent, pour l'admiration des populations riveraines, l'écho des collines de Morsang ». (Rubrique « la Vie du Collège », dans *Cahier 20*.) Eugène Ionesco, François Caradec, futur bibliographe de Boris, et plusieurs autres optimates s'exercèrent, avec des bonheurs inégaux, sur ce cor aux sonorités insolites. Les projets d'uniforme pour les membres du Collège furent mis en discussion. Boris Vian, président de la Cocommission de Vêture, émit cet avis : « Cet uniforme, par sa richesse et sa complexité, devrait être un idéal presque inaccessible. » Boris jugeait sainement : cet idéal ne fut jamais atteint. Sur un autre sujet, comme Ionesco affirmait : « Si je dis que mon nez est vraiment vrai, je peux dire aussi qu'il est faussement faux », Boris opina : « Cela, justement, est juste. » Avant de quitter l'Auberge, la délégation entonna plusieurs chants historiques : la *Berceuse Obscène* et *Sers, Velas* de Franc-Nohain et Claude Terrasse, et Boris interpréta la chanson des *Joyeux Bouchers,* alors toute neuve. Puis la délégation vint saluer, à quelques pas de là, sur le chemin de halage, aux Bas-Vignons, dans la Villa Vallette où si souvent fut reçu Jarry, Mme Gabrielle Fort, fille de Rachilde et d'Alfred Vallette. Tout près de la Villa Vallette, de l'autre côté du Sentier des Vaches, Jarry avait édifié, peu avant sa mort, son fameux Tripode, de 3,69 x 3,69 m, une baraque en planches sur quatre socles de ciment. En sa qualité de Promoteur Insigne de l'Ordre de la Grande Gidouille, Boris Vian remit à Gabrielle Fort la plaque de Grand Officieux de l'Ordre, bien méritée de celle qui, toute jeune fille, avait été pour Jarry, une charmante camarade, et, dans sa verte vieillesse, sut rendre au Collège de Pataphysique d'inestimables services. La remise de la plaque avait été annoncée par une nouvelle fanfare du cor à gidouille.

Le *Cahier 25* contient la prodigieuse et décapitante *Cantate des Boîtes* (voir, à notre chapitre des Chansons, les souvenirs d'Alain Goraguer).

Le *Dossier 6* révèle, le 23 février 1959, en préoriginale, *les Bâtisseurs d'Empire* (il est superfétatoire de mentionner que ce *Dossier 6* est épuisé!). Presque en même temps, le 13 mars 1959, par les soins du Collège, l'originale des *Bâtisseurs* paraît. Comme le Dossier, elle est abondamment illustrée de scènes militaires, défilés triomphaux ou monuments aux morts, et aussi de cuvettes de cabinet, frigidaires et autres objets utiles; de deux portraits de Boris : bébé nu, déjà publié dans le *Cahier 25* avec la *Cantate des Boîtes,* et adulte admirablement photographié par son ami Michel Cot, et enfin de la reproduction d'un tableau du XVe siècle catalan, attribué à Luis Borrassa, une flagellation du Christ, d'une obscénité révoltante, que nous eûmes la joie béate et béatifiante de découvrir au Musée de Castres, en bonne place et sous un éclairage savant propre à guider l'œil des bonnes sœurs et petites filles en quête d'images édifiantes. Sur un seul point l'illustration du Dossier et de l'originale diffère : les lettrines du Dossier sont de Max Ernst; dans l'originale, d'un fondeur anonyme. *Les Bâtisseurs* de l'originale sont, pour 111 exemplaires, sur papier d'affiche multicolore et sous couverture tricolore, 22 exemplaires « de prétendu luxe » étant toutefois (sauf la couverture identique à celle des 111) « sur abominable Papier de Décharge Grise sans Colle 22 kg Afnor III, si défectueux – comme l'indique l'achevé d'imprimer – qu'on a pris la précaution d'y joindre un retirage de la Flagellation de N.S.J.C. et du Portrait du Trt Satrape afin qu'ils soient perceptibles ». La bande du *Dossier 6,* choisie par Boris Vian, proclamait ;

Le vent se lève. Il faut tenter de vivre.
                                                          Boris Vian.

Ce vers de Paul Valéry appartient en effet à Boris dès lors que, dans la pièce, le Père le lance sans trop savoir ce qu'il dit et, moins encore, d'où tout cela peut bien sortir !

Boris avait proposé au Collège, le 22 avril 1958, pour le Dossier Vian qu'on se proposait de faire « 3 pièces inédites et demie : *le Goûter des Généraux, Série Blême* (en alexandrins et en argot), *les Bâtisseurs d'Empire* (écrite l'an dernier et que je crois assez idoine) et une saynète ou deux (*le Dernier des Métiers* et je ne sais plus trop quoi) ».

Il aura vu paraître *les Bâtisseurs d'Empire,* après en avoir suivi la fabrication, approuvé la mise en page, corrigé soigneusement les épreuves, choisi les portraits de lui qu'il souhaitait y voir figurer, entériné le choix des « flagellants de Catalogne », s'être enthousiasmé pour la couverture tricolore imaginée par l'Administrateur-Opitulateur général du Collège Raymond Fleury. Il aurait aimé des dessins de Siné. Trop de besognes mercenaires absorbaient alors Boris : il n'eut pas le temps de rencontrer Siné avant de partir se reposer à Goury (voir notre chapitre du Directeur artistique) et il laissa au Collège, pour ne point retarder l'impression, toute liberté d'imprimer « ça sans dessin ou avec ce que vous voulez ». Ces dessins de Siné dont Boris rêvait, le Collège les obtint pour illustrer *le Goûter des Généraux,* mais Boris n'était plus là pour s'en réjouir. Cette pièce parut en édition originale le 26 mars 1962 et dans le *Dossier 18-19* le 29 mars 1962. Couverture tricolore, papier d'affiche multicolore, tout ce qui plaisait à Boris dans l'édition des *Bâtisseurs,* le Collège, par une fidélité exemplaire, tint à le reprendre pour *le Goûter des Généraux.* Il n'y manque pas même les exemplaires « de prétendu luxe » (au lieu de vingt-deux ils sont cette fois trente-deux – parce qu'il y a trente-deux positions des tireurs de toute espèce).

Le mérite insigne de l'édition collégiale du *Goûter des Généraux* est de nous présenter en annexe, sous la signature de Raphaël Ossona de Mendez, une analyse (avec citations) d'une première version de la pièce. Nous ne pouvons reproduire ici dans son intégralité cette première version. Et nous le regrettons car elle éclaire les conceptions dramatiques de Boris Vian et indique fort bien dans quelle tonalité il souhaitait que soit jouée la pièce. Signalons simplement que dans cette première version un auteur dramatique, Jean Astier, apportait à un directeur de théâtre, Bataillard, le manuscrit d'une pièce, *le Goûter des Généraux,* dont le sujet était la prochaine guerre. Bataillard invitait Astier à lire la pièce, et le rideau se levait sur l'appartement d'Audubon, et *le Goûter des Généraux* commençait. La fin de la première version différait sensiblement de celle que Boris devait retenir : on se retrouvait dans le bureau du directeur du théâtre avec les personnages du début : Bataillard déclarait la pièce injouable. S'ensuivait une discussion entre lui et Astier sur la création et l'écriture dramatiques et sur *le Goûter* en particulier. Comme Bataillard s'étonnait que la guerre pût être déclarée sans consultation des industriels, l'auteur répliquait :

Enfin quoi, les industriels, ce n'est pas la peine de les consulter, ils sont toujours prêts, c'est évident. Une guerre, pour eux, c'est tout avantage ; on admet, vous le savez comme moi, que la grosse industrie métallurgique s'y intéresse spécialement ; les raisons sautent aux yeux : une pelle à vapeur, une locomotive, ça met des années à s'user ; ce n'est pas mal parce que ça fait du tonnage, mais c'est bien moins intéressant que des canons ; des canons, ça s'use tout de suite, et du même coup ça sert à détruire les pelles à vapeur et les locomotives dont on peut par la suite racheter la ferraille pour presque rien...

Soudain, un collaborateur de Bataillard entrait en trombe chez son patron, un journal à la main, et annonçait la déclaration de guerre, une vraie.

Donnons encore ces courtes répliques de la première version ; elles répondent, elles répondaient d'avance, à certaines objections soulevées par quelques critiques lors des représentations du *Goûter des Généraux,* au théâtre de la Gaîté-Montparnasse, représentations qui furent d'ailleurs triomphales :

Bataillard. – **Enfin, entre nous, c'est exagéré tout ça. Ces généraux. Ce goûter. Ce Président du Conseil ridicule.**

Jean. – **Ce n'est pas ridicule, un Président du Conseil ?**

Bataillard. – **Si, mais pas comme ça. Non... vraiment : c'est un peu gros.**

Jean. – **Les choses paraissent toujours un peu grosses quand on les regarde à la loupe.**

Il ne pouvait être dans notre propos de rappeler en ce chapitre toutes les interventions de Boris au sein du Collège de Pataphysique. Le lecteur complétera son information en consultant les rubriques de la vie du Collège ou de la Procession aux Phynances dans les *Cahiers* ou *Dossiers* : Boris, durant sept années, y est constamment présent, membre du corps des Satrapes, Promoteur Insigne de l'Ordre de la Grande Gidouille, Co-Président de la Cocommission de Vêture, Président de la Sous-Commission des Solutions Imaginaires, Président de la Sous-Commission Mathématique et des Sciences Exactes.

La lettre qui suit, dont nous ne possédons que le brouillon inachevé, était destinée au Collège. Boris allait avoir « trente-huit et une berges » l'âge de sa mort. C'est son dernier écrit pataphysique, et la dernière œuvre, n'en doutons pas, qu'il eût aimé mener à bien.

Monsieur, je ne sais pas ce que j'ai. Une grosseur, pleine de mots, qui se vide avec périodicité. Une sorte de fontaine de Héron, ou plutôt un siphon de cigogne, pour renouveler un peu une expression usée. Et voyez ce qui me tarabuste derechef : le problème du commandement. Il n'y a pas à dire, quoi que l'on pense, la littérature ambulante vous pervertit. Le journal obsède, même si on le laisse lire aux autres. Tous ces dirigeants influent.

Mais bref. Vous savez que j'ai accoutumé de ne méditer que de l'universel – un univers limité, naturellement, à la masse de quelque 2 500 milliers de tonnes de cervelle humaine éparse çà et là. Voici que la pente de l'année m'entraîne ici : je m'émeus de ne trouver en moi que dégoût pour l'acte d'ordonner, et je m'en vais en déduire, pour votre dommage, des conséquences économiques, tant mon souci est grand du bien matériel de mes voisins qui, dans la merde, risquent de désirer me piller (on peut jouer de l'hélicon et être prudent quand même).

La ligne qui se fait d'une vie que je mène depuis tantôt trente-huit et une berges m'a plongé dans le fauteuil, où je gâche du temps en mortier sans consistance, d'une direction prétendue (mais non par moi) artistique ; entendez que ce sigle verbal ne recouvre rien qu'un rôle d'intermédiaire entre plusieurs désirs : celui, matériel, d'une abstraction, le trust qui m'emploie ; celui, immatériel, d'une réalité, l'artiste qui désire enregistrer ; ceux, mélangés, de musiciens qui souhaitent que l'éphémère de vibrations sonores se fige en vinyle, stable et qui les symbolise, pour quelques sesterces ; il m'appartient d'organiser la captation des bruits, à laquelle procèdent des techniciens habiles dont la pensée court, électrique au long d'un tas de petites bobines et de pièges à électrons. Cette tâche est assez vaine, d'ailleurs on me la paie en argent, c'est dire son ridicule. Mais l'argent est ce qu'il est, encore que, depuis le temps, on ne puisse plus assurer qu'il n'a point d'odeur. Je suis prêt à le faire sentir à qui voudra, et c'est l'absence antérieure de moyens subtils de détection qui lui fit attribuer, naguère et même il y a long, cette valence olfactive voisine de zéro.

Il me faudrait d'ailleurs, pour être complet – mais vous savez que mes méditations ont la forme ramifiée de la carotte sauvage (partie extérieure au sol) – préciser le parfum de l'argent qu'on me donne, et comme de coutume, le temps me fait défaut. On se demande ce qu'il fabrique, et à quoi il s'occupe. Je ne l'aurai pas, c'est sûr.

Allez, partons. C'est le problème du chef. Valéry le nomme : celui qui a besoin des autres. C'est un mode de définition qui ne considère qu'un de ses aspects : l'exécution. Mais le goût d'être chef ?

Voilà, je n'ai pas le goût d'être chef. Et d'autres l'ont. Sur quoi je médite. La méditation est la fille de la différence spécifique. (N'attachez pas à ce terme le sens gaillard qu'on lui donnait jadis, nous ne sommes pas en train de parler de bittes, monsieur.)

Il me manque, à ce point, un verbe français capable de traduire avec la nuance, le verbe anglais « to involve ». Je vais me le faire en usant d'« involver ». L'exercice de la chefferie involve, Valéry le dit bien, l'usage des autres. Et en somme, je ne désire pas involver les autres. Et d'autres, si.

Que vous ne vous laissiez pas entraîner à croire, à ce point de ma narration, que j'erre : je ne perds de vue à aucun instant cette importante notion des différences qui séparent le désir et le fait. Je n'ai pas amélioré Valéry pour lâcher, séance tenante, mon amélioration. Je vous dis que je ne m'attarderai pas, ce jour, aux détails de l'exécution ; nous méditons, monsieur, nous n'expérimentons point sur d'autres. L'esprit humain a cela du scorpion qu'il peut s'enfoncer le scalpel de sa queue courbe, et si le venin se met dans la plaie, c'est bien ça qu'on appelle penser, non ? Si.

Or, voyez ces affreux. Ils veulent être chefs... Ils en donnent divers prétextes. Et il leur faut une solde. Encore !

Eh bien, oui, je parle de l'armée. C'est comme les mathématiques, le seul domaine où par le jeu de la logique, on puisse cerner la vérité ; car c'est un domaine abstrait, une construction de l'esprit, une structure en elle-même inutile, donc où la déduction est permise – car elle ne l'est qu'en espace clos – L'armée, monsieur, avec cet « idéal » qui est un champ de force, cette « discipline » qui est un axiome de non-commutativité, ce renoncement à l'intelligence qui est comme l'expression de son abstraction du monde, etc., voilà encore mon sujet.

Je viens d'évoquer, ma pensée a glissé, infléchie à dessein pour vous montrer quelle couche de savon, une armée cornélienne, comme elle devrait être (je regrette, mais Corneille aussi est abstrait, n'a aucun rapport avec la réalité, et puis la barbe, à la fin, vous me cassez les pieds avec votre Tristan Corbière et vos crises d'érythème).

Elle n'est pas comme ça, monsieur. L'armée a trahi. Ah, j'ai tort d'user de cette construction ; je devrais dénombrer et dénommer séparément chacun de ceux qui, au sein de ce groupe, s'attribuent faussement les propriétés que tout élément devrait posséder, mais bah, vous voltigez, vous, à travers les brèches d'accourcissement dont je hache, pour ne le point rendre illisible, mon discours obstiné, et j'écris pour vous, hein.

Monsieur, ces gens se font payer. J'ai dit plus haut solder. Vous voyez la nuance de rabais. Elle ne date que de décennies, on ne peut dire pourtant que l'armée y soit étrangère, à cette nuance. N'est-ce pas bien parce qu'elle se décrie, l'armée, que la solde devient le soldat, espérant, en changeant de sexe, oublier son péjorat? Oh, là là, encore une branche. Je n'aime pas tellement grimper aux arbres, monsieur, mais convenez qu'il y en a plein.

Monsieuye

Que vous soyez correspondant apparent, réel, emphytéote ou tout ce que vous voudrez, n'a, vous devriez le comprendre, aucune espèce d'importance pataphysique. En outre, je n'y puis rien. Cette institution admirable qu'est le Collège est déjà bien bonne d'accepter les quelques sous que vous lui envoyez, sa sagesse et les conseils qu'elle vous dispensera étant sans prix.

Naturellement, il vous est loisible de vous qualifier vous-même; de ce que vous voulez; mais je vous engage à approcher de tous ces saints mystères avec le plus grand respect...

Boris, P.I. O.G.G.
Lettre à Jean Linard.

Dessin sur la nappe de l'Épi d'Or (1958).

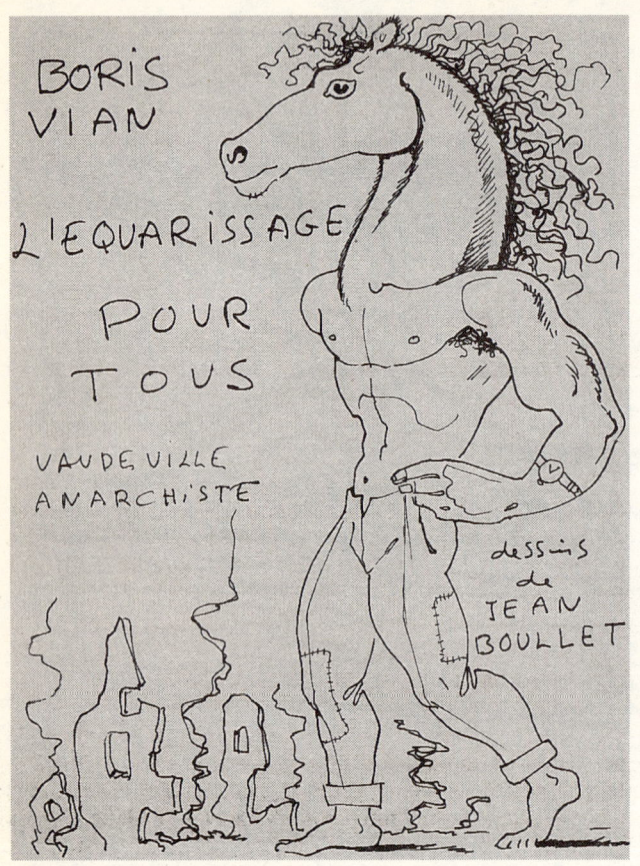

Dessin de Jean Boullet, 1950.

Le théâtre

J'irai cracher sur vos tombes, l'Équarrissage pour tous, le Dernier des Métiers, les Bâtisseurs d'Empire, le Goûter des Généraux, Série Blême, Tête de Méduse, le Chasseur Français, toutes ces pièces de Boris Vian ont été jouées avec des fortunes diverses. Toutes sont désormais accessibles.

Dans la précédente édition des *Vies Parallèles*, nous donnions d'abondants extraits de trois pièces alors inédites : *Tête de Méduse, Série Blême* et *le Chasseur Français*. Le volume de *Théâtre Inédit* (Christian Bourgois, 1970) et celui de *Théâtre II* (collection 10/18, 1971) rassemblent maintenant ces trois pièces. Le lecteur, désireux de s'enfourner un texte complet plutôt que de grappiller quelques citations, acceptera de s'y faire renvoyer.

Écrite en 1951, *Tête de Méduse* embauche tout le personnel de la comédie de boulevard : le mari cocu, la femme adultère, l'amant (et deux personnages accessoires, mais nécessaires : l'ami de l'amant et – à défaut de la soubrette – le chauffeur). Comédie de boulevard certes, mais par certains côtés si démentielle qu'il nous advint de la qualifier de vaudeville d'épouvante tant la présence du personnage central, l'amant, la tête continûment occluse d'un énorme pansement entre les spires duquel on lui introduit tous les quarts d'heure une tartine de roquefort, rappelait l'atmosphère de ce vaudeville du Second Empire, dont l'auteur n'était rien moins que le célèbre polémiste Henri Rochefort, où apparaît, portée sur un immense plat d'argent, à l'inquiétante lumière des chandelles d'un souper fin, une tête de cheval fraîchement coupée sur la bête. Gérard Caillaud a créé *Tête de Méduse* à Abidjan, le 29 janvier 1974, devant le public ivoirien et l'a fait pénétrer jusque dans les villages de la brousse, au contentement unanime des populations noires ; transportée en France, *Tête de Méduse* s'est manifestée en premier à Poitiers le 17 janvier 1975 ; elle a tourné ensuite dans plusieurs villes, parvenant même à conquérir le difficile public de Versailles et celui de Tours qui, par contraste avec son maire, disciple de Daniel Parker, l'inimitable M. Royer, est fort intelligent. Que l'une de ses pièces les plus «françaises», par le genre, par les allusions (le héros emprunte successivement tous les pseudonymes d'Arsène Lupin), se soit concrétisée d'abord en Afrique Noire, voilà qui eût stupéfié Boris Vian avant qu'il ne s'écroule de rire pour se plonger – l'hilarité passée – dans d'abyssales réflexions sur la création dramatique et l'art – non moins mystérieux – de la communication.

Série Blême est de 1954. Boris a déjà beaucoup travaillé pour la Série Noire, dirigée par Marcel Duhamel avec la collaboration de Henri Robillot qui cumulait ces fonctions avec celles, tout aussi prestigieuses, de Provéditeur-Éditeur général des *Cahiers du Collège de Pataphysique*.

On n'a pas oublié (ou on peut apprendre) que «Série Blême» était le titre d'une collection-sœur de la Série Noire, mais qui fut loin de recueillir les mêmes faveurs et dut, après quelques titres, disparaître malgré certains auteurs de premier rang comme William Irish ou le dédicataire d'*En rond autour de minuit* (voir notre chapitre du Chroniqueur), l'ethnojazzologue Ernest Borneman.

Tragédie d'abattoir, *Série Blême* nous fait assister à une douzaine de meurtres, perpétrés par le même assassin mais chacun selon une méthode différente (explosifs, poison, poignard, asphyxie, pendaison, arrachement de la langue, etc.); quand le rideau tombe, quarante autres personnes vont, c'est sûr, y passer. Le héros de la pièce et exécuteur de ces hautes œuvres est James Monroe, auteur de romans de la Série Noire et frère de Marilyn Monroe. Retiré dans un chalet de haute montagne avec son domestique Machin «muet à siphon», il entend y trouver à tout prix le repos, un repos que viennent troubler les survivants d'un accident d'avion, des guides, puis des soldats en manœuvres. Tous ces perturbateurs seront occis. On observera que Marcel Duhamel, ainsi que Henri Robillot et sa compagne Jeanne Hérisson, secrétaire de la Série Noire et Régente du Collège de Pataphysique, étaient des fervents de la haute montagne (voir notre chapitre des Voyages et des Vacances). Nous en convainquent assez (et parfois un peu trop) les croustillants souvenirs de Marcel Duhamel, *Raconte pas ta vie* (Mercure de France, 1972), qui comportent au passage un hommage ému à Boris Vian.

Dans son refuge alpestre James Monroe s'est muni du *Petit Traité du Parfait Criminel* dont Boris Vian prête la paternité à Marcel Duhamel. Moyennant quoi il dispose à la fois d'une panoplie complète pour la suppression des gêneurs... et d'une rime, peut-être pas très riche, mais suffisante. Car – et ce n'est pas sa moindre curiosité – *Série Blême* est écrite en alexandrins. En fait, il en existe trois versions : la première, en prose française de style châtié ; la seconde, en alexandrins français à décourager Corneille et Racine de poursuivre leur carrière (ce que, du reste, ils ont fait) ; enfin, la version définitive, également en alexandrins mais avec translation de l'ensemble du rôle principal (James Monroe) en un argot d'une absolue perfection.

Personnellement, nous n'imaginions pas que la pièce pût être un jour représentée sans qu'on projetât en « sous-titres » sur un écran la traduction en français du dialogue argotique de James Monroe. Nonobstant notre infinie vénération de la langue verte, nous mésestimions sa puissance évocatrice. Georges Vitaly, lui, n'en douta pas. Il monta la pièce à Nantes le 24 octobre 1974 en négligeant la traduction simultanée que nous croyions indispensable. Il ne devait pas le regretter. James Monroe et son langage s'imposèrent sans aucune prothèse par la voix et le jeu de Dominique Paturel, admirablement secondé dans le rôle de Machin par André Thorent – qui avait été le général Audubon du *Goûter des Généraux*.

Le vaudeville repose sur une de nos solides qualités nationales : le cocuage, tandis que la Série Noire, genre importé et relativement neuf dans notre littérature, s'alimente aux flots d'hémoglobine, mêlée d'alcool et de sperme, qui sortent à gros bouillons des égouts collecteurs expulsant tripes et boyaux dans les spasmes de l'amour, de la mort et de la rigolade. Le genre auquel une autre pièce de Boris Vian, *le Chasseur Français*, sacrifie, la comédie musicale, était de son vivant à peu près ignoré en France, que ce fût au cinéma (voir au bon endroit le témoignage de Pierre Kast) ou au théâtre. Depuis la mort de Boris, on a tenté à maintes reprises d'introduire la comédie musicale à la scène et à l'écran. Rares furent les réussites, et, le plus souvent, l'étiquette « comédie musicale » revêtait d'une petite tenue à la mode notre vieille opérette.

Du *Chasseur Français* – qui date de 1955 – Boris Vian aurait-il pu faire mieux ? Bien difficile de trancher quand on sait la part égale que prennent dans une comédie musicale le texte, le chant, la danse, la musique, le décor et les dons – qu'il faut multiples – des interprètes. Assurément, *le Chasseur Français* – comme son titre l'affirme – n'est pas une transposition de Broadway. Toute l'intrigue part des annonces matrimoniales que reçoit, par centaines et milliers, ce journal et sur la nécessité de contrôler – ici par l'office d'un détective nommé Justin Blairjuste – l'honnêteté de ces offres d'accouplement. Cependant, la Série Noire – qui est à la base de *Série Blême* – n'est pas étrangère au *Chasseur Français*. Angéline, marquise de Piripin, en est intoxiquée et recherche, à travers les annonces du journal, les fortes émotions décrites et, pense-t-elle, vécues par les auteurs de la collection. Le « jeune premier », Jacques, agrégé de philosophie, gagne sa croûte sous le pseudonyme de Tom Collins, auteur « américain » de romans de la Série Noire, mais il s'en cache car il voudrait se marier avec une « pure jeune fille » qui se trouve être, premier rebondissement, la nièce de la marquise. Et Duhamel est encore là :

« **Angéline** – Ah, ça va... écoute, j'ai tous ceux de chez Gallimard... j'achète aussi des Presses de la Cité, mais ceux de Gallimard sont les plus dégueulasses. C'est un mec qui s'appelle Duhamel qui les choisit, Georges Duhamel. **Jacques** – Georges Duhamel ? C'est curieux. Il s'occupe donc de littérature. Je le croyais médecin. **Angélique** – Pensez-vous. C'est un intellectuel... »

La pièce fourmille ainsi de références aux personnalités du temps, qui n'ont pas encore toutes déserté le nôtre. Le R.P. Brique, frère de la marquise, grand amateur de cinéma, de gros rouge et de saucisson, rappelle le R.P. Brückberger, « libéral » dans sa vie personnelle et plutôt rigoriste quand il s'agit de la vie des autres. Carlos Francisco, chanteur de charme, neveu de sa tante (la marquise) et qui reçoit des tonnes de lettres d'admiratrices dont il n'a pas (des admiratrices) l'usage, reflète une (au moins) de nos vedettes disparues. On voit Jacques Chabanne, à Télé-Paris, recevant le petit chef d'orchestre prodige Ricardo Benzine (Roberto Benzi) ; il y accueille aussi – visiteur plus rare – Joseph, un cheval qui parle, agrégé de philosophie (comme le sont à peu près tous les personnages), et qui est sans doute – ou son frère – le palefroi parleur du *Conte de fées à l'usage des moyennes personnes* (voir le chapitre du Romancier).

Un lieu angoissant, tapis franc venu tout droit d'Eugène Sue ou saloon d'une bourgade du Far West dont tous les habitants sont morts de dysenterie depuis cinquante ans, un coupe-gorge dans un désert, c'est là que le Pouvoir confine, à Paris, le théâtre, la musique et toute expression d'art ; il a enfin compris que la diffusion de la culture serait pour lui la fin des haricots. La culture, ça se traite comme on traite depuis plus de cent ans les prolétaires, on l'expulse de la capitale où s'élèvent les vraies valeurs : les banques, les bureaux des sociétés immobilières... Théâtre, allez vous faire voir ailleurs ! Aux anciens abattoirs de la Villette, porte de Pantin. Ici, dans un local à débiter la bidoche, baptisé (fort justement) « Théâtre Présent », la Compagnie Pierre Peyrou-Arlette Thomas a créé *le Chasseur Français* en décembre 1975, sur une musique originale de Stéphane Varègues, dans des décors et costumes de Mario Franceschi, avec Patrick Préjean dans le rôle de Jacques Martin. Et, pour l'usage du titre et l'illustration photographique des programmes et des affiches, l'aimable – et habile – concours, que Boris eût infiniment apprécié, de la Manufacture d'Armes et Cycles de Saint-Étienne, éditrice du magazine le plus lu de France – et le mieux apte à faire se pâmer les vierges canoniques et s'épanouir la fleur bleue des gendarmes timides –, *le Chasseur Français*.

Au lieu de remplacer dans la présente édition nos citations de ces trois pièces par des extraits des comédies musicales ou comédies-ballet encore inédites et qui peut-être ne le seront bientôt plus (entre autres *Mademoiselle Bonsoir*, de 1955, dont les chansons courrurent l'Amérique durant presque une décennie avec la troupe de Varel et Bailly, ou *la Reine des Garces*, elle aussi de 1955, une année décidément féconde en productions de cette sorte, et qui met en scène un diététicien bien connu pour femmes du monde, sous le nom de Overlord Mauser), nous préférons revenir au temps de *l'Équarrissage pour tous* en publiant la belle lettre écrite par Boris Vian à Jacques Lemarchand. Boris, qui ne céda jamais devant les « nœuds volants de la critique », on le voit soucieux ici au plus haut point d'obtenir, sur quelques suppressions ou remaniements qui lui sont demandés, l'assentiment d'un homme en qui il avait toute confiance. Et ce nous est à nous l'occasion de saluer la mémoire de Jacques Lemarchand, mort en février 1974, un des critiques dramatiques les plus éclairés de ce demi-siècle, membre du Collège de Pataphysique depuis les origines, Grand Officieux de l'Ordre de la Grande Gidouille, et notre ami.

Chair mètre, – vous zavié bien voulut, alépoque, me konceiller sur une piesse de mon khrû, aintitullée « Les Kariçages pour tousses » et geai le plésire de vous zinformai queue il y a des pourcausers engagés dans le butte de la représenter, en klübe privet.

On mat demander quelques maudiphicassions dont primo) suppraicion de la torturent du deuxième hacte, que geai remplassée par une chatouillure deuzièmo) diminussion du nombre des perceonnages ; geai crut bon de tuder : l'esquimot, l'indout, le mere et le khurée. E-je eu thor ?

En outre, on se proposait d'effectuer une thranseposition des temps et lieuts, j'ai hobtenu qu'on garde le temps et les noms tels, mais ce n'est qu'en admettant des costumes fantoche que j'y é réussie.

Si vous pouviet, chère mètre, me donner votre havy ?

J'y tient fore et il me serait hutile pour fer valloir mes points de vut.
Je vous remère-scie davence et vous prie d'agréher mes respectueuzes sallutassions.
Votre des vouet

Baurice Vyent.

L'Équarrissage pour tous, que Boris croyait avoir écrit au début de 1946, fut en réalité achevé très précisément le 15 avril 1947.

Nous constatons, au chapitre du Romancier, qu'au départ de la pièce *les Bâtisseurs d'Empire* il y avait eu l'idée d'un roman *les Assiégés*. Comme nous suivons parallèlement toutes les activités de Boris Vian, il nous est loisible maintenant de révéler que la jeune fille des *Assiégés* – qui y tenait lieu de Schmürz – céda la place à un personnage apparu, non dans un projet de roman, mais dans un projet de pièce que voici, daté du 18 mars 1950 :

Pièce – 4 mecs sur scène et les 2 sitôt qu'ils parlent de quelque chose de sérieux, se font cogner sur la gueule. Et un Arabe qui s'y fait cogner tout le temps.

Ainsi donc les critiques à courte vue qui, à la création des *Bâtisseurs* en 1959, prirent le Schmürz pour un Arabe – parce que la guerre d'Algérie battait son plein et qu'on cassait du bougnoul à tour de bras – voyaient dans le Schmürz ce qu'il avait cessé d'être, alors que si le projet de 1950 s'était réalisé en 1950 ils eussent très certainement naturalisé l'Arabe Annamite car à l'époque c'était du Viet qu'on cassait. Y reconnaître un Schmürz – cette extraordinaire métamorphose de la jeune fille et de l'Arabe – défiait, de toute façon, leur entendement.

Mais nous voulions dire encore deux mots de *l'Équarrissage pour tous,* oui ceci : que c'est aussi par la voie du roman que *l'Équarrissage* vint à Boris. Et à une date qui confirme que la pièce ne pouvait être écrite au début de 1946.

Boris notait le 10 février 1947 :

« J'irai cracher sur vos tombes » (Paris, avril 1948). Boris Vian et Pasquali sur scène pendant les répétitions de la pièce.

Roman – À la campagne pendant la guerre. Les cinq fils se font parachuter à la ferme. L'un est Américain, l'autre Allemand, le troisième Français, le quatrième Russe, le cinquième Eskimo. Conseil de famille et ils se tueront tous à la fin.

L'Eskimo du roman, qui survivait dans le texte dramatique primitif soumis à Jacques Lemarchand, aura déjà disparu de la « version digérée » de la pièce livrée par Boris aux *Cahiers de la Pléiade*, numéro daté printemps 1948. Il lui aura fallu deux mois tout au plus pour bâtir cette pièce grouillante, pétillante, explosive, d'une originalité certaine, à partir des quatre lignes d'esquisse du roman, et six mois en comptant large pour lui donner sa forme définitive. Mais trois ans passeront avant que, bravant les périls que n'avaient osé affronter Grenier-Hussenot et Jean-Louis Barrault, André Reybaz ne l'expose au feu de peloton de la critique sur la scène du Théâtre des Noctambules : nous serons le 11 avril 1950.

Le Traité de Civisme

Nous devons hérisser le seuil de ce chapitre des plus redoutables défenses. À parler franc, nous balancions entre deux solutions : tout publier du *Traité de Civisme* ou n'en rien publier. Il nous paraissait dangereux et il nous paraît toujours dangereux de livrer quelques extraits, quelques bribes d'un travail pire qu'inachevé : chaotique, et dont les grandes lignes, si même leur dessin est assez ferme au début du tracé, se perdent en pointillé pour disparaître souvent dans les fagnes de l'incertitude. Incertitude qui n'est pas seulement la nôtre, mais d'abord celle de Boris Vian. C'est donc sans aucun enthousiasme que nous cédons aux pressions de plusieurs amis de Boris. Leur argument est en gros celui-ci : dans un ouvrage qui s'attache à montrer la multiplicité des dons, mais aussi des préoccupations de Boris, vous n'avez pas le droit de taire un projet qu'il poursuivit durant de longues années et auquel il ne renonça jamais ; vous ne voulez pas trahir Boris, eh bien vous le trahiriez beaucoup plus sûrement en passant sous silence le *Traité de Civisme* qu'à nous en exposer le contenu et à nous en livrer des extraits caractéristiques, à défaut de la totalité que ce volume ne peut absorber.

Voilà. Je ne suis pas convaincu, mais je vais m'astreindre à la description, objective d'abord, je veux dire tout bonnement matérielle, subjective ensuite, j'allais écrire psychologique, du *Traité de Civisme*.

Dans un dossier suspendu, portant de sa main l'inscription *Économie / max. vit / Syst. ellip. / équiv. énerg.*, Boris Vian avait jeté en vrac, au cours des années, soixante-dix documents de formats divers que nous pouvons classer en quatre grandes catégories[1] :

1° Plans : ils sont deux ; le plus ancien (une feuille 21 × 27 écrite à l'encre violette, recto seul) s'intitule « Plan général » (Boris y a porté à la fin cette appréciation : « note pour plan, bâclée ») ; l'autre, écrit recto verso sur feuille 21 × 27 à l'encre bleue, s'intitule « *Traité de Civisme*, par Jules Dupont, ancien combattant, capitaine de réserve, officier d'académie, chef de service à la Compagnie d'Assurances la Cigogne Parisienne ».

2° Parties rédigées : elles sont au nombre de cinq, toutes inachevées : **a)** Esquisse de préface (quatre feuilles quadrillées 21 × 27 écrites au recto, encre violette) ; **b)** Chapitre I, remplaçant la mention « esquisse de préface » biffée par Boris (sept feuilles quadrillées 21 × 27 écrites au recto, encre violette) ; **c)** Le Paradoxe de la Liberté... (quatre feuilles 17 × 20,5 écrites au recto, encre bleue) ; **d)** II Le Paradoxe du Travail (trois feuilles quadrillées, 21 × 27, écrites au recto, encre violette) ; e) Le lampiste est le vrai coupable... (une feuille quadrillée 21 × 27 écrite recto verso, encre violette).

3° Notes auxquelles Boris avait affecté une lettre alphabétique et que nous avons pu classer dans un ordre conforme à celui qu'il pensait leur donner ; il s'agit de vingt-cinq pièces (soit dix-neuf feuilles 21 × 27, cinq demi-feuilles et un faire-part de mariage de Gérane Siemering avec Michel Benhamou, le 22 décembre 1951), écrites à l'encre violette ou à l'encre bleue, au crayon-bille ou au crayon à mine, ces divers moyens d'écriture se mêlant souvent sur la même feuille.

4° Notes éparses : vingt pièces de formats hétéroclites : huit sont des cartons d'invitations du Club Saint-Germain-des-Prés conviant à l'audition du trompette noir Roy Eldridge, Boris en a utilisé le verso ; un autre papier

---

1. Les diverses notes manuscrites destinées au *Traité de Civisme* et décrites dans le présent chapitre ont été reproduites photographiquement dans l'ouvrage (originellement une thèse) de Guy Laforet consacré au *Traité de Civisme* (Christian Bourgois éd., 1979).

minuscule (3 × 8) contient tout juste sur sa surface exiguë cette pensée d'envergure :

Laisser la littérature aux mains des imbéciles (Thierry Maulnier p. ex.) c'est laisser la science aux mains des militaires.

Enfin, après la mort de Boris Vian, on découvrit dans un exemplaire de la revue *La Parisienne* (de février 1954) qui lui appartenait un manuscrit de quatre feuilles quadrillées 21 × 27 écrit au recto à l'encre violette et intitulé *Discours à l'adresse des Terrestres*. Bien que d'un ton un peu différent de celui des autres parties rédigées, à l'exception du **Lampiste** (que, pour cette raison, le Collège de Pataphysique publia dans son *Dossier 12* consacré à Boris Vian[1]), le *Discours à l'adresse des Terrestres* (apparemment inachevé lui aussi) s'en rapprochait assez par l'esprit et l'argumentation, pour qu'on ne jugeât point inadéquat de le classer dans le dossier du *Traité de Civisme*.

Tel se présente matériellement ce mystérieux *Traité de Civisme* où Latis, du Collège de Pataphysique, espérait retrouver et ne retrouva pas les éléments d'un *Traité de Morale mathématique*, dont lui avait parlé Boris Vian ; où François Billetdoux n'a sans doute pas reconnu le *Traité d'Économique heureuse*, puisqu'il affirme que Boris avait dû établir ce dernier « en plusieurs copies morcelées et dispersées en lieux sûrs, pour en éviter la destruction par de bonnes âmes d'obédiences ou de confessions incompatibles ».

Sans conteste, le dossier qui nous est parvenu réunit les éléments de base du tout premier projet que Boris voulait nommer *Traité d'Économie orbitale*.

Si le *Traité de Morale mathématique*, cher à Latis, et

---

[1]. Cette nouvelle édition des *Vies parallèles* nous permet de relever une erreur qui gâte ce texte depuis sa première publication dans le *Dossier 12*, et qui a été répétée dans *Textes et Chansons*, Julliard, 1966 ; 10/18, 1969 et maintes réimpressions ; et Christian Bourgois éd., 1976. Cette erreur n'est pas une faute typographique ordinaire : elle déforme la pensée de Boris Vian ; c'est pourquoi nous nous devons de la signaler. Vian n'a pas écrit : « L'individualisme du peuple est la seule défense contre le lampiste », mais : « *L'individualisation* du peuple, etc. »

le *Traité d'Économique heureuse*, qui hante François Billetdoux, se confondent l'un et l'autre et s'ils s'identifient avec le *Traité d'Économie orbitale* devenu *Traité de Civisme*, nous l'ignorons.

Donc nous devons nous satisfaire de cet inquiétant chaos : on y distingue mal parfois les réflexions personnelles de Boris de ses notes de lecture ; on ne peut toujours décider si telle phrase extraite d'un livre, il l'a notée pour l'approuver ou pour la condamner ; certaines prémisses laissent en suspens leur conséquence et nombre de conclusions ébauchées semblent attendre le hasard d'une lecture ou d'un événement pour recevoir leur justification.

En confrontant les deux plans établis par Boris, en ordonnant les parties rédigées et les notes d'après le schéma ainsi dessiné, nous nous aventurons à dresser le sommaire du *Traité de Civisme*, ainsi qu'il suit :

Préface.
État actuel de l'économie : confusion politique affreuse ; confusion sémantique ; confusion morale, religieuse, mystique ; et misère des trois quarts du monde.
Méthodes : a) développement des cadres et de la connaissance ; b) aide massive aux pays de niveau 1935.
But suprême : élimination du travail.

   I. Chapitre sur Labourage et Pâturage.
  II. Chapitre sur la Liberté et le Travail.
     1. **Le Paradoxe de la Liberté.**
     2. **Le Paradoxe du Travail.**
     3. **Le Lampiste est le vrai coupable.**
     ....
     ....
 III. La femme.
 IV. La cité.
   V. Les militaires.
 VI. Le ravitaillement.
VII. La politique étrangère.
VIII. Les problèmes de la circulation.
 IX. Les Arts.
   X. La Justice.
 XI. La politique intérieure.

On remarque aussitôt que c'est le chapitre sur le travail que Boris a le plus largement développé; le thème lui est familier (voir notamment *l'Écume des jours*, ch. XXIV, XLV, XLVIII) : « fléau de l'homme », le travail doit être supprimé ; **l'idée qu'on lui donne de son travail, c'est l'opium du peuple.**

Boris proteste à plusieurs reprises contre le caractère sacré conféré au travail. La quasi-totalité des notes classées sont relatives au travail :

La guerre est la forme la plus raffinée et la plus dégradante du travail, puisqu'on y travaille à rendre nécessaires de nouveaux travaux.

Boris propose quelques slogans provocants :

Pourquoi travaillez-vous ?

ou bien

Si du jour au lendemain, tout devenait gratuit, est-ce que vous continueriez votre travail ?

ou celui-ci, bref et impératif :

Personne à l'usine !

L'irrégularité est, pour Boris, un facteur essentiel du progrès. Donc

Tout travail est une ordure dans la mesure où il est régulier, sans facteur de perfectionnement (comme dans l'art).

C'est évidemment au sujet du travail et dans la perspective de sa suppression que la tentation technicienne est la plus vive :

Introduire la destruction du travail par la notion de travail inutile. Si un individu suffit à surveiller une machine faisant 200 000 assiettes par jour, faut-il qu'il passe dix minutes à laver dix assiettes ?

Boris se lance dans l'étude du machinisme industriel. Entre deux lectures d'économistes, de sociologues ou plus simplement de vulgarisateurs scientifiques et en dépit de la froide objectivité à laquelle il s'efforce, il lui arrive fréquemment de faire parler son cœur plus fort que sa raison :

Je n'aime pas qu'il y ait des hommes qui fassent des travaux inutiles. J'aimerais mieux qu'ils se reposent.
Quant à moi je ne pourrai pas respirer ni dormir tranquille tant que je saurai qu'il y a aux papeteries de la Seine des décrasseurs de chaudière arabes dont la vie ne vaut pas celle d'un bœuf.

Nous venons de faire allusion aux lectures de Boris. Les notes du dossier nous révèlent les auteurs, parfois les titres de plusieurs des ouvrages qu'il fréquente. Avec l'aide de Maurice Gournelle, nous avons pu retrouver certains des exemplaires mêmes sur lesquels Boris travaillait. C'est ainsi que la «notion de groupe optimum» qu'il retient dans une note avec la référence «cf. Ducrocq, p. 297» et qui précède immédiatement sa réflexion sur les décrasseurs de chaudière, est tirée de *Destins industriels du Monde*, par Albert Ducrocq (Berger-Levrault, 1951). À la page 297 de l'exemplaire lu par Boris, on voit cette apostille de sa main (à propos des productions en série, l'auteur considérant que le prix de revient n'est pas du tout le même selon que l'on fabrique 150 millions d'exemplaires d'une même marchandise ou 40 millions seulement) :

Pas sûr, question de l'emplacement des matières premières... et même en Amérique, une même usine a plusieurs modèles de voitures. À un certain moment, la diversité s'obtient à un prix négligeable, au prix de la série.

Les autres livres que lit Boris, crayon en main, et qu'il cite dans le *Traité de Civisme* sont : Georges Friedmann, *Où va le travail humain ?* ; Henri Denis, *La Crise de la pensée économique* ; Allain, *Le Travail ouvrier* ; Lewis Mumford, *Technique et Civilisation* ; Albert Camus,

L'Homme révolté ; Antonina Vallentin, *Le Drame d'Albert Einstein.*

Ces livres, sauf le dernier qui date de 1954, ont été publiés avant 1951 ou en 1951. Tout porte à croire que c'est en 1951 que Boris entreprend son *Traité de Civisme*. Dans une des parties rédigées, on peut lire :

On dit la France en parlant de celle de Louis XI et l'on veut en tirer une conclusion pour ce qu'on appelle la France en 1951.

Cette date est la plus lointaine qui apparaisse sous sa plume dans les diverses notes du dossier.

Nous allons revenir sur la genèse du *Traité de Civisme*, mais, auparavant, nous voulons indiquer quelques-unes des lectures de Boris en rapport avec le *Traité* (quoiqu'il ne les désigne pas expressément dans ses notes), au cours des années 1951-1955. Ces lectures ne furent pas les seules, il s'en faut de beaucoup, mais de celles-ci nous sommes sûr :

André Sainte-Laguë : *Du connu à l'inconnu,* Gallimard, 1941 (et particulièrement l'important chapitre final : « En l'an 3000 »).

Alexandre Dauvillier et E. Desguin : *La Genèse de la Vie, phase de l'évolution géochimique,* Hermann, 1942 (où est exposée la théorie photochimique de l'origine de la vie, confirmation de la panspermie cosmique, qui laisse espérer (ou craindre) que « les planètes peuplées d'êtres vivants doivent être légion dans la galaxie »).

Pierre Rousseau : *Histoire de la Science,* Arthème Fayard, 1945.

Georges Friedmann : *Problèmes humains du machinisme industriel,* Gallimard, 1946.

L'Esprit européen (textes des conférences et des entretiens organisés par les Rencontres internationales de Genève, en 1946). Éditions de la Baconnière, 1947.

Stéphane Lupasco : *Logique et Contradiction,* P.U.F., 1947 (Boris Vian avait eu la révélation de Lupasco par un article publié dans une revue publicitaire : « C'est un cerveau extraordinaire, disait Boris, et regarde dans quoi il est obligé d'écrire ! »).

Jean Thibaud : *Puissance de l'Atome. De l'utilisation industrielle et du contrôle de l'énergie atomique au Gouvernement mondial* (particulièrement le chapitre VI : Essai sur un Gouvernement mondial), Albin Michel, 1949.

Théodore Ruyssen : *La Société internationale,* P.U.F., 1950.

Daniel Guérin : *Où va le peuple américain ?,* tome II : *La révolte agraire. La révolte nègre.* Julliard, 1951.

Jean Chardonnet : *L'Économie mondiale au milieu du XXe siècle,* Hachette, 1951.

Norbert Wiener : *Cybernétique et Société,* Éditions des Deux-Rives, 1952.

Pierre de Latil : *Introduction à la Cybernétique. La Pensée artificielle,* Gallimard, 1953.

Pierre Rousseau : *L'Astronomie nouvelle,* Arthème Fayard, 1953.

André Sainte-Laguë : *De l'homme au robot,* Arthème Fayard, 1953.

W. Grey Walter : *Le Cerveau vivant,* Delachaux et Niestlé, 1954.

Hans Reichenbach : *L'Avènement de la philosophie scientifique,* Flammarion, 1955.

Boris s'intéresse aussi aux travaux de Gaston Bachelard et il ne néglige aucun des brillants ouvrages de vulgarisation de Marcel Boll.

Remontons maintenant aux origines du *Traité de Civisme*. Essayons de dégager du dossier les linéaments de la pensée « civique » de Boris :

On ne s'étonnera pas ici que je fasse une place quasi nulle aux faits soi-disant historiques. C'est avec des considérations de ce genre que l'on aboutit aux théories qui prévoient d'abord de repartir à zéro. Il suffit qu'à un instant donné un homme ne soit pas d'accord pour que l'histoire telle qu'on la rapporte et quelle que soit celle que l'on rapporte se trouve annulée... Les peuples heureux, dit-on, n'en ont pas [d'histoire]; peut-être ; l'histoire est donc celle des peuples malheureux, et nous savons de toute évidence qu'elle n'est pas celle de tout le monde ; il y a donc des peuples heureux. Quiconque se propose de modifier l'histoire, se propose donc de

s'y intégrer, se voue donc au malheur. Vouloir entrer dans l'histoire, c'est masochisme pur.

Dans une autre note, de même date, Boris commence à dévoiler ses batteries :

Chercher la raison de ce qui est peut présenter un intérêt pour le chercheur lui-même mais le mathématicien s'inquiète peu de l'origine du problème : il lui importe surtout de le résoudre, et les faits prouvent qu'un problème résolu trouve toujours par la suite son application (exemples admirables d'Évariste Galois, des intégrales de Lebesgue, etc.). Aussi ce qui importera n'est pas l'histoire, mais l'état actuel ou ce que nous en savons.

Deux idées sont alors chères à Boris : – on a toujours fait travailler les hommes pour la Nation, pour l'Avenir, etc., les résultats sont piteux ; nous devons prendre le parti inverse : travailler pour nous qui vivons dans ce temps-ci ; – s'intéresser à l'histoire, c'est vouloir continuer à la faire, et c'est là tout le drame. Mais de quelle histoire s'agit-il ? Boris répond : de **l'histoire politique,** et cela suffirait, ajoute-t-il, à condamner la politique. Nous y sommes. Boris est, à cette heure, convaincu que la politique n'a jamais résolu un problème avant que la technique ne l'ait elle-même résolu.

Ce qui compte, ce n'est pas le bonheur de tout le monde, c'est le bonheur de chacun.

Et pour atteindre le bonheur ou, si vous jugez peu scientifique cette notion de bonheur, le « terme ultime de la progression », place à la science, à la technique, à la statistique, et foin des politiciens et de la politique !

C'est malhonnêteté pure... que d'ignorer l'existence de solutions au moins partielles à tous les problèmes capitaux de l'humanité actuelle, qui sont, réellement, en bien petit nombre.

L'histoire historisante (« à laquelle on préférera avantageusement celle d'Alexandre Dumas et de ses émules »), ceux qui la font ou qui s'en servent embrument les problèmes, détournent des vraies solutions :

Il s'agit en effet d'amener dans le temps le plus bref le niveau de vie de l'ensemble des groupes humains – et accessoirement des êtres vivant en symbiose avec l'homme – au minimum vital idéal que l'on peut considérer comme étant à un moment donné le maximum théorique possible, compte tenu de l'état de la technique et des ressources énergétiques et matérielles terrestres... Le but ultime étant naturellement la suppression totale ou tout au moins presque totale du caractère obligatoire du travail en général et des travaux dits « serviles » eux-mêmes en particulier (mineur de fond, docker, etc.) au profit des activités créatrices de l'esprit ou du corps, et, en fin de compte, de la liberté individuelle. Ce qui est parfaitement possible, et dans un délai relativement bref.

Mais qui donc est visé par Boris, qui – à ses yeux – se fourvoie ?

Il ne connaît pas d'hommes politiques, mais il est lié d'amitié avec un groupe d'intellectuels que les problèmes politiques préoccupent et qui tentent – pour les résoudre – de s'« intégrer » à l'histoire.

Dans une des « esquisses de préface » devenue le début du chapitre I du *Traité*, Boris les désigne si explicitement qu'il biffera ces lignes plus tard, quand les causes épidermiques du *Traité* se seront estompées :

Eh bien, non, *les Temps Modernes,* ce n'est pas suffisant. C'est du travail dans l'immédiat, du court terme, du compte rendu, de la tranche de vie, de l'air – au sens de vent. Pour démolir Mac Carthy, une seule méthode : le démolir. L'analyser n'arrange rien. Mac Carthy, inéluctablement, ne pourra, tout au plus, qu'infléchir un peu la courbe dans un mauvais sens passager – l'allure générale de ladite courbe ne s'en trouvera nullement modifiée. Mac Carthy n'est pas dangereux intellectuellement, mais matériellement ; il

n'est utile de l'attaquer que sur le plan matériel. Au couteau.

Et dans les lignes qui suivent, et qu'il maintiendra :

> La tradition est impuissante à modifier ce fait brutal, amené depuis des siècles à la lumière du jour par la poussée lente des chercheurs et des scientifiques : la solution n'est pas politique, et l'analyse politique si brillante qu'elle soit reste totalement à côté de la question. Attacher plus longtemps à la politique une importance autre que celle du cancer – puisque vous en avez récemment parlé – confine au désespoir. Or, le doute n'est pas permis : la politique est appelée à disparaître en tant que méthode de résolution des problèmes de l'homme, et on arrivera à l'éliminer au même titre que la syphilis.

Répliquer à Boris serait trop facile. Son anti-historicisme scientifique le conduit à des solutions que Blanqui – dont l'esprit était rien moins que scientifique – aurait pu préconiser (la liquidation physique de Mac Carthy ou celle d'Hitler dont Boris s'étonne, dans un autre passage du *Traité*, qu'elle n'ait pas été décidée et obtenue en 1939). Nous le voyons se projeter dans un « au-delà de l'histoire » et dans une société que d'autres, justement, et par des moyens qu'il faut bien appeler politiques, s'efforcent d'établir (le « moment donné », qu'ils n'ont pas choisi, est politique) : dans cette société – s'ils parviennent à la construire –, la « politique », au sens de 1951 ou de 1954 ou d'aujourd'hui, aura disparu ; en attendant, l'« état actuel de l'économie » et ses conséquences sociales se traduisent en termes politiques. Que Boris fasse litière aujourd'hui même de la politique (à supposer que c'est possible) pour imposer des solutions technocratiques aux problèmes politiques, ou qu'il (ou on) se rallie à une société sans classes et universelle où dans un avenir indéfini la politique sera devenue sans objet, on doute que la liberté individuelle – au sens où Boris l'entend et la pratique – puisse être intégralement respectée pendant la phase de destruction de la « politique » et la période d'édification du monde nouveau. À cet égard et connaissant l'homme qui l'emploie, la formule dont use Boris est impressionnante : « **en fin de compte... la liberté individuelle** ». Cet « en fin de compte » signifie-t-il « **d'abord... la liberté individuelle** » ? ou au contraire – dans son acception logique et chronologique – « **en récompense de cet immense effort... la liberté individuelle** » ? Boris n'était pas homme à lâcher un milligramme de liberté individuelle au profit d'un hypothétique futur, et il aura lancé quelques-uns des cris les plus angoissés devant l'avènement des hommes-robots. Espérait-il qu'en atteignant « dans un délai relativement bref » le but ultime on éviterait le double péril d'une liberté individuelle muselée jusqu'à l'entrée au paradis terrestre et d'une science dont il craignait par-dessus tout qu'elle ne devînt l'apanage des militaires ou d'une race de chefs qui la retourneraient contre l'homme ? Sur ces questions, et sur beaucoup d'autres, le « dossier » reste muet. Mais il n'est pas dans notre propos de discuter le *Traité de Civisme*, puisque aussi bien Boris lui-même n'ira pas jusqu'au bout de ses démonstrations.

Voyons plutôt ce qui tout à coup le fait entreprendre ce travail et se dresser contre *les Temps Modernes*.

Nous avons hâtivement rappelé au chapitre du Chroniqueur les relations amicales qu'entretenaient Boris et sa première femme Michelle avec Jean-Paul Sartre et Simone de Beauvoir. Ces relations n'entraînèrent jamais Boris à une profession de foi existentialiste, ni à une adhésion aux vues politiques de Sartre. En vérité, tout engagement lui répugnait et l'engagement politique autant que l'engagement dans les troupes coloniales. Boris n'avait retenu de la politique (des hommes politiques) que le pire : les palinodies, les sincérités successives, les compromis douteux... Encore qu'il n'ait certainement jamais confondu l'engagement politique d'un homme de la qualité de Jean-Paul Sartre avec l'archéologie sous-marine des carriéristes en quête de maroquins, il est patent que les contacts inévitables de Jean-Paul Sartre avec des politiciens de vocation (ne serait-ce qu'à la faveur des meetings et des défilés) lui furent d'abord incompréhensibles, puis fort pénibles, enfin franchement insupportables. C'est alors que tout naturellement le problème de la politique se pose à Boris Vian. Comment se fait-il qu'un homme comme

Jean-Paul Sartre – à qui il voue encore en mai 1950 (voir notre chapitre de Saint-Germain-des-Prés) une très réelle amitié –, comment se fait-il qu'un tel homme « tombe » dans la politique ? Boris Vian remet donc la politique en question. Il ne peut plus se contenter d'affirmer son dégoût de la politique ; il veut expliquer pourquoi elle ne l'intéresse pas, pourquoi il a refusé de s'y intéresser. Mais ce serait encore une justification a posteriori, une sorte d'excuse, et pareille attitude n'est pas dans sa manière. Prenant appui sur sa formation scientifique, il entend démontrer que la politique est inutile, dépassée, impropre à régler les problèmes qu'elle pose plus ou moins confusément. Il n'empêche que ces problèmes existent. On peut se dispenser de les voir et, en fait, c'est bien ainsi, par l'indifférence, que Boris les traitait jusqu'à présent. Mais, sans qu'il y prenne garde, il a mis le doigt dans l'engrenage. Ces problèmes existent, il l'admet ; il les énonce, il n'aura de cesse qu'il ne les ait résolus. Boris n'est pas homme à croire un problème insoluble. Par tempérament, par goût, par jeu, il veut prouver qu'une solution est possible et que c'est par ignorance ou vanité, manie sénile ou déformation professionnelle, qu'on prétend traiter politiquement les problèmes de la Cité, les problèmes de l'homme dans la Société. Tel est au départ son projet, que dis-je ? l'incitation à son projet.

On nous rendra cette justice que nous avons préservé cet ouvrage de toute révélation malséante sur la vie intime de Boris Vian. Mais ici il est impossible de dissimuler que l'intérêt porté soudain par Boris à la politique coïncide avec les difficultés conjugales qui surgissent dans le ménage Boris-Michelle au cours de l'année 1949 et qui vont aller s'aggravant jusqu'à la séparation de fait en 1951, et au divorce légal en 1952.

Quand Boris confesse (voir notre chapitre des Divertissements de Ville-d'Avray) qu'il a ignoré la chose politique « à un point inimaginable jusqu'à 30 ans au moins », il situe bien le moment où cesse son indifférence. C'est en 1950-1951 que se déclenche chez lui cette frénésie singulière..., singulière si l'on songe que ses désaccords avec Michelle atteignent alors leur point culminant et qu'il s'apprête à fermer le premier tome de son existence. Mais tout s'explique quand on sait que du ménage Vian, c'est

Michelle qui est la plus proche de Sartre et de Simone de Beauvoir. Boris a du respect et de l'amitié pour Sartre ; Michelle l'admire et a, insensiblement, adopté toutes ses thèses. Entre Boris et Michelle, quand les choses commencent à s'envenimer, Jean-Paul Sartre penche affectivement pour Michelle et je ne trahirai aucun secret en disant qu'après le départ de Boris du 98, faubourg Poissonnière, après son abandon du « domicile conjugal », les relations de Sartre et de Michelle se feront très intimes. Ainsi le fossé se creuse entre Boris et Sartre. Je soupçonne Michelle de s'être sinon vantée, du moins targuée de la sympathie de Sartre, d'en avoir pris argument dans son conflit avec Boris. Il est certain que Boris eut un jour la malencontreuse idée de demander l'arbitrage de Sartre dans un cas précis où il s'opposait à Michelle et que Sartre ne lui donna pas raison. Boris ne peut donc douter que Michelle trouve appui auprès de Sartre ; il peut craindre qu'elle n'en reçoive des conseils qui traverseraient ses projets. Car la séparation ne se fait pas sans difficultés. Certes, Boris est bien décidé à quitter Michelle et il la quitte sans esprit de retour : Sartre et sa notion de l'engagement politique sont, à l'évidence, étrangers à la résolution de Boris. Mais il y a les enfants et la forme juridique que va prendre le divorce maintenant imminent. Et c'est alors que l'influence de Sartre sur Michelle risque de jouer. En quelques mois, Sartre est devenu pour Boris un souci, sinon un obstacle. Boris ne peut s'empêcher de penser à Sartre ni de voir en lui une « menace » qu'il faut conjurer. Démontrer la faiblesse de Sartre, ses insuffisances, ses erreurs, ou plus précisément s'en convaincre, c'est une manière d'exorcisme auquel Boris va se livrer avec le *Traité de Civisme*.

Qu'on ne nous fasse pas dire que sans les différends de Boris avec Michelle et l'interférence de Sartre le *Traité de Civisme* n'existerait pas. Dans les années du *Traité*, Boris rencontrera un homme qui deviendra l'un de ses plus proches amis, un homme qui tint dans la Résistance armée un rôle considérable et qui en avait long à dire sur l'Histoire, sur ceux qui la faisaient et sur ceux qui la défaisaient : Marcel Degliame, secrétaire de la Fédération C.G.T. du Textile à la veille de la guerre, militant communiste, qui sera l'extraordinaire colonel Fouché des luttes clandestines, maître ès sabotages, figure de légende pour nos vingt ans grisés d'héroïsme révolutionnaire. Aussitôt vu Degliame, Boris est conquis (31 janvier 1952) :

Marcel, copain que j'ai rencontré chez Sophie. Marcel s'appelait Fouché dans la Résistance ; il opérait à Lyon. Je crois c'est un qui en a dans le buffet. On s'entend bien.

Le 25 février 1952, Boris passe la soirée au Club Saint-Germain. Le lendemain, il raconte :

J'ai vu une belle petite gueule de brute avec des yeux étincelants. Une petite gentille du quartier, pas trop traînasse – blonde, avec, vraiment, une figure qui donnait envie de la baiser et certitude qu'après, on serait dégoûté. « La figure de mon chat », m'a assuré Fohrenbach. J'ai vu ça, donc – S... Irène, elle s'appelait. J'ai vu Liliane. Le même modèle, en brun – je la connais bien elle – jamais sautée, pas question ! mais je la connais bien ; deux heures de baratin, je l'avais. Non. Je l'ai pas fait. Mais bon Dieu que c'est désagréable de se saborder. Pas désagréable, déprimant. Pour tuer le temps, je suis parti avec Don Byas chez Sophie, rue du Pré-aux-Clercs. Elle, elle avait Zina chez elle. Zina R... La soirée, quoi : rien que ce genre de filles-juments sur lesquelles on doit si bien dormir après – c'est ce qu'on croit en les voyant...

Heureusement, il y a eu Marcel et « Baptiste », un des tueurs de la Résistance, qu'est le capitaine Mertz[1],

---

1. On lisait dans *le Monde* du 24 décembre 1969 sous le titre : Ancien chef de maquis en Limousin / Un ex-agent du S.D.E.C.E. est arrêté pour infraction à la législation sur les armes et sur les stupéfiants : « Sur commission rogatoire délivrée par M. Gabriel Roussel, juge d'instruction à Paris, en raison d'une enquête sur un trafic international de stupéfiants, une perquisition a été effectuée au domicile de M. Michel Mertz, 49 ans, se disant exploitant agricole au domaine du Petit-Colmine, à Viglain (Loiret). Six pistolets et leurs munitions ont été découverts dans l'habitation de M. Mertz. Celui-ci les avait conservés depuis l'époque des maquis et de la Libération, pendant laquelle M. Mertz avait opéré dans la région de Limoges sous le pseudonyme de « commandant Baptiste » [...] M. Michel Mertz était parti au Canada à la fin de l'année 1962, aux frais du ministère de l'Intérieur. Auparavant, M. Mertz, qui avait été intégré dans l'armée active avec le grade de capitaine, fut utilisé par

un sacré failli chien de dur de dur – du genre qui m'hérisse sur des côtés définis – mais tellement grouillant que ça réjouit. Ils revenaient de la chasse au sanglier, m'ont raconté force histoires saignantes. Gilbert, le petit barman de chez Sophie, il en ouvrait des yeux ronds. Chose drôle. Marcel, je sais ce qu'il a fait – c'est vraiment un type terrible – il a vu des choses pas visibles deux fois. Le genre de type qui s'est évadé de Prusse à pied et qui a marché 21 jours dans deux mètres de neige de Carpathes avec un biscuit et un sucre par jour. Baptiste, c'est le type plus dingue, « alors je tuerai tout le monde et je m'en irai » mais il efface un timbre au colt à 15 mètres et il tue les mouettes au vol au pistolet. J'admire pas béat, j'aimerais bien savoir aussi. Et alors Gilbert excité par ces récits zhéroïques, le voilà qui veut à toute force narrer ses souvenirs d'exode sans se rendre compte du décalage. Marcel s'en est aperçu, il me regardait en riant comme un veau – pas pour se moquer de Gilbert, qui était en plein enthousiasme guerrier. Juste parce que c'était drôle comme un bruit incongru. Moi ça me gênait un peu pour Gilbert – « Et alors papa, voilà qu'il... crac boum... etc. »

Ah bon Dieu de bon sang de Dieu de bon Dieu de sang de oui, etc.

On est revenus tous les trois bouffer des saucisses chez moi. Baptiste, il roupillait. Marcel, je l'aime bien. On s'entend comme les deux doigts d'une main...

Boris s'entretiendra souvent avec lui de sujets politiques. Sartre n'aura été que le catalyseur d'intentions obscures auxquelles Boris eût donné forme tôt ou tard. À tout le moins, Sartre fut le prétexte ou, si l'on veut, l'étincelle. Mais on peut penser aussi que le *Traité de Civisme* aurait

---

les services du S.D.E.C.E. Il dut ensuite quitter l'armée et entra dans les affaires. C'est en 1962 qu'il fit à nouveau parler de lui dans les rangs de l'O.A.S. Interné au camp de Thol (Ain) puis libéré le 14 juillet 1962, il fut à nouveau arrêté en septembre, avant son départ pour le Canada. Lors de son témoignage au procès des auteurs de l'attentat de Pont-de-Seine contre le général de Gaulle, le colonel Fourcault, ancien directeur technique du S.D.E.C.E., avait déclaré que l'ex-capitaine lui avait fait le récit détaillé d'un projet d'attentat contre le chef de l'État. »

pris un tout autre départ, et meilleur, si Boris ne s'était mis d'abord en position de combattre *les Temps Modernes* ; après quoi, sentant lui-même combien cet aspect circonstanciel de sa pensée initiale pouvait nuire à la solidité de ses démonstrations, il tentera moins de gommer la polémique que de la hausser aux généralités, ce qui ne fera que l'empêtrer davantage. Prenant pour cible *les Temps modernes*, la « politique » à travers *les Temps modernes*, Boris choisira une arme, des arguments, une méthode de raisonnement qui seront de moindre efficacité quand il voudra porter l'attaque sur des terrains plus vastes et de tout autre configuration.

Boris reverra Sartre deux fois pendant ces années-là. Gêne ou ironie, au cours de ces rencontres qui revêtent les apparences de la plus grande cordialité, Boris exposera à Sartre la première fois les soucis que lui cause la réparation d'un appareil de chauffage, la seconde les avantages que pourraient tirer les individus lucides de l'emploi d'un stylo anti-flic, propre à faire disparaître discrètement les représentants de l'espèce honnie. Sartre en conclura que Boris ne recherche pas spécialement sa compagnie.

Boris Vian referme le dossier du *Traité de Civisme* en 1954. Quand il le rouvrira, deux ans plus tard, ses intentions se seront notablement modifiées : la guerre d'Algérie, l'accueil fait à sa chanson *le Déserteur*, les adversaires qu'elle a suscités, leurs arguments, leurs méthodes lui font adopter des positions dont il serait difficile de soutenir qu'elles se fondent sur la science, la technique et la statistique. Qu'il le veuille ou non, il est jeté dans la politique (nous nous retenons d'écrire qu'il s'y est « engagé »), et ce par un réflexe sentimental, passionnel devant l'événement. Ce sont les vieux thèmes, après tout subjectifs (car Boris ne les a jamais soumis à une critique rationnelle et ils ne découlent pas nécessairement d'une étude scientifique, à moins de poser le « bonheur » en postulat et de le définir selon les préférences personnelles de Boris) qui reviennent sous sa plume et qu'il exprime publiquement, en chansons, c'est-à-dire sous la forme la plus simple et la plus directe : lutte contre la guerre, légitimité de l'insoumission, haine des « marchands de canons ». Certes *le Déserteur* s'éloigne peu des généralités pacifistes (objection de conscience, non-violence : « ... je n'aurai pas d'armes... ils pourront tirer »), même si on admet qu'au moment où Boris chante cette chanson, personne (et les « patriotes » moins que quiconque, ils l'ont bien fait voir) ne peut se tromper sur le sens que Boris – et les circonstances – lui donnent. Et encore n'ose-t-on parler de « pacifisme » à propos du *Déserteur* qu'en faisant bon marché de la première version du couplet final, la version spontanée :

....
Prévenez vos gendarmes
Que j'emporte des armes
Et que je sais tirer.

Davantage « engagée », et d'abord par son titre, est la chanson *le Politique* (que nous publions au chapitre de la Chanson) : « Je crois à ce que j'aime / et vous le savez bien[1]. » On est à cent lieues ici de la « technique » avec laquelle Boris s'imaginait de 1951 à 1954 résoudre en deux coups de cuiller à pot les problèmes politiques. Il nous paraît à cet égard hautement significatif que le seul passage supprimé par Boris dans la réédition de 1956 (notez la date) de *l'Automne à Pékin* ait été celui-ci : « Pour me résumer, dit Angel, je vais vous dire : les philosophes, avec de grands moyens, qu'ils ont, reconnaissons-le, perfectionnés bougrement, tant en forme qu'en manière, travaillent sur de vieux trucs démodés et ne se tiennent au courant de rien. Ils ne savent pas un mot de

---

1. Nous avons à plusieurs reprises, en d'autres écrits sur Boris Vian, rectifié l'opinion, trop fréquemment émise, selon laquelle *le Déserteur* aurait été inspiré par la guerre d'Algérie. Nous ne voudrions pas que les lignes ci-dessus, d'une forme quelque peu elliptique, puissent redonner créance à cette légende. Précisons donc que *le Déserteur* – s'il fit scandale au temps de la guerre d'Algérie, quand Boris l'interpréta sur scène – avait été écrit le 29 avril 1954 (et même, selon Georges Unglik, avant le 15 février 1954), soit plus de six mois avant le déclenchement des hostilités armées en Algérie (novembre 1954), mais il est vrai, dans les derniers sursauts, les plus insensés et les plus sanglants, de l'aventure française en Indochine. *Le Politique* avait précédé *le Déserteur*... de deux jours : il date du 27 avril 1954.

la Technique, ou très peu. Ils pensent que l'humain est invariable et raisonnent sur l'homme, comme si l'homme, objectivement, ne résultait pas exactement et uniquement de l'état immédiat de la technique. »

Enfin, sur le plan théorique, Boris a fait une rencontre capitale : celle de l'œuvre de Korzybski, dont il entrevoit aussitôt les nombreuses applications aux domaines circonscrits par le *Traité de Civisme* et qu'il a laissés en jachère, faute d'un engrais approprié.

Quand, en août 1956, après la grave crise cardiaque qui nous avait tous alarmés, Boris écrit à Latis qu'il a « en tête un plan qui mériterait une vigueur peu commune, celui de [son] *Traité de Civisme* », il y a gros à parier que c'est à une révision à peu près complète de son dessein originel qu'il entend procéder. De la justification du non-engagement et de l'engouement technocratique qui s'en est suivi, il ne reste plus grand-chose. Le temps (qui va toujours très vite pour Boris) est également passé des incidents avec les « bons Français » que le caractère violemment procivil du *Déserteur* mettait en rage. Boris n'a certes rien renié des « sentiments » qui crèvent à tout instant la rigidité des démonstrations techniciennes du *Traité de Civisme* comme ils commandent l'inspiration de ses chansons de l'époque du *Déserteur*, mais il n'a plus une foi aveugle dans l'efficacité (et dans l'irrévocable pertinence) des arguments qu'il tirait entre 1951 et 1954 de Fourastié ou de Friedmann. S'il est vraisemblable qu'il ne s'interdisait pas de se servir au besoin de certains d'entre eux (et c'est pourquoi il conserve précieusement toutes les notes anciennes et maintient le « dossier » en activité), on peut aussi tenir pour assuré qu'il les aurait inclus et malaxés dans un ensemble doctrinal d'une conception toute différente. Je ne vois pas comment, dans les deux ou trois dernières années de sa vie, Boris aurait pu – autrement que par la Pataphysique réactivée par Korzybski – se sortir du chaos civique où il s'était imprudemment engagé en 1951.

Je suis pour ma part à peu près convaincu que le *Traité de Morale mathématique*, que Boris promettait à Latis, était dans son esprit le *Traité de Civisme* entièrement rénové.

Une seule des parties rédigées se rattache, à mon sens, au *Traité de Morale mathématique*, à la tentative de révision du *Traité de Civisme*. Il s'agit du texte commençant par ces mots : **Le paradoxe de la liberté**..., écrit sur cinq feuilles de bloc-correspondance (17 × 20,5) à l'encre stylographique bleue (alors que les quatre autres parties rédigées le sont à l'encre violette), les sept dernières lignes – par suite sans doute d'une panne de stylo – étant écrites au crayon-bille, instrument dont Boris n'aimait pas beaucoup se servir. **Le paradoxe de la liberté** est nettement postérieur aux quatre autres parties rédigées ; c'est le seul texte où il est question d'un *Traité de Morale* (et non plus d'un *Traité de Civisme*) ; enfin, certaines formules manifestent l'influence de Korzybski. Voici ce texte :

Le paradoxe de la liberté (langues) m'induit à penser qu'un ouvrage de philosophie, s'il doit avoir une influence quelconque – c'est le cas d'une morale, qui est un traité d'action ou d'interactions ou plus exactement un manuel de comportement social – doit être écrit dans une langue aussi claire que possible et comporter le minimum de mots. C'est le grand reproche que l'on peut faire aux philosophes récents que la nécessité où ils se trouvent de créer chacun son vocabulaire. Derrière ces concepts forgés se trouve l'impossibilité d'exprimer aisément ; et par suite on n'en peut concevoir que suspicion vis-à-vis de cela même qu'ils prétendent exprimer.

On attachera toujours une particulière importance à ceci donc qu'un traité de morale devra :

1° comporter des règles de comportement exprimées par des mots vagues ;

2° donner encyclopédiquement une idée aussi complète que possible du contenu énorme d'un de ces mots vagues (tel que le mot guerre).

On observera d'ailleurs que ceci vaut pour un traité de quoi que ce soit et on rapprochera de cela les efforts toujours faits par des savants comme Einstein pour formuler dans un langage accessible – c'est-à-dire vague, c'est-à-dire synthétique et non spécialisé, c'est-à-dire plus proche du territoire que de la carte – ses découvertes principales, découvertes qui toutes ont pour but de donner du monde le schéma le plus grossier (vaste ? schématique ?) possible, donc le plus précis et le moins controuvable.

Il faut se garder de voir entre le mot forgé par le philosophe et le symbole utilisé par le mathématicien quelque analogie. Le mot du philosophe résume, oui, mais étend (agglutination). Le symbole du mathématicien abrège – et en fin d'opération, on repasse au fait qui est resté entier, c'est-à-dire à l'objet symbolisé. En fin de compte, une attitude scientifique ne s'intéresse qu'aux faits et c'est à partir des faits qu'elle peut émettre un doute et des hypothèses, et non à partir d'un autre doute ou d'une hypothèse initiale.

(D'où la nullité d'une critique romanesque : un roman est un fait.)

On posera donc comme un fait non douteux qu'il y a une terre et des hommes dessus, et que de l'interaction de ces éléments est résulté un état actuel qui est le monde terrestre ; on peut le définir par : tout ce qui est accessible à l'homme, directement ou indirectement. Pour préciser, tout ce à quoi l'homme peut appliquer actuellement la totalité de ses moyens d'investigation ou d'action.

Peut-être, de tout le vaste plan initial, ne restait-il alors que cette intention qu'exprimait Boris dans une des notes de 1951 :

Qu'est-ce que je veux faire ?
Une espèce d'éthique agissante, une po-éthique.

1951, c'était l'heure où Boris lisait *l'Homme révolté* d'Albert Camus, ce livre qui souleva tant de polémiques et qui marqua la fin de l'amitié de son auteur avec Jean-Paul Sartre. Pour des raisons le plus souvent différentes de celles de Sartre, Boris juge en général assez sévèrement les opinions de Camus. Au fil de ses réflexions, il affirme qu'il se veut

du côté de ceux qui préfèrent ce qui pourrait être.

Sans aucun doute, les lignes que nous offrons ci-dessous furent écrites sous le coup de la lecture de *l'Homme révolté*, en même temps que dans la ligne de mire des *Temps Modernes*. Par leur ton très personnel autant que par la définition de l'état d'esprit dans lequel est entrepris le *Traité de Civisme*, elles auraient pu constituer une de ces « esquisses de préface » qui prolifèrent dans le dossier.

Nous ne pouvons mieux terminer que par le commencement ce chapitre consacré à un ouvrage qui ne passa jamais le stade des prolégomènes.

Il n'y aura rien dans ce livre que je n'aie profondément éprouvé moi-même. C'est là sa limite ; mais dans la mesure où je ne me crois guère différent des autres, c'est également ce qui peut le rendre valable. Il est trop facile de généraliser – trop gratuit aussi ; et se baser sur soi est la moindre honnêteté.

Je n'ai jamais éprouvé la moindre « révélation », je n'ai pas arpenté fiévreusement ma chambre toute une nuit après la lecture des philosophes, en me frappant la poitrine du poing et en m'écriant : mais voilà la vérité. Je n'ai pas commencé par agir pour me renier ensuite : je ne crois pas qu'un homme qui se presse de commettre l'erreur pour la reconnaître publiquement, comme Koestler et les autres renégats, soit admirable – je ne trouve pas admirable d'avouer ses erreurs, je trouve surtout regrettable de les avoir faites.

Le fait est là : j'ai l'impression de penser ce que je pense depuis très longtemps, depuis que je pense en vérité ; mais c'est le résultat de l'expérience vitale que de vous munir d'un matériel verbal, d'un matériel de « communication » avec les autres hommes qui s'enrichit peu à peu jusqu'à nous permettre de formuler ce que nous avons toujours éprouvé confusément. Les mots ne sont pas tout : encore ne faut-il pas se laisser séduire par des agencements frappants qui ne sont pas vôtres, que l'on croit avoir perçus avant de les sentir. S'engager est une belle chose ; mais il faut lire le formulaire avant que d'y apposer sa signature ; et s'il ne vous plaît pas, s'il ne vous paraît pas fondé, quelle autre ressource sinon composer le sien à partir des éléments dont on dispose ? toute autre méthode tombe dans l'erreur, poussée parfois jusqu'au délire, de l'interprétation ; il faut ici que j'avertisse que ce que je dirai voudra dire ce que je dis ; rien de plus – rien de moins. C'est pour cette raison que je ne pourrai souscrire à ce genre de slogans selon lesquels toute conscience veut la mort de l'autre : car pour une conscience pure, ce désir, cette volonté, serait purement platonique, et ne serait donc pas formulé. De même qu'on ne peut réduire l'homme à sa conscience, de même on ne peut réduire la relation des hommes aux relations entre consciences – il y a les objets. Et le fait même d'écrire une pensée abstraite se traduit en fin de compte par un acte concret, qui est l'écriture, un objet qui est l'écrit, et c'est aussi un acte concret que d'ouvrir le livre et de lire Hegel, qui vivra de cette lecture.

Boris Vian, pour illustrer la « Complainte du progrès », 1956.

Les chansons

Nul n'a eu la persévérance d'établir la nomenclature complète des chansons écrites par Boris Vian. On évalue leur nombre à 400. De sa seule collaboration avec Henri Salvador, 82 sont nées dont les célèbres rocks humoristiques qui furent aussi les premiers rocks de fabrication française.

HENRI SALVADOR

Pour parler de Boris Vian, il faudrait un temps fou, parce que ce n'est pas un homme dont on puisse faire un digest.

Il avait un trop gros cerveau. Il n'était ni d'hier ni d'aujourd'hui, mais de demain. Il a écrit des livres, des romans, des opéras, des pièces de théâtre.

J'ai eu la chance de collaborer avec lui, et il m'a appris bien des choses. Il avait une grande emprise sur moi, une emprise très curieuse, même : quand il venait à la maison, il n'avait qu'à me regarder pour que je me mette à trouver des thèmes de chansons... C'était magique ! Puis il prenait son crayon, et il écrivait les paroles aussi vite que je composais la musique.

Il aimait mon côté un peu fou, un peu burlesque. C'est ainsi que nous avons écrit des choses comme le *Blues du dentiste*, ou *Moi j'préfère la marche à pied*, par exemple.

Du reste, ce couple que nous faisions, Boris et moi, devait être assez comique, car il était très grand, et moi plutôt petit. Et puis, nous riions tout le temps. Parce que derrière son visage très sérieux se dissimulait un homme d'une grande drôlerie.

Comme je faisais, sur scène, ce qu'il ne pouvait pas faire, il écrivait pour moi ce qu'il avait envie de faire. C'était très frappant. Par exemple, la chanson qui s'appelle *Trompette d'occasion*, ce n'est pas vraiment pour moi, mais pour lui qu'il l'a écrite. D'une certaine façon, je devenais Boris Vian quand je la chantais.

Dans le genre burlesque, il a eu un jour une idée assez extraordinaire. Je crois qu'il était allé aux États-Unis et qu'il y avait entendu des chansons nouvelles[1]. Il s'est mis à écrire des « rocks » pour rire, dont j'ai fait la musique, et que j'ai chantés. Or, ces chansons burlesques ont eu beaucoup de succès. Elles ont certainement contribué à lancer la mode du « rock » – mode qui a fait long feu, puisque nous sommes encore victimes des bandes de roqueurs qui se prennent au sérieux...

Il faudrait aussi parler du côté tendre de Boris. Il savait vraiment parler d'amour (ce devait être un tombeur terrible, ce gars-là !). Et nous avons écrit des chansons comme *T'es à peindre* et *Je me souviens de vous*. Ce qui était amusant, et un peu étrange, c'est que ces chansons étaient tristes et désenchantées. C'était toujours la fin d'une belle histoire.

Il sentait aussi très bien l'esprit antillais, et comme il aimait beaucoup l'accent que je prenais, il écrivit plusieurs chansons de ce genre comme : *Ah, si y avait pas ton père*, *Je peux pas travailler* et *Faut rigoler* qui connurent un gros succès.

Il travaillait très rapidement. Je me rappelle qu'un jour nous avons composé quatre calypsos en vingt minutes ! Il y avait quelque chose de magique dans sa façon d'écrire les paroles !

Je vais me taire, maintenant, parce que c'était un homme tellement riche que l'on ne peut parler de lui à la légère. Il faut réfléchir avant de parler de Bobo : on n'improvise pas sur Boris Vian.

Propos recueillis par N.A. en 1962.

---

[1]. On verra, plus loin, dans l'interview de Jacques Canetti, que c'est Michel Legrand qui a introduit en France l'idée des chansons « rock ».

À tort ou à raison, Boris Vian voyait dans le « rock » un nouveau genre de chanson comique. Il s'en est clairement expliqué.

ROCK AND ROLL

Expression qui a remplacé « rhythm and blues » elle-même servant dans les catalogues américains à désigner ce que l'on appelait autrefois « race series » séries destinées au public noir et consistant surtout en blues chantés.

Comme on le sait (sauf la majorité de ceux qui « informent » leurs lecteurs) le blues est une formule harmonique de douze mesures sur laquelle sont construits des centaines de thèmes et d'improvisations.

Le caractère particulier du rock and roll, à l'audition, vient d'une systématisation de l'orchestration :

1° La batterie maintient un tempo two-beat (accentuation du 2e et du 4e temps); à remarquer que le public français bat toujours des mains à contretemps, sur le 1er et le 3e temps, selon la saine tradition des marches militaires.

2° La basse joue une ligne boogie-woogie, caractérisée par la séquence croche pointée double croche, en « slapant », c'est-à-dire en faisant claquer les cordes sur le manche de l'instrument.

3° On met généralement en ligne un saxo ténor gueulard qui prend ses chorus sur un nombre limité de notes et qui s'efforce à la sonorité la plus dégueulasse possible.

4° Le thème « mélodique » est généralement réduit à un « riff » (formule rythmique) de deux ou quatre mesures inlassablement répété et modulé selon les harmonies du blues; usage fréquent des « réponses » faites par un chœur au soliste.

5° Quant aux paroles, en principe, elles ont toutes en anglais une double signification sexuelle, « rock » étant un mot très voisin d'un autre qui dit bien ce qu'il veut dire – « Good rocking to-night » = « On va bien bercer ce soir ». L'assonance de « bercer » avec un autre mot français assez précis lui aussi fournit une équivalence très exacte du sens réel. Pour traduire exactement rock and roll, il faudrait dire quelque chose comme « braise et brande » si ça avait un sens.

Le blues chanté érotique noir, souvent très amusant et presque toujours parfaitement sain et gaillard, a été systématiquement déformé et exploité par de petits groupements blancs de mauvais musiciens (style Bill Haley) pour aboutir à une sorte de chant tribal ridicule, à l'usage d'un public idiot. On utilise le côté obsessionnel du riff pour mettre les auditeurs en « transe » (sic).

Cela fonctionne surtout sur le public très jeune des U.S.A., empêtré de tabous sexuels qui existent moins en Europe. Le côté « exutoire » du rock and roll n'a pas de raison d'être en France où le public n'est pas paralysé par le puritanisme au même degré. C'est pourquoi les adaptations de « rock and roll » en France semblent réussir dans la mesure où elles sont burlesques. En effet, il paraît difficile de mettre en transe des auditeurs qui réagissent physiquement à contretemps de la musique, au moyen de ladite musique.

Le succès français du rock pourra donc être celui de n'importe quelle chanson comique. Il est bien évident qu'on peut aussi faire du rock érotique français, ça ne différera pas, sauf rythmiquement, des slows d'Aznavour, pour ne citer que ceux-là ; une adaptation de la fameuse « biaiseuse » (avec au refrain « biaise, biaise, jolie gonzesse »), en rock, correspondrait très bien au rock américain. Cela paraît assez limité...

FROCK AND ROLL

Dans son couvent Frère Asdrubal
Qui était loin d'être un idiot
Pour s'occuper, un soir fatal,
Se fabriquait une radio
Il bricolait dans sa cellule
Lorsque des ondes d'Amérique
Lui frappèrent les mandibules
Avec un rythme frénétique

Alors, sortant dans le couloir
Frère Asdrubal cria dans l'noir

Frère Jacques
Jupon vole
Chantons tous ensemble
L'frock and roll

Frère Jacques
Jupon vole
Chantons tous ensemble
L'frock and roll

Dur de la feuill' et du sommeil
Le supérieur dormait encore
Lorsqu'un vacarme sans pareil
Couvrit ses ronflements sonores
Se tenant par le petit doigt
Les frèr' au comble de l'ivresse
Tournaient deux par deux, trois par trois
En braillant avec allégresse

Alors, sortant dans le couloir
Le Supérieur cria dans l'noir

Frère Jacques
Je flageole
Le démon vous guette
Frock and roll
Frère Jacques
Je flageole
Le démon vous guette
Frock and roll

Mais gagné par la contagion
Le Supérieur, pris par la danse
Bientôt se mit à l'unisson
Battant des mains à la cadence
On dit que jusqu'au Vatican
La frénésie fait des affaires
Et que par les nuits de grand vent
Elle parvient jusqu'au Saint Père

Alors, sortant dans le couloir
Le Pape s'écrie dans le noir

Frère Jacques
Jupon vole
Dansons tous ensemble
L'frock and roll
Frère Jacques
Jupon vole
Dansons tous ensemble
L'frock and roll

TÉMOIGNAGE DE JACQUES CANETTI SUR BORIS VIAN ET LE ROCK AND ROLL

Jacques Canetti. – Un jour, je suis allé en Amérique avec Michel Legrand. Le « rock » y était alors extrêmement florissant. De retour, nous avons montré quelques enregistrements à Boris, qui a compris tout de suite, et qui s'est mis sur-le-champ à écrire des chansons dans le même genre. Mais, comme il en a fait des chansons drôles, et même parfois bouffonnes, ces rocks n'ont pas touché le public jeune auquel ils étaient destinés. Car les jeunes gens aiment qu'on les prenne au sérieux. Je me demande même si, avec ses chansons burlesques, Boris n'a pas retardé l'épanouissement du rock en France...
Noël Arnaud. – Dans une note technique qu'il avait rédigée, il montrait que le rock américain pouvait avoir deux aspects : un aspect sensuel, pour ne pas dire franchement érotique, et un aspect comique.
Jacques Canetti. – Mais ce dernier aspect était le moins important.
Noël Arnaud. – C'est pourtant celui sur lequel il a insisté.
Jacques Canetti. – Oui, parce que c'était un homme lucide, qui a senti le côté ridicule du rock. Or, les disques comiques marchent toujours moins bien que les disques de chansons courantes.

Boris Vian savait faire le partage entre les chansons qu'il écrivait, sinon sur commande, du moins sur mesure, pour certaines vedettes Philips en mal de répertoire (voir notre chapitre du Directeur artistique) et les chansons qu'il se chantait à lui-même et sur son propre ton et qui se passent fort bien de musique. Celles-ci on pourrait les appeler des poèmes sans donner dans la confusion qu'entretiennent trop d'auteurs de refrains médiocres qui se prennent pour Stéphane Mallarmé ! Nous pensons à *Rue Watt,* qui est l'histoire d'une promenade que fit Boris avec Raymond Queneau et que nous n'avons pas craint d'inclure dans le recueil des poèmes de Boris. Il en est d'autres, bien inquiétantes, dont nous ne savons trop en quel « genre » Boris les classait. Sans doute, de ce classement se souciait-il assez peu et ne verrait-il nul inconvénient à trouver en ces pages celle-ci, venue le 12 juin 1954, et qui, telle qu'elle nous est restée, est peut-être inachevée, peut-être pas :

LES POÈTES ÉLÉGIAQUES

**Les poètes élégiaques
Ont chanté de tout temps
Les p'tites fleurs qui poussent dans les champs
À l'époque de Pâques**

**Les poètes et les musiciens
Ont chanté le bluet
Le coqu'licot, le serpolet
La rose et le romarin**

**Je risque de troubler la fête
Et de jeter la suspicion
Sur des fleurs parfait'ment honnêtes
Mais j'ai mes convictions
Si j'dénonce avec énergie
Une tradition plaisante
C'est que la vérité m'tourmente
Un instant... la voici :**

**Moi j'ai une fleur qu'était une belle vache
Elle bouffait des mouches à tire-larigot
J'connais une salade qu'on appelle la mâche
Je l'ai jamais vue bouffer du gigot
Mais cette herbe-là
Nommée drosera
Se tapait des mouches comme du chocolat.**

Quand Boris écrivit-il sa première chanson ? Plusieurs textes entre nos mains, apparemment fort anciens (et nous en excluons la *Chanson des Pistons*), nous pousseraient – mais nous nous retenons – à faire remonter loin ses essais initiaux. Pour nous éviter tout dérapage dans l'infinité des possibles, nous nous arrêterons sur une chanson, clairement datée du 2 août 1944. Johnny Sabrou, un des familiers de Ville-d'Avray, que Boris reverra au temps de son directorat chez Philips, était chargé de mettre en musique ces paroles où la fantaisie personnelle de Boris s'allie avec aisance au réalisme-bouffe des vieux chants noirs du Sud :

AU BON VIEUX TEMPS

I

Au bon vieux temps héro-ïque du jazz
On se fichait pas mal des paroles
On choisissait un bon air de base
Et on chantait des choses folles, en tâchant que ça colle.

J'ai quitté mon père
Au moment où il découpait ma mère
En petits morceaux
Avec une paire de ciseaux.

J'suis parti, droit d'vant moi, en chassant les punaises
En six ans – pas avant – j'en ai trouvé deux cent seize,

Je les ai livrées
Au chef de la police pour les boucler
C'est depuis ce jour
Qu'en prison on en trouve toujours.

II

Je m'suis offert une trom-pette en zinc
J'en jouais sur le bord de la route
Je savais des morceaux quatre ou cinq
On tâchait de me faire taire en me jetant des croûtes...

Dans l'Oklahoma
Tous les cow-boys trottaient sur des lamas
Et pour faire leur vin
Restaient en selle dans le raisin.

J'suis monté dans la cuve en ôtant mes chaussettes
J'en avais – c'est mauvais – jusque par-dessus la tête

J'ai trempé mes pieds
Dans le Rio Grande pour les laver
Quand j'ai eu fini
Tous les poissons étaient partis.

III

Je suis retourné dans mon pays
J'é-tais enfin deve-nu un homme
L'expérience m'avait-t-aguerri
Et je me sentais de taille à me fonder un home.

Elle avait trente ans
Il ne lui manquait que huit ou dix dents
Elle était bien faite
J'ai jamais aimé les mauviettes

J'espérais des enfants dans un délai rapide
J'attendis deux mois, puis, las d'une attente si stupide

Je l'ai découpée
Avec des petits ciseaux à broder
Comme mon papa
C'est l'meilleur truc dans ces cas-là...

Le « rock » n'était pour Boris, nous l'avons vu, qu'une façon de rigoler sur un rythme nouveau. Plusieurs années auparavant, il collaborait avec Paul Braffort à une série de chansons sur des rythmes bien français. Gageons que ces chansons-là, si les ondes les avaient tolérées, n'auraient aucunement donné aux éditeurs l'envie de ouigoler.

1

Chœur.

C'est la java du coin d'la rue
Qu'on susurre là où c'que ça pue
La java des tordus
Des bébés mal foutus
Qui barbotent dans la morve et le pus
On danse au son d'la cornemuse
Dans tous les bouges où s'qu'on s'amuse
La java si légère
Que tous les monte-en-l'air
Sifflent en égorgeant les rombières
    Faut pas t'en faire... la... la...
    Faut pas t'en faire... la.

2

Maxime.

C'est la java de mon trottoir
Où les marlous rôdent le soir
La java des gros mecs
Qui rotent fort et boivent sec
Pendant qu'les barbus jouent aux échecs
C'est la java, la java vache
Qui se termine à coups de hache

                              Arrêt brusque.
    gramo : variante : à coups d'eustache

La java des boxeurs
Qu'on écrase en douceur
En les coinçant sous des ascenseurs

    Chœur.

Moi j'ai pas peur... la... la.
Moi j'ai pas peur... la.

3

Boris.

C'est la java qu'aiment pas les cognes
                      (sifflet)

Quand i l'entendent, i s'mettent en rogne
I s'précipitent sur l'gars
Qui la siffle tout bas
Le piétinent et le passent à tabac

(piétiner)

C'est la java des condamnés
Dont la tête roule dans le panier
Et le bourreau recule
Quand le sang le macule
Mais la java est là qui le brûle

Chœur.

Oui qui le brûle... la... la...
Oui qui le brûle... la.

4

Paul.

C'est la java des militaires
Qui mettent le feu à toute la terre

Michelle.

Ils enfilent les têtes
Au bout d'leurs baïonnettes
Et après i-z-en font des sucettes

Chœur.

C'est la java qu'au bobinard
I dans'ront l'jour de la victoire
Les ciblots, i s'en foutent
I mettront l'feu aux soutes
Car le monde entier ça les dégoûte
Ça les dégoûte... la... la
Ça les dégoûte... la.

Michelle.

C'est la java des estropiés
Qui font pas les choses à moitié

Paul.

Celle qu'on guinche au cimetière
Tout en ouvrant les bières

> Pour casser les squelettes à coups d'pierre...
> Phono : Ha Ha !

Chœur.

> C'est la java des p'tits moujingues
> Qui font partout pour que ça schlingue
> C'est pour elle qu'on sue
> Qu'on sut qu'on fut conçu
> Car c'est la java du coin d'la rue. (bis)

Boris Vian ne mésestimait pas le folklore et ses pouvoirs éducatifs : folklore urbain comme la Java (encore qu'on lui accorde une origine gentiment auvergnate) ou folklore paysan de pure souche tel qu'il fleurit dans cette *Marche du Concombre*, extraite des *Chansons pas correctes* (1955) qui furent deux, l'autre la *Messe en Jean Mineur* ayant été célébrée secrètement en l'an 1957.

En plein milieu de la *Marche du Concombre,* nous marquerons le pas. Nos lectrices pourront aisément substituer le geste à la parole, et nos lecteurs y pallier par l'imagination. Ceux qui en manqueraient ou dont l'innocence serait encore intacte auront la ressource de se reporter au texte intégral, maintenant disponible, tout comme la *Messe*, dans les *Écrits pornographiques*.

MARCHE DU CONCOMBRE

> J'avais ach'té un beau concombre
> Ben gros, ben long, ben vert
> Et je revenais sans encombre
> Du marché de Nevers

> Comm'je transpirais sur la route
> En portant mon panier
> J'm'arrêtai pour casser la croûte
> Au pied d'un peuplier

> V'là que j'déball' mes p'tites affaires
> Mon pain et mon couteau
> Et l'bout d'lard que j'avais d'hier
> Il était pas ben beau

Crénom, que j'dis, si ma patronne
N'était point si rapiat
J'ai là des choses qui sont ren bonnes
Dans mon p'tit panier plat

M'en voilà bentôt que j'soulève
L'couvercle de c't'engin
Rien que d'voir ça j'ai eu la sève
Qui m'coulait sur le groin

Pour sûr j'avais l'air d'un gendarme
Avec mon grand couteau
Car le concombr' qui voit cette arme
Il éclate en sanglots

Moi, pour vous dire, je trouve ça drôle
D'voir ce bestiau pleurer
Mais voilà qui prend la parole
Et qu'il me dit pitié

Ma belle Suzon, soyez sensible
Et ne m'éventrez point
Car c'est écrit noir dans la Bible
Faut pas tuer son prochain

J'vous assure que d'être un concombre
C'est un sort très affreux
Y a rien au monde qui soye pus sombre
Et qui soye moins glorieux

On finit nos jours sur des tables
Coupés en ch'tits morceaux
Salés, poivrés, sort détestable
Pour l'estomac des sots

Le drame, ça vient d'not' couleur verte
À faire tourner les sangs
C'est point normal, ça déconcerte
Et ça fait impuissant

La belle Suzon ne reste pas sourde aux plaintes du concombre. Elle y répond activement pendant douze couplets...

Je l'ai r'tiré avant qu'i n'meure
Pour le récompenser
Et j'me suis r'mise à batt' le beurre
Histoire de l'amuser

Une heure après j'étais fort aise
Et le concombre aussi
Viens là mon gros que je te baise
C'est ça que j'y ai dit

Et quand j'l'ai vu j'ai pas eu crainte
Qu'on l'mange au repas du soir
Car il avait pris une teinte
Rouge comme un homard

Voilà l'histoire de ce concombre
Ben gros, ben long, ben vert
Que je ramenais sans encombre
Du marché de Nœud Vert.

Pourtant, l'on se méprendrait fort si l'on imaginait Boris Vian particulièrement friand de chansons grivoises. En fait, dans son œuvre de « parolier », elles sont des plus rares. Décidément, Vian était rien moins que « pornographe ». Et, pour effacer cette ombre d'erreur qui pouvait commencer à voiler le cerveau de nos lecteurs, nous ferons passer l'air salubre d'une chanson pour enfants (un petit morceau car elle est longue, autant de couplets qu'il y a de lettres dans notre alphabet) : le *Petit Abécédaire musical à l'usage des enfants et des personnes qui téléphonent* (disque Philips 45 tours E 1 E 9114, 1957) :

B COMME BERTHE
(musique : Tiens, il a des bottes, Bastien.)

Berthe met ses bas et son bonnet brodé
Et se balade au bal pour danser la bourrée
Berthe est belle et blonde, elle aim'le beau Bastien
Qui a des bott', bott', bott', et qui bondit si bien.

SUITE DE L'ENTRETIEN
AVEC
JACQUES CANETTI

Jacques Canetti. — Mes relations avec Boris Vian ont commencé par un article sur le jazz qu'il avait publié, un jour, dans *Combat*, et dans lequel il avait violemment pris à partie Hugues Panassié. Je ne connaissais pas Boris Vian, j'avais seulement entendu parler de lui, mais cet article m'a frappé et m'a donné envie de le connaître, parce que je nourrissais de mon côté quelques griefs envers Panassié.

Par la suite, je ne sais plus qui m'a présenté à Boris. Ce dont je suis sûr, c'est que je l'ai vu pour la première fois chez lui. Il était avec le compositeur Jimmy Walter, et il m'a fait entendre des chansons, et j'ai été extrêmement surpris par le nombre d'idées qui apparaissaient dans ces chansons.

Plus tard, nous sommes devenus amis. Puis, nous avons eu quelques malentendus. Ce qui me reste de précis de Boris, c'est que, le jour où je l'ai rencontré, j'ai eu le sentiment de me trouver devant quelqu'un de tout à fait exceptionnel.

Noël Arnaud. — Quand vous êtes allé chez lui pour la première fois, saviez-vous qu'il écrivait des chansons ? Est-ce lui qui avait souhaité prendre contact avec vous ?

Jacques Canetti. — Des amis communs (et je cherche en vain à me rappeler qui) m'avaient conseillé de le rencontrer, en m'assurant qu'il avait écrit des chansons hors série qui pourraient m'intéresser pour mes enregistrements.

Noël Arnaud. — Quand vous l'avez rencontré, vous dirigiez *les Trois Baudets*. Aviez-vous également déjà des fonctions chez Philips ?

Jacques Canetti. — Oui. J'ai été directeur artistique chez Philips de 1945, ou 46, à 1962. J'avais cherché à voir Boris moins pour Philips que pour *les Trois Baudets,* dont je m'occupais depuis 1947. Mais je me suis rendu compte très vite que ses chansons convenaient aussi bien au disque qu'à la scène.

Noël Arnaud. — Vous pensiez déjà qu'il pourrait interpréter ses chansons lui-même ?

Jacques Canetti. – Absolument pas. À cette époque, il n'en était pas question du tout. Sauf que je lui avais certainement dit que j'avais une prédilection pour les auteurs-compositeurs-interprètes. Car j'ai toujours pensé que l'inventeur d'une chanson a une idée intéressante sur la façon de l'interpréter. Mais j'avais été surtout frappé par d'autres aspects de la personnalité de Boris, et je m'étais dit qu'une maison de disques avait absolument besoin d'un cerveau comme le sien. Je lui ai donc proposé d'entrer chez Philips. Il a refusé, parce qu'il tenait à son indépendance. Mais il a bien voulu s'occuper du catalogue des disques de jazz, il a entrepris cette tâche sans illusions. Il m'a même déclaré : « Je ne crois pas que cela ira très loin. Je ne voudrais pas être jugé sur la rentabilité de ce que j'entreprends, car il y a trop peu de gens qui connaissent le jazz. »

Noël Arnaud. – Vous-même, vous connaissiez très bien le jazz, puisque vous avez été un des premiers éditeurs de disques de jazz.

Jacques Canetti. – J'ai fait partie des « pionniers » du jazz en France. J'avais une émission tous les lundis sur le Poste Parisien, qui provoquait un courrier volumineux et irrité. J'ai réalisé la première anthologie de jazz hot avec de très vieux enregistrements Brunswick, et c'est de cette époque que datent mes différends avec Hugues Panassié. Quand je demandai à Boris de s'occuper du catalogue jazz de Philips, je savais que ce catalogue était en de bonnes mains. Il a fait ce travail très vite et très bien, avec ce style incroyablement pénétrant et précis qui faisait toujours paraître extrêmement claires les choses les plus difficiles à comprendre.

Noël Arnaud. – Il a donc fait ce catalogue jazz en tant que vacataire ?

Jacques Canetti. – Si vous voulez : il était collaborateur libre. Et c'est en le voyant faire ce catalogue que je me suis rendu compte qu'il pouvait s'occuper de bien d'autres choses. Cela ne le tentait guère, et il m'a fallu beaucoup de temps pour arriver à le persuader de s'occuper des variétés. Entre-temps, il avait préparé un certain nombre de chansons qu'il s'était décidé à interpréter lui-même. Il m'en a parlé un jour, et j'ai dit oui tout de suite.

Noël Arnaud. — C'est vous qui l'avez poussé à interpréter lui-même ses chansons, ou l'idée lui en est-elle venue toute seule ?

Jacques Canetti. — Je ne me souviens pas très bien. Mais je l'ai certainement encouragé à le faire, en vertu de la théorie que je vous ai exposée tout à l'heure. Ce dont je me souviens parfaitement, en revanche, c'est que, lorsque Boris a voulu débuter aux *Trois Baudets,* je l'ai prévenu : « Attention ! Il s'agit là d'un travail sérieux et régulier, et qui vous obligera à venir à des heures fixes ! » Je dois dire qu'il a toujours été parfait de régularité.

Noël Arnaud. — Et pourtant, il avait horreur des horaires !

Jacques Canetti. — Oui. Mais, là, il a été très strict, très fidèle. Il habitait tout près des *Trois Baudets,* ce qui lui facilitait les choses. Et puis, il tenait à faire cette expérience. Il disait : « Je veux savoir ce que c'est qu'être interprète. » Ses débuts ont été remarqués par peu de gens, et plus par des gens « contre » que par des gens « pour ». J'ai admiré le courage, la persévérance de Boris qui essayait constamment d'imposer cette sorte de chaleur que nous lui connaissions bien dans l'intimité, mais qui n'arrivait pas à passer la rampe. Je suppose que ce défaut venait d'une trop grande pudeur. Il n'avait pas du tout le sens (ni le goût !) de l'exhibitionnisme.

Noël Arnaud. — Pour revenir un instant sur ce catalogue de jazz, ce travail fut donc antérieur à son passage aux *Trois Baudets* ?

Jacques Canetti. — Oui.

Noël Arnaud. — Ensuite, il est parti en tournée avec ses chansons. Vous êtes-vous occupé de cette tournée ?

Jacques Canetti. — C'est moi qui l'avais organisée. Elle accompagnait un spectacle tiré des *Carnets du major Thompson*, et dont le public n'était guère fait pour apprécier le tour de chant de Boris. Il a cependant fait cette tournée avec beaucoup de joie, en même temps qu'avec quelques déceptions. Il y avait presque constamment, dans la salle, des gens qui protestaient violemment quand Boris chantait *le Déserteur*. On avait l'impression que ces gens s'étaient donné le mot. Quand il entrait en scène, une partie du public lui était déjà hostile, et il lui fallait beaucoup de courage pour continuer à chanter.

Je me souviens très bien d'une soirée au Touquet, où j'étais venu parce que j'avais reçu des lettres anonymes qui déclaraient : « Si vous continuez à présenter Boris Vian, nous allons saboter votre spectacle partout où il passera. » J'étais donc venu au Touquet assez inquiet. Dès que Boris est entré en scène, quelques spectateurs ont commencé à protester. Après son tour de chant, c'était toute la salle ! Je suis venu sur la scène, et j'ai demandé au chef des protestataires de venir s'expliquer tranquillement avec Boris. Il a accepté. Nous avons organisé une sorte de confrontation à l'entracte. Ce fut assez extraordinaire. L'auteur des troubles était un ancien officier (qui avait fait ou non, je ne sais plus, la guerre d'Algérie), à qui l'esprit même de la chanson était complètement étranger. Nous sommes restés près de deux heures ensemble. Lorsque l'entretien s'est terminé, Boris et son contradicteur étaient parfaitement calmes, détendus, presque amicaux. Ils étaient arrivés à une entente. L'officier avait fini par admettre qu'une discussion privée est toujours possible entre deux individus, mais que l'on n'a pas le droit de gêner un spectacle, d'empêcher le public d'écouter. Il existe une tradition au théâtre, qui veut que lorsqu'on n'aime pas un artiste, on n'applaudit pas. C'est tout.

Noël Arnaud. – Et cet ex-officier est parti convaincu ?

Jacques Canetti. – Oui. Et je dois dire que, depuis ce jour-là, les troubles n'ont pas recommencé.

Noël Arnaud. – Au Touquet, vous voulez dire ?

Jacques Canetti. – Non : au Touquet, nous ne sommes restés qu'un soir. Je veux dire : partout ailleurs. En Belgique, par exemple, où je l'ai accompagné, il n'y a eu absolument aucune interruption.

Noël Arnaud. – Qui passait avec Boris dans la première partie du spectacle ?

Jacques Canetti. – Il y avait Fernand Raynaud, Pierre Dudan et Monique Senator.

Noël Arnaud. – Le tour de chant de Boris durait combien de temps ?

Jacques Canetti. – Environ vingt minutes.

Noël Arnaud. – Il terminait la première partie ?

Jacques Canetti. – Non, c'était Fernand Raynaud qui

sans avoir la popularité qu'il a connue par la suite attirait tout de même un grand public.

Noël Arnaud. – Boris est donc entré chez Philips après la tournée de l'été 1955, c'est-à-dire après avoir fait l'expérience du tour de chant, de « l'exhibitionnisme ». Il n'a jamais eu le désir de recommencer ?

Jacques Canetti. – À mon avis, il commençait à être un peu las. Il n'a pas repris aux *Trois Baudets,* ni à la *Fontaine des Quatre Saisons,* où il passait aussi. Je suppose que ses occupations de la journée ne lui permettaient plus de vivre à ce rythme-là.

Noël Arnaud. – Il n'a jamais, devant vous, exprimé le désir de recommencer ?

Jacques Canetti. – Si. Il m'a écrit une lettre – que j'ai égarée – où il me disait qu'il était au bord du désespoir de ne plus pouvoir chanter.

Noël Arnaud. – Donc, il aimait ça.

Jacques Canetti. – Certainement. Mais, cette lettre donnait aussi l'impression qu'il croyait avoir perdu la partie, ce qui était une profonde erreur. C'est peut-être pour cela, au fond, que je lui ai proposé de venir travailler chez Philips.

Plus tard, un autre incident a dû provoquer un malentendu entre nous. Boris avait écrit, pour *les Trois Baudets,* un spectacle de science-fiction que je n'ai pas voulu monter parce que je ne le trouvais pas bon.

Noël Arnaud. – Vous ne vous souvenez pas de son titre ?

Jacques Canetti. – C'est un spectacle qui a été monté, plus tard, dans une boîte proche de la *Villa d'Este.* Roger Pierre et Jean-Marc Thibault y jouaient. Mais ça n'a pas marché.

Noël Arnaud. – Cela se passait après son tour de chant ?

Jacques Canetti. – Oui. J'avais demandé à Boris d'écrire un spectacle qui aurait pris la place du *Major Thompson*. Il l'a fait très vite.

Noël Arnaud. – Vous vous souvenez de ce qu'il y avait dans ce spectacle ?

Jacques Canetti. – Très bien, oui. C'était difficilement jouable. Alors, comme j'étais à peu près seul responsable des *Trois Baudets,* j'ai refusé de le faire. Je suppose que ce refus a dû altérer nos rapports. Encore que Boris comprenait très bien que l'on ne soit pas de son avis.

Noël Arnaud. – Il présenta d'autres projets pour *les Trois Baudets* ?

Jacques Canetti. – Non. Mais il avait collaboré à plusieurs disques de la collection Philips-Réalités, dont il était le réalisateur, et qui étaient excellents.

Noël Arnaud. – Il était le réalisateur de toute la série ?

Jacques Canetti. – Non, de certains disques seulement. À peu près au même moment, il a participé à une production sur Bertolt Brecht montée à la Comédie des Champs-Élysées. En particulier, il a refait des textes de chansons sur la musique de Kurt Weill.

Noël Arnaud. – C'était un spectacle composé ?

Jacques Canetti. – Oui, je l'avais monté moi-même. Il n'a eu aucun succès, mais je ne regrette pas.

Noël Arnaud. – Qu'y avait-il de Brecht, dans ce spectacle ?

Jacques Canetti. – Des extraits de pièces, un montage de poèmes, des chansons. On avait choisi, avec Boris, les chansons les plus marquantes.

Noël Arnaud. – Il les a réécrites ?

Jacques Canetti. – Il les a réécrites. Or, nous n'avions pas le droit de le faire, ce qui nous a valu des ennuis avec les éditeurs ! Il a même réécrit la *Chanson de Mackie,* avec des paroles bien plus belles que celles que l'on chante toujours. Une seule chanson a été enregistrée pour l'album de Philips-Réalités[1]. Les autres paroles sont peut-être en possession de Catherine Sauvage, parce qu'elle participait au spectacle. C'était vraiment superbe !

Les manifestations contre *le Déserteur* avaient été particulièrement violentes au Casino de Dinard, les troupes hostiles composées de vieux énergumènes étant dirigées par le maire de la ville. Il en était résulté, à la suite d'un écho du *Canard enchaîné,* une lettre du maire au journal et une mise au point de Vian (voir Bibliographie

---

1. Le disque Philips-Réalités V 4 (voir le détail au chapitre du Directeur artistique, tableau des enregistrements réalisés par Boris Vian) contient plusieurs chansons de Kurt Weill adaptées par Boris Vian, et notamment l'ultime chanson née de la collaboration de Brecht et Kurt Weill *Nanna's Lied,* publiée là pour la première fois en France.

à l'année 1955). Dans le texte qui suit, retrouvé dans ses papiers et dont nous ignorons la destination, Vian élargit le débat, sans négliger de le fonder sur ses individuelles – et même patronymiques – préoccupations (on y remarquera le thème de *l'Âme slave,* la chanson publiée à la fin du présent chapitre) :

Moi je me disais on n'est pas en guerre alors il faut en profiter pour chanter ça parce que ça ne peut nuire à personne, mais ils m'ont dit bon d'accord, on n'est pas en guerre, mais enfin, on se bat. Alors moi j'ai dit, remarquez, il ne faut rien exagérer... c'est une chanson, le déserteur et ça ne peut marcher que si tout le monde la chante; parce que ne vous faites pas d'illusions... si on vient m'emmerder chez moi, je ne tendrai pas la joue gauche... faut pas confondre... Alors si je comprends bien, je leur ai dit, si on se bat, c'est d'accord... c'est qu'on est venu nous emmerder chez nous... Alors ils m'ont dit ben... Justement ben non... pas précisément... J'ai dit enfin quoi, c'est nous qui allons embêter les autres? Vous rigolez... ils m'ont répondu c'est des graves problèmes... c'est difficile à discuter parce que ça met les militaires en colère... et vous savez, ils auraient plutôt la gâchette sensible. Enfin, je réponds, on ne va tout de même pas m'accuser d'avoir organisé des chœurs à la gare de Lyon, non? C'est vrai, ça, ils m'accusent toujours de faire du scandale, mais enfin, ils exagèrent; comment voulez-vous que je fasse du scandale à moi tout seul? toutes les fois que je fais un scandale, j'ai remarqué c'est les lecteurs ou les auditeurs ou les juges mais enfin c'est jamais moi; ça me paraît un peu singulier, ce parti pris. Et puis ils sont pas très forts, entre nous... une fois à Dinard... quand je chantais le... chose, là, on m'a crié «En Russie». Vous avouerez que pour un type né à Ville-d'Avray, ça trouble... Et puis je me suis dit c'est parce que tu t'appelles Boris... toujours la faute des autres... mes parents, ce coup-là... Moi je trouve ça gentil de leur part; mon père il s'appelait Paul, ma mère Yvonne ils se sont dit c'est bien traditionnel, ça... on va chercher... ils m'ont appelé

Boris – c'est plus gai... et puis l'âme slave, tout ça... le Batory...

Complétons, en quelques mots, les souvenirs de Jacques Canetti. D'abord – et nous allons bien le surprendre – c'est le 19 mars 1949, à midi, qu'il rencontra pour la première fois Boris Vian. Pour ce qui est du tour de chant de Boris, la représentation initiale eut lieu aux *Trois Baudets* le 4 janvier 1955. Les représentations parisiennes s'arrêtèrent le 22 juillet 1955, date à laquelle commença la tournée, émaillée d'incidents, parfois violents, dont Jacques Canetti nous parle en termes exagérés... dans la modération. La tournée s'acheva le 31 août 1955. À Paris, Boris touchait un cachet de 3 000 francs par représentation ; en tournée, le cachet était de 8 000 francs, mais dans cette somme étaient comprises les indemnités de séjour. La rentrée aux *Trois Baudets* s'effectua le 20 septembre 1955 et Boris poursuivit son tour de chant jusqu'au 29 mars 1956.

LE POLITIQUE

1

Ils sont entrés dans ma chambre
Ils m'ont dit de m'habiller
Ils m'ont dit : mets tes chaussures
On chantait sur le palier

Entre leurs deux uniformes
J'ai descendu l'escalier
Ils ont ouvert la portière
La voiture a démarré

Ils me donneront la fièvre
La lumière dans les yeux
Ils me casseront les jambes
À coups de souliers ferrés

Mais je ne dirai rien
Car je n'ai rien à dire
Je crois à ce que j'aime
Et vous le savez bien

2

Ils m'ont emmené là-bas
Dans la grande salle rouge
Ils m'ont parqué dans un coin
Comme un meuble... comme un chien

Ils voulaient que je répète
Tout ce que j'avais chanté
Il y avait une mouche
Sur la manche du greffier

Qui vous a donné le droit
De juger votre prochain
Votre robe de drap noir
Ou vos figures de deuil ?

Je ne vous dirai rien
Car je n'ai rien à dire
Je crois à ce que j'aime
Et vous le savez bien

3

Ils m'ont remis dans la cage
Ils reviennent tous les jours
Ils me tiennent des discours
Je n'écoute pas un mot

Le soleil vient à sept heures
Dans mon cachot m'éveiller
Un jour avant le soleil
Quelqu'un viendra me chercher

Si vous voulez que je vive
Mettez-moi en liberté
Si vous voulez que je meure
À quoi bon me torturer ?

Car je ne dirai rien
Je n'ai rien à vous dire
Je crois à ce que j'aime
Et vous le savez bien.

ALAIN GORAGUER

J'ai connu Boris Vian à mes débuts dans le métier de musicien. J'étais alors le pianiste de Simone Alma qui chantait des chansons de Vian, et c'est ainsi que nous nous sommes rencontrés. Un peu plus tard, il m'a demandé de l'accompagner dans son tour de chant et, naturellement, j'ai accepté. Nous avons assez vite sympathisé, si bien que, finalement, nous avons fait des tournées ensemble, ce qui m'a permis de le mieux connaître.

Faire une tournée avec Boris Vian n'était pas de tout repos, parce qu'il avait un caractère assez difficile. Par exemple, il refusait absolument de demander son chemin à un agent de police. C'est ainsi qu'un jour, en allant à Bruxelles, nous avons tourné en rond sans pouvoir sortir de cette sacrée ville de Paris...

Le soir, au moment d'entrer en scène, il était toujours très nerveux. Il se transformait suivant les réactions du public. Mais, de toute façon, il aimait qu'il y eût des réactions. Je me souviens, par exemple, des soirées assez pénibles où *le Déserteur* était fort mal accueilli. Ces soirs-là, il était ravi, aussi absolument ravi que quand il obtenait le plus franc des succès.

Dans les chansons que nous avons faites ensemble, certaines étaient destinées à un interprète précis à qui nous allions les proposer ensuite... Il arrivait souvent que ces chansons soient refusées, parce que les paroles de Boris malmenaient telle ou telle institution de notre société. On lui demandait généralement de changer un mot par-ci pour ne pas irriter le clergé, un mot par-là pour ne pas chagriner la police. Et, bien sûr, Boris repartait avec sa chanson intacte sous le bras, parce que ça ne l'amusait pas d'écrire des paroles conventionnelles.

Il était très souvent en avance sur la « mode » des chansons. C'est ainsi que nous avons écrit ensemble, en 1955, plusieurs « rocks » qui sont loin d'être désuets. Certains d'entre eux ont été enregistrés par Magali Noël. *Fais-moi mal, Johnny* était alors le plus connu. Mais il y avait aussi le *Rock des petits cailloux, Nous avions vingt ans* et *Panpan, poireaux, pommes de terre,* mémorable chanson qu'interpréta Maurice Chevalier.

En fait, nous avons commencé à écrire des chansons ensemble dès que nous nous sommes connus, à l'époque où je ne l'accompagnais pas encore très régulièrement. Il me semble qu'une de ces premières chansons fut *les Arts Ménagers*. Puis il y eut la *Java des bombes atomiques, le Petit commerce* et *Je bois*. Nous en avons fait également quelques-unes assez démentielles, uniquement pour le plaisir, et qui ne seront jamais chantées par personne. C'est le cas, notamment, de la *Cantate des boîtes* qui dure sept ou huit minutes, et de *Ma mère est une garde-barrière*.

Propos recueillis par N.A. en 1962.

RIEN N'EST SI BON

Sa mère était garde-barrière dans un'petit'maison
Il n'avait pas connu son père et voici la raison
Son père ne pouvant supporter l'express de cinq
                                                 heur'douze
Était parti un soir d'été par le Bordeaux-Toulouse
Avec sa mèr'femme de bien une vraie cheminote
Il regardait passer les trains agitant ses menottes
Et tous les soirs à la veillée, la pauvre malheureuse
Pour l'endormir et l'égayer, chantait cette berceuse :

Rien n'est si bon qu'un wagon, avec ses quatre tampons
Ses vécés, ses banquett', ses soufflets et ses roulett',
Ses veilleuses, ses couchett' et ses jolis appuie-tête
                                                 Tchu tchu
Rien n'm'est plus cher qu'un tender avec ses parois de
                                                           fer
Un tender peint en vert avec ses petits caissons
Garnis d'eau, de charbon, de pain et de saucisson
   Tchou tchou
Rien n'est si bien qu'un pullman plein d'Anglais et de
   Birmanes
De richards, de brahmanes qui se gavent de bananes
De porto, de tisan', de crèm' à la française Tchou tchou
Rien n'est plus beau qu'un'loco avec ses mille tuyaux
Froids et chauds, plats ou gros, en arceau ou en berceau

413

En faisceau, en cerceau, ses manett' et ses niveaux
                                        Tchou tchou

....

Sur ce troisième tchou tchou, nous arrêterons la chanson de la garde-barrière, non point que nous la jugions indigne d'être interprétée, non point qu'elle risquât le moindrement de heurter les convictions de nos chers bambins de quatre ans et demi, mais elle se prolonge de quatre couplets de ce tonneau, ponctués d'un drinn-drinnn et d'un cui-cui, et on s'y promène en vélo, en torpédo et finalement à pied, ce qui demande beaucoup de loisirs. Et puis nous voudrions, pour clore ce chapitre, donner un dernier aspect – tout autre – du talent de Boris Vian, auteur de chansons :

QUE TU ES IMPATIENTE

La mort est passée ce soir-là
Pour prendre un gosse de quinze ans
Pour le serrer dans ses grands bras
Et l'étouffer avec sa robe de jacinthes

La mort a couché ce soir-là
Dans le lit d'une belle fille
Pour une étreinte d'une fois
Et n'a laissé que cendre froide et sans parfum

Que tu es impatiente, la mort
On fait le chemin au-devant de toi
Il suffisait d'attendre

Que tu es impatiente la mort
La partie perdue, tu le sais déjà
Tout recommencera

Le soleil sur l'eau
Tu n'y peux rien
L'ombre d'une fleur
Tu n'y peux rien
La joie dans la rue
Les fraises des bois

Tu n'y peux rien

Un sourire en mai
Une valse valse
Un bateau qui passe
Tu n'y peux rien
Un oiseau qui chante
L'herbe du fossé
Et la pluie
Tu n'y peux rien

La mort est revenue ce soir
Avec sa robe d'iris noirs
La mort est revenue chez moi
On a frappé... Ouvrez la porte... La voilà

Elle brûlait comme une lampe
Dans une nuit près de la mer
Elle brûlait comme un feu rouge
À l'arrière d'un camion sourd sur les chemins

Que tu es impatiente, la mort...

Jean-Pierre Moulin est le frère de Béatrice Moulin, interprète excellente des chansons de Boris Vian. Le 5 mars 1955, au micro de Radio-Lausanne, Jean-Pierre Moulin interroge Boris : Comment se fait-il qu'étant ingénieur il ne soit pas resté dans les machines-outils ? Comment se fait-il qu'il soit passé au roman littéraire et du roman littéraire au roman noir ? Comment se fait-il qu'il en soit aujourd'hui à la chanson ?

— Eh bien, ça s'est fait tout naturellement parce que je travaille vite, mais que ça me fatigue autant que les autres.
— Je ne vois pas le rapport.
— Admettez qu'en deux heures je fasse le travail qu'on me donne à faire en huit heures ; je le fais en deux heures, mais au bout des deux heures je suis aussi fatigué que d'autres qui auraient mis huit heures à le faire ; alors je suis obligé de changer de travail ; par conséquent je suis obligé pour occuper huit heures par jour de faire quatre métiers.
— C'est vraiment compliqué. Ainsi vous êtes ingénieur deux heures, puis romancier deux heures, puis

journaliste deux heures, et les deux dernières heures, au lieu de vous promener, vous faites des chansons. Et la dernière chanson que vous ayez écrite?
– Eh bien, c'est une chanson qui s'intitule

JE SUIS SLAVE

L'air slave
J'ai l'air slave
Je suis né à Ville-d'Avray
Mes parents étaient bien français
Ma mère s'appelait Jeanne et mon père Victor
Mais j'm'appelle Igor

Mon prénom n'évoque
Pas le Languedoque
Plutôt moscovite
Il est explicite
Quand on m'imagine
On voit un barine
Qui s'apprête à boire
À son samovar

L'air slave
J'ai l'air slave
Et ça me poursuit depuis tellement longtemps
Que je suis devenu slave malgré moi et sans
M'en apercevoir

L'âme slave
J'ai l'âme slave
J'ai jamais été plus loin que la barrière de Pantin
Tout c'que j'ai d'russe en moi c'est le prénom
Mais ça suffit bien
À force d'entendre
Tous les gens me prendre
Pour russe authentique
J'en ai tous les tiques
Je vis de zakouski
Je bouffe des piroschki
Je bois de la vodka
Au milieu des r'pas

L'âme slave
J'ai l'âme slave
Je suis tellement influencé par mon prénom
Qu'à toutes les f'nêtres de la maison, je viens
                                          d'faire mettre
Des rideaux de fer
Mais j'les laisse ouverts...
                              L'âme slave...

Dessin de Boris Vian. Décor pour le ballet « Petit ballet de l'argent et de la souris », 1953.

Les ballets

Le 8 juin 1950, à la faveur d'un cocktail chez Gallimard, Boris Vian rencontre Ursula Kubler qui appartenait alors à la troupe des ballets Roland Petit.

Elle, Ursula, elle ne connaissait personne. Mais moi je connaissais quelqu'un qu'elle connaissait, Julia Markus, une danseuse trop âgée pour danser. Suissesse de nationalité. Je lui ai dit bonjour... Elle était avec une compatriotesse, elle m'a dit. Danseuse. Mais jeune. De chez Roland Petit. Lui aussi, je connaissais. Présenté à la compatriotesse.
C'est elle, c'est Ursula... Elle a une frange, les cheveux coupés avec un sécateur dans le cou, un manteau gris vert cacadoie de flamant ou d'autruche, je ne sais plus. Long vague ample. Je la vois, c'est terrible. Je ne revois jamais pourtant. Et ses yeux. La première fois, je jure, j'invente pas, que je sais regarder les yeux de quelqu'un. Elle a des yeux avec un peu d'huile sur les paupières. Et la figure en triangle. Mais un vrai, d'Euclide, avec la somme des angles égale à deux droits.
C'est pas un choc. Je lui ai parlé dix minutes. Je sais pas, elle est partie, ou moi. Toujours grosse activité chez Gallimard ; on se revoit, on s'est pas vus depuis long, venez boire un coup, etc.
On s'est donc vus dix minutes. Je la revois encore une fois à un cocktail. Pas plus longtemps. Elle a mon adresse. Elle me l'a demandée. Moi j'ai la sienne aussi.
Je suis con, parce que ça ne m'a pas frappé à ce moment-là. Il faut dire que ça va mal pour bien des

choses. J'ai pas envie. C'est tout. De rien. Surtout pas de travailler. J'ai lâché la trompette. J'aimais bien ça, pourtant. Et puis surtout ça va mal avec ma femme.

C'est marrant de dire ma femme « ma » surtout, c'est marrant.

Divorcé d'avec Michelle Léglise en septembre 1952, Boris épousera Ursula le 8 février 1954. Danseuse d'un talent reconnu, Ursula poursuivra sa carrière sans que Boris – qui admirait sa personnalité – tentât de l'influencer. Il pouvait fonder sa confiance dans les qualités artistiques d'Ursula sur sa propre connaissance, déjà longue, de la technique du ballet : bien avant sa rencontre avec elle, il s'était intéressé à cet art ; nous l'avons dit et peut-être déjà répété, Boris tentait souvent la transposition chorégraphique de ses projets de romans, de scénarios, de sketches. Pour Roland Petit, pour Zizi Jeanmaire, il élaborera au cours des années un nombre impressionnant d'arguments de ballet. La série qu'on va lire maintenant et que nous publions sous son titre premier (plus évocateur que le titre définitif « Ni vu, ni connu ») était destinée à Roland Petit. Un seul de ces ballets, pensons-nous, mais ce serait à vérifier, fut inscrit au programme de Roland Petit, en novembre 1947. On devine que Boris Vian les avais conçus dans leur succession et comme un spectacle plein.

SUITE D'ACTUALITÉS IMAGINAIRES D'UNE SEMAINE DANS LA VIE

Défilé – premier mouvement

Les soldats défilent joyeusement. La foule agite des choses colorées. Un enfant à cheval sur les épaules de son père.

Miracle permanent

On défile aussi à Lourdes, mais d'une autre façon. Il peut se produire quelques miracles. Ce ne sont pas toujours ceux que l'on attendait et les miracles, en tout cas, sont moins chers que la bombe atomique.

Saison de passes

Les joueurs de rugby malmènent durement cette pauvre balle. Résistera résistera pas. Le juge a sifflé. Voici la mêlée. Tous s'en tirent vivants mais la balle a disparu.

Les poubelles avec nous

Il y a deux petits mendiants, un garçon et une fille. Et une poubelle et une bague avec un diamant. On se bat pour une bague. Mais on s'arrête quand on l'a perdue.

Défilé – deuxième mouvement

Les mêmes soldats reviennent d'un autre endroit. Quelques femmes en noir. L'enfant en tient une par la main.

Le septième cercle

Le premier jour ils dansaient comme des fous. Mais le septième jour, ils étaient sages. Sauf un, qu'il a fallu assommer pour en venir à bout. On achève bien les chevaux, disait Mac Coy.

On recule pour mieux sauter

Il se sentait seul, perché sur sa corniche, au dix-septième étage. Il a sauté pour rejoindre les gens qui l'appelaient d'en bas.

Défilé – troisième mouvement

Les soldats défilent joyeusement. Il n'y a plus que le petit garçon. Il est tout seul. Il agite un petit drapeau blanc. Et puis le drapeau retombe peu à peu. Tout a une fin.

Exposition de peinture

Au mur rien que des cadres sans rien dedans.
Les peintres au garde-à-vous devant leurs toiles. Tous barbus.
Le président arrive. On lui fait admirer les toiles. On pousse les barbus devant. On mesure leur barbe.

Le dernier en déroule un mètre qu'il tenait soigneusement caché. Il est porté en triomphe.

Voici encore un ballet (sans titre) écrit spécialement pour Roland Petit; il en existe deux versions; celle-ci est la seconde.

Un bistro. Elle est derrière le comptoir. Il y a, dans la salle, quatre garçons qui jouent aux cartes. Soldats démobilisés, ils portent des pièces d'uniforme et des vêtements civils en mélange.
Ils jouent. Elle est l'enjeu. Elle a choisi celui qui lui plaît et lui glisse des cartes favorables. Il gagne. Les autres acceptent leur défaite. Elle l'embrasse devant ses camarades et ils sortent.
La lumière s'éteint... et se rallume dans la chambre de la jeune fille, dans l'hôtel, avec le lit de cuivre et la toilette dans un coin. Maintenant qu'ils sont seuls, il n'ose pas la toucher. Son amour pour elle est trop timide. Elle voudrait qu'il relâchât sa pudeur et tente quelques caresses.
Il s'enhardit peu à peu et va l'embrasser, mais à ce moment, il aperçoit l'Autre qui est entré silencieusement et regarde négligemment par la fenêtre. L'Autre n'a pas de visage. Une plaque noire, aveugle, le remplace.
Il s'éloigne d'elle et l'Autre disparaît. Il croit avoir rêvé. Mais dès qu'il s'approche d'elle à nouveau, l'Autre réapparaît. Elle, cependant, le déshabille peu à peu.
Fou de rage, il tue l'Autre et l'Autre disparaît. Mais sitôt qu'il se rapproche d'elle, un nouvel Autre réapparaît. Il tourne enfin son arme contre lui-même et, comme il est étendu mourant sur le lit, l'Autre s'approche de lui, le visage enfin démasqué, se révèle identique à lui-même et disparaît pour de bon.
Elle le voit mort et va s'étendre sur lui en le couvrant de son corps.

Le thème de ce ballet est, à peu de chose près, celui de la mort de Lazuli dans *l'Herbe rouge*.

Un autre ballet, dont le destinataire initial est resté inconnu, eut trois versions, la troisième explicitement

dédiée à la danseuse et chorégraphe Marina de Berg...
qui devait entrer au Carmel.

BALLET POUR MARINA DE BERG

Deux amis – Odon et Dunœud. Une femme que connaît Dunœud. Il pense qu'elle plaira à Odon et il lui présente Odon. Odon la trouve ben gironde.

Et ils s'aiment bougrement.

Mais quand Odon l'embige, il se sent tout refoulé et n'aime point le goût.

Il s'en explique avec Dunœud.

Dunœud lui conseille de ressayer et ils vont voir la gonzesse ensemble.

Elle pardonne et Dunœud regarde satisfait son œuvre.

Mais Odon ne peut point et il dit à Dunœud qu'il l'aime.

Dunœud est grandement choqué.

Odon se suicide après examen de conscience.

Elle va pour le biger mais il la rejette et attire Dunœud, et clamse dans un concert d'imprécations élyséennes.

L'opéra

Boris Vian est l'auteur de trois opéras : *le Chevalier de Neige* (musique de Georges Delerue) joué au théâtre de Nancy en février 1957 ; ***Fiesta*** (musique de Darius Milhaud) créé à l'Opéra de Berlin le 3 octobre 1958 ; *Arne Saknussemm* ou *Une regrettable histoire*, opéra de chambre (musique de Georges Delerue), diffusé sur France 1 Paris-Inter le 18 septembre 1961.

La naissance du *Chevalier de Neige* nous a été contée par Boris Vian lui-même. De ce texte important, repris intégralement dans le *Dossier 12* du Collège de Pataphysique, nous nous bornerons à extraire les faits historiques et certaines considérations de Boris sur l'opéra d'aujourd'hui et de demain :

« Jo Tréhard avait créé le Festival dramatique de Caen et cherchait un successeur au Guillaume le Conquérant monté avec un gros succès dans les ruines du château de Caen. Je ne sais plus qui – je crois que c'est Jean-Marie Serreau – proposa de porter à la scène l'histoire de Lancelot... Delerue et moi-même ayant accepté la proposition, nous nous mîmes donc à travailler pour Tréhard et le Festival de Normandie. Nous avions la chance insigne de disposer d'importants crédits et nous en profitâmes pour bâtir un spectacle quelque peu démesuré puisqu'il durait quatre heures et se développait sur un plateau de 2000 mètres carrés. Une quarantaine d'acteurs..., une centaine de figurants, des tas de chevaux, de costumes et de haut-parleurs avaient accepté de nous aider à matérialiser cette idée plutôt vaste... »

Ce spectacle fut représenté en plein air à Caen en août 1953.

« La conclusion tirée par nous de cette expérience, continue Boris, était fort simple : beaucoup plus que le décor, la musique créait le dépaysement, au point que je suis persuadé d'une chose : seule la musique peut avoir le même pouvoir de transfert que l'image cinématographique. Ceci peut paraître une idée folle, mais j'en suis fermement convaincu : seul l'opéra peut lutter avec le cinéma en ce qui concerne l'efficacité. Il reste, naturellement, à tâcher de le défaire d'un tas de vieilles guenilles qui lui empêtrent les pieds; il reste à apprendre aux chanteurs le métier d'acteur; il reste à accélérer la mise en scène – ou plus exactement le montage – pour éviter les temps morts. Il reste enfin à mettre au service de tout cela les techniques actuelles de l'éclairage et de la sonorisation. Est-il besoin d'ajouter que dès l'issue de notre aventure, nous avions projeté de tirer du *Chevalier de Neige* un opéra conçu selon ces directives[1] ? »

Marcel Lamy, directeur du théâtre de Nancy, s'intéresse à l'entreprise, promet de monter et monte effectivement avec une distribution de première grandeur (Jane Rhodes, Jacques Luccioni, etc.) cet opéra que Georges Delerue et Boris Vian écrivirent en neuf mois.

L'histoire de *Fiesta*, quoique d'un tout autre ordre, mérite également d'être relatée.

Le volumineux dossier constitué sous ce titre par Boris Vian est révélateur de ses méthodes de travail et contredit l'image trop répandue, et que nous savons fausse, d'un improvisateur habile, peu soucieux de perfection, sautant d'une idée à une autre et n'en approfondissant aucune. L'œuvre immense livrée de son vivant, et celle qu'il nous laisse, risquerait de nous abuser : Boris écrivait vite, c'est vrai et regorgeait d'idées; on doit ajouter qu'il travaillait dix-huit heures par jour, qu'il dormait peu et que ses vingt ans d'activité ont compté double. Il a vécu

---

[1]. Les deux versions du *Chevalier de Neige* (plein air à Caen, opéra à Nancy) complétées de scènes inédites, et tous les textes de Boris Vian s'y rapportant ont été réunis dans le volume *Le Chevalier de Neige*, Christian Bourgois éd., 1974.

plus vite, il a vécu aussi d'une existence lucide, active, plus longtemps qu'aucun de nous.

Fiesta, intitulé d'abord « la Fête » était à l'origine un argument de ballet auquel, semble-t-il, Boris pensait intéresser Jean Babilée. Le dossier contient deux manuscrits (document A, 4 pages, et document B, 3 pages) qui tous deux décrivent, le premier le schème, le second l'argument proprement dit d'un ballet.

Un troisième document (C) est un « scénario » et porte cette indication.

Un manuscrit de 22 pages (document D) fait apparaître pour la première fois le titre *Fiesta*. Cette version est la première qui soit distribuée en actes et scènes (un acte, dix scènes). Y sont jointes trois copies dactylographiées.

Un manuscrit (E) de 20 pages à l'encre violette (c'est-à-dire antérieur au manuscrit G) est un drame (en un acte et huit scènes) en prose et très réaliste. Alors que dans l'opéra (comme dans le ballet initial), le naufragé sera tué d'un coup de couteau par un jaloux, il meurt parce qu'il a trop bu en fêtant son sauvetage. (Quatre copies dactylographiées de ce manuscrit.)

Un manuscrit (F) de 24 pages à l'encre violette présente une version plus longue que la précédente, mais identique quant à l'action et au dénouement (un acte, dix-sept scènes).

Enfin un manuscrit (G) de 33 pages à l'encre bleue, texte versifié, est, à quelques variantes près, le livret de l'opéra *Fiesta*, tel qu'on peut le lire dans l'édition Heugel.

Comme on conçoit mal un opéra sans musique et que les inédits recueillent la faveur des lecteurs, nous publions ici la version « ballet » de *Fiesta*.

FIESTA

Décor : **Jetée d'un petit port méridional un peu sauvage et isolé. Soleil, pierre blanche, atmosphère pesante.**

I. Lever de rideau.

Alonzo et Pedro étendus au pied du poteau-phare de la jetée – Bouteille – Paresse – Sommeil.

1re entrée. **Un gosse** – il court partout, reçoit une mornifle quand il s'approche trop des deux dormeurs – et dans le même mouvement, aperçoit une épave, essaie de réveiller sérieusement les deux autres pour la leur montrer, et n'obtenant pas de résultat, file au village chercher du renfort.

2e entrée. **Un pêcheur du village arrive en avant-garde** pour vérifier ce que dit le gosse – N'essaie même pas de réveiller Alonzo et Pedro – Constate la présence de l'épave – Fait signe à deux nouveaux qui arrivent en même temps. Ils empoignent une barque posée sur deux traverses, à sécher, et disparaissent.

3e entrée. **Le village se déplace en masse** – les hommes et les femmes – Préparatifs d'accueil du naufragé – sorte de fête locale – On installe des caisses pour l'étendre – Atmosphère d'attente – Les gens arrivent de partout (sauts, etc.).

4e entrée. **Du naufragé** – de face – très mouillé – traîné par les gars.
Réanimation du cadavre – on peut même faucher une bouteille aux deux dormeurs du début, qui, à la fin, la trouveront vide et n'en seront que plus méprisants pour jeter le gars à l'eau.

5e phase. **Le naufragé reprend conscience**, et tout prend une atmosphère de fête – Une fille arrive, portant la guitare de son homme – il la prend, l'accorde et commence à jouer, tout le monde se met à danser tandis que les femmes nourrissent et soignent le naufragé – Gaieté générale – puis petit à petit tout le monde s'arrête sauf La Fille qui danse, et continue seule un instant – Le naufragé, qui est réveillé par le vin et le bruit, se lève et se met à danser avec la fille – la guitare devient alors plus rageuse, et d'un coup, le guitariste arrache un accord aux cordes, jette la guitare et se dresse devant le naufragé.

6e phase. **Bagarre** – le guitariste et le naufragé en viennent aux mains – accrochage violent – la fille pendant ce temps, ironique, reprend la guitare et recommence le même thème fracturé – le guitariste s'effondre et sort.

7ᵉ phase. Pas de deux du naufragé et de la fille – très érotique – le naufragé hésite à s'approcher d'elle, d'abord – elle l'encourage – Il se décide enfin – baiser.

8ᵉ phase. À ce moment, le guitariste revient – coup de couteau. Le naufragé ne tombe pas tout de suite et la musique continue sur le même thème tendre en crescendo. Au moment où la fille lâche le naufragé, lentement, lentement, elle le soutient presque – il s'effondre il repose sur une main – la musique s'arrête – il tombe.

9ᵉ phase. Tout le monde s'en va épouvanté – restent seuls le guitariste, le mort et elle.
Le guitariste ramasse la guitare et s'en va sans regarder la fille.
La fille regarde le mort – regarde le guitariste – choisit – et suit le guitariste.

10ᵉ phase. Le mort reste seul en scène avec les deux du début.
L'un des deux tend la main pour prendre la bouteille qui a disparu.
Il se lève.
Retrouve la bouteille – elle est vide – il regarde le mort – hausse les épaules écœuré.
Appelle son copain.
Ils prennent le mort par les pieds et les mains – le balancent.
Et le foutent à l'eau – et se rendorment.

Lily Strada devait être un opéra. Boris Vian en établit le canevas complet, mais ne put en écrire que la scène 2 du premier acte. *Lily Strada* fut représenté en 1964 au Café-Théâtre de la Grande Séverine dans une mise en scène de Nicolas Bataille et sur une chorégraphie d'Ursula Kubler. Toutes les parties non écrites après la scène 2 du premier acte qui commençait le spectacle étaient dansées et mimées sur une musique d'Éric Bishoff... Les circonstances ont donc voulu que cet opéra vît le jour sous la forme d'un spectacle de cabaret. Il n'y a pas à le déplorer car ce fut un bon spectacle. Nous rendons ici *Lily Strada*, femme de mauvaise vie, à son genre – noble entre tous –, et laissons au lecteur tout loisir d'en rêver déployant ses charmes au Palais Garnier.

LILY STRADA
Opéra adapté assez librement
de *Lysistrata*
pièce fort connue d'Aristophane

I

I. 1 – Décor : La place Blanche la nuit – **Circulation active. Arrivée des cars de touristes. Chœurs de touristes dans toutes les langues. Ils entrent au Moulin Rouge. Au premier plan, un vendeur de pistaches marocain – chanson du vendeur de pistaches. Arrivée d'une voiture noire, traction. Deux types en descendent. Arrosage du vendeur à coups de mitraillettes.**

Le corps reste sur place, les gens s'attroupent. Deux hommes fendent la foule, emportent le corps – **Les flics arrivent, trop tard, embarquent deux flâneurs qui sont là depuis le début et n'ont absolument rien vu** – **Les touristes ressortent du Moulin Rouge et chantent** (reprise du chœur) leur surprise, rien d'extraordinaire ne leur est arrivé – **L'aube les chasse, les cars s'ébranlent.**

I. 2 – **La scène se passe au Harry's Bar, dans le décor classique d'acajou verni. Andy Mc Elhove, le propriétaire, lit un journal assis sur un tabouret derrière le bar où Anton essuie des verres. Jacques, un des garçons, sert un client d'aspect étranger, un long garçon mince et blond à qui il vient d'apporter une bière de Munich dans un cruchon de grès. Émile, le 3ᵉ garçon, astique le bidule à Hot Dogs.**

Jacques – **Voilà votre Munich, monsieur Denton.**
Denton – **Merci, Jack. Pas grand-monde aujourd'hui.**
Jacques – **Ce n'est pas l'heure encore. Vous êtes venu tôt.**

Denton.

> Il n'y avait rien au journal.
> Ni accident, ni catastrophes
> Pas d'avion tombé sur New York
> Pas de coup d'État en Irak
> Pas d'enfant martyr, ni de greffe
> Spectaculaire, pas de leucémique célèbre
> Pas de cantatrice enrouée
> Ni révolution, ni déraillement, ni scandale nouveau
> Rien que la routine habituelle
> Ah! voir un bon tremblement de terre à Bourges!

Jacques – Il ne faut pas trop en demander, monsieur Denton.

Denton (avec nostalgie) :

> Où est le temps déjà lointain
> Où, sur une même page
> On dénombrait en un clin d'œil
> Le suicide d'un archevêque communiste
> La déclaration d'indépendance du Texas
> L'abandon du trône d'Angleterre par la Reine
> Le remplacement du gouvernement des Indes
> Par un système automatique à transistors
> Le contrôle des naissances en Chine au moyen de
>   têtes chercheuses
> Et la liberté des changes en Europe.

Andy, Émile, Anton, Jacques (chœur) :

> C'est vrai, c'est bien fini, rien ne va plus
> L'actualité se traîne
> À peine quelque part du côté de Pigalle
> Une médiocre guérilla entre des gangs
> De Corses et de Marocains. Poussière...

Denton – C'est moche pour un correspondant du New York Times.

(Entre Lily Strada. C'est une coquine de belle venue. Pas une personne du trottoir, mais bien la femme richement entretenue de Ferrucio le Corse. Elle semble dépaysée en ce lieu qui ne rappelle que de loin les bars de Pigalle, mais elle garde son aplomb.)

Lily – **Bonjour.**
Andy – **Bonjour, Madame.**

(Silence froid. Visiblement, le personnel du Harry's Bar ne tient pas à la compagnie de cette personne ici déplacée. Andy se replonge dans la lecture du journal. Lily s'avance, sans se démonter, choisit une table, s'assied.)

Lily – **Je vous dérange ?**
Andy (sans lever les yeux) – **En aucun cas, Madame.**
Denton (à Lily, familier) – **Vous avez des complexes ? Ça ne paraît pas.**
Lily (désigne le personnel) – **Qu'est-ce que c'est que ces façons ?**
Denton – **C'est un endroit tranquille. Ils n'ont pas l'habitude. Vous êtes plutôt cliente chez Toni Scaglia ?**

Lily – (le regarde, surprise)
   Et comment savez-vous que je vais d'ordinaire
   Chez Toni Scaglia quand je veux boire un verre ?

Denton – **Je vous ai reconnue.** (Il montre ses journaux) **J'écris dans les journaux ; c'est là ce qui explique.**

Lily – (hausse les épaules)
   C'est bon. Je suis Lily Strada.
   Si vous restez ici vous allez savoir pourquoi
   J'ai quitté les hauteurs de la place Pigalle
   Pour me rincer les amygdales
   Au scotch (elle le regarde). **Vous écrivez ?**

Denton – **C'est mon métier.**
Lily – (regarde ses vêtements) **Il est un peu miteux... Vous êtes journaliste ?**
Denton – (s'incline) **Pour vous servir.**

Lily

   Alors tâchez de la fermer.
   J'ai choisi cet endroit entre tous
   Pour une réunion privée.

Denton – **C'est l'heure où il ne vient personne que moi.**
Lily – **Ça va. Restez... mais ne mouchardez pas.**

Denton – (calme) **Vous êtes l'Égérie de Franco Ferrucio.**
Lily – (à Jacques) **Un scotch, petit.** (Elle regarde Denton, pensive) **Ça connaît son boulot...**

(Entre Cléo la Niçoise, amie de Lily Strada, la compagne de Mario Mari, un des hommes de Franco. Elle est rousse du genre fracassant.)

Lily – (dure)

**Ç'aurait été pour faire
Un 421 dans le bar de Pépère
Vous seriez déjà toutes ici.**

Cléo

**Je suis donc la première?
Excuse-moi, Lily, j'étais chez Carita
J'avais les tifs dans un état...**

Lily

**Bon, ça va, enfin espérons
Que les autres vont arriver bientôt.**

Cléo – **Sinon?**
Lily – (ferme) **Sinon, y aura du suif.**
Denton – **Bravo!**
Cléo – (désigne Denton du menton) **Qui c'est?**
Lily – (hausse les épaules) **Un canard.** (Voit la réaction de Cléo) **Il a dit qu'il va la boucler.**
Denton – **Mais je veux l'exclusivité.**
Lily – **D'accord.**
Denton – (à Cléo) **Je m'appelle Denton. Je suis au New York Times.**
Lily – (regarde sa montre) **Ces sauterelles sont insensées. Pas moyen de venir à l'heure...**
Cléo – **Il y a tant à faire...** (regarde Lily) **Tu as de jolies chaussures. C'est toujours ton petit bottier?**
Lily – **Toujours.**
Cléo – **Lily, dis-moi pourquoi...**

Lily

**Je ne veux pas répéter quinze fois
Pourquoi je vous ai convoquées.
Mais si dans cinq minutes elles n'arrivent pas**

Je te jure que ça va barder.

(Entrent successivement Rita de Casa, la compagne d'Adonis Ben Harissa, chef du gang des Marocains, et cinq ou six créatures du même genre, toutes somptueuses.)

Lily – Ah... les voilà... Il était temps.

(Elle se lève. Les femmes se mettent à caqueter en regardant le décor. Denton se rapproche du bar. Le journal est tombé des mains de Andy. Émile, Anton et Jacques se groupent autour de lui et le soutiennent.)

Andy

> Qu'est-ce là, mes amis ?
> Ah, si mon père avait vu ça
> Il serait mort dans l'après-midi !

Le chœur – (horrifié)

> Quel genre ! Quel type ! Quel coup ;
> Quel coup pour le renom du Harry's Bar
> Cinq rue Daunou !

Denton

> Andy, remettez-vous
> C'est l'heure où vos clients fidèles
> Sont occupés à ramasser
> L'argent qu'ils viendront dépenser
> Ce soir quand la nuit sera belle
> Personne ne verra ce qui va se passer.

Andy

> Qui sont, qui sont ces créatures
> Pour en voir de cette nature
> Il faut aller au Diable Vert !

Le chœur

> Les femmes de la Madeleine
> À côté de ces demoiselles
> Sont des Duchesses.

Denton

>Taisez-vous ! Cette réunion me paiera
>Je le sens, mon whisky d'un an (Il les désigne à Andy)
>La brune à la peau de safran
>C'est Rita de Casa
>Femme d'Adonis Ben Harissa

Andy – (navré) **Le chef du gang des Marocains !**

Lily – (voix tonitruante) **Allez, par ici, les larbins !** (Silence muet et réprobateur)

Andy – (s'avance, doux mais décidé)

>**Madame
>Cet endroit, d'ordinaire, est calme
>Et n'est peuplé que d'habitués**

Le chœur

>**Qui boivent sec
>Mais sont discrets.**

Andy

>**Ce n'est pas que je me refuse
>À vous donner à boire
>Mais mon personnel se récuse
>Si vous ne gardez pas quelques égards.**

Le chœur

>**Où sont Vailland, Degliame
>Nos Vicomtes, nos Vidames
>Et nos buveurs d'outre-Manche
>Sachant tous, garçons et filles
>S'arrondir comme des billes
>Et rester droits comme des planches !**

(Ils couvrent leurs têtes de leurs tabliers et sanglotent. Un silence. Lily fait signe à ses copines de se taire et s'avance.)

Lily – (à Denton) **Vous, le bavard, présentez-moi à ce monsieur.**

Denton

Monsieur Andy McElhove
Fils de Harry McElhove
Directeur du Harry's Bar (Andy s'incline)
Madame Lily Strada
Épouse en premières noces
De Franco Ferrucio le Corse.

(Lily tend la main à Andy qui la baise cérémonieusement. Temps de java.)

Lily – (à Andy)

Monsieur, les congénères
De ce jeune homme aux ongles noirs
Sont, ça me désespère
Des indiscrets notoires.
Chaque jour, ils nous présentent
Dans leurs affreux journaux
Comme des malfaisantes
Et nos hommes comme des salauds
Vous savez qu'une bagarre
Met aux prises en ce moment
Dans la rue Lepic le soir
Mon mari (elle désigne Rita) **et son amant.**
Monsieur, il faut que ça cesse
Et c'est pour ça qu'on est ici
Nous les femmes les maîtresses
Pour discuter sans tendresse
Les moyens et les finesses
D'interrompre avec adresse
Cette rixe vengeresse
Qui nous gâche nos jeunesses
Et bousille nos maris
J'ai décidé sans faiblesse
D'arrêter la boucherie (à Rirette de la rue Myrrha)
La liste des victimes!

(Rirette s'avance. Roulements de tambour.)

Rirette

Hiton de Bastia, vingt-deux ans
Embarqué par la maison poulaga

> Le seize février
> Clément le Tatoué, trente ans
> Fait aux pattes par Amar Chalif
> Le vingt mars
> Admed Chmouf, vingt-quatre ans
> Descendu rue Coustou par Jo le Bœuf
> Le vingt-cinq mars
> Jo le Bœuf, vingt-neuf ans
> Ramassé par les poulets
> Pour avoir crié mort aux vaches
> Marcel la Tire, trente-trois ans
> Le meilleur mécano de la Garenne
> Buté par Ali de Marrakech
> Le onze avril

(Une des femmes, en noir, très blonde, se met à sangloter.)

Colette – **Assez ! Tu nous fais mal !**

Lily – (à Andy)

> Comprenez-vous, monsieur
> Pourquoi il est indispensable
> Que l'on fasse tout ce qu'on peut
> Pour mettre fin à ce massacre détestable ?

Le chœur

> Ces événements nous surprennent
> Voilà déjà deux mois qu'ils traînent
> À la une de *France-Soir*
> Et nous n'avions jamais songé
> Qu'il pouvait se dissimuler
> Du sentiment sous tout ce sang versé.

Andy

> Madame, je comprends si bien
> Que je m'en vais fermer le bar
> Afin de vous laisser la tranquillité qui convient
> Pour régler cette histoire.

Lily – (lui serre la main)
  Merci, Monsieur Andy, vous êtes un chic type.
Andy – (hausse les épaules)

On a des principes.

Le chœur – (hausse les épaules)
Il faut des principes.

(Andy va fermer la porte. Deux des garçons se mettent à astiquer.)

Lily – (à Denton)

**Toi, le tordu
Prends le compte rendu
Des débats.**

(Denton tire un bloc de sa poche et s'installe un peu en retrait tandis que les femmes s'installent autour des deux tables réunies par Jacques. Andy revient de fermer la porte, prend une bouteille de scotch et l'apporte à la table tandis que Jacques fournit le seau à glace et les verres.) (Tempo de blues.)

Lily

**Tout le long de la journée
Astiquées et pomponnées
Nous attendons sans espoir
Le retour de nos mastards
Mais hélas ils sont en guerre
Il n'y a plus rien à faire
Car du matin jusqu'au soir
Ils se flanquent des coups d'pétard**

Les femmes – (en chœur)

**Nos soutiens-gorge en dentelle blanche
Nos bas les plus fins
Nos belles gaines et nos belles hanches
Ça ne sert à rien.**

Lily

**Personne ne sait plus pourquoi
On se tue et on se bat
Et c'est nous les vraies victimes
De leur vendetta...**

Les femmes (en chœur)

> À cette réunion
> Tu nous as convoquées
> Mais quelle solution
> Vas-tu nous proposer

Lily – **La grève !**
Les femmes – (en chœur) **La grève ?**
Lily – **La grève de l'amour.**
Les femmes – (surprises) **La grève de l'amour ?**
Denton – (note avec application) **La grève... de l'amour. C'est-à-dire ?**
Lily – **Je m'excuse, mais c'est justement un des cas précis où je ne peux pas vous faire un dessin.**

1.3 – Décor : Dans l'armurerie de Hermann – (à l'enseigne du Parfait Gangster). **Ferrucio et son lieutenant, Ramon le Catalan, choisissent quelques nouveaux modèles.**

Hermann entonne le refrain de l'armurier (un ländler), ce parfait auxiliaire de la société, sans lequel les **journaux feraient faillite** – (le décor comprendra des rayons spéciaux pour agents, etc.).

Arrive un des hommes, Mario Mari, l'amant de Cléo de Nice – Il a appris la décision de Lily et des filles et vient en informer son chef – Ferrucio ne fait que rire de la chose.

Adonis Ben Harissa fait son entrée – Le terrain de l'armurerie est neutre par convention puisque Hermann est Suisse.

Adonis demande à Ferrucio s'il est au courant de la décision des femmes. Ferrucio répète qu'il ne prend pas la chose au sérieux – Sur quoi, Adonis écarte son manteau et l'on voit son bras en écharpe – Rita, experte en judo, le lui a démoli lorsqu'il a essayé de faire l'amour avec elle – Ferrucio se moque ; les choses vont s'envenimer lorsque Hermann, coiffé d'un masque à gaz, fait exploser une bombe soporifique et renvoie en taxi ses clients endormis.

1.4 – Décor : Le boudoir de Lily Strada – **Elle est au téléphone, de dos. Quand elle raccroche et se** retourne, on voit qu'elle porte un magnifique œil au beurre noir. Rita fait son entrée, elle-même ornée d'un coquard semblable. Rita expose les difficultés qui se présentent pour le respect du serment; cela ne va pas sans bagarres. Denton, qui est là, émet des doutes sur la réussite future de l'opération. Lily est déjà prête à le rembarrer, mais Rita insiste pour que Denton expose son point de vue. Denton conseille les mesures extrêmes. Outre la privation de dodo, il faut frapper les deux gangs au point vulnérable, le portefeuille. Et piller les trésors de guerre des bandes. Difficile, car tout est investi. Mais Denton a une solution : il connaît le jeune agent de change, René de Malvoisie, qui gère la fortune de Ferrucio et Harissa; car il est très bien renseigné. Si Lily ou Rita jouent le jeu et le rendent amoureux il s'arrangera sûrement pour ruiner les gangs et ces derniers seront forcés de s'associer pour refaire fortune.

Cette solution enthousiasme Rita mais rend Lily songeuse. Enfin, elle accepte de le rencontrer au Tournesol, bal musette de la rue de Lappe.

1.5 – Décor : Le Tournesol, bal musette, rue de Lappe. Ambiance assez spéciale, lesbiennes et pédérastes pas trop voyants – René de Malvoisie rencontre Lily et Rita. Cette dernière a le coup de foudre au premier tour de valse – chanson de Rita et René – Lily regarde ça sans enthousiasme. Elle accepte de danser avec Denton – À volonté, ballet ou attraction à voir – À la fin de la scène, Cléo de Nice arrive, deux yeux au beurre noir. De nouvelles mesures s'imposent.

1.6 – Décor : Chez Tutur, un petit bar de la rue Coustou, où se réunissent les Corses et les Marocains aux heures de trêve, les heures de repas. Toutes les tables sont prises, les unes par les joueurs de belote (corses), les autres par les joueurs de 421 (marocains) – Deux tueurs à l'allure d'hommes préhistoriques jouent aux échecs. Tous ont le bras droit en écharpe. Chœurs alternés soulignés par les soli du patron de l'établissement. La loi du milieu leur interdit de céder à ces femmes insolentes. Les maîtriser, ou... en changer, telle est la décision prise.

1.7 – **Rita et René sont ensemble dans un petit bistrot avec arbres en caisse – Chanson – Si ce n'est pas l'amour, ça y ressemble singulièrement.**

1.8 – Décor : le gymnase de Vic Waintz, rue de Vintimille – **Toutes les femmes sont là, avec Denton, en train de s'entraîner, judo, punching ball, etc. Ballet – Irruption des hommes des deux gangs – Lutte épique, défaite des hommes, mais les femmes ne sont guère en meilleur état – Restent seuls combattants Ferrucio et Lily – Elle va avoir le dessous, mais Denton expédie Ferrucio au tapis pour le compte. Les femmes et Denton filent et Ferrucio relevé fait le serment de se venger.**

II

II. 1 – Décor : un bain turc – **Séparations à mi-hauteur, on ne verra que les bustes – Les hommes des gangs reprennent des forces et élaborent de nouveaux projets. Ils décident de se mettre en quête de nouvelles maîtresses. Rendez-vous est pris à la Deuxième Ève, où les mannequins sont, paraît-il, sensationnels – La trêve tacite est prolongée.**

Les hommes partis, une des femmes voilées qui font les massages se démasque, celle que Ben Harissa complimentait pour la douceur de ses mains. C'est Denton, qui note soigneusement le renseignement.

II. 2 – Décor : Le Harry's Bar – **Denton et Lily s'y retrouvent – Il lui communique le renseignement. Lily se désole. Le plan qu'elle avait élaboré fonctionne bien, certes, puisque les deux gangs ont cessé de se battre ; mais les femmes vont en être les premières victimes – En outre, elle est inquiète, Rita et René se conduisent imprudemment. Cependant, Denton la rassure ; Rita a bien travaillé et René est en train de ruiner complètement les deux gangs.**

Commentée par le chœur de Andy et des trois

garçons, c'est maintenant la déclaration de Denton qui demande à Lily de l'épouser.

Elle est surprise, troublée, et réserve sa réponse.

II. 3 – Décor : Le bureau de René – **Lily vient signer les papiers qui la rendront seule dépositaire de la fortune de Ferrucio** – René risque sa peau, car en somme, il a volé l'argent des gangs. Mais il a l'intention de partir avec Rita et s'en fiche.

II. 4 – Décor : La soirée chez la Deuxième Ève – Spectacle superbe, plein de jolies filles, attractions à volonté.

Les deux gangs ont consommé des tas de champagne et de caviar, invitent à leur table des filles ravissantes et commencent à enchérir pour se les approprier – Mais sur scène passe un numéro, Lily Strada, qui, dans une chanson menaçante, leur rappelle que sans argent l'amour risque de les laisser tomber. Au moment où elle a disparu, on apporte à Harissa et à Ferrucio deux télégrammes les informant que René a levé le pied avec l'argent – Fureur des gangsters – Denton apparaît au bon moment et leur glisse dans l'oreille l'adresse où l'on pourra trouver René et Rita. Pour récupérer cette dernière, les gangsters scellent un pacte et foncent.

Resté seul, Denton, dans la salle de la Deuxième Ève déserte, téléphone à René et l'informe qu'il a aiguillé les gangsters sur une fausse piste, mais qu'il est temps de filer.

Lily arrive, démaquillée, en pantalon, et Denton l'informe des événements. Elle manifeste finalement une certaine frayeur à l'idée de voir les deux bandes se retourner contre elle, et Denton, habilement, l'amène à trouver la solution – Elle signe à Denton un chèque du tout – Comme elle veut réamorcer la proposition de mariage de Denton, celui-ci avoue que ce n'est plus la peine puisqu'il a le pognon. Et il défend son point de vue : que les Français gardent leurs sentiments, les Américains se débrouillent très bien avec le pognon. Il étend Lily d'un direct et s'en va.

II. 5 – Décor : Orly – **Un petit point à l'horizon. Les gangsters arrivent trop tard.**

II. 6 – Décor : Place Pigalle – **Lily est là, seule à la terrasse du Café des Autobus – Les gangsters arrivent. Elle avoue tout. Tous sont ruinés, à quoi bon se battre – Les filles alertées par Lily arrivent – Ballet, réconciliation générale, les deux bandes s'associent et veulent partir à l'assaut de la Banque de France – Mais les femmes qui en ont assez les embarquent chacun chez soi, au dodo, à l'amour, et le car de police qui arrive ne voit que douze couples tendrement enlacés qui montent à petits pas vers Montmartre.**

À l'heure de sa mort, Boris Vian travaillait avec Georges Delerue à un autre opéra, *le Mercenaire*, où l'armée, vieille connaissance, aurait été représentée dans toute sa gloire.

Le décor, nous dit Ursula Vian, devait figurer une ville bombardée. L'action commençait par l'entrée en scène de chars de combat, de *vrais* chars. Un des conducteurs de tank s'écriait : « Mon Dieu, cette ville, je la connais, elle me rappelle quelque chose. » Et dans les ruines, il découvrait un cadavre, celui d'une fille qu'il aimait quand il avait quitté la ville pour s'engager dans l'armée. Voici, de la main de Boris Vian, le plan sommaire de cet opéra, suivi du *Chœur des démineurs*, seule partie qu'il ait eu le temps d'écrire.

LE MERCENAIRE

Entrée
Chœur des démineurs
Passage du char
La fille dans les ruines
La rescousse
Elle sur le char
Elle est morte
Il la regarde
Les ombres surgissent autour de lui – ombres pâles décharnées – vivent dans les ruines. Il y a une vieille

parente. Elle le reconnaît – ou l'idiot du village – ou l'aveugle.
 Flashback – le village se reconstruit seul.
 Les yeux du gars
 La lutte. Le cabaret
 Il ne s'en mêle guère. Il est fort.
 Une fille et lui.
 Amour – la rue
 À six ils le prennent, l'assomment – emmènent la fille,
 Après – scène où il la revoit – où il ne peut plus – trop déchiré.
 Y a-t-il quelqu'un de vivant.
 Il ne restera dans la ville
 que le scribe pour enregistrer les morts
 le menuisier pour les cercueils
 le fossoyeur pour la tombe
Trio.

I. 1 Chœur des démineurs

   La lune des bombardiers
   A un ventre de sang jaune
   Et chasse les ombres des rues
   La lune des bombardiers
   Déchire la tôle rêche
   En lambeaux d'or et de nuit
   La lune des bombardiers
   Chasse les ombres des rues
   Chasse les gens dans les caves
   Et trace un chemin de soie
   Sur la vapeur des nuages
   Alerte
   Ils grondent tout là-haut
   Et leurs entrailles sont lourdes
   Du fruit rouge de la mort
   Grenades de l'arbre de l'enfer
   Grains qui germent d'un coup dans les crânes
   Membres déchiquetés soudain

   Et les voûtes, en chutes lourdes
   S'abattent sur les terriers

Et les rats agenouillés
Marmottent leur prière
Cependant que la poussière
Arrachée à la peau des murs
Enveloppe de ses plis de pierre
Le gâteau de terre et de sang

La lune des bombardiers
Caresse le dos des équipages
Caresse le dos des bombardiers
Qui ronronnent là-haut
Comme des chats en forme de croix

Larguez les bombes
Larguez les bombes
Larguez les bombes les civils sont là...

Le directeur artistique

En octobre 1955, Boris Vian est chargé d'établir le catalogue « Jazz » de la Société phonographique Philips (voir notre chapitre de la Chanson, interview de Jacques Canetti). Denis Bourgeois nous en rappelle les circonstances :

Denis Bourgeois. – J'étais l'adjoint de Jacques Canetti, mais je m'occupais, entre autres choses, du répertoire étranger « variétés » qui, lui, ne dépendait pas de Canetti. Il dépendait directement de Philips international. J'étais donc en rapport avec des Hollandais, des Anglais et des Américains et, au bout de quelques mois, j'ai dit au patron : « Pour le jazz, tant que les étrangers nous imposeront leur façon de voir, on ne fera rien en France. Il nous faut un spécialiste du jazz. » Nous avons établi une liste de noms, qui allait de Hugues Panassié à Charles Delaunay. Boris Vian se trouvait sur la liste, et c'est ainsi qu'il est arrivé chez Philips. On lui remettait des échantillons de jazz de tous les pays du monde, y compris l'Amérique naturellement, puisque c'est la source principale. Mais il travaillait chez lui. Il faisait des montages de disques, il avait commencé une petite histoire du jazz à travers tout le répertoire dont on disposait, mais il ne venait pas régulièrement chez Philips.

Noël Arnaud. – Son travail se traduisait concrètement par l'établissement d'un catalogue ou par des propositions d'éditions ?

Denis Bourgeois. – Il s'agissait plutôt de rééditions. Il faisait très bien ce travail. Avec une mémoire ! Dès le départ, je me rappelle qu'il avait révélé aux Américains eux-mêmes l'existence de certaines matrices de jazz qu'ils avaient oubliées dans leurs propres archives, à New York.

Noël Arnaud. – Vous, au fond...

Denis Bourgeois. – Moi, j'avais un rôle d'intermédiaire. Je transmettais à Boris les échantillons que je recevais. Il les examinait, choisissait, critiquait et me rendait le tout. Il notait : ces mélanges sont absurdes, ou bien : il y a des fautes chronologiques, ou encore : voilà comment il faut rendre hommage à Louis Armstrong. Il écrivait également des commentaires pour la pochette du disque. Il corrigeait souvent les dates d'enregistrement, les noms des musiciens qui avaient participé aux enregistrements, parce que ces indications fourmillaient d'erreurs.

Ce fut son premier travail, qui représentait une vingtaine de disques. Ensuite, je crois que c'est moi qui lui ai dit, comme une boutade : « Puisque ces disques de jazz ne se vendent pas, on devrait essayer de faire pour le jazz ce que l'on fait pour les classiques : une série *Jazz pour tous*. » C'était une plaisanterie, mais elle ne l'a pas fait rire : il a bondi chez Canetti, et il lui a dit : « Si vous voulez vendre du jazz, il faut faire une série populaire. » L'idée fut acceptée, et c'est ainsi que Philips a eu besoin de Boris, d'une façon plus régulière.

Noël Arnaud. – Boris Vian a été employé à plein temps chez Philips (je tiens ce renseignement administratif d'une haute autorité philipienne que transcende une profonde admiration pour Boris) à partir du 1er janvier 1957. Quelles étaient ses fonctions ?

Denis Bourgeois. – D'abord, celle-là. C'était un travail énorme, comme c'est toujours le cas lorsqu'on met en route une collection. Il fallait tout reprendre depuis les origines, préparer des 25 cm au lieu des 30 cm précédents, recommencer tout ce qui avait été fait, en fonction d'une sorte de vulgarisation du jazz. Et, à partir du moment où il s'est trouvé dans la maison, il a séduit tout le monde, et tout le monde lui passait même des échantillons des enregistrements de variétés. Ses critiques et ses conseils ont été immédiatement précieux, très utiles, et aussi très amusants. Canetti, qui a un flair étonnant, tout le monde le sait, prit l'habitude de convoquer Boris aux réunions de travail concernant toutes les productions Philips variétés, qu'il soit question de jazz ou non.

Noël Arnaud. – Mais, officiellement, il n'était pas chargé des variétés ?

Denis Bourgeois. – Pas au départ. La deuxième chose qui a poussé Boris vers le circuit variétés, ce sont les disques de « rock and roll » que Salvador a réalisés, le premier en Europe. Je me souviens, Michel Legrand était revenu d'un voyage aux États-Unis avec des enregistrements dans ses valises, et il en avait parlé à Henri Salvador qui avait été très intéressé. Boris et Salvador ont donc écrit quatre rock and roll fameux. Tout le monde, chez Philips, se souvient de l'enregistrement de ces séances. On avait pris des musiciens de jazz et Michel Legrand n'arrivait pas à leur faire comprendre le style rock, qu'ils n'avaient jamais entendu. On est allé chercher des disques de rock, on les a fait écouter aux musiciens, et puis on est arrivé à sortir quelque chose qui, à l'époque, était assez révolutionnaire.

Noël Arnaud. – Les paroles étaient déjà de Boris Vian ?

Denis Bourgeois. – Oui, Boris en avait écrit un ou deux. Quand il a été pris dans le feu de l'action, un peu plus tard, il formait, avec Salvador, un duo étonnant. Il écrivait les paroles en studio, sur place. Il improvisait.

Noël Arnaud. – Il écrivait déjà beaucoup de chansons.

Denis Bourgeois. – Oui, il en écrivait beaucoup, mais pas du tout dans ce style-là. Il écrivait des chansons pour, comme il le disait, épater le bourgeois. Il les écrivait également très vite, avec une facilité qui étonnait tout le monde. Mais, quand on lui disait : « Comment, vous avez fait ça en cinq minutes ! », il se mettait en colère et répondait : « Mais ça fait vingt ans que j'apprends à écrire ! Ce n'est pas un don, c'est du travail ! » Cela revenait très souvent dans ses conversations. Il n'aimait pas qu'on l'accuse de facilité.

Noël Arnaud. – Vous, vous vous occupiez plus spécialement du secteur variétés ?

Denis Bourgeois. – Exactement. J'étais l'adjoint de Canetti pour les variétés.

Noël Arnaud. – Et, par rapport à vous, hiérarchiquement, si vous voulez, Boris était quoi ?

Denis Bourgeois. – Au début, comme Boris ne connaissait pas le fonctionnement de la maison, j'étais un peu son régisseur : chaque fois qu'il avait une contrariété ou un empêchement matériel, il venait me trouver. Par la suite, et ça n'a pas tardé, quand il n'a plus eu besoin de moi pour tout ça, il a continué à venir me voir, car ses productions ne plaisaient pas toujours au service commercial. Alors, il venait me trouver pour me dire : « Voilà, ça ne leur plaît pas. Qu'est-ce qu'on peut faire ? Occupez-vous-en. » J'avais un rôle de « tampon », si vous voulez, entre le service commercial, Jacques Canetti et Boris.

Noël Arnaud. – Vous avez suivi l'enregistrement de son disque ?

Denis Bourgeois. – Oui. Et là, je voudrais parler de quelqu'un qu'il a amené au métier, et qu'il aimait beaucoup, et que moi j'aime toujours beaucoup, c'est Alain Goraguer. Goraguer était pianiste de jazz. Boris l'a amené au studio, lui a fait faire un disque qui s'appelait *Go, go, Goraguer*, qui n'a eu aucun succès commercial, mais c'était un bon disque. Goraguer a également écrit la musique de quelques-unes de ses chansons, et il l'a accompagné dans son tour de chant.

Boris état un homme extrêmement gentil, et très généreux. Pour beaucoup de gens, c'était l'auteur de *J'irai cracher sur vos tombes* et de chansons cruelles. Mais on était frappé par sa gentillesse et son humour. Quand il était chez Philips, par ses lettres et ses notes de service, il arrivait à faire rire des gens qui ne riaient jamais, comme le chef comptable. Il avait une façon très particulière de remplir ses tâches administratives. Vous savez que, quand on se déplace, qu'on prend un taxi, ou qu'on déjeune pour des raisons professionnelles, on doit établir une note de frais que l'on accompagne de pièces justificatives. Neuf fois sur dix, Boris envoyait des tickets de métro. Ou bien, s'il avait une note de frais très longue, il la traduisait en centimes. Au début, les services comptables réagissaient assez mal, et puis le charme de Boris finit par opérer.

Avant le 1er janvier 1957, date de son entrée en fonctions en qualité de directeur artistique adjoint pour les variétés, Boris Vian (on l'a compris à travers les souvenirs de Denis Bourgeois) s'intéressait déjà à la section « Variétés » des productions Philips[1]. C'est pourquoi la liste ci-dessous, qui est celle de tous les enregistrements réalisés par Boris Vian pour la maison Philips, ou pour sa sœur Fontana, fait état de travaux effectués dès 1956. On y remarquera l'« essai Brigitte Bardot ».

Nous ne donnons les différents titres des morceaux composant un disque que lorsque celui-ci comporte une ou plusieurs œuvres de Boris Vian. Les titres des œuvres de Boris Vian sont alors suivis de l'indication (B.V.). Quand la pochette d'un disque enregistré par Boris Vian s'orne d'un texte dont il est l'auteur, soit sous son nom, soit sous un pseudonyme ou anonymement, nous ajoutons à la référence du disque la mention « Pochette ».

ENREGISTREMENTS RÉALISÉS PAR BORIS VIAN
POUR PHILIPS ET FONTANA

30-1-1956, 27-3-1956 et 28-3-1956 : Alain Goraguer et son Trio, Philips 33 tours 77.307 et Philips 45 tours 432.106. **Pochette**.
6-4-1956 et 18-4-1956 : Henri Salvador à la guitare.
27-6-1956 : Henry Cording (Salvador) and his Original Rock and roll boys **Rock and Roll-Mops** (B.V.). **Dis-moi qu'tu m'aimes Rock** (B.V.), **Rock-Hoquet** (B.V.), **Va t'faire cuire un œuf, man** (B.V.), Fontana 45 tours 460.518.
29-6-1956 : Les Trois Horaces, **Ballade des Truands, Les Vagabonds, La Java Martienne** (B.V.), **Les comédiens**, Philips 45 tours 432.166.
11-10-1956, 12-10-1956 et 13-10-1956 : Magali Noël, **Fais-moi mal, Johnny** (B.V.), **Alhambra-Rock** (B.V.), **Strip-Rock** (B.V.), **Rock des petits cailloux** (B.V.), Philips 45 tours 432.131 : les mêmes chansons + Rock around the Clock, Va t'faire cuire un œuf, man (B.V.), Rock à gogo, Riff and Rock, Dis-moi qu'tu m'aimes Rock (B.V.), Rock at the Apollo, Philips 33 tours 76.089. **Pochette**.
26-10-1956, 21-11-1956 et 30-11-1956 : Kenny Clarke plays André Hodeir, Philips 33 tours 77.312.
16-11-1956, 17-11-1956, 6-5-1957, 9-5-1957, 15-5-1957, 23-5-1957, 28-6-1957 et 2-7-1957 : Magali Noël, **Oh! (C'est divin!)** (B.V.), **Nous avions vingt ans** (B.V.), **Que nous est-il arrivé** (B.V.), **Mon a, mon amour** (B.V.), Philips 45 tours 432.193 ; **Un coup de foudre, Mon oncle Célestin** (B.V.), **Oh si y avait pas ton père** (B.V.), **Eh! Mama** (B.V.), Philips 45 tours 432.185.

---

1. En 1956, les honoraires de Boris chez Philips étaient de 100 000 francs par mois. En 1957, Philips lui versera chaque mois 150 000 francs, mais à titre d'appointements et non plus d'honoraires. Nuance.

16-11-1956 : Essai Brigitte Bardot.
28-11-1956 : Jan et Rod, **Que bella combinazione, la Môme aux Boutons, Vladimir Petroskoioff, la Java des Bombes atomiques** (B.V.), Philips 45 tours 432.146. **Pochette.**
28-12-1956, 8-1-1957, 8-7-1957, 10-7-1957, 30-10-1957, 5-11-1957 et 28-11-1957 : **De l'Opéra de quat'sous à September Song**, chansons de Kurt Weill (Catherine Sauvage, Christiane Legrand, les Quatre Barbus et Yves Robert), **Chant des canons, Bilbao Song** (B.V.), **Complainte de Mackie, Chanson de Barbara, le Roi d'Aquitaine, la Fiancée du Pirate, Grandeur et Décadence de la ville de Mahagonny, Speak Low, Ballade de la vie agréable, Sorabaya Johnny** (B.V.), **le Grand Lustucru, Nanna's Lied** (B.V.), **Tango des Matelots, J'attends un navire, Alabama Song** (B.V.), **September Song**, Philips-Réalités V 4.
2-1-1957 : Les Quatre Barbus.
4-1-1957, 15-1-1957 et 2-4-1957 : Louis Massis, **Hop-Digui-di, Java javanaise** (B.V.), **les Aurochs, la Fiancée du Capitaine** (B.V.), Philips 45 tours 432.174. **Pochette.**
14-1-1957 : Claude Bolling et ses Dixifaunes.
12-2-1957 : Essai Paul Braffort.
12-2-1957 : Essai Noëlle Lallemand.
1-4-1957 : Claude Bolling et son Trio, Philips 45 tours 432.165. **Pochette.**
5-4-1957 : Henri Salvador et ses Calypso Boys, **Y a rien d'aussi beau** (B.V.), **Eh! Mama** (B.V.), **Oh si y avait pas ton père** (B.V.), **C'était hier**, Philips 45 tours 432.164. **Pochette.**
13-5-1957 et 16-5-1957 : Fredo Minablo et sa Pizza musicale. **Tout fonctionne à l'italiano** (B.V.), **Bambino, Salsicciatella (Le petit saucisson)** (B.V.), **Tarentelle de la Tarentule** (B.V.), Fontana 45 tours 460.525. **Pochette.**
15-5-1957, 25-5-1957 et 3-6-1957 : Henri Salvador chante pour les amoureux **Amour perdu, Pour toi seule, T'es à peindre** (B.V.), **Rose**, Philips 45 tours 432.187.
25-5-1957 : Henri Salvador.
29-5-1957 : Les Trois Ménestrels, Fontana 33 tours 660.212.
21-6-1957 : Juan Catalano, Fontana 45 tours 460.552. **Pochette.**
24-6-1957 : Lucienne Vernay et les Quatre Barbus, **Abécédaire musical à l'usage des enfants et des personnes qui téléphonent** (B.V.), Livre-disque Philips 45 tours 9.114.
1-7-1957, 3-7-1957, 5-7-1957, 11-7-1957, 7-10-1957 et 7-11-1957 : **Chansons 1900** (Philippe Clay, Jacqueline François, Juliette Gréco, Armand Mestral, Dario Moreno, Jean Paredes, Fernand Raynaud, Henri Salvador...), Philips-Réalités V 3.
12-7-1957 : Mouloudji (Album **l'Amour de Moy**).
14-9-1957 : Henri Salvador et sa guitare.
1-11-1957 et 8-11-1957 : Henri Salvador.
15-11-1957 : Earl Hines.
4-12-1957 : Miles Davis (musique du film **Ascenseur pour l'échafaud**), Fontana 33 tours 660.213. **Pochette;** Fontana 45 tours 460.603. **Pochette.**
12-12-1957 : Corry Brokken, Philips 45 tours 422.257. **Pochette.**
20-12-1957, 23-12-1957, 24-12-1957, 30-12-1957 et 2-1-1958 : **De**

Marlène à Marilyn (Michel Legrand et son orchestre), Philips-Réalités V 6.

30-12-1957 : Jacqueline François.

7-1-1958, 9-1-1958, 10-1-1958, 16-1-1958, 23-1-1958, 24-1-1958, 27-1-1958 : **Au temps du Charleston** (Zizi Jeanmaire, Roland Petit, Jean Wiener, les Frères Jacques), Philips-Réalités V 8.

26-3-1958 : Juan Catalano, Fontana 45 tours 460.561.

31-3-1958 : Jean-Louis Tristan, **Le gars de Rochechouart** (B.V.), **Diana, À coups de dents, Pour aller danser**, Fontana 45 tours 460.563. **Pochette.**

18- et 19-2-1958 et 3-4-1958 : **Chansons de Bruant** par Patachou, Philips-Réalités V 9.

24-4-1958 : Juan Catalano, **Les Grognards, Ses baisers me grisaient** (B.V.), **Symphonie d'un soir, Demain la quille**, Fontana 45 tours 460.567.

7-5-1958 : Francis Lemarque. **Rendez-vous de Paname** (dix chansons). Fontana 33 tours 660.221.

14-5-1958 : Béatrice Moulin, Fontana 45 tours 460.568.

4-6-1958 : Simone Langlois, **Bande originale du film « Premier Mai »**, Fontana 45 tours 460.572. **Pochette.**

5-6-1958 : Jean-Claude Darnal, Fontana 45 tours 460.574. **Pochette.**

6-6-1958, 25-6-1958, 4-11-1958, 19-11-1958 : Caudry et les Chachacha, **Cha-cha-cha des thons, Shah-Shah Persan, Natacha chien-chien-chien** (B.V.), **Inopinément** (B.V.), Fontana 45 tours 460.605.

18-6-1958 : Michel de Villers et son orchestre, Fontana 45 tours 460.589. **Pochette.**

25-6-1958 : Louis Ferrari et son ensemble, Fontana 45 tours 460.019.

26-6-1958, 9-7-1958 : Pierre Assier (avec l'orchestre Gérard La Viny), Fontana 45 tours 261.086.

1-7-1958 : Gérard La Viny et son ensemble de « la Canne à Sucre » : **Sans chemise sans pantalon, Nèg' ni mauvais' manièr', Ma Mère c'est ta belle-mère** (B.V.), **Si vous avez des cornes**, Fontana 45 tours 460.580. **Pochette.**

7-7-1958 : Fontana-Cinémonde n° 3. **Le Piège** (musique originale d'Alain Goraguer), Fontana 45 tours 460.579.

8-7-1958 : Piano Bar, Laura Fontaine [Chut ! c'était un déguisement d'Alain Goraguer] et son quartette **I only have eyes for you, My funny Valentine, Bewitched, 'Deed I do, I Did n't know what time it was, Lovely to look at, Rose Room, Cocktails for two, Smoke gets in your eyes, Lullaby of Broadway, Nous avions vingt ans** (B.V.), **You go to my Head, Where or when, There's a small Hotel**. Fontana 33 tours 680.009.

11-7-1958 : Picolette chante quatre chansons de Bruant, Fontana 45 tours 460.584. **Pochette.**

18 et 21-7-1958 : Simone Langlois, Fontana 45 tours 460.582.

30-7-1958 : Fontana-Cinémonde n° 4. Hildegarde Neff, **La Fille de Hambourg** (B.V.), **Générique, Hambourg Parade** (B.V.), Fontana 45 tours 460.583. **Pochette.**

22-8-1958 et 5-9-1958 : Hildegarde Neff, **Qu'avez-vous fait de mon amant, C'était pour jouer** (B.V.), **Bal de Vienne** (B.V.), **J'aimerais tellement ça** (B.V.), Fontana 45 tours 460.591.

23-9-1958 : Juan Catalano, Fontana 45 tours 460.587.

24-9-1958, 30-9-1958 : Eddy Marnay, Fontana 45 tours 460.588.

2-10-1958, 3-10-1958, 9-10-1958, 15-10-1958 ; 21-10-1958, 22-10-1958, 27-10-1958 : Gabriel Dalar, **Docteur Miracle, Hé Youla, Viens, Croque-Crâne-Creux** (B.V.), Fontana 45 tours 460.602. **Pochette. Oh-Chou-Bi-Dou-Bi, N'oublie pas, 39° de fièvre** (B.V.), **Arc-en-ciel**, Fontana 45 tours 460.607.

10-10-1958, 15-10-1958, 16-10-1958, 20-10-1958 : Jean-Louis Tristan, **D'où reviens-tu Billie Boy?** (B.V.), **Vive Aznavour, Eh Jack, Toi le Venin**, Fontana 45 tours 460.600.

14-10-1958, 26-11-1958, 4-12-1958, 29-12-1958 et 6-1-1958 : Gérard La Viny, **Bois un coup et va au lit** (B.V.), **Bon Dieu Bon** (B.V.), **Le Bonheur, Paysage endormi**, Fontana 45 tours 460.604.

5-11-1958, 20-11-1958 : Roger Berthier et son ensemble, Fontana 45 tours 460.033.

10-11-1958, 13-11-1958 : Norman Maine et son orchestre, Fontana 45 tours 460.606.

13-11-1958 : Francis Lemarque, Fontana 45 tours 460.608 et Fontana 33 tours 660.221.

28-11-1958, 8-12-1958 : Michel de Villers et son orchestre, Fontana 45 tours 460.611.

28-11-1958, 3-12-1958 : Les Trois Ménestrels, Fontana 45 tours 460.610.

28-11-1958 et 7-2-1959 : Juan Catalano, **L'arbre aux pendus** (B.V.), **Youlia** (B.V.), **Le bout du monde, Ukraine**, Fontana 45 tours 460.617.

29-11-1958 : Varel et Bailly, Fontana 45 tours 460.618.

8-12-1958 : Claude Parent, Fontana 45 tours 460.585.

28-12-1958 : Art Blakey et les Jazz Messengers, **Bande originale du film «Des Femmes disparaissent»**, Fontana 33 tours, 660.224.

BORIS VIAN ET BRIGITTE BARDOT

Noël Arnaud. – Pouvez-vous me dire rapidement comment se passait une journée de travail de Boris? Il arrivait le matin à son bureau...

Jacques Canetti. – Il arrivait rarement le matin à son bureau, parce qu'il n'avait pas de bureau. Il travaillait très bien chez lui. Mais il assistait à nos réunions de programmes, où l'on se stimulait mutuellement pour trouver des idées. C'était, naturellement, un des éléments les plus inventifs. Mais il proposait souvent des idées difficilement réalisables, ou tout au moins difficilement acceptables par des hommes depuis longtemps dans le métier. C'est, du reste, ce qui a amené Philips à créer une deuxième marque, qui s'appelait Fontana, et à laquelle Boris pouvait donner une coloration spéciale.

Noël Arnaud. – Fontana, pour Philips, c'était une expérience ?

Jacques Canetti. – C'était un banc d'essai, oui. Je ne voyais pas souvent Boris, à cette époque, parce que nous essayions de ne pas nous influencer.

Noël Arnaud. – Je reviens au rôle que devait jouer Boris. Il donnait des idées, et puis ?

Jacques Canetti. – Il devait établir un programme, c'est-à-dire choisir les disques qui allaient être réalisés. Il devait aller voir les auteurs, trouver des chansons, des interprètes, des musiciens, etc. Il lui arrivait souvent d'écrire des chansons pour un interprète donné en vue d'un enregistrement.

Noël Arnaud. – Voulez-vous dire qu'il a écrit des chansons parce que Philips en avait besoin ?

Jacques Canetti. – Presque. Tenez, je vais vous citer un exemple assez peu connu. Au moment où Brigitte Bardot commençait à devenir une grande vedette, c'est-à-dire vers 1956, j'avais essayé de faire des disques avec elle. Boris et Alain Goraguer avaient écrit plusieurs chansons pour elle, et elle venait souvent travailler avec eux.

Noël Arnaud. – Et ces chansons, pour finir, n'ont pas été retenues ?

Jacques Canetti. – Si, elles ont été retenues par B.B. Mais elle ne les a pas enregistrées parce qu'elle était alors surchargée de travail pour le cinéma. Mais cette envie de chanter...

Noël Arnaud. – Vient de là, au fond ?

Jacques Canetti. – Ah, j'en suis absolument certain. Je ne l'ai pas revue depuis ce moment-là. Mais son envie de chanter date de l'époque où elle venait travailler avec Boris.

La rapidité et la densité des appréciations que pouvait émettre Boris Vian dans l'exercice de ses fonctions de directeur artistique adjoint de la maison Philips apparaissent bien à la lecture de cet extrait d'une note de service dont il renforçait encore la pertinence et l'autorité en faisant suivre sa signature du titre – conféré par le Collège de Pataphysique – de Promoteur insigne de l'Ordre de la Grande Gidouille (P.I.O.G.G.).

Pour la danse, le Chet Baker est mieux que bon, les Artie Shaw, quoique fort démodés, sont en partie utilisables, le Glenn Miller est solide et éprouvé, le Barnet est aux quatre cinquièmes immonde, et l'Asmussen ne vaut pas un pet de lapin, sauf vote respect.

Je reste, messire, fidèlement vostre

Boris Vian, P.I.O.G.G.

Boris ne se perdait pas en circonlocutions. Voici un autre de ses avis (tout en majuscules pour souligner la gravité de l'heure) :

PLUS J'ÉCOUTE CE BRUBECK
PLUS JE TROUVE QUE C'EST UNE SOUS-MERDE PAS CROYABLE
JE REFUSE D'ENGAGER MA RESPONSABILITÉ SUR CETTE ABOMINABLE CHOSE
QUI N'A AUCUN RAPPORT AVEC DU JAZZ
ENCORE BIEN MOINS QUE VILLEGAS
JE SOUSSIGNÉ DÉCLARE QUE VOUS POUVEZ EN FAIRE CE QUE VOUS VOULEZ
MAIS QU'ON N'EN VENDRA PAS CINQUANTE ET ENCORE
ET JE RENDS MES BILLES SUR CE POINT PRÉCIS
PAS DE BRUBECK DANS NOTRE SÉRIE DE JAZZ SINON ON EST DÉSHONORÉS

Qui fut « déshonoré » ? Pas Boris ni la marque, mais le public qui – démentant la prophétie de Boris – fit un beau succès à Brubeck.

D'une note, fort sérieuse, intitulée *Rapport sur la découverte que je fis de la Hollande du 23 au 25 janvier 1956*, on nous autorise à révéler les premières lignes :

Il ne m'a point fallu grand temps pour constater que la Hollande, ou Pays-Bas comme on l'appelle quand on est placé plus haut, est une terre composée essentiellement d'eau et de maisons avec, çà et là, de l'herbe, d'un vert assez banal. En Hollande, on trouve également Michel de Ruyter... Ce garçon exerce au sein de la Société Philips de Baarn les fonctions délicates de conseiller en matière de jazz, tâche qui, vous vous en doutez, requiert une habileté extrême. Il n'en manque pas, grâce au ciel LUI NON PLUS.

Boris Vian avait complété la collection « Jazz pour tous », premier fruit de ses travaux chez Philips, d'un livre-disque donnant une *Histoire abrégée du Jazz*, entièrement de sa plume et d'ailleurs signée de son nom. Ce texte, remarquable de science et de clarté, est malheureusement trop long pour être reproduit ici. Nous ne pouvons qu'en recommander la lecture en indiquant sa référence : Disque Philips 33 tours 25 cm, Jazz pour tous, n° 99 556[1]. Puisque l'occasion d'une publicité bénévole nous est ainsi offerte, signalons en passant les sept disques de la collection de prestige « Philips-Réalités » auxquels Boris a collaboré de très près (choix des œuvres, enregistrements, présentation écrite) : *De l'Opéra de Quat'sous à September Song*, Philips-Réalités V 4, *De Marlène à Marilyn*, Philips-Réalités V 6, *Au temps du Charleston*, Philips-Réalités V 8, *Aristide Bruant*, Philips-Réalités V 9, *Les Mauvais Garçons*, Philips-Réalités V 12, *Panorama du Jazz*, Philips-Réalités V 13 et *Opus 109*, Philips-Réalités V 16.

Pour Philips, puis pour la marque-sœur Fontana dont il fut le directeur artistique à part entière de mai 1958 au 31 mars 1959, Boris Vian écrivit une multitude de textes destinés à orner le dos des pochettes de disques. Ces textes, d'une saveur et d'une verve inconnues jusque-là dans ce genre de littérature, étaient signés parfois Boris Vian, souvent Jack K. Netty ou Anna Tof (anagramme de Fontana) ou encore Anna Tof de Raspail (parce que Fontana logeait boulevard Raspail) ou Fanaton ou Eugène Minoux ou de pseudonymes adaptés au contenu du disque, tel « Lydio Sincrazi » sur la pochette de

---

[1]. On peut maintenant le lire, plus commodément, dans : Boris Vian, *Derrière la Zizique*, textes [de pochettes de disques] choisis, préfacés et annotés par Michel Fauré, Christian Bourgois éd., 1976.

l'extraordinaire *Fredo Minablo et sa Pizza musicale*, il leur arrivait d'être anonymes (quoique parfaitement avouables), comme ceux de la collection des 45 tours « Petits Jazz pour tous ». Nous avons pu, non sans mal, on voudra bien nous croire, dresser une liste que nous pensons complète de tous ces textes : ceux qui agrémentent des disques enregistrés sous la direction de Boris ont été signalés plus haut ; il en existe au moins autant pour les disques réalisés en dehors du contrôle personnel de Boris ou pour des rééditions de disques enregistrés à l'étranger. Il nous faut renoncer à en publier ici la nomenclature, mais on nous laissera citer, à titre d'exemples et parce que ces disques – et plus encore leur présentation écrite – nous plaisent fort, *l'Accordéoniste Dupont et ses commis agricoles* (Fontana 45 tours 460 030), *l'Adjudant Caudry et ses troupiers comiques* (Fontana 45 tours 460 477) et *Mohamed Ben Adbel-Kader et ses rythmes orientaux* (Philips 45 tours 424 061 BE), ce dernier ayant disparu du catalogue Philips, le 10 avril 1958, le jour où l'on jugea qu'il était prudent, en pleine guerre d'Algérie, de le restituer à son véritable interprète, le chef d'orchestre Léo Clarens. Textes courts, en général, circonscrits dans le format d'un 45 tours. Quoique de taille exceptionnelle, l'échantillon proposé est de la meilleure étoffe (il met en relief le dos de Magali Noël, Philips 33 tours 76 089) :

1. Quelques faits historiques

Durant le terrible hiver de 1837, on entendit à plusieurs reprises, dans une maison inoccupée de la rue du Petit-Plouc, au numéro cinq, des bruits tels que la Commission paritaire des Beaux-Arts décida incontinent de classer l'immeuble comme hanté. Ce qui fut fait. Les bruits ne disparaissant pas pour autant, le propriétaire, un vétéran de 1812, convia, par une belle matinée de juillet, quatre ouvriers munis de pelles et de pics à sonder les murs de la cave afin de mettre un terme aux racontars fâcheux qui traînaient çà et là.

2. Le mystère dévoilé

Et l'on fit de bien curieuses découvertes.

D'abord, on s'aperçut que dans la maison vivait une famille absolument inoffensive qui se nourrissait des produits de la vente de menus articles de bimbeloterie, tels que tour Eiffel en bois (la vraie n'était pas encore inventée, et ces bonnes gens ne pouvaient imaginer qu'elle serait en métal), vues aériennes de l'Arc de Triomphe prises d'une montgolfière équipée d'un bureau de dessin, etc. Le clou de l'assortiment était une reproduction en carton, grandeur nature, de la Chambre des députés, qui tenait tout juste dans le jardin.

Le responsable de tout cela? Un robuste vieillard aux cheveux blancs, à la barbe de même, vêtu de rouge et que l'on nommait, dans le voisinage, le Père Noël.

3. Éléments de généalogie

Le Père Noël avait déjà sept enfants dont l'un courait sur ses 64 ans, équipé à cet effet d'une selle à troussequin élevé et d'une paire d'étriers sur le volet. C'est cet enfant qui nous intéressera plus particulièrement. Vingt ans plus tard, en 1857, il épousait une demoiselle Aurélie Lamouillette dont il avait immédiatement sept enfants à son tour. L'aîné, né en 1858, fut baptisé Fils Noël pour le distinguer de son grand-père, auquel il ressemblait beaucoup, et aussi de son père qui se prénommait Charles. Fils Noël, en 1878, voulut entrer dans un couvent; il en ressortit dix minutes après, les Pères ayant refusé de s'intéresser aux objets de piété dont il faisait le trafic. En 1879, faisant d'une pierre deux coups après avoir changé son fusil d'épaule, il inventa le pare-clous avant même que l'on utilise le pneumatique (admirable intuition) et se maria, sans flafla, avec la jeune vicomtesse Urémie de Beauthorax, fille de famille noble et d'une fort grande beauté. Fils Noël et Urémie de Beauthorax mirent au monde onze rejetons, tous mâles sauf un qui resta toute sa vie dans l'incertitude. Le troisième (j'abrège, la place m'étant mesurée), le bel Ouen Noël, atteignit sa majorité en 1905, mais elle lui échappa aussitôt pour passer à son frère cadet. Ouen épousa en 1910 une jeune Grecque isolée à Paris par les inondations, Artémis Callipyge, au visage aussi classique que son nom.

D'Ouen et Artémis naquirent neuf filles toutes fort belles, qui épousèrent neuf artilleurs jumeaux. La branche mâle allait-elle s'éteindre? Non, car à la suite d'un pèlerinage en Bretagne, où se trouve un vieux saint spécialisé dans ce genre de miracles, Artémis, à 43 ans, donna le jour à la petite Magali.

4. Le produit final

Physiquement, elle tient ferme de ses ancêtres les Beauthorax et elle a hérité en outre de la branche Callipyge tous les signes extérieurs utiles. Du vieux Noël, elle a gardé un goût traditionnel pour l'ouvrage bien faite, et une énergie difficile à contrôler. Personne, au reste, ne songe un instant à essayer. On arrive, en lui faisant enregistrer douze ou quinze rocks d'affilée, à la fatiguer quelques instants, mais on peut recommencer une heure plus tard, il n'y paraît plus. Même en lui imposant un débit de cent mots à la seconde, on reste bien en deçà de sa capacité énergétique.

5. Le programme des réjouissances

Pour essayer de canaliser son impétuosité naturelle, on a entouré Magali Noël de diverses formations choisies parmi les plus résistantes. Celle d'Alix Combelle, qui mérite le titre de jazzman numéro un de France, a gravé deux joyeuses ritournelles. Joss Baselli, musicien arrangeur aux talents multiples, prouve qu'il sait faire danser aussi bien qu'il sait accompagner, et ce n'est pas un menu compliment. Enfin, le prestidigitateur musical Michel Legrand donne deux versions très remuantes des succès mondiaux que

sont Rock around the clock **et** Riff and rock. **Voici donc, sous son habillage dernier cri, cette marchandise depuis longtemps appréciée des connaisseurs qu'est le rock and roll, dérivé du bon vieux blues des familles... Écoutez se déchaîner les rockmen français, alternant avec ce qui s'est fait de plus sexy depuis Ève, Magali Noël.**

Jack K. Netty

(Traduit du broutzing par Boris Vian.)

LE DISQUE DE BORIS VIAN

Au Studio Apollo, rue de Clichy, dans l'ancien Théâtre de l'Apollo, Boris Vian enregistra les 22, 27 et 29 avril et le 24 juin 1955 les *Chansons « possibles » et « impossibles »* de quoi fut composé le disque Philips 33 tours, 25 cm, n° 76042 R. Ce disque – devenu rarissime – comprenait le répertoire de Boris aux *Trois Baudets* : *Les Joyeux Bouchers, Bourrée de complexes, Java des Bombes atomiques, On n'est pas là pour se faire engueuler, Je bois, Je suis snob, le Déserteur, Complainte du Progrès (les Arts Ménagers), Cinématographe* et *le Petit Commerce*, toutes chansons interprétées par Boris et dont il avait écrit les paroles et, pour *le Déserteur*, les paroles et la musique. *Le Petit Commerce* s'expliquait primitivement par son sous-titre : « pour consoler M. Poujade, l'histoire d'un artisan qui a réussi ».

Souvenirs de Jacques Canetti

Noël Arnaud. – Au début de notre entretien, vous faisiez allusion à des malentendus qui avaient surgi entre Boris et vous. Je suppose qu'il s'agissait de heurts sur le plan professionnel.

Jacques Canetti. – Je me reproche d'avoir, à un certain moment, moins bien accueilli les idées que Boris pouvait avoir. Ses idées me paraissaient trop souvent irréalisables, ce qui a dû altérer nos relations. Mais, quand je relis les chansons que Boris écrivait à ce moment-là, je comprends qu'il était tout simplement en avance sur la sensibilité, la réceptivité des gens. Car la plupart de ces chansons n'ont pas une ride. Brassens, qui connaissait bien Boris, Brassens avait très bien senti cela, et il avait dit qu'un jour tout le monde chanterait les chansons de Boris.

Noël Arnaud. – Vous parlez, je suppose, du texte qui se trouve sur la pochette des *Chansons possibles et impossibles*. J'ai eu la chance d'acheter ce disque à l'époque, et de le conserver. Mais il a été très rapidement difficile à trouver dans le commerce. On a même dit qu'il avait été retiré du catalogue. Que s'est-il passé, en réalité ?

Jacques Canetti. – Il a été retiré, parce que nous avons reçu des injonctions.

Noël Arnaud. – Des pouvoirs publics ?

Jacques Canetti. – Je ne peux pas vous dire si c'était des pouvoirs publics, mais nous avons reçu des injonctions.

Noël Arnaud. – Mais c'était une autorité extérieure à la maison Philips ?

Jacques Canetti. – Absolument. Parce que nous avions, je dois le dire, une grande liberté d'action. Pratiquement, je pouvais enregistrer tout ce que je voulais. La haute direction hollandaise ne s'est jamais immiscée dans les problèmes de répertoire. Je tiens à le dire, parce que Boris a imaginé l'action d'un personnage mystérieux.

Noël Arnaud. – Donc, le disque qui contenait *le Déserteur* a été retiré du commerce et détruit, en quelque sorte ?

Jacques Canetti. – Non, on ne détruit rien. La preuve, c'est que Philips a ressorti un Boris Vian, l'année dernière, à partir des matrices originales.

Noël Arnaud. – Les matrices, certes. Mais les disques ?

Jacques Canetti. – Les disques, on se contente de les épuiser, et de ne pas faire de nouveaux tirages.

Noël Arnaud. – Les tirages étaient importants ?

Jacques Canetti. – De 400 à 500 exemplaires, me semble-t-il.

Noël Arnaud. – Si peu que cela ! Le disque de Boris n'a pas été tiré à plus de 500 exemplaires !

Jacques Canetti. – Je serais très surpris que ce disque se soit vendu à plus de 1 000 exemplaires en deux tirages. Il y avait deux 45 tours : les chansons possibles, et les chansons impossibles. Mais le tirage n'a pas dû dépasser 1 000 exemplaires.

Noël Arnaud. – Et pour le 33 tours ?

Jacques Canetti. – À l'époque, un 33 tours se vendait moins bien.

Noël Arnaud. – Le tirage a donc été plus faible ?

Jacques Canetti. – Certainement. C'était un tout petit tirage.

Souvenirs de Denis Bourgeois

Noël Arnaud. – Le disque de Boris, finalement, a été retiré de la vente. Vous rappelez-vous dans quelles circonstances ?

Denis Bourgeois. – Ce disque n'a été ni bien ni mal accueilli, à la radio et dans le public : il est passé inaperçu.

Noël Arnaud. – Vous n'avez pas l'impression qu'on l'a, non pas interdit peut-être, mais fortement déconseillé...

Denis Bourgeois. – Évidemment, il y a eu l'histoire du *Déserteur*, qui était sur ce disque et qui a provoqué certains remous. Mais ce n'étaient que des prétextes : on n'aimait pas son disque, et l'on cherchait des prétextes pour lui dire : « S'il n'y avait pas eu *le Déserteur* ou telle autre chanson, ça aurait peut-être marché. » Ce n'est pas vrai. Il n'en était pas aigri, mais il était passablement déçu.

Noël Arnaud. – Le tirage était faible ?

Denis Bourgeois. – Très faible. Commercialement, ce fut un échec total.

Pour désigner un succès dans les « variétés », les gens du métier employaient depuis longtemps le mot *saucisson*. Boris trouvait que ça faisait sale ! Au cours d'une réunion de travail chez Philips, en 1957, il proposa de lui substituer le mot *tube*. Le terme connut une faveur telle, et si durable, qu'il est maintenant d'usage courant dans le jargon de la profession ; les vedettes en ont chaque jour – qu'on nous passe le mot – plein la bouche. Et comme pour tous les outils dont on se sert quotidiennement, peu savent quel en fut l'inventeur.

Il est de tradition chez Philips de réunir périodiquement les représentants de la marque pour leur faire goûter les primeurs du terroir et leur exposer la situation du marché. Ces congrès donnent lieu à festivités, comme de bien entendu. Boris Vian, au cours de son séjour chez Philips, concourut à l'organisation de trois congrès, ceux des 7 septembre 1956, 20 septembre 1957 et 28 mars 1958. Sous la bannière de Fontana, il participera à deux congrès : à Louviers, le 30 avril 1958, à la salle des Centraux à Paris, le 20 septembre 1958. Le programme du congrès Philips du 20 septembre 1957 annonçait « entre 14 heures et 14 h 15 » : Fanfare et *Inauguration du monument auriculaire*. Boris Vian monte à la tribune, sous les traits du chanteur Louis Massis en grande tenue de maire :

**Mesdames,
Messieurs,**
et chers administrés du treizième arrondissement et demi,

Je n'apprendrai rien à personne en vous rappelant « ex abrupto » que l'homme possède un organe pair – je dirai même plutôt une paire d'organes grâce auxquels nous devons tous, en définitive, de nous trouver ici. (Un temps, il regarde son papier.) **Mon document portait** « applaudissements »... mais je n'insiste pas.

En raison donc de l'incidence de cette paire d'organes sur nos affaires courantes, et même sur celles qui le sont moins, il nous a paru judicieux, équitable, et du meilleur goût, de procéder à une érection : celle d'un monument reproduisant à une échelle très légèrement agrandie l'un de ces organes auxquels nous devons la vie – et aussi, je dois l'ajouter, un certain nombre de plaisirs physiques pas négligeables.

C'est cet organe grâce auquel la jeune femme, charmée, dans l'intimité de son boudin... pardon... de son boudoir... peut jouir d'une atmosphère aussi enivrante que celle, tant vantée, de la Riviera parfumée sur laquelle, le nombril au vent, les adolescentes à la peau bronzée et les éphèbes sortis du ciseau de Michel-Ange ou de la cuisse de Jupiter, avant d'entrer sous le ciseau d'une Parque sans attraction... pardon, sans attraits, s'ébattent dans l'eau mousseuse de cette mer intérieure qui fit des Romains, selon la forte expression de Jules, le plus grand de ces derniers, un peuple d'agriculteurs dont le labourage et le pâturage étaient les mamelles principales, et ceci, bien avant Hollywood et Marilyn Monroe qui, d'ailleurs, n'est pas Romaine mais Japonaise comme chacun sait.

Ainsi, lorsqu'on laisse glisser au creux du sillon, d'où se met à couler l'extase savoureuse, un doigt vif et caressant que prolonge un bras léger et mobile apte à extraire de ces profondeurs mordorées le pur délice, la jeune femme, tout comme le jeune homme, grisé par la vibration ténue amplifiée des centaines de fois par la résonance interne des corpuscules – un technicien vous expliquerait tout cela mille fois mieux que je ne puis le faire moi-même, mais je suis obligé de me contenter de mon vocabulaire de maire profane et incompétent – mais où en étais-je... ainsi donc, lorsque l'on pose sur l'objet arrondi et mobile une pointe agile qui pénètre au fond de ses replis les plus intimes, quelle extase n'envahit point cet organe – cette paire d'organes ou cet organe pair que nous portons fièrement sur le côté... hum (il vérifie) c'est bien ça... sur le côté gauche euh... et sur le côté droit de la tête.. (étonné) Tiens ? (au public) c'est ma secrétaire qui m'a rédigé ce discours, elle est très jeune... elle n'y connaît rien en anatomie... Cet organe que je ne nommerai pas, puisque vous avez tous deviné qu'il s'agit de... (il lit) Ah bah !... Elle est bien bonne... Puisqu'il s'agit de l'oreille ! (le monument se découvre et s'illumine). Cette oreille, disais-je... (à part) Évidemment, c'était l'oreille, la crétine... Cette oreille qui nous fait vivre et qui nous fait parfois crever... (il relit) non... grever... le budget de la Société phonographique Philips de frais innombrables tels que fanfares, faux maires, attractions de mauvais goût, discours ridicules et phraséologie pompeuse autant qu'équivoque et parfois déplacée. Le modèle d'oreille que vous avez sous les yeux est copié sur l'oreille de Denys – Denis Bourgeois, me dit-on dans la salle... auquel cas je félicite son possesseur ; c'est en effet une belle oreille que cette oreille-là, et je suis d'autant plus à l'aise pour en parler que je suis sourd à toute tentative de dénigrement d'où qu'elle vienne. C'est pourquoi je suis fier d'accueillir ici, dans le 13ᵉ arrondissement et demi en cette rue Jenner que vous connaissez si bien, cette grande maison bien italienne qu'est la maison Pathé Marconi... (à part) merde... je me trompe de discours... heu... ici... dans le treizième arrondissement et demi, village natal de mon aïeul Philippe Blanquignol, la maison (il lit) Phi...lips... (haut) la maison Philips... la bien-nommée, qui fera retentir haut et clair le chandelier de la production phonographique en Vogue (il s'arrête). Vogue... ça me dit quelque chose... Que ce studio soit donc le vaisseau dans lequel sans Barclay (il se reprend) dans lequel s'embarquent les artistes les plus renommés pour la course à la gloire sous les couleurs glorieuses de l'étiquette la meilleure (il regarde). Je ne peux pas lire... aussi je vais conclure par Philips, c'est plus sûr, et vous remercier de votre aimable attention, vous sans qui notre esquif aurait déjà coulé à fond... à Fontana... non... à fond de cale (il s'interrompt) quel tissu d'inepties... c'est sûrement la direction artistique qui a pondu ce machin-là... (il reprend plus fort) et je lève mon verre à la gloire immarcescible de l'oreille, de ceux qui l'alimentent et de ceux qu'elle alimente (il balaie l'assistance). Je ne désigne personne, suivez mon regard. Vive Blanqui, vive vous, vive nous, vive le congrès des représentants, et vive la grosse oreille, la grande oreille, la belle oreille sans laquelle nous travaillerions tous à l'œil ! (Applaudissements.)

Boris Vian devait, lui aussi, se faire « embarclay ».

En janvier 1959, il est au port de Goury, près d'Auderville (Manche), à l'Hôtel de la Mer (« spécialités régionales, spécialités arabes et chinoises, dégustation de homard... »), un lieu battu par les vents, au cap de la Hague, où il peut respirer à pleins poumons. L'année précédente, il y avait fait un premier séjour, au mois de janvier déjà, à la pire saison ; pour lui si avide d'oxygène – la meilleure. C'est de là qu'il écrit, le 14 janvier 1959, à Louis Hazan, directeur commercial de Fontana :

Mon cher Louis,

Par le même courrier, j'informe Pré de ma décision de ne point renouveler mon contrat avec cette Société que nous connaissons bien. Naturellement, les trois mois de préavis joueront à votre guise, c'est-à-dire que, sauf arrangement différent, je vous quitte le 15 avril. Ça m'embête (pas à cause du terme) parce que j'aime bien travailler avec vous, mais c'est vraiment pas rentable. Ne m'en veuillez pas, vous savez que cela ne vient pas des gens avec qui je travaille et qui sont tous très bien.

Ci-après, carte de mon bout du monde. Mes amitiés à Odile. Bien cordialement vôtre (plus que cordialement).

Il faut comprendre ce que Boris veut dire par « pas rentable ». Il pense moins à sa rémunération (somme toute convenable) qu'au temps perdu à gagner sa vie. Toujours l'obsession du temps – et de plus en plus lancinante à mesure qu'il avance vers le terme de son existence et comme s'il le sentait proche. Ses fonctions de directeur artistique, responsable de toute la production Fontana, sont une lourde charge : il y consacre toutes ses journées, et de longues journées. Et il arrive le matin chez Fontana exténué, ayant passé les trois quarts de la nuit à écrire pour lui-même chansons, sketches, chroniques, ballets, opéra... Enfin, il a conscience que la marque, qui lui prend pourtant le meilleur de son énergie, ne prospère guère parce que « ses » disques atteignent rarement le vrai succès, celui qui paie. C'est trop de temps, trop de fatigue pour peu de chose, trop de mon temps si mesuré, trop de ma personnalité sacrifiée, voilà ce que finit par se dire Boris Vian.

Boris fut séduit par les offres d'Eddie Barclay, son ami de longue date et musicien de jazz – on finit par l'oublier un peu derrière les luxueuses façades de sa réussite commerciale – avec qui il s'était plu à jouer naguère. Après son « préavis » (d'ailleurs plutôt théorique) chez Fontana, il devint donc Directeur artistique des disques Barclay. Son contrat – qui l'engageait à compter du 1er avril 1959 – était des plus avantageux :

200 000 francs d'appointements mensuels, augmentés d'un forfait de 100 000 francs pour frais de représentation. Denis Bourgeois affirme que l'ambiance de la maison lui était agréable et qu'il y voyait la possibilité de nouvelles et heureuses expériences. Cette impression reflète bien, semble-t-il, le sentiment de Boris au début : il espérait travailler désormais sans obligation de temps et dans un domaine bien délimité, celui du jazz, où les considérations commerciales étaient relativement moins impérieuses que dans le secteur des variétés. D'autres ont retenu surtout la très grande lassitude qui imprégnait Boris pendant ces quelques semaines où il eut le titre et à peine les fonctions de directeur artistique de Barclay. Ceux qui lui rendirent visite à son bureau savent qu'il souffrait en tout cas des bruits de la rue qui ébranlaient ses fenêtres. On a dit (et on peut croire ces témoins-là) qu'il envisageait d'abandonner le métier et de recouvrer une complète indépendance.

De son expérience d'auteur de chansons, d'interprète et de directeur artistique, il avait fait un livre : **En avant la zizique... et par ici les gros sous** (1958) où les producteurs lâches et malhonnêtes, les éditeurs mercantis, les auteurs paillassons, les plagiaires cyniques, le public imbécile recevaient une sévère correction. « Je suis en relations permanentes avec les auteurs, les interprètes, les musiciens, les techniciens, la radio et le reste, et je vais me mettre à dos tous les gens qui s'estimeront invectivés (bien à tort!). Ça va sûrement me gêner beaucoup dans mon métier actuel. Heureusement, j'ai pris soin d'en apprendre plusieurs, des métiers, durant ma longue existence, et on manque toujours de menuisiers dans le bâtiment... Il m'arrivera sûrement d'avoir à faire enregistrer, en tant que directeur artistique, des chansons que je déteste, éditées par des filous et interprétées par des gens qui ne me plaisent pas. Si ça m'arrive trop souvent, c'est que je n'aurai pas réussi à résister, et je changerai d'activité... »

Boris Vian, nous dit Denis Bourgeois, avait fait les plans d'une machine à écrire la musique, à partir d'une I.B.M. transformée. Il n'y avait aucun doute : une I.B.M. aurait pu écrire toutes les combinaisons possibles de la gamme actuelle. Boris rêvait de s'acheter une telle machine, de la mettre en route, d'obtenir 300 millions de chansons, de les déposer à la S.A.C.E.M., et de déclarer : « À partir de maintenant, vous n'existez plus ! C'est moi qui suis l'auteur de toutes les chansons actuelles et futures... » Cela faisait partie de sa lutte contre la médiocrité. Parce que c'était une obsession chez lui : il haïssait la médiocrité, et il reprochait aux services commerciaux des maisons de disques de viser bas, de chercher le succès facile sous prétexte que ça se vendait mieux, et il disait : « Vous faites la classe pour les cancres ! Moi, je ne fais pas la classe pour les cancres. Et si j'arrive à mettre ma machine en route, je serai propriétaire de toutes les œuvres pour le monde entier, et je vous interdirai d'enregistrer les mauvaises... » Ce qui était, comme on le voit, un programme vaste et humanitaire.

MARDI	**23**	JUIN
	S. Jacob	

8 h

9 h

10 h au petit Marbeuf

11 h j'irai cracher

12 h

13 h

14 h

15 h

16 h — dessins - prog. de tentation
         40 rue F. 1ᵉʳ

17 h

18 h

19 h

20 h

21 h

Agenda de Boris Vian le 23 juin 1959.

La maladie et la mort

Le 21 juin 1959, dans son bureau chez Barclay, Boris Vian reçoit la visite de son vieil ami Maurice Gournelle, des « Casseurs de Colombes ».
— Tu sais, lui dit Gournelle, tu as ton teint d'endive. Tu devrais t'arrêter.
— Quand tu as une bagnole qui tousse, répond Boris, tu lui fous trois ou quatre coups d'accélérateur, et après ça tourne rond.
— Oui, réplique Gournelle, jusqu'au jour où les bielles passent à travers le carter.

La mort de Boris Vian, les causes de sa mort; sa maladie, les causes de sa maladie et son évolution ont donné lieu à bien des légendes.

Nous possédons des renseignements très précis et circonstanciés qui proviennent directement des entretiens d'Ursula Vian avec le médecin de Boris.

Boris souffrait d'une insuffisance aortique; celle-ci correspondait à de grosses lésions de l'orifice aortique consécutives à un rhumatisme articulaire aigu de l'enfance.

En juillet 1956, Boris avait été atteint d'un œdème pulmonaire. Dès ce moment, il était prévisible que la durée de son existence serait brève. Pendant un an, il suit un traitement qui améliore sensiblement son état. Il croit pouvoir guérir; il interrompt le traitement, refusant d'admettre qu'il lui faudrait le continuer toute sa vie.

En septembre 1957, une nouvelle crise d'œdème pulmonaire le terrasse.

Durant toute l'année 1958, Boris s'impose l'application

stricte du traitement. Aucun accident circulatoire ne survient.

En 1959, la plupart des témoins de la vie de Boris notent les signes d'une grande fatigue. Il meurt le 23 juin 1959.

Cette issue tragique était, nous l'avons dit, prévisible. Peut-être les interventions actuellement – et depuis peu – pratiquées auraient-elles pu sauver Boris.

L'attitude psychologique de Boris Vian devant la maladie se caractérisait par deux éléments contradictoires : a) il avait conscience d'être atteint d'une affection grave et il soupçonnait que son temps était mesuré (encore qu'aucun médecin, contrairement à la légende, ne lui ait jamais « prédit » qu'il mourrait avant l'âge de 40 ans, ou bien il faut supposer que Boris s'était documenté par ses propres moyens sur les pronostics habituellement retenus dans les cas identiques au sien) ; b) il n'acceptait pas cette situation et il s'efforçait de se prouver à lui-même qu'il pouvait mener une vie normale. On serait tenté de parler d'une véritable fuite devant la maladie ; c'était plutôt une négation, on dirait instinctive si son immense appétit d'existence ne s'était fondé d'abord, intellectuellement, sur ces « mille choses à faire », qu'il se savait apte à faire et qu'il évoquait si souvent.

Les deux crises d'œdème pulmonaire avaient été dramatiques ; certainement elles lui avaient fait éprouver l'impression d'une mort imminente. Il craignait par-dessus tout le retour des palpitations cardiaques ; il en était obsédé. Ursula dit que, lors des crises, on entendait son cœur battre à un mètre de distance.

Denis Bourgeois. – Un jour, il voulut me parler de ce qu'il faisait chez Barclay, alors nous avons déjeuné ensemble à Neuilly. C'était le 22 juin. Il a sorti sa boîte de petites pilules, et il m'a dit : « Je vais en prendre une ou deux de plus. Je ne vais pas bien en ce moment. » Au cours du déjeuner, je lui ai dit : « Boris, demain matin, on projette *J'irai cracher sur vos tombes*, vous devriez venir. » Et il ne voulait pas, parce qu'il avait eu des différends avec le metteur en scène. Il désapprouvait l'adaptation de son bouquin, et il m'a dit : « Non, je

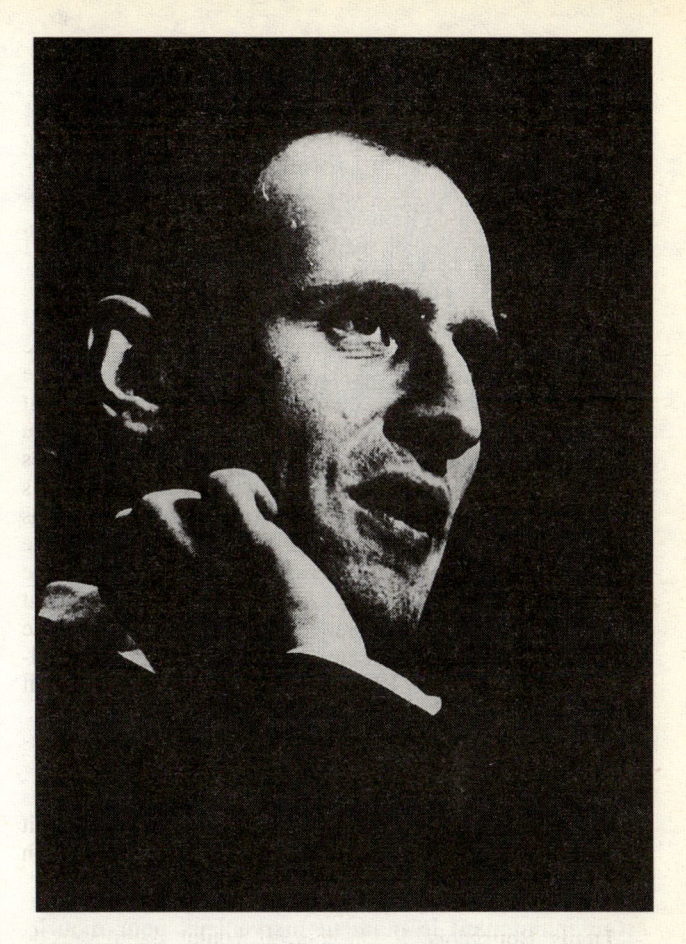

n'irai pas. » J'ai insisté parce que nous connaissions l'équipe du film, et je lui ai dit : « Écoutez, Boris, venez, on sera tous là, ça nous fera plaisir. » Et il est venu, et je peux vous dire, puisqu'il est mort au cours de cette projection, que j'en ai été terriblement éprouvé, parce que je me sentais un peu responsable, non pas de sa mort elle-même, puisqu'il était condamné, paraît-il, d'une semaine, ou d'un mois à l'autre, mais je me suis toujours dit que, s'il n'avait pas assisté à cette projection, il aurait peut-être vécu quelques jours, ou quelques semaines de plus.

Noël Arnaud. – Vous étiez assis près de lui, je crois ?

Denis Bourgeois. – J'étais dans le fauteuil voisin, et je l'ai vu mourir. J'ai vu sa tête partir en arrière, je l'ai vu tomber en syncope. Mais je ne pensais pas du tout qu'il était en train de mourir. Après, il y a eu l'affolement, les coups de téléphone, mais tout a été très rapide.

Noël Arnaud. – Mais pendant la projection, il s'était plaint ?

Denis Bourgeois. – Non, mais cela s'est passé tout au début du film, pendant les premières minutes. Il était ému, et choqué, parce que le metteur en scène était là, et le producteur aussi, et comme Boris était un garçon très gentil, il s'était montré aimable avec eux, alors qu'il n'en avait pas du tout envie. Enfin, il s'apprêtait à voir un film qu'il craignait de ne pas aimer, qu'il désapprouvait, même, et l'on peut évidemment penser que tout cela a provoqué une émotion trop forte, et la crise cardiaque. Il y avait là un ingénieur du son, François Dantan, qui m'a aidé à le transporter dès qu'il est tombé en syncope. Mais tout a été très vite, je vous le répète.

C'était le 23 juin 1959 à dix heures dix, au Petit Marbeuf. On transporta Boris à l'hôpital Laënnec, 42, rue de Sèvres, où sa mort fut officiellement constatée le 23 juin, à midi. Le 10 février 1953, dans une note intime, il écrivait :

... Il me vient à l'idée que c'est terrible mais je ne sais absolument pas comment je serai ce que je serai après. Un vieux de quelle sorte. Et qu'au fond ça serait maintenant le moment merveilleux pour mourir si je croyais à la littérature. Alors qu'est-ce que je fais je meurs ou non ? Je voudrais reprendre un peu tout ça il y a bien longtemps les choses ont beaucoup bougé j'écris plein de conneries et ceci qui est une connerie de qualité plus personnelle en souffre c'est injuste que diable mon personnel vaut bien celui d'autres c'est-à-dire aussi moins.

Et le 7 mai 1952, cette autre confidence :

Je suis pas tellement chaud pour les écrire, ces histoires. C'est petit, tout ça. C'est pas plus petit que celles des autres, mais ce que c'est petit aussi, celles des autres. Cent ans sur une petite terre dans un petit système solaire dans une petite galaxie d'un petit univers. Rien, quoi. Vraiment rien. Et tout en même temps, mais de l'intérieur seulement.

Non, je lâche. J'ai pas envie. J'ai pas assez de mains. Et j'ai tant de choses en retard. Le forçat c'est pas celui qui travaille sur ordre, c'est celui qui ne fait pas ce qu'il sent qu'il doit faire. Ça, ça gêne. Mais c'est moins pénible quand même. Puisqu'on le fait pas, au bout du compte. Ne pas faire quelque chose, c'est de la vie positive. Je déconne. J'ai moins envie d'écrire mes histoires...

Le 26 février 1952 :

Le temps, le temps, il me cavale au cul comme une charge de uhlans ; et le cœur qui me gêne...

> ... Comme tout le monde, je passe ma vie à préparer une image déformée du cadavre que je serai, comme s'il n'allait pas se déformer suffisamment tout seul.
> Lettre à Jacques Bens, 15 juin 1959.

BONNE NUIT, L'OURS. ET MON PAT ET MA LALA. TROIS QUE J'AIME. BONNE NUIT BEAUCOUP D'AUTRES. J'EN AIME BIEN BEAUCOUP D'AUTRES. C'EST JOLI DE VIVRE. J'AIME BIEN AUSSI.

BIOGRAPHIE D'UNE BIBLIOGRAPHIE

suivie d'une

NOUVELLE ENJAMBÉE DANS LA BIBLIOGRAPHIE

À l'évidence, tout bibliographe est un masochiste. Il sait que son travail – surtout s'il est le premier à l'accomplir sur un auteur ou un sujet donné – sera aussitôt discuté, critiqué, décrié. On lui reprochera le caractère incomplet de sa nomenclature (et puis zut! allons-y du mot : incomplétude, que refuse toujours l'Académie quoiqu'il soit de bonne formation et dise bien ce qu'il veut dire), l'incomplétude donc de sa nomenclature ou sa mauvaise ordonnance (problème de méthode, et chaque bibliographe a la sienne). On y relèvera des erreurs – qualifiées inévitablement de grossières, des omissions – impardonnables, et l'on conclura que cette bibliographie-là, eh bien il faut s'en méfier, s'y reporter avec prudence, en attendant la bonne, la vraie..., laquelle, bien entendu, arrive peu après, tout entière fondée sur la première (la pelée, la galeuse) dont elle corrige quelques fautes, en en conservant fidèlement une infinité ; dont elle comble quelques lacunes, en en maintenant béantes un bon nombre. Et ainsi de suite car le troisième bibliographe démolit consciencieusement les entreprises de ses prédécesseurs pour bâtir son édifice avec les mêmes moellons, à peine mieux taillés.

Nous ne jouerons pas à ce jeu. Car le premier bibliographe de Boris Vian, le pionnier, le héros, le martyr de la bibliographie vianesque, ce fut Boris Vian lui-même. À vrai dire, héros, martyr il ne se doutait pas qu'il l'était ou pouvait l'être; il n'en tira aucune gloire, il n'en souffrit pas les affres. Le Collège de Pataphysique préparait un «Dossier Vian» (qui sera *les Bâtisseurs d'Empire*); il paraissait opportun d'y donner une liste, aussi exacte que possible, des ouvrages du même auteur. Boris rédigea une note sur les fortunes diverses advenues à ses livres, s'efforçant de déterminer – le plus souvent de mémoire – quand l'œuvre avait été écrite, quand éditée, quand perdue, saisie, pilonnée, soldée. Cette esquisse bibliographique contenait maintes erreurs, fort excusables : Boris était loin de posséder un exemplaire de chacun de ses propres ouvrages; certains manuscrits importants restaient en des mains étrangères (ou devenues étrangères) et, par-dessus tout, il n'avait pas le temps – ni le goût – de remuer des monceaux de vieux papiers pour découvrir la date précise de quelqu'une de ses lointaines productions.

Telle quelle, cette ébauche rapide fut néanmoins à la base du travail babylonien auquel se livra François Caradec, quelques mois après la mort de Boris Vian, travail auquel, tout au début, nous assistâmes, émerveillé (par sa tranquille audace) et à la fois effrayé (par l'inextricable brousse où il s'enfonçait). En gidouille 87 du calendrier pataphysique, soit en juin 1960 du calendrier vulgaire, un an presque jour pour jour après la mort de Boris, le *Dossier 12* du Collège de Pataphysique nous offrait le fruit – tout un verger – de l'énorme labeur de Caradec : cette première bibliographie fut, du *Dossier 12*, à tant d'égards impressionnant, une des plus stupéfiantes révélations : on avait beau pressentir, on avait beau savoir même, que Boris travaillait comme quatre, qu'il venait de vivre plus d'un siècle en vingt ans de vie active et trente-neuf années d'existence, le volume de ses travaux, leur diversité vous laissaient confondu. Pour la première édition des *Vies parallèles de Boris Vian* (*Bizarre,* n° 39-40), Caradec reprit sa bibliographie, en lui imprimant un nouvel ordre et aussi en l'allégeant de certains documents annexes, ce qui n'empêcha pas cette «petite bibliographie portative» – comme il l'appela – d'occuper dix-sept pages grand format.

478

Après 1960, et pendant près de dix années, malgré l'abondance des essais sur Boris Vian, personne ne tenta de compléter ou de corriger vraiment la bibliographie de Caradec. Personne, sauf un universitaire français exerçant aux États-Unis, Michel Rybalka, auteur d'une thèse originale sur Boris Vian soutenue en 1966 devant l'Université de Californie, à Los Angeles, et publiée en France sous le titre *Boris Vian, essai d'interprétation et de documentation* (Les Lettres modernes, Minard, 1969). Avec une rare bonne grâce – rare en ces temps étranges où même dans les recherches érudites triomphe la foire d'empoigne –, Michel Rybalka ne s'est pas mis en tête de fracasser la bibliographie de Caradec ; il en a tout au contraire reconnu les mérites ; il y a versé ses personnelles découvertes, exposées d'abord dans le n° 6 (10 sable 96 = 10 décembre 1968) des *Subsidia Pataphysica* du Collège de Pataphysique. Ces utiles compléments ou rectificatifs sont précédés d'une note qui dit assez dans quel esprit Michel Rybalka a conduit ses investigations : « Vers une Méta-Méga-Bibliographie de Boris Vian ».

À notre tour, et pour ce qui est des œuvres publiées de Boris Vian, nous gagnons quelques pas sur la même voie : des ajouts, des corrections... et c'est bien le moins ; l'inquiétant serait que nous n'eussions rien découvert, fût-ce au hasard (la bibliographie restant jusqu'ici un peu à l'écart de notre champ de fouilles), depuis tant et tant d'années que nous vivons en familiarité avec Boris Vian. Toute bibliographie – pour en revenir à notre exorde – se fait ainsi, par approches successives, touches légères, additions infinitésimales. Nous savons – non, c'est encore trop avancer : nous savons parfois, nous soupçonnons le plus souvent, il nous arrive d'ignorer – quelles lacunes subsistent dans le nouvel état que nous présentons et que nous prions le lecteur de regarder comme la bibliographie la meilleure, puisqu'elle compile toutes nos connaissances, en d'autres termes : la moins incomplète qui se puisse établir en ce moment. De-ci de-là, des points d'interrogation confessent nos insuffisances, mais il y a aussi les points d'interrogation invisibles, ceux qu'il convient de lire – comme on dit – entre les lignes. Entre autres, le dépouillement systématique du *Canard enchaîné* reste à faire. Qu'attend donc Yvan Audouard – de longue date compagnon affectionné de Boris – non pour l'effectuer lui-même (il nous enverrait paître), mais pour orienter quelque jeune chercheur ? Boris Vian a beaucoup travaillé pour *Constellation* à partir de 1951. Son voisin du 8, boulevard de Clichy, Yves Gibeau l'y avait introduit. La correspondante habituelle de Boris à *Constellation* était l'une des plus proches collaboratrices d'André Labarthe, directeur et fondateur du magazine. Elle s'appelait Mme Lecoutre et devint une amie très fidèle de Boris qui la tenait pour la femme la plus intelligente de Paris, ce qui, dans sa bouche, n'était pas un mince éloge. Nous avons recensé beaucoup des collaborations de Boris à *Constellation*, parues sous son nom ou sous pseudonyme. Nous pensons que Boris n'aurait pas été trop fâché de se voir attribuer ces besognes-là, quelque alimentaires qu'elles fussent : elles sont, pour la plupart, de bonne venue et relatent souvent des événements réels de sa vie (c'est l'excuse généreuse que le biographe accorde au bibliographe). Par contre, ont été négligés volontairement les « condensés » de *Constellation*, genre où Boris était passé maître. Respecter l'anonymat absolu qui les recouvre nous semble répondre à son vœu.

Nous voudrions surtout appeler l'attention du lecteur sur l'innovation que nous introduisons dans la bibliographie de Boris Vian :

Pour la première fois est tentée ici une bibliographie – non analytique, non raisonnée, mais une bibliographie tout de même des *Œuvres inédites de Boris Vian*. Sur ce point, entre tous délicat, nous nous trouvions, non plus devant des manques, mais à l'inverse devant une surabondance à vous couper le souffle. Il nous fallait adopter un parti, un parti défendable. Nous nous sommes résolu à inclure dans notre bibliographie les seuls textes inédits complètement achevés et que Boris (c'est là le second critère) eut l'intention avouée de publier à un moment ou à un autre, ou – s'agissant de pièces de théâtre, scénarios de films, spectacles de cabaret – qu'il eut dessein de faire représenter. D'où il résulte que nous avons éliminé les brouillons, les ébauches, qui foisonnent dans les dossiers (et pourraient alimenter un gros bataillon d'écrivains en peine de « sujets »), les notes prises en hâte, les réflexions, les idées jetées en vrac, ces apophtegmes, ces « anti-pensées », comme les a nommées justement Pascal Pia, griffonnées en marge des projets les plus variés et qu'il serait abusif de tenir pour des rebuts par le seul fait que Boris n'eut pas le loisir de les recueillir lui-même en volume. Dans les divers chapitres des *Vies parallèles*, on a lu du reste plusieurs œuvres inachevées, voire « imparfaites » qui ne répondent assurément pas à notre définition des œuvres susceptibles de figurer à la bibliographie, mais présentent un intérêt certain pour la connaissance de la vie de Boris Vian et de ses procédés de création. C'est dire que les textes éliminés par nous ne l'ont pas été parce que nous les jugions dénués de toute qualité, mais – nous y insistons – pour la seule raison qu'ils eussent été inutilisables par Boris lui-même dans l'état d'inachèvement où nous les connaissons.

Certes, c'est par là que pèche notre méthode, nous n'avons pu toujours décider si la non-éclosion publique des œuvres inédites ici recensées fut due à un renoncement délibéré de l'auteur, insatisfait finalement de son travail, ou au mauvais état chronique du marché du livre, ou à l'hébétude, assez fréquente, des entrepreneurs de spectacles. Il est évident qu'une œuvre comme *Notre Terre ici-bas* (1942) était, pour Boris, vouée définitivement aux oubliettes (mais non pas, remarquons-le, au panier, puisqu'il l'avait soigneusement conservée à travers plusieurs déménagements). En revanche, il arrivait maintes fois à Boris de se souvenir d'écrits anciens, de les reprendre, les remanier – et encore pas toujours – et de les publier trois, cinq ou dix ans après leur germination. Le cas le plus curieux est celui des *Cent Sonnets* (1940-1944), dont la valeur littéraire (si nous osons cette opinion un peu hardie) est pour le moins contestable : il est avéré que Boris, jusqu'à ses derniers jours, voulait faire quelque chose (mais quoi ?) de ces *Cent Sonnets*. Alors, faute de pouvoir trancher à tout coup, nous avons préféré ne trancher jamais.

Reste que notre méthode, soit que nous éliminions trop, soit que nous gardions trop, frôle l'arbitraire. Si les Œuvres Complètes Totales de Boris Vian paraissent un jour, cet épineux problème, savoir : quoi d'inédit doit figurer dans sa bibliographie et quoi d'inédit non, serait résolu puisqu'il n'y aurait plus d'inédits. On livrerait ainsi l'auteur à la critique la plus sauvage des cuistres et à la critique la plus fine de ceux qui savent que les phares tournent et qu'on ne voit pas constamment leur lumière : l'ombre aussi appartient au mécanisme du génie.

Nous avons dans cette bibliographie adopté l'ordre chronologique. Les œuvres publiées après la mort de Boris Vian sont mentionnées dans l'année où elles ont été écrites et non dans l'année de leur édition, qui néanmoins est indiquée dans la notice. Sont d'abord énumérées les œuvres parues en volume : les traductions sont citées après les œuvres personnelles. Ensuite figurent, marquées par un double astérisque, les œuvres proprement inédites, c'est-à-dire celles qui n'ont fait l'objet d'aucune publication, même en revue. Enfin viennent les collaborations aux périodiques, un astérisque distinguant celles d'entre elles qu'on ne retrouve dans aucun des volumes parus jusqu'à présent.

Les bibliographies successives des *Vies parallèles* ont bénéficié grandement de l'aide généreuse et des travaux de François Caradec, Michel Rybalka, Claude Rameil, Michel Fauré, Alain Tercinet.

Il serait abusif de tenir la présente édition en Livre de Poche de notre ouvrage pour sa sixième édition. Le corps des chapitres n'a pas grossi (ni maigri) d'un gramme si, en revanche, les illustrations – par rapport à la cinquième édition – ont été parfois changées et sont moins nombreuses, opération qui n'est pas de notre fait. La bibliographie exigeait par contre une révision de la tête aux pieds et surtout d'être complétée considérablement. Notre lecteur se comporterait en ingrat, indigne de fréquenter Boris Vian, s'il ne s'en montrait reconnaissant – comme nous le sommes nous-même – à François Roulmann qui pratique la bibliographie avec un art raffiné comme d'autres le petit point ou la haute lisse. Nous lui devons d'être au jour le jour.

1940

CENT SONNETS, recueil de 112 poèmes dont six sonnets en forme de ballade, écrits de 1940 à 1944.

Manuscrit illustré de dessins en couleur de Peter Gna (Claude Léglise). Les dernières pièces du recueil, notamment certains des sonnets en forme de ballade, datent de mars 1944. Le début de la production ne peut être postérieur à 1941. La graphie encore hésitante de quelques textes (alors que Boris Vian acquerra très vite son écriture adulte, qui ne variera plus) nous induit à faire remonter à 1940, sinon à 1939, les tout premiers des **Cent Sonnets**. Édition posthume, Christian Bourgois, 1984 ; 10/18, 1987 ; Livre de Poche, 1997.

** **LIVRE D'OR**, de Doublezon (Boris Vian) et Bimbo (Alfredo Jabès), suite de collages légendés et historiés de dessins à l'encre de Chine et crayons de couleur.
36 pages. Manuscrit.
Justification du tirage : **Il a été tiré de cet ouvrage 10 000 exemplaires sur vergé Lafumelle et 30 exemplaires sur baudruche « Olla », ainsi que 1 exemplaire numéroté de zéro à un non mis dans le commerce.**

1941

RENCONTRES, scénario de film.

LE DEVIN, scénario de film.

LA PHOTO ENVOYÉE, scénario de film.

LA SEMEUSE D'AMOUR, scénario de film.

LES CONFESSIONS DU MÉCHANT MONSIEUR X... (intitulé aussi **Un homme comme les autres**), scénario de film.
Le synopsis en a été publié dans **Boris Vian de A à Z, Obliques** n° 8-9, 1976. Ces scénarios ont été publiés dans **Rue des Ravissantes**, Christian Bourgois éd., 1989 ; dans **Marie-toi**, 10/18, 1992 ; au Livre de Poche, 1998.

1942

TROUBLE DANS LES ANDAINS, roman.
Écrit pendant l'hiver 1942-1943 ; copie dactylographiée

483

datée « mai 1943 » et un manuscrit, non daté, présentant quelques variantes par rapport à la copie. Édition posthume aux Éditions de la Jeune Parque, achevé d'imprimer le 20 juin 1966 ; 10/18, 1970 ; Christian Bourgois éd., 1976 ; Sauret, 1981 ; Livre de Poche, 1997.

TROP SÉRIEUX S'ABSTENIR, scénario de film (février-mai 1942), publication posthume dans **Rue des Ravissantes**, Christian Bourgois éd., 1989 ; dans **Marie-toi**, 10/18, 1992 ; Livre de Poche, 1998.

LE VÉLO-TAXI..., scénario de film (manuscrit sans titre), publication posthume dans **Rue des Ravissantes**, Christian Bourgois éd., 1989 ; dans **Marie-toi**, 10/18, 1992 ; Livre de Poche, 1998.

** **NOTRE TERRE ICI-BAS**, scénario de film.
Existe aussi sous la forme d'une pièce de théâtre destinée au Théâtre Populaire de la Jeunesse, 2, rue de Penthièvre, Paris VIIIe, officine vertueuse à laquelle s'intéressait Alain Vian. Boris avait fini par signer « Boris Giono » cette production pénible et par l'intituler **Le bout de la biroute.**
CONTE DE FÉES À L'USAGE DES MOYENNES PERSONNES. Manuscrit illustré en marge de quelques croquis de Boris Vian. On a aussi les portraits, dessinés par Bimbo (Alfredo Jabès) de plusieurs personnages du conte : le Palefroy, la Fée, Joseph, Barthélemy, le Roy, etc. Publication posthume dans **Obliques** n° 8-9 ; Pauvert éd., 1997.

1943

** **MANIFESTE DU C.O.-C.U.**

1944

** **UN SEUL MAJOR UN SOL MAJEUR**, poèmes.
Neuf pièces : huit manuscrites, une dactylographiée. Recueil intitulé initialement : **Les intuitions phénoménales.** Deux de ces poèmes figurent dans **Vercoquin et le Plancton** (3e partie, chapitre 8). Tous les textes sont signés « Bison Ravi » et portent, au-dessous de la signature, l'indication : « extrait du recueil Un Seul Major Un Sol Majeur par le chantre espécial du Major ». Sept des neuf poèmes sont datés, le plus ancien du 12 mai 1944, le plus récent du 12 janvier 1945.

HISTOIRE NATURELLE (ou **Le Marché Noir**), scénario de film, publication posthume dans **Rue des Ravissantes**, Christian Bourgois éd., 1989 ; dans **Marie-toi**, 10/18, 1992 ; Livre de Poche, 1998.
PROJET DE NORME FRANÇAISE : GAMMES D'INJURES NORMALISÉES POUR FRANÇAIS MOYEN (mars 1944). Publication posthume dans **Dossier 16** du Collège de Pataphysique (1961) ; **Bizarre** n° 39-40 (1966) ; **Les Vies parallèles de Boris Vian**, 10/18, 1970, 1976 ; Christian Bourgois éd., 1981 ; Livre de Poche, 1998.

Jazz Hot (bulletin), mars 1944 : **Référendum en forme de Ballade**, poème signé «Bison Ravi». Premier texte fourni par Boris Vian à l'organe du Hot Club de France dont il deviendra un collaborateur attitré à partir de 1946 dans **Cent sonnets**, Christian Bourgois éd., 1984; 10/18, 1987; Livre de Poche, 1997.

1945

MARTIN M'A TÉLÉPHONÉ À CINQ HEURES, nouvelle (25 octobre 1945). Publication posthume dans le Loup-Garou suivi de douze autres nouvelles, Christian Bourgois éd. 1970 et 1974; 10/18, 1972; France-Loisirs, 1982; Christian Bourgois éd., 1993.

Les amis des Arts (puis des Arts et du Spectacle); n° 4 (12 mars 1945) : **les Pères d'Ubu-Roi**; n° 5 (1er avril) : **L'étagère à Livres**; n° 7 (30 mai) : **L'étagère à Livres**; repris dans La Belle Époque, Christian Bourgois éd., 1981; 10/18, 1987; Livre de Poche, 1998.

1946

Vernon Sullivan : **J'IRAI CRACHER SUR VOS TOMBES**, traduit de l'américain par Boris Vian, roman.
Écrit dans la première quinzaine d'août 1946. Achevé d'imprimer le 8 novembre 1946. Mis en vente le 20 novembre. Éditions du Scorpion, 1946. Édition illustrée par Jean Boullet [15 dessins]. Éditions du Scorpion, 1947. Réédition : Christian Bourgois, 1973; France-Loisirs, 1974; Hachette, 1977; Genève, Famot, 1978; Sauret, 1981; 10/18, 1983; La Pochothèque, 1991; Livre de Poche, 1997.

VERCOQUIN ET LE PLANCTON, roman.
Écrit en 1943-1944; remanié en 1945; accepté par Gallimard en juillet 1945 (contrat du 18 juillet); achevé d'imprimer en octobre 1946; dépôt légal : 4e trimestre 1946; service de presse et mise en vente en janvier 1947. Collection **«La plume au vent»**, Gallimard, 1946. Réédition : Le Terrain Vague, 1965; Gallimard, 1967; collection Folio, Gallimard, 1973; Sauret, 1981; Folio, Gallimard, 1991. Le titre primitif était VERCOQUIN ET LE PLANCTON, **grand roman poliçon en quatre parties réunies formant au total un seul roman, par Bison Ravi, chantre espécial du Major**, avec cette épigraphe : **Elle avait des goûts d'riche, Colombe... Paix à ses cendres. Vive le Major. Ainsi soit Thill (Marcel).**

LES REMPARTS DU SUD, nouvelle. Remaniée le 7 mai 1947 pour **Samedi-Soir**. Publication posthume dans le Loup-Garou.

LIBERTÉ, parodie du poème de Paul Eluard. Publication posthume dans **Écrits pornographiques**, Christian Bourgois éd., 1980; 10/18, 1981; Livre de Poche, 1997.

CHRONIQUE DU MENTEUR : IMPRESSIONS D'AMÉRIQUE, écrite le 10 juin 1946, destinée au numéro d'août des **Temps Modernes** et refusée. Publication posthume dans **Chroniques du**

Menteur, Christian Bourgois éd., 1974 ; 10/18, 1980.

CINÉ-CLUBS ET FANATISME, nouvelle (10 janvier 1946) ; publié dans **Dans le train,** n° 10, juin 1949, sous le titre **Divertissements culturels** ; repris dans **le Ratichon baigneur,** Christian Bourgois éd., 1981 ; France-Loisirs, 1982 ; 10/18, 1983.

** ** **MÉMOIRE DE L'INGÉNIEUR-BARON ALOYC-CHARLES DE NEUFVOLLANT.**
La date de cet étrange texte est incertaine : il ne serait pas impossible qu'elle fût plus tardive.

PÉRENNITÉ DU MARAICHINAGE (sous la forme d'une norme AFNOR), destinée à **La Rue.**

UN PETIT JEU DE LANGUE (FRANÇAISE) POUR LES VACANCES, destiné à **La Rue.**

DÉPART EN VACANCES (sans titre), destiné à **La Rue.**

BILLET DE CONFESSION, destiné à **La Rue.** Les quatre textes destinés à **La Rue** ont été repris dans **La Belle Époque.**

** ** **PRÉFACE AUX LURETTES FOURRÉES,** recueil de nouvelles qui ne parut point et dont le titre a été repris dans le volume **L'Arrache-Cœur, l'Herbe rouge, les Lurettes fourrées** (Jean-Jacques Pauvert, 1962) pour recouvrir trois nouvelles dont aucune n'était écrite quand Boris projetait son recueil – ce qui n'est pas spécialement condamnable puisque Boris, après la publication des **Fourmis,** aurait pu donner le titre des **Lurettes fourrées** (joli titre, mais assez passe-partout) à un second recueil de nouvelles dont il avait alors amplement la matière. On connaît plusieurs versions de la préface aux **Lurettes fourrées,** François Caradec, dans le volume Pauvert, publie de larges extraits d'une note préparatoire ; plusieurs des formules qu'on y lit, notamment la conclusion, se retrouvent dans les textes explicitement destinés à servir de préface au recueil.

** ** **DEUX BIOGRAPHIES ET UNE PRIÈRE D'INSÉRER** pour l'**Écume des Jours.** Dans une lettre à M. Hirsch (de la maison Gallimard) du 20 juin 1946 : **Éléments d'une biographie de Boris Vian avantageusement connu sous le nom de Bison Ravi,** publication posthume dans plaquette enrichissant le coffret de disques **Boris Vian. Intégrale,** vol. 1, 1964 (disques Jacques Canetti) ; **Éléments d'une biographie** (sans intérêt), publication posthume (même plaquette) ; **Prière d'insérer,** non retenue par Gallimard.

** ** **PRIÈRES D'INSÉRER TYPE I ET TYPE II** pour **Vercoquin et le Plancton.** Dans une lettre à M. Hirsch (de la maison Gallimard) du 10 septembre 1946 avec trois propositions de bande. C'est la prière d'insérer type I qui a été retenue et la bande n° 1, soustraction faite toutefois de la référence : **Pie IX, Œuvres inédites.**

CINÉMA ET AMATEURS, nouvelle écrite le 2 janvier 1946, publiée dans **Dans le Train**, n° 14 (octobre 1949) sous le titre **Un métier de chien**. Repris dans Le Ratichon baigneur.

LE PREMIER RÔLE, nouvelle écrite le 5 mars 1946, publiée dans **Dans le Train**, n° 12 (août 1949) sous le titre **Une grande vedette**. Repris dans Le Ratichon baigneur.

La Rue, n° 5 (5 juillet 1946) : **L'Oie bleue**, nouvelle reprise dans Les Fourmis ;
* n° 6 (12 juillet) : **Sartre et la merde** ;
n° 8 (26 juillet) : **Le Ratichon baigneur**, nouvelle ; repris dans Le Ratichon baigneur.
n° 11 (20 septembre) : **Eccéité de la pin-up girl**. Repris dans Cinéma/Science-fiction, Christian Bourgois éd., 1978 ; 10/18, 1980.

Les Temps Modernes, n° 9 (1er juin 1946) : **Les Fourmis**, nouvelle, avec la dédicace, disparue dans l'édition en volume : À Sidney Bechet, à cause de « Didn't he ramble », reprise dans **Les Fourmis**, Éditions du Scorpion, 1949 ; Le Terrain Vague, 1960, 1965, 1989 ; 10/18, 1970 ; Christian Bourgois éd., 1974 ; Pauvert, 1997 et **Chronique du Menteur**, reprise dans Chroniques du Menteur.
n° 10 (1er juillet) : **Chronique du Menteur**, reprise dans Chroniques du Menteur ;
n° 11-12 (août-septembre) : **Norman Corwin** ; repris dans La Belle Époque.
n° 13 (octobre) : **L'Écume des jours**, fragments (treize chapitres), et **Chronique du Menteur**, reprise dans **Chroniques du Menteur**.

* **Hot Revue** (Lausanne), n° 8 : **Tentative d'explication... à propos de Harry James et de quelques autres**. Écrit en juin 1946, publié le 25 décembre 1946, repris dans Autres écrits sur le jazz, Christian Bourgois éd., 1982, 1994.

* **Combat**, 26 septembre 1946 : **Le Français Ch. Delaunay est célèbre dans le monde entier pour avoir fait l'inventaire de tous les disques de jazz enregistrés à ce jour** (interview) repris dans Écrits sur le jazz, Christian Bourgois éd., 1981, 1994. **Opéra : Don Redman à Paris**, écrit le 10 décembre 1946,

Franc-Tireur, 26 novembre 1946 : « Bonnes Feuilles » de **J'irai cracher sur vos tombes** (extraits).

Opéra, 25 décembre 1946 : **Don Redman à la salle Pleyel**.

Jazz Hot, nouvelle série, n° 5 (mars 1946) : début de la collaboration régulière de Boris Vian à la revue du Hot Club de France avec un article intitulé **France-Soir organise un référendum** (Michelle Vian avait publié dans le n° 2, novembre 1945, un article sur « l'Orchestre de l'Armée de l'Air ») ; n° 7 (mai-juin) ; n° 8 (juillet-août) ; n° 10 (novembre) ; n° 11 – numéroté par erreur 12 (décembre).

1947

L'ÉCUME DES JOURS, roman. Écrit de mars à mai 1946 ;

achevé d'imprimer le 20 mars 1947 ; dépôt légal : 2ᵉ trimestre 1947 ; mis en vente en avril 1947. Gallimard, 1947. Réédition : Jean-Jacques Pauvert, 1963 ; 10/18, 1963 ; Club Français du Livre, 1965 ; Club des Trois Couronnes, 1967 ; Les Cent Livres, 1974 ; France-Loisirs, 1974 ; Christian Bourgois éd., 1975 ; Rombaldi, 1975 ; Hachette, 1975 ; Genève, Edito Service, 1975 ; Les Portiques, CFL, 1976 ; G.P., Super-bibliothèque, 1979 ; Sauret, 1980 ; Pauvert, 1980 ; Christian Bourgois éd., 1982 ; Livre de Poche Jeunesse, 1983 ; La Pochothèque, 1991 ; Christian Bourgois éd., édition définitive, 1994 ; Livre de Poche, 1997.

L'AUTOMNE À PÉKIN, roman. Écrit de septembre à novembre 1946. Éditions du Scorpion, 1947. Réédition : Éditions de Minuit, 1956, 1963, 1967 ; 10/18, 1964 ; Genève, Guilde du Livre, 1973 ; 10/18, 1977 ; Pauvert, 1978 ; France-Loisirs, 1986 ; La Pochothèque, 1991. Éditions de Minuit, collection Double, 1980.

Vernon Sullivan : **LES MORTS ONT TOUS LA MÊME PEAU**, roman traduit de l'américain par Boris Vian (suivi d'une nouvelle : **Les chiens, le désir et la mort** et d'une postface de Boris Vian).
La nouvelle avait été écrite au début de janvier 1947, le roman en février. Dépôt légal : 4ᵉ trimestre 1947 ; mise en vente en 1948. Éditions du Scorpion, 1947. Réédition du roman, de la nouvelle et de la postface : Christian Bourgois éd., 1973 ; Hachette, Club pour vous, 1977 ; Classiques du Crime, Edito S.A., 1980 ; Sauret, 1981 ; Christian Bourgois éd., 1985, 1993 ; France-Loisirs, 1989 ; Livre de Poche, 1997 ; la nouvelle a été reprise en outre dans **le Loup-Garou**, Christian Bourgois éd., 1970 et 1974 ; 10/18, 1972.

ZONEILLES, scénario de film en collaboration avec Michel Arnaud et Raymond Queneau, à l'enseigne des **Films Arquevit**. Écrit en juin 1947 ; publication posthume par le Collège de Pataphysique en 1961. Repris dans **Rue des Ravissantes**.

LE LOUP-GAROU, nouvelle. Publication posthume dans **le Loup-Garou**.

AVANT-PROPOS à une traduction par Michelle Vian du livre **Le Travail** (titre américain : **Let us now praise famous men**) de James Agee et Walker Evans dont un extrait sera publié, sans l'avant-propos de Boris Vian, dans **les Temps Modernes** n° 27 (décembre 1947). Publication posthume de l'avant-propos dans **Chroniques du Menteur**.

Kenneth Fearing : **LE GRAND HORLOGER**, traduit de l'américain par Boris Vian. Les Nourritures Terrestres, 1947 (inscrit au catalogue des Éditions du Scorpion) ; Néo, 1980 ; Christian Bourgois, « Série B », 1988.

PENDANT LE CONGRÈS, poème (7 juin 1947). Publication posthume dans **Écrits pornographiques**.

* **UN MEKTON RAVISSANT**, scénario de film (sans titre). Publication posthume dans les **Cahiers de l'Oronte** (Liban), n° 2 (avril-mai 1965).

LA PISSOTIÈRE, scénario de film. Publication posthume dans **Cinéma/Science-fiction**.

LE FESTIVAL DE CANNES, quatre scénarios cinématographiques sur le Festival international du Film. Selon Boris Vian, les films à naître de ces scénarios : **a)** ne devaient pas être de plats documentaires, **b)** devaient comporter une trame suffisante, **c)** ne devaient pas embêter les gens, **d)** devaient donner une impression de richesse et d'aisance. Publication posthume dans **Cinéma/Science-fiction**.

** **ISIDORE LAPALETTE TROUVE UN CLIENT**, scénario de film.

** **NI VU NI CONNU**, série de ballets pour Roland Petit (titre primitif : **Suite d'actualités imaginaires d'une semaine dans la vie**).

LE JAZZ ET SA CRITIQUE, repris dans **Autres écrits sur le jazz**.

** Robert Wilder : ÉCRIT SUR LE VENT, traduit par Boris Vian.

** **LES AMATEURS II – L'ORCHESTRE CLAUDE ABADIE**. Boris y fait son propre éloge de trompettiste. Destiné à **Jazz 47** où J.-B. Pontalis traitait de **Les Amateurs – L'orchestre Claude Luter**.

** **LE JAZZ, C'EST COMME LES BANANES, DÉCLARE JEAN-PAUL SARTRE**. Écrit le 7 octobre 1947, destiné à **Samedi-Soir**. C'est, en effet, par ces mots, ou presque, que commence l'article de Sartre dans **Jazz 47**.

LES ŒUFS DE CURÉ, scénario de film (octobre 1947). Publication posthume dans **Cinéma/Science-fiction**.

** **CINQUANTE ANS DE JAZZ**, conférence prononcée le 4 décembre 1947 à la Salle du Conservatoire.
Avec quelques variantes, Boris a répété plusieurs fois cette conférence en diverses salles.

MÉFIE-TOI DE L'ORCHESTRE, nouvelle dans **Jazz 47**, numéro spécial d'« America » (mars 1947). Repris dans le **Ratichon baigneur**.

* Style en France : **LE JAZZ ET LE PUBLIC DES CABARETS** (écrit le 22 avril 1947).

JE NE SUIS PAS UN ASSASSIN, dans Point de Vue, 8 mai 1947. Repris dans **Dossier de l'affaire « J'irai cracher sur vos tombes »**, Christian Bourgois éd., 1974.

L'Arbalète, n° 12, printemps 1947 : **Les poissons morts**, nouvelle reprise dans **Les Fourmis**.

SURPRISE-PARTIE CHEZ LÉOBILLE, nouvelle dans **Samedi-Soir** du 12 juillet 1947 ; **La Revue de Poche**, n° 4, juin 1965. Reprise dans le **Loup-Garou**.

Les Temps Modernes, n° 21 (juin 1947) : **Chronique du menteur** ; n° 26 (novembre) : **Chronique du menteur**. Reprise dans **Chroniques du Menteur**.

Combat, chroniques de jazz : 23, 30 octobre 1947 ; 6, 13, 20 novembre.

L'Ordre, 30 octobre 1947 : **Les**

Fourmis, nouvelle (en feuilleton).

Jazz Hot : n° 12 (janvier 1947) ; n° 15 (juin) ; n° 17 (novembre : un article de Boris Vian signé Hugo Hachebuisson, son pseudonyme du temps des « Amis des Arts » ; ce numéro officialise la scission survenue au Hot Club de France, lors de son assemblée générale du 2 octobre ; Hugues Panassié et Charles Delaunay se séparent ; Delaunay fonde la Fédération des Hot Clubs Français, conserve – avec la complicité de notre ami Jacques Bureau – le local de la rue Chaptal et la revue **Jazz Hot** ; Boris Vian rallie la fraction Delaunay, partisane du jazz « progressiste » ; ce n° 17 de **Jazz Hot** annonce qu'à partir de son prochain numéro Boris Vian assurera **une importante revue de la Presse française et étrangère**) ; n° 18 (décembre). La plus grosse part des revues de presse de Boris à **Jazz Hot** a été publiée en volume par les soins de Lucien Malson sous le titre **Chroniques de Jazz** et dans un classement excellent par grands thèmes (La Jeune Parque, 1967 ; 10/18, 1971). C'est pourquoi nous exempterons désormais de l'astérisque la référence **Jazz Hot**, même si des morceaux d'articles et quelques articles entiers n'ont pas été retenus par Lucien Malson. Antérieurement au n° 18, les collaborations de Boris à **Jazz Hot** consistaient surtout en des présentations de musiciens du jazz français (Rostaing, Combelle, Chauliac, Diéval, etc.).

1948

BARNUM'S DIGEST, 10 monstres fabriqués par Jean Boullet et traduits de l'américain par Boris Vian (poèmes). Aux Deux Menteurs, 68, avenue d'Italie, Paris. s.d. (1948).
Cette plaquinette illustrée de 10 monstres tous fabriqués par Jean Boullet a été tiraillée à deux cent cinquante exemplaire numismatés de un à deux cent cinquante.

Les poèmes de **Barnum's Digest** ont été réédités dans les **Cantilènes en Gelée**, 10/18, 1970, 1972, 1983 ; Christian Bourgois éd., 1976 ; Livre de Poche, 1997.

L'ÉQUARRISSAGE POUR TOUS, version digérée dans les **Cahiers de la Pléiade**, printemps 1948, Gallimard.

J'IRAI CRACHER SUR VOS TOMBES, pièce en trois actes. Publication posthume dans **Dossier de l'affaire « J'irai cracher sur vos tombes »**, Christian Bourgois éd., 1974.

Vernon Sullivan : **ET ON TUERA TOUS LES AFFREUX**, roman traduit de l'américain par Boris Vian. Paru le 20 juin 1948. Éditions du Scorpion, 1948. Réédition : Le Terrain Vague, 1960, 1965 ; 10/18, 1970 ; Christian Bourgois éd., 1975 ; France-Loisirs, 1989 ; Terrain Vague, 1990 ; La Pochothèque, 1991 ; Christian Bourgois éd., 1993 ; Pauvert, 1997 ; mis en images par Alain Tercinet, Eric Losfeld, s.d. (1967). Une version expurgée du roman avait paru dans **France-Dimanche**, du n° 74

(1ᵉʳ février 1948) au n° 84 (11 avril).

Vernon Sullivan : **I SHALL SPIT ON YOUR GRAVES**, with an introduction by Boris Vian, The Vendôme Press, s.d. (1948), en vente aux Éditions du Scorpion. Traduction en américain par Boris Vian de la version française de **J'irai cracher sur vos tombes**.

Raymond Chandler : **LA DAME DU LAC**, traduit de l'américain par Boris et Michelle Vian, Série Noire n° 8, Gallimard, 1948. Réédition dans collection Poche Noire, n° 47, Gallimard, 1968.

Raymond Chandler : **LE GRAND SOMMEIL**, traduit de l'américain par Boris Vian, Série Noire, n° 13, Gallimard, 1948. Réédition dans collection Poche Noire, n° 26, 1968 ; dans collection Carré Noir, n° 106, Gallimard, 1973.

ADAM, ÈVE ET LE SERPENT. Il existe trois versions de ce spectacle génétique écrit en février 1948 : la plus ample prend les dimensions d'une pièce de théâtre, les deux autres s'amincissent jusqu'à la saynète de cabaret. Remanié en 1951 pour Michel de Ré. Deux versions publiées posthumes dans **Petits Spectacles**, Christian Bourgois éd., 1977 ; 10/18, 1980 ; Livre de Poche, 1998.

LETTRE destinée à **Paris-Presse** (sur **J'irai cracher sur vos tombes**, roman et pièce). Publication posthume dans **Dossier de l'affaire « J'irai cracher sur vos tombes »**.

UTILITÉ D'UNE LITTÉRATURE ÉROTIQUE, conférence prononcée au Club Saint-James le 14 juin 1948. Publication posthume dans **Écrits pornographiques**.

ÉMISSIONS POUR WNEW, New York. Série d'émissions radiophoniques sur le jazz en France, écrites en anglais par Boris Vian et présentées par la Radiodiffusion française d'avril (ou mai) 1948 à juin (juillet) 1949. Les textes en anglo-américain et leur traduction en français ont été réunis, préfacés et annotés par Gilbert Pestureau sous le titre **Jazz in Paris**, Éditions Jean-Jacques Pauvert, 1997.

** **CHRISTOPHE COLOMB 48** (ou **Un Américain à Paris**), revue de Boris Vian et Marc Dœlnitz, octobre 1948.

UTILITÉ D'UNE CRITIQUE LITTÉRAIRE, article (il y est question d'un **Traité encyclopédique du nombril** que préparent Jacques Demaux, ingénieur des Arts et Manufactures, ancien camarade de Boris à l'École centrale, et François Cottenot, futur interne des hôpitaux de Paris). Repris dans **La Belle Époque**.

** **IL NE FAIT RIEN DE MAL**, nouvelle.

* **APPROCHE DISCRÈTE DE L'OBJET**, conférence prononcée au Musée des Arts décoratifs le 4 juin 1948. Publication posthume, sous le titre Approche indirecte de l'objet dans le **Dossier 12** du Collège de Pataphysique (1960).

LES PAS VERNIS, nouvelle écrite le 7 juin 1948, publiée dans **Dans le Train**, série trimestrielle, n° 2. Reprise dans **le Loup-Garou**.

LES POMPIERS, nouvelle, dans **Combat** du 15 août 1948, reprise dans **L'Arrache-Cœur, L'Herbe rouge, Les Lurettes fourrées**, Jean-Jacques Pauvert, 1962 ; dans **L'Herbe rouge**, Livre de Poche, 1969, 1990 ; Christian Bourgois éd., 1975 ; Pauvert, 1991.

CHRONIQUE DU MENTEUR ENGAGÉ écrite en septembre 1948 ; publication posthume dans **Textes et Chansons**, Julliard, 1966 ; 10/18, 1969, 1972, 1978 ; Christian Bourgois éd., 1975 ; France-Loisirs, 1978 (à la suite de **J'irai cracher sur vos tombes**!) ; reprise dans **Chroniques du Menteur**.

L'Écran français, n° 133 (13 janvier 1948) : **Une victime du cinéma américain : le jazz**, repris dans **Cinéma/Science-fiction**.

* **Swing Music**, bulletin du Hot Club de Lyon, nouvelle série, n° 1 (janvier 1948) : **Be-Bop**.

* **Présence Africaine**, n° 2 : **Claire étoile du matin** de Richard Wright, traduit par Boris Vian.

L'Âge nouveau, n° 27 : **Là-bas près de la rivière**, de Richard Wright, traduit par Boris Vian. Repris dans **les Enfants de l'oncle Tom**, traduit de l'américain par Marcel Duhamel, Livre de Poche, 1957.

Nyza, n° unique : **La Route déserte**, nouvelle, reprise dans **Les Fourmis** et quatre dessins de Jean Boullet pour **Barnum's Digest**.

L'Intransigeant, 19 avril 1948 : **J'irai cracher sur vos planches**. Repris dans **Dossier de l'affaire « J'irai cracher sur vos tombes »**.

* **Hébé**, n° 4, novembre 1948 : Lettre de Boris Vian publiée sous le titre **Le Jazz, Boris Vian et les Littérateurs**.

* **LUCIEN COUTAUD**, dans **Supplément derrière le miroir**, novembre 1948.

* **Combat** : chroniques et informations de jazz : 29 janvier 1948 ; 5, 12, 19, 21, 24, 25, 26, 27, 28 février ; 3, 4, 11, 18, 24, 25 mars ; 1, 8, 15, 22, 29 avril ; 6, 11, 13, 14, 17, 18, 20, 27 mai ; 3, 10, 20-21, 27-28 juin ; 4-5, 11-12, 18-19, 20, 25-26 juillet ; 1-2, 22-23 août ; 29 octobre ; 5, 19 novembre ; 3, 10, 17, 24, 31 décembre.

Jazz Hot : n° 19 (janvier 1948) ; n° 20 (février) ; n° 21 (mars), n° 22 (avril) ; n° 23 (mai) ; n° 24 (juin-juillet) ; n° 25 (août-septembre) ; n° 26 (octobre) ; n° 27 (novembre) ; n° 28 (décembre) ; numéro spécial de Noël (24 décembre) : **En rond autour de Minuit**, nouvelle.

1949

CANTILÈNES EN GELÉE, illustré par Christiane Alanore, Rougerie, s.d. (1949). Justification du tirage : L'Édition originale de ce Livre, le second de la collection Poésie et Critique, dirigée par G.-E. Clancier a été tirée à 200 ex. dont : 10 exemplaires de luxe numérotés de 1 à 10, 10 exemplaires hors commerce marqués H.C., 180 exemplaires numérotés de 11 à 190. Les exemplaires de tête (ce que n'indique pas la justification du tirage) comportent une suite des dessins sur papier de chiffon à la forme et deux dessins supplémentaires, ainsi que des pages du manuscrit calligraphié. Le bulletin de souscription disait : **...dix exemplaires comportant les sept dessins tirés sur machin spécial et munis en annexe d'originaux vachement calligraphiés au prix de... 3 000 francs.** Le volume reproduit, en effet, en manuscrit autographe, vingt poèmes de Boris Vian ; la couverture est dessinée par Christiane Alanore qui a, en outre, illustré l'ouvrage de six dessins en pleine page.

Réédition dans **Cantilènes en Gelée** (avec **Barnum's digest**, vingt poèmes inédits, **Je voudrais pas crever**, Lettres au Collège de Pataphysique, textes sur la littérature), 10/18, 1970 ; Christian Bourgois éd., 1976 ; sous le même titre de **Cantilènes en Gelée**, avec **Barnum's Digest** et les vingt poèmes inédits, mais sans les autres textes, 10/18, 1972, 1979, 1983 ; La Pochothèque, 1991 ; Livre de Poche, 1997. Édition autographique avec les dessins de Christiane Alanore, Éditions Borderie, 1978.

LES FOURMIS, nouvelles, achevé d'imprimer le 5 juillet 1949, Éditions du Scorpion, 1949. Rééditions : Le Terrain Vague, 1960, 1965, 1989 ; 10/18, 1970 ; Christian Bourgois éd., 1974 ; Pauvert, 1997.

MARSEILLE COMMENÇAIT À S'ÉVEILLER, nouvelle. Publication posthume dans **le Loup-Garou**.

Peter Cheyney : LES FEMMES S'EN BALANCENT, traduit de l'anglais par Michelle et Boris Vian, Série Noire n° 22, Gallimard, 1949. Réédition dans collection Poche Noire, n° 62, Gallimard, 1969.

** **CHRONIQUE DE PIER-REMORT**, roman policier. Ce roman est inachevé. Si, par exception, nous le mentionnons dans cette bibliographie, c'est qu'il a fait l'objet d'un synopsis complet : **Le Commissaire et la Panthère verte**, pour Marcel Pagliero (octobre 1949) repris dans **Cinéma/Science-fiction.**

LA VALSE, nouvelle inédite par Joëlle du Beausset. Reprise dans **le Ratichon baigneur.**

MATERNITÉ, nouvelle. Repris dans **le Ratichon baigneur.**

L'IMPUISSANT, nouvelle. Repris dans **le Ratichon baigneur.**

FRANCFORT-SOUS-LA-MAIN, nouvelle dans **Dans le train**, n° 8 (avril 1949). Repris dans **le Ratichon baigneur.**

LE RETRAITÉ, nouvelle écrite du 8 au 16 janvier 1948, remaniée le 22 mars 1949, publiée dans **Dans le train**, n° 9 (mai 1949), reprise dans **L'Arrache-Cœur, les Lurettes fourrées**, et dans **l'Herbe rouge.**

DIVERTISSEMENTS CULTURELS, dans **Dans le train**, n° 10 (juin 1949). Repris dans **le Ratichon baigneur.**

UN TEST, nouvelle, **Dans le train**, n° 11 (juillet 1949). Repris dans **le Ratichon baigneur.**

UNE GRANDE VEDETTE, nouvelle écrite le 6 mars 1946

sous le titre **le Premier rôle**, publiée dans **Dans le train**, n° 12 (août 1949). Repris dans **le Ratichon baigneur**.

LES FILLES D'AVRIL, nouvelle, **Dans le train**, n° 13 (septembre 1949). Repris dans **le Ratichon baigneur**.

UN MÉTIER DE CHIEN, nouvelle écrite le 2 janvier 1946 sous le titre **Cinéma et Amateurs**, publiée dans **Dans le train**, n° 14 (octobre 1949). Repris dans **le Ratichon baigneur**.

LE PENSEUR, nouvelle, **Dans le train**, n° 15 (novembre 1949). Reprise dans **le Loup-Garou**.

L'ASSASSIN, nouvelle, **Dans le train**, n° 17 (décembre 1949). Repris dans **le Ratichon baigneur**.

UN CŒUR D'OR, nouvelle écrite les 8, 9 et 10 avril 1949 sous le titre **le Rasoir**, publiée dans **la Bouteille à la Mer**, n° 63, 4ᵉ trimestre 1949. Reprise dans **le Loup-Garou**.

LE RAPPEL, nouvelle, publication posthume dans **l'Arrache-Cœur**, **l'Herbe rouge**, **les Lurettes fourrées**.

Paris-Tabou, n° 1, septembre 1949 : **L'Amour est aveugle**, nouvelle, reprise dans **le Loup-Garou** ; n° 2, octobre : **L'Écrevisse**, nouvelle, extraite des **Fourmis** ; n° 3, novembre : **L'Oie bleue**, nouvelle extraite des **Fourmis**.

Combat, chroniques de jazz et divers : 7, 14, 21, 28 janvier 1949 ; 4, 11, 18, 25 février ; 4, 12-13, 18, 26-27 mars ; 1, 8, 15, 22, 29, 30 avril ; 6, 10, 13, 14-15, 30 mai ; 10, 18-19, 24 juin ; 11 juillet.

Spectacles, chroniques de jazz : 1ᵉʳ mars 1949 ; 1ᵉʳ, 15 mai ; 15 juin.

Jazz News : (Nous donnons le sommaire détaillé des collaborations à **Jazz News**, d'abord parce qu'aucune bibliographie ne l'a fait jusqu'ici et aussi parce que Boris devint le rédacteur en chef du périodique, à partir du n° 8. Dès lors, Boris « écrit presque tout sous son nom ou sous des pseudonymes » (Lettre de Maxime Lambert, **Dossier 18-19** du Collège de Pataphysique). Comme on le verra ci-dessous et l'année suivante, **Jazz News** est, en effet, pendant quatre numéros, le journal quasi personnel de Boris Vian. C'est le seul organe de presse qui se soit laissé ainsi totalement investir. Dépouillement dû à Alain Tercinet, communiqué par Michel Rybalka), n° 3 (mars 1949) : **Tribune libre : le critique de jazz**, repris dans **les Cahiers du Jazz**, n° 4 (1ᵉʳ trimestre 1961) ; n° 5 (mai) : **Quelques notes sur Miles Davis** ; n° 6 (juin) : **Compte rendu objectif et circonstancié de la soirée du Festival International à Pleyel, le lundi 9 mai, an 1949 de l'ère chrétienne, an 29 de l'ère bisonique** ; n° 8 (novembre) : **Éditorial** (signé Vian), **Les grosses figures : Gugusse Peine-à-Scier, Père de la Critique, a des doutes sur le be-bop** (signé Boris Vian), **De petites et de grandes nouvelles** (signé Michel Delaroche), **Le concert Buck Clayton** (non signé), **Le jazz est dangereux : Physiopathologie du jazz**, par le Docteur Gédéon Molle, repris dans les **Cahiers du Jazz**, n° 4, **Les méthodes simplifiées de Jazz**

News : La Trompinette (non signé), **Disques**, présentation et critiques non signées, **Jazz News vous offre un programme inusable** (non signé), **Savez-vous que** (non signé).

Midi Libre, chroniques de jazz : 18, 25 août 1949 ; 25 septembre ; 16, 30 novembre.

Cinémonde – Le Film Français – Bulletin d'Information du Festival du Film de Cannes, n° 10 (11 septembre 1949) : **Cannes rit**. Publication posthume dans **Cinéma/Science-fiction**, quoique omis dans sa table des matières.

POSSIBILITÉ D'UN CINÉMA AMATEUR, dans Programme du Festival International du Film Amateur, Cannes 4-11 septembre 1949 ; repris dans **l'Âge d'Or**, n° 1 (juin 1964) et dans **Cinéma/Science-fiction**.

Radio 49, chroniques de jazz : n° 263 (4 novembre 1949) ; n° 264 (13 novembre) ; n° 265 (20 novembre) ; n° 266 (27 novembre) ; n° 267 (4 décembre) ; n° 268 (11 décembre) ; n° 269 (18 décembre) ; n° 270 (25 décembre).

Saint-Cinéma-des-Prés, n° 1 : **Vive le Tèchenicolor ou On en a marre du Voleur de Bicyclette** ; repris dans **l'Âge d'Or**, n° 1 (juin 1964) et dans **Cinéma/Science-fiction**.

La Gazette du Jazz, n° 1 (juin 1949) ; n° 2 (juillet-août) ; ces deux articles signés Xavier Clarke ; n° 4 (novembre) : **Le jazz et les machines à éplucher les pommes de terre**. Cet article repris dans **Autres écrits sur le jazz**.

* **Samedi-soir**, novembre 1949 : **Louis Armstrong... une santé !** repris dans **Jazz Hot**, n° 263 (été 1970), et dans **Écrits sur le jazz**.

Jazz Hot : n° 29 (janvier 1949) ; n° 30 (février) ; n° 31 (mars) ; n° 32 (avril) ; n° 33 (mai) ; n° 34 (juin) ; n° 35 (juillet) ; n° 36 (septembre) ; n° 37 (octobre) ; n° 38 (novembre) ; n° 39 (décembre) ; n° spécial de Noël (24 décembre). En plus de sa revue de presse, de ses traductions, de ses études particulières sur tel ou tel musicien, de ses comptes rendus des manifestations jazziques, Boris Vian donne maintenant à **Jazz Hot** des critiques de disques sous divers pseudonymes (Otto Link, Michel Delaroche...).

1950

L'HERBE ROUGE, roman. Manuscrit daté Frankfurt a/M, août 1948, Saint-Tropez, septembre 1949. Éditions Toutain, s.d. (1950). Dépôt légal : 3e trimestre 1950. Paru le 20 juin 1950. Réédition dans **l'Arrache-Cœur, l'Herbe rouge, les Lurettes fourrées**, Jean-Jacques Pauvert, 1962 ; puis, en volume séparé, chez le même éditeur, 1965 ; Lausanne, La Petite Ourse, 1966 ; Livre de Poche, 1969 ; Christian Bourgois éd., 1975 ; France-Loisirs (suivi de **Je voudrais pas crever**), 1975 ; Les Portiques, CLF (avec **L'Écume des jours** et **Équarrissage pour tous**), 1976 ; France-Loisirs, 1977 ; les Centraux bibliophiles (illustré par Lars Bo), 1978 ; Sauret, 1981 ; Livre de Poche, 1990, 1997 ; Pauvert, 1991 ; La Pochothèque, 1991.

L'ÉQUARRISSAGE POUR TOUS, pièce en un acte (suivi de l'Équarrissage et la Critique et du Dernier des Métiers, saynète pour patronages, précédé de **Salut à Boris Vian** par Jean Cocteau et d'un Avant-propos de Boris Vian). Éditions Toutain, s.d. (1950). Dépôt légal : 3e trimestre 1950. Il s'agit du texte intégral de la pièce, écrite en 1947 et jouée pour la première fois au Théâtre des Noctambules le 11 avril 1950. **Le Dernier des Métiers** avait été écrit en hâte, en guise de complément à **l'Équarrissage**, un peu court pour occuper la soirée. Au **Dernier des Métiers**, le directeur des Noctambules préféra finalement un acte d'Audiberti, **Sa peau**. L'Équarrissage pour tous a été réédité dans le volume **Théâtre** de Boris Vian, chez Jean-Jacques Pauvert, 1965 ; **le Dernier des Métiers**, en volume séparé, chez le même éditeur, 1965, après sa création au Théâtre de la Grande-Séverine, en octobre 1964.

Réédition dans **Théâtre I** [avec le **Dernier des Métiers**, avant-propos à **l'Équarrissage pour tous** (édition de 1950), introduction à l'édition de 1952 ; dans **Paris-Théâtre**, n° 66, novembre 1952 ; dans l'**Avant-Scène Théâtre**, n° 406, 1968 ; **Salut à Boris Vian** par Jean Cocteau, **l'Équarrissage et la Critique, le Goûter des Généraux**, note critique sur les deux Goûters des Généraux], 10/18, 1971 ; Les Portiques, CLF, 1976 ; La Pochothèque, 1991 ; Livre de Poche, 1998 (avec **Tête de Méduse** et **Série Blême**). Le Dernier des Métiers est repris dans Livre de Poche, 1998 (avec **le Goûter des Généraux**).

MANUEL DE SAINT-GERMAIN-DES-PRÉS.
L'ouvrage, commencé en septembre 1949, était achevé en mai 1950. Édition posthume aux Éditions du Chêne : première édition : mai 1974 ; deuxième édition : octobre 1974, que distinguent de la première un index remanié et considérablement augmenté et la suppression page 235 de la photographie d'un juge de paix en Afrique, remplacée par celle d'une entrée d'hôtel.

Vernon Sullivan : ELLES SE RENDENT PAS COMPTE, roman. Achevé d'imprimer le 12 juin 1950. Éditions du Scorpion, 1950. De ce dernier Sullivan, Boris Vian ne s'avoue même plus le traducteur. Réédition : Le Terrain Vague, 1965, 1990, 1992 ; 10/18, 1974, 1981, 1993 ; Christian Bourgois éd., 1976. Réédition (avec de nouvelles photographies et un réagencement des anciennes) Pauvert/Fayard, 1997.

LES RUES, scénario de film. Publication posthume dans **Cinéma/Science-fiction**.

MARIE-TOI, scénario d'un film musical gai pour orchestre de variétés. Repris dans **Rue des Ravissantes** et dans **Marie-toi**.

** **UN RADICAL BARBU**, pièce (sans titre) en un acte (avril 1950).

** **GIULIANO**, comédie musicale.

** **DEUX HEURES DE COLLES**, spectacle à sketches.

** **LE MARQUIS DE LEJANES**, synopsis complet (sans titre) d'une pièce en cinq actes (opéra?). Repris dans **Opéras**, Christian Bourgois éd., 1982, 1987; 10/18, 1987.

** **CHRONIQUE SCIENTIFIQUE : L'AUTOBUS.**

** **ELLE, IL, L'AUTRE**, ballet (sans titre) pour Roland Petit. Deux versions.

LE DANGER DES CLASSIQUES, nouvelle publiée dans **Bizarre**, n° 32-33, 1er trimestre 1964. Reprise dans **le Loup-Garou**.

UN DRÔLE DE SPORT, nouvelle, **Dans le train**, n° 18 (janvier 1950). Repris dans **le Ratichon baigneur**.

LE MOTIF, nouvelle, **Dans le train**, n° 19 (février 1950). Repris dans **le Ratichon baigneur**.

Saint-Cinéma-des-Prés, n° 2 : **On en a marre de la vraie pierre, Vive le carton-pâte**, repris dans **l'Âge d'Or**, n° 1 (juin 1964) et dans **Cinéma/Science-fiction**.

Radio 50, chroniques de jazz : n° 271 (2 janvier 1950) : n° 272 (5 janvier); n° 273 (12 janvier); n° 274 (19 janvier); n° 275 (28 janvier). Repris dans **Autres écrits sur le jazz**.

* Opéra : 12 avril 1950 (sur l'**Équarrissage pour tous**).

Combat : 27 février 1950 (réponse à l'enquête de Jean-François Devay : **Faut-il supprimer les générales?**). Repris dans **La Belle Époque**; 7, 13, 14 (sur l'**Équarrissage pour tous**), 15-16, 25 avril; 16 mai : **Je suis un obsédé sexuel** (sur le procès de **J'irai cracher sur vos tombes**), repris dans **Dossier de l'affaire « J'irai cracher sur vos tombes »**.

* Aux Écoutes, 26 mai 1950 : **Une jolie promenade** (sur le procès de **J'irai cracher sur vos tombes**).

Chaos, n° unique : **Pitié pour John Wayne**, repris dans **l'Âge d'Or**, n° 1 (juin 1964) et dans **Cinéma/Science-fiction**. Boris Vian ne se borna pas à collaborer à cet éphémère et intéressant journal que fut **Chaos**. Il l'inspira et le conseilla, allant jusqu'à préconiser certaines innovations typographiques. On possède plusieurs longues notes de recommandations sur le fond et sur la forme du journal, recommandations qui, on s'en doute, ne furent que très partiellement suivies. Un particulier qui voudrait créer un journal sortant un peu de l'ordinaire pourrait, aujourd'hui encore, en tirer profit.

Jazz News n° 9 (mars 1950) : **Éditorial** (signé Boris Vian), **Les grandes figures : À propos de l'Orchestre Ellington** (signé Boris Vian), **Les femmes et le jazz** (non signé), **Une critique absolue? C'est-y un rêve ou c'en est-y pas un** (signé Michel Delaroche), **Pourquoi nous détestons le jazz**, par le Docteur Gédéon Molle, Petite Correspondance (non signé), **Les méthodes de Jazz News : Méthode de be-bop** (non signé), repris dans **les Cahiers du Jazz**, n° 4 (1er trimestre 1961), **Disques**, présentation et critiques (signées Michel Delaroche); n° 10 (avril) : **Éditorial** (signé Boris Vian), **Le spectacle** de K. Dunham (signé S. Culape), **Actualités : Duke Ellington à Paris** (signé Boris Vian), **Pourquoi nous détestons le jazz par le Docteur Gédéon Molle**, **Actualités démodées : Festival du rire au Théâtre du Ranelagh** (signé Andy Blackshick), **Disques**, présentation et critiques (signées Michel Delaroche); n° 11 (juin) : **Éditorial** (signé Boris Vian), **Blancs contre Noirs : Le racisme n'est pas mort** (signé Michel Delaroche), **Disques**, présentation et critiques (signées Michel Delaroche). Repris dans **Autres écrits sur le jazz**.

Jazz Hot : n° 41 (février 1950) ; n° 42 (mars) ; n° 43 (avril) ; n° 44 (mai) ; n° 45 (juin) ; n° 46 (juillet) ; n° 48 (octobre) ; n° 49 (novembre). Repris dans **Écrits sur le jazz**.

1951

LE GOÛTER DES GÉNÉRAUX, pièce en trois actes écrite en 1951. Publication posthume : Collège de Pataphysique, 1962 ; repris dans **Dossier 18-19** du Collège de Pataphysique (29 mars 1962). L'édition en volume a précédé de trois jours (26 mars) l'édition dans la revue. Les deux éditions comportent une note de Latis **Actualité du Goûter des Généraux** et une **Note critique sur les deux Goûters des Généraux** par Raphaël Ossona de Mendez. La pièce a été créée, en langue allemande, le 4 novembre 1964, au Staatstheater de Braunschweig. La première représentation en langue française a eu lieu au Théâtre de la Gaîté-Montparnasse le 18 septembre 1965. Réédition dans **Théâtre de Boris Vian**, Jean-Jacques Pauvert, 1965, **Paris Théâtre**, n° 224, 1965 ; et dans **Théâtre I**, 10/18, 1971. La Pochothèque, 1991 ; Livre de Poche, 1998 [avec le **Dernier Métier** et le **Chasseur français**]. Tous les textes propres à une première version de la pièce ont été publiés dans **Obliques** n° 8-9.

TÊTE DE MÉDUSE, comédie en un acte. Écrite en 1951, créée à Abidjan (Côte-d'Ivoire) le 29 janvier 1974, et en France, à Poitiers, le 17 janvier 1975 ; mise en scène de Gérard Caillaud. Édition posthume dans **Théâtre Inédit** [avec **Série Blême** et le **Chasseur français**], Christian Bourgois éd., 1970 ; et dans **Théâtre II**, avec les mêmes pièces, 10/18, 1971 ; Livre de Poche, 1998 (avec **L'Équarrissage pour tous** et **Série Blême**).

BERCEUSE POUR LES OURS QUI NE SONT PAS LÀ (11-12 novembre 1951). Publication posthume dans **Obliques** n° 8-9.

LES GOUSSES, poème. Publication posthume dans **Écrits pornographiques**.

Dorothy Baker : LE JEUNE HOMME À LA TROMPETTE, roman traduit de l'américain par Boris Vian, collection **la Méridienne**, Gallimard, 1951. **Jazz Hot** avait publié cette traduction dans ses numéros 27 (novembre 1948) à 35 (juillet-août 1949).

James M. Cain : LE BLUFFEUR, roman traduit de l'américain par Boris Vian, collection **la Méridienne**, Gallimard, 1951.

ÇA VIENT, ÇA VIENT, une

anticipation de Boris Dupont sur des thèmes déjà dans l'air, spectacle pour la Rose Rouge. Publication posthume dans **Petits Spectacles**.

LE VOYEUR, nouvelle (intitulée primitivement **Le Bonhomme de Neige**) dans **Sensations**, n° 32 (avril 1951). Reprise dans **le Loup-Garou**.

* **Opéra**, 26 septembre 1951 : Réponse à l'enquête **Stravinsky vu par les contemporains**.

Les Temps Modernes, n° 72, octobre 1951 : en collaboration avec Stephen Spriel (Michel Pilotin) : **Un nouveau genre littéraire : la Science-Fiction**, repris dans **Cinéma/Science-fiction**, et la traduction par Boris Vian de la nouvelle **Le Labyrinthe**, de Franck M. Robinson.

* **Relais**, n° 1, 26 octobre 1951 : **Le rythme du jazz**.

Arts, chronique de jazz : 30 novembre 1951. Reprise dans **Autres écrits sur le jazz**.

Jazz Hot : n° 52 (février 1951); n° 53 (mars); n° 54 (avril); n° 55 (mai); n° 56 (juin); n° 57 (juillet); n° 58 (septembre); n° 59 (octobre); n° 60 (novembre); n° 61 (décembre). Repris dans **Écrits sur le jazz**.

1952

Strindberg : MADEMOISELLE JULIE, pièce en un acte, traduite par Boris Vian, dans **Paris Théâtre**, n° 66, novembre 1952, suivi de l'**Équarrissage pour tous**, vaudeville paramilitaire en un acte long. La traduction de **Mademoiselle Julie**, par Boris Vian, a été reprise en volume par l'Arche, éditeur, en 1957, dans sa collection **Répertoire pour un théâtre populaire**.

Omar N. Bradley : HISTOIRE D'UN SOLDAT, traduit de l'américain par Boris Vian, Gallimard, 1952.

IL EST MINUIT, DOCTEUR POPOFF, scénario de film. Publication posthume dans **Cinéma/Science-fiction**.

CINÉ-MASSACRE.
Créé à la Rose-Rouge en avril 1952 et repris, après plus de 400 représentations, aux Trois Baudets en juillet 1954. Publication posthume dans **Petits Spectacles**.

** TOUT LE JAZZ.
Le 22 avril 1952, Boris Vian signait un contrat avec Amiot-Dumont pour un livre à paraître sous ce titre. Le volume devait réunir les principaux écrits de Boris sur le jazz, revus, corrigés, augmentés.

DEVOIR DE VACANCES (ou **Saint-Tropez**), commentaire du film de Paul Paviot; scénario publié dans **l'Avant-Scène Cinéma**, n° 58 (avril 1966) repris dans **Cinéma/Science-fiction**.

PARIS VARIE (autre titre : **Fluctuat nec mergitur**), spectacle pour la Compagnie Georges Vitaly (octobre 1952). Créé sur une péniche amarrée au pont de Solférino en hommage à Sébastien-Mouche. Publication posthume dans **Petits Spectacles**.

** CINQ BALS, synopsis complet d'une comédie musicale.

** LIGNE MAGINOT, destiné à **Constellation**. Cet article

rend compte fidèlement d'un voyage sur ces vieux fortifs en compagnie de Marcel Degliame. À la fin, évocation de l'École centrale à Angoulême et d'Alfredo Jabès.

** **ODON ET DUNŒD**, ballet. Trois versions.

* **France-Dimanche,** traduction par Boris Vian de : **Les Vivisculpteurs,** de Wallace West (n° 286) ; **Le Veldt dans la nursery,** de Ray Bradbury (n° 288) ; **Pas bêtes, les gars de Bételgeuse,** de William Tenn (n° 289) ; **Si vous étiez un Moklin,** de Murray Leinster (n° 292).

UNE PÉNIBLE HISTOIRE, nouvelle, dans la Bouteille à la Mer, n° 72, Ier trimestre 1952. Reprise dans le Loup-Garou.

* **Ici-Police,** traduction par Boris Vian de : **Pas de permis d'inhumer,** de B.-L. Jacot (n° 9, 10 janvier 1952) ; **Un flic de banlieue,** de William Holder (n° 11, 24 janvier 1952).

Relais (4 janvier 1952) : **Le roman d'anticipation s'appelle maintenant science-fiction mais il continue à prophétiser un monde hallucinant** (signé Hugo Hachebuisson, son pseudonyme des Amis des Arts en 1945) repris dans Cinéma/Science-fiction.

Du, n° 5 ; Visite chez Camille Bombois ; repris dans La Belle Époque ; n° de Noël : Napoléon, persönliche Erinnerungstücke.

GIBEAU, JUIN ET CE QUI VOUS PEND AU NEZ, publication posthume dans Textes et Chansons.

* **Liberté,** Clermont-Ferrand (8 septembre 1952) : **Le monde futur de la «science-fiction» est désespérément triste.**

Constellation, n° 46 (février 1952) ; **Et dire qu'ils achètent des voitures neuves ! Ma vieille voiture est inusable** (signé Claude Varnier, sur la Brasier) ; n° 47 (mars) : **Un seul permis pour leur amour,** nouvelle (signée Joëlle Bausset) ; n° 49 (mai) : **Un appartement dans un dé à coudre** (signé Claude Varnier, sur l'aménagement du 8, boulevard de Clichy avec croquis du lit-bibliothèque) ; n° 51 (juillet) : **Ne vaut-il pas mieux partir seul ; avec eux, quelles vacances !** (signé Claude Varnier) ; n° 54 (octobre) : **La plupart des fabuleuses richesses de ce pays sont inexploitées. Des fortunes à faire au Canada** (signé Claude Varnier). Tous ces articles de Constellation sont repris dans La Belle Époque, sauf Un seul permis pour leur amour repris sous le titre Marthe et Jean dans le Ratichon baigneur.

Arts, chroniques de jazz et de variétés : 18 janvier 1952 ; 15 février ; 2 avril ; 11 novembre ; autres : 19 juin. G. Auric, H. Barraud, F. Poulenc, J. Longchampt, D. Lesur et B. Vian dressent le bilan du festival du XXe siècle ; 31 juillet : **L'Art des divertissements chimériques ;** 12 septembre : **Strindberg, les femmes et votre serviteur.** Repris dans Autres écrits sur le jazz.

Cahiers du Disque, n° 1 (octobre 1952) : **Le Jazz ;** (?) n° 2 (novembre) : **David Stone Martin, un grand dessinateur jazz.** Repris dans **Autres écrits sur le jazz.**

Jazz Hot : n° 62 (janvier 1952) ; n° 63 (février) ; n° 64 (mars) ; n° 65 (avril) ; n° 67 (juin) ; n° 68 (juillet) ; n° 69 (septembre) ; n° 70 (octobre) ; n° 71 (novembre) ; n° 72 (décembre). Repris dans **Écrits sur le jazz.**

1953

L'ARRACHE-CŒUR, roman. Avant-propos de Raymond Queneau de l'Académie Goncourt. Vrille, s.d. (1953). Achevé d'imprimer le 15 janvier 1953. Le copyright est aux Éditions Pro-Francia. Le nom exact de la firme était en effet : Éditions Pro-Francia-Vrille. Malgré cette enseigne baroque, Evrard de Rouvre, qui dirigeait la maison, publia quelques bons livres : Henri Michaux, Paul Eluard, Valery Larbaud, Francis Ponge, Marcel Béalu... La conception générale et le canevas de l'**Arrache-Cœur** remontent à janvier 1947. Manuscrit et copie dactylographiés datés 25-1-1951. Le livre s'intitulait alors **Les Fillettes de la Reine. Tome I : Première manche. Jusqu'aux cages.** Proposé à Gallimard en 1951 et refusé. Réédition dans l'**Arrache-Cœur, l'Herbe rouge, les Lurettes fourrées.** En volume séparé chez le même éditeur, 1965, 1978, 1989 ; Livre de Poche, 1968, 1997 ; Christian Bourgois éd., 1975. Club Français du Livre, 1968 ; Club pour vous, Hachette, 1975 ; Bibliothèque du Temps présent, Rombaldi, 1977 ; France-Loisirs, 1977 ; Sauret, 1981 ; La Pochothèque, 1991.

JE VOUDRAIS PAS CREVER, poèmes, édition posthume : Jean-Jacques Pauvert, 1962. Plusieurs des vingt-trois poèmes du recueil ont été écrits dans les années 1952-1953. D'autres sont un peu antérieurs, quelques-uns plus tardifs.
Réédition dans **Cantilènes en Gelée** [avec **Barnum's Digest, Cantilènes en Gelée,** vingt poèmes inédits, lettres au Collège de Pataphysique, textes sur la littérature], 10/18, 1970 ; Christian Bourgois éd., 1976 ; sous le titre de **Je voudrais pas crever,** avec les Lettres au Collège de Pataphysique et les textes sur la littérature mais sans les autres textes, 10/18, 1972, 1980 ; Hachette, Club pour vous, 1975 (avec **l'Herbe rouge**) ; La Pochothèque, 1991 ; Livre de Poche, 1997.

LE CHEVALIER DE NEIGE, opéra.
La première version du **Chevalier de Neige** est la version **spectacle de plein air,** donnée au Festival de Caen en août 1953. La version **opéra** fut jouée à Nancy en 1957. Dans les deux cas la musique est de Georges Delerue. Édition posthume [comprenant le texte des deux versions et tous les textes de Boris Vian s'y rapportant ainsi que les airs et scènes complémentaires pour une version destinée à l'Opéra-Comique], Christian Bourgois éd., 1974 ; 10/18, 1978, 1987.

A. E. Van Vogt : LE MONDE DES Ã., traduit de l'américain par Boris Vian, collection **Le Rayon Fantastique,** Gallimard, 1953. Réédition sous le titre **le**

Monde du Non-A, Club du Livre d'Anticipation, 2ᵉ trimestre 1966 ; sous le titre **le Monde des Ã**, avec une postface de l'auteur, traduction des passages révisés et de la postface par Jacques Sadoul, édition définitive de 1970, Éditions « J'ai lu », n° 362, 4ᵉ trimestre 1970, **Le Monde et les Aventures de Ã**, Omnibus, 1991.

LE BARON ANNIBAL (ou **Attention aux marchands de sable**), scénario de film (en collaboration avec Pierre Kast). Repris dans **Rue des Ravissantes**.

LE COW-BOY DE NORMANDIE, scénario cinématographique d'une comédie musicale (20 octobre 1953). Publication posthume dans **Obliques** n° 8-9. Repris dans **Rue des Ravissantes**.

** POURQUOI LES FEMMES DORMENT-ELLES TELLEMENT ? destiné à **Constellation**.

** TROIS MOIS DANS LE MAZOUT, destiné à **Constellation**.

** L'AGENT ET LA SOURIS, ballet (plusieurs versions).

** Georg Kaiser : L'INCENDIE DE L'OPÉRA, traduction de Claire Goll, adaptation théâtrale de Boris Vian, jouée au Théâtre de Babylone en mai 1953.

* BREVET D'INVENTION DE LA ROUE ÉLASTIQUE, demandé le 18 décembre 1953, délivré le 2 février 1955. Publié dans **Bizarre**, n° 39-40 (février 1966) et dans **Obliques** n° 8-9.

La Parisienne, n° 2 (février 1953) : **Un demi-siècle de jazz** ; n° 5 (mai). Repris dans **Autres écrits sur le jazz. Le prix d'un parlementaire,** dans n° 10 (octobre). Ces deux derniers articles ont été repris dans **Textes et Chansons. Notes d'un naturaliste amateur** ; n° 11 (novembre) : **Sur certains aspects actuels de la Science-Fiction** repris dans **Cinéma/Science-fiction**.

LE PROBLÈME DU COLON, destiné à **La Parisienne**, publication posthume dans **Textes et Chansons**.

Constellation, n° 58 (février 1953) : **J'ai trouvé un appartement et depuis... je ne m'en sors plus** (signé Claude Varnier, sur l'aménagement du 6 bis, cité Véron) ; n° 59 (mars) : **Du nouveau dans les achats en viager** (signé Odile Legrillon) ; n° 64 (août) : **Mes vacances comme en 1900** (signé Boris Vian). Ces trois articles de **Constellation** sont repris dans **La Belle Époque**.

Paris Comœdia, 12 mai 1953 : Avant-premières. Babylone : **L'Incendie de l'Opéra.** Texte de présentation de la pièce, repris dans le programme du Théâtre de Babylone. Repris dans **La Belle Époque**.

Le Figaro, 16-17 mai 1953 : Lettre de Boris Vian (au sujet de l'**Incendie de l'Opéra**). Repris dans **La Belle Époque**.

* **Mercure de France,** 1ᵉʳ juin 1953 : **Tout smoual es étaient les borogoves,** de Lewis Padgett, traduit de l'américain par Boris Vian ; repris dans **Univers de la**

Science-Fiction, Club des Libraires de France, 1957.

Cahiers du Collège de Pataphysique, n° 11, 25 merdre 80 E.P. (11 juin 1953) : **Lettre au Provéditeur-Éditeur sur la Sagesse des Nations.** Reprise dans **Cantilènes en Gelée,** et dans **Je voudrais pas crever.**

* **Semaine du Monde,** 27 juin 1953 : **Jazz aux Arènes de Lutèce.** Cet article est signé Boris Vian, mais Boris – dans l'intimité – protestera : « Jamais écrit une ligne de tout ça ! »

Paris-Théâtre, n° 76, septembre 1953 : **Les Festivals de France, par ceux qui les ont faits ; Caen (Sur le Chevalier de Neige).** Repris dans **le Chevalier de Neige.**

AIMEZ-VOUS LA SCIENCE-FICTION ? SI PEAU D'ÂNE VOUS EST CONTÉ..., dans la gazette littéraire de **la Gazette de Lausanne,** 28-29 novembre 1953. Repris dans **Cinéma/Science-fiction.**

* **Arts,** chroniques de jazz et de variétés : 6 mars 1953 ; 10, 24 septembre ; autres : 3 avril : **Chatterie,** poème extrait des **Cantilènes en Gelée ;** 10 avril : **Un robot poète ne nous fait pas peur,** repris dans **Cantilènes en Gelée,** et dans **Je voudrais pas crever.**
31 juillet : **Au Festival de Normandie : Hommes 40. Chevaux des tas,** repris dans **le Chevalier de Neige.**
1ᵉʳ octobre : **Ce que le Salon ne nous révélera pas : les 7 péchés capitaux de la voiture ;** 8 octobre : **Les Naturels du Bordelais** (de Jacques Audiberti), **une pièce explosive.** Ces deux derniers articles d'**Arts** repris dans **La Belle Époque.**

* **Cahiers du Disque** : n° 3 (décembre 1952 - janvier 1953) ; **Jazz/Odéon publie 6 faces...,** n° 4 (février-mars 1953) : **Jazz/Qu'il me soit d'abord permis... – Les Prix Jazz Hot ;** ces deux articles repris dans **Autres écrits sur le jazz ;** n° 5 (avril-mai-juin 1953) **Jazz/Chose admirable...** (non signé).

Jazz Hot : n° 73 (janvier 1953) ; n° 74 (février) ; n° 75 (mars) ; n° 76 (avril) ; n° 77 (mai) ; n° 78 (juin) ; n° 79 (juillet) ; n° 80 (septembre) ; n° 81 (octobre) ; n° 82 (novembre) ; n° 83 (décembre). Repris dans **Écrits sur le jazz.**

1954

SÉRIE BLÊME, pièce en trois actes, en alexandrins et en argot. Cette tragédie a été créée à Nantes, dans une mise en scène de Georges Vitaly, le 24 octobre 1974.
Publication posthume dans **Théâtre Inédit,** Christian Bourgois éd., 1970 ; **Théâtre II,** 10/18, 1971 ; Livre de Poche, 1998 (avec **l'Équarrissage pour tous** et **Tête de Méduse**).

TENTATIVE DE BROUILLAGE DES CARTES, lettre à Raymond Guérin, destinée à **La Parisienne.** Publication posthume dans **Cantilènes en Gelée,** et dans **Je voudrais pas crever.**

LE PACHA, scénario de film (sans titre) (12 juillet 1954).

Publication posthume dans **Cinéma/Science-fiction.**

* VOYAGES EN AUTO, dans **Voyages**, n° 5, octobre 1954. Repris dans **La Belle Époque**, Livre de Poche, 1998.

* QUAND L'AMATEUR DE JAZZ ÉCRIT, dans **Jazz 54**, édité par l'Académie du Jazz. Repris dans **Autres écrits sur le jazz.**

* **Arts**, chroniques de jazz et de variétés : 24 février 1954 ; 9, 23, 30 juin ; 7, 14, 21 juillet ; 4, 18 août ; 29 septembre ; 24 novembre ; 15, 29 décembre. Repris dans **Autres écrits sur le jazz.**

Jazz Hot : n° 84 (janvier 1954) ; n° 85 (février) ; n° 86 (mars) ; n° 87 (avril) ; n° 88 (mai) ; n° 89 (juin) ; n° 90 (juillet) ; n° 91 (septembre) ; n° 92 (octobre) ; n° 94 (décembre). Repris dans **Écrits sur le jazz.**

1955

LE CHASSEUR FRANÇAIS, comédie musicale en trois actes. Publication posthume dans **Théâtre Inédit**, Christian Bourgois éd., 1970 ; **Théâtre II**, 10/18, 1971 ; Livre de Poche, 1998 (avec le **Dernier des Métiers** et le **Goûter des Généraux**). Créée à Paris, en décembre 1975, par la Compagnie Pierre Peyrou-Arlette Thomas.

** MADEMOISELLE BONSOIR, comédie-ballet en trois actes.

** LA REINE DES GARCES, comédie musicale en trois actes. Outre la comédie complète, il existe un synopsis de la pièce et un projet de scénario cinématographique en collaboration avec Pierre Kast.

DERNIÈRE HEURE, un spectacle de Roger Rafal et Boris Vian. Musique de Jimmy Walter. Effets sonores de Pierre Henry. Créé à la Rose Rouge le 18 mars 1955. Publication posthume dans **Petits Spectacles.**

** ÇA C'EST UN MONDE, revue d'anticipation, créée à l'Amiral en novembre 1955, mise en scène de Guy Pierauld.

** MORTS EN VITRINE ou **Chères vieilles choses** (intitulé à l'origine **Attention à l'Objet !**), commentaire du film réalisé par Raymond Vogel en 1957. (Le commentaire de Boris Vian est signé Michel Arras.)

MÉMOIRE CONCERNANT LE CALCUL NUMÉRIQUE DE DIEU PAR DES MÉTHODES SIMPLES ET FAUSSES, publication posthume, Cymbalum Pataphysicum, 1977.

DRENCULA, « extraits du journal de David Benson », nouvelle, publication posthume dans **Écrits pornographiques.**

L'AUTOSTOPPEUR, scénario de film (sans titre). Repris dans **Rue des Ravissantes.**

JAZZ ET CINÉMA, publication posthume dans **Cinéma/Science-fiction.**

Cahiers du Collège de Pataphysique, n° 19, 4 clinamen 82 (26 mars 1955) : **Lettre au Provéditeur-Éditeur sur un Problème Quapital et quelques autres**, reprise dans **Cantilènes**

en Gelée et Je voudrais pas crever; n° 21, 28 sable 83 (28 décembre 1955) : **Lettre au Provéditeur-Éditeur sur quelques Équations morales,** reprise dans **Cantilènes en Gelée** et **Je voudrais pas crever.**

CHANSONS PAS CORRECTES : La Marche du Concombre ; La Messe en Jean Mineur par J.-S. Bachique, publication posthume dans **Écrits pornographiques.** La Messe avait été célébrée dans l'intimité en 1957.

LETTRE OUVERTE À M. PAUL FABER, CONSEILLER MUNICIPAL (sur le **Déserteur**), destinée à **France-Dimanche,** publication posthume dans **Textes et Chansons.**

Le Canard enchaîné, 15 juin 1955 : **La Java des bombes atomiques,** 28 septembre : **La réponse de Boris Vian** (à une lettre du maire de Dinard au sujet du **Déserteur**), reprise dans **Obliques** n° 8-9.

Le Strapontin, 27 octobre 1955 : **L'Opération Succès,** 12 novembre : **Annie Cordy à l'Olympia,** 10 décembre : **Nous n'avons pas tellement dégénéré** (Boris y annonce [déjà] son livre sur la Chanson qui sera **En avant la Zizique**). Ces trois articles sont repris dans **La Belle Époque.**

Positif : n° 14-15, décembre 1955 : **Lettre** (au sujet de Maurice Burnan). Repris dans **Cinéma/Science-fiction.**

Arts, chroniques de jazz et de variétés : 5, 19 janvier 1955 ; 2 février ; 2, 16 mars ; 13, 20 avril ; 25 mai ; 8, 29 juin ; 13, 27 juillet ; 17, 31 août ; 21 septembre ; 19 octobre ; 2 novembre. Repris dans **Autres écrits sur le jazz.**

* **Barclay's Actualités :** Boris assure la rédaction de ce bulletin.

Jazz Hot : n° 95 (janvier 1955) ; n° 96 (février) ; n° 97 (mars) ; n° 98 (avril) ; n° 99 (mai) ; n° 101 (juillet) ; n° 102 (septembre) ; n° 103 (octobre) ; n° 104 (novembre) ; n° 105 (décembre). Repris dans **Écrits sur le jazz.**

1956

Nelson Algren : **L'HOMME AUX BRAS D'OR,** traduit de l'américain par Boris Vian, collection **Du Monde Entier,** Gallimard, 1956. Cette traduction avait paru en feuilleton dans **Les Temps Modernes** de décembre 1954 à avril 1955. Le contrat avec Gallimard datait de décembre 1950.

TOUS LES PÉCHÉS DE LA TERRE (ou L'ACCIDENT), scénario de film. Repris dans **Rue des Ravissantes.**

** **EN AVANT MARS,** revue de science-fiction, destinée aux Trois Baudets, et refusée. La première version de cette revue – qui comprend **La Java Martienne** – date de juin 1952.

** **L'ABOYEUR,** ballet (7 février 1956).

** **CHAMBRE DE CÉLIBATAIRE,** un acte court.

LA VÉRITÉ SUR LE CINÉMA, publication posthume dans l'**Âge d'Or,** n° 1 (juin 1964) et dans **Cinéma/Science-fiction.**

Cahiers du Collège de Pata-

physique, n° 25, 3 décervelage 84 (31 décembre 1956) : **Cantate des Boîtes**; reprise dans **Cantilènes en Gelée.**

Cahiers des Saisons, n° 5 (avril 1956) : **Le Déserteur,** première publication de la célèbre complainte reprise dans **Textes et Chansons.**

Le Journal du Dimanche, 25 septembre 1956 : **Le dimanche en l'an 2000.** Repris dans **Cinéma/Science-fiction.**

* **Almanach du Canard enchaîné : Le Petit commerce.**

Arts, chroniques de jazz et de variétés : 11 janvier 1956 ; 14 mars ; 4, 11 avril. Repris dans **Autres écrits sur le jazz.**

Jazz Magazine : n° 13 (janvier 1956) : **Réponse à une enquête.** Reprise dans **Autres récits sur le jazz.**

Jazz Hot : n° 106 (janvier 1956) ; n° 107 (février) ; n° 108 (mars) ; n° 109 (avril) ; n° 110 (mai) ; n° 111 (juin) ; n° 112 (juillet) ; n° 113 (septembre) ; n° 114 (octobre) ; n° 115 (novembre) ; n° 116 (décembre). Repris dans **Écrits sur le jazz.**

1957

A. E. Van Vogt : LES AVENTURES DE Ã. Traduit de l'américain par Boris Vian, collection **Le Rayon Fantastique,** Gallimard, 1957. Contrat signé avec Gallimard en 1951. Réédition sous le titre **les Joueurs du Non-Ã** (avec le **Monde du Non-Ã**), Club du Livre d'Anticipation, 2ᵉ trimestre 1966 ; sous le titre **les Joueurs du Ã,** Éditions « J'ai lu », n° 397, 3ᵉ trimestre 1974, avec une postface sénile de l'auteur « spécialement écrite » pour cette réédition. Repris dans **Le Monde et les Aventures de Ã,** Omnibus, 1991.

RUE DES RAVISSANTES, comédie musicale-ballet. On possède un synopsis de la pièce et, en collaboration avec Pierre Kast, deux scénarios cinématographiques dont l'un très élaboré et prêt à l'emploi. Repris dans **Rue des Ravissantes.**

UNE REGRETTABLE HISTOIRE (intitulé aussi **Arne Saknussem**), opéra de chambre, livret de Boris Vian, musique de Georges Delerue. Publication posthume dans **Dossier 12** du Collège de Pataphysique (1960). Créé à la radio (France I, Paris-Inter) le 18 septembre 1961. Repris dans **Opéras.**

* LA JOCONDE, commentaire du film d'Henri Gruel et Jean Suyeux. Publication dans **l'Âge d'Or,** n° 1 (juin 1964) ; version intégrale dans **Bizarre,** n° 39-40 (février 1966).

* CONTES DE GRIMM, traduits par Boris Vian pour la collection des Livres-Disques de Philips. Ce sont les contes suivants : **Hansel et Gretel ; Petite table, couvre-toi ; Le Loup et les sept petits biquets ; Le Roi crapaud ; Mâche-Doucette ; Marie-du-Goudron ; Le Musicien merveilleux ; Les Sept Corbeaux ; Les Fripouilles ; La Souris, le petit oiseau et la saucisse ; La Reine des abeilles ; Chat et souris de compagnie ; Gargouilligouilla ; Paille, charbon et haricot.**

* CONTES D'ANDERSEN, traduits par Boris Vian pour la collection des Livres-Disques de Philips. Ce sont les contes suivants : **Jean-le-Nigaud ; Les Douze Frères ; Le Coffre volant ; La Princesse sur le pois ; Les Souliers rouges ; Le Papillon ; La Petite Sirène ; Le Costume neuf de l'Empereur ; La Petite Fille aux allumettes ; Le Vilain Petit Canard ; Cinq de la même cosse ; Le Briquet ; La Théière ; Le Porcher ; Le Coq et la Girouette.**

Nancy Opéra, n° 45 (janvier 1957) : **Pourquoi et comment j'ai écrit le Chevalier de Neige.** Publié sous le titre **Quelques mots sur le Chevalier de Neige** dans **Dossier 12** du Collège de Pataphysique (9 gidouille 87 = 23 juin 1960). Repris dans **le Chevalier de Neige.**

Bonjour Philippine, n° 6 (juin 1957) : **Boom sur le music-hall et Zizi 57.** Repris dans **La Belle Époque.**

Constellation, n° 108 (avril 1957) : **C'est gagné pour Zizi Jeanmaire** (signé Gérard Dunoyer). Repris dans **La Belle Époque.**

Jazz Hot : n° 118 (février 1957) ; n° 119 (mars) ; n° 120 (avril) ; n° 121 (mai) ; n° 122 (juin) ; n° 123 (juillet) ; n° 124 (septembre) ; n° 125 (octobre) ; n° 126 (novembre) ; n° 127 (décembre). Repris dans **Écrits sur le jazz.**

1958

FIESTA, opéra en un acte, livret de Boris Vian, musique de Darius Milhaud, Heugel, 1958. Créé à l'Opéra de Berlin le 3 octobre 1958 et, en France, à l'Opéra de Nice le 7 avril 1972 pour les quatre-vingts ans de Darius Milhaud. Repris dans **Opéras.**

EN AVANT LA ZIZIQUE... ET PAR ICI LES GROS SOUS, Le Livre Contemporain, 1958. Dépôt légal : 3ᵉ trimestre 1958. Réédition : Éditions de la Jeune Parque, 1966 ; 10/18, 1971, 1983 ; Livre de Poche, 1997.

Corbett H. Thigpen et Hervey M. Checkley : LES TROIS VISAGES D'ÈVE, traduit de l'américain par Boris Vian, collection « L'Air du Temps », Gallimard, 1958.

Strindberg : ERIK XIV, drame en quatre actes, texte français de Carl-Gustaf Bjurström et Boris Vian, **« Répertoire pour un théâtre populaire »**, l'Arche, 1958. Réédité par l'Arche dans la **Collection du Répertoire** du T.N.P., 1960.

DE QUOI JE ME MÊLE, scénario de film (avec synopsis), septembre 1958. Repris dans **Rue des Ravissantes.**

MISE À MORT (titre primitif : **La Bête la plus dangereuse**), scénario de film (avec synopsis), octobre 1958. Publication posthume dans **Cinéma/Science-fiction.**

STRIP-TEASE, scénario de film (novembre 1958). Repris dans **Rue des Ravissantes.**

FAITES SAUTER LA BAN-

QUE (ou **Sautez la Banque !** ou **La Banque des Ploucs**).
On possède un scénario cinématographique complet de cette comédie musicale que Boris envisageait également de porter au théâtre. La version scénique est inachevée (novembre 1958). Publication posthume dans **Cinéma/Science-fiction**.

FAITES-MOI CHANTER, comédie musicale.
Seul nous est parvenu, mais complet, le scénario cinématographique. Repris dans **Rue des Ravissantes**.

LILY STRADA, opéra adapté assez librement de Lysistrata, pièce fort connue d'Aristophane.
Nous avons le synopsis complet des deux actes prévus et de chacun de leurs tableaux. Seule est écrite la scène II de l'acte I. Repris dans **Opéras**.

L'Écran, n° 1, janvier 1958 : **Pierre Kast et Boris Vian s'entretiennent de la Science-Fiction**. Repris dans **Obliques** n° 8-9 et dans **Cinéma/Science-fiction**.

Music-Hall, n° 38, mars 1958 : **Les véritables héritiers de la bonne chanson**, débat avec Georges Brassens, Guy Béart, Boris Vian et Henri Salvador. Repris dans **La Belle Époque**.

Club, mai 1958 : **Panégyrique du Savant Cosinus**. Repris dans **Obliques** n° 8-9 et dans **Cinéma/Science-fiction**.

L'Actualité littéraire, n° 50, octobre 1958 : **Paris, le 15 décembre 1999...** Repris dans **Ailleurs**, revue du Club Futopia, n° 17, mars 1959, dans **Obliques** n° 8-9, et dans **Cinéma/Science-fiction**.

La Gazette de Lausanne, 18 octobre 1958 : **Une belle époque** (sur Saint-Germain-des-Prés, treize ans après). Repris dans **La Belle Époque** et dans **Manuel de Saint-Germain-des-Prés**.

Le Canard enchaîné, 29 octobre 1958 : **À propos de Brassens. Public de la chanson, permets qu'on t'engueule** ; 12 novembre : **Du chant à la une : Serge Gainsbourg** ; 19 novembre : **En avant la Zizique** (extraits) ; (?) **Abondance de biens** (sur Philippe Clay, Raymond Devos, Jacques Brel, etc.) ; (?) **Avis aux amateurs** (sur Mick Micheyl ; (?) **Conseil de révision (des opinions)** (sur Paul Anka). Repris dans **La Belle Époque**.

France-Observateur : n° 446 (20 novembre 1958) : **Salvador, l'homme qui raccourcit les heures**. Repris dans **La Belle Époque**.

Jazz Hot : n° 128 (janvier 1958) ; n° 129 (février) ; n° 130 (mars) ; n° 131 (avril) ; n° 132 (mai) ; n° 134 (juillet). Repris dans **Écrits sur le jazz**.

1959

LES BÂTISSEURS D'EMPIRE, pièce en trois actes.
Écrite en 1957. **Dossiers du Collège de Pataphysique**, n° 6, 29 gueules 86 (23 février 1959). Repris en volume, Collège de Pataphysique, achevé d'imprimer le 19 pédale 86 (13 mars 1959). Réédité par l'Arche, **Collection du Répertoire** du T.N.P., 1959, à l'occasion de la création de la pièce par le Théâtre National Populaire, sous la direction de Jean Vilar, le

22 décembre 1959, au Théâtre Récamier, musique de Georges Delerue, régie de Jean Négroni. Réédition dans **Théâtre** de Boris Vian, Jean-Jacques Pauvert, 1965.

J'IRAI CRACHER SUR VOS TOMBES, ultime version du scénario du film, non retenue par le producteur et le réalisateur, dit « scénario-bidon ». Publication posthume dans **Dossier de l'affaire « J'irai cracher sur vos tombes »**.

Brendan Behan : LE CLIENT DU MATIN, pièce en trois actes adaptée de l'anglais par Jacqueline Sundström et Boris Vian, collection **le Manteau d'Arlequin**, Gallimard, 1959. **Les Lettres Nouvelles** avaient publié des extraits de l'acte II dans leurs numéros des 9 et 29 avril 1959.

LES VOITURES, sketch. Publication posthume dans **Petits spectacles**.

SALVADOR VEND DES DISQUES, sketch. Publication posthume dans **Petits spectacles**.

Bonjour Philippine, n° 14 (février-mars 1959) : **Ricet-Barrier, Serge Gainsbourg**. Repris dans **La Belle Époque**.

* **Discographie Française**, 15 mai 1959 : **Mes deux points de vue**. Repris dans **Obliques** n° 8-9 et dans **La Belle Époque**.

Constellation, n° 131 (mars 1959) : **Pour mieux rouler** (signé Boris Vian), repris dans **Textes et Chansons**, 10/18, 1969, 1972, 1978 ; Christian Bourgois éd., 1975 ; France-Loisirs, 1978 (à la suite de **J'irai cracher sur vos tombes** !) ; n° 132 (avril) : **Il ne suffit par d'être courtois... soyons gentils** (signé Boris Vian) ; n° 133 (mai) : **Ces chères consultations gratuites** (signé Boris Vian) ; n° 134 (juin) : **Quand vos femmes se querellent** (signé Adolphe Schmürz) ; n° 135 (juillet) : **Mon épouse au volant** (signé Boris Vian) ; n° 136 (août) : **Avez-vous l'étoffe d'un milliardaire ?** (signé Adolphe Schmürz) ; n° 159 (juillet 1961) : **Mes vacances comme en 1900** (quoique la rédaction de **Constellation** ne le précise pas, cet article date de 1953). Ces articles de **Constellation**, hormis « Pour mieux rouler », sont repris dans **La Belle Époque**.

Dossiers du Collège de Pataphysique, n° 6 (23 février 1959) : **Architecture et Science-fiction**, repris dans **Cinéma/Science-fiction**, n° 7, 11 gidouille 86 (25 juin 1959) : **Lettre à Sa Magnificence le Vice-Curateur Baron sur les Truqueurs de la Guerre**, reprise dans **Cantilènes en Gelée**, et dans **Je voudrais pas crever**.

Table

Avertissement à la 5e édition	5
Préface de la 4e édition	7
Dédicace	9
L'enfance	13
L'adolescence	21
L'École centrale	31
Capbreton	41
Le Major	47
Les divertissements de Ville-d'Avray	57
L'ingénieur	69
Le musicien	79
Le figurant	99
Les casseurs de Colombes	103
Saint-Germain-des-Prés	119
J'irai cracher sur vos tombes	137
Les variétés amusantes	169
Le romancier	193
Le traducteur	221
Le chroniqueur	227
Le conférencier	247

Le problème du style	255
Le pédagogue	259
L'homme du monde	277
Les voyages et les vacances	285
Le cinéma	295
Le poète	321
La Pataphysique	331
Le théâtre	355
Le Traité de Civisme	365
Les chansons	389
Les ballets	419
L'opéra	425
Le directeur artistique	447
La maladie et la mort	471
Biographie d'une bibliographie, suivie d'une nouvelle enjambée dans la bibliographie	475